君子盈泽

上

许酒 著

百花洲文艺出版社
BAIHUAZHOU LITERATURE AND ART PUBLISHING HOUSE

图书在版编目（CIP）数据

君子孟泽 / 许酒著 . —南昌：百花洲文艺出版社，
2017.9

ISBN 978-7-5500-2324-6

Ⅰ . ①君… Ⅱ . ①许… Ⅲ . ①长篇小说—中国—当代
Ⅳ . ① I247.5

中国版本图书馆 CIP 数据核字（2017）第 166580 号

出 版 者	百花洲文艺出版社
社 址	南昌市红谷滩新区世贸路 898 号博能中心 1 期 A 座 20 楼　邮编：330038
电 话	0791-86895108（发行热线）　0791-86894790（编辑热线）
网 址	http://www.bhzwy.com
E-mail	bhzwy0791@163.com

书 名	君子孟泽
作 者	许 酒
出 版 人	姚雪雪
责任编辑	杨 旭
经 销	全国新华书店
印刷装订	北京慧美印刷有限公司
开 本	635mm×965mm　1/16
印 张	39
字 数	543 千字
版 次	2017 年 9 月第 1 版
印 次	2017 年 9 月第 1 次印刷
书 号	ISBN 978-7-5500-2324-6
定 价	59.80 元（全二册）

赣版权登字号：05-2017-273

目　录

01．星河缭绕，岁月料峭

三月初一，天帝大人于翰霄宫大摆宴席，专门请我。彼时我在凡界勾栏瓦肆沉溺月余，传信的仙官寻到我的时候，我早已在四五个姑娘的怀里醉得不省人事。

那宴席本是我前些日子亲口应下的，当时来送请帖的也是这个仙官。

帖子上说最近天上星宿移位，银河众星陨落，这两桩大难迫在眉睫，天帝觉得我有办法，邀我商议。如今我在凡间这脂粉堆里日日快活，竟把这事给忘了个干净。

仙官背着瘫软的本神尊匆匆飞到翰霄宫，春光明媚的一路上，难免有神仙过来问我怎么了，这仙官便不厌其烦地给诸位神仙解释："素书大人在凡间烟花之地被一众姑娘缠身月余，身子疲惫了。"

我本醉得极深，听不清楚周遭的动静，只是这句话一路上被他重复了几十遍，便记住了，以至于到天帝大人跟前，当着百余位神仙的面儿，我"咣当"一磕头，开口竟把实话说出来了："天帝恕罪，凡间姑娘娉婷妙曼，俊俏可爱，又会伺候人，素书一时激动，沉醉忘归了……"

在我迷离之中，大殿内诸神唏嘘之声便已此起彼伏。

我抬手稳了稳头上的玉冠，却没稳住脑子，只听自己又"咣当"磕了一个头，更加荒唐地道："天帝大人和诸位神仙若是有兴趣，素书便把往日常去的这几个地方给大家列一列，哈哈哈哈，大家不用谢！不用谢！"

这话音一落，唏嘘之声更盛，我接连磕了两个头，起身的时候脑袋晃荡，身体一个不稳，几乎仰面栽倒，幸好三殿下长诀来扶我时，顺势往我眉心补了一记清明咒，挽回我三分清醒。他扶我落座时，不忘耳语提醒道："你看我父君那张脸。"

我一抬头，只见翰霄宫殿内，九龙御座上，天帝大人怒发冲冠，胡须乱颤，目若铜铃，面皮铁青。

我打了一个后知后觉的哆嗦，慌忙跪下，本想求饶，刚一张口却打了一连串酒嗝，可能是气味不大好闻，周围的神仙纷纷掩鼻闪躲，与我离得近的那一位甚至将他的食案暗暗拖远了。我趴在地上又赶紧磕了几个头，一不小心磕得有点儿猛，觉得连脑子也跟着震了震。长诀在我身边掩面一叹："素书，你今日磕头有些太实在了。"

御座上的天帝大人嘴角哆嗦了几下才说："爱卿……"

我一颗心"吧嗒"颤成好几瓣，他老人家一称呼我"爱卿"则必有大事。

果不其然。

"这半年来，九天银河明辰陨灭，万里苍穹星宿大移，此两项征兆凶恶诡谲，六界怕是要遭一场灭顶大祸。爱卿曾用鱼鳞补过银河星辰，不知这一次可有化劫的妙法？"

本神尊一听"鱼鳞"二字，胃一抽，"哇"的一声吐了。

这一吐酒嗝也息了下去，头昏眼花之中觉得背后有人要扶我起来，我以为是长诀，便说了一句"无妨"，抬袖子擦了擦嘴，自己爬了起来，身后那人便没再上前。

"天帝大人，这回的大劫，莫说是鱼鳞，就是把素书剁成鱼肉馅儿，怕也补不回来这银河的星星。"我说。

天帝大人正襟危坐，皱眉道："这么说，爱卿没有办法？"

"有办法，有办法！"我于头昏眼花之中计上心来，赶忙道。

"哦？有何办法，爱卿请讲！"

我"噌噌"跑到他面前，道："素书要举荐一位能拯救苍生于水火之中的神仙给天帝大人！"

"哪位神仙？"天帝大人身子前倾，面色激动。

我大笑一声，广袖一扬，抱拳道："这位能化劫的英雄便是素书的恩师，神界另一位神尊——聂宿大人！"

天帝闻言，那激动的神情微微一卡，眼神惶惶往我身后探去。

本神尊以为天帝在犹豫，于是又"噌噌"上前几步，摩拳擦掌，大义凛然道："天帝大人这是在犹豫？你尽可放心！聂宿神尊仙法超绝，可手扶星宿使其归位，可跳入银河补救星辰！"

天帝："这……"

"试问天上地下，人神妖鬼之中哪里还能找得出如聂宿大人这般才华卓然的，花虫鸟兽之中哪里还能找得出如聂宿大人这般英勇神武的？他注定是匡扶天下的能手，注定是济世化劫的功臣！"我头不昏了，眼不花了，越说越带劲儿。

天帝吞吞吐吐："这大劫凶险，若是聂宿神尊因此丧命，怕是……"

好你个天帝，你爱惜聂宿，怕他丧命，难道就一点儿也不怜惜本神尊？

天帝意识到自己方才说的话有些不对，于是赶紧改了话锋："寡人担心聂宿神尊仙逝，素书爱卿会难过……"

我扬起长袍，"扑通"跪下，怀着一腔热血，凛然说道："聂宿大人是素书的恩师，此次若是以身化劫，诸位神仙里怕没有比素书更难受的了。素书心中悲苦难挡，怕要寝食难安，日日泪流。但成大事者不拘小节，总要有人牺牲自己甚至大义灭亲！今日为了这芸芸众生，素书愿意贡献出自己的师父，把哀痛留给自己，把安宁留给这天地！望天帝大人成全素书这舍己为人的一颗赤诚之心！"

天帝面皮颤了颤，思索良久，眼神才越过本神尊，冲我身后的那位征求意见："不知聂宿神尊意下如何？"

我浑身一僵，脑子出现空白，猛然回头，只见聂宿身穿水色长衫，如花样貌，正微微低头打量着我。我一个激灵，几欲栽倒。

我身后的人倒是不慌不忙，只是离骨折扇霍然一个扇展，激得本神尊又抖了一抖。

他身体笔直，声音清淡："这星宿移位关乎苍生性命，聂宿自然要身先士卒、死而后已。只是在下还有一个请求，望天帝大人应允。"

天帝道："爱卿请讲！"

聂宿拿着折扇慢悠悠踱到我面前，手指抚上我的肩膀，对着天帝情真意切地道："聂宿的这个徒儿向来有情有义，若是聂宿真的一去不归，她便真如方才所说，会寝食难安，日日泪流。若是有谁拦着不让她哭，她的这股哀痛之情怕是无处排遣。所以，待聂宿魂飞魄散之后，请天帝大人安排一个仙官，敦促素书每日一定要哭一哭。"

天帝大人沉吟了一声，问道："不知聂宿爱卿认为素书哭多久为宜？"

聂宿低头冲我明媚一笑："在下自然是希望徒儿尽早脱离哀痛，但是以素书这重情义的性情，怕是没个几万年是不能忘怀的。就让素书尽情哭一万年吧，别憋着她。"

此话如五雷轰顶，直轰得本神尊目瞪口呆。

天帝大人一拍御座，答应道："那好，就一万年。寡人即刻派仙官到素书神尊府上，每天做个记录，每月给寡人汇报。若是她未按时哭，寡人便亲自去敦促一番。"

聂宿谢了恩，掏出绢帕俯身给我擦了擦眼泪，"疼爱"地道："乖徒儿，日后哭的日子多着呢，怎么现在就忍不住了？"

我竟一时无语。

出了翰霄宫，聂宿跟上我，说今晚他在神尊府设宴请我喝酒。

当着众神的面，我朝他深深作了个揖："尊师盛情，本不该推却，但是素书近日有些疲乏，改日吧。"

他点头，摆出一副十分谅我的神情，开口却句句不饶人："为师本来想同你商议一下那一万年要怎么哭，但你现今瞧着确实挺虚，看来其他神仙议论的你同凡间女子磨镜情深并非假话。"

我望着他，笑道："我同凡间姑娘的磨镜之情，哪里比得上尊师对一个死人的情意深刻。"

四方神仙纷纷驻足，面上嘘寒问暖、客套问候，实则贼眉鼠眼，有意无意往我和聂宿这边瞅。

聂宿摇摇扇子，回身望了望翰霄宫的大门，淡然道："本神尊忽然觉得方才这一万年有些少，痛失尊师这种事情，没个十万八万年的，怕是……"

我心里一"咯噔"，弯腰便拜："择日不如撞日，今日戌时，尊师在府上等我！"

聂宿得了我的这句话，摇着离骨扇倜傥远去，再不停留。

我已经有一万多年不曾去过聂宿的神尊府了。

这一万年，他在府上缅怀旧爱，我去凡间拈花惹草。我们各有所好，相安无事。只是我醉酒的时候，他难免会从我心里极深、极恨的地方钻出来，令我平白胡言乱语，比如今日在翰霄宫说的那一些。

万年前，我三万岁，知道了关于他的许多秘密，悟清了关于自己的许多疑惑，聂宿恼羞成怒，将我赶出神尊府。

我曾是无欲海里的一条弱小银鱼，后来被他救起养在神尊府里，化成仙形之后，外人面前，我唤他"恩师"，他叫我"爱徒"。可于我二人而言，我从未把他当过尊师，他也不拿我当徒儿。

后来，天帝大人将"神尊"这个封号赐给我，从此这四海八荒就有了两位神尊：一位是先天帝大人亲自敕封的聂宿，另一位是现天帝大人亲封的我。天帝大人给我新赐了宅子。新宅子在我强烈的要求下无匾无额。这样叫我舒坦自在，不必时时念着自己是个神尊，不必时时想着鞠躬尽瘁或者身先士卒。

大约有些曲高和寡的意思，我三万岁时得了这神尊之位，同龄的神仙便很少敢与我来往了。后来我孤单了千儿八百年，便日日去凡间脂粉之地喝酒，直到后来跟年纪相仿却身份尊贵的天帝的三儿子——长诀殿下成了酒肉朋友。

我不止一次地在酒后同长诀讲，要如何如何寻个吉利日子，如何如何巧妙安排精细布局，如何如何兵不血刃杀死聂宿。

可我每次酒后大醉，聂宿总出现在梦里，对我说："素书，我来接你回去。"

可他从未说过这样的话。

我对聂宿痴恋成痛、爱极生恨这桩事也总是从梦中扯开，留下血淋淋的执念，鲜艳夺目。

长诀曾对我说："素书，你对聂宿大人的情意能骗过旁人，却终究骗不过自己，仙途漫漫，有数不清的劫难横亘中间，长则可与天地同寿，短则不辨晦朔朝夕，容不得你口是心非。"

去神尊府赴宴的路上，神界三月的夜风将花瓣吹落在脸上，我伸手一摸，掌心尽是料峭。今年的春天，比往年要冷一些。

神尊府里，聂宿早已于湖心亭中摆好酒菜。我抬头望了望天上，新月如钩，在簌簌而落的星辰之中格外明亮。

他在月下笑着招呼我："酒已备好多时，你怎么才来？"

我客气一笑，望着一桌佳肴，先推托道："徒儿最近觉得有些体虚，今晚不能饮酒，哈哈哈，我们吃菜，吃菜……"

"也好，那这坛千年的梨花酿我便自己喝了吧。"他说完便把酒坛往自己怀里捞去。

"尊师府上果真仙气浩荡，吹得素书神清气爽，方才那体虚之感竟瞬时不见了。"我说着，把酒坛往自己这边微不可察地挪了挪。

他眉梢一扬，又从石桌下面捞上来一坛："你在凡间跟姑娘喝酒的时候都是抱着坛子灌的吧？所以今日我没有备酒盏。"湖水染了浓浓月霜，波光温柔地铺在他脸上，他这个模样，瞧着清朗又模糊，我看着他的脸，听他开口问我，"你可知天帝大人本想牺牲你去拯救银河众星，所以才设那宴席专门请你？"

我点点头："知道。"

"你当初为何要应下来？你昨日为何要去赴宴？"他问。

"因为我要举荐你，我要举荐你去殉劫。"

"如果我昨日不曾去那翰霄宫呢？如果我死活不答应殉劫呢？"他又问。

"我也不知道……你若不答应，兴许我就去做英雄了。"我顿了顿，抬头道，"但是你昨日答应了。君子一言，驷马难追。你莫不是要反悔？"

他闻言，面色有些寡淡，灌了一口酒，过了良久，才凉凉一笑道："素书，你想让我死，为何不亲自动手？"

我放下酒坛，趴在桌子上忍不住笑出声："我怕死啊！杀了你，诸位神仙会要了我的命。"

"所以你……"

我点头："所以我跟天帝大人推荐了你。"

他笑了笑："你让我去死的心还真是急切。"

"所以你尽快去让星宿归位，去补银河星辰吧。"我顿了顿，忽然觉得有些伤感——好歹他曾救我出无欲海，也算给了我这条命，如今却……这个想法从脑中一过，我便觉得眼眶一凉一痒，正要抬袖擦一擦，低眸便见聂宿愣愣伸出手指触上我的眼角。

"你这是等不及，便急哭了？"他惶惶道。

我那伤感之情登时卡在嗓子间，不上不下，把我噎得连句像样的话都说不出来。

他敛了寡淡神情，细长的手指从我脸上收了回去，淡淡一笑，星目璀璨："素书，你以前可不是这样的性子。我把你从无欲海捞出来带到神尊府的时候，你那细软晶莹的小身子窝在我掌心，模样漂亮，性子也十分乖巧、安静。"

我灌了几口酒，道："你也知道无欲海溶情解魄，噬鬼啮魂，我不过是一条弱小银鱼，情魄早已被海水溶解干净，你当时捞出来的是条傻子。我安静、乖巧，都因为我是傻子。况且……"我故意一顿，挑眉问他，"聂宿大人，你真的还记得我当时的样子吗？我这张面皮为什么会变成现在这样，你还清楚吗？"

月影掺了湖光铺在他脸上，他微微一僵，是悲喜难辨的模样。

我又仰头灌下半坛酒。这一灌有些猛，抬头的时候觉得周遭事物和眼前的他都迷蒙了几分，我说："不过都过去了，不记得也没关系了。"

过了良久，聂宿才说："你现在越发爽朗，这性子倒叫我放心许多。万事不可憋在心里，我过几日便真如你所愿去殉劫，这四万年里你有什么委屈，不妨趁我还活着，趁今晚说给我听。"

我酒醉入心，早已分辨不清楚他温柔的话里有几分是真，有几分是假，只是听到他说"这四万年你有什么委屈，不妨趁我还活着，趁今晚说给我听"时心头一颤。

肚中佳酿绵长的气息渗进肺腑，涌入灵台。不愧是封印了千年的酒，不可察觉之间便把人给醉了六七分。我盯着聂宿看了良久，可直至湖中雾气氤氲漫上，我看他于水雾之中慢慢模糊，也没说出一句话。

他却不准备放过我，修长的手指再次触上我的脸，问我："素书，你真的希望我去殉劫吗？你真的希望我死吗？"

"聂宿大人，我不是梨花神仙，你又何必在乎我是否希望你死？"酒气涌上，我双眼蒙眬，他在我眼中变成两副模样，一副明媚欢悦似朗朗少年，另一副阴郁诡谲不择手段。

酒气搅得我越来越迷蒙，我低头揉了揉眼睛，忽然觉得腰间一紧，后背撞上一个胸膛。我愣了一愣，聂宿已经抱着我扯过疾风飞出亭外，直奔大殿而去。

这几日我本就接连不断地饮酒，今晚又灌了一坛千年佳酿，下意识觉得自己已醉得不成样子了。奇怪的是被夜风一吹，我忽然觉得醉到极致后陡然清醒，只是场景一个变换，已经变成聂宿端坐在神尊府大殿上首，我斜躺在他的怀里，枕着他的腿弯处的模样。

有一瞬间，我也辨不清这场景是真是假，我甚至有些怀疑躺在聂宿怀里的那个穿银白裙襦的姑娘到底是不是我。这场景好像有点儿不对，又好像已经演练了千百次一样正常。

"尊师大人，这四万年的事情，你还记得多少？"聂宿怀中的姑娘……不，聂宿怀中的本神尊开口说，"你不记得，我就一桩一桩说给你听，你也要死了，所以我们两个的债，得抓紧时间算一算了。"我望着他冰冷的脸色，笑了笑，道。

"神界九天有无欲一海，能溶情解魄，噬鬼啮魂。那些痴情恋念只要落入其中，不消几日，便通通被溶解干净。我本是无欲海里的一条弱小银鱼，食腐草为生，茕茕而游，寿命不过三个月。后来尊师大人你路过，抽出一缕魂系在一截断发上，那断发在那缕魂的指引下涉水将我带上岸，而后落入你的掌心。那缕魂魄在无欲海中无法逃脱，被海水溶解，连累你丢了一缕魂，这一桩，算素书欠你的。"

我往他怀里挪了挪，望见他腰间常挂的那块玉玦。有时候我也有些奇怪，那时情魄明明已经溶解的我，竟然还能将这个场景记得清清楚楚，我甚至记得聂宿穿着水色绸衣，绸衣上印着浅墨色的山川，腰间挂着这块水蓝的玉玦。我甚至记得附在断发上的那缕魂魄，明媚跳脱的气泽冲开忧郁的无欲海水，拂过我细软的鱼鳞，给我支撑和依托。

我抬头看他，三月的夜风穿堂而过，他抿紧的双唇慢慢失了血色。

"尊师大人，一万年前，我被刮鳞片的那日，你可还记得？"

一万年前，我三万岁，在聂宿身旁，是他喜欢的乖巧、懂事的模样。那时恰逢银河星群陨落，陨星殃及八荒，林木被烧枯，四海热浪滚滚，六界生灵涂炭，却没有神仙能想出解决的法子。那场劫难和现今天帝大人说的这场劫难差不多。

我以为，这同我没什么关系，直到聂宿捏着一卷卦书回到府上，神色严肃地递给我时，我才明白这怎么会同我没有关系？我疑惑地展开卦书，只见那上面写着："九天有鱼，茕茕而游。维眸其明，维身其银。银河有劫，星落光阴。若银鱼耳，可化星辰。"

我看完哭笑不得。我本是九天无欲海里的一条银鱼，眸子明亮，身有银光，"若银鱼耳，可化星辰"，这卦书言下之意是要用我去补银河的星星？

我觉得太过荒唐，可偏偏聂宿当了真。

"我被术法捆绑，化成银鱼模样囚在吊挂起的玉盘里。许是处得高，我看见九天的无欲海海雾大盛，滚滚的雾水涌上十三天的神尊府。你便从这海雾中走出来，右手握着一枚精致的银刀，我甚至能看到刀身上缠绕的花纹，看到那极薄、极冷的刃。"

我的手指慢慢触上聂宿的脸颊，指尖顺着脸颊缓缓往他的脖颈处滑："你捏着那枚银刀贴近我的脸，刺骨的冰凉从脸颊刚过，划开皮肉，划断鳞根，鳞片混着血水掉下来。你下手果断又决绝。我眼角的余光落在你执刀的手上，那时候我想啊，你的手指应该会颤，那刀刃应该会不稳吧。我其实只是想找一个你还心疼我的证据。可是没有，你的手指未曾颤，那刀刃也未曾抖。"

说到此处，我竟有些替他惋惜，手指在他的脖颈上点了点，长叹一声道："你说你费尽心思，好歹将一条魂魄被溶解了的银鱼养得又肥又美，宰掉她吃了多好，你怎么忍心剐了她的鳞片，这样毁了她？"

"这鱼鳞被你呈交给天帝大人，诸神合力，果真重补了银河的星辰。那新生的星辰再没有陨落。我身上的鱼鳞有这种本事，连我自己都有些震惊。好在，这一劫算是过去了。"至于我化成仙形，浑身是血躺在神尊府里，痛了几天几夜，也无关紧要了。只是自那时起，我见鱼鳞一次，便要吐一次，就算是无意听到这个词，也要连累肺腑生出一阵恶心抽搐。

我看到聂宿身边的离骨折扇，念诀捞在手里，扇子一转，迎着他的面庞展开，烛火摇曳，面庞的阴影落在扇面上。我眯眼瞧着扇面上的影子，笑道："所以我原本不是现在的样子，是尊师大人你剐了我的鳞片，毁了我的容貌，伤了我的身子。这一桩……且算是为了天下苍生，同你救我那一桩扯平了。"

　　白骨扇柄上隐约映出我现在的皮相，我合了扇子，扇柄凑近他的脸，道："你见我容貌尽毁，便打算给我重新雕琢一副相貌，可我那时候怕极了你，身子抽搐，死活不让你靠近。你怕我不听话，打扰你为我雕琢容貌，又怕我不肯乖乖恢复，索性就抽了我一半鱼骨，叫我几个月动弹不得。"我用离骨折扇的扇柄挑起他的下巴，看着他四万年不曾变的眉眼，问道，"尊师啊尊师，用你徒儿的鱼骨做成的这把折扇，你怎能用得这般顺手和安然？"

　　我身旁端坐着的聂宿神尊面色僵冷，沉默不语。

　　我重新躺回他的腿弯处，掂着扇子，跷着二郎腿侧脸看他，殿外梨花星星点点，被风吹进来，落在他和我的身上，倒有些凄凉滋味。我把玩着扇子，说道："这一桩，就当你是怕我被剐鱼鳞以后不好看了，心疼我，赏我一副容貌罢了。素书愚笨，但是想个万儿八千年也能安慰自己。你曾这样替我的容貌着想，那我杀你的时候给你个痛快吧。"

　　我挑眉望着他："可这最后一桩，一万年了我也没有想明白。"

　　越来越多的梨花瓣混着风雪涌进来，身旁的聂宿双眸紧闭，缓缓流下两行泪。这场景妖异诡谲，却叫我心中大快。

　　我伸手搂住他的脖颈，贴近他的耳郭道："天帝觉得我献出鱼鳞补了银河星辰有功，设宴亲封我为神尊。宴上，太上老君见我大吃一惊。宴毕，我便套出老君的话。原来，这神尊府上，曾有一株梨花树，为你所种，为你所养，千年成仙，万年成神，得你所赐的名讳——梨容。你同她两情相悦，恩爱缱绻，只是梨容姑娘红颜薄命……你把她藏得完好，除了她临死前夕，老君曾来为她诊病、炼丹见过她几面以外，这天上几乎没有神仙见过她的相貌……可怕的是，老君说那位梨花神仙跟现在的我，一模一样！"

　　你毁了我原来的样貌，思慕那个梨花神仙，又重新把我雕琢成她的样子。

　　可是，你喜欢那个梨花神仙跟我这条鱼有什么关系？

　　"纵然我喜欢你，也不妨碍你喜欢旁人。"我说。

"你把我雕琢成她的模样，就可以骗自己这就是你日日思念的梨容吗？尊师大人，你比素书年长七万岁，你多吃了七万年的神仙饭，难道连这些浅显道理都悟不透吗？"说到此处，我喉中哽了一哽，裙裾一扬，从他怀里飞出来。殿外的梨花混着春雪纷纷扬扬往里吹，这花期仿佛一夜间开始，又一夜间结束。聂宿安安静静听我言语，不声不响不反驳，叫我轻松许多。

我伸手扶稳发上的玉簪，跪在地上，朝殿上的聂宿端端正正地叩首，抬头的时候眼睛出奇地痒，抬手一抹，眼眶里全是泪。

"素书虽然不如其他女神仙那般聪慧，但是这一桩一桩乱七八糟的事压过来，虽然后知后觉，但也会觉得委屈，如今这样做，只是希望自己年少的时候尝过的这些苦，也能让聂宿大人你有个了悟！"我说罢双手伏地，重重磕头，春雪崩溃一般铺天盖地吹进来，殿内梨花铺了一层又一层，大殿之中响起我坚定的一声请求，"望大人成全！"

离骨折扇在我手中化成利剑，剑身受我指引，不偏不倚刺穿他的脖颈。

我冷冷一笑，哪里还有让他成全一说。

殿上的神尊大人早已浑身僵冷，只剩血水顺着一枚精致的银刀从他心窝处往下淌，污了他绸衫上挂着的水蓝玉玦，污了身旁那一层梨花花瓣。他面上两行泪未干，可早已神魂俱散，仙逝多时。

这银刀是当年剐我鱼鳞的那一枚。

这离骨折扇是用我的鱼骨所做的。

这位神尊仙逝是我亲自动的手。

大仇已报，我抬手想稳一稳头上的玉冠，却摸下来一支白玉簪子。我猛然低头，只见自己身上是被聂宿的血污红了一半的银白裙装。

终于意识到哪里不对——我为何会穿女装？

一万年前，我知道了梨花神仙的事后去质问聂宿，他看着我这张同梨容一样的脸，盛怒之下将我赶出神尊府，命我再不能打扮成女子模样。我穿了一万年素袍，戴了一万年玉冠，只为和他心中的梨花神仙做个区分。

如今我为何穿着裙子？

这时，大殿上首，聂宿身旁堆积的梨花瓣一瞬间扬起，随着大风以势不可当之势朝我呼啸奔来。我大吃一惊，还未来得及躲闪，只见四周景象被风卷起，然后轰然崩塌，疾风厉雪化成千万刀刃朝我的心脏刺过来，冰凉入心，痛得我浑身扭曲。

我大呼一声，从梦中惊醒，一摸脑门儿，全是汗。惶惶看了四周一眼，天色灰蒙却还瞧得出是白日，可我身处在自己的府邸大殿，低头看到自己仍然是素袍装扮。我记得自己去聂宿府上赴酒，难不成喝醉之后就……做了这样一个梦，梦到我亲手杀了聂宿？

杀死聂宿、控诉他的罪状这个场景已经在我的心中上演了千万遍，可如今回想起梦中的场景，却觉得仿佛被人扼住咽喉一般喘不过气。

还好……还好，他没有死。我脑子里混沌一片，隐隐有一丝劫后余生的庆幸。这庆幸不是为我自己，而是为聂宿。没人比我更清楚我到底想不想让聂宿死。

后背的衣衫早已湿透，凉风一吹，便打了几个哆嗦。我抚着额头踉跄起身，赶紧端起一碗清茶灌下去压了压惊。

等等，我是在聂宿府上喝酒，喝醉之后我被他抱到他的大殿，如今我为何在我自己的府邸？

我的脑海中忽地蹦出一个小人，利落地敲了敲我的脑袋："你这是没在聂宿那里睡觉，觉得十分可惜吗？"

我握着茶碗的手一抖，一股热浪便涌上脸。

这时，殿外跑来一个小神仙，穿碧绿的褂子，是天帝大人身旁的仙官的装束。他见我便拜："素书神尊，你是打算从今日开始哭，还是打算等聂宿大人仙逝之后再哭？"

听闻此言，那碗清茶脱离我的手，茶碗在地上碎成渣，我问道：

"聂宿大人仙逝？"难不成我真把他杀了？

仙官掏出一本干净的簿子，拿出一支笔，做出一副记录的架势，俯身道："小仙知道神尊你悲痛难耐，所以还是从今日开始哭吧，况且早一日哭便早一日结束，神尊便早一日释怀。"

我浑身一惊："你先把话说清楚了……聂宿大人死没死？还有，我为何要哭？"

小仙官一愣，见我是醉酒初醒的模样，便把昨日我在翰霄宫天帝的宴席上举荐聂宿去化解大难、拯救苍生的事情原原本本给我说了一遍。

我闻言已是心惊肉跳。我……我这混账竟然喝醉后把心里话说出来了？不过本神尊也立马反应过来，客气道："劳烦你了，聂宿大人他还没死，本神尊有些哭不出来。所以，还是等他仙逝后你再来吧。"

那小仙官闻言，极具礼数地退后三步拜了我一拜，临走时还不忘跟我道："小仙还要在神尊身边记录一万年，在这一万年中，还请素书神尊多多指教。"

我虚汗大盛，惶惶应了一声："好说，好说。"

仙官得了回复便走了，只剩我自己立在原地不知所措。

喝酒误事……我喝醉后竟然这般口无遮拦地把聂宿举荐上去了？

他剐我鱼鳞，抽我鱼骨，毁我容貌又给我换了一个皮相，我恨他怨他，可终究是……我同他之间的事情。

窗外天色越发阴暗，云霞也越发惨淡，明明昨日还是明媚的三月天气，今日已经变成这般肃杀寡淡的模样。恐怕是劫难降至，六界都不太平。

我扶着椅子坐下，又想起梦中大殿之上聂宿的两行泪以及他血流汩汩的模样。万千风雪成利刃穿过我的心脏——梦中的我是在心痛。我窝在圈椅里，闭眼又想起自己在无欲海里等死的时候，一缕魂魄从聂宿身上飞出来，附在断发上探入无欲海水，明媚欢愉的气泽紧紧裹着我，给我支撑和依托。

从此，我有了四万年寿命，不但位列仙班，还得封神尊。

四万年……也够长了。

我稳了稳心神，扬起素袍，飞出大殿，直奔翰霄宫而去。

翰霄宫。

天帝大人大吃一惊："你方才……说什么？"

我脊背挺得端正，抬头道："我说要主动请缨，代替尊师聂宿去赴这大劫。"

天帝皱眉："可你昨日在这翰霄宫殿亲口举荐聂宿，聂宿也答应了……"

"素书昨日醉酒极深，胡言乱语，不可当真。况且天帝大人本就打算宴请我，让我去挽救这星辰大劫。尊师聂宿曾是助你位登天帝、号令六界的爱将，天帝大人怕也是舍不得他，所以才专门让素书回来，让素书去化解劫难的吧？"我何尝不知道自己在这神界、在天帝心中有几分重量，我这种碌碌之辈去殉了劫，怕也没几个神仙会心疼。可聂宿不一样，天上地下，六界生灵，仰仗他的神仙数不胜数。

我去殉劫，留他活着。

没有比这更理所应当的事了。

天帝大人还是要做些脸面上的功夫的，神情凝重了好一会儿，才痛惜道："素书爱卿，拜托你了。"

我笑了笑。天帝大人，这不都是你原本就想好的吗？

我告诉天帝，三日后，我就去银河挽救陨落的星辰。天帝大喜，称赞我有勇有谋，后生可畏，巾帼不让须眉。

我这一辈子也没听过旁人这样夸我，入耳的都是神仙们茶余饭后的嘲笑，诸如"素书一介女流却日日酗酒""一身男子装扮，天天去凡间骗姑娘、喝花酒"之类。

拜别天帝，出了翰霄宫，寒风一吹，令我头脑渐渐清醒，对这几日真真假假、醉生梦死之事也突然有了了悟。

所谓殊途同归，我杀死聂宿也好，我去殉劫牺牲也罢，自此轮回枯竭，两不相见，这恩怨情仇、悲悯爱宠都成了虚妄。我一死了之，再不顾身后事。况且，我已做了一万年的梦，梦中杀死了聂宿千百次。

想来竟有点儿痛快，我也算报仇雪恨过了。

苍生还需要他护佑，他当好生活着。

可我没想到，晚间聂宿便气势汹汹地上门找我，捏住我的肩膀，面上大怒，问我为何要去找天帝，为何说了那样的话。

我说为了六界苍生，他不信。

我说为了当英雄，他也不信。

他咬牙切齿，拿出离骨折扇打算抽我一扇子，对我说："本神尊要给你个教训，看你以后还敢不敢去找天帝胡言乱语！"

我抢先抡起胳膊扇了他一巴掌，怒火翻涌而上："你若是怜惜我，一万年前就不会剐我鱼鳞、抽我鱼骨，你若是看得清楚我对你的情意，现下就该乖乖承情，好生活着。"

他闻言，额上青筋暴起，揪住我就朝外飞去，御风一路而下，将我带进了九天汹涌的无欲海。

蔚蓝诡异的无欲海水漫过头顶，我挣扎难逃，被他带入深海。

深海之中，他终于捧住我的脸，面色也终于温和起来："且把你对本神尊的那些情意消一消。你才四万岁，做不得这种丢性命的大事。今日出去之后，好生活着，莫再想我。"

无欲海水从四面八方悄然贴近，勾出我的情丝慢慢啃噬，海水之中映出一个被仙术困住的茫然无措的我。

他要走，我慌忙之中口不择言："聂宿大人，你若是喜欢过我，就亲一亲我。"

他猛然抬头，神色异样，仿佛在忌惮什么，深深地望了我一眼，随后解下腰间水蓝的玉玦系在我的手腕上，又掏出离骨折扇挂在我的腰带处，最后扶稳我头上的玉冠，嘱咐我："你还年轻，好生活着。"

说完这一句，他仿佛终于甩掉了一个累赘，不再停留，拂袖而去。

海水成镜，映着水色绸衫、墨发飞扬的他越来越远；映着素衣玉冠、动弹不得的我泪雨滂沱。

一万年了，连最委屈的时候，我也未这样哭过。

他从不喜欢我，连我现在对他的情意要被无欲海水溶解了，他也不愿意骗我一次。

海水翻涌而上，生生咬住我的情魄狠狠往外扯，我眼前不知何时已没了聂宿。

我看不到日光，分不清时辰，脑海中走马观花一样闪过无数个场景，每一个场景中都有聂宿。

最后情魄被生生扯破，术法松弛，我已精疲力竭，朝无欲海深处坠去。昏昏沉沉之中，有缕细软绳索缠住我的腰，带我穿过无欲海，明媚又张扬的气泽漫上我的心头，如四万年前曾救出我无欲海的那一缕魂魄。

海水尽头，那缕魂魄终于松开我，重归虚妄，海水如长舌猛兽，吸食魂魄入肺腑。我伸手想要拉他一把，身后突然传来深沉的一声："素书，我来接你回去。"

我微怔，那缕魂魄便脱离我的指尖，被海水溶解。我回头，来不及看清来人，只见身后银河星光大盛，璀璨光芒闪过我的眼睛，我便再无知觉。

我做了一个梦，梦见聂宿揽着我的腰，穿过幽蓝阴郁的无欲海水，落入银河万里星辰。

我梦到他问我："素书，你真的希望我去殉劫吗？你真的希望我死吗？"

我摇头："虽然你刷了我的鳞片，抽了我的鱼骨，虽然你曾把我弄成旁人，但是我其实不想让你死。我以前说的那些想让你死的话，都是言不由衷，是骗你的。大抵是我喜欢你喜欢得深。你看我这样通情达理，你若是喜欢过我，能不能亲一亲我？"

梦中的聂宿淡淡一笑，解下腰间水蓝的玉玦系在我的手腕上，掏出离骨折扇挂在我的腰带上："你还年轻，好生活着。"

这句话，叫我忍不住想哭。

我在无欲海里情魄大伤，醒来时已是五日后。三月初七，春寒料峭，天宫大雪弥漫，一夜之间银装素裹，春声缄默。

这恢宏的神界在我昏睡的五日里发生了天翻地覆的变化。

长诀一身霜衣，捧着帝玺踏雪而来，告诉我他方才于凌霄金殿上接了天帝一位。

我大惊失色："且不说天帝大人干得好好的却突然要传位，就算是传位，也不该是你啊。你大哥太子殿下他儿子都比你大吧？你是天帝大人三个儿子里最小的，如何也轮不到你来继承帝位吧？"

他眉头紧锁，望着我道："素书，如今这三月天气，却大雪纷飞，似寒冬又至，你可知这是什么征兆？"

我蓦然一僵，惶惶开口："这半年星宿移位……莫非这移位不是一般的移位，而是天盘逆转、星宿倒移？"

若是普通的星宿移位，诸神联手规置便是，但是天盘逆转、星宿倒移却可以使六界毁于一瞬，绝大多数神仙对此束手无策。

"到了这时候，诸位神仙竟开始争先恐后考虑后事，坟地一个比一个选得快，没有一个人再站出来挽救这场大劫。我那两个当初为了天帝一位争得你死我活的兄长，如今倒开始相互推让。父君年老，不能亲自规置星盘，我身为神界的三殿下……"

"所以你就把这烫手的位子连同这化劫的责任一同担了下来？"

他低头把帝玺放在我手上，第一次这样严肃地同我讲话："这神界我也只剩你一个神仙可以信任了，我对这帝位本就毫无兴趣，但是帝玺却万不可落入邪魅之手，我此去怕是也要跟聂宿神尊一样灰飞烟灭，等六界安稳，你记得把帝玺交给太子……"

帝玺从我手上滚落，我反应过来，揪住长诀的衣襟，只觉得唇齿都在颤抖："你说……你说聂宿怎么了？"

长诀一眼瞧出我的震惊，对我严肃说道："素书，我早就说过，希不希望他死这件事，你终究骗不过自己。"

我却不愿意相信，扯住他的衣襟问道："你说他怎么了？！"

"三日前，聂宿神尊跳入银河，亲自揽回陨落的星群，将银河这一劫化险为夷，可他……魂飞魄散了。"

我看到长诀眼中映出一个双目通红、泪水滚滚的自己："你说他魂飞魄散？你亲眼见到了吗？他的仙体呢？你没有找到吧……如果没有，那他可能……"

长诀忽然拉起我的手腕，说道："这是聂宿神尊的东西，他怎么样了，你能从他的遗物中感觉到吧？"

我才觉得手腕处沉甸甸的，泪雾模糊之中，看到聂宿的玉玦此刻稳稳当当系在我的手腕处，水蓝晶莹的玉玦里几缕血丝凝成一束。我以前时常观察这枚玉玦，我曾幻想过这枚玉玦出现个血滴或是个血点让我幸灾乐祸一下。

因为，我比谁都清楚，玦中聚血，是聂宿身亡的征兆。

"素书，如今大劫将至，四处都不太平。你情魄受损，先在府中养伤。"

我忽然想起来自己情魄受损之后精疲力竭，往无欲海深处坠去。

"是谁把我从无欲海里捞出来的？"我惶惶问道。

"是聂宿神尊。"

"真真切切的聂宿？"

"是……"长诀点头，犹豫片刻后说道，"聂宿神尊说，你对他的情意应该被无欲海水溶解了，这样就算他真的死了，你也不会难过。可是，素书，你这个样子，对他的情意怕是完好无损的吧？"

长诀没能拦住我，我疯也似的冲出府外，招来祥云便往银河奔去。离骨折扇开始听我的召唤，指引我朝无欲海飞去。风雪飒飒，混着冰碴扑面而来，剐得我脸上一阵一阵地疼。

我于祥云之上狠狠咬牙。聂宿对我，也算是费尽心思。他临死也要把我对他的情让无欲海水勾出来、溶解掉。

我喜欢他关他什么事，他凭什么把我扔进无欲海，凭什么溶掉我的情意？

可是不知道为什么，心里越愤恨，我的身体就抖得越厉害。也许我是在害怕，我怕他死。

我一路飞到无欲海。无欲海白雪簌簌，冰天雪地，不是五日前海水蔚蓝、汹涌澎湃的模样。我扬起素袍从云头跳下来。海水冰寒，刺着我受损的情魄，我痛得抽一口凉气，身下却一刻也不敢停，随离骨折扇往海底冲去。

若我没有记错，梦中曾有一缕魂魄缠住我的腰，带我穿过无欲海，落入银河。这里有一条去银河的捷径，穿过无欲海，便可以早些赶到银河。

幽蓝阴郁的海水如嗜血的游鱼，闻见受损情魄的味道，从四面八方迅速贴近我，咬住我的情丝不肯松口。我挥袖狠狠斩断，缕缕鲜血从手臂渗出来，连同海底攒聚而起的水珠，幽幽往上升腾。

我索性抽出几丝情魄甩出去，诱开那缠人的无欲海水，念着诀术急速下沉。我攥紧手上的玉玦，一刻也不敢松开。玦中血水突然温热，隔着掌心剧烈一跳。我猛然低头，幽蓝海水做幕，这血带着明媚的气泽，分外鲜红。

我说不准这意味着什么，但是聂宿啊，尽管长诀说你在银河里魂飞魄散了，可我不信，今日，我活要见人，死要见尸。

在我急速下沉之中，海水突然变得稀薄透明，只剩稀疏的水帘直直下垂。我只觉得重心一瞬间不稳，还来不及扯风过来，便迅速下坠。水帘尽头，我身后蓦然涌出万里星光，冲至眼前，璀璨夺目。我明白过来，这已经穿过了无欲海，到了银河。

我果然没有记错。

可这时候，我却忘了赶紧御风飞起来，眼看就要落进银河深处，却觉得腰间蓦然一紧，那力道箍住我飞向岸边。我反应不及，自然是狠狠撞上身后那人的胸膛。

明亮的银河倒映着我惊慌失措的面容，倒映着背后那紧紧箍住我腰的聂宿。他穿水色长衫，眼眸明媚，是这四万年不曾变的模样。

我攥紧玉玦，不敢动，身后传来他略夸张的一声咳嗽："你坠得太快了，喀喀……而且你真是太沉了。"

我从他怀里挣开，想也没想就把手里的玉玦朝他的脸上砸去。

他伸手利索地接住了。

我只觉得一肚子怒火燃得旺盛，上前揪住他的衣襟破口大骂道："你不是魂飞魄散了吗，你不是死了吗，现在站在我面前的神仙是谁？！"

他一把抱住张牙舞爪的我，俯身将脸颊埋在我的肩头："你不是舍不得我死吗，所以我先不死了。"

我踹他，却不知为何自己的眼泪尽数飞出来："谁舍不得你死？你剐我鳞片，我恨了你一万年，我恨不能把你抽筋剥骨、挫骨扬灰。"

他浅浅笑了一声，将我凌乱的鬓发细心别至耳后，又抬手扶稳我头上的玉冠："你恨我剐了你的鳞片，还是恨我把你雕琢成现在的模样？"

我咬牙切齿："都恨，如今又加了一桩。"

"无欲海里，我企图将你对我的情溶解掉这一桩？"他笑道，连语调都带了不遮不掩的欢快，"但我现在不后悔，如果不是这样，我还不清楚你对为师的情意到了连无欲海水都不能溶掉的地步。"

我觉得自己被他玩弄了，不由得恼羞成怒，抬手给了他一拳。他没有躲，反而顺势握住我的手将我拉进怀里。银河星光流淌成水，映着他紧紧抱着我的样子。

他的下巴抵着我的额头，我终于安静下来，听他抚着我的后背轻声道："我本该让无欲海水溶解掉你对我的情，可看到海水里你泪雨滂沱的模样，我突然有了私心。我怕你不喜欢我后再看上旁人，所以收手了。我记了你几万年。"

我来不及思考为何无欲海里他不愿意承认喜欢过我，现在却又愿意告诉我他记了我几万年。

我心里大抵对那个梨花神仙最为介意，所以闻言忍不住苦笑："你记了我几万年？你把我当成什么记了几万年？是那个梨花神仙吗？"

他抚着我的头发，笑容清浅，带了微微虚弱："你还是银鱼模样的时候，神尊府里的梨花落了一层又一层，你最爱吃梨花花瓣，你怕是不记得了。梨容枯了，花瓣颓落，散落的魂魄寄在花瓣上，你曾……"

我大吃一惊，急忙反驳道："你休想骗我！我不记得自己吃过梨花花瓣，我身上的魂魄不是梨容的！只是你一直把我当成梨容而已！"

聂宿还是笑，只是笑容在银河不灭的星光里越发虚幻："你从无欲海里出来的时候，是没有魂魄的。短短三万年的时间，你的魂魄便能养成吗？只是我不该把你弄成她的模样……"

我推开他，转身便走，他又上前拦住我。

浓浓的委屈席卷而来，他认定我身上的魂魄是梨容的，他如今还是把我当成梨容。

他不容分辩地又将我拥入怀，严肃且认真地说道："但是素书，无论如何，你如今的神尊之位，是你当初贡献鱼鳞换来的，如果天帝大人以后再想让你为苍生殉劫，你也不要再听了。我替你挡过这一桩，却挡不过以后的事情了。"他顿了顿，忽然用不容挣脱的力道紧紧裹住我，声音哽咽，"两情相悦，终有一别。我花了几万年才悟清你我之间的因缘，此后……你好生活着。"

我正要开口问他我和他有什么因缘，却发现银河里他的影子渐渐晕染成大红色。我双手僵住，颤颤抚过他的后背，抚到一大片湿凉。

"聂宿你……你怎么了？"

他仍是笑，笑声缥缈又虚妄，仿佛要随着这星光飞到极远处，再也不回来。

他放开我，低头又将那玉玦系在我的腰带上，顺便替我稳了稳腰间的离骨折扇。我惶惶低头，发现半身素衣被染上血水，摊开掌心，猩红一片。

"你也知道，这银河的星辰一旦陨落，也不是那么好补全的。"他又替我扶正玉冠，仿佛已经学会了我平时有意无意扶稳头上玉冠的动作，"所以你长个心眼儿，日后天帝若再专门宴请你，十成是要你去送死，你便佯病在府……"他顿了顿，低头亲了我。极其清浅的一个吻，落在我的唇上，徒留冰凉。

聂宿直起腰，面色平静，好像早已看透这滚滚仙尘事，所以不见半分慌乱，说："日后你若是不喜欢打扮成男子模样，就别扮了。我知道当初鳞片被剐时你很痛苦，但是我并不后悔，毕竟现在，四海八荒的神仙都要唤你一句'素书神尊'，除了天帝，也没人敢欺负你。至于离骨折扇，这一万年，它被我驯养得极好，日后会听从于你，会是你最顺手的法器。"

越来越多的血水顺着他的绸衫流下来，他看着我，眼中星光流动，似要溢出来："素书，我赶你离开神尊府的这一万年里，你真的希望我死吗？"他语调欢悦，似在开玩笑。

我捧住他的脸，觉得全身都在抖，抬起袖子一遍又一遍地擦掉他唇角涌出来的血水，可那血又一遍一遍地涌出来。我不知道是怎么回事，也不知道该怎么办。我觉得眼眶生疼，眼珠滚烫，却说不出一句话。

他缓缓俯身，坐在银河岸边这一摊猩红的血里，拉着我的手，将我温柔地裹进怀中。

我躺在他的腿弯处，看他明媚的眼眸，清俊的容貌。

这场景，与梦中的一模一样。

我知道，他快要死了。

忽然间，无欲海水水落成雪，化作纱幕，纷纷扬扬洒下来。

聂宿轻轻抱着我，语调温柔，嗓音清雅："那一年，你刚刚化成仙形，恰逢春雪弥漫，神尊府里的梨花开得也好。我坐在湖心亭里看雪，你便如现在这般样子躺在我怀里。我们曾这样亲密过，只是后来我错得多了一些……"

他终究没有来得及说完。大片大片的雪落在他的身旁，如梦中的梨花花瓣一样，铺了一层又一层，最后却被他身上的血水融化得干干净净。

……

那一年，我刚刚化成仙形。

恰逢春寒回至，风雪缭绕。

他铺了厚重的毛毯，坐在神尊府的湖心亭中看雪，他身边的炭炉上烧着前些日子将将采来的春茶。我窝在他怀里，躺在他的腿弯处，听他讲他是如何抽出一缕魂魄附在断发上，如何用那根断发把我从无欲海里捞出来，后来又如何为我养好魂魄，使我长大，最终化成仙形。

湖心亭外有梨花树，花瓣被寒风吹落，窸窣而下。我仰头看着他，仔细分辨着落在他发上的哪一瓣是梨花，哪一瓣是雪。

四方寒冷，他怀里却暖，连他悄悄替我拂掉额上雪花的动作都是温暖的。

如他所说，我们曾这样亲密过。

如今，海水落成雪幕，我躺在他的怀里，却觉得这背后是大片大片的冰凉。

往事如烟如雪，似在眼前，却又忽然不见，只剩痴念融化成血红颜色，在这四周流淌。

执念似水，抽也抽不断。

"聂宿。"我轻声唤他的时候，忍不住泪流满面。

我知道，我再也等不到他答应了。

【后记】

崇渊天帝二十九万四千一百五十八年历，三月初七，聂宿神尊化解银河星陨一劫，魂飞魄散，于银河畔仙逝。

同日，神界三殿下长诀袭天帝一位，承帝玺，号六界，命诸神规置星宿，拯救苍生。

次日，即长诀天帝一年历，三月初八，天帝与素书神尊并肩携手，亲自扶苍穹星宿归位，自此星盘不再逆转，大劫化解。长诀天帝凯旋，素书神尊精疲力竭，仙力不支，化劫之后于星盘中坠落，不幸落入银河，灰飞烟灭。

同日，长诀天帝诏令六界，"神尊"之位，不可再立他人，以此彰缅聂宿、素书二位神尊。

长诀天帝十年，大劫远去，天道昌隆，八方兴盛。六月初一，长诀传天帝一位给其侄昊焱。昊焱接任天帝一位，尊叔父长诀为九上天尊。长诀天尊自此隐居神界三十五天，不问仙政。

02 . 大闹凌霄，初见孟泽

我苏醒时，银河星光大盛，日夜不灭的辉光落在眼前，几乎将我身旁那个小神仙晃没了影儿。若不是他惊慌失措地开口大呼我"神尊"，我几乎要从他身上踏过去。

我回过神来，定睛瞧了瞧，发现面前站了一个穿着鹅黄褂子的神仙，比我矮半头，小白脸，桃花眼，漂亮粉嫩。

小鹅黄褂子叫匀砚，说是奉天帝之命来给我扫墓。

我沉睡许久，早已饿得面黄肌瘦，蹲在坟前把他刚刚摆下的点心拢了拢，捏起来放嘴里填了填肚子。小鹅黄褂子见状，慌忙把篮子里剩下的点心都给了我。我抱着篮子蹲在坟边吃着，便见他抹泪："天帝派匀砚来扫墓，匀砚何德何能，竟把神尊给……给扫活了。"

我留了两块点心，把篮子还给他，感恩戴德地道："本神尊死了这么久，劳烦天帝大人还记挂着，年年派人来祭奠。"

小鹅黄褂子开口纠正我说："是前几日，诸神通过太乙昆仑镜发现神尊你这几年怕是要活过来，于是从今年起，派匀砚在你祭日这一天给你扫墓上香。匀砚本打算扫个几百年，没想到一下子就……"

这话伴着点心下肚，我不慎被噎住。

"天帝大人说，你在这银河深处已经葬了十四万年了。"小匀砚极细心地递给我一杯茶水，说道。

十四万年便被我这样沉睡过去了。

可真快。

我灌了口茶，抬头问匀砚："现天帝可是长诀？"

小匀砚一边乖巧地又将茶给我满上，一边道："现天帝大人不是长诀，你说的长诀莫非是九上天尊——长诀天尊？"

我愣了一愣："天尊？这是什么职位，主要做什么？"

"小仙也不知道，只是长诀天尊作为天帝大人的叔父，极受尊敬，现在居于三十五天养花种草，很少与其他神仙来往，像我这种小神仙更是见不到他。"

看来长诀果然把天帝一位传给了他的侄儿。

我站起来用袖子擦了擦手，万里银河星辉璀璨，看着舒畅；小匀砚这身鹅黄褂子春意盎然，瞧着活泼。

"素书神尊，你要不要再吃点儿点心？"匀砚端着篮子问我。

我活动了一下筋骨，扶稳头上的玉冠，兴高采烈地道："跟我在一块的那个神尊呢？他也十四万年没吃饭了，把点心给他留点儿。"

小匀砚握住那盛点心的小篮子，瞪大了眼珠子问我："素书大人，你说的是哪个神尊？这四海八荒不是只有你一个神尊吗？"

太阳穴突突一跳，我急忙环顾四周，果然只有我同匀砚两个人。心里蓦然一抽，我攥住匀砚的胳膊说道："聂宿神尊啊，就是一个穿着水色绸衫的神仙！"我手忙脚乱地比画着，"比我高一头，大约这么高，长相……如花似玉，就是跟我躺在一个棺椁里的那个神尊！"

小匀砚见我神色激动，他自己也着急得要哭出来，手一个劲儿搓着篮子边儿，说道："素书神尊，匀砚没有见过旁人，匀砚今日扫墓……就只扫活了素书神尊你一个神仙……你是不是记错了？"

"本神尊怎么会记错！我当时归置星宿之后，飞到银河边上，明明是抱着他一起跳进银河深处的！"我没忍住，眼泪飞出来，"我抱着他跳到银河深处，挽着他一同入了棺椁，我就躺在他怀里！如今我活过来了，他呢？他去哪儿了？"

"素书神尊……"匀砚的眼泪"吧嗒、吧嗒"往下掉，"匀砚不知，匀砚只从天帝大人那里得知你活过来了……"

"不可能……我们明明在一处的……"我转身，跪在地上开始挖那棺椁。

十四万年前的星辰依然璀璨夺目，未曾消亡。聂宿神尊可拦星群归位，他这样厉害，一定不会就这么死掉。

恐惧和期盼一同渗入我的灵台。

我颤抖地推开棺盖……里面空空荡荡的，不见聂宿。

就在这一瞬间，我站在银河深处，搓着衣袖，想到了无数种可能。

他兴许比我苏醒得早，去银河岸边溜达了。

兴许他觉得饿，去找吃食了。

兴许他遇到故友，先行一步了。

兴许……

可匀砚在身旁小心翼翼地提醒我："那太乙昆仑镜确实只能看到素书神尊你一位神仙要苏醒，天帝大人他不会弄错……"

沉睡十四万年的情绪汹涌而来，银白星光竖立成镜，一面一面都映着我惨白的模样。

"天帝他现在在哪儿？"我问。

匀砚颤颤地道："天帝大人此刻正在翰霄宫……"

我没能控制住自己，掏出离骨折扇，从银河深处驾云冲上九重天。

现今的天帝，既然是长诀的侄儿，凭本神尊同长诀的交情，那他也算是我的晚辈，我并非要为难他，只是想找他问问为何聂宿没有醒来。

我在翰霄宫见到天帝时，他竟在大摆宴席，宴请众神。翰霄宫歌舞升平，好不热闹。

离骨折扇被我紧紧捏在手中，扇柄映着我的一双血红的眼睛。现天帝大人端居宝座，果真能瞧得出当年他爷爷的模样。

他微微抬头打量着眼前不请自来的本神尊，我也冷冷地望着他。

"来者是谁？"他握紧酒盏，蹙眉喝道。

呼呼的风自大殿门口袭来，卷入我的衣衫。诸神讶然望着面前乱发遮面的本神尊，私下议论着我到底是谁。

大殿之上响起我愤然的声音："天帝大人！你可还记得十四万年前为了挽救银河陨落的星辰而殉劫的聂宿神尊？！"

四周哗然，诸神恍然大悟。

天帝认出我来，起身道："原来是素书神尊……"

"为何聂宿没有活过来？天帝大人可在乎他去哪儿了？"我问。

天帝面容一僵，随即换上遗憾的神色，叹道："神尊遗德浩瀚，永存寡人心中。"

"永存天帝大人心中？聂宿大人遗德，怕是早就灰飞烟灭随风而散了吧！"狂风盈袖，吹得我的衣衫呼呼作响。我眼泪滚滚，望向诸位神仙，"当初的大劫，你们之中就有争先恐后去挖坟的吧？今日你们在这里饮酒作乐，忘了当初为你们殉劫的聂宿神尊了吗？诸位神仙知道我要活过来了，便派人去扫墓。聂宿呢？他没活过来，你们一点儿也不关心他为何没有复活吗？"

诸神默然，天帝终于忍不住，斥道："放肆！"

我此时却也管不了什么放肆不放肆，离骨折扇在我手中挥扇成剑。我一个飞身冲到天帝面前，剑尖直逼他的脖颈。天帝愕然失色，诸神亦是惊慌不已，纷纷涌过来要拦住我。

殿外突然涌进来数百天兵，我回头，劲弩强弓直直对准我的脊背，箭芒直逼我的双眼。诸神万息屏于一瞬。我看清了这局势——只待天帝令下，本神尊今日便要万箭穿身，魂断翰霄宫。

天帝怒发冲冠："大胆素书，你这是要杀了寡人？"

我攥紧剑柄，骨节分明，瞪着他道："天帝大人！你可还记得十四万年前天盘逆转、银河星陨那场大劫？"

天帝广袖一挥，厉色道："你与聂宿二人殉劫之事，寡人记得，所以今日才派遣仙官去银河深处祭奠。"

"天帝大人你既然记得我同聂宿二人殉劫，便也该清楚当年大劫当头，诸位神仙是如何争先恐后挖坟造墓而无所作为的。如今四海八荒承平日久，天帝便忘了当初那吞天噬地的劫难？若不是聂宿，若不是长诀，你现在哪里来的六界尊位？到现在，聂宿神尊未能复活，各位竟然毫不在意，依然在此赏莺歌燕舞，丝竹鼎盛！"

天帝怒目圆睁，起身拂袖，以袖风挥了我一掌："寡人念你担着上古神尊之位，敬重你，你却拿剑质问寡人。为天道鞠躬尽瘁本就是他的荣幸和责任，自上古伊始到今日，羽化仙逝的神尊不胜枚举，难道寡人要全部记挂着不成？太乙昆仑镜显示聂宿神尊早已灰飞烟灭，无论你今日如何胡闹他也不能起死回生了！"

怒火烧得我肺腑剧痛，我攥紧剑柄踏风而上，诸神见势不妙，纷纷拦在天帝面前。我挥剑隔开阻挡我的一帮神仙，大殿之上登时鲜血四溅。我早已将生死置之度外，聂宿没有活过来，那我在这神界活着还有什么意义？

诸神见我这癫狂嗜血的模样，纷纷大喊护驾。

高座之上，天帝终于对我身后那百余位天兵下令："放箭！"

飒飒冷箭自身后刺过，我挥剑斩断，又有无数支涌过来。

我望着大殿上的天帝，冷冷一笑。今日，本神尊本就没想活着出去，旋即以气泽冲开箭镞，抬手抹掉嘴角溢出来的血水。我握紧扇剑，右手捏出剑诀，剑芒凛冽，直逼天帝。

就在这时，我身后突然飞过一个禁制缠上我的手，殿门口响起冷静果断的一声："住手！"

我猛然回头，看到那个人穿霜色衣裳，神色清冷，是我的故友长诀。

他扯过疾风飞近，握住我的剑柄，皱眉道："素书！"

四五支箭便趁此时没入我的后背。

长诀挥袖转身，剑眉倒竖，怒道："方才射箭的天兵，打入幽冥府！"

我颓败下来，从半空中跌落，幸好长诀扶了我一把。

离骨剑收，落入我的掌心，重新变回折扇。

见我受了这般重伤，露出这样的妥协姿态，大殿之上，诸神连同天帝大人都舒了一口气。

我拔出后背的箭，望着十四万年来模样未曾变的翰霄宫殿，突然有了一些念想。这念想令我控制不住地忆起十四万年前的事情。那时我曾站在这里，一身酒气，在天帝大人面前胡言乱语，推荐聂宿去殉劫。

往事果真如云烟过眼，任执念肆虐，也抵挡不住这十四万年的日月变化、冬去春接。

长诀搀扶了我一下，在我耳边轻声道："素书，你回来了。"这声音稳重，再不是年少时那恣意欢脱的一句"你看我父君那张脸"。

我淌了两行泪，苦笑道："我并非要杀天帝大人……我只是想来问一问，尊师聂宿为何没有回来，却不慎撞见诸位神仙莺歌燕舞，好不热闹。我遗憾我的聂宿大人曾为各位殉劫身死，如今他的下落却无人关心。"

天帝默然，诸神也默然。

我也知道自己冲动了。我怕再问一次，天帝仍然告诉我，聂宿早已灰飞烟灭，太乙昆仑镜未曾预见他复活。我握着扇子随长诀离开翰霄宫，我也便这样搅和了天帝的宴席。

于是，苏醒第一日，本神尊便在四海八荒出了名。不过几日，这桩事便在六界传了个遍：一位叫素书的神尊诈尸归来，穿着男子衣衫，却是女子嗓音，所以不知道是男是女。这位神尊在翰霄宫天帝宴上气势凛凛，挥扇成剑，冲开诸神阻拦，差点儿刺伤天帝大人。后来此人还是认错投降，被长诀天尊带走了。

我桀骜不驯、恣意妄为的名声，越传越远。

其实那日，我没有立刻跟长诀走。我离开翰霄宫后，从无欲海到银河，反反复复将九天寻了个遍。无欲海海水没入银河成虚妄。

我再也没有找到我的尊师聂宿大人。

后来我差点儿溺死在无欲海，长诀将我救起来，让他身旁一位叫苏苒的女官给我治伤。我在他的三十五天待了几日，在他的劝说下，开始明白过来，我同聂宿不一样。

十四万年前，我是自己跳入银河的，而聂宿，他早在我赴死前一日，在我面前，血流如注，于银河畔魂断仙逝了。我躺在他的腿弯处望着他，抬着袖子擦他流下的血，却如何也擦不完。他没有说完整曾经风雪伴着梨花缭绕的往事，我窝在他怀里，渗入后背的都是寒冷。如今，我都想起来了。

所以我可能只是昏迷沉睡了十四万年，但聂宿却是真死了。我能苏醒，他不能。我能在十四万年后的今天依旧活着，他却成了天帝口中早已灰飞烟灭的神尊。

春风向暖，三十五天花木纷繁。

"素书，如今你重回神界，便要好生珍重。聂宿神尊当年肯去殉劫，便是想护你周全无虞。他回不来了，你要代他好生活着。"长诀说。

他身旁的女官苏苒善良体贴，也十分会宽慰人："素书神尊，往事难忆，来日可追，莫让长眠者挂念未亡人。虽然十四万年过去了，但你容颜未变，如三四万岁的模样，你依然有着最好的年华。"

就连小匀砚也瞧得出这些浅显的道理，带着哭腔跟我道："素书神尊，匀砚觉得，你心中对聂宿神尊的感情，大抵就是他们所说的执念。你好不容易过了十四万年才苏醒，别这样折磨自己了。"

我嘴上说好，他们的嘱咐我都应下来。

可不知为什么，我却仍然固执地觉得，在这茫茫仙界，聂宿可能还在。我告诉自己，就算他只剩一缕游魂也已足够，总好过灰飞烟灭后彻底地销声匿迹、荡然无存。

这念想从未改变。我从三十五天长诀那里辞别回到银河深处，常常从无欲海穿行而过。无欲海里还未溶解干净的魂魄丝丝缕缕游过我的眼前，偶尔抓过一丝，仿佛还有梦中明媚又张扬的味道。

三个月后，我自凡界饮酒回来，在银河边上遇见一个神仙。那人穿着水色长衫，身形颀长，同聂宿那么像。我追上去，手指触到他的肩膀，他还未回头的时候，气泽自指尖传来。那气泽虽被沉重心事遮蔽，却也掩不住隐藏在深处的潇洒明媚与恣意张扬。

翰霄宫宴那一闹过后的三个月里，我冷静下来，性情和缓许多。小勺砚日日陪我在银河深处我曾经的坟前守着。我俩闲来无事，终于在星光璀璨的一日，一拍即合，决定动手搭建个府邸。

毕竟我也是个神尊，虽然不想再回十四万年前的那个府邸，但是也不想住聂宿的神尊府。如今我声名狼藉，也不太想出去见那些神仙，所以干脆将这宅子建在了银河深处。

小勺砚虽然细皮嫩肉，但是勤快能干，俨然可以顶半条汉子了。我握着砖瓦，思及此处，默默望天：至于本神尊……能顶一条汉子。

我俩就这样动用所有仙术和能力，在银河深处，花了三个月，建了一个正厅、两间厢房、一处楼阁、一间厨房。小勺砚累得不轻，我便自己又盖了一圈宅墙。我俩觉得那楼阁有些不足，于是挂了匾额，写上"采星阁"，又觉得正厅空荡，便又挂了匾额，写上"望辰厅"。

盖完这处宅子，本神尊心情大悦，当晚飞出银河，奔至凡间，寻到一处勾栏，找了几个貌美的姑娘，喝了个痛快。

可能是我十四万年前养成的毛病，开心也好，难过也罢，总想着去凡间找姑娘喝酒。大抵因为自己一直是素衣玉冠的男子装扮，如今手上捏着离骨折扇，便真能把公子模样装得有八分像，所以找人喝酒也总找姑娘。我还是有十四万年前的毛病，酒一喝便多，一多便醉，一醉便想聂宿。

借酒消愁，凭酒忘情，可酒入肺腑，呼吸间吐出的沉醉气息皆是故人不在的寂寞。

我醺醺然回到银河，还不忘给勺砚带一壶上好的梨花酿，踱步于银河河畔，望见远处无欲海海水倾泻而下，没入银河万里星辰之中。

海水幽蓝，银河蔚然，相互纠缠，绵延万万年而不绝，这景致真叫人愉悦。

我一路踉跄，迷蒙之中竟然发现远处有个身影。那人脚步虚浮，是同我一般醉酒的模样。本神尊定睛一打量，看到那人的水色绸衫如水墨画，不禁了一呆。

不会……不会是聂宿吧？

我登时慌乱，撇下酒壶飞身上前，明明不远的距离，我却不小心栽倒好几次。

水色绸衫飘荡，那人清冷消瘦。终于靠近他，我颤抖着抬手拍了拍他的肩膀，发出来的声音中有我控制不住的沙哑："聂宿，是你吗？你回来了吗？"

明媚的气泽自我的指尖传来，带着些微不易察觉的张扬和愉悦。不知为何，我脑海中怦然涌上十几万年前，我还是一条银鱼时的场景：幽蓝阴郁的无欲海水自四面八方束缚着我，我逃不出，躲不掉，只剩三个月的寿命。便在那时，一缕明媚魂魄涉入水中，缓缓裹住我，给我支撑和依托。

我的手指登时如触到锋刃一般缩回来。

那人顿了顿，有风吹过他耳鬓的长发，发丝触上我的脸。

他于湛蓝星光中缓缓转身。

我看到一张俊美的脸……

可我也清清楚楚地知道，他不是聂宿。

他盯着我看了一会儿，清瘦的一张脸上眉头微皱，我知道自己认错了人，不知所措地看着他……我总觉得哪里不对，恍惚之中才发现他的眼睛并非如寻常人那般眼神清澈、眼白清晰。

他的眼睛里弥漫着一层堇色荫翳。

这是我第一次见他，说道："抱歉，我认错人了。"

他转身走了，我忘了问他叫什么。

此时，我还不知道他的眼睛受过伤，那层堇色遮住了多数色彩，他不能真切视物。

晚上，我回到银河深处的住处，辗转反侧难以入眠，想到匀砚应该歇息得差不多了，于是敲他的房门，问他可还睡得着，本神尊从凡间给他带了梨花酿，若没睡着，能不能出来一起赏个月、聊个天。

他果然精神抖擞地出来了，拉着我的衣袖兴高采烈地道："素书大人！真好，你也没睡着！"

我瞧着他这天真烂漫的可爱模样便觉得欢喜。

他看到我手里提的酒壶，眼珠转了转，脸上是欢悦的光彩："这就是梨花酿吗？"

我说："你今年多少岁了？没见过酒吗？竟然高兴成这般模样。"

"匀砚今年七千岁，还没喝过酒。"

"你说啥？"我大惊，"你活了七千岁竟然没喝过酒？"

匀砚委屈地搓了搓本神尊的衣袖，道："匀砚自幼便在天帝大人身边当职，我们这些小仙侍是不让饮酒的。"他顿了顿，盯着那坛酒，眼中登时漫上水雾，说道，"匀砚很小的时候爹娘就去世了，所以也没有收过礼物。如今尊上你的这坛酒，是匀砚收到的第一份礼物。"

我愣了一愣，不知如何劝他，只能呵呵道："凡间的酒喝着有些人情味，不光是酒，凡间的姑娘……"说到这里我突然醒悟：还是不要让他知道本神尊在凡界跟姑娘喝酒这件事了，免得把他带坏了。

匀砚又抹了抹泪："尊上，你就像我的姐姐一样亲切。"

我抬头望了望头顶，星星闪得欢畅："我今年十八万岁，你若是有奶奶，便是这么大的年纪。"

我忽然觉得时光荏苒，想起来本神尊竟把自己年华最好的十四万年给睡过去了，忍不住骂了一声娘。

我带着匀砚坐在采星阁楼顶上，就着那壶酒，看着星星。星辰璀璨，就当是下酒菜了。

"你以前在天帝大人身边伺候，见到的神仙多不多？"我问。

匀砚舔了舔碗里的酒，听到我问话，赶忙抬头："认得一些。"

我笑了笑："你以后既然跟着我，便放开些，自在些，不要像跟着天帝那样拘谨。我问话，你可以答，也可以不答，酒你想喝就喝。"

他又捧着碗，低头开心地舔了舔碗里的酒。

"匀砚，你可认得一个眼睛是堇色的神仙？"我问。

"堇色是什么颜色？"

"就是略浅淡的紫色。"

匀砚歪着脑袋想了一会儿："小仙不记得有神仙的眼睛是紫色的，倒是几年前，婧宸公主养过一只猫，眼睛是紫色的。不过婧宸公主没有养活那只猫，几个月就死了。"

我沉默了一会儿，那位公子肯定不是猫，哪有一只猫的气泽是这般明媚张扬的？猫的气泽都是小心谨慎的，带着多疑和惊慌。

"那有没有哪个神仙喜欢穿水色的绸衫？"我又问。

"水色是什么颜色？"

"就是略白的淡青色。"

"喜欢穿淡青色衣裳的神仙匀砚倒是见过几个。"他眼珠子转了转，像是终于想起来了一个，捧着酒碗欣喜地说，"天上的司命星君青月就喜欢穿这个颜色的衣裳。"

我大喜："这个青月，他的眼珠子是什么颜色的？"

匀砚甜甜地道："跟我们一样呀，黑白分明。"

我无奈地捂了捂脸。

匀砚小心翼翼揪了揪我的衣袖："神尊你怎么了？"

"没事……"

匀砚确实不认识我想知道的那个神仙。

不过话说回来，四海八荒的神仙这么多，匀砚不认识，实在是再正常不过。

可是后来，我越发疑惑那晚在银河边上，我伸手触到他肩膀的时候，从指间缠绕而上的气泽究竟是不是这十八万年来我未曾忘怀的当年缠在我身上救我出无欲海的那一缕。

如果那个身着水色绸衫的神仙就是那缕魂魄呢？我可以把他当作聂宿吗……

如果他不是，那他身上的气泽为何这般熟悉……

我拼命喝酒，喝得越多就越发慌乱。

一晃到八月。匀砚晓得我同长诀是故友，一进八月就提醒我："八月初六是长诀天尊亡妻的忌日，神尊大人到那天要不要去悼念？"

我十分惊讶："他何时有的妻子？妻子是谁？为何而死？"

匀砚叹了一口气："长诀天尊的心上人是当时的姻缘神君良玉，不过她已经过世十余载了。说起来，良玉神君是个挺可怜的神君，她直到仙逝也没有如愿嫁给长诀天尊，但是天帝曾经专门为他们写过赐婚的诏书，所以，良玉神君也算是长诀天尊的夫人。至于神君为何而死……听说良玉神君本来就只有半颗心脏，后来这半颗心也受了伤。当年有位玄君追求良玉神君不成，往她那受伤的半颗心上刺了几针，所以良玉神君遇到长诀天帝后，没有活过三年便仙逝了。"

听闻自己的好兄弟长诀遇到这种事，他的心上人被那个玄君欺负得丧命，本神尊便怒了："这个玄君如此混账！他是哪里的玄君，是何名讳？！本神尊一定要去会会他！"

匀砚还记得我搅和了天帝宴席的那一件事，怕我再冲动惹出祸端，登时吓得小脸惨白，拦着我道："神尊你息怒啊……那个玄君也是个厉害角色，不像天帝大人那般大人不记小人过……不好惹得很，万一你吃了亏，受了伤，痛的可是你啊。"

我嗤笑一声："我素书从未忌惮过什么……"毕竟当年连被剐鳞片、抽鱼骨这种痛都忍过，这世上还有什么神仙我惹不起，还能有什么苦痛我不可承受？如今这天上地下我也没什么可怕的。这样一想，我心里冷静了许多。

我转了转茶盏，抬头又问匀砚："他叫什么名字，住在何处？你还知道这个玄君的什么事？都告诉我。"

匀砚一副进退两难的严肃模样："那神尊你先答应匀砚，别去招惹他，否则你就算打死我，我也不会告诉你他住在玄魄宫。"

我说："好了，我知道他住在玄魄宫了，其他的呢……"

匀砚反应过来，绞着手指，摆出一副泫然欲泣的小模样："我……"

我忍着笑，敲了敲桌子，故作严肃地道："还有呢？"

"还有……他原本是魔族的老大，后来归顺神界，天帝大人赐给他玄君的封号……他叫孟泽。"

我愣了愣。孟泽……虽然没听过这个名字，但莫名觉得有点儿耳熟。

"孟泽玄君不是什么好人！"匀砚有些恼怒，原本白嫩的小脸涨得通红，"他……他娶了二三十个夫人！"

本神尊闻言不禁又吃一惊，撂下茶盏怒道："都娶了二三十个了，竟然还要招惹别人的媳妇儿！"

听到匀砚说这个孟泽，我心中便自动勾勒出他的形象：魔族老大，一定是浓眉巨目、龇嘴獠牙的样子；有二三十个老婆，一定是面黄肾虚、好色成性的德行；还有这个玄魄宫，一听就寒酸，能比得上本神尊亲自盖的采星阁、望辰厅？

本神尊送他两个字儿——笑话！

不过笑话归笑话，我还是认真思考了能让这个孟泽玄君悔不当初、痛不欲生的法子。

有个法子我觉得十分可行，简单一句话讲，便是——以其人之道还治其人之身。

他害得长诀的心上人丧命，那本神尊也只好对他的心上人下手了。虽然本神尊对他的那些夫人做不来血腥之事，但是把这二三十号女人弄到凡间让她们回不来，还是极简单的。

这个主意一打定，我便筹划着何时去一趟玄魄宫、如何动手。

八月初六便是长诀亡妻良玉神君的忌日，报仇一事宜早不宜迟。

于是，在八月初三晚上，趁着月黑风高，匀砚早已入眠，本神尊揣上离骨折扇，潇潇洒洒出了银河深处。

我已从匀砚口中套出玄魄宫到底在哪里。虽然本神尊沉睡了十四万年，可我十四万年前曾上天入地地吃喝玩乐，这基础打得牢固，所以现今寻个地方也并非难事。可是当我拿着一把折扇出现在玄魄宫前，看着三丈高的巍峨宫墙和朱红似锦的阔气宫门时，心中不自觉地将其与我那银河深处的采星阁进行比量，顿时被磨去三分气势。

纵然我不想承认，但是这个玄魄宫怕是不比天帝所居的翰霄宫差几分。

我纵身跃上云头，飞过宫门却觉得有些蹊跷：按照匀砚所说，凭着这个玄君能娶二三十个夫人的好色秉性，这玄魄宫应该是灯火通明、夜夜笙歌的奢靡景象，可本神尊自祥云上头往下观望，却觉得这偌大的玄魄宫一派萧索冷清，只有几处地方燃着灯火，其他的地方尽是黑压压一片，更别说歌舞升平了。

我忍不住说了一句："这玄魄宫一片漆黑，叫本神尊如何去找那混账孟泽的二三十个老婆？！"

我在祥云上蹲了半个时辰，望着玄魄宫，手中把玩着离骨折扇，不知如何下手。惆怅之余，扇子没拿稳，从祥云上直直落下去。本神尊还没反应过来，那扇子已经"吧嗒"一声落在地上的一个阴暗角落，紧接着，一声带着恐惧的大喝传来："是谁？"

我愣了片刻，细细瞧了瞧那角落，不由得惊喜——是个姑娘！

莫不是孟泽的老婆之一？

本神尊大喜之时抬手扶稳玉冠，素袍一扬，潇洒跳下云头。

估计是光线太暗，那姑娘的眼神又不如本神尊这般犀利，所以本神尊将将落地，她看到我素衣玉冠一身公子打扮，便跑上前来，扑到本神尊怀里，哭得梨花带雨："君上，知道你舍不得拒绝文儿……文儿知道你一定会再出来找文儿的……"

本神尊愣住了。

文儿？

君上？

我偷笑，这果然是孟泽那小混账的媳妇儿之一！

得来全不费工夫，我心中大喜，但还是不动声色地念诀把离骨折扇收回手里。

那文儿又抽泣一声，抱着我更贴紧几分："君上……文儿是真心爱你的，你收下文儿吧，文儿在你身边哪怕做个婢女也是甘心的，只要能伺候君上，文儿……"

折扇一到手，我端着扇柄，没等这个叫文儿的姑娘表白完，便十分顺手地一转折扇，将她敲晕，顺口念了将她变小的诀术，把她扔在袖袋里。

本神尊掂量一番，觉得今晚暂时先收这一位，至于其他的，等白日里能瞧得清楚了再来打探一下。这样一想，离骨折扇在手中不由得"啪"地一展，我今晚这一票干得很是干净潇洒。

可就在我提步欲走之时，身后突然传来冷漠的男声："你是谁？要对她做什么？"

本神尊脚步一顿，头一抬，脑子一转。

不妙。

这是有人瞧清楚方才我如何作案。本神尊一心扑在孟泽的小老婆身上，谁知黄雀在后，倒是大意了。

我冷哼一声，摇了摇折扇转头道："做什么？呵呵，你管我做什么……"

可待我看清了身后那人，竟不由得将话咽了回去。这水色长衫，这清瘦身形，这桃花面容，以及这双堇色的眼眸。竟是他……

我一刹那恍惚，攥紧扇子怔怔地道："怎么是你？"

他不动声色，只是看着我微微眯了眯眼睛又皱了皱眉。我也是很久之后才知道，他这皱眉的动作，并无他意，只是想努力看清楚眼前的景象和事物而已。

我以为他没有认出我来，于是干咳两声开始给他解释："你可能认不出我来了，我是六月初十的晚上，在银河边将你错认成聂……错认成旁人的那位，当时我饮了些酒……"

他眉头松了一些，打断我，淡淡地道："我认得你。"

"啊？"

"像你这样一身男子装扮的女神仙不多。"他解释道，十分客气礼貌。

我摸了摸鼻子："哦。"不知为何，面对他，我有些局促。

他见我这般模样，便不再理我，转身往宫门方向走去。

我抬头望着头顶有些晦暗的月光，觉得自己像是中了邪一样，提步之间一个不自觉，竟也跟着他向宫门方向走去。

"今晚这月亮不太亮，对吧？"本神尊没话找话。

"嗯。"

"你看这远处的星星瞧着也不太精神。"

"嗯。"

"你常走银河那条路吗？那里的星辰日夜不灭……"

"请问这位姑娘，她同你有什么过节吗？你要带她去哪里？"他似是终于忍不住了，停下脚步，低头问我，语气不浓不淡，带着略显刻意的礼数。

便是这不浓不淡的客气语气叫我心中泛出几丝酸苦，却又说不上自己酸什么、苦什么。

所幸这感觉转瞬便消失了，我将扇子一展，瞬间又精神抖擞起来："我今晚来报仇呀！"

"她何时冒犯了你？"

我阴森森一笑："哼，倒不是她冒犯了我，而是她夫君冒犯了我。"

他若有似无地笑了一笑，抬步便走："倒不知她夫君是谁。"

我连忙跟上，热心地给他解释道："她夫君就是那个孟泽小混账啊！"

他脚步顿住，神色讶然地望着我。

"你认识这个混账？"我瞧着他的神情有些奇怪，便如是问道。

他仿若看着一个痴癫的人一样看着我："你见过他吗？"

我潇洒一笑："他既然能娶二三十个夫人，又是魔族老大，倒不用亲自一见，本神尊掐指一算便知道他定是个龇嘴獠牙、面黄肾虚的流氓。"

他神色尴尬，悲喜莫辨。

我仔细看着他脸上悲喜难辨的表情，又就着稀疏的月光打量着他这张貌若桃花的面皮，突然有个猜测如天雷一般直直劈过我的天灵盖：这个少年郎这般俊美，又这般清瘦，该不会……该不会也是那个孟泽混账的夫人吧？

我又慌乱地细细打量他一遍：这面皮干净白嫩，手指修长白皙，一身水色长衫舒然雅致……

"你不会真是他……"

我这厢还没说完，便撞见他低头看我的那一眼。那堇色的眼里露出些悲凉和愤怒："我是。"

我突然觉得头顶天雷滚滚，聚在我天灵盖处炸开，发出"轰隆"一声巨响。

他便……他便这么干脆地承认他是孟泽混账的夫人了？

本神尊突然觉得世事难料，绝望之余抬头望了望天，没忍住在心里狠狠问候了孟泽一顿：孟泽你娶女人也就罢了，连男人你也不放过……

问候完孟泽，我却见原本在身旁的孟泽的男夫人已经快步走出宫门了。

本神尊扶了扶头顶的玉冠，连忙跟上。

稀疏的月光洒在他水色的绸衫上，夜风撩开月光，清淡拂过，他略显消瘦的身影瞧着有些朦胧，有些单薄，看着叫人有些心疼。

我下意识觉得孟泽待他不好，不过这也是明摆着的，除了本神尊袖袋里的这个文儿，那个风流成性的孟泽玄君还有二三十个夫人，不知道他在孟泽心里占有几分地位，又不知孟泽那混账能分出几分心来陪伴他、待他好。

夜风微微有些凉，我收了离骨折扇，暗暗搓了搓衣袖，才下定决心上前与他并肩，说道："看你这模样便知道你过得不太好，你若受够了这种生活，便……跟着我吧。虽然我在银河深处的宅子不大，比不上这玄魄宫的气派恢宏，厢房也只有两间，但是……"

他微微一笑，半眯了桃花眼问我："但是什么？"

我拍了拍他的肩膀，望着他认真地道："但是如果你来了，本神尊可以给你亲手盖一间厢房。"

他拒绝了我："还是不了，我习惯住在这里。"

可他这副模样在我眼中便是：宝宝心里苦，但是宝宝不说。

于是，本神尊心中那股悲天悯人的情怀和女人与生俱来的母爱便如大河奔流，抑制不住滚滚而来。我拉着他的胳膊道："你别担心，本神尊仙力不算太弱，拼尽全力也一定会护你周全。"

他抽出胳膊，神色别扭地往前走："我并不需要谁护我周全。"

呃……本神尊方才说保护他是不是伤了他的自尊心？

03．红尘为景，高楼饮酒

　　我俩去了凡间，他去凡间饮酒，我去凡间扔孟泽的小老婆。

　　我平日里并非善谈之人，不知为什么，跟他在一起的这一路上，却很想跟他多说一些话。后来，我才知道，看到他这副略显孤僻的样子，本神尊便有了要体贴他、让他欢喜、让他开心的想法。

　　我昏睡了十四万年，有些念头却依然是四万岁时的样子。这虚妄的十四万年，没有消失的便是这些不甚成熟的想法了——我觉得对一个人好，就是让他欢喜。而我一直忽略了一点：这个你想尽办法让他开心的神仙，是不是喜欢你。如果他不喜欢你，你便永远不是令他开心的理由。

　　这一晚恰逢凡间的帝王与邻国大战凯旋。泱泱红尘，景致兴盛，大红灯笼从关口开始铺陈，有三十余里，一直延伸到巍峨的宫城。

　　我与他立在云头，脚下便是这一片火红的灯海。

　　他的目光落在远处的一片幽蓝静谧的湖水之上，说来也巧，湖水旁边那个青楼是本神尊常去光顾的地方。他像是也意识到了这一点，轻微皱眉道："纵然你是男子装扮，身形也高挑，可这眉目一眼便瞧得出是女子，为何还要去青楼？"

　　我掏了掏袖袋，那个被我缩小的文儿姑娘还在里面。本神尊笑道："今天我倒不是自己要来享乐，而是为了报复孟泽那个小混账。今晚我便要把他的小老婆扔在青楼。"

他盯着我，灯火红光自脚下升腾而上，映在他的脸上，那张脸明媚又好看。只是他的神色里是困惑与不解。

我觉得他可能没做过什么坏事，所以对我把袖袋里的姑娘扔在青楼的做法很不理解。

我拍了拍他的肩膀，说："我也并非蛇蝎心肠，只是想让孟泽有个教训罢了。他的这个小老婆我会多加保护，只是不能让孟泽那混账再见到她。"说完便拉着他的衣袖奔下云头。

那帝王的队伍已行至我们脚下，气势恢宏。

我本打算拉着孟泽的男夫人飞过去，不料偏偏在这个时候，袖袋里的文儿苏醒过来，忽然从我的袖袋里飞了出来。我大惊失色，怕她在凡人面前施展仙法被反噬伤身，万般紧急之中先给她施了禁术咒。她的仙法被禁制，身形瞬间不稳，眼看就要掉下云头。

我一愣怔，连忙展开扇子想要捞住她。这一捞不偏不倚，竟然一下子没控制住扇子的法力，将这个文儿捞得从我身旁飞了过去！

她没踩祥云也没扯疾风，在三丈开外发出一声大呼，还不待本神尊我伸手拉她一把，便直直落了下去！

祥云之下，军队人马正昂首阔步向前行进，帝王所乘的烈马突然发出一声嘶鸣——又是好巧不巧，文儿姑娘从天而降，直直栽进那帝王的黄金铠甲之中。

护驾之声此起彼伏，我心痛地回头，本想问身边的那人该怎么办，可不知何时他已经走了。我擦了擦汗，趁着下面一片混乱，当机立断跳了下去。

那文儿姑娘已经缩在帝王怀里，双瞳中满是惊恐，不知所措。那帝王抱着文儿，目光炯炯，神采飞扬，一点儿也不顾及马下面早已乱成一锅粥的将领、侍卫、随从和百姓。

我奔到那帝王的马下，收了扇子，俯身，想了想又直接跪下，道：“皇上恕罪，你怀里的姑娘是草民的人。”

那帝王无视我的存在，直勾勾盯住文儿，眼珠子像是镶在了文儿的那张脸上，开口道：“疑是仙女下凡来，回眸一笑胜星华。”

本神尊心里"咯噔"一下……这帝王莫不是瞧上了文儿姑娘？

文儿姑娘也是一哆嗦，颤颤地道：“你……你放开我。”

我瞧见那帝王抱着文儿的手不由分说地紧了几分。

我捏了捏大腿，这可如何是好？我本来是打算把孟泽的这个小老婆化成凡人悄悄扔到青楼里的，但是现在在这光明正大的地方，被这帝王相中了。

神仙不可在凡人面前施展法术，如今她在这皇帝怀里，我不敢硬抢。文儿的法力被我禁制住了，众目睽睽，她也不能逃跑。

本神尊硬着头皮道：“皇上，你怀里的这个姑娘是草民的……”

“朕要了！”烈马之上，那金装铠甲的人打断我的话。

我愣了一愣，脑筋转了个弯儿——把文儿扔给这皇帝倒也成，总归是把孟泽的小媳妇儿送了人。孟泽的媳妇儿给旁人做老婆，他必定会心痛，那本神尊也算是给长诀报仇了。至于文儿，她若是不愿意同这帝王同枕，我到时候便送她个防身的令符保全她。

思及此处，本神尊心中突然对文儿姑娘有了愧疚，但是又想到孟泽那混账曾害得长诀的心上人丧命，便觉得自己这样做也无错了。

那帝王见我久不答话，睥睨着本神尊，威凛地说道：“你若是不愿意，朕便……”

我当即拜了一拜，忍不住心花怒放：“愿意，愿意，草民便把自己的妹妹送给皇上了！”

帝王没想到我这么痛快，神色猝不及防地僵了一僵。

可那文儿却反应过来，往帝王怀里一窝，哭道：“皇上，我不是她妹妹！她将我打晕，本打算将我卖到青楼！”

我拿着扇子望了望天：瞎说什么大实话？

帝王登时怒发冲冠，抱着怀中美人儿的双手紧了紧，暗自抚摩了美人儿的后背一把，忽然想起什么来，抬头看到街边的"相思楼"灯火妖娆，惊道："你方才莫不是宁死不从，是从这楼上掉下来的？"

文儿自然是委屈得不得了："是……"

我望着那帝王怒红的一张脸，默默地道："本神尊今日怕是要完。"

果不其然。

"来人！把这歹民给朕拿下！"

我瞬间跳起，倒退一步。四方将士纷纷涌上前来将我围住。我捏紧离骨折扇，抬眸狠狠望了他们一眼。看这阵势，本神尊是不得不同他们打一仗了。

但我转念一想，我素书本是守卫六界的神尊，也受过凡间多年的香火，如今若是对他们动手，我便担不起"神尊"这称号了，就算赢了也不光彩。

我揣了扇子，准备收手，正打算认个罪，服个软，趁他们放松警惕再伺机遁走。

"皇上息怒，草民错了……"

我这话还没说完，便觉得手臂一沉，愣怔之中已被人拉起，再抬头的时候，便看到弓箭围困之中，一副坚挺的身躯挡在了我的面前，将我护住。

那缕熟悉的气泽扑面而来，我心下顿时安稳，抬头便看到方才不见了的那个人又回来了。

月光浅淡，越过他颀长的身形，在地上铺开一个清瘦的影子，入我眼眸的那半张脸，轮廓分明，俊美堪比女子。本神尊的心神略一荡漾，便暗暗扯了扯他的衣袖，兴高采烈道："你方才去哪里了？"

他没有回答我，又把我往身后挡了挡，抬头对着帝王怀里的文儿姑娘道："文儿，你如今被皇上看中，是旁人求之不得的福分。"

我扯了扯他的衣袖，压低声音道："文儿不会听这一套，说不定她会求这帝王把你我二人都抓起来……"

可那文儿听到他说完这句话，不但没求那皇帝抓我们，反而泪眼蒙眬，满面委屈，掩面忍不住抽泣道："君……"

我身旁的那人抢先道："君王看上你，乃是你此生的造化，方才你的二哥之所以说把你送去青楼，不过是因为你不听规劝，想吓唬一下罢了。你之前看中的那位公子他并不喜欢你，你就算一直纠缠，他的心思也不可能放在你身上。你作为家中唯一一个小妹，你二哥连同大哥我都十分心疼，不愿意将你托付给一个从未喜欢过你的人。你就算生气，也不该不认你二哥，自小到大，他最疼你。"

他一下子说出这么一段话，让本神尊有些意外。

我愣了一愣，小心翼翼地问："谁是她二哥？"

"你。"他暗暗道了一句。

我"嗯"一声，明白过来他这是在替我解围，陪我演戏。我心中谢了他一谢，在衣袖遮掩之下，一个诀术从他袖子里飞出来落在我的脸上，本神尊的面皮蓦然一紧。我颤颤摸脸，才发现眉目、轮廓都多了些硬朗之感。

"你方才那模样，一看就是女人。"他低声同我解释了一下，可能觉得还是不太妥当，又十分客气地补了一句，"得罪了。"

我拿着扇子，望着他的一张俊脸，突然觉得就算是面容毁在这人手上也是开心的，于是呵呵一笑，道："无妨，无妨。"

文儿听到他说的那段话后竟然没有反驳，也没有揭穿我们，执起缥缈的轻纱拭了拭泪，浅浅应了一声："兄长说得是，文儿知错了。"

战马之上的帝王仿佛终于明白了个中缘由，下令让围困我们的将士撤退，低头安慰怀中的美人儿一番，向我和孟泽的男夫人道："从此以后，文儿便是朕的人儿了，改日聘礼就会送至府上，朕替文儿谢过两位兄长。"他说完笑一声，抱着怀中的仙女，挥鞭往宫城奔去。

兵马远去，欢声未绝。

凡间便是这样，一个国家兵强马壮、军队所向披靡是令子民骄傲的一件事。有金戈铁马护着这盛世安稳，担着这金瓯无缺，无论是耕作生产还是买卖市物，凡间的百姓都没有后顾之忧。亲征的帝王凯旋，这帝京要通宵达旦大贺三日。

这大贺的三日里，人们在晚上要摆诗会作豪情诗，白日里要搭戏台唱乘胜戏，正午要洒晌日酒，子夜要上祈安香。

夜间帝王行过后，诗会便临街而设，意气书生挥斥方遒，虽未经沙场铁血，但豪情壮志可以凌云。夜深时，观诗会的凡尘百姓中有不少人手中握着香火观看诗会，看到写得好的诗句就顺带背下来，在上香的时候念给我们这些神仙听。

我来凡间的次数多，又加上这个国家的帝王常常打胜仗，便也晓得了这些事情。

孟泽的男夫人带我穿行在熙攘的人群之中，清瘦却十分挺拔的身体挡在我前面，有意无意地替我挡住不小心涌撞过来的人。只是我发现，他不带我走还好，他带的这一路，简直是领着我往人群里撞。

我还是停留在方才他为我解围的感动之中，说道："多谢你今日出手相救，若不是你，我怕是要对他们动手才可保全自己。"

他云淡风轻地应了我一句："我只是不想再看到文儿罢了，替你解围不过是顺手的事。"说罢又领着我撞入人群之中……

我有些疑惑，从人堆里探出脑袋，道："你不想再看到她？"

但是这句话问出口的那一刻我便已经知道答案了：他是孟泽的夫人，那文儿也是孟泽的夫人，作为情敌……他自然不希望再看到文儿。

我望了望夜空，突然想作一句诗给他听："天涯何处无芳草，孟泽那厮是混账。"

正这么想着，本神尊便又眼睁睁地看着他撞上旁边的人。终于发现自己领的路不大好，他才驻足，茫然无措地停在原地。

我也顿住。

不知道为什么，明明是在这般嘈杂的街道和人群中，他顿在这里不退不前、怔怔站着的模样，却叫我在一旁瞧着好生清冷和悲凉。

　　我也愣愣地站在他身后，看稀疏暗淡的月影映在他的脊背上，看灯火鼎盛映红他的侧脸。他沉默不语的样子让我毫无预兆地想到了聂宿。

　　那时候我两万两千两百多岁，正是"犯二"的好年纪。

　　聂宿承天帝之命，去太学宫给神界一众胄裔讲学。

　　对外他是我的师父，讲学自然要带着我这个徒儿去听一听，感受感受他的教化。

　　因为我从无欲海里被捞上来时魂魄被啃噬得干净，所以没有魂魄的我自幼便对旁的神仙的气泽十分敏感。太学宫里，我就算是比同龄的姑娘个子高挑一些，但是在男孩子里个头最多也勉强算是中等，于是坐在靠前的一个位子上。我身后那位，是比我高一个头的南海二殿下。

　　是的，我两万两千两百多岁，赶着"犯二"的时候，容易招惹带"二"的神仙。

　　那个二殿下因为个头比我高，所以听学的时候总是把脑袋往前伸，他的气泽便经常飞上我的灵台。

　　那要是一个正经的神仙气泽也就罢了，最多也就是矜持沉稳、虚空缥缈，或者疏狂豪迈、逸兴遄飞。这个二殿下则与众不同，他的气泽里满满的都是美食佳肴。

　　他每每探过脑袋来，气泽在我头顶上时，我那通透的灵台上便仿佛摆上了一桌山珍海味：东海肥美的虾蟹，瑶池鲜脆的莲藕，招摇山上青嫩的祝余草拌着青瓜，西南荒肉质香甜的小狔兽浇上蒜蓉……偶尔感受得深，还能有几壶上好的五粮佳酿，伴有几碟精雅的酥饴茶点。

　　这件事令我很懊恼。

　　因为我只能感受到灵台之上的这些美味，却没办法尝一口。聂宿讲的卷书我自然是一个字也听不进去。

　　终于有一天，太学宫放学之际，我故意走在最后，把那位二殿下往暗处拦了拦，道："兄台，你想逃课吗？"

　　二殿下不明所以："为何要逃课？"

"兄台在课上时时刻刻思念美酒佳肴，就不想逃课去吃吗？"

"想的想的！"二殿下登时两眼放光，但一转念又有些忌惮，搓着衣袖道，"听说聂宿神尊很是严厉，而我现在打不过他，所以不敢逃课……"

我拍了拍他的肩膀："不瞒你说，聂宿就是我的师父，我自有办法可以帮你！"

二殿下欣喜若狂，朝我深深作了个揖："素书姑娘，你真是个好神仙！你我二人交情尚浅，为何肯这般帮我？"

我那时不太好意思说他的气泽已经深深打扰了我，于是随便扯了个谎："二殿下清雅飘逸、俊美无双，小神看着你的这张脸就愿意帮你。"

二殿下的脸红了，临走时也略羞涩地夸了夸我，顺带也夸了夸自己："素书你不但长得眉目如画，没想到看人的眼神也是很精准的。"

当晚我便给那二殿下请了假。聂宿正在湖心亭批注卷书，听我说完，抬头望了我一眼，浅浅应了一声，没再理我。

后来，直到聂宿在太学宫讲学结束的前一日，大约三个多月的时日里，我再也没有见过那南海二殿下。

太学宫讲学的最后一天恰逢神界上元佳节，天帝赏了我们珍馐和烟火。傍晚时分，我左手攥着一只鸡爪，右手捏着一个鸭腿，正啃得尽兴，忽见烟火璀璨之中，有位神仙穿着大红喜袍，率着一众虾兵蟹将，抬着大红花轿，扛着成箱的彩礼，昂首阔步地走来。

我当时愣了一愣，实在没有认出眼前胖成三个聂宿的神仙到底是谁。他走到我面前，给我深深作了一个揖，还没开口，山珍海味乘着臃肿的气泽扑面而来，我便明白这是那个南海二殿下。

他抬头对我一笑，直笑得满脸的肉都哆嗦起来："现在我不如以前那般好看了，但是素书姑娘，我知道你的眼神向来精准，我觉得只有你才能看到本殿下依然俊美的内心。"

烟火自四面八方轰然炸响。

同门那些胄裔纷纷跑过来，围着一个目瞪口呆的我看热闹、瞎起哄。我吓得一哆嗦，连鸡爪都掉在了地上。

二殿下又笑了笑。这次他笑得有些卖力，满身的肉都在颤抖："素书，我今日想娶你回南海，彩礼和花轿我一并带来了。嘿嘿，本殿下现在有点儿肥厚，你若是一时看不到我的内心也没关系，待你跟我回南海后，我让你慢慢看，嘿嘿。"

我还没回答，那些同门便开始起哄，甚至还有用仙术耍起烟火助阵的。

我茫然无措，回头去看聂宿，见他站在鼎盛的烟火中间，热烈的色彩和巨大的喧嚣落在他身上，映着一身浅淡绸衫的他越发沉静和清冷。

他负手而立，神情严肃，低垂着眼睑，似在看我又似对此事漠不关心。

就在那一瞬间，我攥着鸭腿，看着他孤单的模样，想到了很长远的一些事情：若我果真跟着这位二殿下去了南海，聂宿以后自己在神尊府，会不会很冷清？想到这里，我便有些心疼他。

我转过头，对二殿下认真地道："殿下，我不想跟你去南海。"

南海二殿下错愕万分，话音里裹着浓重的委屈："你也跟旁的女仙一样，见我变得不好看了，就不喜欢我了吗？"

就在那时，聂宿走上前来，将我拉到身后，替我回答："她方才说不想跟你去南海，其他的无可奉告。"

南海的二殿下自知打不过聂宿，率领虾兵蟹将把花轿和彩礼都扛了回去，走的时候宽硕的背影瞧着有些委屈。其实现在想来，这位二殿下也算是心地善良，我并没有讨厌过他，毕竟他是第一个说想娶我的神仙。

回到神尊府，聂宿将我狠狠训斥了一顿，厉声叮嘱我以后不可以再随便夸旁的神仙好看，我戚戚应下来。

时至今日，我依然没有忘记当年神界太学宫前，四方炸开鼎盛的烟花，聂宿却在那欢愉的景象里默然不语的模样。

如今，在这熙攘的凡尘中，那位孟泽的男夫人立在那里，墨发成愁，背影清冷，如当年的聂宿。

他温润的气泽与我隔了几步之远，自他身上游离而来，缠上我的手指。我望着指尖那微不可查的幽光，顿了顿，上前扯住他的一片衣袖，笑道："我知道一个饮酒的好地方，今晚趁着这凡间君王凯旋的昌隆盛事，我们也要喝几坛助助兴。"

这个好地方，便是我这些时日常来的名叫"慕花楼"的青楼的楼顶。坐在慕花楼楼顶的正脊上，低头便能看到楼下回廊里环肥燕瘦的姑娘，转身便能看到楼外静谧幽蓝的湖水。偶尔躺在这里，听背后丝竹袅袅，看远处烟波漫漫，灌几口凡尘清酒，便可把忧心事暂抛于脑后。

只是神界一日，凡间一年。本神尊前几日来这里，低头时无意看到的抚琴的白衣姑娘，隔日再来，已寻不见倩影。

偶尔我也会把酒思索：我在神界历经了万万个日子，这凡尘真的就历经了万万年吗？这样算来，从洪荒伊始到现在，这凡尘已经经历了亿万年了吧？

其实非然。

我们神仙过的日子，多是虚妄。你说这虚妄是一天，那便是一天，你说这虚妄是十四万年，那便是十四万年。凡间晨昏更迭都是实实在在的景象，所以天上云烟浩渺的十四万年过去，这凡间可能只是一个垂髫稚子抱着新采的莲蓬卧于木舟之上打了个小盹儿。

都说神仙自在，殊不知这自在却是空。

我从楼下拎了酒上来，递给孟泽的男夫人一坛，此时他已经在正脊上对着湖面坐下了。

"多谢。"他双手接过酒坛，动作极具礼数，语调也十分轻柔，如果神情再和缓一些，便真是美如冠玉、温文尔雅的公子。

我扬起素衫坐在他旁边，笑道："你我便是这般有缘，我喜欢这座慕花楼，你恰好瞧上了这楼外的静湖。"

他望着那湖，堇色的眼眸里添了几丝笑："我偶尔也会有你是我的故人的错觉。"

我歪着脑袋打量他，摸了摸自己的脸，发现这张脸不知何时已经恢复了原本的模样："你是说长相还是说气泽？"

他轻笑一声，仿佛听了个笑话一般，灌了口酒，道："气泽这种东西太过虚渺，气泽相像的神仙不在少数，如何能判定那是故人？我自然是说长相。"

我沉默了一会儿，借着夜风我又摸了摸脸颊，突然想起来一件事：我这张脸曾被聂宿雕琢成了梨容的模样，若是故人，大概也是梨容的故人吧，而我，早就没有了自己的容颜，甚至连我自己也快忘了三万岁以前我到底是个什么样子，只是隐约记得，少时在神尊府的湖心亭，我曾经趴在聂宿膝上往湖中看，湖面上的面容算不上绝美，只能看得出几分模糊的清秀、可爱。

我摩挲着酒坛上的花纹，望着楼外湖面上袅袅的水汽，许久没有答话。

他察觉出我的沉默，望着我，脸上有些遗憾："'故人'二字可是触到了你的伤心事？"

我笑了笑："我有一位故人，提到他我就想哭。"这么说着，眼睛果真有些泛潮。

他便这样望着我，神色错愕了好一会儿，不知如何安慰我。

我扯了扯他的衣袖，笑道："莫怕，要哭也是一个人哭，我很少在旁人面前落泪。"

他突然撩开衣袖，从中衣上扯下一块绸布递给我，迅速转过头去，轻声道："抱歉，我没有带绢帕的习惯……你若是想哭，便哭吧，我不看你……"

我拿酒坛的手顿住，怔怔接过来，回味着他方才说的话，突然就哭不出来了。我把那半截中衣衣袖放在袖袋里，咳了两声，道："我们喝酒……喝酒。"

"嗯。"

"敢问兄台，你今年多少岁？"

"快十三万岁了。"

"哦……"

"你呢？应该比我小吧。"

我低头晃了晃酒坛，不太敢看他，说："哦……我比你略长几岁……略长几万岁吧……"不止这样，我沉睡的这些年月，足够长成一个你。

他抱着酒坛的手一顿，洒出来一些酒。他大概是惊到了。

不对！

他不到十三万岁，这样说来，他出生的时候，本神尊早就在银河深处的棺椁里睡了一万年了，他没见过我，没见过梨容，如何会有我是故人的感觉？

脑海里突然涌出一些虚浮的场景：阴郁诡谲的海面上，一盏水蓝色的灯火摇摇曳曳，仿佛下一瞬就要熄灭。我一刹那恍惚，觉得这景象万般熟悉，魂魄成丝，从海面钻出来缠住我，勒得我无法喘息。可待我想要抓住那些魂魄时，便看到海雾肆虐而来，昏天暗地之间，这场景霍然远去。

我望着眼前的人，略有些激动："方才……方才你觉得我是你哪个故人？"

他摇了摇头："应该不是重要的故人，我不记得你，只是隐约觉得有些熟悉而已。"

应该不是重要的故人，我不记得你。

缠在我手指上的气泽，在这开阔的慕花楼楼顶上，在这混着脂粉味道的尘世中，越发明媚洒脱，自指腹传来的欢跃，在我的掌心中流动，像是随便一勾，就能描出一个恣意飞扬的少年。

这气泽是认识我的。可我喝着酒水，越发茫然。五个月前我在银河醒来，拿着离骨折扇飞上翰霄宫，却被告知聂宿早已灰飞烟灭。我曾想这世上哪怕有他的一缕魂也好，这样总好过他此后永生永世的荡然无存。如今，我寻到这缕魂魄了，甚至我只要动用诀术，就可以确定这魂是不是当年救我出无欲海的那一缕。

我离它这样近，可如今这气泽的主人说我并不是他重要的故人，他未曾记得我。

我又默默灌了口酒，对着迎面而来的夜风尽量笑得让人听不出难过："这还真是遗憾。"

他突然挥开衣袖，抱起酒坛，酒水倾泻而下，三分落入口中，七分湿了他的长发。

"我晓得你有眷恋的故人，我也有。"他说，语气中终于不再附上明显的客气和礼数，"我曾喜欢一个姑娘。"

我被吓得一哆嗦，差点儿从楼顶上滚落下去："你喜欢一个姑娘？"孟泽那混账允许他喜欢姑娘？

"可惜那时的我狂妄蛮横，以为没有什么事是不能用打架解决的。我害了她，这是我此生最难过的事情。"他把这句话说得十分淡，只是他紧绷的手指几乎要将酒坛捏碎。

我拍了拍他的肩膀，宽慰道："这不怪你，你已经很好了。"只是，这般清瘦俊美的少年郎，如何抵挡得住狂妄蛮横的魔族老大？孟泽知道他喜欢旁的姑娘，肯定要为难他，连累他伤害了自己心爱的姑娘，这其实怨不得他。

"她因我而死……我永远不能原谅我自己。我这双手，曾挽过她的腰，曾抚过她画的扇面，曾触过她沉睡的面庞……也害死了她。"他说到这里，忍不住哽咽起来。酒水顺着他的鬓发落入他的衣衫，他的那些记忆随着清风与酒气扩散。

我看到他堇色的眼眸里水泽渐重，不知如何宽慰，也不敢当面骂孟泽，怕提到孟泽会让这位男夫人想起伤心事，只能在心里默默画圈诅咒孟泽那厮：你原来是硬抢这个俊美公子做夫人的，你不仅害死了长诀的心上人，你还害死了眼前这位公子的心上人。多行不义必自毙，本神尊送你一咒，祝你日后妻离子散，成为孤家寡人，也尝一尝这些被你害过的神仙的感受。

我看着这位男夫人，清冽的酒气一丝一缕描摹着他如画的眉眼。

本神尊不大会劝人，于是又递给他一坛酒。

此时子夜已至，在湖边上祈安香的凡尘百姓也越来越多。我与他坐在楼顶正脊上，听着百姓念给我们神仙听的豪情诗，喝着剩余的五六坛酒，暂时将新愁旧恨抛到脑后。

后来我先醉了，躺在冰凉的砖瓦上，看远处香火缭绕，灯火繁华，近处清酒溢香，公子如画。我须臾入梦，不知身居何处、魂归何夕。

梦中，袅袅而来的红尘味混着脂粉的香腻弥漫在我的身旁，四周轻盈的纱幔随风轻舞，我斜躺在美人靠上，看着面前一众凡间的姑娘给我抚琴、跳舞。身旁为我斟酒的两个丫头乖巧可爱，善解人意，从不主动过问我的伤心事，也从不问我打哪里来，为何要打扮成男人模样。

我喝着喝着头发就乱了，头上的玉冠再也戴不稳当，顺着发丝落到地上，衣衫被夜风吹开，执杯盏的手有些抖，落入口中的酒不过就两三滴。

青楼的鸨母见我这般沉醉凌乱的模样，挥着锦绣团扇走进来，替我斟满酒，笑得花枝乱颤："姑娘，你这倾国的容貌，若是来我这里，我保你锦衣玉食、芳名远扬。"

我挑眉望了望她，笑道："是吗？"

她一把握住我的手，激动地道："美的东西就该让人看，姑娘有这样绝美的一张脸，不来这里真是可惜了呀！"

我凑近她，捏住她的下巴，讥笑道："你看中了我的这张脸？"

她点头，又将我这皮相夸了一遍。

我哈哈大笑，笑得眼泪都飞出来了。

"你若是喜欢这张面皮，我揭下来送给你可好？"

鸨母以为我在说醉话："姑娘可真爱说笑。"

我仰面躺在美人靠上，摸了摸脸，说道："我哪里是在说笑，这张面皮不是我的，是梨容的。聂宿喜欢梨容，他将我雕琢成梨容的模样……"

这番话说出来，鸨母便更加认定我在胡说八道。她用眼角的余光扫了扫回廊尽头的三五个壮汉，手已经探入我的衣衫，打算解开，嘴上还不忘诓我："姑娘醉了，这身衣裳都是酒味，我让下人带你去沐浴更衣可好？"

我仰面望着回廊上挂着的花灯，鼻子一酸，突然有些想哭："你不信吗？我原来真的不是这个模样的……聂宿把我的脸换成他心上人的，可是……聂宿他是我的心上人啊……你觉得我可怜吗？"

鸨母解我衣衫的手并未停止，我推开她，翻了个身："莫碰我了，你看上的这张脸本不是我的……"

回廊尽头的壮汉已经奔到我身边，身旁那些陪我的姑娘惊呼不已，也有要上来拦一拦的，可是柔弱女子，哪里是那三五个壮汉的对手？

我蜷缩在美人靠上，背对她们，望着回廊外的湖中那素衣姑娘乱发遮面的凌乱影子，竟有些哭笑不得："你们可是要对我一个神仙动手吗？我可是天上与聂宿齐名的神尊啊，我送你们见阎王都是轻而易举的事。"

有粗大的手掌抚上我的后背，我吐了吐酒气，提醒鸨母："我不想跟着你，你可以住手了。"

可她粗鲁的动作并未停止，衣衫撕裂的声响自背后传入耳中，我猛然一怔，觉得背后陡然袭来一片冰凉。

湖面上映着我的样子，我正要教训一下这帮亡徒，却听到背后传来一个比我更怒的声音："放开她！"

水色的绸衫落在我身上，将我严严实实盖住，我想回头看来人一眼，他却给我送了一记昏睡诀。

四周似乎传来求饶的声音。

"醒过来就到家了。"他的一句话叫我再也撑不住，挣扎着入了梦。

我忘了问是哪个家，是神尊府，还是天帝大人赐给我的那个宅子？

我仿佛听见聂宿说："素书，我来接你回家。"

我等了一万年了，聂宿却从未跟我说过这句话。

后来，一切归于安静，绸衣上沾染的气泽裹着我，只剩瓦片上落了寒露，自背后渗入骨。

04．所见所念，所思所现

　　我是在慕花楼楼顶醒来的，身旁早已没了那救我之人，只剩一件绸衫盖在我身上。熟悉的触感自指尖传来，原来我昨晚是因为这件衣裳又梦到了十四万年前的那桩事。

　　我眯眼抬头，只见日上中天，此时已是晌午。我起身理了理衣衫，抬手稳了稳头上的玉冠，突然，一块白色绸布从袖口掉出来。那绸布边沿不甚整齐，像是硬生生被撕下来的。

　　我愣了一愣，就着明媚的日光观察许久才恍然大悟：这是孟泽的男夫人昨晚扯下来给我擦泪的半截衣袖……

　　我又低头看了看披在身上的水色绸衫。他把外衫给了我，自己便穿着没了半截衣袖的中衣回去了吗?

　　思及此处，本神尊十分担忧：他昨晚喝得也不少，若是面色酡红、衣衫不整地回去，一不小心被孟泽那混账看到，不知道会不会为难他。

　　说来，本神尊好像又忘了问他叫什么名字。不过至少知道他是孟泽的男夫人……以后或许还会遇到吧。我这样劝自己，扬起素衣，跳下楼顶。青楼本就是晚上聚客，白日里众人都要休息。我找到在慕花楼常光顾的那位姑娘的厢房，简单洗漱了一下。姑娘叫什么名字我全然不记得，只是她服侍我盥洗的时候，神色恍惚，动作也略有些拘束。我摸出七八片金叶子放在她手里，想到不知下次还能不能见到她，便又从袖袋里摸出一对翡翠如意送给她，理了理衣衫，打算告辞回天上。

刚要开厢房的门，这位姑娘却突然将我拉回房里，掩着门左右张望，确认四周无人才重新关上。

本神尊脚步一滞，望着那姑娘着急的神情，不太正经地调笑道："姑娘莫不是舍不得我走？"

她闻言迅速用绢帕捂住我的嘴，示意我噤声。我眨了眨眼睛，压低声音问她："姑娘可是遇到了什么麻烦事？有什么事情要我帮忙的，但说无妨。"

她见到我这般淡定的模样不由得更慌了，搓着那方绢帕，眼眸中全是惊恐："大人遇到麻烦了……"

"我？"我本是天上的神尊，在凡间喝个花酒会有什么麻烦？难不成现今天上果真管得严了，不允许神仙下凡喝酒了？

我咽了咽口水，突然想起一桩事，心里说不紧张是不可能的：该不会是那个司律神君吧……

我记得前些时日匀砚小朋友见我时常下凡喝花酒，恨铁不成钢地提醒过我，说现今的神仙是不可以随便下凡的。天上有个司律神君，日日蹲守在南天门，下凡的神仙他见一个逮一个。若是有神仙跑得快，那司律神君便下凡来抓，拎回去就要呈报天帝，轻则罚俸禄，重则蹲天牢。

"司律神君这样尽职尽责……难道没有神仙打他吗？"我问匀砚。

匀砚点头，激动不已地道："有的，有的！我记得天上的婧宸公主就常常揍司律大人，司律大人经常被她打得卧床不起。尊上你料事如神哪！"我那时呵呵一笑，若有机会，定要会会这位公主。

但是此时在这凡间的青楼，本神尊略有些惊慌：本神尊诈尸归来当日，飞扬跋扈，搅和了天帝宴席这桩事的狼藉名声还未远去，若是再被这司律神君在青楼里逮住了，看到我在姑娘的厢房里，保不齐又要如我四万岁时候那样，给我安上一个同凡间女子"磨镜欢好"的名声……

我终于忐忑地问出口："可是有神……有人要找我？"

姑娘瞪大眼珠子，不可思议地道："大人你已经知道了吗？"

我那七上八下的心登时一凉，怔怔地道："真有人找我？"我忙不迭掐指一算，便看到自己的元神灰头土脸……今日的命途果真不太顺当。

"连慕花楼里都送来了拘捕令，方才奴家托婢女外出买脂粉，顺便打探消息，便看到那拘捕告示在帝京的大街小巷已经贴满了。"她说到这里，眼泪就要落下来。

我错愕不已："你说什么？"

拘捕令？告示？

她点点头，突然给我跪了，压低声音道："虽然大人一年半载才来慕花楼一次，但是每每都要大赏奴家。托大人照顾，奴家如今早已攒够了赎身银两。奴家知道你也是女儿身，不能以身相许，所以更加不知如何报答你的恩情。今日不知大人所犯何事，当今皇上在凯旋第二日便下令拘捕你入皇宫，所以你只能在奴家这里委屈一阵子，待外面风声渐息，再走可好？"

哦，原来是这凡世的帝王要抓我。我顿时放下心来，扶起这位有情有义的姑娘，笑着宽慰道："莫担心，我有些武力，旁人伤不得我。也正是如此，我才不可藏在你这里。若是让官兵搜到我，你还如何赎身？"

"可是……"

"莫怕，我厉害得很呢。"本神尊说罢，冲她回眸笑了笑，纵身潇洒地从后窗跳了出去。

结果，自诩厉害的本神尊一出慕花楼就被逮住了。我没想到皇宫的侍卫和帝京的官兵在这青楼的后巷设了埋伏，本神尊潇洒地一跳，不偏不倚地跳到了他们面前。官兵、侍卫都惊着了，不禁叹道："神仙保佑！昨日给神仙上祈安香果然有用，竟这么容易就逮到了！"

神仙保佑？过奖过奖，在下就是神仙……

本神尊自三万岁那年第一次来凡间，就告诉自己，不到万不得已不可对凡人动手，于是迫不得已，一路观赏着拘捕告示上自己的画像，被押着走向宫城。

其实我大致也想到了自己为何被抓：还不是因为昨晚我把文儿送给凡间的皇帝当了妃子这件事。虽然昨日文儿在帝王怀里妥协了，但是今日一想，肯定会反应过来，恨不能杀了本神尊。

如果是我摊上自己这种不着调的神尊，大概也不会善罢甘休。怀着这个想法，我便更加觉得逮捕本神尊这桩事他们做得合乎情理，于是乖顺地跟他们进了宫。

押送我的侍卫十分感动，泪流满面地对着身旁另一个侍卫说："皇上若是找不到此人，便要我们提头来见。神仙果真护佑我们，这人自投罗网不说，居然'噌噌'地主动往宫里走。昨晚我声情并茂念给神仙们听的豪情诗，他们果真听得到！"

另一个侍卫点头如捣蒜："神仙护佑，神仙护佑！下次要多念几首！"

本神尊甚是无语。

进了皇宫，我果然见到了皇上与文儿，只是有些事情与我设想的不太一样……他们逮捕，是要报仇雪恨的，可是进了大殿，为何要赐我上座，奉我热茶？

我端着茶盏，有些不知所措。

皇上先开口："文儿昨日已经告诉了朕，你本是女儿身，所以根本不是她的二哥。"

我略有些心虚，握着茶盏抬头看他。没了昨晚兵荒马乱的场景，这皇上的模样我终于瞧清楚了：疏眉朗目，器宇轩昂，就连明黄华服上的龙身刺绣也是金爪擎空，身姿劲凛，宛如活物。他身旁的文儿还是昨日那身装扮，裙纱翩跹，姿态柔美，静静坐在皇上身边，螓首蛾眉，双瞳剪水，美得不可方物。

我指尖抠着茶盏，不知如何答话，只是在默默盯着他们看的空当，脑子里突然冒出一个词：天造地设。

皇上又望了我一眼，不怒自威："欺君罔上本是死罪。"

我愣了一愣："你要杀我？"

"可是，"他顿了顿，蹙眉望着我，"若不是你，朕也不会遇到文儿，朕便将你这死罪免了。"

文儿抿着唇，冷冷看着我。

我起身拜了他一拜，感激地道："那就谢皇上——"

"但死罪可免，活罪难逃！"他于皇位上正襟危坐睥睨着我，浑身凛冽的气场叫我这个神仙也有点儿忌惮，"你说，朕该如何罚你？"

"草民也不知道，既然皇上你知道真相了，要不把我扔在青楼里吧。"到了青楼，本神尊便到了自己凡间的故乡，好比如鱼得水，谁也管不了我了。

这年轻又霸气的皇帝笑一声："朕为何要把你扔在那烟花之地？你既然是文儿的二姐，若是认真盥洗梳妆，换上女子装扮也是倾国之貌。"

"二姐？"这文儿说我是她的二姐？本神尊一瞬间动容，没想到这个文儿竟如此好心肠，没有揭穿本神尊不甚光彩的行径，还替我圆了谎。

可皇上接下来的话却把我那动容之心刺得鲜血淋漓。

他端居皇座，目光炯炯，笑道："朕还有一位皇叔，至今未娶，今日，朕便做媒，将你许配给皇叔，也算是对你欺君罔上之罪的'惩罚'。"

"皇叔？"本神尊目瞪口呆，这皇上不是在开玩笑吧？！我慌忙跪下，推辞道，"皇上，你别看草民这皮相还行，但是平素里邋遢得很，琴棋书画、诗酒花茶里唯独沾了个'酒'字并沉溺其中。草民不是小家碧玉，更比不上大家闺秀，草包平民一个，自发梢到脚尖都配不上你们天皇贵胄，更何况还是当今天子的叔父！"

本神尊还是太年轻，以为自贬身份被嫌弃之后，这件事就能作罢。

可是皇上眯眼打量我一番，说了一句"原来如此"，并没有收回成命的打算。

本是冷眼旁观的文儿终于开口："二姐不必妄自菲薄，你大可不必担忧，皇叔他温润和蔼，只是身体不好，二姐貌美如仙，性情率真，若是嫁给皇叔，也算是天造地设的一对。"

"敢问皇叔他老人家，身体哪里不太好？"

皇上道："倒不是什么大病。"

"哦。"我宽了宽心。

"不过是患有腿疾，无法行走罢了。"

"啊？"

"还有一桩，就是皇叔的脸有些奇怪。"皇上看了看文儿，见文儿微微点头表示赞成，才又同我道，"文儿昨日见过皇叔，说皇叔的脸之所以奇怪，大约是中了邪术。听闻二姐潜心于道法，曾做过半仙替人驱邪，所以让你嫁给皇叔也是为了给他驱邪治病。"

听了这段话，我终于明白了个大概：本神尊……是让这文儿反将了一军。

我非半仙，我乃全仙，我在天上还是个多少有些地位的神仙。凡人供我香火，受我护佑，如今皇叔中了邪术，我自然要帮他一帮。至于嫁给他，就算了。

我理了理衣袖，俯身拜了拜皇上："成亲一事暂且不议，草民愿意见一见皇叔他老人家，替他驱驱邪，给他治治病。"

皇上龙心大悦，当即拉着文儿，带着本神尊去找他皇叔了。

这皇帝性格开朗，或许是因为文儿在身旁，一路上春风满面，讲了许多话。本神尊也是从皇帝口中大约了解了他这个皇叔的事情。

此国名为东祁国，当今皇姓为"尹"，皇上叫尹铮，这位中了邪术行动不便的皇叔是皇帝的七皇叔，名尹白。七皇叔不是我以为的大龄青年，他只比当今皇上年长一岁。皇上跟他七皇叔年岁相仿，自幼便跟同一个太傅学习，跟同一个师父习武，与其说是叔侄，倒不如说像兄弟。

七皇叔本不是现在这副凄惨模样。东祁国尚武，自太祖一辈便以金戈铁马护佑疆土。当年东祁国皇帝因得急症驾崩，十五岁的太子尹铮继位，内有大臣外戚无视皇威、为所欲为，外有邻国仇敌盘踞边疆、虎视眈眈。

　　亲兄弟一样的皇叔尹白就在这时隆重登场了，他先帮尹铮安定朝局，后又率兵上阵屏退外敌。只是这尹白当时也不过十六岁，战场之上杀伐数日，身中数箭，精疲力竭，回到皇宫时候，已是奄奄一息状。可令人惊奇的是，这七皇叔尹白，九死一生，最后活了过来。只是他再不能行走，脸上开始浮现邪术，样貌也不太像以前了。

　　皇上心有遗憾，一直将皇叔安置在皇宫之中，让一众医官调养。

　　听完这些，本神尊心里已经悟了八九分：依本神尊所看，这位皇叔大人十有八九已经在沙场上咽气了，不知何方小鬼小妖胡作非为，占据皇叔的身体，所以皇叔脸上才会浮现邪术。

　　本神尊虽然有十四万年不干正经的神仙事了，但是抓个小鬼小妖，还是易如反掌的。

　　我被带到一处安静的院落里。院中亭榭精致，溪湖清澈，虽午时已过，但是池里的莲花还是开得很精神。皇上尹铮先一步进去了，文儿姑娘却在院门口将我拦住，神色略有些复杂，但还是低声提醒我道："我无意害你，只是觉得这件事十分诡异，我的法术被你封了，无计可施，所以才想方设法找你进宫。待会儿若是看到什么，希望你沉着一些，你是天上的神仙，切莫乱了方寸。"

　　我本是历经生死、渡过劫难的神仙，虽沉睡十四万载，不太摸得准现今这六界的形势和律则，但是区区一个妖鬼引起的邪术，本神尊怕是闭着眼睛也能解决。

　　我以为这文儿小瞧了我，所以没有当回事。

　　我步入院落，温煦的日光兜头照下来，我看到坐在梨花木圈椅上正在往池子里投食的那个人长着一张跟聂宿一模一样的脸。

　　他们说聂宿灰飞烟灭了，我也渐渐能宽慰自己，他不可能再出现在我的面前，就连昨夜与我饮酒的那位神仙，也没有长着跟聂宿一样的脸。

　　可如今，面前这个活生生的人，他为何长着跟聂宿一样的脸？

眼前的人真的是聂宿吗？

鱼池旁边的人听到声响，抬头看了看我们。日光略有些灼眼，落在他的脸上。他迎着日光，明媚一笑，连散在肩上的墨发都沾了阳光。

"你们来了。"他眉梢带笑，语调温柔得不像样子。他撒下手里的鱼食，朝我伸出手。万千烟云自我眼前而过，这明明是我三万岁那年，喝得酩酊大醉时候，梦里反反复复幻想出的场景。场景里，聂宿跟我说："素书，我来接你回去。"

我心里抽痛了一下。

皇上已经走过去问候他的皇叔了，文儿扶了我一把，小心翼翼地耳语道："你也觉得他这张脸奇怪？"

我点点头，又摇摇头。没有什么奇怪的，或许这就是聂宿转世呢？或许我的聂宿大人还活在这世上呢？

可文儿接下来的话叫我顿时心灰意冷，她说："我只想问问你，你看到的皇叔的这张脸，可也是君上……孟泽玄君的模样？"

"孟泽？你不是在开玩笑吧！他那个混账……"我几乎喊出声来，若不是她使了眼色，示意我皇上和他的皇叔就在不远处，我几乎就要提起扇子跟她就地干一场了。

你怎么能侮辱我家聂宿大人是孟泽呢？！

你的眼睛到底能不能看清楚！

那个龇嘴獠牙、风流成性、娶了大大小小男男女女二三十个夫人的流氓，能是我风华绝代、名冠六界的聂宿神尊吗？

可文儿攥紧我的衣袖，移了半步背对着皇上，面对着我，也惊得花容失色，说："你这副神情……莫非你看到的不是孟泽玄君？"

本神尊终于明白了个中诡谲，惶惶道："这么说，你看到的是你家孟泽，我看到的是我……"

难不成，那个素未谋面的孟泽不是我想象之中的粗鄙面相，而是长得同聂宿一模一样？

"你可曾见过神尊聂宿？"我颤颤问道。

文儿神色一僵，说道："我父君大人尊崇聂宿神尊已久，我少时曾在父君那里见过聂宿神尊的画像，画像中的聂宿神尊与孟泽玄君长得不一样。不过画像这种东西，总归不能细致描摹。但是你见过聂宿，你也见过……"她顿了顿，终于意识到什么，讶然道，"昨日那个同你在一起的神仙，你莫非还不知道他是谁？"

我愣了愣。

她皱眉将我打量一遍，余光瞥见皇上已朝我们走来，急急问我："他跟聂宿一样吗？"

我来不及思考她为何要这么问，只迅速回了她一句："不同。"皇上告诉我可以走近一点儿看看他的皇叔，还说我与他的皇叔日后总归要做夫妻，不必过于拘束。他们东祁国百姓纯朴可爱，子民坦荡率真，从不拘泥于礼数。

本神尊昨夜也瞧出来了一些，这皇帝于大街之上说抱走一个姑娘就抱走。这在他们东祁国人的眼里，原来是纯朴、可爱、坦荡和率真。

听了文儿方才的话，我原本冲动的心已平复七八分，扶了扶头上的玉冠，走了过去。

皇叔尹白果真如皇上和文儿所说，是个和颜悦色的人，看到我便悦然一笑，入耳的声音仿佛附上了月光，由耳探入，温柔舒缓地落在心上。

"听闻先生道法卓然，他们都说本王中邪了，先生觉得是不是？"

可能是看我这副打扮，他叫我先生。我又看了看他的脸，确实还是聂宿的模样，只是性格跟聂宿不相同。

他坐在圈椅上，抬头看了看我，纵然不能起身，却还是从身旁的海棠花几上递过来一杯新茶："本王也很想知道自己中了哪门子的邪，可还有救？"

这话越来越不像是聂宿说的，我也越来越疑惑。我没有接过茶盏，愣了好一会儿，才将腹中的话说出来："草民行道法不可有旁人在场，所以能不能单独给你看病？"

我看到他握着茶盏的手指微微一顿。

杯中茶水温热，他放下茶盏，搓了搓手指。那双手骨节分明，掌丘上薄茧依稀可辨，可能是年少时握惯了刀剑。只是他如今身体不好，那手看起来白得不像话。

他抬头看我，展唇一笑："好。"

他跟皇上和文儿说了几句话，然后稍稍点头，远处静候着的宫娥便乖顺体贴地走到他背后，扶着梨花木圈椅往前移动。若不是从近处打量，本神尊几乎没有发现他所坐的圈椅下面装有木轮。

我心中浮出几丝异样的情绪，说不清道不明，后来才反应过来，那情绪大抵是沉重和心疼。

如果他真的是聂宿转世，那我便从来没有想到，曾经连簌簌陨落的星辰都可力挽的聂宿大人，如今会坐在这种圈椅上，连行动都要靠旁人帮忙。

跟随尹白到室内，他便屏退了宫娥，抬眸笑道："先生不是凡人吧？"

我心绪不宁，也是在宫娥退出室内后才觉察出他身上的灵气。朗润温和的气泽翩翩而上，我拈过一两缕于指尖摩挲，是仙灵之气，卓尔不群。

他们东祁国皇宫里养着一个活生生的神仙，怪不得尹铮所向披靡，出兵必胜。

"敢问仙人名讳？"我作了个揖，问道。

他摇摇头，眉目之间依然含笑，道："还是不要说的好，我此次下凡，并非正经历劫，司命星君也未载册，只是占了这尹白公子的身体，替他完成一些愿望，也了却我自己的一桩心事罢了，实在谈不上光彩，所以不愿叫其他仙人知道我的名字。"

本神尊十分汗颜："那我也不说了，我在天上名声不太好，也不是正经下凡的。"

他指了指旁边的椅子，示意我坐下说话："这些年居于凡间，为我诊病的有道，有僧，有半仙，没想到皇上有心，竟找到一个真神仙，倒不知仙友下凡所为何事，总不是专门来为我驱鬼邪的吧？"

我暗叹他仙力卓然，竟能一眼看透我来见他之前的心思，便说道："我本是来凡间小游的，只是不小心摊上了这事，说来话长。我倒是有个疑惑，不知当讲否？"

他低头理了理衣袖的褶皱："既然不知当讲不当讲，那就不要讲了。"

我一时失语。

他抬头看我，在室内的暗影里，他的眼睛亮得如银河的星辰。他说："仙友还有什么事？"

"那我先讲出来，仙友判断一下当讲不当讲。"

他和蔼一笑："好。"

我盯着他，越发觉得聂宿这张脸应当配聂宿那个时而冷酷时而细心体贴的性子，如今配着明眸善睐、温柔雅致的一个人，叫人别扭得不得了。

我轻轻叹了一声，搓了搓手道："仙友，你可认得聂宿？"

他望着我，摇头沉吟道："未曾谋面，只听闻神尊大人仙德傲然。"

"那你可知你这张脸……"

我话还没说完，他便露出一副"我懂了"的神情，略带调侃地道："如果我说得没错，聂宿大人是仙友的心上人。"

本神尊怔住。

"如果我猜得没错，方才那位文儿姑娘看到的是另一个人的面容吧，跟你看到的不一样。"他看着我，笑容略有些抱歉，"只是我断然不是你们看到的那些人，仙友可明白？"

我心中一抽，当即捏了诀术往他眉心飞去。他到底是不是聂宿，他说了不算，本神尊要自己探入他的元神寻个究竟。

他也不是庸碌之辈，见我捏诀，便觉察出异样，几乎在我诀术打出的那一瞬间闭目，他的指尖也攒起仙法飞上眉心，严严实实挡住我那一诀。

诀术相冲，激出灼眼的光芒和刺耳的声响。幸好不是太大的仙法，未曾引起太大的声势。

他也愣了一愣，似是没料到我会动用诀术打探他的虚实。

室外的皇上和文儿听到声响，几乎要推门而进："皇叔可还好？"

尹白闻声迅速道："没事，方才先生作法，略有些声响罢了，你们莫进来添乱。"

喉间略有些甜腥，我端起案几上的茶水灌了一口压了压。他也端起茶盏，如我一般灌了一口。

"凡间不可动仙术，仙友不会不知晓吧？幸亏不是大法，要不然这仙术反噬的滋味尝起来会更难受。"虽然说着这样的话，可他的语气里却不见半分愠怒，抬手又给我倒了一杯茶，话语里竟然有些心疼滋味，"虽然我与你素未谋面，但我也大概晓得了，聂宿神尊对你而言应该十分重要，所以你宁愿冒着被仙术反噬的危险，也要在凡间动诀探个究竟。"

我惶惶然看着他。

"只是，我真的不是他。聂宿神尊于银河畔仙逝而去那年，我已是一个可以被说亲的少年郎了。"

"休想骗我，我又不瞎。你为什么是聂宿的模样？！"我挥开折扇，化成剑形，剑尖抵在他的脖颈上，胸中气血翻涌。

他闻言低头，不看我，也不看剑，默默拂了拂茶芽，话音里依然是惯有的温柔："仙友逼问我为什么，倒不如问问自己。佛曰'三界六道，唯自心现。依邪见故，痴心增上'。"说到此处，他忽然抬眸，"在下这张脸不过是个照心的镜子罢了，先生心中痴念着的是谁，这张脸便是谁的模样。"

我聚起心神盯着他，努力叫自己不想聂宿，可越是这样，越觉得那眉目就像是从聂宿脸上拿过来的一般。

"你若还是不信，便叫门外的文儿进来瞧一瞧吧。她看到的样子，跟你看到的样子，应当是不同的。"他说。

确实不同……她看到的是孟泽，我看到的是聂宿。

我暂时相信了那"照心镜"的比方，望着他的这张脸，戚戚然收回扇剑。放下心中的念头，入目的那张面皮便突然有些模糊，一瞬间闪过的那双半合着的眼睛，风雅万千。云烟明灭翻过，瞬息掩盖住他的眼睛，那面相重新变成聂宿的模样。

纵然一闪而过，可也足够叫我看明白，这不是我的聂宿大人。

也许是本神尊的神色过于沮丧和失望，被他看到眼里，便听他劝慰我道："少时我喜欢修佛理，常听师祖吟哦'心生万象，水月镜花'。后来我觉得心中浮现之事，虽是水月镜像，不成形状，但生灭在本心。你放在心上的这个人，你若是觉得他还在，那他依然可伴你三生不灭。"

我摇摇头，扶着椅子坐下，说道："他在我心里终归是虚妄。自始至终，我想要的，一直都是一个活着的他。他心里有没有我，我也并不十分在乎。我只要他活着。"

"聂宿神尊逝去有十四万年之久，在这十四万年里，仙友大概过得十分悲苦。"尹白说。

"不，"我抚着离骨折扇，低头道，"我是最近才知道他灰飞烟灭的。"

他沉吟一声，说道："先生若是有兴趣，不妨听在下说说自己的故事，或许听到一些比你的事还惨一些的往事，心里就明朗了。"

我灌了口茶水，压了压喉中又涌上来的血腥味，说："也不是很想听，毕竟是揭你伤疤的事，但是盛情难却，你讲一讲吧，也算是透透气。"

他笑出声，转了转茶盏，轻松的语调像是说着旁人的故事："如你所见，我这张脸跟旁的神仙的脸不太一样。我小时候命格较弱，体虚多病，还易招惹不祥之物，爹娘将我养在家里，不曾过多外出。我的脸，男人看是没有异样的。你看方才尹铮皇上，他看到的我很普通，断然不会将我看成旁人，而我家中没有姊妹，尽是兄弟，所以自己脸上的这个毛病，我一开始是不太了解的。"

"那你母亲大人呢，她看到的你是旁人的样子吗？"

他摇头，又为我添上茶水，笑道："自然不会，我乃母亲生养，她自然知道我的相貌，也唯有母亲和我能看到自己本来的样子。在家中，兄弟们总说我的长相平淡无奇，就连偶尔来家里串门的男邻居，也常说我这相貌和几个弟弟相比，太平淡无奇。"

"可我方才……"

"方才什么？"他问。

我摇摇头，方才隐约看到他的眼睛，那绝不是平淡无奇的样子。

"四万岁那年，姑母大人为我说了第一桩亲事。那位姑娘温婉乖顺，可见到我的第一面就被吓哭了，她问我为何长得跟南荒一位战将一模一样，就如你今天这般。我也错愕，后来姑母告诉我，那位南荒的战将与这姑娘是青梅竹马，奈何她的爹娘不喜武夫，生生扯断了他们二位的姻缘。"

我端着茶盏，轻咳一声，本打算缓解这尴尬，开口却不小心把实话说了出来："所以，第一门亲事便这么黄了吗？"

他低笑："两百年过后，姨母又为我说了门亲事。这次的姑娘端庄大方，只是年纪略长我一些。可她见到我第一眼就惊得落了泪，说什么'阿延，我腹中怀了你的孩子，你果真不曾抛弃我们母子二人'。"

"岂有此理！她这是有心欺瞒你，这桩亲事果断不能要。"我义愤填膺地道，"可那阿延是谁？"

他仰头望了望屋顶："阿延是我舅母家的兄长，后来舅母为了补偿我，也给我说了一门亲。这回的姑娘十分年轻，比我小了足足两万岁，天真烂漫，还从未喜欢过男人，自然也没心上人。可是她看到我长相普通，转瞬便瞧上我长相俊美的三弟了，如今她已是我三弟妹，娃娃也已经生养了四个。"

我一瞬间不知如何安慰他，却也了解了另一桩事：还没谈过恋爱的小姑娘，如果没有看上他，那她所看到的他的脸，也是平淡无奇的。

可他的故事还没有说完，他接着说道："自四万岁到七万岁，我被说了无数门亲事，见过的姑娘也不胜枚举了。我渐渐清楚自己这张脸的怪异之处，也从未刁难过她们，只是会让想嫁给我的姑娘为我画一幅画像。可我从来没有遇到一个能画出我的真实面貌的姑娘。七万岁那年，相亲千万次无果的我，觉得姻缘蜿蜒，难以攀登，便跳出红尘，被师祖收入菩提之下，做了他的少弟子，潜心向佛几万年。"

"屡次相亲不成，便出家做了和尚？"我颤颤地道。

"师祖说我慧根强壮，十分看好我，他本打算在他羽化之后令我接他的衣钵。后来我在莲花座上参悟四十九天，慧觉大盛，涅槃成佛只在一刹那，便是在这最后一刻，我自己退却了。对这滚滚仙尘，我到底是放不下的。这神界没有真心喜欢我的姑娘，那这凡界呢，魔界呢？"

"所以你下凡来，借尹白的躯壳，是为在凡间寻一个真心喜欢你的姑娘？"

"七年前，我在凡间沙场之上遇到一位将死的王爷，便是尹白。他有心愿未了，身中数箭苦苦挣扎，临咽气时依然记挂着比他小一岁的皇侄。我答应他保护东祁金瓯无缺，他便允许我借用他的躯壳。不过是个两惠的交易罢了。我答应他要在尹铮身边守护十年，在这十年里，如果我身上的姻缘仍然寂静，那我便只好再次皈依佛门了。"

壶中茶水已饮枯，他没有再为我添上，抬眸之间，清雅一笑，说道："如今我在这凡间已待了七年，为我画过画像的姑娘数不胜数，可你看，至今我也没有遇到一个真心喜欢我的人。再看这真身尹白，烽火狼烟之中，咽气时也不过十六岁，如果舍弃前世，正常入轮回，可再次投胎凡间。可他牵挂着自己的侄儿，怕他一个人撑不住这万里江山，于是宁愿舍了轮回，也要求我，佑他东祁十年安然。"

我明白他的意思。不论人神妖鬼，都有苦衷。他求一真心相对的人，尹白求东祁无缺，比起我求聂宿活过来的这份痴念，不会少多少。

我将离骨折扇重新揣起来，扶了扶玉冠，起身告辞道："谢谢你方才讲这些故事宽慰我。你这里可有后门？门外你的侄儿还等着我嫁给你，你也知道这其中荒唐，我断不能答应。"

他眉梢一扬，笑声悦耳，抬手指了指后堂，告诉我那里有门。

我对他作了一揖，抬步往后堂走去。

"生有八苦，有一苦曰'求不得'。一切荣乐，可爱诸事，心生欲望，却求之不得。素书神尊，十四万年已成空，莫再错过眼前人。"

我心中一惊，猛然回头，他望着我，壶中饮枯的茶水忽然又生出袅袅茶雾，雾气氤氲之下，他是聂宿的模样。

"神尊莫惊讶，"他为自己斟上茶，薄唇沾上杯沿轻轻吹了吹，温声道，"四海八荒，还有谁能挥扇成剑登上翰霄宫为聂宿大人抱不平？不过只有一个素书神尊罢了。你掏出离骨折扇的一瞬间，在下便晓得了。"

"谁是眼前人？"说出这句话，我眼里居然莫名酸涩。没了聂宿，我谁也不想要。

他温和一笑，星目璀璨，如十四万年前，我在那枚水蓝玉玦的指引下，穿过无欲海，落入银河畔的时候，聂宿的那个笑容。

我突然想起一件事——当年聂宿于银河畔往我腰带上系的那枚水蓝玉玦，如今去了哪里？

"要不然，神尊也为我画一幅画像？"他说。

"你在我眼里就是聂宿的模样，没什么好画的。"我转身抬袖子抹了抹眼睛，说完便走了出去，心里却想起来一件事，又转身走到他身边，摸出两片金叶子递给他，"文儿姑娘这桩事，我的行为不太光彩，所以想护她一护，她现在被我封了仙术，如果她来找你，你便把这两片叶子给她吧，其中一片可让她恢复仙力重回天上，另一片乃是我对她的亏欠，日后她若有事相求，可拿着这两片叶子去银河找我。"

说完我再不迟疑，拂袖而去。

05 . 发丝纠葛, 耳鬓厮磨

回到银河, 我将沉睡时所在的棺柩又重新翻了一遍, 连周遭的星辰中间都找了, 可我依旧没有发现那枚玉玦。

我回到银河深处的住处, 已是子夜, 星辰格外明亮, 静谧地描绘着无形盛景。

匀砚蹲在院墙外等我, 手边还有一盏比星辰更亮的琉璃灯。许是久等不来本神尊, 他蹲在那里, 缩成一团, 已经睡着了。

我蹲下身子看着他, 突然有些心疼, 抬手触了触他的额发。这个傻孩子, 银河的星星这般耀眼, 照得从河畔到深处的这一路明晃如白昼, 他提一盏灯做什么。

晨宿更迭, 外面朝明夕暗, 银河深处日夜颠倒。也许匀砚他已经在这里等了我一天一夜。他执灯候过银河昏暗, 依然在等我回来。

我用仙术送他回到自己的厢房, 我也回房中窝在凉被里, 早早合了眼。

想必是今日从天上到地下的许多事情叫我慌乱, 一夜昏昏沉沉做了许多梦。梦里白雪、细雨纷纷扬扬, 忽又光怪陆离, 如星光一样。

在这缤纷的场景里, 我梦见有一个小男孩儿, 是比匀砚还小的娃娃, 是凡间五六岁孩童的模样, 抱着我的腿, 仰面怯生生地喊我姐姐。我低头看他, 摸着他稀疏柔软的额发, 笑道: "莫怕。"

梦里我刚跟一个厉害的角色打了一架，我不是她的对手，被揍得头破血流，低头看这个小男孩儿的时候，鼻中流出的血不小心落在他白嫩的脸颊和小手上。

我蹲下身想给他擦干净，他便凑进我怀里。明明他自己还是奶声奶气的，看到血就害怕得不得了，可还是用小胳膊环住我的脖颈，忍住哭腔，道："姐姐，我保护你，你别流血了。"

我说："好。"耳朵里却有温热的血渐渐涌出来，鼻血更是控制不住地往下流。他松开我，抬起小嫩手想给我擦一擦，可是看到我鼻血汹涌的模样，便吓晕了过去。

梦里最后的场景，像是在一片广阔无垠的大海边，风浪翻涌，掀起万丈狂澜，海水直逼中天，令天色灰暗。

风雨肆虐的海边，浊暗的气泽搅入大海，我在这场景里仿佛听到自己飘摇的声音："姐姐要走了，莫想我。"

次日，匀砚已经早早候在门外，提着昨晚那盏灯，面上挂着些薄怨，望着本神尊一言不发。

我想抬手揉一揉他的头发安抚一下，却被他扭头躲了过去。

"怎么了？"我问。

他摇摇头，还是不说话，默默走在前面替我执灯。

"可是有谁欺负你了？你告诉我，我一定……"我跳到他面前，拦住他问。

"这银河深处只有我们一处宅院，有谁能欺负到这里来？"他看了我一眼，顿了顿道，"神尊大人日日去凡间喝酒，留下匀砚在这里无处可去，所以你觉得我是受了谁的欺负？神尊大人以后能不能少去凡间喝酒，或者出去的时候能不能带上匀砚？"

我笑道："凡间我去喝酒的地方，少儿不宜……"

他愣了愣，抬头扯了扯我的衣袖，呆呆地问我："到底是什么地方，为何少儿不宜？"

本神尊料到他没听过青楼。

"神尊神尊，"他又扯了扯我的衣袖，神采飞扬，"是不是有小倌哥的地方？"

"你听说过小倌哥？"小匀砚你可以啊！

"以前我在天帝大人旁边伺候的时候，婧宸公主常常下凡，惹天帝大人生气。有一次我去公主府帮忙，听她讲凡间的小倌哥容貌俊秀，能奏丝竹，能赋诗章。匀砚也十分想去凡间看看他们，跟他们求学请教。可婧宸公主说那个地方少儿不宜。"他那双桃花眼忽闪忽闪的，脸上全是钦慕，踮着脚问我，"神尊神尊，你带匀砚去看看好不好？"

"那个婧宸公主还告诉你什么了？"我抚了抚额，莫名觉得有些头疼。

他眼里冒着光，说道："婧宸公主说过很多话，什么'单人行不如双人修''俊俏公子，公主好逑'，还有'北海有神仙，软唇香可口'……"

我连忙抬手堵住他的嘴，乖乖，听到的可真不少。我颤颤地道："公主率真，可这些话不是男人可听的，你一个小公子还是忘掉的好，若是说给旁人听，他们会说你太娘。"

他被我捂着嘴巴说不出话，像是听懂了，于是眨眨眼，点点头。

我放开他，扭头往前走，脑海里回荡着婧宸公主的那些话，不由得冒出虚汗，蒸得面颊有些热。

匀砚提着琉璃灯追上我，摇了摇我的衣袖，天真烂漫地道："神尊，什么是'太娘'？是祖母的意思吗？是外婆的意思吗？"

本神尊几乎要掩面痛哭，抬头望天，哽了一哽，说道："就是太女人，不爷们儿……"

"哦……"他似是懂了，又似没懂，"可是以前婧宸公主讲过，女人能顶半边天，太女人有什么不好吗？"

婧宸，你这是要毁了一个清纯少年郎啊！

本神尊天上地下逛了一圈回来，如今已是八月初五，明日便是长诀亡妻——良玉神君的忌日了。

我心绪难宁，索性捧起一卷经，在采星阁看了一天，小匀砚在我身旁练字。

我并非有慧觉的神仙，大概是因为魂魄在极小的时候就被无欲海水溶解干净了，后天养成的魂魄，用起来总归缺点儿什么。昨日我在凡间遇到那位神仙，佛性通透，说的几句话叫我深思，于是今日便想看一看经书。

但是我果真不是这块料。这清心寡欲的佛经，我看到心里的不过寥寥。年少时与长诀饮酒，他曾说我缺脑子，要多吃莲藕少喝酒，补补心眼儿。那时我年少，觉得他说得不对……

仙途坎坷，烟云过眼，我从十四万年前的坟里再蹦跶出来，爱人仙逝，满眼物是人非。

匀砚见我一动不动，知我走神，问："神尊你在想什么？"

"没什么。"我放下经卷，揉了揉眉头，"不过是在担忧长诀罢了。"

他坐过来，倒了杯茶递给我，说道："神尊与长诀天尊是如何认识的？"

"当年神界贵胄之间宴饮不断，我虽出身不好，却沾了聂宿神尊的光，经常作为神尊唯一的弟子受邀。那时长诀还是天家的三殿下，其身份显贵，也常被邀去相聚。我常常见到他，后来便熟识了。"我望了望阁外，酉时已至，外面星光依稀可辨，想了想，终于又提起那段事，"后来我三万岁时，年纪轻轻得了神尊之位，原本同我玩得很好的同龄神仙便不怎么敢同我往来了。那时候聂宿也不要我了，后来那一万年里，我同长诀殿下成了朋友。"

匀砚点点头，见夜风吹进来，便忙去给我拿薄氅披上。

星光成水，流过那卷经书。

我记得十四万年前与长诀一同规置那倒逆的星宿，至众星归位、天劫散去，我立在星宿之间同他话别。他想方设法要把我带回来，他说聂宿若知道我胡来，会难过的。

我手挥离骨折扇同他打了一架，他拿着玉笛也是招招凛冽，不肯放过我。最后我反手挥剑，剑锋落在自己的脖颈上，笑道："你不放过我，我便在此了断吧。"

他终于知道我心意已决，散了自己的招数成全了我。我抱着聂宿的仙体一同跳入银河，回眸的一刹那，看到一向神色冰冷的长诀对我笑了笑。

何为朋友？两心相交，成全心意，只是无关风月。

我与良玉神君无缘见面，虽不晓得她容貌怎样，但是可令长诀放在心上的，必定是个好姑娘。只是红颜薄命，仙途断在了那孟泽混账的手里。

我是想替长诀报仇的，可是我也知道，这终归是孟泽自己造的孽，不该让文儿她们来还。也许是我看了佛经，受了我佛大慈大悲的感化，我越发觉得，本神尊日前做的这件混账事，连自己也有些瞧不起自己。

"匀砚，你说明日我何时去三十五天看望长诀？"我长叹一声，问道。

"匀砚也不知道，"他眨了眨眼睛，思索片刻，"要不晚上？长诀天尊那么坚强的一个人，只有到了晚上没人的时候才会哭吧？神尊可在那时候去安慰他。"

我被他一本正经的天真模样给噎住了，拿起经卷轻轻敲了敲他的脑袋，说："长诀什么时候都不会哭的，堂堂的天尊大人哭起来像什么样子？"

我收手回来的时候，没拿稳经卷，恰好匀砚又拿胳膊一挡，佛经便从采星阁上掉了下去。

匀砚慌忙起身，愧疚地道："我这就下去捡。"

片刻之后，他抱着经卷回来了，只是特别着急，飞进采星阁，晃着我的胳膊，惊喜地道："神尊神尊！前些日子你跟我打听过一个堇色眼眸的神仙对不对？"

我怔住，惶惶地问："怎么了？"

"你看！"他起身指了指阁外，桃花眼亮晶晶的，"采星阁下面就有一位！"

我飞下采星阁，背后的星辰映成辉幕，他立在那里，穿一身墨色长袍，是这跳跃的光芒中唯一的萧索。

看到他的一瞬间，我既激动又开心，挥着手打招呼："你怎么来了？"

他倒是有些错愕，眼眶有些红，似饮了酒的模样，问道："这……你住在这里吗？"

我欣喜点头，在湛蓝的星光中抬手指向我身后的采星阁，说："这就是采星阁，我曾说过若是你来，我便亲手给你盖一间厢房，"见他若有所思，我又道，"这里虽然不及你住的玄魄宫恢宏阔气，但是清静自在，有星辰璀璨在左右，日月交替于眼前，景致更盛玄魄宫一筹。"

"我也是今日才从银河边上走过，看到一条星光铺成的蜿蜒小路。"他像是有些醉了，抬手揉了揉眼睛，"顺着道走进来，竟然看到有处宅子。更不承想，这里竟然是你的宅子。"

"既然路过，便进来坐一坐。"我朝匀砚挥了挥手，"匀砚，快去煮一壶解酒茶。"

面前的他拂袖拦了我一拦，我不小心触到他的手指，那手凉得有些刺骨。可是他的模样明媚温暖，桃花眼眨了眨，有些较真儿的可爱，说："我没醉，为何要煮解酒茶给我？"

喝醉的人从来不觉得自己醉了，无论人神妖鬼，无论天上地下，都是这个样子的。我掩面咳一声，说道："是我醉了，你陪我喝可好？"

他认真想了想，点点头道："盛情难却。"提步之间又犹豫了，低头问我，"那解酒茶……好喝吗？"

采星阁上的匀砚不知何时已经下来了，白嫩嫩的一张脸凑过来，开心地道："当然好喝了！"

原来他之所以醉酒，是因为明天也是他心爱姑娘的忌日。

我掐指算了算，八月初六明明是个宜竖柱上梁、嫁娶安床的吉利日子，为何这般巧，他与长诀心爱的姑娘在同一个日子里仙逝了？

本神尊暗暗叹息：仙道恢恢，劫数难料。这公子与长诀竟如此有缘，改日本神尊做个东，设宴让他俩结识一下。毕竟二人同病相怜，安慰起对方来也能感同身受，说的话自然也就能落进对方心里，便能早日走出痛失心上人的这个阴影。

这位公子零零星星说着自己喜欢的那个姑娘。

"她少时天真无邪，就是极易上火，常常流鼻血……

"她不喜欢我了，她有千千万万个情郎，她为每个人都画了扇子，可她从未给我画过……

"她小时候很胖，走一步路都会特别累，她这样懒，为何最后自己走了那么远，再也没回来……

"我亲手害了她。她最后过世，全是因为我。我不能原谅自己……"

我和匀砚默默坐在他的旁边，捧着脸看他。他心中大概痛得极深，以茶当酒，无视我和匀砚，面朝着阁外，举杯邀星辰，自己就这么灌了六壶解酒茶。

眼看第七壶茶水就要饮枯，匀砚有些坐不住了，偷偷扯了扯我的衣袖，神色尴尬地道："神尊，咱们家的茶已经被饮光了，这可怎么办……"

我眨眨眼："没事，你去灌一壶开水。他醉成这样，估计也尝不出来……"

果然这位公子又对着星星灌了六壶白开水。

他的言语越发零星，神色越发惆怅，我晓得他在思念自己的心上人。

关于这位姑娘，在凡间慕花楼顶，我同他一边看红尘盛景，一边喝凡间佳酿时，醺醺然之间，已经听他讲过一些。其实怨不得他，只怪孟泽那混账从中作梗，棒打鸳鸯。

我本想劝他，只可惜我虽是一个十八万岁的老人，风华正茂的那十四万年却都睡过去了，一万多岁才养成魂魄，两万多岁才对聂宿有了情感，三万岁就遍体鳞伤地被撵出神尊府，四万岁就跳入银河"挂了"。

算起来，本神尊经历过的风月，也不过就在喜欢上聂宿的那两万年的时间内。

便就是这仅有的两万年，我到最后也没弄清楚，聂宿大人他喜欢的到底是我还是梨容。这遗憾，叫我一生都难平。我想安慰旁人，怕是有些心有余而经验不足。况且，如此说来，在我、这位公子和长诀之间，最倒霉的应当是本神尊。

偶尔，我也想大醉之时，有人能来安慰我，就算什么都不说，仅仅陪着我就好了。

可我也知道，我很难再遇到这样的一个人了。

我本来打算留这位公子一夜，让他暂时在勺砚那间厢房里挤一挤。可他说什么也不肯留下，我心想：他作为孟泽身边的人，依着孟泽那种狠毒的性子，如果不回去，以后的日子也不太好过。他已经这般清瘦了，要是再受孟泽的折磨，怎么撑得住，所以最后我还是同意他回去。

我从房里翻出凡间那晚他盖在我身上的水色绸衫，自己披上薄氅，一直将他送到银河畔。勺砚因为被我留在宅子里看家，噘着嘴一脸的不情愿。

说起来，这一晚，当真是十分邪性、诡谲和倒霉。

暂且不说这位公子醉醺醺地走到了我的采星阁，就说此时此刻，他同我一前一后在银河畔走着，明明是星河流淌，四周平静的景象，可走着走着，刚路过银河之畔，无欲海尽头，幽蓝的海水突然发出惊天一声呼啸，仿佛一瞬间天塌地陷！海浪飞旋倒流，激起吞天噬地的声响，瞬息之间激起旋涡万丈！

我们生生踩到了一个劫，始料未及！

他走在我前面，陡然清醒，前脚迅速撤离，轰天巨响之中，回头嘶吼一声："小心——"便扯了劲风飞过来，打算将我抓住飞出旋涡之外。可我身子轻，由于魂魄是后天养成的，反应不及，仙力还没使出半分，便被那旋涡卷起的风暴吸住，只是徒劳地挣扎了一下，将将擦过他来救我的那只手，便被卷进万丈深渊。

他的手真凉啊，溅上了无欲海水，凉得直戳到了我的心里。

可更凉的是我与他擦肩而过，他拼尽全力却没有抓住我的那一刻，面目狰狞，喊了我一声"姐姐"。

我一定是听错了。

我与他不过见了三次，我为何是他的姐姐？

可是这声"姐姐"穿进我的心里，为何叫我这般难受？

海水成骤雨打在我身上，巨大的力量吸着我往深渊里坠去，我费力回头，本想确认一下那声"姐姐"是不是出自他口，可暴雨冲着我的面庞，我回头的时候，看到乱发飞舞、墨裳肆虐的他毅然决然地跳进了旋涡。他面色沉着而冷静，仿佛刚才的眉目狰狞只是我的幻觉，仿佛那一声"姐姐"也是我的幻觉。

狂风骤雨欺身而过，一瞬间，我甚至觉得这声"姐姐"是我从心底里挣扎着喊出来的，一切只是我心中封存着的来自故人的执念。

不过……

不过重要的是，明明可以跳出旋涡，明明可以于这险情中脱身的他，为什么跟着我跳进来了？！

我大呼一声，几乎要流出泪来："你进来干什么？滚出去！"

可轰响之声瞬间便将这句话淹没了。

他以为我眼泪夺眶是在呼救，于是于这万丈旋涡之中御风前行，借着不可抵挡的吸力极速冲过来。他撞上我的一刹那，我以为又要错过……

可他挥开湿透的墨袍，将我卷进怀里。明媚张扬的气泽涌出，缠上我的手臂、指尖，叫我瞬间心安。这是曾经救我出无欲海的那一缕魂，梦里梦外，它已救我多次了。

我贴着他清瘦却结实的胸膛，暴雨打得我睁不开眼，只剩牙齿忍不住打战。方才那力量吸走了我大部分仙力，现在可怎么办？

他又将我裹紧几分，支起结界暂时挡了挡雨，从容镇静的声音从我头顶传来："别怕。"他的掌心箍住我的后颈，我的额头紧紧靠在他湿透的衣袍上。

"你方才哭了吗？别担心，我在。"

我点点头，却说不出一句话。

结界支撑了片刻便被巨大的力量吸住，瞬间破碎成片。他迅速捂住我的脸颊，似乎怕碎片刮伤我的脸。结界的碎片尽数从他身上、手上飞过，缕缕血丝自他身上散入四周。可他将我紧紧裹在怀中，护得完好。

我终于攒足了一些力气，拿出离骨折扇，颤抖着展开，扇身听我心意，扇面伸出一丈，拨开狂澜。狂风暴雨袭过，扇面猎猎而响。我十分艰难地维持着离骨折扇，暂时阻挡了旋涡。

我们接下来就是想办法出去了。

可哪里有这么容易。我们四周的海水极速旋转，身体只要一碰触，就会再次被卷进去。

我仙力损耗了许多，离骨折扇维持不了多久。

"你的脸色为何这般苍白？这个扇子耗了你多少体力？"他神色诧异，抬袖子擦了擦我脸上的海水，另一只手在扇子旁边撑起一个更厚的结界，脸上的海水渐渐沥沥往下淌，可仍然低头笑道，"你把扇子收了吧，我一个男人，要保护你才是。"

"现下哪里顾得上男女！你我能保命才是当务之急。"

他支起的结界挡在扇子前面，撑着更重的风雨，离骨折扇便可以稍稍放松一些了。

我们以比周遭的旋流慢一点点的速度被卷进旋涡。这旋涡宛若混沌巨兽，大嘴一张，便可将世间万物吞入腹中，我们现在所处之地，犹如混沌巨兽的咽喉，浊气裹着海水席卷我们往"肺腑"而去，我们拼死抵抗，最后却收效甚微。

我心慌不已。冷雨打在脸上，我便借着这冰凉让自己冷静下来，努力思考出去的办法。

这时，他突然抬手触了触旋涡内部的边缘，锋利的海水瞬间将他的手指切去一块皮肉，血水登时渗出来。

我大吃一惊，扯住他的衣袖喊道："你要做什么？"

他摇摇头，将血流不止的手指掩藏在衣袖里，说道："我们似乎没办法从这里闯出去。"

"我知道从这旋涡侧壁出不去，"我道，有些生气，"你为什么要用手来试？！万一把手指切断了怎么办？"

"不用皮肉来试，怎么知道这侧壁能伤我们几分？"他低头看我，神色依然从容，又望了望越来越远的出口说，"我们怕是拼尽全力，也挡不住这旋涡的吸力，无法从出口逃出去。"

这时，新支起的结界又被打碎，气流一瞬间全冲上离骨折扇，又有碎片刺得扇面支离破碎，他迅速挥开墨袍挡住我。

可折扇本是受我的仙力支撑的，如今旋涡气流尽数冲过来，轰轰烈响之中，撞散我的仙力，冲击我的仙元。我一口血尽数喷在他的脖颈上。扇子终于支撑不住，重回一尺模样落入我的口袋。

他扶住我，单手又支起一个更厚的结界。

如果不是他抬手，我看到丝丝缕缕的海水缠住他流血的指尖，本神尊几乎忘了一件事：这是九天无欲海，可溶情解魄，缠鬼噬魂。

我慌忙扯下一段衣袖，捞过他的手指，为他缠上。他似是不知道这海水的魔性所在，道了一句"无妨"。

我抬头看他，却见两次结界破损旋起的碎片已经将他刺得全身都是伤口，海水涌过来，咬住他的情魄不松口。

"怎么会无妨！"我掏出扇子挥成扇剑，贴着他的伤口斩断贴近的海水，"这是无欲海啊，你难道感觉不到海水在咬着你的情丝往外扯吗？"

他终于有所察觉，苍白着一张脸问我："无欲海水……是怎么回事？"

"你还不明白吗？"我眼眶生疼，眼泪都要飞出来了，"这海水能溶解你的情魄，受伤的你从这海水里走一遭，你心爱的那个姑娘，你便不再记得她！没了情魄的你，再也无法看上旁的姑娘！"

他身形一僵："我竟不知道……"

耳边的轰鸣声中混着几丝清晰的裂响，入眼之处，第三次支起的结界又被冲开裂纹。

我再次撑开扇子，想使出所有修为拼死挡一挡，可手腕却被他牢牢攥住，抬头的时候，我看到他面容惨白却神色坚定。

"我护着你顺着这旋涡逃出去。这旋涡固然凶险万分，可跳出无欲海，这旋涡不过就是巍巍九天之中的渺渺一粟罢了。旋涡尽头一定是广阔九天。"他顿了顿，脸上依然是客套的抱歉之色，"只是怕要委屈你暂时窝在我怀里了。"

"你疯了吗？这旋涡深处气流飞旋，几乎令人无法喘息，你我二人还未穿过这旋涡便会被溺死在无欲海中……"我非贪生怕死之徒，我自无欲海生自无欲海死，始终交叠，也应得上这生死轮回。

可我从不愿旁人因护我而死。当年天上星宿逆转、银河星辰陨落，天帝降大任于我，聂宿本可置身事外，却终究因为我而死。

如今，聂宿的一缕魂魄栖在他身上，我又听到他这样说，止不住地掉泪。

风雨扑面，我抬袖子狠狠抹了把脸，劝道："还有，你舍命护住我，情魄必然会受损，你不要你心中珍重的姑娘了吗？倘若以后还有旁的姑娘看上你，你却不能再喜欢上她们呢？"

他的墨袍裹住我，低头从容地道："深吸一口气。"

结界碎裂，我还未反应过来，他便这样裹着我跳入旋涡深处。

我正欲挣扎开来，却有缥缈的声音自头顶传来："若是不记得她，纵然活着，也没什么意思了。"

他终究还是打定了主意。

海水汹涌，没过我们的头顶。

我抬头看他，旋涡之中，我与他发丝纠葛，耳鬓厮磨。

如果不是对这无欲海了解得如此深刻，我就要以为眼前抱着我的神仙就是聂宿大人了。

其实我在想聂宿，海水便已经贴近我的情魄。他的墨袍把我裹得更紧，护得更完好，我知道他也快将我错认成旁人了。海水太残酷，要想活命，便要受情魄被吞噬之苦。

我从他怀里挣脱开来，挥开扇子将他牢牢圈在里面，用扇柄在手臂上划开几道口子，将无欲海水引到我身上。我并非觉得自己多无私，我对他不过是有些同病相怜的感觉罢了，又或者，是因为聂宿的最后一缕魂魄还在他身上，我想让他存活。我不敢承认自己有些喜欢他，喜欢这个不过见了三次的神仙。

滚滚海浪里我看到他痛苦地大喊，可是我却一点儿也听不清他说的是什么，只能勉强看得见晦暗的深海旋涡里他堇色眼眸中淌出来的眼泪。

我将全身的修为压在那扇面上，他应当明白我破釜沉舟的心思。还是有海水往他身上钻，我咬紧牙关，用指甲划开更多的口子，那些海水闻到味儿，迅速游过来，钻进伤口里咬住情魄不肯放松。

他被扇子圈住，挣扎不出来，极其悲痛，大声喊着什么，我却一个字也听不清楚。

最后，气流越发颠簸汹涌，我渐渐支撑不住，四面八方的海水缠住我，被旋涡卷进去之前，我心道："聂宿大人，我为他舍了关于你的情意，如果我能存活，可我再也无法喜欢你，你可会怨我？"

……

又是茫茫无际的梦。

梦里的公子，一时星目一时桃眸，一时水色绸衫一时墨色长袍，雾气茫茫化成风雪落在我眼前，这场景虚晃叫我分辨不清。

"素书，你痛不痛？"他左手拿着银刀，右手攥紧我的手腕。

刀刃如水划开我的皮肉，勾出我的情丝，可他又安慰我："你哪里痛？你醒醒。"

我肺腑里的最后一口气被抽离出来，好像要溺死在这里，连身子也止不住地往下沉。

忽有手掌，扣我指尖；忽有凉唇，贴我唇上。

仙气缕缕，从他口中渡过来。我记得自己在这里说："聂宿大人，你若是喜欢过我，就亲一亲我。"

我记得也是在这里，聂宿按住我，将我拖入深海，说："且把你对本神尊的那些情意消一消。你才四万岁，做不得这种丢性命的大事。出来之后，好生活着，莫再想我。"

我想抬手触一触他的脸："他们说你灰飞烟灭了，我差点儿就信了他们。"

可场景颠倒，瞬间支离破碎。

……

后来，轰响远去，风雨停歇，我不知躺在哪里，却觉得周身舒坦。

一个声音带着哭腔："尊上她为什么还不醒过来……她身上怎么这么多伤口？她一定很疼。"

另一个声音严肃："她已经没事了……倒是你，为何叫她尊上？"

那个声音哽咽："她是素书神尊啊……我自然叫她尊上。"

"素书神尊……是什么职位？"

"素书神尊是神尊，很久以前天上星盘逆转，就是素书神尊亲自让众星归位的。"一人认真解释。

"为何我从来没有听说过？"

"我也是最近才知道的……那日天帝大人派我来银河深处扫墓，我一不小心就把素书神尊扫活了。她沉睡了十四万年，才出来几个月，谁料竟然这般倒霉，又被卷入旋涡之中……"

"嗯……"

那个声音越发慌张，哭音更重："我要不要去找旁的神仙帮忙救救我家尊上？"

"你想去找谁？"

　　“长诀天尊，三十五天的长诀天尊，他与我家尊上是故友，他一定有办法的……”

　　耳边传来毫无预兆的一声碎响。

　　“你说她是长诀的故友？”

　　“对……可是近日是天尊亡妻良玉神君的忌日，天尊大人必定悲痛万分，你说他会不会来救我家尊上？”

　　“会吧……”那个声音听着有些失落，顿了顿又道，“你家尊上其实没什么事了，只是被海水所伤，还在昏睡……我先走了。”

　　脚步声越来越远，声音的主人就这样走了。

　　我心里大抵有几分不舍，却没法开口留他。

06 . 身份明了，咫尺故人

　　醒来已是三日后，匀砚告诉我，昨日长诀来银河深处看过我，往我口中送了粒丹丸，又渡了一些仙元给我。

　　我心中有愧，他处在自己妻子的忌日中，悲伤之余还要来救我。我忽然想起什么来，转头对匀砚道："那位堇色眼眸的神仙，他可还好？"

　　匀砚点点头，又颇同情地摇摇头："他也不是很好，那夜他将尊上抱回来的时候，浑身湿透不说，身上还有数不清的口子，血水缕缕，几乎要倒在望辰厅。"

　　我心中恍惚，隐约忆起无欲海旋涡之中，他将我裹在怀里，双手捂住我的脸颊，替我挡过无数结界碎片。

　　匀砚见我神色不太对，怕我担忧过甚，慌忙道："其实那位公子多是皮外伤，只是看着骇人。"说到此处又有些难过，看着我道，"他说尊上你比他伤得重，你伤在情魄，日后不晓得还能不能恢复。"

　　我笑了笑："你家尊上是在无欲海里长大的，以前喜欢聂宿，可他不喜欢我，我也常常去海里泡一泡，消一消感情。情魄伤过不少次，不也没什么大问题，现在蹦跶得挺欢畅。"

　　匀砚没再说话，只是他望着我的那双桃花眼里，依然是心疼。

　　次日，我已能下床走动。采星阁上微风徐徐，清爽宜人。银河外大抵正当清晨，暖融融的气息吹进来一些，撩得人身心舒畅。

匀砚递给我一碗药，又端上来几颗蜜饯，说道："长诀天尊嘱咐过，这药须连饮七日。他还嘱咐，尊上吃药期间不许饮酒，不许下凡。"

我答应下来，忽又觉得有些不对："不许饮酒我倒能理解，可为何不许下凡？"

匀砚皱了皱眉，恨铁不成钢地道："尊上你竟然还问为何不许下凡！长诀天尊说你前几日下凡的时候，曾在凡间多次动用仙术，被术法反噬几次。这新伤旧伤加一块儿，不知何时能痊愈，所以让我拦住你，不可再下凡。"说罢，他忽然神色严肃，握紧小拳头，"长诀天尊说我责任重大，拦不拦得住神尊大人、神尊大人能不能痊愈，全落在我肩上了。"

长诀天尊，你慧眼独具，当真是会挑人。

我正欲喝那碗药，这时候，黑乎乎的外面，采星阁下突然传来一个清脆的声音："素书神尊！我来给你赔不是了！"

我举着碗的手被这突如其来的声音震得一哆嗦，药汁便全洒在了我脸上。

本神尊抬袖子抹了把脸，大惊道："是谁在下面？"

匀砚也吓了一跳，慌忙提了灯趴在采星阁栏杆上往下看。

"婧……婧宸公主？"匀砚惊呼道。

婧宸公主？

我搁下药碗，爬起来往阁下看去，只见茫茫暗色之中，一个紫衣少女背着硕大一捆荆条跪在采星阁下，此刻正抬头往阁上看，一双眼睛灵动狡黠。

她看到了我，使劲挥了挥手，牙齿露出来七八颗，叫道："神尊！真好，你果然没死！"

我捂了捂胸口，咳了两声，还未反应过来到底如何回她这句话，便见她飞身一跃，身形矫捷，背着那硕大一捆荆条飞上采星阁。我吓了一跳，慌忙退开三四步，给她和她背后那捆荆条让了个地方。

婧宸公主双手抱拳，"扑通"给我跪下，一双眼睛忽闪忽闪，亮如辉珠，说道："素书神尊，婧宸给你负荆请罪来了！"

我不知是什么状况，转头看匀砚，见他也处于震惊之中不知所措。

那厢婧宸公主"咣当"又给我磕了个头："婧宸这次犯了大错，连累得神尊差点儿死了。神尊你好不容易才诈尸归来，在这神界待了几个月，就栽在了婧宸手里。婧宸羞愧，这次应当在你身边跪一两年，求你宽恕！"

我扶了扶头上的玉冠，顺便揪了几绺头发，确认自己还能感到疼痛，不是在做梦，才愣愣地搀她起身，问道："你为何要来请罪？你何时连累了我？我为何一句也听不懂？"

她却执拗得很，还是不肯起，清脆地道："我前几日同一个神仙在无欲海上空打架，那神仙没什么本事，钻进无欲海暂避。我用长剑在海水上空一搅，本想把那个没出息的神仙搅出来，不料无欲海海水有邪性，我并未使全力，可它已经借力倒吸形成一个旋涡，接着越滚越厉害，一直延伸到无欲海尽头。神尊恰好自那里走过，便被吸进旋涡了。"

听完这番话，本神尊已是目瞪口呆。

她趴下给我实实在在磕了个头，悔过之心似是天地可鉴："为此，我那向来不问世事的叔爷爷亲自下三十五天，找到父君大人，毫不怜惜地告了我一状，说我父君管教无方，连累曾经匡扶星宿、拯救苍生的素书神尊。父君命我负荆请罪，来给神尊你赔不是。他说若是神尊大人有个三长两短，他便要剥了我的皮。"

"公主……公主先起来吧。"我低头拂去洒在衣襟上的药汁，转头吩咐匀砚，"快帮公主把这一捆荆条取下来，这么大一垛，怪沉的……"

匀砚才反应过来，慌忙跑到婧宸身边。婧宸公主却跳躲开来，瞪大眼珠子，义正词严地拒绝道："你别过来啊，我说了要跪，便要跪。父君常说我不讲理，我就讲理一次给他看看。我婧宸能屈能伸，敢作敢当，身子骨也硬朗得很，背个荆条算什么，若是素书神尊你觉得不解气，叫我去背猪、背驴、背骆驼都行。"

本神尊看她这般倔强，几乎也要给她跪下："公主大人，我这采星阁地方也不宽敞，你现在再背一捆荆条跪在这儿，快没落脚的地方了。无欲海旋涡这件事儿，当是我倒霉，不小心卷进去的，我也从来没想过怪你，你快起来吧。"

她眨了眨眼睛，笑道："你真是个好神仙！要是赶上司律那个家伙，非得把握住这个机会，在父君那里将我参进天牢蹲几年不可！"说完，不待匀砚过去帮她一把，她便自己解下荆条，拎到栏杆边，胳膊一抢。便将硕大一捆荆条扔了出去。

婧宸在采星阁待到晚上，凑着我跟匀砚的饭点，随我们吃了一些。

其实，从匀砚口中，我大抵也感受到了这位公主直率的性子，只是今日见面，这感受更加刻深刻。

她从袖袋里摸出来一壶酒，掌心仙雾缭绕，又摆开三只酒盏。匀砚抢着替我拒绝道："尊上受了伤，天尊大人嘱咐过，不可以饮酒。"

婧宸像是有点儿敬重长诀这个叔爷爷，点点头道："酒杯摆下，哪里有再收回来的道理？不过素书神尊有伤在身，我就自饮一杯，再自罚一杯，剩下一杯给匀砚喝。"

匀砚舔了舔唇，同意了。

可论酒量，匀砚这孩子哪里是婧宸的对手？一壶酒还没饮完，匀砚已经醉倒，婧宸却还是兴致勃勃的。

她见匀砚已昏睡过去，一把握住我的手，眼睛亮得不像话，唇角却挑衅一弯，神色变换，装出来一抹狠毒。我愣了愣，便听她阴恻恻一笑："说吧，你同我叔爷爷是什么关系？他为何这般在乎你，甚至为了你要去告我的状？"

"本神尊……跟长诀是故友啊。"

她咬牙切齿，抓住我的那只手更用了几分力，说道："我跟你说，我长诀叔爷爷生是良玉的人，死是良玉的鬼，就算他们两个都仙逝了，也要葬在一起。不管你是神尊还是下仙，你们谁也甭想把叔爷爷抢了去！"

"抢了去？"

她瞪了瞪眼珠子，目光乖戾，似要用眼神杀死我："别以为我不知道，你诈尸归来，孤家寡人一个，看上了我风华绝代又恰逢心上人过世的长诀叔爷爷，你寂寞了，便要去招惹他，你招惹完他，日后还会让他娶你！"

她清澈的眼眸里倒映出一个挑眉失笑的本神尊。

"你笑什么？"她怒道。

"没什么。"我撑着下巴看她，兴致大增，想要逗一逗她，"你跟良玉是什么关系，为何这般维护她？那个良玉神君比本神尊长得好看？她有本神尊帅气吗？"

婧宸像是被我恶心到了，连忙把手从我手上移开，愤愤地道："良玉她比你好看一万倍！你这身打扮，男不男女不女的，别指望能勾搭上我叔爷爷！"

我不由得一乐，撑着下巴又凑近她几分。她似是没想到本神尊这么放肆，怯生生往桌子旁边躲。

呵呵，本神尊这几万年修得的在凡间勾搭姑娘的一技之长，终于派上了用场。

"本神尊既然男不男女不女，比良玉丑一万倍，那你为何还担心你叔爷爷会被我勾搭了去？"我笑道。

她已经开始有些顶不住了，硬着头皮道："本公主只是未雨绸缪罢了！"

我给自己倒了半杯酒。

方才一脸凶狠的她，见我要喝酒却慌忙拦住："那啥……叔爷爷不是说你不能喝酒吗？"觉得这句话说得可能会让本神尊产生她在关心我的误解，她又欲盖弥彰地补了一句，"我不是关心你啊！就是觉得你要是死了，叔爷爷再告一状，我那个爹真能把我扒层皮。"

我抬手往指间蘸了点酒，搓一搓，心中立刻明白了，随即抬眸看她一眼，等着她自己招供。

　　她机灵得很，抱着胳膊冷哼一声，道："你家这个小勾砚也太不济了，我从凡间买回来的蒙汗药都能把他迷晕。"说完还特别替我着想，嘿嘿笑道，"他小身板这么弱，以后可怎么保护你？！不如你把他送给我？"

　　我挑眉看她："婧宸公主只放了蒙汗药？那这酒中安的昏睡咒是旁人做的手脚？"

　　她咬咬下唇，像是气急了，那殷红的唇上被她生生咬出来一道牙印。

　　我越发来了兴致，捞过一缕被药汁黏在一起的头发，一根一根地分开，悠然问道："本神尊饮了这酒，昏睡之后……你想趁本神尊昏睡之后做什么？"

　　"你想知道？"

　　本神尊点头："想。"

　　她抬起一只脚放在桌子上，眯了眼睛盯着我，摩拳擦掌地道："其实你昏睡与否不重要，反正你有伤在身，打不过我。我要把你扛到凡间，扔在男馆里，封了你的法术，你就不能再上天，也就不能把良玉的夫君，也就是我叔爷爷他老人家勾搭了去！"

　　我隐约觉得她的这个法子有些熟悉，想到我曾想把文儿扔进凡间青楼，以此报复孟泽，心里忍不住感叹：这公主与我，真是同道中神啊。

　　我心里虽这般想着，可还是在逗她。于是我摸出扇子，借她踩上桌子靠近我的这个姿势，用扇柄挑了挑她的下巴，笑一声，说道："那我要谢谢你了，能去凡间，还能有一众小倌哥伺候，红尘大好，不枉此生。公主要不要一同前往，仙途漫漫，聊以慰藉？"

　　她迅速撤了腿，避开我的扇柄，怒道："既然你喜欢小倌哥，那本公主还偏偏不带你去了！"

　　"那你要带我去哪里？"

　　"将你扔在青楼！封你法术，任你哭爹喊娘……"

　　"如此甚妙！"我用扇柄敲了敲桌子，笑得更痴了，"公主难不成不知道，本神尊在十四万年前，就以'与凡间姑娘磨镜情深'闻名六界？"

她终于慌了，抠住桌子沿儿，惊叫道："你说啥？"

"啧啧，"我又敲了敲桌子，语重心长地道，"你这样可不行，所谓知己知彼，百战不殆，你连要对付的神仙的喜好、弱点是什么都不清楚，还怎么置她于死地？"说罢我又抬扇子朝她指了指，"你这样不行啊，太嫩、太单纯，很容易吃亏。"

她像是被我惊到了，桌子沿儿被她生生抠下来一块，愤愤地道："我没想到你竟然是这种道貌岸然的神尊！凡间百姓供你香火，你认真想想，自己对得起他们吗？"她怒极了，一只手举着抠下来的那块桌沿上的木头，另一只手一把薅住我的衣襟，"那日旋涡怎么没把你这种衣冠禽兽给淹死，你你你……"

"怎么，只许你婧宸公主招小倌哥，不许我素书神尊爱美人？"

她举着那块木头砸过来，可那木头在距离我脸颊不过一寸的地方骤然停了下来，她身形蓦地一僵，眼皮抖了抖："你……你喜欢姑娘？"

"嗯？"

木头突然被扔了出去，她就着我的衣襟擦了擦手上的木头屑，嬉皮笑脸地道："这么说，你根本看不上我叔爷爷这个男神仙对不对？"

"我确实看不上你的长诀叔爷爷，不过……"

她没容我把话说完，拱手对我拜了拜，大喜道："对不住了，对不住了，你不喜欢他就行，嘿嘿嘿，我白白替良玉担忧了一场。"可能是觉得诚意不太够，她边说边往栏杆处跑，"你等等啊，你等等，我去背上那捆荆条再给你磕几个响头！"

我慌忙起身拦住她："使不得……"

"使得使得！"说罢她"嗖"地飞出去，真的又把荆条背上来，给我磕了几个头。

我看着她笑得极开心的模样，突然觉得天帝大人没有那么可恨了。他有一个率真欢脱的女儿，是他的福气。

后半夜，婧宸与我聊得十分尽兴，她压着声音，未吵醒身旁酣睡的匀砚。她骨子里倒是个细心温柔的姑娘。

我便借此机会问了关于良玉神君的一些事。

婧宸这个性子，我大概也摸透了，率真得不像话，心肠也软得不像话。为了一个仙逝的故友，找上我，我并不觉得生气，反有些钦佩她的这股子义气。说到底，"朋友"二字无关生死，你仙逝而去，我却不能放弃你。

"良玉是个极傻的姑娘，我在这天上地下混了好几万年，也没再见过比她傻的。有些事情叔爷爷从不让人提及，但是你是他的故友，我给你说一说也无妨。事情要从叔爷爷卸任天帝、隐居三十五天专心养花种草开始说起。有一日，叔爷爷在三十五天的一株杏花树下看一个仙子作画，那仙子还是当时管姻缘的老头儿给他推荐来的，想给他牵线，让他早日成亲。恰是那时候，树上落下来一枚鸟蛋，落进笔洗里，冒出来一只小鸟，叫叔爷爷捡着了，他便无视了那姑娘，并且自此再没待见过其他姑娘，专心致志养鸟……这鸟啊，后来长开了才发现是只小凤凰。"

"这只小凤凰就是良玉？"

"对。叔爷爷一开始很宝贝她，可是后来待她有了一些情丝之后，叔爷爷便把她送给因邀佛祖养了。两万年里，他再也没见过她。两万年后，良玉出落得极好看，阴差阳错又喜欢上了叔爷爷，这一喜欢就是五万年。其实叔爷爷是宝贝她的，奈何叔爷爷的表妹拂灵从中作梗，叫良玉很伤心，以至于冲动之下……"她说到此处突然顿住，眼里泛上些水雾。

我隐约觉得接下来的事情不太好，忙问："怎么了？"

"良玉她太傻了，剖了半颗心换来了一场跟叔爷爷的凡间情缘，可还是惨淡收场。她回来后不慎落入忘川海，不记得任何人了。那时叔爷爷也在忘川海经受了一劫，被压在九黎山下五万年不得出。那五万年里，良玉同孟泽两情相悦，可是后来却被孟泽甩了。她十二万岁那年再次遇到叔爷爷，到底是本心使然，她一直喜欢叔爷爷，叔爷爷也未曾忘记她。可是孟泽吃了醋，手段毒辣，害得良玉仅剩的半颗心也不能用了。"

她转过头去，背对着我抬袖子抹了抹眼泪，安稳情绪后才又道："良玉后来找回了丢失的心脏。可是那心脏已经化成四块紫玉，是能生骨血、化魂魄的宝物。四块紫玉都救了旁人，她却没有留一块救自己。她的心脏不能再用，最后便是这样过世的。"

我听完这些话，却不知说什么。这良玉神君果然傻，可她也是大善之人，愿舍己救人，是她生来的慈悲。

婧宸握住我的手："素书神尊，你死了有十四万年都能复活，你说良玉她能不能活过来？"

这个问题我也不知道该如何回答。我也想问个明白神仙，我的聂宿大人死了这么久，还能不能活过来。

"你可知道良玉神君的坟茔所在？今晚能不能带我去看看？"我问。

她想了一会儿，说："好，不过她过世的时候灰飞烟灭，只有一个衣冠冢立在三十五天。"

这一夜，我同婧宸乘着祥云奔到了良玉的坟茔。

三十五天花木繁秀，良玉便葬在这纷繁的花木里。白玉碑上刻着"吾妻良玉"四个字，想必是长诀所刻，这地方也只供他自己来思悼。

我虔心拜了三拜，正欲跟婧宸回去，忽闻窸窣的响动，抬头便看见不远处的花木里有一个影子。

婧宸自然也发现了，当即凛了神色喝道："谁在那里？！"

从层叠的花木中间走出来一个神仙，墨袍肃然，眼神清冷，只是眸子带了模糊的堇色。

我如何也没想到会是他。我开始觉得不对劲，可又说不上到底错在哪里，只是心里莫名其妙地慌了。

婧宸已经将我挡在身后，明月当空，四周通亮，我听到婧宸清清楚楚说了一句："孟泽玄君，别来无恙！"

我似乎听到灵台上发出天崩地裂的声响，滚滚巨石铺天盖地砸在我身上，我像是又经历了一遍被剐鱼鳞、剔鱼骨的剧痛。

紧接着我听到自己喉中发出的颤得极厉害的声音："你……你不是孟泽那混账的男夫人吗？"

月光皎洁，照在他脸上，他闻言猛然回头，瞪大了眼珠子的模样骇了我一跳。

我攥紧衣袖，突然觉得心里竖起一堵三丈高的城墙，往日那些关于孟泽的言语如万千蝼蚁窝在城墙之下，一字一句回响在脑子里，窸窸窣窣啃食着墙皮。我知道这城墙终究会倾塌于一瞬，现在的本神尊就在眼睁睁地等着，等着他说一句话，等着城墙倒塌那一刻的惊天动地、尘土飞扬。

月光铺在他的脸上，他也似震惊到不能言语，只剩长长的睫毛颤了几下。

倒是婧宸最先反应过来，转身问我："你不认识他吗？为何说他是孟泽的男夫人？他明明是孟泽啊。"

为何？大概是因为本神尊……想象力太丰富……

我一直以为孟泽那混账是个五大三粗、龇牙咧嘴的流氓，谁承想，他竟是个干干净净、面如桃花的少年郎。

我掩面，觉得头有些晕，蹲在地上缓了缓。

婧宸推了推我，弯腰拽了拽我的衣袖，小心翼翼地道："素书神尊，你还好吧……"

本神尊……不太好。

长诀和苏莐女官闻声飞过来。长诀见到我们几个八竿子打不着的神仙凑到了一块儿，愣了愣，不过转瞬间便反应过来，也许是不太好意思训我，便冷了脸训斥婧宸："在这里吵吵嚷嚷成何体统？你父君是怎么管教你的！"

我忙道："我想拜祭一下良玉神君？才央求婧宸带我过来……"

长诀皱眉看着我："你伤得还不够厉害吗，还要到处乱跑，等情魄被折腾碎了才甘心？"

我："……"

到底是跟了长诀几万年的苏苒，瞬间便领悟了长诀的意思，也晓得替我说情，拉过我的手放在掌心，和颜悦色地道："素书神尊，前段时间你说自己一直想尝尝十月的桂花酒，苏苒前几日得了一壶，五百年前酿好封坛的，你快随我来，我拿给你。"

我点了点头："好……"

我正要随苏苒走，却听到一直沉默着的孟泽突然开口道："你现在还不能喝酒。"

这话一落，长诀、婧宸连同本神尊都怔住了，一齐看向他。

他躲开目光，望向远处的一株优昙波罗树。

长诀道："婧宸，你也随苏苒去，我有些话要同孟泽玄君讲。"

婧宸莫名躺了两枪，自己噘着嘴，甩着袖子先走了。苏苒扶着我走在后面，微微笑道："婧宸公主就是这么个脾气。"

我应了声，没忍住回头看了一眼。说实话，我有些害怕长诀同孟泽打起来。

"素书神尊莫担心，天尊大人性子沉稳，再说那是阿玉长眠之所，再怎么样，他二位也不可能在那里打起来。"苏苒说到这里，也回头望了那处一眼，感慨万千，"这么多年过去了，这二位神仙到底没放下。"

这句话提醒了我。

他……孟泽口中喜欢的那个姑娘，那个他不小心害死了的，为此永远无法原谅自己的那个姑娘，就是良玉。

说我不失落是不可能的。

我喜欢的聂宿大人，他残存在这四海八荒的最后一缕魂魄，就在孟泽身上。可这位孟泽玄君，他喜欢的是旁人。

我想起和他在凡间慕花楼上俯瞰灯火如海，怅然饮酒的事，想起和他在采星阁上一口一口灌着醒酒茶，一遍一遍说着零星又失落的话，也想起他在银河之畔、无欲海尽头那吞灭天地的旋涡里说"如果不记得她，那活着还有什么意思"。

那时候，我是有些羡慕良玉的，只是这羡慕听起来有些心酸和卑微。

我问自己："如果聂宿大人或者他的这缕魂魄喜欢你，但条件是要你仙逝，你愿不愿意？"

我想了很久，我的回答是——愿意。

只是我也知道，就算我愿意，这情缘于我来说也不太可能。聂宿灰飞烟灭，孟泽心寄良玉如此执着。这茫茫十四万年的时光里，本神尊好像从未体会过两情相悦的滋味。

苏苒果真给了我一坛桂花酒，她见我受伤后身子仍然虚弱，便要送我回银河深处。我摆了摆手，笑道："本神尊在银河深处埋了十四万年还能活过来，身子哪里有这么不济？小伤罢了，不必惦念。"

我走了几步，她还是觉得不太放心，跟了上来，我抬手指了指身后，说道："你去良玉坟茔那里看看，毕竟是情敌，他们兴许真能打起来。"

07．尹铮命悬，月下求丹

回到银河深处，我刚把匀砚送到他自己的厢房，一转身，便发现采星阁下面来了位美人儿。

今日我采星阁果然蓬荜增辉。

这美人儿不是别人，正是文儿。只是她身着缟素，立在采星阁下，一张脸苍白得跟纸似的。

我匆匆下去，她见我便立刻跪了，抬头时眼里已经有了泪："今日才知道你是神尊。"

我心中本就对她有些愧疚，见她这般模样，心里更不是滋味，连忙搀她起来："你可是在凡间遇到事了？为何打扮成这般模样？"

她又给我跪下，眼泪簌簌往下掉，却是硬生生忍着没有发出一个哭音，举起手中的一片金叶子，说道："神尊大人，你可还记得当日你留给皇叔的那两片金叶子，可还记得你说对文儿有亏欠，文儿日后遇到什么麻烦便拿着金叶子来找你？"

"你先起来说话。"我自然记起来这件事了，怕她不肯起，咳了几声道，"我这几日染了风寒，不能在外面久站，你快起来扶我一把，我们去里面说。"

她才惶惶起身，抹了抹眼泪，随我进去。

原来，不是她遇到了事，是她夫君，也就是凡间那位叫尹铮的皇帝出事了。话说天上这四五日过去，凡间已是四五年。也许是日久生情，文儿终于被尹铮打动。因为尹铮遇到文儿的时候，还未喜欢上别的姑娘。文儿是他的头一位妻子，也是唯一的一位，故而文儿成了皇后。对，就是这么郎情妾意的情缘。

但是文儿长得美这件事，不知何时被东祁邻国——北疆国太子给知道了。那太子不知从哪里得到了文儿的一张画像，寤寐思服，辗转反侧，这相思难以排解，于是就想把文儿弄到手，便筹划着联合其他国家大举进犯东祁。

这件事情发生在文儿到凡间的第三年，便是在这一年，皇叔尹白病入膏肓，在秋高气爽的一天驾鹤西去了。尹铮难过数日，恰被北疆太子得了空子。战火肆虐，东祁边疆接连几座城池失守。这是十年来，东祁第一次打败仗。

我灌了口茶，瞬间明白了：附在尹白身上的那位神仙一去，东祁果然遭了麻烦。他是个信守诺言的神仙，答应尹白护东祁十年安然，他便果真护了十年。要是搁在善良的本神尊身上，我便多送一两年了。

好在尹白临死时将金叶子给了文儿，还十分靠谱地把我的话原原本本转告了，并且额外嘱咐她一句，掳她下凡的那一位是天上的神尊，日后有什么麻烦一定要找她帮忙，千万别客气。

文儿用其中一片金叶子恢复了仙力，当日便去了战场，动用仙术，帮东祁将士夺回城池。我吓了一跳，作战不是小仙术，造成的身体损耗不是呕几口血、灌几口茶或修养几日就能恢复的。果不其然，文儿自那之后卧病榻一年，连床都下不来。

这一年，敌军休养生息，卷土重来。文儿大病初愈，跟随皇上尹铮作战。战场之上，刀枪无眼。北疆的太子爷挥起红缨长枪冲过来，彼时文儿背对太子杀敌，战鼓喧嚣之下，丝毫没有留意到这危急情形。尹铮发现得太迟，挥刀已来不及，自己便用身体替文儿挡了那刺穿心脏的一枪。

"素书神尊，尹铮已身死，文儿只能凭借仙力先护着他的尸身不腐，还请神尊帮我，让他活过来。"文儿哽咽道。

我思索片刻，突然想起一件事，便提醒文儿："你是想让他活过来是个神仙，还是想让他活过来是个凡人？要知道，如果他还是个凡人，就算他不死，这神律在上，也不允许你们长久。"

文儿惊诧不已，眼睛一眨，泪珠子便落下了："神尊大人有办法，可……可以帮他成为神仙吗？"

我灌了口茶，觉得今日实在有些疲惫，揉了揉额头，道："待我明日去找老君要一颗仙丹，你明日拿着这颗丹药去救尹铮。"

十四万年前，老君同聂宿是很好的朋友。聂宿心爱的梨花神仙将逝之时，老君曾去为她诊病、炼丹药。正是老君，让我知道聂宿喜欢梨容，知道自己的这张脸跟梨容的脸一模一样。也许是老君觉得说出梨容的事情亏欠了我，他后来也曾有意照拂过我这个小辈。如今我去求他，他应当还会给我个情面。

文儿却还是站在那里不肯动弹，眼眶里依然有泪在打转。

"怎么了？还有什么事？"我疑惑地道。

"素书神尊，你若是明天再去，那尹铮的凡体便保不住了。"她掩面哽咽道。

我反应过来，这天上一天，凡尘可是一年。我当即理了理袖子，起身道："你在这里等我，我去去就来。"

也许是我起得有些猛，飞出采星阁就吐了口血，脏了素衫。我抬袖子胡乱抹了一把，乘着祥云奔向太上老君的府邸。

敲开老君府大门的时候，已是子时。老君已有十四万年不曾见过我，这月影重重之下，拎着灯笼往我脸上一照，定睛一瞧便吓了一大跳，喊道："素……素书？你怎么伤成这样？"

他一出声，我也吓得一哆嗦，不为别的，正因为我从他眼里，看到自己下巴上全是血，被袖子一抹，那血渍便从下巴一路被抹到耳根，看着像是个嗜血厉鬼，实在骇人。

"快，快进来，到里面说话。"

"老君，我……我想跟你要一颗仙丹。"

他带我到丹房，先找了几颗丹药叫我服了，才问我想求什么丹药。

"凡间东祁国的皇帝尹铮，老君可有丹药叫他飞升做个神仙？"我道。

"哦？你为何要帮他飞升？"

我抬手扶了扶玉冠，暂时撇开那一抹尴尬，给他粗略地讲了一遍凡间文儿和尹铮的事。

老君"嗯"一声，抚了一把胡须，掐指算了半晌，神色越发凝重。我怔怔望着他的指尖，发现欲出的卦象萦绕在指尖，却在猛然之间杀气大盛。老君大呼一声不妙，可那杀气已然收不住，在他手指上冲开一条口子。幸好老君仙力深厚，拂尘横空一扫，那杀气便被拦腰斩断，电光霹雳闪过，戾气化成尘埃散落。

"素书，"他眉头紧锁，难为情地叹息一声，道，"这个忙，老夫怕是不能帮你。"

"为何？"我有些急，握住他的衣袖求道，"这件事，说到底是我惹下的祸端，如果不帮忙，我岂不是失信于文儿了？暂时不说我失信与否，我活到这么大岁数，脸皮也厚实了许多，被指责失信也没什么，但说那文儿，她如今一身缟素，等在我采星阁上，泪流不止，何其可怜！"

"素书，老夫并非不想帮忙，你可看到方才的杀气？我不过是掐算了一下那尹铮的五行命盘，看他是否有缘飞升天上、位列仙班，可是他的命盘便生出杀气，倒伤了老夫。"

"这到底是怎么一回事儿？"

"干河逢水，枯木生花。这只邪魔沉寂十几万年，如今终于找到了凡间这个休养生息的好地方。"老君皱眉，凭空生出一张明黄符纸，指尖流光缭绕之际写下一行命符，随后把符纸递给我，"你说那文儿等得焦急，你先把这命符给她，此事还与一个要紧的神仙有关，我要先去找这位神仙商议一下。"

我连忙接过符纸，俯身拜了一拜，道了声谢，转身走了两步，又回头多嘴问了一句："老君说的要紧的神仙是谁？"

老君抚了一把白须，沉声道出自我苏醒以来一直有意无意纠缠着我的一个名字："孟泽玄君。"

我不明白为何所有的事情都这么巧，偏偏让他碰上，又偏偏让我知道。

我攥紧符纸，命符明黄色的光尽数落在我那染了血水的素衣上，那光芒明亮，照得我心里惶惶，我听到自己的声音带了些控制不住的颤音："可是玄魄宫的那位孟泽玄君？"

老君惊异："你认识这位玄君？"

"他摊上这件事情，严重不严重？"

"恐怕现在还不能定论。"老君迟疑地道。

这事要是搁在两个时辰以前，于本神尊而言简直大快人心，可现在，我知道了那个神仙就是孟泽之后，心里竟然十分不安。

"老君……你有没有弄错，这件事情为什么会跟他有关系？他不过是见过那个尹铮一面而已，模样都没有瞧清楚，"我说着竟想把这件事情往自己身上揽一些，"倒是我在凡间先招惹了尹铮，还……还见过他两次！"

老君正要跟我解释，脸色却突然一凛，忙掐指算了片刻，抬头大声提醒我道："你快去把这命符交给文儿，那尹铮的尸首万万要保住了！"

我想起文儿还在采星阁等我，于是赶紧揣起符纸，跳出丹房。夜色昏暗，我又走得极快，在院子里一不小心被绊倒了。

我爬起来匆匆看了一眼，只见有一人高的梨花木横躺在院子里。

我心里突然涌上来一阵恶心，说不清道不明，只是渗上脊背成了大片大片的虚汗。我赶忙跳离开来，不敢多想，招过祥云奔回采星阁。

虽然没有带回仙丹，但文儿还是感激涕零，匆忙道了谢，便奔向凡间而去。

老君给我服的那些丹药或许有安眠作用，又或许我今夜四处折腾已筋疲力尽。送走了文儿，我回到厢房，须臾之间便入了眠。

我很久没有安安稳稳地梦到过聂宿大人了。慕花楼楼顶梦到他来救我时是愤怒和遗憾，无欲海旋涡里梦到他拿刀贴近我的脸颊时是惊恐和挣扎，而这一晚，或许是拜老君的丹药所赐，梦里的我感到的是久违的踏实和安然。

我曾去过许多地方，天上地下，四海八荒，可从没有一个地方，能够像聂宿怀里这么温暖。

那时我才将将化成仙形，踮起脚来额头才能抵上他的胸膛，他见我一直在他身旁走来走去，广袖一扬便将我拉过来，圈进怀里，下巴抵在我的额头上，当个支撑，偶尔累了，便直接把我当个柱子，脸颊贴在我头顶上，眯一会儿。我在他怀里，看过星星，看过月亮，看过宣纸上飞舞的墨迹，看过玉印上方正的刻字，看过湖心亭从夏日清晨水汽朦胧到寒冬深夜雾凇弥漫。

我随他看过天宫宴上抚琴的妙音仙子。那时，我觉得仙子那把琴特别好看，宴毕后妙音见我跟在她身后，低头轻轻捏了捏我的鼻子，笑道："这把琴不能给你，这是我的心上人给我做的。"

回到神尊府，我问聂宿能不能给我做把琴。

他说可以，但是做琴要花时间，得等。

我问他要等多久，他指了指自己胸膛处的一个地方："等你长高到这儿的时候。"

那日后，我每天见他便会扑上去，额头抵在他的胸膛上，清冽的梨香入鼻，我问他："长到那个地方了吗？"可他每次都说没有，还会顺便抱住我，把我当个柱子，眯一会儿。

可我每天早上还是会早早奔过去，额头抵着他的胸膛，问他长到哪里了。清新的梨香中，他总是说没有。

那年的冬天来得很快。我安安稳稳睡了一夜，醒来就见窗外铺满了厚厚的雪。神尊府的湖中落满了雪，聂宿在湖旁的雪地里耍剑，剑尖锋芒流转，扬起一道道雪浪直逼湖心亭。那个样子，唯清寒孤绝可以形容他。

我从《茶注》里看到过关于雪茶的记载，取大雪中层寸许厚的雪，入瓷坛，雪融煮茶，茶汤清远宜人，回味袅袅。

我想着他为我做琴辛苦，于是那天，早早起床，没有同聂宿打招呼，便抱着两个瓷坛子去神尊府后的仙允谷取雪了。那里鲜有神仙去，雪更干净一些。我在路上想着回来要煮一壶茶给聂宿尝尝，兴许他高兴了，便会跟我说我今日长高了，可以去看琴了。

也许是我想得太美，所以没有看路，脚下突然虚空，我还没反应过来便连人带坛子滚了下去。这是一个极深、极黑的洞，滚落时根本停不下来。起初我还很担心被摔死，后来见许久还未到底便释然了，尝试了几个姿势，反复论证一番，找了一个最舒服的姿势，蜷缩着往下滚。只是坛子不怎么争气，滚几下便碎了，碎片一路跟着我，身上被割了许多口子，有些疼。

大约一刻钟后，"扑通"一声，冰冷刺骨的水迅速将我包围。我赶紧屏息，强迫自己镇定下来，伸手摸着一块凸出的石头试图往上爬，可是石头太滑，头刚刚探出水面，又栽进了水里。

冰凉的水刺到心窝，我第一次感觉到死亡的威胁。我那时候心智不太健全，魂魄也还未养完整，没有想到我自己原本就是条银鱼，若是及时化出原形，就会脱离危险。

那时我想啊，我还没长到聂宿指的那个地方，我还没见到聂宿给我做的那把琴，我怎么可以死呢？

于是我努力攀住那块石头，试了七八次，鞋子也被踩掉了，终于在精疲力竭的时候爬了上去。我双手紧紧扒着石头，脚下的石头冰凉刺骨而又滑腻，我僵着身子连动都不敢动，良久才平静下来，用右脚触了触，终于寻到潭水之上一块极小的岩石平地供我容身。

兴许我们有时候就是这样，在艰难的处境中会咬牙挺住，从来不想放弃，但是等到挨过这一关，想起曾经的困难，便忍不住要委屈难受。就像我那时，蜷缩在那块岩石上，明明已经从灭顶的潭水中爬出来了，但想到刚才的境遇，眼泪便再也忍不住。

我用力擦了擦眼泪，默默告诉自己：别哭了，聂宿会来找你的。

我也不知道自己为何如此笃定聂宿会来找我。当时想了很多理由，最后觉得所有理由之中"他舍不得你，如果你丢了，他累的时候去哪里找个如你这般软和舒适的柱子靠着眯一会儿呢"这一条最靠谱。于是我擦干眼泪，信心满满，等待聂宿出现。

他果然没有让我失望。在我将要冻僵的时候，刺啦啦的声音伴着明媚的气泽迎面而来，那一声声"素书"近在咫尺，仿佛伸手就能触得到。我开口喊他"聂宿"，出口的嘶哑声连我自己都吓了一跳。我什么也看不见，却能感觉到有温暖的手颤抖着摩挲着我的脸，顿了一下后，他将我紧紧搂在怀里，下巴还是那般自然地抵在我额头上。

他的这个动作叫我有点儿慌，我一动也不敢动，只听到自己发颤的声音："喂……你先别睡觉啊，你若是再抵着我的额头睡一会儿，我就要冻僵了……"

他闻言把我塞进毛氅里，裹得更紧，只是声音微微有些苍凉和哽咽："先别说话，我带你出去。"

我揉了揉眼睛，却依然什么也看不到，脑袋抵在他的胸膛上，问道："你快看看我是不是长到那个地方了，琴是不是快要做好了……"

他没说话，指尖拂过我的耳后，在那里轻柔地安了个昏睡的诀语，柔声道："睡一觉，我们就出去了。"

我点点头："好。"

他怀里那么暖。

我醒来的时候周身也是暖的，身旁的炭炉里有清淡的烟。聂宿坐在我一抬头就能看得到的地方，正用素绢擦着一把暗朱色釉子的桐木琴，琴身上文着两条小鱼，鱼身欢跃又逼真，仿佛给它们一汪水，它们就能从里面跳出来似的。

我突然有点儿想哭，因为我忽然想起来一件天大的事——我根本不会弹琴。

这么一想，我果然没忍住哭出了声。

聂宿听到声响，过来揉了揉我的额发，我钻进他怀里，号啕大哭。他笑了笑，抬手比量着我的头顶，说的那句话今日我依然记得。

他说："你看你长得这么高了。"

这梦我却不敢再往下做了。

我知道，这故事的尽头，是聂宿将我赶出了神尊府。那把我虽然不会弹却一直宝贝着的琴被他烧成了灰烬。

再后来，我问老君那个梨花神仙会不会弹琴。

老君告诉我，梨容琴棋书画，无所不通。

说实话，那时候的我很嫉妒她，就连她红颜早逝这一桩我也嫉妒。

当年的我呀，曾不止一遍地想，如果我也过世了，聂宿他会不会也想着我，把另一个姑娘雕琢成我的模样？

至于梨容……

思及此处，脑海里突然浮现出老君府院里横躺着的那根一人高的梨花木。那梨花木忽然化成一个仙子，只是她形容枯槁，面色狰狞，身上生出粗陋的树皮，手臂蜿蜒成枯枝模样，缠住我的脖颈，越拧越紧。困难的呼吸之中，她终于靠近我，我看到那张枯裂的脸上依稀可以辨出我的样子。

她大笑一声，声音刺耳："这不是你的样子，这是我的！你的脸是我的，你的魂也是我的！"

我猛一睁眼，沉重的呼吸声响起，脊背上大片大片全是汗。

太阳穴突突地跳，心里十分恐慌。

还好是在做梦。

我隐隐有些劫后余生的庆幸，只是老君给的那丹药药效退去，这会儿怎么也安静不下来，反而心火熊熊，我将将挪下床就吐了口血，忽又觉得鼻下凉爽，抬手一抹，手里全是血，而后又觉得耳朵里有些温热，腥味顺着耳道溢出来，我扭头一看，肩膀上已经染了血红的一片。

好在眼睛没什么事。没能凑成七窍流血，隐约有点儿遗憾。

候在门外的匀砚见到我，差点儿吓哭："尊上，你不要死啊！"

本神尊抬袖子掩了掩鼻血，淡定地叫他打点水来。

他哆哆嗦嗦端着温水走来，见我这般模样，不由得心慌道："尊上，你不害怕吗？"

"不害怕。"我也不知道为什么不害怕，好像很久很久以前，我曾被一位高手揍得浑身是血，只是不知道是梦境还是现实，后来习惯了，便不害怕了。

"可是，如果血流枯了，你……不怕死吗？"

我吸了吸鼻子，说："不是很怕。"

说实话，当初我抱着聂宿跳入银河时，压根儿没想到自己在十四万年后还能诈尸而出，活蹦乱跳地出现在这神界中。

于是不怕死的本神尊吃过早饭，偷偷摸摸在桌子底下给匀砚使了个诀术，叫他昏睡过去后，马不停蹄地奔向凡间。

昨晚匆忙又疲惫，也没问明白老君给文儿的那张符是干什么的，更不知道这件事与孟泽有什么关系。

我在天上待了五六天，这凡间五六年的时光过去，如今的东祁国已不是当年的模样。

那时候我立在云头上，脚下是高悬的大红灯笼，从关口延伸至宫城，每一盏灯都见证了当日那帝王凯旋的壮阔景致。如今的东祁国上空，阴云密布，阴森森的气息笼罩着整个宫城，邪戾之气汹涌而来，扑在我身上，叫我有些受不住。

我跳下云头，小心翼翼地动用诀术，终于在乱草丛生、荒芜萧条的宫城里找到了文儿。

彼时她正守在一间密室外，密室门口牢牢贴着老君给的那张明黄符纸。

我拍了拍她的肩膀，她大概是吓着了，身子哆嗦了一下，回头看我，眼底有深深的疲惫，脸也苍白得不像话，暗哑开口道："素书神尊……"

"这密室里是尹铮的尸……身体吗？"我问。

文儿点头："是。"

"老君可来过？"

"嗯……"

我松了一口气："那就好，老君有办法，你别担心。"

可是文儿十分悲伤，抿紧了唇，忍了忍才道："可是老君他好像没办法，因为这件事他做不了主。"

这倒叫我吃了一惊："这是为什么？他想救就救，不救就直说，怎么连救个人都犹犹豫豫做不了主？"

文儿望着密室，脸上全是哀色："素书神尊，如果我说，救不救尹铮，连我也有些犹豫呢？"

"什么？"

"如果我说这件事全凭孟泽玄君的决定呢？"她哽咽道。

我到现在也不太了解为何这件事会跟孟泽有关系。如果有关系，也应该是跟本神尊有关，毕竟当初祸端从我手上而起，是我亲手将文儿送给了尹铮，惹下这么一堆麻烦事。

"你先说清楚，孟泽他为什么会与尹铮的生死有关？"

"老君说……尹铮的魂魄来自一只邪魔。"

"嗯，他昨晚也是这么跟我说的。"

"这只邪魔藏匿在凡间，如今才出来……"

"我知道，你只说关孟泽什么事？"

她咬唇，似乎也对此事不太相信："老君说，这邪魔曾盗走了孟泽玄君的一缕魂，差点儿将玄君害死。玄君身上缺了这缕魂，如今找到，被封印在这里，叫我不要妄动……如果玄君他要收回自己的魂魄，那么这只邪魔便不能生存，尹铮便也会随之灰飞烟灭，而且……"她顿了顿，忍不住落泪。

"而且什么？"

"不能入轮回，不能有来世。"

"老君他真是这么说的？"这件事情如此诡异，我总觉得哪里不太对，忽然想起来什么，拉住文儿道，"孟泽怎么可能缺一缕魂呢？当年聂……我尊师曾抽出一缕魂救我，他后来说，魂魄这种东西，缺一点儿就要出大问题，此后的几万年里体内都会留隐伤。但你看孟泽玄君……他虽不是很强壮，但是曾救我出无欲海旋涡。他仙力卓然，怎么会缺一缕魂呢？"

文儿摇头："老君不至于骗我，这邪魔藏匿在尹铮体内，为了不让天上的神仙发现，一直封闭着自己的仙力和记忆。如果尹铮不死，那他便不会出来，纵然尹铮是凡界的九五之尊，可对我们神仙来说，他不过就是一个普普通通的凡人。"

我心中感到不安，又有些愧疚，低头想了许久才问她："你现在知道了尹铮原本是邪魔之身，可还倾心于他？如果你不愿意，我定当……"

"神尊大人这是在开玩笑吗？喜欢就是喜欢，不管他是凡人还是邪魔，我在乎的是他是不是也喜欢我。"文儿抬眸望着我，凄凉笑道，"不瞒你说，我喜欢孟泽玄君已经有六万年了，在这六万年里，他曾为了让良玉神君吃醋而跟我亲昵过，也曾娶了几十个姑娘唯独将我撵出玄魄宫不肯娶我。后来，良玉过世前，他将娶回玄魄宫的那些姑娘都散了，我回到他身边，他依然不肯要我。素书神尊，如果不是你，我到现在或许还守在玄魄宫，一心一意等他回头看我一眼。"

我将绢帕递给她，说道："若是想哭便不要强忍着了。"

她却没有接过去，自嘲一笑，又道："如果不是你将我扔到凡间，在另一个男人怀里，我亲口听他帮你撒谎，叫我从了这帝王，把我生生推给旁人，我或许还一厢情愿地以为，终有一日，他会娶我。"

我看着她，素白的衣裳，通红的眼眶，十分心疼却不知如何安慰她。

"我当时是怨你的，我同你无冤无仇，你为何要将君上的真情意撕开给我看？"纵然说怨我，可文儿轻笑出声，转身走到密室门口，抬手触了触那道明黄符纸，温声道，"可是，如果不是你，我或许会在天上孤独终老一世，或许会找个春光明媚的日子了断自己，再不愿沾染这姻缘事。因为你，我遇到了尹铮，他把我放在心上疼着，他没有娶过除我以外的任何姑娘。"她合上眸子，落了两行泪，"他最后因为我死了，神尊，你说，若是我陪他去了，算不算偿还了他对我的这一桩恩情？"

"神尊，你说，若是我陪他去了，算不算偿还了他对我的这一桩恩情？"

此话一字一字如针脚落在我心上，那股涩痛自心脉传至指尖。

不为别的，只因为我想到了自己。当年银河畔，我要抱着聂宿跳入银河自尽，长诀没能拦住我。如今文儿这心情，我体会得深刻，我知道自己劝不了她，只是攥紧手指，掐了掐掌心，让自己冷静下来，让自己接下来说的话尽量听起来笃定又可信："你在这里守着，他死不了，你也用不着以殉葬偿还他的恩情。"

她愣了愣，还是道出了担忧："可是孟泽玄君呢……孟泽玄君缺了这缕魂魄，他怎么办呢？"

我抬手稳了稳玉冠，道："你们都不用死，本神尊有办法。"

说实话，我并没有什么笃定的办法。

只是，我方才听到她的那句话，想起聂宿，想起长诀，想起曾经天上那两桩关于星辰的大劫。

"银河有劫，星落光阴。若银鱼耳，可化星辰"，我那银鱼鱼鳞，既然当初连这星星都能化成，如今救一个邪魔应该不会太难。

这样，就算孟泽真的将原本属于他的那缕魂魄收回，尹铮也能活过来。

老君最了解其中玄机，应当会帮这个忙吧？

谁知，我驾着祥云，在半道上遇到了从玄魄宫匆匆赶回府上的老君。

他看到我，气得发抖，胡须乱颤之中，举着拂尘就要揍我，大声呵斥道："你倒是忘了自己昨晚那血淋淋的模样了，今日又出来蹦跶！你当真不长记性？"

我掏出扇子费力挡了挡，笑道："你也知道，在文儿这件事上，我错得离谱。如果这个邪魔不是尹铮，如果文儿不曾看上他，我同孟泽玄君大概也算是半个冤家，他想不想把魂魄收回来，于我来说毫无干系。但现在这件事错就错在我身上。要不是当初我将文儿丢在帝王怀里，她也不可能摊上这些事儿……"

老君突然打断我，看穿我的心思，道："虽然老夫早说过这件事我做不了主，但你先讲一讲你打算怎么办。"

我把方才那个想法跟他说了一遍。

他大怒，捞起拂尘来要揍我："你果然不长记性！你打从坟坑里跳出来，就从来没再看过自己的原身是什么样子吗？你竟然还要折腾自己去救旁人！"

我傻了："不过是条鱼……我若是想看鱼，大可以去东海、西海、南海和北海看个痛快……"

他恨铁不成钢地望了我一眼，突然长叹一声，掏出一面长满绿锈的铜镜搁在我手里。

我十分好奇："这是什么？"

"此镜名为定海镜，能照见海里的一切怪鱼、珊瑚、礁石。"他怜悯地望了我一眼，重重叹道，"你原身是银鱼，看看你自己吧。"

"哦……"我翻开镜面。

云头之上，那镜子渗出茫茫水汽，水汽混着云雾晕散开来，我看到一条没有鳞片护身的血水淋漓的鱼。

"维眸其明，维身其银"，可镜子里的鱼，安安静静躺在那里，血红的身上有许多寸深的口子，再也找不出一处银白的地方，只剩眼睛骨碌骨碌地转着，叫人知道它还是活物。

我浑身一凛，差点儿将镜子从云头上扔下去。

老君将镜子迅速收了回去，祥云行进之间，惋惜说道："十八万年以前，你被聂宿养在神尊府的湖里，纵然你才将将从无欲海里出来，身体虚弱又没有魂魄，不大精神，但是鱼身银白晶莹，十分漂亮。现今你再看看自己，是个什么样子？你现在，不是救旁人，倒是更应该让旁人救一救你。"

我还是嘴硬，低头望着自己的云靴，嘟嚷道："我现在不是活得好好的……"

老君急了，又往怀里掏，边掏边道："你等等，老夫给你个照骨镜，让你好好瞧瞧自己的骨骼、脉络成了什么样子！"

我连忙拦住他："别了，我知错了……若是再看那恶心模样，今日大概要吃不下饭了。"

他却还是有些气愤，又吓唬我道："还有观魂镜，你也该好好看看自己的魂魄……"

本神尊举扇子做投降状："请老君大人看在多年友谊的分儿上，饶了小神的胃吧……"

老君才作罢。

08．一半成全，一半怨念

后来，我还是颠颠儿跟老君来到了他的府上，打算顺走几颗仙丹给文儿送过去，再去找这件事的当事神仙，也是最能做主的神仙——孟泽玄君商议此事。

话说，本神尊有些心虚。

以前，本神尊当着孟泽的面，一口一个"小混账"骂得十分顺口。

如今设身处地地想想，他听到我喊他"混账"竟然没有动手揍我，实在是太好脾气了。

后生可畏啊，现今的神仙界里，这些孩子的度量果真比我们那时大多了。当年我随聂宿赴宴的时候，曾不小心将轩辕国的大公子与大公子的随从认反了，结果就被大公子记恨了好多年，他时常借此事来神尊府揪着我让我赔礼道歉，不道歉他就蹭吃蹭喝赖着不走。道了歉他就过几日再来找我道歉，说他忘了我道过歉了，顺便还要再蹭吃蹭喝揪着我不放。

相比之下，孟泽这孩子多好，他多大度。莫说凡间宰相肚里能撑船，孟泽肚子里简直能撑下千儿八百个轩辕大公子。

老君也知道我跟他来的目的，从丹房里找了好几瓶丹药给我，其中多数是叫我服用的，多出来的一瓶虽然没有明说，可是我知道，这是叫我拿到凡间给尹铮吃的。

我揣着药走出丹房，到了院子里，秋高气爽，天气晴朗。我走到大门口，一路无阻无拦，觉得哪里不太对。忽然想起来一件事，我转头跑到老君跟前，疑惑地道："昨夜横陈在这里的那截梨花木呢？"

老君神色一滞，忽又捋了捋胡须，皱眉反问我："什么梨花木？"

本神尊头皮被惊得突突跳，扯住他的袖子问："就是昨夜放在这院子里的梨花木啊，我昨夜走得匆忙，还不小心被绊了一跤！"

他却还是不承认，拧眉望着我，摆了摆手，说："你或许是被别的什么绊倒了，你昨日就魔怔，今日也没恢复，快回你府上服药后好生睡一觉。"

我急忙跳到院子里，抬手给他比画，几乎要哭出来："从这里到这里，大约一人高，是梨花木没有错！我在神尊府待了三万年，神尊府里到处是梨花树，我不可能认错！"

"素书，"老君闭目，长长呼出一口气，"你这般执着，可如何是好？"

我却有些不明白他的意思，愤怒地甩开衣袖，说道："那梨花木有就是有，没有就是没有，为何不能同我讲真话？"

"素书……你过来。"老君叫我过去说话。

我怔了怔，幸好自己这双眸子还算明亮，冷冷一打量，果然发现他隐在拂尘下面的那只手上已捏了诀术，诀语成烟雾缭绕其指尖，被同样缥缈的拂尘一挡，极不容易分辨。

这下倒叫我真的生气了。我倒退两步，掏出离骨折扇挥成扇剑模样横执在胸前。

"今日就算我拼死一搏，也不能允许你将我昨夜的记忆抹掉！"

老君见这阵势，失望地摇头。

"罢了，罢了……你同他之间的事，连上天也难断得清，老夫又如何瞒得住？"老君说罢拂尘一扫，将指尖的诀术也一并扫了去，"你随我来。"

我却不敢放松警惕，握紧剑柄，等他往前走出三丈远后才提剑跟上。在这一路上，我没敢放松半分。老君府上回廊众多，又有仙雾浩荡，我实在怕他杀个回马枪，而我又不是他的对手。

他最后在一处僻静的院落前停下。这院落精巧雅致，只是院外修竹茂盛，竹风袭来，伴着沙沙声响，有些森然可怖。

老君已经将院门的锁打开，手停在铜环上，推开之前转头又问我："素书，你果真要看个究竟？"

"是。"

"如果你看到之后害怕呢？"

我收了扇剑，捏着扇柄低头笑道："老君，我此生经历过两件害怕的事，第一桩是聂宿剐我的鱼鳞，第二桩是聂宿的死。后来我也曾遇到些害怕的事，但是会告诉自己，这两桩事我都经历过了，其他的还算什么。"

老君叹息，摇摇头推开门。

院里的景象映入眼帘，把我吓得退了一步！

院子里直直立着一根……

一个由梨花木雕刻成的姑娘！

这个由梨花木雕刻成的姑娘，上半身已经化成仙形，衣袂翩然，可下半身却依然是梨花木，树皮干枯！

那姑娘似是能听到声响，转过上半身来看我们。那是一张美得不可方物的脸，偌大的眸子眨了眨，但眼神空洞茫然。却又不知为何，她看到我的一刹那，唇角毫无预兆地上挑，紧接着溢出几声清冷的笑，又抬起手掩住双唇，只剩那冷冷笑声尽数钻进我的耳朵里。

我清清楚楚看到她手背上飘着一朵雪白的梨花花瓣，金黄花蕊一根一根，很分明，却也若一根一根的针扎在我眼上，叫我闭眼不敢再打量。

老君问我："你可知道这是谁？"

我摇摇头，背过身去，说道："我并不知道这是谁，只是昨日她还躺在院子里，如一根寻常木头，今日为何能变成这般模样？"

"这姑娘是我用梨花木雕刻成的……"老君道。

我定了定神，忽然了解了什么，拿起扇子不甚正经地敲了敲老君的肩膀，笑道："老君你何时有了这个爱好，专雕刻漂亮姑娘？"

老君凛了神色，挥起拂尘拂走我的折扇，说："你严肃一些……这不是跟你闹着玩的，这个姑娘，将来便是……"

"便是谁？"我抛起扇子，扇子在半空中打了个转，被我稳稳接住，前脚跨出门，"我以为你要叫我看什么，她现在这个样子瞧着是诡异了一些，可是这左右是老君你的爱好，莫说你想雕刻一个漂亮姑娘陪你，就算是雕刻一个俊俏公子，我也不能拦着你不是。我先走了……"

"如果我说这姑娘将来便是梨容呢？"

我眉心一跳，脚步顿住，猛然回头。

"你……你说她将来是谁？"我眼睛瞪得生疼，却怕自己听错，牙齿打战之中听到自己蓦然提高嗓音又问了一遍，"你方才说她是谁？！"

"你果然还记得梨容……"

我惶惶上前，扯住老君的衣袖，努力摆道理给他听："怎么可能是她？我刚到神尊府不久她就过世了，如今我十八万岁，她枯死了有十八万年了……神仙死了就是死了，从来没听到过转世一说，连聂宿这种神仙仙逝后，都灰飞烟灭不存在了……梨容她怎么可能还会出现？"

不远处那根梨花木唇角又溢出清冷的笑。这笑叫我头皮发麻，心里瘆得慌。

"素书，"老君掏出一白一黑两只瓷瓶，解释道，"这里装着她的魂魄。"

"你从哪里弄到了她的魂魄？"我浑身哆嗦，"十八万年了，你居然还有她的魂？你该不会跟聂宿一样，喜欢上这梨花神仙了吧？难不成你当年为她治病时默默收集她的魂，如今聂宿死了，没人同你抢了，你便要……"

"胡说八道！"他斥责我一句，抬起拂尘敲了敲我的脑袋，瞪眼道，"你这脑袋里装的都是什么乱七八糟的东西！老夫潜心向道几十万年，从不沾染红尘事。"

"那你为何……"我顿了顿，突然发现有件事不太对，抬头问道，"可她的魂魄为什么装在两只瓶子里？"

老君微微颔首，高深莫测地道："她这魂魄，一半是成全，一半是怨念。"

"你可不可以说得简单一些，我有点儿笨，听不懂……"

他捋了把胡须，说道："浅显些说，她这魂魄，一半想让你尝遍天下慈悯欢喜，一半想让你历尽九州悲痛流离。"

这话激得我抖了一抖，却觉得荒谬至极，气道："她的魂魄好生生在这儿，她想活过来就让她活过来，可为什么能跟我扯上关系？！她死的时候，我什么都不知道，为什么现今回来了，她的魂魄一会儿能让我乐呵呵地升天庭，一会儿又叫我苦兮兮地下地狱？这么说来，以后我想上天入地自己还做不了主了，要全听她的不成？"

那根木头毫无预兆地又抬手掩面，手背上的梨花花瓣开开合合之间，渗出清冷诡异的笑声。

"你知不知道你这么笑很吓神仙？！"

我拿着扇子，打算过去跟她理论，却被老君拦住："你跟一根木头较什么劲，她现在还不是梨容。若真是梨容回来了，你看到她，脾气上来还要上去打一架吗？"

"那可不，我嫉妒她好多年了，大家心平气和地打一架，也算了却了我这么多年的心愿。"

老君道："你若是将她打伤了，聂宿不会怨你吗？"

我蓦地僵住，我没想过这个问题，纵然现在聂宿不在了，可这问题我也知道答案。聂宿他会，他定看不得梨容被我打伤。我忘了，我同梨容在聂宿心里从来不是平等的，梨容才是他放在心尖上疼着、宝贝着的那个人。

当年，我从老君口中知道了梨容，拿着这个梨花神仙的事情去问他，他便恼羞成怒，将我赶出了神尊府。

我低头搓了搓衣袖，问老君："如果我被她打伤了呢，聂宿会怨她吗？"

老君犹豫了："这……"

这个问题我也知道答案：不会。

我抬起头来轻轻一笑："我皮糙肉厚，仙法高强，她必然打不过我。"

"瞧瞧，这话都被你扯到哪里去了！"老君反应过来，又捧出那一黑一白的两只瓷瓶，指给我看，"白瓶里这一半心存善念，黑瓶里这一半却只有怨恨。但魂魄若只有半只是无法存活的，到时候这两半魂魄都要寄在这根梨花木身上，这就有了顺序问题。"

"什么顺序？"

"要让这白瓶里的魂魄先寄在梨花木上，入定本心。本心不坏，那剩下的魂魄虽然偶尔使恶，也不会酿成大祸。你也知道这情况了，九月初八这天，子时月盘在上，半明半阴，相调相合，宜安魂。你那天记得来帮我。"

我长嘘一口气："好，如果没什么事，我先走了。"说罢抬步跨出去。

老君锁上院门，虽是白日，可旁边竹风又冷不丁吹来，身后院子里又传出那根梨花木瘆人的笑声，叫我觉得后背生凉，忙不迭地加快了脚步。

老君赶上来，温和地道："素书，你那会儿问我为何还有梨容的魂魄。"

"嗯，你没告诉我。"

"你还问我为何她的魂魄跟你有关。"

"嗯，这一桩你也没有解释。"

他挥开拂尘拦住我，严肃地道："你先别走那么快，听我讲完。"

我顿住，抬头："你说。"

"梨容原身是棵梨花树，她枯死的时候，魂全寄在梨花花瓣上。这一桩你可知道？"

我嗤笑："哪里有这种奇怪事。"

我笑着笑着便僵住了，紧接着便听老君叹道："你还是一条银鱼的时候，曾吃了梨容的花瓣，这一桩你可知道？"

我动弹不得，想起聂宿的话："你还是银鱼模样的时候，神尊府里的梨花落了一层又一层，你最爱吃梨花花瓣，你怕是不记得了。梨容枯了，花瓣颓落。散落的魂魄寄在花瓣上，你曾……"

"你休想骗我！我不记得自己吃过梨花花瓣，我身上的魂魄不是梨容的！只是你一直把我当成梨容而已！"

……

我忽然想起昨夜那场梦的尽头，梨花树成枯枝延伸过来缠住我的脖颈，她面容狰狞可怖，声音刺耳。她说："这不是你的样子，这是我的！你的脸是我的，你的魂也是我的！"

失落感如大雨铺天盖地而来，我这张皮相是梨容的也就算了，怎么现在连魂都是她的？

"老君，你知道我这张脸是梨容的样子……可方才那棵梨花木，不是我……不是她原本的样子。"

"没错，"老君说，"到底也是老夫自己的主意，怕再雕刻一个和你一模一样的神仙出来日后不大好区分，便自作主张一回，重新给梨容雕刻了一个皮相。"

"那她会不会怨恨我们？"我隐隐担忧。

老君目光深邃，捋了捋胡须："所以九月初八那晚，你要来帮我，不能将魂魄安放的顺序弄错，否则就不好说了。"

我揉了揉额角，有在劫难逃之感，吐出一口气，道："所以，我吃了她的花瓣……她的魂魄才如你所说，对我而言，一半是成全，一半是怨念？"可又觉得不甘心，拉住老君问，"你也知道，我从无欲海里被捞出来时是没有魂魄的，我吃什么、喝什么也根本没有意识，所谓不知者无罪，为何她的魂魄还能左右我的悲喜？成全还好说，这怨念作何解释？一棵梨花树纷纷繁繁有千万片花瓣，我一条小银鱼无意识地吃一点儿花瓣，她为何还有一半魂魄对我有怨念？"

老君瞧着我，脸上作不可思议状："素书你是真傻还是装傻？"

"我自然是真傻……"我连忙摆摆手，有些气，"我自然是不懂，她也太小气了。"

"你难不成不知道，梨容的魂魄嫉妒你？"老君惊讶，"所以，对你才有怨气？"

"啥？"我惊得跳开一步，"她嫉妒我作甚？向来是我嫉妒她……难道连嫉妒这种东西也能风水轮流转？"

老君"啧啧"两声，摇摇头："怪不得聂宿以前说你脑子不太好使，他所言非虚。梨容过世之后，是你陪在聂宿身边，有三万年，零落成泥碾作尘，她的一些魂魄随花瓣颓谢渗入泥土，所以聂宿喜欢你这桩事，她是知道的……知道后自然要嫉妒，所以……"

聂宿喜欢你。

聂宿喜欢你。

我听到自己哂笑一声："聂宿喜欢我？我怎么不知道？"我在无欲海里还曾说过，你若喜欢我便亲我一亲。可他最后还是将我扔在了无欲海，叫海水把我对他的情意消融掉。

我捏着扇子敲了敲脑袋，笑道："你说我傻，体会不得。老君啊，不瞒你说，偏偏是他这种时而对我好，时而对我不好的神仙，叫我自己纠缠在这种情感之中，到如今也没能放手，也没能活个明白。"

我喜欢过一个神仙，可直到他临死前我也没有弄明白他到底喜不喜欢我。这是我十四万年都忘不掉的遗憾。

老君又掏出一面镜子，说道："我以前从这镜子里看到银河畔他仙逝那会儿亲了你……"

我没有接过来，招来祥云，摆摆手，道："我走了。"

"你不看一眼吗？"

亲我是喜欢我吗？

我一如当年那样，不明白为何在无欲海里我求他如果喜欢我就亲我一下他不肯，到了临死的时候却愿意了。

　　我便是这般执拗。对聂宿，我可以忍得了一直思念，可以忍得了一厢情愿，却忍不了拿这件事麻痹自己，忍不了拿着这甜头空叫这一世沉溺于迷幻。

　　我乘云先到了采星阁，匀砚还未苏醒，我抬手触了触他的眉心，又种下一枚昏睡诀，犹豫了一番是先去找孟泽还是先去找文儿。掂量后，觉得凡间的事可能更紧急一些，便揣着一袖袋的仙丹去了凡间。

　　天上过去几个时辰，凡间又有几个月恍惚成过往，文儿还守在密室里，东祁国宫城已不复先前那般萧条颓败。落下云头，我疾步行在这皇宫里，不时听到有人夸赞文沁皇后几个月以来沉着睿智，处理国政有条不紊，与邻国斡旋不卑不亢。

　　我掐指粗略算了算，原来文儿本名叫文沁，是洞明星君侄女。

　　天上北斗星宿七现二隐，洞明星君为二隐星君之一，同另一隐星——隐元星君并称为这天地间的"左辅右弼"。想必文儿她多少受了些左辅洞明星君的教化，担得起这凡间帝王托付的国政。

　　只是我在密室前见到她的时候，觉得她瘦了许多。

　　我将老君给我的仙丹尽数给了她，嘱咐道："在老君那里耽搁了些时间，今夜我便去找孟泽玄君商量。你先在这凡间再撑个一年半载。"

　　文儿感激地道了谢。

　　我从未想过，我应该先去找孟泽。

09．大战梦貘，玄魄问情

天上有一位叫夙言书的女元君去西山采药。这位女元君去的时辰不大对，恰逢酉戌交接，阴阳昏晓相割，西山上的梦貘倾巢而出，准备去凡间寻食。梦貘这种兽昼伏夜出，寻梦魇为食，消化梦就可以增长修为功力。若是遇到一两只倒也不可怖，它把梦吃掉就走了。但是，那时恰好整座山上的梦貘都出来了，它们也几乎是在同一时间发现了这位女元君。

梦貘吃千万个凡人的梦魇增加的法力，远不如吃一个神仙的梦魇来得多。于是，整座山上的梦貘看到这位女元君，一瞬间虎视眈眈，下一秒便倾数扑上来，心里想着哪怕只吃一口这位神仙的梦魇，增长百年功力也好。

可它们聚在一起，怕吃不到梦魇，竟然将这位女元君给生生撕扯开来。

女元君自是难以抵挡，不过瞬间，千百只梦貘嘴下只剩这位可怜女元君的一堆森森白骨。

这的确是一桩叫人心痛之事。

夙言书姑娘在天帝身边当元君之前，在南荒极远之处长成，所以天帝叫身边的一位信使去南荒送信，禀报丧事。

送信的是一位青鸟仙官，本打算一鼓作气飞到南荒极远处，无奈路途确实遥远，途经孟泽玄君的玄魄宫时便停了下来，打算讨口茶水喝，解渴后继续上路。

这位青鸟信使在玄魄宫落脚的那个时辰，正好是本神尊打算先飞到凡间给文儿送仙丹的时辰。

毕竟是天帝身边的信使，来到玄魄宫，宫仆便禀告了孟泽。孟泽出来自然要问他来干什么。青鸟信使说去报丧事，孟泽便问是哪位神仙的丧事。

结果这位倒霉信使，偏偏漏记了一个"言"字，匆忙灌了口茶，道："本名是叫夙书。"

"夙言书"成了"夙书"，听着便与本神尊的名讳一模一样了。

后来听玄魄宫的宫仆说，当时孟泽玄君手中的茶盏就掉了。

青鸟信使也呆了呆。

过了半晌，孟泽才开口，宫仆说他们已经很久没有见到过声音那么颤抖，连一句完整的话都说不出来的君上了。

"她……她何时……不……如何死的？在何处？"

信使便把西山梦貘这些事情大体说了说。

可孟泽没等青鸟信使说完，就抽出宝剑，冲出大殿，腾云驾雾一路奔向西山。

手握刀剑的孟泽，从西山山顶挥出剑诀，一路杀至山脚下，几乎血洗了西山。

可他也伤得很重，被青鸟找到，带回玄魄宫的时候，身上大片大片的皮肉都被梦貘撕扯开来，筋骨露出，血流如注。

我在玄魄宫等着见孟泽，直至深夜，等到的却是这样一个皮开肉绽，鲜血淋漓，几乎看不清本来模样的孟泽。

他被青鸟信使搀扶着，看到我的那一刻，身形蓦然僵住，堇色眸光大亮，声音嘶哑，说了一句："原来你没死……"

说完这一句，他便昏死了过去。

我被惊得一句话都说不出。

127

青鸟信使抽了自己两个耳光，说道："小仙不小心报错了名字，叫玄君误会了……"

我慌忙揽住孟泽往殿内走去，青鸟信使跟过来，悲痛又惋惜地道："若是孟泽玄君的眼睛不曾受伤，他定能看清楚那群梦獏在何处，以玄君的仙力和修为，定能招招叫那群畜生毙命，不至于被它们撕咬成这般模样。可惜他看不清，他……"

雷霆万钧，刹那轰顶。

我几乎瘫软在殿阶上，吼出声："你方才说什么？眼睛……眼睛看不清？"

那青鸟信使一哆嗦，小心翼翼地开口："神尊大人，你莫非看不到颜色？孟泽玄君眼睛里的那层堇色让他看不清楚……"

我摇摇头，又慌忙揽着孟泽往殿内走去。

本神尊……本神尊以为他的眼睛便是这个颜色，本神尊以为他眼睛的颜色是打娘胎里带出来的。凡间管这个叫遗传，我以为他爹娘的眼睛就是这个颜色……

我忽然想起我与他一同到凡间的那晚，正值东祁举国上下欢庆，熙攘的街道中，他本想走在前面替我挡住冲撞的人流，可不知道为何，一路领着我往人群中撞。

原来他看不清……

给孟泽包扎好伤口，暂时止血之后，我才从青鸟信使口中知道了关于孟泽眼睛的事情。

孟泽他以前，同旁的神仙一样，桃花眼清澈而灵动。他的眼睛之所以变成现在这个样子，是因为他喜欢的那个神仙——良玉神君。

当年，良玉神君过世之前，曾有一枚救命仙玉被一只妖抢走了，孟泽想去夺回仙玉救心上人，却被那只妖用仙玉伤了眼睛。本来，他的眼睛被仙玉伤了之后是全然看不见的，后来良玉用一枚仙丹救了他，他的眼睛大约能看得到东西，但都是错乱和重叠的景象。

那层堇色荫翳在孟泽的眼睛里，几乎遮住了这个世界所有的色彩。我曾以为他能与我一同感受那凡间灯海的火红壮阔和银河深处的璀璨蔚蓝……原来他都不能真切地看到。

不知道西山那千万只梦貘围攻过来的时候，他是如何从山顶一路斩杀过去的。

不知道梦貘生生将他的皮肉撕扯下来的时候，他是如何稳住手上的剑的。

我坐在他的床边，看着这个清瘦又年轻的神仙眉头紧锁，血汗淋漓，心里便一阵阵地抽疼。

我定了定心神，屏息探了探自己的仙力，看自己还能渡给他多少。可是这一探便发现自己仙元虚飘得很，十分孱弱，能渡给他的不过寥寥。前几天我在无欲海旋涡中受的那一劫有些重，这几日天上地下来来回回，也没有休养过来。

好在我血水很足，便掏出离骨折扇化成一把匕首，割了手臂，放出血，用茶盏盛了两杯，轻轻捏开他的唇，给他灌了下去。

我想了想还是不太放心，虽然能渡给他的仙力不多，但是聊胜于无，便护住自己的心脉，将能用的仙力都渡给了他。

他梦里似是不太安稳，眉头紧皱，额上渗出一层又一层薄汗，我用绢帕擦掉，不过片刻他便又是汗水淋漓的模样。子夜时候，他在昏迷之中挣扎了几下，血水便一遍又一遍地溢出来，我压住他的胳膊不管用，后来干脆半跪在床上压住他的身子。

他终于不再乱动。我呼出一口气，赶忙又在溢出血的伤口上缠上几层绢布。方才将血和仙力渡给他，我便快支撑不住了，如今压住一个男神仙给他包扎伤口，叫我更加觉得有些虚。我直起身子缓了缓，月光清浅，自窗格流进来，四周安静得只剩我的喘气声。

我大概也是着了魔，看着他的伤口，忽然想到自己年少时，在聂宿怀里用匕首裁窗花的时候，不小心将自己割伤过。聂宿会细心地给我包伤口，问我疼不疼。

我自然说疼。

他便哼笑一声，再重重捏一下我那受伤的手指，在我冷不丁拔高声音喊痛的时候，低头贴近我的手指，温柔地给我吹一吹："这次长记性了吗，以后还敢玩匕首吗？"

我委屈地道："不敢了。"

"还疼吗？"他问。

"兴许你再吹一吹就不疼了。"

他低笑一声，给我吹了吹。老君说我傻，其实你看我并不怎么傻，我偶尔也能从聂宿那里讨几分便宜。

我觉得自己魔怔了，一是下半身跪坐在孟泽身边，上半身压住他不叫他乱动这个姿势，没让我觉得有丝毫不妥，完全将男女授受不亲这种观念抛到了脑后；二是我想到自己跟聂宿以前的这桩小事，竟然继续保持着这个叫人想入非非的姿势，俯身趴在他胸膛那处伤口极深的地方，低头，凑近，给他耐心吹了吹。

这一套动作如行云流水，酣畅淋漓，我甚至依然保持这个姿势，在给他伤口处吹气的空当，脱口而出："我给你吹一吹，你还疼吗？"

这声音似暖融的春风，一路拂过，化开寒冬冰雪，温柔而恰当，连我自己都觉得很舒坦。

一个低哑的声音自身下传来："不疼……"

本神尊愣了愣，呆了一会儿，脑海里飞出几朵硕大的烟花，在烟花散落重归清凉的空当，我认真思考了盘古为何开天辟地，女娲为何抟土造人，夸父为何逐日，愚公为何移山……以及我这仙生何时尽，这"尴尬"一词作何解。

思考完这些，我理了理袖子，上半身从他的胸膛上直起来，忍着火辣辣的有些疼的脸，故作镇静地道："哦，看来本神尊方才吹一吹还是管用的……"

"嗯……管用……"

那声音又入耳，本神尊脑子又后知后觉地一抽……我为何非要提"吹一吹"这几个字？难道刚才还不够尴尬吗……

　　我慌忙下床，理了理衣衫，稳了稳玉冠，不敢看他一眼，脸皮火辣之中慌张地道："我去……我去给你倒杯茶，你渴了的话……"

　　我一迈开步子，手腕就被拉住了，还未反应过来，便被他带过去。

　　我急忙转身道："你不能这么用力，你知道吧？我方才好不容易才将你压住，给你止了血……"

　　压住……本神尊捂脸，干脆不说话。多说多错，越说越错，不说不错。

　　"素书，"他躺在那里，双唇苍白，汗水涔涔，可攥紧我手腕的那只手一刻也没有松开，"素书神尊，你以前……可见过我？我以前可见过你？"他问。

　　"你说的以前，是什么时候？"我愣了愣，思索道，"我第一次见你，是今年六月初十的晚上，在银河畔。"

　　"你记得……很清楚。"他看我一眼，布满血丝的眼里隐约浮现出几丝笑意。

　　是的，我记得很清楚。六月初十，我第一次见你。这对我来说是个特别的日子，虽不是故友，但我认得你身上的那缕魂魄，我不曾忘。

　　他低垂着眼睑，睫毛浅浅的阴影染上他的眼角："我以为我也是那个时候遇见的你，可是今日……千万只梦貘围攻我的时候，"似是不太敢相信，又不敢不相信，他抬头看我的时候眼里渗出些薄雾，叫人瞧着十分可怜又心疼，"你猜我看到的是什么？"

　　我摇摇头："不知道。"

　　他费力扯了扯唇角，额间的汗水沾湿了头发："我看到的是一张流满血的脸，鼻下、耳中和唇角都是血……"

　　"哦……这是有可能的，那梦貘食梦魇为生，它们咬你的时候，你的梦便被扯了出来，所以就看到了……所谓梦魇，就是骇人的梦，你看到的那张流满血的脸，估计是你心中深藏着的可怖的梦化成的。"我说。

　　他摇摇头，道："可是那张脸，跟你的一模一样，只是衣装不同……"

　　"怎么可能跟我一样？"我有点儿震惊，忙给他解释，"或许你不知道，我在银河深处沉睡了十四万年，这十四万年，足够你长大了，你以前怎么会见过我，我都在昏睡……况且，我从还没死的时候就是这身素衣打扮，衣冠不同，则不是我。"

他眼睑颤了颤，松开我的手腕，往床塌一边缩了缩，面色有些失望。

"孟泽啊，你这次为我受伤，其实叫我有些意外……"我顿了顿，却依然问出口，"我不知道你为何会为我去西山生屠那千万只梦貘，我也不知道你为何会这般在乎我的生死。"

他不答话，我便守在那里。

他方才拉住我的那个动作，叫他胳膊上的口子又裂开了，血水渗出绢布，我俯身又给他缠上一层。

"素书神尊，"我抬头，看他垂眸看我，缓缓开口，"你我认识不久，而你同长诀是故友，他应当告诉过你，我生性凶残暴戾，你应当远离我，而不是来这里照顾我。"

我皱眉："他没有告诉过我，靠近谁、远离谁也是本神尊自己决定的。你如今是为我而伤，我就不能扔下你不管。"

他望着我，幽幽吐出一句话："你莫多想……我只是有些害怕身边的人突然过世的这种感觉。"

"嗯，我没有多想，只是好奇罢了。本神尊知道你喜欢良玉，多少万年的感情，总不至于见了本神尊几面便移情别恋。"我笑着说。

他又不答话了。

我觉得提到良玉，他大概有些伤心。可是他说的下一句话，叫本神尊始料未及。

"如果我说……我对你确实有些感情呢？"

他说出这句话的时候，半合着眸子，便这样望着我，那因为受伤而略红的眼眶里，渗出来些水泽，像汗又像泪。

我也看着他，保持着俯身为他止血的姿势，怔了许久。窗外的风来了又走，直到我的头发被风吹起来拂过他的脸颊，使他忍不住咳了一声，我才反应过来。

我直起身子："什么感情？莫不是本神尊浑身散发的母性光辉叫你想起了你的娘？"

他抿紧双唇，眸光淡了许多："素书神尊，你总是这般爱说胡话吗？你素衣玉冠，这身男子装扮，怎么瞧也没有个母亲的样子。"

我俯身靠近他的脸，笑道："难不成你对我的感情是男女之间的爱慕？"

他长长的睫毛蓦地一颤。

"你要娶我吗？"我问。

我承认，方才他半合着眸子，缓缓说出那句"如果我说……我对你确实有些感情呢"时，本神尊也对他有了些别的感情。

这感觉，仿佛干涸许久的河里，两条弱小的鱼原本自顾自地挣扎保命，一场不疾不徐却足够多的雨水在此时倾洒而下，其中一条鱼沾上雨水的那一刻，隔着雨幕，望了那个曾和自己一起挣扎存活的小鱼一眼。不远处，另一条鱼恰好也在雨水中望着它。说不清是同病相怜，还是互生情愫，只是想相互支撑，在这个有水的地方一起活下去。

这一刻，我俯下身，十分想伸手抱住他。

我说："你要娶我吗？"

我不是在开玩笑，也不是头脑发热的冲动。

我在认真地问。

我那最好的岁月都成了虚妄，我不曾对不起聂宿，更不曾对不起任何人。我只是也想有个神仙能陪我共赏这浩荡仙境，共度这漫漫仙途。

虽然这个神仙身上有聂宿的一缕魂魄，可我从未将他当成聂宿的替身。

"你若是愿意娶我，我便嫁给你。感情日后可以加深，你觉得如何？"我又问。

可他摇摇头，冷冷望着我，吐出一个清晰的"不"字。

我点点头，望着他，又笑了笑："不娶我就不要耽误我，也别说对我有感情这种话。"

他的神情严肃又冷漠，似是十分不满意我的笑容，又说："素书神尊，你总是这般爱说胡话吗？"

"对，本神尊就是这般爱说胡话。我这种人，搁在凡间，大概要被叫作'老不正经的'。"我直起身子，低头看他，"我要回去了，这么晚，匀砚醒过来，会担心我。"

我说完转身朝外走去。

可到厢房门口，手指将将打开门的时候，那边又传来他的声音，凉薄得叫本神尊浑身一抖："我以前注意过，素书神尊身旁的这位匀砚，面容俊朗，应该是你养着，日后用来当夫君的吧？"

好一个"日后用来当夫君"。

我冷笑出声，没有转头，挺了挺脊背，道："本没有这个打算，多谢玄君提醒，倒叫本神尊觉得这是个不错的想法。匀砚面容俊朗，性子善良可爱，日后大可以当夫君。"

我说罢推开房门，抬步就走，再没停留。

他嗤笑："果不其然。"

出了玄魄宫之后，我才知道，自己又气又悲伤。

那会儿将能用的仙力和血渡给了他，我体力不支，摇摇晃晃之中，不小心撞到一群夜行的神仙，他们又飞得极快，这一冲击，我只觉得肺腑一晃荡，便没忍住吐了口血，血一滴没剩全落在其中一个神仙的袍子上了。

虽然我只是不小心，可随行的一个个神仙都开始有了怨气，我见形势不对，干脆亮出家伙在云头上同他们打斗了起来。

我一边挥开扇子挽出剑招，一边狠狠吐血。

那些神仙不认识我，听其中一个道："你看他穿着素单的衣裳，脸颊、脖颈全是血，大约是个命不久矣的鬼魅，吊着半口气来神界，觅些散魂游魄带回去修炼。"

剩下的神仙便哄然大笑。

　　我以前见过鬼魅，确实穿着素色又单薄的衣裳，仿佛风一吹就能碎，他们只能来天上找一些神仙剩下的丝缕气泽休养自己。我也见过一些神仙，发现鬼魅之后，故意使坏甩出一阵袖风，将那鬼魅几百年的修行吹成碎片。

　　这神仙啊，总觉得四海八荒中自己才是最尊贵的，对于其他生灵，不上心者甚众，肆意欺侮的也有。

　　于是身边的那帮神仙个个挥出袖风，见我喷出数口血之后，捧腹笑得夸张又痛快。

　　没有谁认出我本是女儿身，我甚至来不及告诉他们我是神尊素书，便见他们更加肆无忌惮地出手，几个神仙围上来，捏出诀术一下一下刺进我的皮肉，招招命中肺腑。

　　那个被我在袍子上吐了血的神仙似乎还不解气，嘴里不住地大骂："叫你眼神不济，撞了老子！你可知老子是在天帝身边伺候的，你这脏秽污了老子的袍子，你可知你这种低贱的鬼魅根本赔不起！"

　　哦，原来是天帝身边伺候的。

　　那好，这桩仇我记下了。

　　一个诀术不偏不倚又刺进我腹中。我没忍住痛哼一声，俯下了身子。

　　他们看到了我头顶的玉冠。

　　"哟，你这玉冠是从哪里偷的？倒有几分成色。"这些狂徒说罢狠狠扯下我的玉冠，顺便扯下来一把头发，"你一个鬼魅戴玉冠简直是暴殄天物，当早点儿拿来孝敬老子。"

　　我朝着他的袍子狠狠啐了一口，那混账便举起玉冠照着我的额头使劲砸了几下，温热的血水涌出来，被风一吹就凉了，黏在头发上，十分难受。

　　最后，我蜷缩在祥云上，一动也不能动。他们也揍得累了，挨个踹了我一脚，拿着我的玉冠，扬长而去。

　　其实我隐隐期待，会有一个盖世英雄来救我，就像我曾醉在凡间青楼，被鸨母算计的时候，聂宿来救我那样。可是，我也知道，不可能有。于是我咬咬牙，忍了他们落在我身上的拳脚和刺入我身体的诀术。你看，有些事情，再痛、再苦，忍忍总能过去。

祥云没有我仙力的支撑，飘在那里，不进不退。

感受着自己的气泽一缕一缕抽离出来，落在空中化成灰烬，我其实有想过，或许天一亮，有个神仙经过，认出来已经仙逝的本神尊，会大吃一惊，会感慨一番："这个神尊诈尸归来不过五个多月，竟然如此不济，又死了。"

不知道匀砚看到我这样会不会哭，会不会还是很委屈，埋怨我为什么不带他出来，怪我为什么总对他用昏睡诀，甩开他去凡间喝酒。

不知道故友长诀看到我会不会替我找到围殴我的这群神仙，像当初在翰霄宫天帝宴上那样，冲对我射箭的天兵大怒道："将他们打入幽冥府。"

可是，就是在这个时候，一片水色的绸衫落在我眼前，熟悉的气泽如絮飘出。不是匀砚，不是长诀。那张扬而明媚的气泽缠住我的手指……我费力抬头，透过凌乱的头发，看到面色苍白，微微张口却说不出一句话的孟泽。

我以为自己看错了，蜷缩在那里，笑得浑身都痛："我是不是在做梦，怎么可能是你……你应当还躺在玄魄宫的厢房里不能动弹，你怎么会出现在我面前？"

那片衣角剧烈地晃动一番，我听到一声低吼："素……素书？！"

我愣住，来不及回答，便觉得腰间一紧，被他打横抱在怀里。

脚下的祥云又开始急速前行，冷风灌进我口中，搅得我又吐了几口血。我含着血水笑道："怎么是你……果然是你……"说出来的话却咿咿呀呀，叫人听不懂是什么。

可他看到我的笑容，裹紧我，风声猎猎中看到他咬牙切齿，听到他低吼出声："你到底是不是个女神仙？你到底会不会跟其他姑娘一样说痛？你到底会不会哭？"

你来了，真好。

你来了，我就哭不出来了。

我呜呜咽咽地开口，其实想说这两句话，可我觉得他一个字都没听懂。

我昏睡过去，其间似乎到了老君府上，隐隐约约听到老君的声音，听到那棵梨花木瘆人的笑声，后来又听到云头之上风声猎猎，听到许多宫仆慌张地跪下喊"君上"。

辗转这么久，可那个抱着我的神仙从来没有放过手。后来终于安顿下来，躺在舒软的床榻之上，我原本紧靠着的胸膛分开了些距离，可那气泽一直纠缠在我指尖。我感觉得到，他未离开。

只是梦里不太安稳，反反复复的两句话化成梦魇一直纠缠着我。

"你要娶我吗？你若是愿意娶我，我便嫁给你。感情日后可以加深，你觉得如何？"

我觉得有些伤感。因为那个神仙，开口对我说"不"，拒绝得干脆又利落。

兴许是这件事勾出了我脑海里有些恍惚的画面，隔了浩渺烟霞，历经沧海桑田，重新浮现成一个梦。

梦里，那个姑娘已经如我这般高了，穿着莲花边的裙子，面相跟我差不多，只是身边立着一个粉嫩可爱的小男孩儿，穿着蓝色小褂子，抱着小胳膊，噘着小嘴儿。

穿莲花裙子的姑娘伸手从袖袋里摸出来一颗酥心糖递给"小蓝褂子"，勾了勾唇，挑了挑眉："干娘我到现在也不知道你为什么生气，你若是不想见我，日后我便不来看你了。"

小蓝褂子听她要走，忙换上一副泫然欲泣的小模样，抬手扯了扯她的裙子，说道："你这半年去哪里了……"

莲花裙子笑了笑："你叫声干娘我就告诉你。"

小蓝褂子咬着牙，有些急了："不是说好叫你姐姐的吗……为什么又要让我叫你干娘……"

她揉了揉那娃娃的头发，笑道："我比你大六万岁，当你干娘正好。要不我找个郎君，给你生个干弟弟？"

那蓝褂子的娃娃气急了，拧着小眉头，带着哭音喊道："你这半年是不是出去相亲了？"

姑娘勾起一缕头发在指尖绕了绕，故意道："哎，你怎么知道我这半年出去相亲了？话说，我这半年确实见了许多男神仙，长得都不错，赶明儿我从这里面挑一个嫁了，你觉得怎么样？"

这娃娃是凡间四五岁孩童的模样，哪里晓得这姑娘是在说玩笑话，眼眶里登时溢出泪："你果然跑出去找夫君了……你找夫君就罢了，你夫君竟然不是我……"

穿莲花裙子的姑娘又抬手揉了揉那男娃的头发，双眼泛着母爱的光辉，温柔和蔼地道："乖孩子，别闹了。"

男娃抬起小手抹了把泪，抽泣道："我也是男人，你就不能再等我长几年吗？你就不能等我几年，叫我当你的夫君吗……我想娶你。"

莲花裙子无奈地笑了笑，终究还是拒绝了他："不能。"

我知道她的想法。她快要死了，她等不到这男娃娃长大，等不到这男娃娃娶她。

她俯身给男娃娃抹去泪，终于不再开玩笑："别哭了，这半年，姐姐很想你。"

……

不知道为什么，做完这个梦，我心里竟然好受了一些。她拒绝了他一次，孟泽拒绝了我一次。我们似乎扯平了……

可又觉得很奇怪，他们和我与孟泽有什么关系……

我突然又觉得有些诡异。我为何知道这姑娘的心思，为何知道她会死？

我猛然转身，看到她荷叶边的裙子上都是血，她掩住鼻子，可血水还是从指缝里渗了出来。

穿蓝褂子的娃娃害怕地大喊："姐姐，姐姐，你又流鼻血了……"

她仰头，似是努力想把鼻血憋回去："姐姐没事……你别看了，看多了要晕。"

我看她这般样子，越发笃定她活不了了，死期就在这两天。

……

这梦做得昏昏沉沉，醒来的时候，已是第二日傍晚。

乌金西沉，月上枝头。晚风吹进来，掀起一些血腥味。

我感到浑身剧痛，抬眸时候发现自己在孟泽的厢房，厢房的主人坐在我身旁，脸色也苍白虚弱得不像话。

我裹了裹衣裳，挣扎起身，开口发出的嘶哑的声音叫我自己也愣了半晌："本神尊占了你的地方，叫你没处歇息了……"

他拉住我的手腕，沉声叫了我的名字，后来又严肃着一张脸，一字一顿补充完整对我的称呼——素书神尊。

听他这样叫我，我便知道他要与我保持距离。我坐在床上，突然有些不想说话，但还是笑了笑，为他救了我这件事道了谢："多亏你昨夜来救我，只是你也受了重伤，恢复得应该没有这么快……其实不该出来折腾的……"

他握紧我手腕的那只手更紧了一些，另一只手撩开我的衣袖，昨夜取血时割开的那道口子便露了出来。

"你先不要走，告诉我这是什么？"

我愣了愣，转头看向窗外，撒了个谎："昨夜同一帮混账打了一架，不小心被割了道口子……打架嘛，我揍你一拳，你砍我一刀，总要有些伤。没什么新奇的。"

可他冷着一张脸，放开我的手腕，拿过一只茶盏，里面留着血水流过后凝成的暗红血渍，仔细一闻，便是我身上气泽的味道。

"打架留伤没什么新奇，那这只茶盏是怎么回事？"

我呵呵一笑，望着房梁又胡诌一句："或许你不知道，最近天上的女神仙里传着一个美容的方子，便是取自己的血兑茶喝，一夜能年轻个七八岁……"

他霍然起身，居高临下地望着我，怒道："你胡说！当时我也奇怪，就算你前些日子在无欲海旋涡里受了伤没有休养过来，但也不至于抵挡不过几个碌碌无为的劣仙！"只听"啪"的一声，原本握在手中的茶盏被他生生捏碎，"你方才说我受了重伤，恢复得应该没有这么快，是啊，昨日我从西山回来的时候，连站都站不稳，可昨夜你走后，我试着起身，竟然觉得身体轻松舒坦……我以为自己仙元稳固，修为高强，昏睡一觉就能恢复七八成，直到我发现你胳膊上的这道口子，直到我看到这只茶盏，才明白是怎么回事儿！"

我翻身下了床榻，便动手穿云靴，冷笑一声："既然知道是本神尊救了你，便该领情谢我。你这般苦大仇深的样子是为什么？身体早日恢复不好吗？一直昏睡着，总叫人不放心。再说了，其实你也没必要谢我，你去西山杀那些梦貘，本就是为了我，被梦貘撕扯得体无完肤也是因为我。投之以桃，报之以李，不过是礼尚往来，相互还恩情罢了。"

云靴穿好，我也该起身告辞了。

可将将起身，还没开口说告辞的话，便见身边的这位玄君冷着一张脸，环住我的腰将我扣压在了床上。

我大惊失色："你要做什么？"

"你可知道你把血和仙气渡给我，你自己还剩下几分，你可知道你昨夜差点就死掉，你可知道如果我昨夜不去追赶你，今日，四海八荒的神仙便都知道你素书神尊不在了？"他的牙齿咬出声响。

我看着他眼里那层堇色荫翳，看他额头渗出了水泽，想触一触他的眼角，抬手的时候手腕却被他扣住。

"你今日休想走！"他又恶狠狠地补充道，"不止今日，你没痊愈的时候休想走出这玄魄宫！"

我却突然抓住他方才的那句话，抬头问道："你说昨夜追赶我？你追赶本神尊做什么？"想到昨夜他把我气得不轻，我更加好奇，"你追赶我，莫非要同我一块儿去我的宅子，看看我养着的未来的夫君——

匀砚，看我与匀砚如何相敬如宾、琴瑟和鸣？"

他抿紧了唇，唇上血色全无。

我觉得自己宛若一个流氓，笑道："还是要来看我和匀砚如何心有灵犀、彩凤双飞，或者把酒言欢，巫山云雨？"

他面目狰狞，低吼一声："够了！"

他好像还不解气，吼完后猛然俯身，我还没反应过来，便觉得脖颈上有唇齿贴近，被咬得发疼。

"……你，你咬我做什么？！"我惊道，"你原身是犬还是狼？你咬得很疼，知道吗？！"

他不答话，又照着我的脖颈处狠狠咬了一口，顿了顿，似是怕我痛，凉唇贴在那里，轻柔触了触。

有些不同寻常的暗哑声音贴着耳郭响起，带了丝说不清的蛊惑和缱绻："素书神尊，你也知道疼吗……"

这声音勾出硕大的烟火，在我的头顶炸开，我仿佛看到了自己被这烟火的火光映得通红的脸，仿佛看到了自己于这烟火笼罩之中震惊的表情，心脏剧烈一抽搐，终于意识到哪里不对，说道："孟泽，你方才在亲我？"

10．不念过去，两相欢喜

　　他僵住了，保持着这个姿势一动不动，鼻唇之中呼出的气息氤氲飘过我的脖颈处，我忽然觉得有火从他咬的地方迅速掠至耳根，燎上面颊。我下意识朝远离他唇齿的地方缩过去，说不上是怎么回事，就是一直抖得厉害，叫我如何也停不下来。

　　他似是终于反应过来，撑起胳膊与我保持距离，却还是没有挪开的意思，便这样将我围在他臂膀中间，开口的时候转了话题："素书神尊，你那会儿问我昨夜为何追出去。"

　　"嗯。"我侧着脑袋，不敢看他。

　　他犹豫了一会儿，手指探入我耳后的发丝，掌心贴在我的脸颊上，顺势转过我的脸，叫我不得不看着他。他堇色的眼眸盯着我的眼。便是在这四目相对的样子中，我听到他说道："如果我说……我愿意呢？"

　　"嗯？"我怔住，觉得他的话前言不搭后语，"你愿意什么？"

　　他也怔住，瞪着我。

　　"怎……怎么了？"

　　他皱起眉头，面上浮起怒气："你忘了？"

　　本神尊不知所措，木木地道："我忘了什么……"

　　他扣在我耳后的手指突然一紧，我的脸又被他转回去，脸颊仅仅贴着床褥，脖颈因为这个动作又露了出来，我还没反应过来，便见他忽然低头，照着脖颈上的那处皮肉又狠狠咬了一口。

我没忍住，"嘶"的一声，咬牙倒抽了口凉气："孟泽……你为何咬我？"

"疼吗？"

我挣扎着想逃开，觉得他今日十分魔怔："要不然我咬你一口试试？"

他指尖又一用力，将我的脖颈扣住，笑得有些无奈："素书神尊，你昨夜果然是在说胡话诳我。"

"我近日说的胡话有些多，你能否说明白是哪一句……"

他望着我，冷着脸："你昨夜问我要娶你吗，你说若是我愿意娶你，你便嫁给我。"

我心下一惊："啊？"

"昨夜我追出去，是想问你，如果我愿意呢？"他说着，眸光淡了下去，"可如今看来，你昨夜说的这一句果真是玩笑话。"

"你当我是开玩笑吗？你昨夜也觉得我在开玩笑？"我终于缓过来，"你觉得我不正经，在骗你，所以你昨夜不同意？"

"嗯。"他点头，又问了一遍，"如果我现在愿意呢，你昨晚的话可还算数？"

我脑子一抽，问道："你现在是在同本神尊表白吗？"

撑着胳膊俯身看我的那个神仙温声道："是。"

如果搁在昨夜，看着他一本正经的样子，我脑子一热就答应了，我同他一拍即合，兴许次日就能成个亲。可是现在，他说是在同我表白，使我蓦地想起一桩大事，那就是良玉和聂宿。

我知道聂宿在我心中的分量，我此生怕不能忘记他，可我清楚地知道自己并不能将他当作此生所有，当初附在凡间尹白皇叔身上的那个神仙跟我说过："心中浮现的事，虽是水月镜像，不成形状，但生灭在本心。你放在心上的这个人，你若是觉得他还在，那他依然可伴你三生不灭。"

可我一直以来想的便是，我不要活在我心中的聂宿，我要的是一个活在这世上的他。

而我又知道这不可能。

如我昨夜所想，我不会忘记聂宿，我也不曾对不起聂宿。可我希望有个神仙可以同我做伴，在我饮酒时陪着我，在我难过时安慰我。

所以昨夜我才补了一句"感情日后可以加深"的话。

这便是我对聂宿和孟泽的想法。

可我不知道孟泽对我是什么样的感情，我不知道他将良玉放在什么位置。

我们都有心上人，所以有些事情必须挑明，提前说出来，这样日后在一起生活才能不越入对方的雷池。

他见我久不答话，沉声道："你在想什么？"

我斟酌了一下，问道："你曾爱慕良玉，她过世这么久了都没有忘怀，对不对？"看他神色微微有些变化，我又道，"前些日子，我们在凡间慕花楼楼顶饮酒，后来你喝醉了，说你永远不能原谅自己，你可还记得？"

耳后，埋在我发丝间的手指蓦地一颤，叫我感觉得清清楚楚。

我从他的手臂之间钻出来，正想站起来，却见他又慌忙握住我的手腕，低声道了句："别走。"

我摸了摸脖颈那处，笑了笑，道："我并非要走，只是怕继续保持这个姿势，你若是听不惯我说的话又要咬我。"可他依旧没有放手。

我不得已坐在床榻边上，身子直立起来，感觉身上的伤痛格外清晰。我抬头看他，也没想将聂宿的这桩事遮掩起来："孟泽，你若是不知道如何回答良玉的事情，那本神尊便先来说一下自己经历过的事。"见他一直站着，便道，"你先坐下，这般居高临下地看着我，叫我有些紧张。"

他松手，俯身点燃旁边白玉灯罩里的火烛，坐在床榻边的那张椅子上，说道："你说。"

烛火跳起来的光照亮了半面墙，也惹得我的声音有些虚晃。时隔十四万年，重新回到这神界，这是我第一次同一个神仙完完整整地谈起我对聂宿的感情："我沉睡了十四万年，苏醒归来不到半年。这个梦太久，太漫长，重新回来，已经不是简单一句'物是人非'可以形容。十四万年前，我喜欢过一个神仙，不晓得你听说过没有，这位神仙，是现今天帝的太爷爷亲自敕封的神尊——聂宿大人。"

他摇摇头，看不出其他情绪，只是淡淡回应："我确实不知道。"

"嗯，他仙逝的时候我才四万岁，你还没有出生。"我低头抠了抠自己的手指，接着道，"其实我是被他养大的，三万岁之前，我还不是神尊，一直同他在一处。大概是因为这个，我有意识之后，就很喜欢他。"

"他……他喜欢你吗？"

我摇摇头，笑道："这个问题，连我自己也不知道。他临死的时候也没有明确告诉我，这是我的遗憾。"

本以为我同聂宿的事情要说很长、很久，可是如今说到"这是我的遗憾"这里，竟然觉得这已经是结局。往事果真不可追忆，那些曾经以为千言万语都难以说尽的事，最后归于遗憾，剩下的便永远封存在心底，再也不能说出来。

他看着我的那双眸子里浮出几分笑，大约是同情："素书神尊说完了吗？"

我恍惚了一下，觉得他的这句"素书神尊"叫出来，总有些别的味道，不是那会儿的刻意保持距离，而是听了我的这段往事后，对我的尊重。

"说完了，可能还有一桩事，如果你介意，我便提一提。"我说，"聂宿与我虽然一同生活了三万年，可他同我从未逾越……"

他打断我，严肃地说道："你不用提，我断不会介意过去的事。"他垂了眸子，又道，"我也并不是一个好神仙。你大概已经知道了，我娶过许多夫人。"说到此处他笑了笑，"你当初不知道我就是孟泽，你可还记得那时候你经常骂我混账？我当时也好奇，骂人这种事，应当在背后来做，为何你次次都挑明了故意说给我听。"

我抬手遮了遮脸，尴尬却挡不住："这件事便……便忘了吧。"

他将我的手从脸上拿下来，凑近几分，又盯住我的眸子，叫我不得不看着他。仿佛只有这样，说出来的话才能当真："素书神尊，接下来，我给你讲一讲阿玉的事情。"

"你说。"

"或许你从长诀和婧宸那里知道了一些，"他的身子朝我倾过来一些，替我抚了抚额间垂下来的头发，"可我希望你也能听我说一次。我很喜欢她，曾经差点儿将她娶回来，可是我便是在那时候知道了她曾将全部的情义放在长诀身上。那时的我，甚至之后几万年里的我，都是一个狠戾暴躁的神仙，我害了她。我也知道她的心不在我这里，我也知道比起长诀，我不能照顾好她。如果你要问我，现在对阿玉是什么感情，那便是，她在我心里，有个位置，对她的愧疚叫我再不敢去喜欢她。"

"嗯，我知道，我心里也有聂宿的位置。你我或许在很多地方都相似。"我说。

"至于其他的夫人，我那时做事荒唐，后来便将她们送走了。有一件事，如果你介意，我也要提一提。那便是，我曾亲过文儿，我却从未对阿玉或是其他夫人……"

"你不用提，"我心下轻松，不由得笑出声，"怪不得我第一次来玄魄宫时没有发现匀砚说的那二三十个夫人，原来是叫你送走了。可真叫人遗憾。"

他的身子又倾过来几分，脸停在距我不到一寸的地方，手指又探入我耳后的发间，轻轻扣住脖颈，声音低到只有我和他能听到的程度："还有一件事，我想提一提……素书神尊对我是什么感情？"

有温暖自他掌心潜入我耳后的皮肤，我认真想了一会儿："昨夜，你问我如果你对我有些感情呢，那一刻我其实认真想了想。我问你要娶我吗，是认真的。我说的那句，'如果你愿意娶我，我便嫁给你'也是认真的。可能现在感情不深，日后我们可以慢慢培养。"

他笑了，我第一次见他笑得这般开心，连那蒙着荫翳的眼睛里也闪出了光泽。他这般近地看着我，像是看着一件从天而降的稀罕东西，连埋在发丝里的手指都不由得紧扣了一些："神尊大人，'我对你有些感情'的意思，大概是我喜欢你。"

这句话叫我一愣，瞪了眼睛看他。

他说："素书神尊，你的眼睛很亮。"

"你能看清楚我的眼睛吗？"说出这句话后我便有些后悔，当着他的面揭他的伤疤，总叫人心疼。

他还是那般开心地笑着，跟我靠得这么近，连呼吸都能感觉得到："看不太清楚，可是我知道你的眼睛明亮，像银河的星辰一样好看。"

我咳了一声，幽幽道了一句："你很有眼光。"

火烛隔了白玉灯罩，光影弥漫于墙上、他的脸庞上，四周都开始变得温热。

他还是看着我的眼睛，依旧是认真的模样："神尊大人，你对我有什么要求吗？"

我道："这要求便是——希望我想醉的时候你能陪我喝酒，难过的时候你能在身旁给我一些支撑和安慰。"

他点头："我不会让你难过，我们能欢畅地饮酒。可我对你也有些要求，你想听吗？"

我欣然地道："好，你说。"

"虽然你是神尊，经历过许多了不得的大事……可是我希望在我身旁时你能好好爱自己，希望你受伤的时候会跟我说疼，希望你疼的时候会跟我哭。如果你想打架报仇，我会代你出手，这种事情发生时希望你能躲在我身后。"

他说，希望你受伤的时候会跟我说疼，希望你疼的时候会跟我哭。如果你想打架报仇，我会代你出手。

这句话如此好听，落入耳中，叫我的眼眶忍不住有些泛潮，我不知道听了这般好听的话该怎么回应，轻声说了句："哦。"

"这个要求你能答应吗？"他温声问道。

我点头："能。"想了想又补了一句，"你还有其他要求吗？比如做饭、绣花、琴棋书画？"

他略惊讶："这些事情你都会吗？"

本神尊摸了摸脸，摇摇头："……不会。"

"不会哪一个？"

"都不会……"

他笑出声，桃花眼弯成明媚的弧度："我总觉得你像一位故人。"

这倒叫我想起来了，在凡间慕花楼楼顶喝酒的时候，他说过"我偶尔也会有你是我的故人的错觉"，可他也说过，"应该不是重要的故人，我不记得你，只是隐约觉得有些熟悉而已"。

"也不知是什么时候见过素书神尊，只是你一出现，便叫我觉得熟悉。"他说，"可你未复活之前，我没见过你。"

"这便对了，我四万岁跳入银河之前你还未出世，我不可能见过你；之后我在银河深处睡了十四万年没有出来，所以不曾见过你。"

"为何我总觉得你我相见如故？"他问。

"这也是有可能的，我三万多岁的时候，神界里流传着一本《美女图志》。"说着便给他比画了一下，"大约这么宽、这么厚，里面记录着这四海八荒一百来位貌美的女神仙，还都附上了画像。撰写描画这本图志的仙官受过我的帮助，欠我个情分，就把我画上了。当时在最后一页，容易翻到。估计你小时候无意间看过一眼，对本神尊有些印象。"

"神尊大人确定这位朋友是在结草衔环？"他挑眉。

我愣了愣："什么意思？"

"你这般相貌，应该画在第一页。"他笑言。

本神尊咳了一声，故作镇静地道："我发现你不是他们口中传言的那般混账，孟泽玄君你有个优点真是太突出了。"

"什么优点？"

"审美。"我一本正经地道。

我以为他会笑我一番，可是他正襟危坐："素书神尊，我觉得你说得对。"

"……"

这一夜的谈话轻松而愉快，心结打开，心事落定，遗憾封尘，顺带还把婚姻大事给解决了。我忽然觉得未来的日子里又有了明亮而温暖的希望，心下欢跃，于是身上的疼痛也减轻了几分。

吃了晚饭，他执意不让我走，于是我睡在他的厢房，他去了旁的房间。他走后我掏出离骨折扇，寄了几句话从窗子捎出去，叫它飞到采星阁，告诉匀砚本神尊安然无恙，明日晌午可回去，叫他不要担心。

一夜好梦，迷迷糊糊之中，似看到这个身穿水色绸衫的神仙几次进来为我掩被角，似感到有掌心的温暖从脸颊拂至耳后，似有指尖在脖颈被咬过的地方停顿了须臾，似有气泽欢脱张扬却带了温柔舒畅从耳后撩过没入发间。一切自然清朗，顺乎情理，没有什么不妥当。

很久以前，我还在聂宿身边的时候，曾经拒绝了那位说要娶我的南海二殿下。当时的聂宿曾对二殿下说："她方才说了不想跟你去南海，其他的便无可奉告了。"

后来回到府上，聂宿冷了几日脸，最后却挑了个阳光明媚的日子跟我讲："素书，你以后如果喜欢上了别的神仙，你若想嫁给那个神仙，我也是为你高兴的。"

那时他的脸逆着光亮，我其实有些看不清他脸上的表情是不是欣喜。

我说："好。可是你会娶我吗？"

聂宿因着我的这句话哽了一会儿，转过身走了，留下一句话："不能，我是你师父，不能娶你。"

如今，我打算跟孟泽成亲，想起来这个场景，不晓得聂宿大人是不是果真如他自己说的，是为我高兴的。

第二日清晨，孟泽早早过来，放下一身干净衣裳，又在厢房的屏风后支了浴桶，倒了温水，出去的时候笑道："素书神尊高贵在上，要不要找一个宫娥来服待你一下？"

我摸着下巴思索道："一个宫娥恐怕不够用，本神尊在凡间的时候被一群姑娘伺候惯了。"抬头敲了敲床沿，"至少得叫十个来伺候着。"

他挑眉一笑："等你盥洗后，我们再来说一下青楼的事，在下忽然觉得昨夜的要求提少了。"他说完便关上门出去了。

本神尊利索地泡了个澡，只觉得浑身舒畅，伤痛又轻了两三分，忽然长了个心眼儿，仔细摩挲了那浴桶里的水，果真发现了隐藏于其中的仙力和汁药。

孟泽他其实是细心的。

他备的衣裳也是干净素雅的一身袍子，大小很合身，像是他少年时候穿过的，依稀还残存几分他身上那气泽的味道。袖口内文了几瓣梅花，公子傲骨，梅香盈袖，一切都很舒坦。

唯一不太适应的是我的玉冠被抢了去，头发没办法梳起来，披散在身上看着略娘……不，略女气。

门外的神仙像是算好了时辰似的，在门上叩了两声，道："神尊大人收拾好了便出来吃些东西。"

我随便绑了头发，推门而出，便见门口的他手里把玩着一只精致的白玉冠。他拉过我的手，把白玉冠放在掌心："你大概需要这个。"

"孟泽玄君，你体贴起来真叫人受用。"本神尊接过玉冠，十分诚恳地夸赞道。

可我也没有忘记凡间文儿和尹铮的事，于是趁着吃饭的空当向他说了一下。

"文儿这个事，我要担八分的责任。这事情你也知道，当初是我一时冲动把她弄下凡的。"我说。

他看着我："当初我也算是帮凶，可替你分担四分；你要是嫁给我，我可再替你分担四分。这件事情跟你没什么关系了，你好生养伤，不用再去凡间了。"

"你……"

"神尊大人还有什么意见吗？"他摆出一副已经将事情完全解决了的姿态，"没有的话，吃完东西再去睡一会儿吧。"

"我还有事。"我拦住他，问道，"老君和文儿都说，尹铮的这件事情，如何解决全在你。寄在尹铮体内的邪魔曾盗走你的一缕魂魄，如今他被老君的符印封在凡间，不能出来与你抗衡，你可要收回来？”

他低头反问我一句：“你希望我收回来吗？”

我低头：“丢了魂不是小事。你是什么时候被盗走的魂魄，你可有哪里不舒服？”

他思索道：“说来，我自己也忘了什么时候丢过魂魄。既然我自己都不记得，甚至连哪里不舒服也没有感觉出来，那这魂魄，便不收回了吧。你觉得如何呢，神尊大人？”

我说不上来是开心还是不开心，只能再次确认：“缺了魂魄，你真的没什么感觉吗？”

“这样尹铮就能跟文儿在一块儿了吗？”他笑道。

于是，原本十分棘手的事情就这般顺利地解决了，本神尊甚至有点儿不敢相信。

晌午，我同孟泽再三保证绝不再折腾，绝不去凡间，绝不再操心文儿的事，他答应我回采星阁。

匀砚握着扇子在银河边等我。

匀砚还不知道随我一同回银河的、身旁这位俊美的神仙是孟泽，对他俯身行了个礼，便扯了扯我的袖子，慌张地道：“神尊大人，你可急死匀砚了。扇子从玄魄宫来，我以为你被孟泽玄君那个流氓给掳走了。若不是你说晌午就可以回来，我差点儿就去玄魄宫找你了。”

本神尊十分尴尬，本想拦一拦匀砚，他忽然又注意到我身旁的这位，拱手感激道：“匀砚记得，上次在无欲海也是这位神仙出手救了我家尊上，这次莫非也是你伸出援手，将我家尊上送回来了？”

孟泽低头理了理袖子上的褶皱，没有直接说自己就是孟泽，而是故意挖了个坑给匀砚跳：“万一日后孟泽玄君做了你家尊上的夫君，你见到他也这样称呼他是流氓吗？”

匀砚不乐意了，拉住我的袖子委屈得要哭出来：“尊上！他怎么可以这般诅咒你？你怎么可能嫁给孟泽那种混账！你怎么可能去做他的三十个小夫人之一！"

我还没答话，孟泽又淡淡开口："你家尊上确实叫人给欺负了，身上还有重伤。你作为她身旁的仙官，竟然屡次被她迷晕，让她跑出去。她身上这伤总也好不了，你可知你担了几分责任？"

匀砚被吓愣了，手指使劲搓了搓衣袖，一双桃花眼里泪雾朦胧："尊上，你也知道匀砚仙力寥寥，以后能不能不对匀砚动手……匀砚不愿再看到你受伤……"

本神尊提步往前走，"不小心"踩了孟泽一脚，摸了摸匀砚的头发："他瞎说呢，骗你的。我不是好好的吗？"

匀砚抬头看我，突然发现了什么似的，凑过来带着哭腔道："尊上，你还说自己没受伤，你的脖颈这里，红了一大片……"

本神尊警觉地抬手捂脖子。

匀砚一个劲儿问我是怎么回事。

我回头看孟泽，他一本正经："你告诉他好了，不要让身边人担心。"

我冷笑两声，揉了揉匀砚的头发，说道："你年纪小，不知道这四海八荒妖兽众多，有一种犬兽，若是你说的话叫他不喜欢，他便要咬你的脖子。"

匀砚心疼得不得了："尊上，你是被这犬兽咬了吗？"

我点头，委屈至极："可不是吗，那犬兽咬了不止一口。"

匀砚咬牙握拳："这犬兽怎么这样可恶！"

身后那位出谋划策："神尊大人以后若再遇到这种情况，一定要先保全自己。说些那犬兽爱听的话，不过是受些嘴皮子上的委屈，总好过被咬脖子。"

匀砚："尊上，他说得对！"

"……"

孟泽代我去了凡间，将文儿那桩事情解决得差不多了。

尹铮的凡身被护得很好，封在密室的邪魔重归尹铮体内。文儿说过，喜欢就是喜欢，不管他是邪魔还是凡人。我也是后来才知道，那邪魔本是紫微帝星的守护神，得帝星十几万年护佑，本应平步青云，担任更高的神位，只怪内心杀伐之气太重，一朝修行不慎，陷入了邪魔之道。不过，这邪魔经历十几万年的光阴，已然不似当初那般戾气腾腾、桀骜跋扈。

文儿姑娘恰是洞明星君的侄女，得左辅洞明星教化，生来性情温和、头脑睿智。尹铮受帝王星护佑，文沁得左辅星教化，恰是"辅佐帝王"的寓意。难怪他们可用"天造地设"来形容，果然是天赐姻缘，命中注定。

孟泽说文儿和尹铮还要在凡间待几年，待国政稳定，四方无虞，便择一位堂弟立为太子，待这位堂弟长大成才，便将东祁万里江山托付于他。到底是为之征战过的国土，尹铮对东祁的感情，就像当初尹白对东祁的感情。

老君连同洞明星君一起向天帝禀报了此事，求天帝大人允许尹铮位列仙班。天帝大人也没有为难他们，吩咐司命星君备册，待司命星君那里写好之后，这件事便算是了结了。

只是听说司命星君最近被北海水君缠着，心烦意乱，气得下不了床榻已是家常便饭。本神尊抱着药碗有点儿担忧，一担忧便多嘴跟孟泽道："所幸文儿和尹铮那对也不着急回天上，缓个十天半月也没什么大碍。司命星君身子骨这般弱，不晓得何时能有精力将尹铮的神仙册写好。不过话说回来，现今的北海水君跟司命星君有什么过节吗？为何能把他气得下不了床？"放下药碗，又道，"既然这么多神仙都知道他俩这事儿，为什么不去劝一劝？大家同为神仙，能有什么过不去的。"

孟泽递给我一碟蜜饯，说道："神尊大人果然不知道。"

我愣住了："不知道什么？"

"不知道司命和水君的过节。"

"对，我一个睡了十四万年的人，哪里知道现今这些神仙的事儿？"我往嘴里塞了个蜜饯，又顺手给了他一个，讨好道，"你给本神尊讲一讲。"

他眯了眸子打量我："夫妻二人床笫之间的事，有什么好说的。"

这句话叫本神尊吓了一大跳："夫妻二人？床笫之间？"

"嗯，司命星君青月和北海水君沉钰，虽还未成亲，却已有了天帝大人亲笔所书的姻缘书。"他给我解释。

我问道："那北海水君可是女君？"

他笑了："不是。"

本神尊傻眼了。自盘古开天辟地以来，历代司命星君都由男神仙担任。司命主命途往生，多阴凶之气，所以必须由男神仙担任，阴阳调和，可护平稳。所以，如果这位北海水君不是女君，二位神仙这是要……天帝居然还给二人亲笔写了姻缘书……

我咳了两声，说道："你晓不晓得他们二位是如何做到的？前些日子匀砚还跟我说现今的司律神君管得十分严，神律浩荡，不容侵犯。我年少时候不过是穿成男人模样去凡间找姑娘喝酒，他们便说我同凡间姑娘磨镜情深，以此揶揄我。为何事情到了这两位男神仙身上，天帝大人就愿意写姻缘书了……"

他抬眸看我，面无表情，不言一语，直看得我心里发毛。

他良久才道："天帝自然不能随便答应他们。他二人所经历的，也是生离死别，最后尝尽悲苦才在一起，沉钰又几次化解大劫，天帝一位曾被拥兵百万的战神商钺觊觎，也是沉钰舍弃生死守护的。天帝自然不能拆散他们。"说到这里，他挑眉问我，"不过，说实话我也很好奇，凡间的姑娘真的那么可爱吗？竟能惹得你这般频繁地下凡。你这身男子装扮，莫非真的是下凡去招惹姑娘？"

本神尊笑道："凡间的姑娘很会伺候人，所以，你应当学着伺候人，不然，万一本神尊被一众姑娘喜欢上了，不愿意与你成亲了呢？"

他却没再同我开玩笑，脸颊靠近我几分，认真看着我的眼睛，语气有些怜悯滋味："我曾问过老君，他说你之所以穿男装，是因为聂宿神尊不让你穿女装。"

这句话叫我不知道该如何接。

我没想到他知道了这件事。

大概这也是我心里一直放不下的事情，因为我同梨容一模一样，聂宿又不想将我视作她，但我同梨容之间总得有个区分，所以……

恐是我这神色过于黯然，便听孟泽说道："说实话，我有些紧张。"

"……紧张什么？"

他盯着我，笑道："紧张你男子装扮太俊美，被凡间姑娘抢了去，不愿意跟我成亲了。"

本神尊红了脸，假装镇静，拍了拍他的肩膀："嗯，孟泽玄君有危机意识，是好的。"

孰料他一句话戳破了我："神尊大人你脸红的样子也很英俊。"

"……嗯，我已经说过多次了，你很有眼光。"

不过，本神尊身上还有仇未报，孟泽没忘，我也没忘，这便是那夜我冲出玄魄宫，被一帮混账神仙给围殴了的事。

是我先撞到他们，不小心将血水吐在了一位神仙的身上，脏了他的袍子，我又担着神尊的位子，其实想过不与他们计较。可是孟泽说："这不是他们肆意对你动用诀术、伤你身体的借口。有些事情，心软放过，只能叫他们日后更加肆无忌惮。"

我觉得孟泽说得也有道理。

11．轩辕之国，凌波仙会

如果不是本神尊被那群神仙围殴，我大概也不会了解天帝大人居然一直有些忌惮孟泽。

这件事，由来已久，还要从孟泽小时候说起。

孟泽说，他年少时候，天上的神仙册里没有他的名字。

那时候魔界同神界有些过节，是几万年不相往来的那种。过节要从孟泽的父亲说起。

孟泽是魔界少主，他父亲是魔族之君。大家都以为他们一家是魔，其实不然。他的父亲和母亲曾经都是神仙，还是有些身份、地位的神仙。只不过二人厌倦了天上做事时那繁复冗杂的过程，不喜欢为了品阶趋炎附势，又看不惯每逢大难时诸神相互推诿，于是孟泽的父亲在被天帝派去平复魔族之乱的时候，直接带着孟泽和孟泽他娘落脚魔界，盖了玄魄宫。由于之前魔族的叛乱被孟泽他爹平息，他爹便被推上了魔君一位，主持着魔界的大小事务。他爹也便借着这个机会彻底扎根在魔界，再也没回天上。

可天帝不干了，多次派人去魔界请他们回去，请的次数多了，就严重影响了孟泽一家平静安详的生活，于是后来下凡请他们的神仙多半被打回去了。开始孟泽还小，是孟泽他爹动手，孟泽一千岁之后，便由孟泽动手。一帮几万、十几万岁的神仙被一个千岁的娃娃揍得头破血流，着实有些丢人，于是后来天帝派人去请孟泽一家的时候，大伙说什么也不去了，给涨俸禄也不去，给升阶品也不去。

天帝有些生气，日日犯牙疼，腮帮子有些肿。

其实，天帝大人的心思，大家也都心知肚明，他不缺孟泽爹娘这两位神仙，他只是忌惮他们一家盘踞魔界，害怕他们有朝一日兴风作浪，忧愁这神魔一乱殃及他天帝的位子。纵然孟泽他爹多次表明心意，来魔界只是图个清静，并无野心，还呈了帖子，跟天帝说以后不要管他们，就当他们仙逝了吧。

天帝依然生气，牙疼没消，腮帮子肿得越来越高。

阳春三月，莺飞草长，在这万物萌发的时节，天帝大人体内的火毒也萌发出来，腮帮子的肿势越发喜人。他坐不住了，挑了个春光烂漫的日子去了玄魄宫。比春光还烂漫的孟泽小少年攥着一把从不远处的大梵音殿里薅来的佛甲草，坐在三丈高的宫墙上给他新养的小兔子编草环。

天帝大人觉得自己来魔界请人回天上，应当有点儿诚意，于是没摆谱，没带侍卫，也未着盛装。他将将落下云头，便被高墙上的孟泽给瞅准了。孟泽小少年以为这又是天上来的恼人神仙，是来搅和他们一家人的清静的，当即跳下宫墙，甩出手中原本给兔子编的草环套在天帝大人的头上。他养的兔子有些肥，草环编得有些大，本来应当落在脖子上，可天帝大人腮帮子肿起，于是那草环恰好卡在腮帮子上头，遮住了天帝的眼睛。

天帝大人蒙了。

这一蒙的空当，孟泽已经一个旋身飞了过来，结实的小拳头如骤雨落下，诀术如雷霆霹雳，把天帝大人给揍了个彻底。

天帝从此不只忌惮孟泽他爹，连同孟泽也开始忌惮了。他不知道这个千岁的少年郎为何仙法如此高强，纵然他的眼睛被草环挡住了，但是怎么能连个娃娃都打不过呢？

天帝毫无颜面地回了天上，心灵受到了创伤，腮帮子肿到十月，好几万年没再提孟泽他们一家子的事。

后来孟泽长大了些，打架的功夫也飞速增长。

有一次，东海水君身旁的虾兵蟹将路过玄魄宫，看到孟泽养的小金蛇丰腴肥美，便偷偷架锅给炖了。孟泽发现蛇汤后大怒，直接扛起一口硕大的锅奔向东海。

他一个少年单挑东海两万虾兵蟹将，竟不费吹灰之力，只是这虾兵蟹将着实太多，吃起来太困难。于是，那一阵子他便日日背着锅去东海海边煮海鲜火锅，吃了很长一段时间。东海水君被他气得卧病几年下不了床。

东海水君他老人家托了神仙去跟天帝大人告状，天帝一窝火一忌惮，腮帮子之肿又有卷土重来的架势，牙缝里塞了花椒止疼，随手做了批示："水君乃宽厚尊长，何苦与一个垂髫稚子斤斤计较？水君当珍重仙体，早日来上朝……"

水君不干了，又托神仙去告状："那哪里是个稚子，那是个魔王。他不只气得我下不了床，他还支了锅，炖了我两万虾兵蟹将。"

天帝又往牙缝里塞了几粒花椒，把这件事甩给了东荒战神阮饮风。

话说，阮饮风还是良玉神君的大师兄。当年，大师兄带着良玉去收服孟泽，不过这仗还没打，海鲜火锅已经煮熟了。三个人大眼瞪小眼，都饿了，于是握手言和，把那一锅海虾海蟹给解决了。

孟泽说，那时候他想同良玉走近一些，便答应了归顺神族的事情。

天帝大人当即赐给他"玄君"的尊号，只是一想起他来，还是隐隐有些忌惮和牙疼。

九月初一，孟泽陪我去了天帝大人的翰霄宫。

算来，距离我苏醒那日提扇剑来杀他也有半年时间了。这回的翰霄宫瞧着寂静了些，无歌舞，也无丝竹，没有什么不妥当，甚至本神尊捏着离骨折扇将将迈入殿门，天帝大人已经正襟危坐等着我们了。

见到我跟孟泽在一处，他愣了愣，不过还是先开口跟我说道："聂宿神尊这件事情上，寡人做得确实欠妥。当日素书神尊虽然有些激动，但是说的话在理。聂宿神尊曾为这四海八荒的芸芸生灵舍弃了自己的性命，神尊三月初七仙逝，所以寡人打算近日颁布诏令，自明年开始，每百年便为神尊大人大祭一次，以彰显其浩荡遗风。不知素书神尊以为如何？"

每百年一祭，便可以安慰仙逝了的聂宿吗？

我不知该作何反应，也不知该如何回答。如当时在这翰霄宫所说，我只是遗憾我的聂宿大人曾舍身救了这些后辈神仙，可他的下落无人关心罢了；也如当时所想，我希望看到的是一个活着的聂宿，而不是一个灰飞烟灭、只能活在后来人的祭奠之中的聂宿。

孟泽看到我漠然的神情，对我微微一笑，给我安慰和支撑。

他转头看着天帝，挺直脊背肃然地道："天帝大人，你倒是眷顾到了仙逝了的聂宿神尊，但你可知道你身边的神仙生生伤了素书大人，叫她差点儿活不成？"

天帝一脸惊恐，瞪大了眼珠子，道："是哪位神仙？"

孟泽挽起衣袖，像是要打一架似的，笑道："果然似天帝大人这般忙的神仙，不晓得素书大人为此养了近半月的伤。"

天帝有些蒙，蒙了一会儿，胡须猛烈一颤，像是忽然想到了什么似的，一掌拍在宝座上，说道："是小女婧宸！她生性顽劣，搅起无欲海旋涡，二位被旋涡卷入，差点儿丧生。我曾命婧宸去银河请罪，她回来跟我说已经跟素书神尊道过歉了，也得到了神尊的宽宥，看来她是在诳寡人！"天帝转头对身旁的仙官吩咐道，"去把婧宸捆来！但凭神尊处置。"

身旁立着的仙官身着绛紫的锦缎褂子，见天帝发怒，当即跪下，埋头瑟瑟道："遵旨。"

说实话，如果不是这位仙官的头顶戴着本神尊的那枚玉冠，本神尊不会将他认出来。

那晚在本神尊面前自称老子的仙官，在天帝身旁原来是这般奴颜，这便好办了。

我拿着扇子敲了敲手心，孟泽看了我一眼。"可是这位？"他问。

本神尊轻轻一笑，走上前，停在这位仙官跟前，俯身掂着扇柄敲了敲他头上的玉冠，故意问道："这位仙官，你头上这枚玉冠好生漂亮。"

天帝不明所以，皱眉说道："素书神尊……小女……"

我摆摆手："不关婧宸公主的事，她敢作敢当，叫我十分喜欢。"

天帝舒了一口气："那便好。"又吩咐跪在地上的这个仙官，"你起来吧，不用去叫婧宸了。"

仙官直起身子，我清清楚楚看到两个诀术从孟泽手上飞了过来。孟泽的眼睛看不清楚，于是两个本该落在腿上的诀术打得有些偏，一个落在了仙官背上，另一个落在了腰上。

仙官"哎哟"一声，又跪下了。

我又敲了敲玉冠，重复道："你头上的这枚玉冠好生漂亮。本神尊以前，似在哪里见过。"

他惶惶抬头看我，愣了片刻后瞳仁蓦然收紧，终于将我认了出来。

如果这位仙官乖乖认个错，我便也不追究了。

本神尊万万没料到，他认出我来，却突然给天帝重重磕头，大呼道："天帝大人给小仙做主啊！"

我一愣，天帝也一愣。

宝座之上的天帝蹙眉，冷声道："做什么主？"

那仙官边哭边道："半个多月前，小仙同一帮神仙夜行归来，遇上这位神尊大人，当时你也问过为何小仙袍子上都是血。那便是小仙体弱，被神尊大人用扇子刺伤了。天帝大人也知道神尊大人的扇子，法力了得，小仙哪里是她的对手！"

话说，这般当着面被旁人诬蔑，本神尊还是第一次遇到。

我心肠向来是软的，不到万不得已，也不想同一个仙官计较。

可是听到这番话，本神尊怒气升腾，手中的扇子便不受控制，瞬间变成三尺扇剑，直直落在这卑劣仙官的脖颈上。

他大呼一声，仓皇俯在地板上，不住地磕头："神尊大人要杀人灭口，天帝救小仙啊！"

天帝脸上有些怒气，说了一句话。这句话乍听上去是在训斥这位仙官，实际上我能听得出是在指责本神尊仗势欺人。

这句话便是："连寡人都要对素书神尊礼让三分，你为何这般不开眼，敢去招惹神尊大人？！"

身后的孟泽听不下去了，上前握住我的手，轻声道："你收了扇子在旁边看着，我来解决。"

他说完便抬手摸了摸那仙官头上的玉冠，笑道："天帝大人，我看上了这枚玉冠。"

天帝广袖一挥，替那仙官做主，道："爱卿看上了这枚玉冠，尽管拿去。"

孟泽又笑："可我还缺一个放置玉冠的物件。"

"爱卿要什么物件尽管开口，寡人这里有诸多宝盒珠衮，随爱卿挑选。"

孟泽略抬了抬那枚玉冠，可能是揪住了那仙官的头发，听到那仙官发出一声痛呼。

"玉冠本就是用来戴的，放在宝盒里便看不到风采了。"孟泽挑了挑眉，道。

"……那爱卿的意思是？"

"不如——"他故意拖了个长音，蹲下身正视那仙官，"不如叫仙官戴着，一同送给我？"

天帝微怔，不过片刻便反应过来，捋了捋胡须笑道："爱卿既然看得上这位仙官，便叫他跟你回玄魄宫吧。"

说实话，我并不晓得孟泽为什么开口要这个仙官。

孟泽幽幽开口道："不，我不是这个意思。"

"爱卿的意思是？"

他明媚一笑，起身抽出一把宝剑，剑锋贴在那仙官的脖颈上："放玉冠的话，微臣只要这颗脑袋就够了。"

莫说仙官和天帝大人，连本神尊也吓了一跳。

仙官吓得丢了魂儿："求玄君饶小仙一命！求玄君饶小仙一命啊！"

孟泽将剑锋缓缓移到他的下巴上："这把剑放在哪里，全在我，你若是说实话，本玄君一高兴，兴许还能上移一些。"

"小仙说……说实话，当时小仙深夜回天上，不料路上被神尊大人撞到了……"见孟泽的剑又往脖颈里移去，他慌忙改口道，"不料路上撞到了神尊大人……"剑锋移到下巴，"小仙有眼无珠，当晚……当晚又饮了些酒，眼睛仿若瞎了一样，"剑又移到鼻梁上，"素书神尊一身素衣，瞧着单薄，小仙以为是个来天上寻游魂的鬼魅，一时混账，便伙同其他神仙将素书神尊给……给打伤了……"

剑锋又下移到脖颈上，孟泽阴恻恻一笑："'打伤了'一词，听着太轻巧了些。"

"小仙当真万死！平素里欺负这些鬼魅欺负惯了，便伙同其他神仙挨个对神尊大人动用了诀术！"剑锋移到眼眶，那仙官惶恐万分，又道，"小仙见神尊大人的玉冠甚是好看，便硬生生抢了过来……"

剑锋贴近额头，剑面寒光凛凛，孟泽怒气上来，半眯了眼，道："好像是硬生生从素书神尊头发上扯下来的吧？抢了玉冠之后你们好像并未罢手，几个神仙挨个踢了神尊大人。"

那仙官已经汗流浃背，怕碰上剑锋，所以动也不敢动，只是浑身打哆嗦，颤颤地哭道："玄君大人说得对……小仙何其卑鄙粗劣，小仙不敢求神尊大人原谅，但求饶小仙一命啊！"

天帝勃然大怒，飞下宝座，照着那仙官的脸狠狠挥了一衣袖。仙官的身子被袖风挥倒，可立马又直起来，脸颊渗出血丝，求饶道："天帝大人息怒……天帝大人救救小仙啊……"

孟泽不再迟疑，挥开宝剑，银色锋芒贴着那仙官的头皮急速划过，玉冠带着一束头发应声滚落。

本神尊尚在震惊之中，差点儿以为孟泽在翰霄宫天帝的地盘上杀了神仙，可定睛一瞧，便见那仙官露出花白的一圈头皮，四周黑发散落，活似黑压压的山头被挖了坑，填了雪，说不出的滑稽倒霉。

本神尊十分没出息，瞧着仙官这个模样没忍住笑出了声。

仙官怔了半晌，回过头来摸了摸自己散落的发丝，又摸了摸头顶上光秃秃的一圈头皮，望了望滚落在地上的玉冠和头发，明白了是怎么回事。纵然被削了顶，也比削了命好。只见他反应过来，尽量忍住哭腔，磕头道："小仙万死不足惜，多谢玄君手下留情，饶小仙一命……"

孟泽收了剑，风轻云淡地道："你该谢的当是神尊大人。"

那仙官便匍匐过来，一把鼻涕一把泪："多谢神尊大人不杀之恩！"

我扬扬手："罢了。"

"天帝大人，"孟泽立在那里，脊背挺直，"至于那夜一同围殴神尊大人的其他仙官，便麻烦你处置了。"

天帝摆出一副痛恨的神情："寡人一定给神尊和爱卿一个交代。"

这件事情，便这样解决了。

随孟泽走出翰霄宫的时候，天帝说道："神尊大人忘了拿回这玉冠。"

孟泽与我回头看了那玉冠一眼。说实话，我觉得这枚玉冠纵然被捡回来，我也不太想要了。本神尊曾经宝贝着的玉冠，被这个德行恶劣的仙官戴过，我便……

孟泽果真同我的想法一致，拉着我往外走，低声道："我觉得那玉冠被旁人戴过，再也配不上你了。"

天帝大人将身旁近十个仙官打入幽冥府，再不允许他们回天上，更有一个堕入畜生道，轮回百年后，再进幽冥府。

孟泽说他有些心疼幽冥府，是不是挖过这些仙官的祖坟，所以才这般倒霉，每回都要接收这些从天上贬下来的神仙，供他们吃喝，还要费尽心思折腾他们。

九月初三清晨，一对毛羽光鲜、体态丰美的比翼鸟衔着一封金光闪闪的帖子到了采星阁。

匀砚趴在栏杆上惊道："上次见这对比翼鸟，还是在二殿下的婚宴上，二殿下还是从旁处借来的。"

"这对比翼鸟这般稀罕吗？二殿下成个亲还需要借东西？"我接过那金箔为封的帖子，端详了一会儿道，"不晓得是跟谁借的。"

匀砚轻轻抚摩那对比翼鸟光顺的羽毛，想了一会地儿，开心道："好像是什么国的一个少主……"

"什么国？好像很有钱的样子，连封帖子都要用金箔做。"我说道，打开帖子一看，里面镂刻着一行行书：

"凌波仙临，笑谈痴嗔；饮风成酒，庭扫待君。"

末尾给了一个"九月初四"的日期，最后却无落款、无章印。

本神尊不知道这是什么。

可听完这句话的匀砚已经跳了起来，抱住我的胳膊心花怒放地道："神尊神尊，是凌波仙会！"

"凌波仙会？"

"凌波仙会就是那个很有钱的什么国的少主宴请八荒神仙的一个仙会，地点在凌波洲，每隔五百年才举行一次！请的都是有名气的神仙。每届仙会上都会有个宝物，那个少主会挑一个来赴仙会的神仙把宝物送给他。"他眼里冒着光，巴巴看着我，"神尊神尊，匀砚这种小仙还没去过仙会，你能不能答应下来，带匀砚去看看今年仙会的宝贝？！"

本神尊眯眼打量那帖子："这个什么国的少主果真有钱，白请客不说，还要送宝贝。"

匀砚已经找来笔墨，兴奋地道："神尊神尊，你赶紧写回信啊！"

我掂量了一下，宝贝我倒是没什么兴趣，不过与参会的那些神仙聚一聚，沟通一下感情也是好的，于是大笔一挥，写了回信，说本神尊能去。

那对比翼鸟便衔着本神尊的回信飞走了。

匀砚一直在身边乐得转悠，不住地给我讲他了解的关于那个仙会的事情，场面如何如何隆重，景象如何如何壮阔，神仙如何如何厉害，仙子如何如何漂亮。

他说着说着一拍脑门儿，拉住我高兴地道："神尊神尊，匀砚记起来那是什么国的少主了！"

我笑道："说来听听，到底是什么国这般有钱。"

"轩辕国！少主就是轩辕国的大公子！"

本神尊闻言一僵，笑不出来了，慌忙提着袍子站起来。

匀砚不知所措："尊上要去做什么？"

"去……去追那对比翼鸟……"

本神尊没有追上那对比翼鸟，颓丧地回到银河的时候，见孟泽在顺着银河找我。

"你看要不要给匀砚找个师父？"他低眸问道。

"嗯？"

孟泽幽幽地道："你这样总是一下子就飞出去，匀砚那半吊子的修为根本追不上你。做你的管家当真是累，被你算计后拦不住你也就罢了，正经当着面奔出去他竟也拦不住。"

我讪讪笑道："本神尊记得在凡间的时候曾想带你回银河住。你既然觉得匀砚辛苦，要不就搬过来给本神尊当仙官算了。"

我以为他会再同我辩几句，可他一本正经地道："嗯，好。"

走回采星阁的一路上，我们提起轩辕国大公子的事情。

"本神尊以前将他和他的随从认反了，得罪过他，因为这个，他时常去神尊府逼着我道歉。可我明明道过歉了，他还是会隔几日再来，说不记得我道过歉。这件事，持续了近百年。"本神尊现今想起来，依然心有戚戚。

孟泽愣了愣，突然转头对我说道："神尊大人，我觉得他这个样子，倒像是看上你了。"

我摇头："不可能。"哪有一个男神仙看上一个姑娘后是这般折腾她的？

孟泽点头笑道："不是就不是吧。却说这般缠人，神尊大人最后是如何摆脱他的？"

说到如何摆脱这桩事，便要说起聂宿了。

聂宿在一个春光明媚的日子里逆着光亮跟我说："素书，你以后如果喜欢上了别的神仙，你若想嫁给那个神仙，我也是为你高兴的。"

那时我尚不知梨容的事情，尚不了解师徒之间有些事情是不能做的，我仰面问他："可是你会娶我吗？"

聂宿沉默了一会儿，后来留下一句话便转身走了。那句话我至今记得清楚：

"不能，我是你师父，不能娶你。"

此后的一段时间里，聂宿便开始疏远我。我故意在他身边晃悠的时候，他也装作没有看到，再不会挥开衣袖将我卷进怀里，不会将下巴垫在我的头顶上。那时候我的魂魄和心智都不完整，只知道他不太喜欢我了，却不知道为什么。

我趴在湖心亭的石凳上仰头看着他的脸，小心翼翼攥着他的衣袖，委屈地道："那你现在能不做我的师父吗？我现在可以不把你当师父吗？"

他低头，茫然地看着我："怎么了？"

那时的我因为这件事很难过，带着哭音道："因为你是师父，所以不能娶我。那你可不可以不做我的师父？"

心境缭乱、心意冷淡都在那一时刻。

他将被我攥在手心里的衣袖抽出来，转头不再看我，只是冷声道："不能。"

当年的我还是挣扎了一下："可我在家里从来没叫过你师父，你也没有叫过我徒儿。"

他冷冷地说："你去问问府外的神仙，他们都知道我是你师父。"

我从石凳上滑下去，躺在他脚边耍赖："我摔倒了，要师父答应娶我才起来。"

聂宿携了书卷起身就走："你大概不记得了，昨夜你在这里烤过地瓜，炭灰就在你躺着的地方。"

我一掀裙子，果然都是炭灰。

后来，这位轩辕国的大公子出场了。大公子叫南窘，这个"窘"字的音同"群"，大约是期待他们轩辕国富有丰饶，子民成群。

他身为轩辕国的大公子，穿着却十分朴素，倒是他身旁的随从，个个身穿锦缎罗绮，好不华丽。我便是这样将南窘和他的随从认错了，并且第一次见到那个名字，便叫成了"南窘"，问那个被我认错成大公子的随从："南窘公子，话说，你爹为何给你取这么个名字？这寓意也太不好了……"

那厢随从打断我，说道："我家大公子叫南窘，那个字……念'群'。"

"……你说啥？"我慌张低头。

从衣着华丽的随从背后走出来一个身穿天青色衣衫的公子，手中把玩着一枚千眼菩提的坠子。他长得眉目清雅，倒是好看，只是手臂支在我的肩膀上，低头看着我，笑得不大正经："你方才说名字寓意不好，怎么个不好法？"

我便诚实地道："乍一看这名字是'南窘'，艰难又窘迫……"

那时我长得不高，便见这个比我高两三个头的男人撑在我的肩膀上，手指勾成圈，不轻不重地照着我头顶敲了两下，笑道："长这么大了还不认字儿吗，你师父聂宿神尊是怎么教你的？"

我听他说聂宿是我师父就很不开心了，何况还笑话我长这么大了不识字。整个宴席上他赖在我身旁叫我给他道歉，我愣是忍住没搭理他。

后来随聂宿回到神尊府，也没把他当回事儿。

可次日，睡醒之后去开神尊府大门的时候，便见一个神仙立在熹微晨光里，晃悠着手中那枚千眼菩提坠子。我"轰"的一声又将大门关上，那时候心有余悸：没想到他身为轩辕国大公子却是这般小气，没想到他竟然真会跟我一个姑娘计较此事。

可那厮竟然翻墙进来了。我有点儿吃惊。

聂宿看到南窘翻墙进来，没有轰他出去，反而责怪我为何要把客人关在门外。我也有点儿吃惊。

后来，我才知道，聂宿和南甯他爹是至交，以前神魔大战的时候，一同经历过生死。

兴许是因为这个，聂宿从来不介意南甯欺负我，反而给这个南甯公子留了许多机会接近我。

南甯堂而皇之地在神尊府住了一段日子，每日清晨待我心情正好的时候，摇着手中的千眼菩提坠子，眼睛一眯，仗着他比我高许多，支靠在我肩膀上，笑道："你打算何时道歉？"

开始我以为道歉只是嘴皮子上的事，毕竟我就是嘴皮子上得罪了他。可后来的一百年里，他渐渐将道歉的形式变成端茶倒水、捏肩捶腿。

我不淡定了。

在他终于将道歉的形式强行演变成叫我"以身相许"的时候，我攥着一把匕首飞到了湖心亭顶上。匕首抵在自己脖颈上，我居高临下望着南甯决绝地道："你到底如何才能放过我？总之聂宿不管我了，任由你欺负我。是不是我死了，你便不再纠缠我了？"

南甯手中的千眼菩提坠子终于不晃悠了，他脸上震惊的神色很可笑，开口说的话也很可笑："素书，你觉得是纠缠，是吗？你觉得我在逼你，是吗？"

我连一句完整的话也懒得对他讲了，匕首贴着脖颈，咬牙吐出一个字："是。"

"你先下来听我说……"他手中一直把玩的菩提坠子有些颤，他有些苦恼，蹙眉恳求道，"你或许对我有些误解。你把匕首放下，听我说……"

"我不。"

直到这时候，聂宿才慢悠悠出现，望着湖心亭顶上的我，拧眉厉声道："下来。"

我摇摇头，委屈得不得了："聂宿，你果真不要我了。他这无赖要我以身相许，你都要同意，是吗？"

聂宿负手而立，依然训我："谁允许你这般胡闹！"

聂宿说我在胡闹，我终于明白他为什么任由这轩辕国的大公子随心所欲地闹腾我，他是要将我推给这南宿。我抬袖子抹了把泪："聂宿，你不娶我便不娶我，但是能不能不要把我送给旁人……"

南宿望着聂宿，又看了看我，神色诧异，连那菩提坠子也从手中落了下去。

聂宿翻掌，掌心聚起风，吸住我握着的那把匕首带了过去。匕首贴着我的脖颈划过，带出一道冰凉的触感，徒手一摸，便见一条血痕。

我想也没想便从湖心亭顶上跳了下去，没踩云，没御风，我是想栽进湖里溺死自己。

聂宿说我胡闹，我当时想的是那就胡闹个彻底。

最后是轩辕国的大公子跳进湖里将我抱出来的。许是被我吓到了，他抬袖子给我擦了擦脸上的湖水，笑得愧疚又无奈："如果你恼我了，直接告诉我，我再不出现便是。你何苦这般让自己受伤。"他顿了顿，抬袖子抹去自己脸上的湖水，笑得有些凄凉，"如果我早知道你心有所属，便不……"

可那句话，他没说完整。我也没打算听完整，从他怀里跳出来，跑到聂宿身边，气得发抖，本想揍他一顿，可是只能站在他的面前，咬唇瞪着他。

过了很久，聂宿才重新将我拉进怀里。

我终于忍不住了，揪住他的衣襟，把头埋进他怀里，"哇"的一声哭了出来。

等哭完了，回头看，那个南宿大公子已经不在了。

自此，他再也没有来过神尊府。

我便是这般摆脱了这个轩辕国的大公子。

12．素安书然，又见南窘

时隔十几万年，再次想到当年与那轩辕国大公子之间的事，本神尊依然心有余悸。

匀砚看出我不太想去这仙会，有些沮丧，说道："神尊大人，我听说这仙会每年请的神仙都不一样，且请过的神仙就不再请了……错过这次，以后便不会再收到帖子。"

虽然我不想再同那南窘公子见面，但我不是一个喜欢爽约的神仙。

所以九月初四，本神尊还是带着匀砚如约赴了这个凌波仙会。好在孟泽说他也收到了帖子，迟一些到，叫我十分心安。

凌波仙洲是轩辕国临海的一座仙洲，方圆百里，仙木成荫，仙气自四面仙海浮游而上，滚滚仙泽壮观，远远望一眼，便瞧得出这仙之大国的浩然风范。

我们赶到凌波仙洲，洲上早已仙雾缭绕，八方神仙齐聚于此，一时祥云密布、遮天蔽日。那些神仙一落脚，便三五成群地聚在一处，拱手寒暄，作揖问候。

好在我住在银河深处，不曾与过多神仙往来，他们大都不认识我，叫我和匀砚都十分自在。见远处有三四十位神仙聚在一起，我跟匀砚便凑过去，被一位衣着华丽的仙官领着一起进了凌波仙洲。

本神尊前面一位长身玉立的仙女拿着翡翠如意，指了指前方雕梁画栋、恢宏大气的宫殿，笑问领路的仙官："敢问大人，前方可是素安宫？"

那仙官礼数周到，客气应答："仙子慧目，确实是素安宫。"

仙官后面一位彬雅公子收了掌心的折扇，惊道："这便是素安宫吗？果然如传说中那般巍峨辉煌，只是'素安'这名字略显柔弱。"

仙官笑道："这名字是我家少主定的，是平淡了一些，可少主他很喜欢。"

"听闻这座宫殿耗费了轩辕国十分之一的财力，敢问大人，真的是这般吗？"那公子又问。

仙官思索片刻，认真解释道："这……也是，也不是。十几万年前建造这宫殿时，确实耗费了轩辕国十分之一的财力。不过现今来看，这不过是千分之一。"

同行神仙皆惊叹不已。

匀砚被这句话震惊到了，瞪大了眼珠子，揪住我的衣袖小声地道："尊上，尊上，他们怎么这么有钱……"

本神尊随口说了一句："从星宿角度来说，天玑主禄存，兴许他在天玑星的照耀下出生，注定这辈子财运昌隆，所以有花不完的钱。"

匀砚又揪了揪我的衣袖，两眼放光，兴奋地问我："尊上，你知道天玑星在哪里吗？改天能不能带匀砚去照一照？"

本神尊抚了抚他的头发，道："这东西是打出生就有的，你错过了，不过你生个娃娃的话咱们可以带他去给天玑星照一照。"

匀砚的脸颊红了，小声问我："生娃娃的话……那匀砚是不是应该先娶个姑娘……"

前面一个扛着阔斧的虬髯大汉问那仙官："大公子这次要送的宝贝是什么？"

仙官回道："这件宝贝今夜可以给大家看，现在还在大公子那里。"

大汉随意抢了几下斧头，斧刃闪着寒光，打在路边的仙木上，那一片仙木当即被削断七八棵。在场神仙皆被震惊，那大汉笑道："今年这宝贝，大公子直接送给在下得了，省得比试仙法抢宝贝的时候，这一帮赴会的神仙都不是在下的对手，被在下砍伤，可就不太好了。"

领路的仙官看上去是个宽厚的神仙，看大汉砍了自己家的仙木，又听他说出这般狂傲的话，也没怎么生气，反而顺道恭维一句："素闻武广大仙好身手，今日得见，名不虚传。"

听了这句话，后面便有神仙不干了，嗤之以鼻："大公子的宝物，向来是谁有能耐谁拿去，怎么现今还有谁长得胖、谁体量沉宝物就归谁的道理了？若是小神扛只猪来，是不是这宝贝就给小神了？"

这话一落，惹起一阵哄然大笑。

那位武广大仙脾气略暴躁，听到嘲讽，扛着阔斧就要跟后面这位拼一下。仙官慌忙拦住，劝道："各位仙友有话好说，千万不要伤了彼此。今晚见了宝物之后，我家少主便设个正经的台子，各位再尽情比试仙法也不迟。"

那大汉才愤愤走开。

本神尊隐约觉得不太对，低头问匀砚："你先前不是说这宝贝要挑一个神仙送吗，他们怎么还要拼仙力抢啊？"

匀砚伸着脖子踮脚往不远处的大殿看，咧嘴一笑，天真无邪地道："对呀对呀，就是挑打赢了的那个神仙送嘛！"

"……"

"尊上，尊上，"他每次都要喊两遍，"你说咱们有没有能力抢那宝贝？"

本神尊呵呵一笑，十分有自知之明："自然是没有能力。"

仙官领我们到素安宫门口的时候，那里早已有一众梳随云发髻、穿凌波花衣的窈窕宫娥候在宫门口了，她们皆乖巧地对我们俯身行礼。最前面的宫娥发髻高束，眉心点痣，瞧着端庄大方，像是个女官，一手捏着玉管紫毫，另一手端着朱红名柬，温雅笑道："还请各位进宫的仙家报上名号，我家仙子好带各位入住处。"

扛斧的大汉抢到前面，亮出斧子，先报了自己的名讳："武广大仙。"

女官寻到名柬上的一处地方勾画了一笔，转身一笑，吩咐道："带大仙移步德重殿。"

拿着翡翠如意的仙子被领去了"画玉楼"，温文尔雅的公子被领去了"洗棠阁"。后面的神仙也如这般，挨个被领了进去。

我同勾砚在最后。

女官提笔道："敢问大人名讳？"

"素书。"我说。

她愣了愣，停笔抬眸："素书？"

我以为她不太清楚我的名字，便又补了一句："素书神尊。"

那女官眸子颤了颤，忙合了名柬，对我俯身一拜道："终于等到神尊大人。"

"……为何这么说？"我茫然地道。

她将手中的名柬递给身后的宫娥，抬头道："我家少主吩咐过，要小仙亲自带神尊大人去住的地方。"

勾砚尚且不知道我同这南窖公子的恩怨，依然是兴奋的小模样，跑到那女官跟前说道："姐姐，姐姐，你家少主认识我家尊上吗？是单独给我们准备了地方住吗？"

女官笑着应道："是。少主给神尊准备的地方便是这素安宫的主殿——书然殿。"

素安宫，书然殿。

我脑子一抽，竟然将这两个词拼了起来——素书，安然。

素书安然。

这句话打脑子里一过，叫我彻底蒙了，忙拦住前面的女官，问道："你家公子……他给这宫殿取名为'素安宫'，这名字是什么寓意？"女官顿了顿，蹙眉反问我："神尊大人不知道吗？"

"……你们轩辕国的事，我一个旁人怎么会知道？"

女官面上瞧着不太开心，虽然是这样，却依然顾着礼数，俯身对我行了个礼："回神尊大人的话，这宫殿是在你仙逝那年盖的。名字就是你看到的这般，你觉得'素安'和'书然'是什么寓意，就是什么寓意。"

本神尊被这话噎住了，反应过来后拉住匀砚便往回走。

匀砚不知所措，抬头问我："尊上……怎么了？"

那女官飞过来拦住我，惊道："神尊大人这是什么意思？为何要走？"

本神尊终于有些怒了，拂开衣袖说道："我昨日接错了帖子，本不想来赴仙会，奈何家中小孩子想来观一下你们轩辕国的风采，于是放下心结，只想来此简简单单游玩一遭。本神尊如年少时候一样，不想承你家公子的恩情，所以不想多留了。替我转告你家大公子，早知如此绊人心，何如当初莫相识，是他多情自扰了。"

女官闻言，手中凭空多出一把宝剑，挡住我的去路，没了那会儿温雅的样子，冷漠地说道："素书神尊，少主说过，这十四万年，他很想你。"

"那就让他想着吧。"我带着匀砚绕过剑锋，向宫门走去。

却见这女官送出一个诀术，诀术流光打在我和匀砚面前，形成一道结界，严严实实挡住了我们的去路。我在愣怔之中观了一眼，发现这是一个反噬结界，我若动用仙术强行破开，便要被仙术反噬。我大伤之后还未痊愈，若是破开这结界，大约会丢了小命。

本神尊怒气腾腾，回头说道："这是你家少主的意思吗？难道你和你家少主要强扣下本神尊不成？"

她收了手中的宝剑，俯身郑重一拜："这十四万年，少主他无时无刻不在想你，如今终要相见，小仙不能放你回去，还请神尊不要叫小仙为难。"

匀砚不知道这是怎么回事，小身板却挡在我面前："你不准伤害我家神尊大人！"

我拉住匀砚，抬头对这位女官道："如果本神尊偏要为难你呢？"

女官笑了一下，又做出一个请的姿势："神尊大人难道不想看看今年凌波仙会的宝物吗？"

我笑道："说实话，本神尊不想看那宝物。"

"神尊大人这话说得有点儿早。"她看着我，话说得胸有成竹。

虽然不同意她的话，可我现在这样也确实打不过她，所以还是带着匀砚跟她去了书然殿。

时隔十几万年，我再次见到了南辔。

书然殿坐北朝南，可能是殿身南北距离太大，所以殿内光线不是很好。那女官带我们进去后便告辞了。

我捏了个诀，掌心飞出流火，点燃殿内左侧那排烛灯，却见烛光次第延伸至大殿上首，尽头现出一个穿天青色衣衫的公子，他斜靠在书然殿上首的玉座上，墨发散了一地。他的面前放着一个梨花木几，几上有一盏未点的宫灯，一把青瓷茶壶，两只白玉茶盏。如果我没有看错，他掌心摩挲着的依然是那枚千眼菩提坠子。

这坠子质量果真不错，被他摩挲把玩十几万年，竟然还没被摩挲成灰。

他没有看我，眼眸半合着，略慵懒的声音从上首传来，落入我的耳中，一如当年那般不太正经："好久不见啊，素书——神尊。"

匀砚握住我的衣袖，声音有些颤，提醒我道："神尊，神尊……他被不大好惹。"

玉座上的他听到了，捏着那千眼菩提的绳坠转了转，抬眸笑道："这就是那个把你从坟茔里挖出来的小仙官吗？模样真俊俏。"

匀砚本打算还一句，我抚了抚他的头发，道："你先出去玩一会儿。"

"尊上……"

"听我的话，出去。"

匀砚一脸不情愿，但见我这般严肃，还是乖乖听话出去了。

从那女官设了反噬的结界来拦我时，我便觉得不太对，方才进殿门的那一刻，我匆忙给自己掐算了一把，自己的指尖、元神上都是重重的晦气，隐隐约约渗着血光，恐怕今、明两日内我都不太顺当。十几万年过去，我完全不了解这个南宥公子的性情变成什么样了，不晓得重见之后会是什么场景。匀砚年纪小，之所以命他出去，只是因为想叫他不被本神尊牵连。

南宥仿佛一眼就看穿了我的防备和惶恐，找了个更舒服的姿势斜躺在玉座上，跷着一条腿，悠悠然转着手中的菩提坠子，轻笑一声："说来，我们也算是故友，你为何这般怕我，嗯？"

我甩开衣袖，强忍住心中的怒火："既然是故友，你便应当尊重我，如今为何要把我扣在这儿？"

"不拦你，你便要走。却说素书神尊你来都来了，为何又要回去？"他笑着，拂了拂衣袖，点了另一侧的烛灯。光影从他袖旁延伸到我身边，殿内倏忽大亮，烛火暖光映上，殿上的他瞧着也清晰了一些。

纵然本神尊不想承认，可看清他的面容的时候也惊讶了，十几万年过去了，这厮竟一点儿也没老。眉睫疏长，风雅倜傥，仿佛还是那个一勾唇、支靠在我的肩膀上说我"长这么大了还不认字儿"的大公子。可我也没有忘记是这个大公子逮住我当年的过失，生生纠缠了我一百年，连聂宿都不肯帮我。

"那时你才一万岁。如今十七万年过去了，素书啊，还能见到你，真好。"他仰面躺着，看着大殿的琉璃顶，叹了口气，笑问，"我从未忘记你，你后来可想过我？"

"没有，"我冷声道，"之前因为被大公子折腾得太烦心，你走之后，我日日无忧，夜夜好眠，再没有想过你。"

他挑眉看过来，笑道："莫要诓我。如果不想我，便早该把我忘了；如果不想我，不管是哪个国的大公子举办仙会你都不会在乎；如果不想我，今日见到我也不会这样防备和抵触，更不会扭头就走。素书神尊，你承认吧，你心中还是有本公子的。"

"你说有便有。"我不太想和他争辩，"不是说这书然殿是给我和匀砚歇脚的吗？你躺在这儿算怎么回事儿？主人要跟客人同住不成？"

他却依然躺着："你怕我吗？"

本神尊轻轻一笑："不怕。"

那厮便抬手对我招了招，含笑说道："既然不怕，那过来一些，隔这么远，我都有些看不清你了。"

我有些后悔方才嘴上逞强。我应该说怕，于是改口道："我怕。"

他又招了招手："来我这儿，本公子给你壮壮胆。"

"……"

他见我不过去，便把我身旁的烛灯都熄了，抬手点上梨花木几上的那一盏，风轻云淡地道："你不是害怕吗？过来些，同本公子说说话，不见你的这十七万年里，本公子很寂寞。"

不知为何，他的这句话叫我有些恍惚，"寂寞"一词仿佛穿针引线，绵绵密密扎进我的心里，叫我一下子想到了聂宿。我长嘘了一口气，想来南窨也不能把我怎么样，毕竟我们都是近二十万岁的神仙，行事都稳重了许多，于是便提步走近了一些。

梨花木几上的那盏宫灯映出月白色的烛光，瞧着清新淡雅。我心下缓和了一些，不似方才那般紧张，又想起宫殿名称这件事，便开口问他："素安宫，书然殿，你取这名字是来纪念我的吗？"

"不是。"

本神尊舒了一口气："果然跟我没什么关系，方才你身边那位女官还说就是我想的那个寓意，倒叫我怔了一怔。"

斜躺在玉座上的公子笑了一声，侧目看我，故意道："这名字是来纪念我未娶到手的妻子的。"停顿片刻，他抓住我方才的话，眯眼打量我，"不知素书神尊方才想的是什么寓意，可否说来听听？"

我便如实道："这两个名字拆开，我以为是'素书安然'，是祈求我平安无恙的意思。"

他枕上右臂，转过头去不再看我，左手依然摩挲着那千眼菩提，

"本公子现在也不知道这寓意有没有用。那时我听说你仙逝，便在凌波洲盖了这座宫殿，冠上这名字来宽慰自己。如果这寓意有用，为何要用十四万年这么久，久到连这仙洲都曾被沧海漫了两次。"他笑了两声，又沉吟道，"如果这寓意没有用，可是你现在出现在我面前，而且是真真切切的一个活着的你。"

我寻了把椅子坐下，认真地道："我也没想到自己会苏醒，没想到当年没有死掉。"

"本公子晓得你对聂宿神尊感情深，可我没想到，你对他的感情深到能变得这般……这般大度。"他嘲讽道。

"什么意思？"

他没有动身，用仙术缠住茶壶，倒了杯茶水递给我："就连他剐你鱼鳞挽救星辰、抽你鱼骨做成扇柄你都不介意，最后还要陪他去死。素书神尊，你这般度量，已经不能用一句简单的'以德报怨'来形容了。"他忽然想到了什么，翻身下来，落在我面前，俯身盯着我看了一会儿，"啧啧啧，长得果然跟以前不太一样了。这张脸是谁的样子来着……梨……梨花？"

我咬了咬唇，愤愤纠正道："梨容。"

他大笑几声，笑得身子都有些颤，因着俯身的动作，头发垂到了地板上。

"你还记得你以前的样子吗？"

我看着他略激动的样子，心里说不清楚是什么滋味，依然实话实说："不记得。"

他突然捏住我的下颌，凑近我道："那你想再看一看你以前的模样吗？"

我蓦地一慌，刚说出一句"不想看"，便见他右手一转，身侧烛光朦胧之中铺开一张画像。我不敢看画像中那个姑娘的样子，猛地闭眼。

耳中传入他凉凉的声音，带着浅薄的笑意："……你在害怕吗？"

我不知道如何回答。

我不知道该怎么办。

十五万年了，我早就忘记了自己本来的样子，我早已接受自己这张脸是旁人的事实。

我甚至不敢想自己曾经的模样是什么样，我怕想到曾经，就会想到聂宿手里的匕首，想到他因为思慕梨容而对我动手的事情。我那时候如果知道他要把我雕琢成梨容的样子，如果知道他要把我弄成他心上人的模样，我是拼死也不能叫他动手的。

南窘呼吸有些慌，却在瞬间恢复冷静，手指触过我的眼角，笑得轻巧："你怎么哭了？"

我听到自己颤抖的声音："你把画像收了吧，我并不想看到自己原本的模样。"

"你睁开眼瞧一瞧，你以前这般可爱。"

"收了。"我又道。

"不敢看自己吗？怕看到后想到聂宿带给你的伤心事吗？"

"收了！"我捂住眼睛，怒道。

可他仍旧不在乎我的话，撩了撩我的发，凑到耳边轻声道："还是说，你已经习惯了自己这副样子，不愿看到比现在难看一些的以前的自己了？"

"收了！"我颤抖着喊出来。

"又或者，这就是素书神尊的软肋，旁人只要一戳，就能叫你粉身碎骨？"

我死死捂住眼睛，大吼："本神尊叫你收了！"

贴在我额发上的手指一顿，他大笑几声："果然这般脆弱。"

他终于不再为难我，指缝里透过的那幅画像的光芒退散，画像被他收了回去。

可他说出来的话依然叫我难过："素书，十七万年前，本公子以为，自己跟聂宿神尊完全比不得，你喜欢他，我能理解，可是之后，他用尽手段对你，你为什么还要惦念他，为什么他仙逝了你也要跟着去？"他拿开我捂着眼睛的手，低头笑道，"虽然我也曾招你厌烦，但是我觉得比起聂宿神尊来，我更好一些。你觉得呢？"

我睁开眼，看到了他眸子里眼眶通红的自己。听到他的这句话，我忍不住笑了几声，道："聂宿他就是这么不好，可我还是喜欢他。南窬大公子，你自始至终都比不上他。"

"哦，是吗？"他负手把玩着手中的菩提，悠然往玉座上走去，讥笑道，"我也曾以为聂宿是你永生永世存在心里的执念，我以为你心里有了聂宿就再难有旁人。所以，本公子知道你苏醒过来，重归神界之后并没有想过去招惹你。"他提起衫子又斜躺在玉座之上，转头打量我，"可是本公子听说你苏醒之后，跟魔界的孟泽玄君常常在一处，还听说你们私订终身，要结个姻缘做伴。是不是？"

我恍然一惊，成亲是我同孟泽之间的事，所以到现在，那话也只有我同孟泽晓得，勾砚到现在还不清楚经常来采星阁的那位身手不凡救了他家尊上的公子是孟泽玄君，可……可南窬他为什么知道？

"你……是听谁说的？"

那厮眯了眼，却没有回答我，慢条斯理吐出来一句话："素书啊，本公子高看了你，又小瞧了你。"

"你什么意思？"

"高看了你对聂宿神尊的感情，你口口声声说喜欢他，可没想到你苏醒不过半年就把他抛在身后，转身另择旁人。"他笑音仍在，可面色越发冰冷，"小瞧你这一身讨好男人的本事，连孟泽玄君那种死心塌地爱慕良玉神君的神仙，你都能不费吹灰之力勾搭到手，当年你那般傻的样子都是装出来讨可怜的吧？"

这句话叫我再不能忍，拿出离骨折扇，风声凛凛之中，瞬间飞至玉座上，扯住他的衣襟大怒道："你胡说八道！"

他见到我熊熊怒火的模样却一点儿也不害怕，支起上半身靠近我道："本公子胡说八道？呵呵，那素书神尊说说我哪句话是胡说八道的？当年为了聂宿神尊跳入银河一心想死的是你，如今跟孟泽玄君掺和在一处玩笑嬉闹的也是你。素书大人啊，你果然去凡间青楼学来了一身撩拨男人的好本事。"他反握住我揪着他衣襟的那只颤抖的手，凑得更近，勾唇笑问，"本公子这些年缺个枕边人，也寂寞得很，素书神尊要不要也来撩一下本公子？"

离骨折扇登时出手，我照着他的脸狠狠抽了一扇子。

他松开手，抹掉唇角渗出的血，笑得发丝尽数散落："素书啊素书，你现在脾气这么大了吗？当年你可不是这样的。"

我后知后觉，终于晓得了是怎么回事。今日这一场仙会，大概就是一场专门为我而设的鸿门宴。他故意候在这里，故意要折磨我。我收回扇子反握在手，扯住他的衣襟，单脚跨上玉座，扇子成剑，抵在他的脖颈上："南耆大公子，先是给我看我以前的样子，后又说这些话来激我，你到底是何居心？"

他丝毫不在意脖颈上贴近的剑刃，低眸瞧了瞧这扇剑："这就是聂宿抽了你的鱼骨做成的扇子吧？你的心也是大，居然能用得这般顺手。你将扇子握在手上的时候，难道不觉得痛吗？"

"南耆，"我说道，剑刃贴着他的脖颈抖了抖，擦出浅浅一道血迹，他却依然不躲，就这般悠闲地望着我，"本神尊的事，向来不用旁人指点。南耆大公子，你真是叫人烦透了。你方才说我脾气差，那我要告诉你，如果我脾气差的话，你已经身首异处了。"

他依然不知死活，挑眉一笑："是因为本公子说的话句句戳神尊大人的脊梁骨，所以你觉得我烦？本公子也想见识一下你脾气差是什么样的，所以——"

所以他便笑着靠近我，剑锋刺进他的脖颈，陷入一点儿，我猛然一惊，手上的剑顿时不稳，剧烈颤了一颤，便是在这一颤的空当，剑被他用手中的千眼菩提撞开，同菩提坠子一同掉落于玉座下。

我挥开衣袖退了两步，瞪得生疼的眼眶里竟忍不住渗出了些水雾："南耆公子，你扣我在此，就是要戳我痛处，令我难受吗？"我竟忍不住冷笑起来，"我同你也不算有深仇大恨，当年就算是我将你错认成下人，你也纠缠有我百年，换回来了。我们应当……从来不相欠。"

"哈哈哈哈，好一个不相欠，"他望着我，笑得夸张，眼底却冰凉，"你说不相欠，你可知道你仙逝了，本公子因为这件事，整整十四万年都不开心？你活着的时候，不喜欢我去招惹你，我便不去，你死了，我连见你一面都成了不可能的事。你觉得这光阴是须臾，如睡一觉醒过来这般简单，我却觉得这仙途漫长，甚至几次熬不下去。你一句'不相欠'说得竟这般轻巧。"

我见他弯腰捡起地上的扇剑，在手中掂量了一下，剑尖勾过梨花木几上的烛芯，将其斩断，带着那一豆烛火定在我的脖颈处，烛灯火光燎红了我的眼。我望着他道："我今日跟你的女官说过，她还未来得及转告你。南宥大公子，你这是多情自扰。"

他展唇一笑，声音越发平静，可又句句渗透着悲凉滋味："多情自扰，谁说不是呢？三月初，本公子终于知道你复活的消息，心里是激动的。可那时觉得你心里仍然有聂宿，知道他是你的执念，我便也宽慰自己，不去打扰你，远远守着你，知道你活着便是好的。不料，你出来之后竟这么快有了新欢，我后悔自己尊重你对聂宿的情感，没有第一时间去找你。兴许你先见到我，便先对本公子投怀送抱了。"

"……你为何知道我的事，你为何知道我所有的事情？你明明没有出现，为何知道的这么多……你知道我被剐了鱼鳞、抽了鱼骨，你知道我换了皮相，你知道我死，知道我活，你为何连孟泽同我怎么样都知道？！"

烛火奄奄一息，垂死挣扎于冰冷的剑尖上。

可握着剑的那双手却稳稳当当。

"大概是本公子在乎你，所以知道。你看我自始至终这般在乎你，你却是真的绝情，从来没有想过我，也从来不去了解本公子的事。"他说，"你连一个比你晚出生几万年、素未谋面的孟泽玄君都能了解清楚。你却从来不曾想起了解本公子。"

突然觉得一股难以言说的情绪灌入心里，这情绪入了心便化成棘刺，一根一根戳得我心窝疼。

那被剑尖斩断勾出来的烛芯终于燃尽，面前的火光归于沉寂。

我念诀收回扇剑，听到自己声音沉重："大公子，我拦不住你怎么想，可我再也不想听你说这些话了，我也不想再见到你了。凌波仙会结束后，我便领着勾砚回去。你若说因为这十四万年你惦记着我，所以我欠你的，那么，回到银河，我便摆个香炉，每天给你上香，也挂念着你，当是还了你的恩情吧。"我说罢，将扇剑重变回扇子模样，揣进怀里，转身便往殿外走去。

这书然殿果真很宽大，从大殿上首走到殿门口，我仿佛花了很长时间。

"素书，"他在大殿上首喊住我，幸好没有追过来，只是依旧冰冷地说道，"本公子这里有今年凌波仙会的宝物，你若是肯答应同我在一起，我便把这宝物给你。"

我冷冷一笑，转身："从我进了这宫门，你家女官便告诉我有个宝物。说实话，我并不想要你的东西，你有什么宝物便拿出来让旁的神仙抢了去吧，犯不着因为我破坏了你们凌波仙会的规矩。"

因为蜡烛悉数灭尽，黑暗便将他彻彻底底地笼罩住了。如果不是他开口说话，我甚至看不清他到底在哪里。

"本公子这句话便放在这里好了：你如果想要，自己来本公子这里取，不费吹灰之力，只要答应陪着我，但是，你如果想同外面那些神仙一样，凭自己的仙法夺了去，那本公子绝对不会同意。"

黑暗之中，我仿佛能看到他冰冷刺骨的笑容，心下恍惚，脊背渗出一阵寒凉。

可他的宝物，本神尊不想要，那也没什么好怕的。

南窖身边的女官将我和勾砚盯得很紧。

勾砚一脸郁闷地问她："为什么那宝物要在晚上亮相……为什么你们非得要我家尊上看到那宝物才肯放我们走……"

女官抿着唇，冷冷看向我这边："大公子不喜欢光。"

我窝在回廊的靠椅上，见她这般望着我，便有些心乱，拂袖起身道："我去旁处转一转。"

那女官飞过来，亮出宝剑拦住我："素书神尊！"

匀砚扯了扯她的衣袖，可怜兮兮地道："你让我家尊上去转一转行吗……你把我留在这儿，我家尊上肯定不会丢下我的，她就是想去转一转。"

那女官想了一会儿，收了剑，神色依然冰冷："你家仙官还在这儿，神尊大人最好不要有旁的心思。"

我御风飞上殿顶，九月的秋风从耳边掠过，吹得面颊有些凉。

我第一次在这明媚的晴天之下觉得冷，脑子里一遍一遍过着南宕说的那些话，心里一遍一遍想着，我对聂宿，我对孟泽，到底是怎样的情感。

"素书啊，本公子高看了你，又小瞧了你。高看了你对聂宿神尊的感情，你口口声声说喜欢他，可没想到你苏醒不过半年就把他抛在身后，转身另择旁人……小瞧你这一身讨好男人的本事，连孟泽玄君那种死心塌地爱慕良玉神君的神仙，你都能不费吹灰之力勾搭到手，当年你那般傻的样子都是装出来讨可怜的吧……"

这几句话叫我难受，可是现在我控制不住地想起这几句话。我清楚地知道我并不是他想的这样，可在旁人看来，这一字一句用在我身上，又都是合适的，叫我连一句反驳的话都想不出。这感觉就仿佛天下所有人都看穿了你，你最想逃避、最想掩饰的东西被揭开，那最恶毒、最丑陋的一面毫无保留地展示在他人面前。

我跟孟泽或许太快了。

南宕说得对，我当年既然钟情于聂宿，便不该因为想有个人陪，就把孟泽拉进来。可我又清楚地知道，我当初对孟泽所说的话并非儿戏，我同他说过，他若娶我，我便嫁给他，自始至终都算数。

从抱着聂宿跳入银河的时候开始，至此十四万年过去，往事如过眼烟云，我以为自己喜欢聂宿喜欢了很久，我以为我对他的情义天地可鉴，我以为我不算对不起他，可我在复活不到半年后就打算把对他的这情谊永远尘封在心底。

但冥冥之中，有些事情像是阻止不住。

为何我会在银河边上遇到孟泽，为何他身上有聂宿的一缕魂魄，为何我会那般执着地想替长诀报仇，为何又偏偏扯上文儿那桩事？甚至，为何曾经恨之入骨、想把他杀之后快的混账孟泽，会跟我说他愿意娶我……

这一桩一桩阴差阳错，到底是歪打正着的巧合，还是避之不得的宿命？

原本急速穿梭在各个殿顶之间的本神尊突然一惊，从云头上掉下来，落在一处宫墙上，定了定神：一定是巧合吧，世间怎么会有那么多离谱的事情？

忽然听见不远处有窸窣声响，我在宫墙上低头一看，便瞧见脚下不远处紧贴墙面趴着一个神仙。那神仙身形颀长，挺拔矫健，穿着一身黑色的袍子，黑色发丝高高竖起，瞧着精神抖擞。

我不由自主地眯眼细看，只见那神仙埋着头，抵住墙面，似在……专心挠墙。

他不太正经地笑了一声，本神尊尚在震惊这位神仙为何这般魔怔，为何要对着墙面笑，便见他的袍子里突然钻出个人儿！

那人身着青烟绸，发丝凌乱，是弯着腰费力喘气的狼狈模样。

纵然样子狼狈，本神尊还是觉得有一股雅致的气泽袅袅而来，仿佛春泉水簇，夏柳之荫。

细细打量之下，只发现那费力喘气的神仙脸若红桃，眉似细柳，在青烟绸衫的映衬之中，竟是个俊美模样堪比女子的……少年郎。

青烟绸衫的公子恨恨骂了几句，眼泪都要飞出来了："你到底有没有羞耻心！你不晓得来赴仙会的神仙有多少吗？你在司命府欺负我也就罢了，你怎么在旁的神仙的宫殿里也胡来？！"

那黑袍神仙开心一笑，凤眼明媚："不过是亲你一下而已，反正你是我的媳妇儿，我亲你旁人也管着。"

本神尊被这个场景震住了，全然忘了自己方才的那些苦闷伤心事。

这……这俩公子了不得。

不但亲了，连"媳妇儿"都叫出来了。

青烟绸衫的公子咬牙切齿地踹了对面那神仙一脚，脸颊涨红，是怒极的模样："沉钰！你个流氓！"

我觉得"沉钰"这个名字有些耳熟。

那个叫沉钰的黑衣神仙呵呵一笑，把那穿青烟绸衫的绝色公子裹进怀里，笑得春光灿烂："青青你害羞什么，你是我媳妇儿这件事，连天帝大人都准了，你自己却依然放不开。"

本神尊那颗震惊的心又是一颤——若是搁在我小时候，这俩神仙这么做是要被打入凡间，历经百千劫难，直耗得两人心如死灰、四大皆空才能再回天上来的……

现今的天帝大人竟这般开明……

穿青烟绸衫的俊公子挣脱开，逃到离沉钰几步远的地方，愤愤道："要是早知你在外面也胡来，我就绝对不会跟你出来。"

沉钰凑过去，讨好道："你要是在家里待着，便见不着孟泽的那个新欢了。"

孟泽的那个新欢……

孟泽的哪个新欢？

本神尊不由自主地竖了竖耳朵。

那青青敛了神色，皱眉望着沉钰："你别胡说啊，我觉得孟泽他……他不太可能有新欢。"

沉钰挑眉一笑，单手抱住青青的肩膀："不是新欢的话，依着孟泽的性子，怎么会那般助人为乐，亲自带着那个神仙去翰霄宫找天帝的仙官算账？"

"……如果只是朋友呢？"

"你见过孟泽那厮有朋友吗？"沉钰反问道，"却说你认识他比我认识他更久，以前除了良玉把他当朋友，他还有过哪门子的朋友啊。"

我终于知道他口中"孟泽的新欢"就是本神尊。可沉钰说的这句话叫我莫名心疼。孟泽他其实不是那些神仙传言的那副混账的样子，如果他真的是个卑劣的神仙，便不会每每醉酒都要自责害死良玉，不会红着眼眶一遍一遍说着不能原谅自己，不会为了救活良玉而舍了自己眼睛的清明。

好像天下所有的人都没有了解过孟泽。他没有朋友，是如何熬过这十几万年的寂寞的？

那青青皱眉思索了一会儿，十分惆怅："我说不出来是什么滋味。他同良玉后来会成那样，其实也怪我……当初是我找他帮我算命盘簿子，才叫他知道了良玉和长诀的事。"

沉钰摸了摸他的头发，笑道："我才是亏欠良玉的那个。你的自责和愧疚都应该叫我来担着，毕竟我是你的夫君。"

"你见过他的那个……那个谁吗？"青青问。

"新欢？好像是个叫素书的神尊。那日我路过翰霄宫，听了墙脚，隐约看到一个素衣玉冠、男子装扮的背影，但是仔细一看便知道是女神仙。"

"……你这样不道德……你怎么能随便听人家的墙脚？"青青顿了顿，咬了咬唇，别扭地道，"她男子装扮好看……还是我男子装扮好看？"

沉钰凤眸生辉，咧嘴一笑："自然是你好看。爷爷虽然没看过那个女神尊的正面，但是你想她都快二十万岁了，应该是个老女人了。你不一样，青青，你瞧着跟你两万岁时一样年轻，没什么区别。哎，你不是还欠神尊一个命盘簿子没写吗？就是凡间那个叫尹铮的皇上，他要来天上。"

本神尊终于明白墙下这两个神仙是谁了。

司命星君青月，北海水君沉钰。当时孟泽还同我说过文儿和尹铮的事情就缺尹铮的命盘了。

青月星君认真地道："我还要考虑考虑……"

沉钰阴恻恻一笑："嗯，青青你好好考虑几个月，考虑到那凡人尹铮七老八十了，再给他写命盘叫他升天也不迟。"

我闻言一慌，撩起衣衫跳下墙头，落在他们面前，道："君子成人之美，青月星君，你不能再拖了，再拖，那尹铮变成老头儿，便配不上文儿了！"

沉钰歪着脑袋打量我，笑道："神尊大人，你终于肯下来了。话说，神尊大人你真是坏了在下的好事儿。如果不是那会儿发现神尊你蹲在墙头，我还能多亲我家青青一会儿。"

青月瞪大了眼珠子，本神尊也觉得眼眶瞪得生疼。

倒是青月先反应过来，一道红晕从脸颊扯到耳根，抬脚照着沉钰的袍子踹上去："你早知道有旁人在！你为何还要亲我？！"

沉钰水君乐呵呵立在那里，一脸幸福模样地看着比他矮一头的青月星君对他拳打脚踢。

本神尊觉得自己有些多余，打算离开。

不料沉钰觉察出来，提高声音喊了一句："哎，神尊大人，你先别走啊！"

青月停了手，拦住我认真说道："神尊大人，命盘的事，本就是我的本分，这几天我便写出来给你。"

"青青你刚才不是说考虑考虑吗？"沉钰眯眼笑道，这一笑引得青月更加生气。

本神尊转身拱手谢了青月："劳烦星君。"

沉钰那厮抬头，面上风轻云淡，说的话却是绵里藏针："神尊大人，你知道那文儿爱慕孟泽有几万年了吧？"

"知道。"我说，"不过她心里没有孟泽了。"

沉钰眯眼一笑，胳膊放在青月的肩膀上，悠闲地道："却说素书神尊的事儿，在下近日也听说了一些，特别是同聂宿神尊的那几桩。我觉得你做得没什么不对。"

"水君什么意思？"

他笑得温和了一些，低头看了眼青月："我说你重新有了喜欢的人这一桩事，没什么不对。"又抬眸看了看我，凤目明媚，"却说我们真是一群奇怪的生灵，以前我看到青青身边有旁人，恨不能杀之而后快，恨不能时时刻刻将青青捆在我身旁，叫他只喜欢我一个人，然而当年在下在三十五天崆峒印下，崆峒印上的九龙撕扯着我，金光洞穿我的身体，我晓得自己要死了。临死的那一刻，我最惦记的自然是青青，可是那时候，我想的却是叫他赶紧再遇到一个喜欢的神仙，想的是叫他尽快把我忘了。"

他斜靠在青月身上，停顿了片刻又道："如果真心喜欢一个人，便是叫她欢乐、安康、有人陪。我觉得聂宿神尊临死的时候也是这样想的。纵然孟泽玄君名声不太好，但是在下当年的狼藉名声比起孟泽有过之而无不及。在下掐指一算，日后说你俩闲话的神仙多着呢，素书神尊一定要稳住心，旁人说什么无所谓，关键是你自己不要觉得亏欠了聂宿，不要觉得喜欢上旁人是错误。"说罢低头冲青月挑了挑眉，嘟瑟道，"青青，你家夫君说得对不对？"

青月却从他胳膊底下退出来，原本斜靠在青月身上的沉钰这下没了支撑，便猝不及防地跌了个趔趄。

"素书神尊，沉钰这厮虽然瞧着不正经，但是他说的话在理。"青月上前一步，挽了挽袖子同我道，"他方才说的是聂宿神尊，我作为良玉的六师兄，再给你说一下梗在孟泽心里的良玉的事。其实，良玉自小便同长诀天尊情缘交错，他们两个之间阴差阳错之事，是命中注定的纷扰纠缠。良玉是中了自己画的劫数，最后她本可以活着，却因为别的神仙而放弃了自己。其中最应该承担责任的，恐怕不是孟泽，而是我、沉钰、我师父同师母。你回去见到孟泽，劝劝他，叫他放下心结，仙路还长，开心地活着。"

"我媳妇儿说得对！"沉钰又过来搂住青月，谄笑道，"青青你说得太对了。"

我摸清了面前北海水君沉钰的脾气和性情。

他虽然装作不太正经的样子，可是偏偏能一眼看破我的心思，风轻云淡地说出几句话，又偏偏是这几句话，叫我放下心事。

我笑了笑，心中泛上暖意："水君故意跟青月星君提尹铮命盘的事，引本神尊从墙头下来，其实是想说这些话来宽慰我，是不是？"

"说来，神尊大人你还坏了爷爷的好事。如今像我这般以德报怨的神仙不太多了。"沉钰说罢眸子一亮，"神尊大人可得记住在下给你的这个情分，日后如果有什么事要请你帮忙，你可得……"

他没说完，便被青月狠狠捅了一胳膊肘。前者立马投降笑道："我家青青不愿意了，这忙算是在下白帮你了！祝你跟孟泽玄君早日成亲，早生贵子，儿孙满堂……"

青月又捅了他一胳膊肘，连忙同我道："素书神尊，他就是这样的性子。你同孟泽的事情，他也只会跟我提一提，旁的神仙并不知道。如果今日不是你蹲在墙头，他断然不会故意说出来。你同孟泽怎样，全顺从你的本心。只是……莫因为羞赧情怯，错过了眼前人。"

这句话叫我一怔，忽然觉得记忆里有水雾一样的场景袅袅漫上，遮住了凡间那位能叫我看成聂宿模样的尹白皇叔的脸，附在他身上的那个神仙温声同我说道："生有八苦，有一苦曰'求不得'。一切荣乐，可爱诸事，心生欲望，却求之不得。素书神尊，十四万年已成空，莫再错过眼前人。"

我曾问他谁是眼前人，他没告诉我。

或许当日那个神仙已经料到了，所以才会提醒我不要错过眼前人。

后来我也常常想起这段话，直到记忆缥缈，直到眼前人都成了虚幻。

13．八方神仙，同夺玉玦

因为那宝贝亮相的台子在主殿旁边，所以沉钰和青月便和我一起往主殿方向走去，一路上又说了些话。言语之间，我看得出来他二位同天上其他神仙有些不同，活泼灵动，待人真诚。

"神尊大人，今年凌波仙会的宝贝你觉得会是什么？"沉钰问我。

"不清楚。"我说，"迎我进来的女官一定要我看了宝贝再走，兴许是个珍贵宝物。"

发现本神尊对那宝贝不感兴趣，沉钰有些好奇，摸了摸下巴道："神尊大人不想要这宝贝吗？他们轩辕国资财雄厚，向来不会拿小东西招呼客人，今晚的宝物，兴许稀罕又厉害。"

青月低头，叹了口气："我倒希望这宝贝能被我们抢过来……"他眸子里突然又露些光彩，兴奋地道，"你说它会不会是良玉的一块心脏？你说良玉能不能因为这宝物活过来？"

沉钰握住他的手，问道："今年仙会那个主殿住的客人是谁？听说以前的宝贝都十分讨主殿客人的喜欢。我们去看一看，兴许他早就知道是什么宝贝，到时候我们再合计一下要不要抢过来，要怎么抢过来。"

本神尊顿了顿，望了望天："主殿住的是我……"

"那你不知道宝贝是什么？"沉钰惊诧地道。

我摇摇头："本神尊确实不知道，他们也没有告诉我。"

青月拉了拉沉钰的袖子："兴许素书神尊是今年来赴仙会的神仙里位分最高的，所以才住了主殿。神尊沉睡十四万年之久，自然不知道现在哪些东西是宝贝。说不定神尊那时候看着、用着的平常物件，流传到现在便是令诸仙趋之若鹜的东西。"

沉钰微微一笑："不过看来，神尊大人对这个宝贝丝毫不感兴趣。"

我笑了："你说得对，本神尊确实对这个宝贝没兴趣，若不是家里的仙官小朋友一心想来看一看这仙会的景象，本神尊大概也不会踏进这凌波仙洲一步。"

"神尊家里的仙官是谁？"沉钰问。

"原本是天帝身边的小仙官，后来随我住在银河。"

沉钰"嗯"了一声，开玩笑道："听闻神尊苏醒那日，曾手执长剑飞上九重天找天帝算账，天帝曾忌惮不已，还让天兵来护驾。如今他没有收回这个仙官，莫不是专门安排在神尊这里，来监督你的一举一动？等下次他再触犯了你，你提了剑去刺杀他，他好提前有个准备。"

"水君多虑了，匀砚那个仙官，温和善良，还是个小孩子。"我说，"银河深处鲜有人来，他自己在那里待着，偶尔等候我到深夜，他是什么样子，我是知道的，所以才愿意带他出来。"

沉钰从路边随手摘了一根狗尾巴草，挑了挑牙，笑道："成，当我没说。神尊觉得好便好生宠着他。"又随手薅下一根草递给青月，一本正经地道，"青青你要不要也剔一剔牙？怪好使的。你看你这里卡着一根肉丝，刚才我亲你的时候觉得有点儿碍事。"

青月："……滚。"

戌时，月上枝头。凌波洲仙雾朦胧，书然殿前面，有丈高的台子，神鸟林立，仙兽静守。

早上来仙洲的神仙都聚在此处，一眼望去，有五六百个后脑勺。

沉钰早早施了法，在旁边的静湖上变出一只画舫，他同青月星君坐在画舫顶篷，眼观六路，耳听八方。本神尊本就没什么兴趣，匀砚陪我立在画舫中，透过众多后脑勺，隔着围栏看着台子。

这轩辕国倒也痛快，没有乱七八糟的程式，月光中，那位南宿大公子走出来，含笑说了一句："宝物无心，众神有情，不要为了一个无心宝贝伤了诸位的情谊。"

台子下面五六百个神仙开始摩拳擦掌，有刀的备刀，有剑的提剑，扛着斧子的那个武广大仙冲在最前面，俨然一副你死我活的架势。

隔了那么多神仙，台子上的大公子突然看向我，微微一笑，右手往袖袋里摸去。

我隐隐觉得有些不对，脊背上蓦然渗出些冷汗……

他手上拿着一枚水蓝玉玦。

当年银河畔，无欲海落雪成幕，聂宿临死时，将这枚玉玦系在我腰带上，他一直在笑，笑声入耳却尽是虚妄，缥缈得叫人抓不住。

我拥着他，惶惶低头的时候，看到玉玦轻荡之间，自己的衣裳一半猩红，一半素白。

他替我扶正玉冠，如我平时有意无意扶稳头上的玉冠那般，告诉我："所以你长个心眼儿，日后天帝若再专门宴请你，十成是要你去送死，你便佯病在府……"

他顿了顿，低头在我唇上落下一个极其清浅的吻，他的唇冰冷，我辨不清他到底喜不喜欢我，我也不敢回想鲜血缕缕的他立在我面前低头亲我的模样，不敢去想那句他重复了几遍的话——你还年轻，好生活着。

我从银河深处的坟茔里苏醒过来，再没有见过这枚玉玦，我从银河到无欲海反反复复寻找多次，没有找到。

可我万万没想到，这枚玉玦如今竟在南宿手里，玉玦在他手中散发出幽浅的光，如果不是他拿着，我甚至觉得下一秒，我心中想着的聂宿会飞过来，如当年那样把玉玦系在我的腰带上。

南宿眯眼一笑，那笑容落在我的眼里，如针尖扎在眼眶上，刺痛不已。

我终于明白他为什么那么笃定。

"本公子这句话便放在这里好了。你如果想要，自己来本公子这里取，不费吹灰之力，只要答应陪着我，但是，你如果想同外面那些神仙一样，凭自己的仙法夺了去，那本公子绝对不会同意。"

台上的他摩挲着那枚玉玦，换上温和的面容，道："今年这宝物，乃是十四万年前，聂宿神尊仙逝之前，一直佩戴在身上的玉玦。这十四万年来，天上的神尊府早已是断壁残垣、荒草丛生的模样，聂宿神尊生前的遗物也都化成风烟消散了，唯独这枚玉玦，至今完好无缺。其模样虽然普通，但是聂宿神尊用过的东西，自然有妙法隐藏于其中。本公子收藏至今，或多或少发现了它比起一般玉石的神妙之处。诸位神仙中，仙法卓然者不在少数，深谙各种宝物机巧构造者也不在少数，各位比在下更配拥有这宝物，定能发现聂宿神尊这枚玉玦的精妙之处。"

台下一众神仙都兴奋起来了。

欢喜之声扑面而来，我却听到自己的手骨节咯咯作响，目光紧紧盯着那玉玦，心如千万只冷刀在剐一样。

台上的他看到我这般惊怒的样子，更加快慰，轻抛起玉玦又接住，笑道："同以往的仙会一样，宝物先给各位看一下。今晚诸位斗法一晚，至明日卯时，依然留在这台子上的那位获胜，到时候本公子便将这宝物亲手交给他。"

他说着又捏住玉玦给各位神仙展示了一番，看到本神尊的时候，特意往本神尊的方向顿了一下，这动作落入我眼中，让我几乎要奔出画舫。

他却适时收住，轻佻一笑，捏着那玉玦，以极慢的速度收回袖袋，目光一直落在我身上。

离骨折扇被我紧紧攥在手中，扇柄锋利，割破我的手掌，饮血饮得欢畅。

南宿他拿捏准了本神尊。

如匀砚所说，他要选那个斗赢了的神仙，然后将玉玦送给他，而不是直接将玉玦放在台子上，谁有本事就直接抢了去。

他故意留出一晚的时间，便还有一晚掌控着这玉玦。他算准了本神尊一定会被这玉玦扣住，他也算准了本神尊肯为这玉玦抛弃生死。他留出这一晚的时间，等着本神尊忘记说过的话，等着本神尊放下身段去求他。

所谓卑鄙，不过如此。

他纵身飞下丈高的台子，原本落在台子上的神鸟朝八方飞去，飞到十丈高处，盘旋着，振翅鸣叫；静守的仙兽扑下高台，分列四周，挺身握爪，龇牙呼啸。

扛着阔斧的武广大仙大吼一声冲上去。

诸神跟着他纷纷跃上，可阔斧无眼，被那武广大仙一抢，台上登时血水四溅，哀号声中倒下一排神仙。

南甯负手而立，站在阴影之中望着我。我看见他唇角勾起，那笑容自黑暗中渗出阴狠无情。玉玦又被他从袖袋里拿出来，他捏着玉玦上系着的绳坠，晃悠了几下，特意给我看。

"尊上……尊上，你怎么了？"匀砚搓着衣袖，惶惶地道，"尊上……你怎么落泪了？你也想要拿宝物吗？"

"你在这儿等着。"我说。

手中离骨折扇带着掌心的血腥化成三尺扇剑，银光耀目，倒竖成镜，我看到一个红了眼眶的自己。下一刻掌风凛凛，我握住剑柄，扯过疾风正要冲出去的时候，手腕却被身后人紧紧攥住。

镇静的声音从背后传来："素书，你若是想要，我去给你抢回来。"

我提着剑蓦地回头，泪雾之中，看到身穿水色绸衫的孟泽。他用堇色的眸子望着我。湖中夜雾漫过画舫，打湿了他握着我手腕的掌心，他脸上的志在必得叫我看得心里也如雾水漫上，开始泛潮。

"我们先在这里等一等，你瞧这个挥着斧子的，十分凶猛，我们可先借他的手，击败其他神仙。"他笑道，声音明朗。

我回头看那阴影处，早已不见南甯的身影。我脑子里反复响着他的那句话："你如果想同外面那些神仙一样，凭自己的仙法夺了回去，那本公子绝对不会同意。"

我摇头，扇剑依然握在手上："不对，孟泽你说得不对。"

"为什么不对？"他问我。

"玉玦还在他手上，你我凭借仙法在这台子上同诸位神仙拼个你死我活都无济于事，你不晓得轩辕国这个大公子现在的性情，玉玦只要还在他手上，他便有办法叫谁都得不到。"本神尊痛恨盈胸，攥紧剑柄，对着孟泽道，"你好生保重自己，本神尊要去会一会他！"

他却依然攥紧我的手腕，笑了笑："我不晓得这个什么公子性情如何，可我知道聂宿神尊的遗物对你来说十分重要。"

他说罢拉过我的手，顺势夺过我手中的剑，掌心被摊开，是离骨折扇割开的血痕。

他扯下一截绸缎包在我的手掌上，温声道："聂宿神尊自然重要，可你也不能让扇子伤了自己。"他抬眸看了看我，"这大公子是不是说那玉玦不会让你白白拿走？"

本神尊咬牙艰难地点了点头，却如何也说不出他拿这玉玦要挟本神尊去陪着他。

"他说的你信吗？"孟泽不屑地一笑，握着我的剑随手比画了一下，忽然又反手握剑比在眼前，目光凛冽之中，剑尖直指那台子上挥斧挥得欢畅的武广大仙，挑眉道，"旁人我不知道，我一人对百个这种草包神仙，还是绰绰有余的。等快到卯时，我跳上台子，解决一个给你看看。若是这大公子反悔，不愿意拿出这玉玦，我便毁了他这凌波洲给他看。"

"不是……不是这般轻巧。这是他的地方，他应当有所准备……"

他突然抬手为我稳了稳头上的玉冠。这动作叫我刹那恍惚。有气泽张扬欢跃，从他的指腹游离而出，缠上我的玉冠、头发，顺着我的眉心没于我的唇齿。

依然是再熟悉不过的明媚滋味。头上的玉冠被扶稳当，我怔怔看着他抬手的动作，一瞬间，我有些分不清他到底是聂宿还是孟泽……

还是他们是一体的？

"素书，既然你不信我，那我便去解决了那个扛斧子的魁梧大汉给你瞧一瞧。你在这里等着，好生保护自己。"他笑道，握着我的剑，还不等我反应过来，便跳出画舫，御风朝高台飞去。

匀砚怯生生地揪了揪我的衣角："尊上……尊上，你说他这般清瘦，能打得过那武广大仙吗……"

我不知道。

我突然想起来一个场景，是当年银河之畔，同聂宿在一起的场景……我记着他替我稳了稳头上的玉冠……同我分别后，再也没有活过来。

我正要奔出去，却有两个身影晃过，自画舫顶篷落下来两个神仙挡在我面前。是青月星君和沉钰水君。

"神尊大人慌什么，他方才不是叫你在这儿等着吗？当年他单挑东海两万虾兵蟹将，自己却毫发无伤，你信他一回，台上那种草包大汉，纵然扛着斧子，他一个手指头就能搞定。"沉钰甩了甩手，笑道。

我皱眉绕开他，又被他拦住："素书神尊，你日前受过重伤吧？不但仙元不稳，好像魂魄也有些裂痕。如今剑被他拿了去，就算你飞过去，没有宝剑在手，也得挨其他神仙的揍。你大可坐收渔翁之利，卯时尚早，你得沉住气，我们先在这儿观望着。"

"沉钰说得对，神尊你现在上去，他还要分心护着你。"青月道。

我见台子上的孟泽已立在武广大仙面前，手中剑光闪闪，面上气定神闲。

那武广大仙当真是杀红了眼，不管上来的是谁，皆拦腰抡出一斧。孟泽手握扇剑，剑光闪过，挽成招数，绕过武广大仙，御风翻身而上，越过那斧子，飞到武广大仙背后，刺中他的左肩。

武广转身，高举阔斧照着孟泽劈过来。

斧光闪耀，绕在孟泽身边，形成茫茫雾障笼罩住孟泽。

我十分担心他，觉得心似跳在嗓子眼上。他眼睛看不清，我怕他被武广所伤。

却见武广举斧劈下那混沌雾障。雾障混浊，我看不清孟泽在哪里，刹那之间，有血水自障内飞溅而出，尽数溅在武广的脸庞上，聚成血流顺着虬髯滴落下来。武广龇牙咧嘴，朝天大笑三声，反手抡过斧子，照着那混沌雾障又重重劈下一斧。

本神尊登时僵住。台子下面诸位神仙均长嘘出声。

一道黑影飞出画舫，只匆忙留下一句："我倒忘了他眼睛不好用了。"

我定神一看，飞过去的神仙是沉钰。

我挽袖打算跟上去，就算看不清，我给孟泽做个眼睛也好。

这个念头一闪，我顿了顿，有了别的想法。

青月抬手拦住我："素书神尊，你莫慌，沉钰过去救他了。"

匀砚轻轻扯了扯我的衣袖道："孟泽玄君这般厉害，不会有事的，神尊莫担心。"

我大约太心急了，没有注意到匀砚为何知道他是孟泽。

目光所及，沉钰将将落上台子，便有剑光刺开混沌雾障，剑身辉光直逼中天，是气贯长虹的浩然之姿。有神仙若展翅金鹏跳出雾障，水色绸衫，如瀑墨发，肩膀之上有寸许深的口子裂开，血水自那处流过绸衫，一路落至靴面。可提剑的神仙风姿凛凛，身形矫健。

那武广顿时僵住，似是没料到被阔斧砍伤的孟泽还能冲出来。

孟泽面色镇静，握剑成招，锋芒刺穿武广大仙的右臂。我清楚地知道，若是孟泽的眼睛没有荫翳，若他能看得清，那剑招当落在手腕上。

所幸孟泽迅速意识到了这一点，剑尖挑开皮肉，趁武广痛得一僵，还未挥斧反冲过来的时候，挥出如芒剑诀，穿过漫漫夜色，狠狠刺中武广大仙手腕上的太渊之穴。穴位被剑诀刺到，那武广大仙登时握不住斧子，扼住手腕跪地哀号。

方才挥斧抢倒一众神仙的武广大仙终于被打得扼腕跪地，台下神仙的欢呼之声此起彼伏。

沉钰抱着胳膊在不远处淡淡一笑。

孟泽收回长剑，未亲自动手，台下的神仙便涌上来将武广大仙踢了下去。今日一同进宫门的时候嘲讽武广大仙是猪的年轻神仙格外兴奋，提起那斧子，抢起胳膊，一挥，那斧子便从本神尊所在的画舫上飞了过去，"扑通"一声，沉入湖中。

纵然半边衣衫都沾了血，孟泽还是站在台子上冲我笑了笑。这笑容明媚温暖，如第一缕晨光，穿过寂静又辽阔的苍穹星空，穿过卯时微凉又茫茫的雾气露水，落于我眼前。

本神尊没有等他飞回画舫来找我，而是自己提了素衫跳出画舫，御风飞到那丈高的台子上去见了他。

可是刚飞到半空，便见台子下一个白须老者飞上来，照着孟泽便揍了一拐杖……

本神尊愣住了，差点儿从半空中掉下来。我赶紧飞到台子上，急速奔到孟泽跟前，却见那老者已红了一张脸，举着拐杖大骂道："你就是孟泽小儿吧？！"

孟泽不知所措："你是……"

"果然是你！"拐杖又被那老者举起来，照着孟泽受伤的肩膀砸了下去，看得本神尊心惊肉跳，本想拦一下，却见那老者胡须乱颤，怒火熊熊，"你可还记得周银安？"

孟泽皱眉道："你是谁？周银安又是谁？"

老者瞪着眼珠子，举起拐杖又要揍孟泽，我慌忙拦住那要落下的拐杖，道："老人家你有话慢慢说，为何对晚辈动手？"

"爷爷我揍的就是他！"老者勃然大怒，"你连银安是谁都不知道！你可知道你曾经娶她过门？！"

我说："……什么？"

孟泽似是还没想起来："你到底是谁？"

老人家却不干了，拿拐杖指着孟泽，大声嚷嚷道："各位神仙来给老夫评评理啊！"

反正卯时尚早，嗅到八卦味道的神仙们迅速、自觉地从四面八方涌过来，围住我们，摩拳擦掌，开始观战。本神尊的眼神向来精准，竟看到围过来的神仙里，还有兜着炒花生和嗑着葵花子的……

那老头迅速换了一副样子，不再是举着拐杖打人的健壮模样，而是撑着拐杖的老者形象，抹着泪向围过来的神仙控诉："这混账少年曾娶了老夫的宝贝孙女，后来又将她赶出门。我那孙女是如花似玉的好模样，四万余岁的好年华，她被这孟泽混账小儿娶过去之后，就未见过这混账。我那孙女日日以泪洗面，盼着能见自己的夫君一面。可孟泽不但没有见她，反而在几十年前，把她赶出了玄魄宫。她带着和离书回到家中，几十年来再未出门，夜不能寐，身形消瘦。诸位神仙在此，老夫心痛，恨不得手刃了这孟泽混账啊！"

本神尊终于明白过来，这周银安姑娘，是老人家的孙女，曾是孟泽娶回家的那二三十个小夫人之一。

我本来十分惦记他肩上的伤，但听了老人家的一段话之后，再看那些口子，虽然尺寸深，但是数量少，比起他当初生屠西山梦貘时候受的伤，似乎……不是很重要。

我哼笑一声，抬起胳膊肘轻轻碰了他一下，说出来的话里有本神尊没掩饰住的醋酸味："你曾经的小媳妇儿，人家爷爷找上门来了，你自己先瞧着办吧，本神尊去讨些葵花子来围观一下。"

他无措地睁大了眼，慌忙拉住我，极力掩住自己尴尬的神色，低声道："你……你别这样。"

我抱着胳膊看他，挑了挑眉，笑道："别哪样？"

他见我是在故意为难他，不动声色地将我拉到身后，严严实实挡住我，沉吟一声："你……在这儿陪着我。"

那老人家似是看出来我同孟泽之间有点儿不对劲，眼神却不大好使，将我这女人的相貌给忽略了，看到我这男人衣袍，攥紧拐杖狠狠敲了敲脚下，骂道："混账小儿，你不但祸害姑娘，你竟然不知羞耻，连少年也要染指！你这样子，迟早要遭报应、遇大劫！"他气得直哆嗦，又将矛头对准本神尊，"你这少年也不知好歹，竟然跟着这种混账神仙鬼混，你爹娘是怎么教你的？不知廉耻，同他苟且鬼混，迟早要完！"

本神尊僵住了，惊讶地问道："你……你说啥？"我从孟泽背后跳出来，火冒三丈，这老头骂我年少不知好歹，本神尊那年少时候的性子便冒了出来，挽了袖子喝道，"你再说一遍？"

老头儿见我不妥协，反而跟他叫上板了，举着拐杖朝我挥过来，孟泽当即握住，没叫那拐杖落在我身上。

"老夫说你不知廉耻，你同孟泽沆瀣一气，蝇营狗苟，驱去复返！"老头儿脸上的皱纹展开，是怒到极点的样子。围观的神仙中不知是谁附和了一句"说得对"。

本神尊虽然不是个温和可亲的神仙，但是向来也不是睚眦必报之辈，当年在天上被一众神仙诬蔑，被天帝点名去送死，也没有觉得如这般生气。今日这恶毒的话无端落在本神尊头上，我气不过，夺回孟泽手中的扇剑，当即要同这老头儿讲讲道理。

沉钰越过围观的神仙，跳过来，抱着胳膊凑近那老头儿，低头正儿八经地道："却说，你方才说的周银安姑娘，虽然孟泽玄君忘了，可爷爷我记得。"他剑眉挑了挑，歪着脑袋笑道，"一年前，这姑娘还去过司命府，求青月星君让她看一个命盘。你说她几十年来以泪洗面，不想出来，难不成出来的那个叫周金安？"

老头儿双手哆嗦，倒是抓住了重点："你说……你说我家银安看了谁的命盘？"

"容我想想……"沉钰故意拖了拖，皱眉摆出努力思考的样子，啧啧两声道，"名字我忘了，不过身份我还记得，要不要说出来，要不要说出来呢……"

围观的神仙当然是看热闹不嫌事儿大，扬着葵花子壳喧闹："说出来！说出来！"

沉钰低头，凑近老头儿的耳朵，声音虽低，却叫旁边的人听得清楚："好像之前是玄魄宫的一个侍卫……到底叫什么呢？不过贵孙女儿很着急，十分担忧这侍卫的情况。你说好端端的，她怎么这般关心孟泽以前的侍卫呢？该不会……"

老头儿花白的胡子哆嗦起来。

他当即了悟，自己家孙女儿是跟侍卫私通了。这侍卫既然是玄魄宫的，那必然是她在玄魄宫还是孟泽的小夫人的时候跟这侍卫好上的。

老头儿眼看自家孙女儿的这桩事情已不能怪罪孟泽，又不太清楚面前这个沉钰是何许人物，便挥开衣袖，大声道："不只老夫的孙女，听说当年的良玉神君也被孟泽小儿害得十分悲惨。"不晓得他是从哪里听到的事，握着拐杖又往地上敲了两下，指着孟泽破口大骂，"良玉神君就是你害死的吧？别以为老夫不知道，良玉神君的死全怪你！你娶不到她，便把她杀害了！你就等着吧，你蹦跶不了几天了，良玉的师父和师兄可都是厉害神仙，就算爷爷我今日放过你，她师父和师兄也会去找你算账！"

沉钰揪了揪他的胡子，忍不住笑出声："你说啥？良玉是被谁杀害的？"指尖揪着的胡子顺势被打成个死结，沉钰拍了拍老头儿的肩膀，阴恻恻一笑，"还有，你沉钰爷爷在此，你竟然敢自称爷爷？"

"你是谁？"这老头终于知道开口问明对方身份了。

却见青月带着匀砚过来，青月的烟青色绸衫雅致温润。

他看了孟泽一眼，也许是不知道说什么，沉吟一声，道了句："别来无恙。"

我看到孟泽脸上是恍惚的神色，睫毛颤了颤，低垂着眸子。

这老头在这么多神仙中间出口伤人，又偏偏提起良玉，揭开孟泽心上这永生永世都好不了的伤疤。我瞧着孟泽的模样，十分心疼。我突然觉得他这般模样，十分像个做错了事、自己想弥补却弥补不过来的孩子，只能任由旁人指责怨怼甚至怒骂嘲讽，自己一句话也说不出来。

我暗暗握住他的手，指尖用了些力气，叫他能感受到我的支撑，想告诉他我会一直在他身边。

他感觉到我的力道，缓缓转头看了我一眼，面上的失落仍在，却还是冲我笑了笑。

青月已经站到了那老头儿跟前，如沉钰那般，抱着胳膊不屑地道："你不知道沉钰是谁？"

老头儿见两位公子都不帮他说话，便知道是孟泽这边的人，吐了一口唾沫："管你沉钰是谁！你们都是孟泽那厮的走狗。"顿了顿，表了表衷心，"只有老夫一心向着良玉神君！"

青月拦了拦要凑上去的沉钰，笑道："你不知道他是谁，我告诉你。"他的胳膊放在沉钰肩上，笑得十分好看，"这位沉钰爷爷，是良玉神君六师兄的夫君，也算是良玉的兄长。"

围观群众的脸上都挂着"我的天哪"四个字。

老头儿傻了："……良玉六师兄的夫君？你说他是谁，他就是谁吗？你是哪个？"

青月又笑了："我正是良玉的六师兄，九重天上的司命星君——青月。"

围观群众的脸上又换上"原来如此"四个字。

老头儿彻底愣了，举着拐杖指着他俩，结巴了好一会儿，也没说出个所以然来。

青月又道："良玉的师兄，也就是本星君，我都没有说什么，怎么能轮得到你在这里替我师妹抱屈？你说孟泽杀了良玉，如果这句话是真的，别说小玉她师父和师兄不放过孟泽，连良玉的未婚夫——三十五天的长诀天尊也饶不了孟泽玄君。如果他真的杀了小玉，那他今日便不可能出现在这凌波仙会上，而是蹲在天庭大牢里。"

孟泽闻言，抬头看向青月。青月也回头看了孟泽一眼，面色平静，丝毫没有怪罪和怨念。

青月转头，声音比方才略低了一些，却叫围观的神仙，尤其是孟泽听得清楚："师妹良玉之事，只同师父、师兄和长诀天尊有关系。若以后再有神仙拿良玉神君之事来哗众取宠，或是肆意谩骂，那只好请长诀天尊出来解决了。"他低头看了那老头儿一眼，严厉地道，"他同我们不一样，若是听到旁人这般胡诌小玉的事情，一定是要断了这仙人的仙途的。"

也许是长诀天尊的威名十分管用，老头儿连同围观的神仙都被震慑住了，僵在台子上，一动也不敢动。

青月又看了看孟泽，风轻云淡地笑了笑，这一笑仿佛过往之事、痛与欢笑、悲与欣喜都化成云烟，夜风一吹，尽数消散。

这笑容，颇有些"度尽劫波兄弟在，相逢一笑泯恩仇"的滋味。

回到画舫，青月劝慰孟泽："沉钰同我，师父同灼华，简容同长宁，还有长诀，我们每个人，都可以救活良玉，可终究都舍弃了她，她也终究舍弃了自己，成全了身边的人。我知道你心里不肯放过你自己，此事虽然是你引起的，但渊源纠缠、因果轮回都不在你身上，而在长诀身上，这是他们二位命里的纠葛，你可明白？"

孟泽点了点头。

我不知道他最终能不能宽慰自己，可我觉得，遇到青月和沉钰，是我此生的幸运。本以为是冤家路窄，哪知是他们给了我和孟泽旁人不能给的信任、劝解和宽恕。我自然也看得出来，青月提到良玉的事时也很痛心，在诸位神仙面前，说起这件事的时候，他的身子控制不住地微微颤抖，可他依然肯为了挽救孟泽在神界的名声，将这些都抛到脑后，尽他所能，给孟泽最大的支持。

这神界，如十四万年前，星宿倒移、银河星陨、春光陡匿、寒冬复至，诸神相互推诿，真的糟糕透了。

可这神界，又如十四万年前，聂宿神尊身先士卒，长诀撑起重任，拯救天下苍生于水火，这般有人情滋味。

这时，勺砚提醒我："尊上，尊上……那玉玦你打算怎么拿回来？"

我才想起玉玦还在南崇手里。

此时距离卯时尚早。我回道："先等着吧。"

沉钰活动了几下筋骨，又灌了几口茶水，朝着远处某个地方阴森森一笑："反正闲着也是闲着，要不我们合伙去把那宝贝抢回来？"

青月斜睨他一眼，幽幽道了个字："好。"

我看了看孟泽肩上的伤，犹豫一下，起身道了句："好。"

勻砚有些激动，搓了搓衣袖，欢喜地说道："我也想去。"

于是，子时三刻，我们几个神仙摩拳擦掌，同时出现在了书然殿南崇大公子面前。

那厮正在煮茶，茶盅里紫笋茶叶浮在水中，从茶壶里飘出来的茶香十分清馨，嗅之醉人。

他见我们一同过来，却没有半分惊讶，像是早已知晓，在茶案旁边已经给我们摆好了五个蒲团。

"遥闻境会茶山夜，珠翠歌钟俱绕身。盘下中分两州界，灯前各作一家春。青娥递舞应争妙，紫笋齐尝各斗新。自叹花时北窗下，蒲黄酒对病眠人。"南崇吟着这首诗，给我们挨个斟上茶水，"却说凡间的诗人因不能赴会饮这紫笋茶而遗憾，所以，各位有什么事稍后再说，先尝尝这茶，如何？"

"好啊。"沉钰已经拉着青月坐下了，端起一杯茶水尝了尝后递给青月，"青青，为夫这杯没毒，你喝这杯。"又招呼我、孟泽和勻砚，"你们也坐下，尝尝轩辕国大公子的茶。他家的茶贵着呢，日后想喝也喝不到。"

青月看了沉钰一眼："你喝过的就不要给我了。"

本神尊心里有些拒绝。但见勻砚已经舔着唇，露出一副迫不及待的小模样，本神尊就算心里不愿意也坐了下去。孟泽坐在我旁边，抬起茶盅灌了半盅。

南崇提着茶壶给孟泽斟满，不疾不徐地道："在下十七万年前就认识素书，那时从来没有想过她会成为神尊，也从来没有想过，有朝一日，她能跟孟泽玄君在一起。"

孟泽触到茶盏的手指蓦然一顿，抬眸看他。

"南霄，我跟谁在一起，同你没什么关系。"我冷冷地道。

"不不不，现在有关系了。"他望着我，缓缓笑道，"你曾经的心上人贴身佩戴的玉玦在本公子这儿，如果本公子真同你没什么关系，你现在也不会坐在这里，素书神尊，你说是不是？"

提及此事本神尊便恼了，当即把扇子拍在茶案上。茶盏纷纷晃了晃，溅出茶水。

"神尊大人生气了？"他如笑面夜叉，斜倾着身子，将胳膊支在直起的膝盖上，"本公子说得不对吗？各位深夜前来，总不至于是来同本公子喝茶的吧？让我猜一猜啊……各位是要联手抢了聂宿神尊的这枚玉玦吗？啧啧，凡间有句话叫，'万人操弓，共射一招，招无不中'，你们一块儿过来抢这玉玦，胜算确实大。"

说到此处，他微微转头，问孟泽："玄君好像喜欢素书神尊，所以想帮她要回这玉玦，对吗？"

孟泽目光凛然，也拿出一把剑放在茶案上，饮完那盏茶，道了一个字："是。"

南霄又将目光落在青月和沉钰身上，笑得十分温和："水君和星君也要帮素书神尊？"

沉钰扬眉，随手转了转茶盏，笑道："我和青青，说帮忙，算不上，只是路见不平，拔刀相助罢了。"

南霄那厮又看着我，目光迷离，却露出些狠绝，仿佛深夜恶狼自陷阱上方注视着那群落入陷阱的羔羊，它知道羊群无处可逃，所以不急着马上吃掉它们，就这般在高处看着，看它们挣扎，露出邪恶狠戾的笑容。

"素书，"他以这种目光看着我，唇贴近杯沿，缓缓吹了吹，"你愿意相信他们真的会帮你拿回玉玦？果然，这么多年过去了，你还是不太聪明。"

我拿着扇子拍案而起："别使这种挑拨离间的伎俩！本神尊不信自己的朋友，难不成信你？"

孟泽也冷冷起身，不疾不徐地抬起剑，剑芒寒光直逼南甯的咽喉："这句话，本玄君也只说一次——交出玉玦，便没什么事了。"

南甯笑得前仰后合，手里的茶盏因为他的动作溅出来，尽数落在茶案的烛灯上，灯芯突然挣扎几下，发出声响，然后灭了。

本神尊眼力向来不错，只见灯火熄灭的瞬间，沉钰已将青月护在身后。我被孟泽拉了一把，步子一撤，便退后了几步。我见匀砚愣在那里不动弹，赶忙将他拉过来。他反应过来，轻轻捏着我的衣袖，带着哭音，小声道："尊上，匀砚有点儿害怕。"

我摸了摸他的头发，安抚道："莫怕，本神尊在，你不会有事。"

他揉了揉眼睛，微微抽泣："嗯。"

漆黑无光的大殿里，只剩紫笋茶叶跃过沸水升腾而起，清远茶香在四周缭绕。

南甯那厮在这黑暗之中没有任何动作，只叫我们保持着高度的警觉，过了许久才发出他那惯有的、阴冷的笑声："诸位怎么这般自信能在本公子的地盘将这宝物夺走？素书神尊怎么也这般自信他们真的会帮你，而不是离你而去？"

"你什么意思？"本神尊紧紧握着扇剑道。

我发现他又掏出自己的千眼菩提坠子放在指尖摩挲："既然神尊不信，那本公子便让你体会一番好了。"

匀砚扯住我的衣袖，有些用力，也许是十分紧张，惊慌失措地吐出一个"不"字。

孟泽知道南甯要有所动作了，便蓦地握住我的手。

南甯抛起手中的千眼菩提，那菩提子在茶案上方顿了顿，忽而升浮至大殿之上。

此时，书然殿殿门突然被关上，我一震惊，手中的扇子便化成三尺扇剑的模样，我抬头一看，金光自那枚千眼菩提的纹眼之中缓缓流淌而出，菩提转动之间，光芒渐渐变得明亮，打在屋顶的琉璃瓦上，辉映之时凝成刺目光束反射下来。滚滚金光汇成结界，将我们五人罩住。

光束笼罩，刺得我眼睛生疼，流出了许多泪。

我下意识地捂住眼睛。

身边的沉钰大骂："我说南窘，敢对你爷爷动手，你当真活得不耐烦了！"

孟泽握着我的那只手又紧了紧，说："莫怕。"

然后，我什么都听不见了，身边的一切仿佛都慢慢化成虚无。

14 . 菩提幻象，见君真意

仿佛过了很久。

这么久的时间，好像足够听一场彻夜的戏，做一场未完的梦。

那是凡间清晨，幽静弯曲的巷子里飘着淡淡的米粥的味道，远处有水墨色的青烟，袅袅娜娜，并不熏人。我爱极了这凡间的烟火味道，比起虚幻孤寂的天上，这真实的凡间，连烟火气息都极具人情味。

我从戏园子里出来，看了一夜的戏，眼睛有些酸疼。

身穿天青色衣衫的公子手捧沉香木盒，静静立在墙脚，一株梨花从墙里伸出来，花瓣悠悠落下，落在他的墨发和衣裳上，叫我生出这站在梨花树下的公子是聂宿的错觉。可我知道，聂宿不在了。

他同我打招呼，声音清雅带笑："灯染姑娘早。"

我看着他的面容，隐约觉得曾经见过，却说不上来在哪里见过。只是他叫我"灯染姑娘"，我便知道他也不是凡人。

"你也早啊。"我揉了揉眼睛道。

"很久没在无欲海见过姑娘了，所以今天来凡间碰碰运气，没想到果然将你等着了。"他举了举手中的沉香木盒，"这是茯苓药膏，拿给你的。"

"你一直在无欲海找我？那你见过一个小男孩儿吗？"我问。

他含笑望着我："见过那个娃娃，便是他告诉我，你可能来凡间了。"

我点点头，原来是这娃娃把我出卖了，出于客气，我还是邀请他进了我凡间的宅子："要不要进来喝杯茶？"

"先上药才是正事。"他一本正经，一副不容拒绝的模样。

不知道为什么，我看着他这么正经的样子有些想笑，嘴唇抿了抿，可终究没忍住，笑出了声。

他有些无奈："在下还是第一次见到脸都花了还能笑得这般开心的姑娘。"

我上前开门，看他还在原地立着，便自个儿往宅子里走，道："你这个药膏不大管用。我在无欲海天天被那个神仙揍，每次都鼻血汹涌，脸上带花。"我扶着梨花树旁边的石凳坐下来歇了歇，又道，"你这药愈合伤口的速度能赶得上我被揍的速度吗？肯定不能吧，既然不能，那便……"

还没听我说完，他便跟过来，在石桌上放下木盒，扳过我的肩膀，手指抚上我的脖颈，另一只手打开木盒，伸手取了块药膏，打算替我上药。

我歪着脑袋躲开，却不小心把脖颈上受伤的地方露了出来，他便将手指落在那处，我挣扎了几下又被摁住。我只好说道："你别忘了男女授受不亲啊。"

"我不在乎。"他又取出一块药膏贴近我的脸颊。

我阴恻恻地威胁道："这位公子你可要想清楚了，我也算是叱咤无欲海的女流氓，今日你替我上药，小心以后被我掳到无欲海当压海夫人啊。"

他手指顿了顿。

我打算躲开。可一挪动，又被他摁住。他挑了挑眉，有些不大正经："女流氓，你把我掳回无欲海当压海夫人吧。"

"……你说啥？"

他指尖用了些力，药膏渗进伤口，疼得我抽了口气。他风轻云淡地道："求灯染姑娘把在下掳回去，本公子不在乎吃穿，不讲究行乐，还可以带着轩辕国所有财宝作嫁妆，欢天喜地去给你当压海夫人。"

我怔了怔。我虽然不晓得轩辕国是哪个地方，但是既然是国，那应该十分有钱。

"灯染姑娘觉得怎么样？"他勾唇笑了笑。

我回过神来，严肃地道："你那轩辕国……有多少财宝？"

"也不是很多。"

我失落地说道："原来是个小国。"

"也就能填平三个无欲海吧。"

天哪！

"灯染姑娘觉得还行吗？"

我抬头望天，梨花花瓣落在我的脸上，我拒绝道："不行。"

"为什么不行？"他依然在笑，涂药的那只手动作轻柔。

"你那个国太有钱了，我穷得不行，出不起彩礼娶你。我配不上你。"

他失笑。我不觉得这有什么好笑的，我说的是实话。

不过，还有一个原因，那便是我的使命还没有完成。这使命关乎聂宿大人，值得我耗尽生命去努力。等完成这件事，再谈婚论嫁也不迟。

涂完药膏，他低头问："本公子还没有吃早点，要不要一同……"

"我做给你吃。"我说。

"姑娘会做饭？"他惊讶。

我望了一眼远处的烟囱，道："那个男娃娃被我养过一段时间，你知道小孩子挑食吧？可我做的饭他十分爱吃，这证明我做的饭十分好吃。"

他笑出声："如此还真要尝一尝了。"

宅子里没有太多东西可以下手，我随意煮了个薏米红豆粥，蒸了一笼蜜枣腊肉包，拌了一碟清淡的小菜，在梨花树下摆了开来。我在凡间避难几个月，虽然这几个月内不曾下厨给那孩子做饭，但是毕竟底子好，也不至于失手。可是他尝了两口便怔怔望着我不动筷子了。

"不好吃？"我问。

"只是许久没吃到这么好吃的东西了。"他看了我一眼，笑容真挚，"我的父母终年云游，我小时候便揽下了家里的所有事务，鲜有机会坐下来安安静静吃个早饭，而且是如此可口的早饭。"

"你父母当真放心得下？"

"父亲当年带母亲出门的时候说，男儿自小要吃苦，长大才有作为。"他说。

我却忍不住笑了："恐怕你爹嫌你碍事，为了甩下你，编了这么个理由，目的就是同你娘两个人恩恩爱爱浪迹天涯。"

他眯起眼睛看着我，唇角挂着点儿狡黠，道："这个道理，我也是后来才悟到的。"

果然天下是有这样的爹娘的。

我用筷子指了指他，问道："你爹爹叫什么？你叫什么？"

"我爹叫南挚，我叫南窘。"

那似真非真的景象，那似识非识的公子，一并立在我眼前，我大概觉得这名字熟悉，可也仅仅是觉得熟悉罢了。南挚是谁，南窘是谁，似乎跟我没有太大关系。只是我放下筷子的时候，觉着一阵晨风吹过来，素淡清冽的香气从那硕大的花朵里飘出来，梨花簌簌而落。我趴在石桌上歪着脑袋望着这位穿天青色绸衫的公子。我很想聂宿大人，我很想再见他一面。

如果这公子是聂宿该有多好。

如果聂宿现在活着该有多好。

"灯染姑娘在想什么？"他夹起一个肉包放入口中，嚼了嚼，吃下去才问我。

我摇摇头，不打算提聂宿。

我望着石桌上的早点，忽然觉得那孩子不在身边，我便没什么胃口，于是问道："你见到的那个娃娃，可曾说他想我？"

他点头，浅浅一笑："虽然没说，倒是看得出来。那娃娃自己不晓得如何下凡，便告诉我你在凡间，拜托我把你带回去。"

我敲了敲石桌，有点儿不相信："他说的是带回去，不是抓回去？"

他捏着筷子的手顿了顿，勾唇道："他好像说的是'用尽各种办法一定要将她捆回来'。"

我得意一笑："我就说嘛！"忽然又觉得没什么好得意的，那娃娃如此惦记我，我当真该回去看一看他了。

想到此处，我立即起身。他也站起来，问道："你去哪儿？"

我招来一朵祥云："回无欲海。"

"不怕再被那个神仙揍吗？"

"被揍习惯就好了。"我撸了撸袖子，心中竟生出些豪气。

他拦住我，有些疑惑："那个神仙为什么要揍你？你得罪过她吗？"

"那神仙说我是邪魅，其实我也不知道自己到底是个什么东西。不过你大概也了解吧，天上的神仙向来瞧不起邪魅，逮着了便要使劲揍。"我恨恨地道，却不知道怎么对付。

他拉起我的手，自怀里摸出个坠子放在我的掌心："日后如果那神仙还要揍你，这坠子能暂时护你。这坠子我在掌心把玩几万年，听我使唤。若是你遇到危险，我也能通过它知道你在哪里，好赶来救你。"

我低头，掌心里端端正正躺着一枚千眼菩提，于是捏起来，认真打量。这枚千眼菩提，我一定在哪里见过。可是到底是在哪里见的，我说不出来，只是隐隐有些缥缈烟云虚浮成记忆，蛰伏在我的灵台，偶尔探出来，说道："长这么大了还不认字儿吗？你师父聂宿神尊是怎么教你的。"

金光自菩提眼纹之中渗出来，流淌至指尖。我不知所措，惶惶问道："它怎么了……"

可面前的公子不回答我。只见金光越聚越多，渐渐汇成巨大光束，最后化成结界，"嘭"的一声，笼罩在我在头顶上。

我被这景象震慑住了，拍打着这结界，却如何也挣扎不出来。只听冰裂碎响之声自遥远的地方渐渐逼近，千钧系于一发，突然发出吞天噬地般的一声巨响——

这凡间安然宁静的清晨景象迅速崩塌，万千碎片碰撞、翻腾、坠落！

我看到结界之上映着一个惊恐万分的自己。我本想拿着那千眼菩提向眼前的公子求救，却见他不知何时已经将那千眼菩提拿了回去，放在指尖摩挲，隔着这结界，我看到阴冷狠戾的笑容爬上他的唇、他的眼。

梨花花瓣成流矢短剑射过来，竟然能刺过这结界，满满当当刺中我的身体。

尖锐的疼痛自四面八方而来，大概在快要痛死的时候，我突然从梦中清醒。

……

凡间的景象不见，这里仍然是凌波仙洲的书然殿，金光结界严严实实罩着我们。南窘立在结界之外，指尖摩挲着那千眼菩提，脸上狠戾的笑容一如往常。

他的声音落到我耳中："素书，你看，他们到底选择帮谁？"

我不知道他是什么意思，却觉得脚下在剧烈晃动，忽然间地动山摇，大殿中央裂开一道狰狞的口子。本神尊慌忙跳开，可那裂口像是听了谁的召唤一样，任本神尊如何躲，它都不偏不倚，直直朝本神尊脚底下钻！

我纵身跳起，目光往四周探去，本想看一眼孟泽他们怎么样了，却发现三丈开外，背对着我立着一个红衣墨发的姑娘，她似是也遇到了同样的情况，大殿崩开的裂口专往她脚底下钻，似乎就是要让她掉进那深不可测的狰狞裂口中！

我听到青月、沉钰同时朝那红衣姑娘大呼一声"良玉"。

金光悉数打在我眼中，我使劲眨眼，想努力看清她的样子，可是她背对着我。她似是被这场景吓到了，躲闪之中墨发尽数散开。我满脑子只有一个疑惑——良玉神君她……复活了？

金光突然成绳索将我缠住，狠狠拽着我往下拖。我支撑不住，砸落在地上，脚下突然生出三尺宽的裂口，而且这裂口越来越宽，我脚下顿时变得虚空。下一刻，我只听到自己惊吼一声，掉进了那裂口！

"啊——"

却在这时，掌心猛然一顿。

意料中的粉身碎骨没有出现，我惊恐地抬头，避开纷纷滚落的石头，看到孟泽跪在上方，死死抓着我的手。

他开口叫我："素书，别松手……"

我有一瞬间觉得自己捡回了一条命，庆幸之余却发现那裂口依然在变大。情急之下，我本想借力飞上去，却发现在这结界之中，只要一动仙术，那金光便会化成绳索缠住我们，且缠着我们死死往深渊里拖。

孟泽也使不出半分仙力，全凭自己的力气在抵抗那裂缝。

碎石又滚落下来，一些掉在我的额头上，砸破了我的头，腥热的液体蜿蜒流进我的眼睛里，叫我看不清楚这眼前的事物。可我透过血雾看到孟泽匍匐于裂口上方，差点儿随那碎石滚落下来。

他死死扳住裂口，看到我这血流满面的样子，手蓦地一僵，旋即又握得更紧了一些，拉着我往上走："别怕，我在。"

我发现他拉着我往上去的时候十分费力。我后知后觉，他的肩膀上还有被武广大仙砍开的寸深的口子。他的另一只手又死死抠住地缝，支撑着我们两个人。

本神尊许久没有遇到这般紧急的情况了，鼻子酸涩得不得了，眼中的水泽冲着血雾散开，可又有新血流进眼睛里。

我觉得自己十分没出息，竟然很害怕。

我不是怕自己要死了，我是怕孟泽他会因为我而死。你看，本神尊也有这么害怕的时候。

终于快到上面的时候，裂缝又扩开一尺，碎石滚落之中，孟泽的手一滞，望着我身下，瞪大眼睛道："素书，别往下看！"

他想拉我上去，可周围的一切都在同我们作对：石头一直在滚落，裂口也一直在扩大。他咬紧牙关，一面努力扳住上面，另一面想方设法要将我拉上去。

结界外南窬悠闲又阴冷的声音在我耳边响起，似是只对我一个人说话，他的话似乎只落入我的耳中："素书，你看你脚下。"

我的心脏剧烈地一颤，朝下方看去。

裂口劈开百丈深渊，竖立的石壁上，几百条毒蟒蜿蜒爬行、步步逼近，吐着滴血的芯子，獠牙三尺，皆染着黏稠的绿液。我定睛一看，只见那些巨蟒掺着血丝的暗黄色瞳孔里，全是吊挂在缝壁上的本神尊那素白的身形。

"素书！"天崩地裂的声响之中，石壁上的孟泽焦灼地喊我，"别往下看！"

他的手臂用力将我一提，我终于能自己抓住那裂缝的口子了。顿了顿，他咬牙挣开缠在手臂上的金光绳索，借势将我一提，我终于从裂缝里爬了出来。

我惊魂未定，看到大殿中裂口扯开两道深渊，一道在我跟孟泽这里，另一道在那红衣姑娘的脚下。所幸沉钰、青月和匀视那处没有裂缝。

沉钰拼死拦住青月，可在这漫漫金光之中，在这山崩地裂之中，青月那撕心裂肺的呼喊声如何也拦不住："沉钰你放开我，那是良玉！她回来了，我要去救她！"

瘫坐在我身旁的孟泽朝那边看去。

只见红衣姑娘脚下的裂口猛地变大。

"当心！"本神尊大吼一声。

她大呼一声"救我"，快要掉下去了！

南窬的声音又落入我的耳中："素书，你也要当心啊。"话音一落，只见我脚下的地面瞬间陷落！

"孟泽！"我喊出声，却见手掌再次一顿，他自上面抓住我，眼泪滚滚。

我并不知道他为什么要哭。

虽然我不太怕死，可他抓住我的时候，叫我再次有了希望。

他的眼泪滚滚而落，混着碎石掉落在我的脸上、身上。脚下百条毒蟒发出瘆人的声响。

他回头望了身后一眼。他一定看到那边的良玉要掉下深渊了，他知道我的脚下有毒蟒，一定也知道那边良玉的脚下应当是同样的景象。

我想我知道他为什么要哭了。

他转身低头，眼眶红红的，泪水滚滚而落："素书，对不起。"

这句"对不起"，恐怕是我一辈子都不敢相信的话。

在这之前，我从未对哪件事会有毛骨悚然的感觉，连当年被聂宿剐鱼鳞的时候，我也只是觉得害怕。可是这句"对不起"落在我耳中的时候，我第一次觉得恐惧如蛊虫，从全身各处的毛孔钻入我的身体，顺着血脉往里面啃食游走，最后聚在心脏里，叫整颗心痛得厉害。

可我还是有自尊的。

纵然这卑微的自尊在求生面前毫无用处，但我不允许自己为了活下去而央求他。他说了这句"对不起"之后，我再没有求他的必要。

所以，是本神尊先松开他的手的。在漫天的碎石之中，我对他笑了笑。

仰面坠入蟒群之中的时候，我看到他的眼泪一直在流，却只是深深地看了我一眼，迅速挣脱身上的金光绳索。

结界之外的南寮故意将那边裂口处的景象展现在我面前。

我看到孟泽拼了命朝那边跑去，我看到他死死抓住将要落下去的红衣姑娘。握住那姑娘的手后，孟泽喜极而泣，说："阿玉，你回来了，真好。"

你回来了，真好。

你回来了，真好……

孟泽啊，你一直在等良玉回来吧？那时候我说我们有很多地方都相同，到现在，我却觉得我们有太多地方不一样。

你的良玉回来了，你会丢下我。

可我觉得，如果聂宿能回来，我会告诉他："聂宿大人，我决定嫁给孟泽。"

在这世上，永远不要对一个人先动情，否则被这人甩掉之后，真的会很痛。所以，在这一刻，我其实就知道，我真的很喜欢孟泽，所以遇到这种情况，我会这么难过、这么痛。

其实从松开孟泽的手到落入蟒群之中，只用了很短的时间，短到我根本来不及拿出扇剑，短到我根本无力与这群毒蟒拼一场。

风扯过我的衣裳，扯过我的头发，孟泽给我的那枚玉冠掉了下去，先我一步落入毒蟒口中。毒蟒獠牙一紧，便把玉冠碎了个彻底。

南窅的声音适时落入我的耳中："素书，你跟本公子在一起，我便救你。"

我笑了笑，根本没想过回答他。因为我知道，我不会跟他在一起。

其实我很怕蛇，少时在聂宿怀里看他翻书，偶尔见他翻到一页蛇样的图腾，我都会被吓得哆嗦。他会捂住我的眼睛，很温和地跟我讲："别看了。"

想到这里又觉得眼眶有些潮湿，我抬袖子抹了把眼睛。

耳边突然传来一声嘶吼，有红色芯子狠狠扫过我的脸，我被这芯子扫在三丈外，脸颊上顿时火辣辣地扫过一阵温热。我还未站住脚，便见一颗獠牙自我背后刺穿右肩，獠牙之上，黏稠的绿液混着我的血。那毒蟒似乎也很不舒服，獠牙咬住我，擦着缝壁往上蜿蜒而去。其他的毒蟒闻到血腥味也纷纷焦灼起来，血红的芯子铺天盖地扫来，像鞭子打在我身上，抽出三寸血痕，渐渐成片。

"嫁给我，我便救你。"南窅又道，声音清冷，不曾慌乱，夹着喝茶的声音，"不然，你会被这群毒蟒折磨很久。"

他在悠闲地饮茶，悠闲地看着我这般狼狈的模样，悠闲地看着我身处腥风血雨之中苦苦挣扎。

眼前的毒蟒被背后的那条突然咬住，我猛地掉头，毒蟒的巨尾带了千钧之力狠狠扫过我的脑袋。

本神尊的脑袋空白了须臾，这一扫将我从那獠牙上扫离开来，右肩筋骨硬生生被獠牙扯断，血水刹那间喷涌而出，溅上我的脸。我抬头，看到又有毒蟒张开血盆大口朝我撞来。那毒蟒暗黄若荒漠尘沙的眼里，是披头散发、浑身是血、奄奄一息、油尽灯枯的一个身形。

或许死了……也很好。

突然传来茶盏落地的碎响声，又传来南窬的声音，却不晓得他是在跟谁说话，只是入耳的时候，那声音万般震怒，带着意料之外的恐慌："你说……你说你放错了？！你说这边的毒蟒是真的？！"

毒蟒已经悉数行至我眼前，百余双眼睛眈眈而视，里面全是我。

便是在这一刻，一道风从天而落，我甫一抬头，便见一个身穿天青色衣衫的神仙落在我眼前。

下一刻，他死死抱住我。毒蟒似是被这天青色衣衫的主人震慑住了，恍然避开半分。

"素书，你……你还好吗……"

浑身是血的本神尊连站都站不稳，被他抱在怀里，冷冷吐出一口血。纵然出口的声音嘶哑难辨，可那口型清晰可见："我死了你开心吗……南窬大公子。"

毒蟒见血又瞬间癫狂，尽数张开血盆大口，发出惊天轰鸣声，朝我们袭来。

……

最后的记忆，是南窬死死抱着我冲开蟒群飞了上去，他身上也被毒蟒的獠牙刺伤，却将我护在怀里，一刻也未松开。我不晓得他到底为什么要这样做。他为什么这么痛恨我，为什么设下这样的陷阱，为什么非要我嫁给他，为什么会跳下来舍身救我？

我们终于逃到了上面，大殿内的金光从眼前闪过，地动山摇之间，那几丈宽的裂缝强行闭合，有几条爬得极快的毒蟒已追出地面，探出硕大的脑袋。地缝闭合，十几颗蟒头在那一瞬间被挤落，吞天噬地的几声哀嚎冲破金光，扬起几丈血水，纷纷成雨落下。

在这腥风血雨中，我隐约看到孟泽自远处奔过来想要抢我回去。

可我不想再看他一眼，转头攥紧南訾的衣襟，将脸埋入他的怀里。

我窝在南訾怀里，是泪雨滂沱的模样。

南訾知道我在哭，他单手同孟泽拼了一场，最后唤来万千侍卫与孟泽打得欢畅，没叫孟泽靠近我。

……

我在南訾的宫里待了两天两夜。这两天两夜，那巨蟒留下的毒反反复复如火一般烧着我的皮肉、肺腑。眼前浮现的蟒群成梦魇，将我严严实实地遮住。

耳边不是腥风血雨，不是山崩地裂，不是毒蟒怒吼，不是红芯哒哒……

反反复复缠绕着心智的，是孟泽说的"素书，对不起"和"阿玉，你回来了，真好"。

我忽然又想起他不久前说过的话："神尊大人，我对你有些感情的意思，大概是我喜欢你……我不会让你难过，我们能欢畅地饮酒。可我对你也有些要求，你想听一下吗……虽然你是神尊，经历过许多了不得的大事……可是我希望在我身旁你能不这般拼命。如果你想打架报仇，我会代你出手，这种事情发生时，希望你能躲在我身后。"

可这一切，在良玉神君出现后，统统化成了空。

我从来不知道喜欢一个人时，会对跌落进深渊的这个人说"对不起"，然后转身救旁人。

我从来不知道不让一个人难过，是在她被百余只毒蟒撕咬的时候，去跟别人说"你回来了，真好"。

我也从来不知道那个曾经说"希望你受伤的时候会跟我说疼，希望你疼的时候会跟我哭"的神仙，最后会撇下我，再没有听我说疼。

我甚至不知道疼的时候该对谁哭，最后竟然抱着凶手南訾哭得泪雨滂沱。

梦中的我一直拼命地挣扎在毒蟒獠牙之中，火红滴血的芯子却死命抽打着我。可我记得跳进来的南宕，穿着天青色衣衫，问我好不好。

南宕……南宕。

我分不清朝夕，辨不清晨昏，不知道怪谁，只从梦中挣扎出来，狠狠扯住眼前人的衣襟，破口大骂，骂得眼泪纷纷飞出来："你为何这般狠心，你为何要设下这样的圈套，你为何要变出一个良玉，你为何要把孟泽引过去？"

体内的毒火燎上眼睛，我在清醒的片刻，看到他眼中的我瞪着一双赤红的眸子，瞳仁跟那毒蟒的芯子一般，似乎能滴出血来。

眼前的人紧紧握住我的手，告诉我的话却不是我想听的那一句："素书，那个良玉不过是个幻象，恐怕孟泽也知道这良玉十有八九是幻觉，可他依然肯为这十分之一的'不是幻觉'舍弃你……你还不明白吗？他心里从未有过你！你永生永世都比不上他心里的良玉！现今这陷阱确实叫人心痛，可是亡羊补牢，未为迟也，你现在对他断情还来得及。如果你嫁给他，有朝一日他依然会为良玉而舍弃你，你到时候会更加心痛！"

疼痛蔓延至我几乎被扯烂的右肩，我无力地趴进他的怀里，可依然控制不住地大吼："你这混账！南宕，你为何要这般折磨我！你为何要这般折磨我！"

他抚着我的头发，从头顶一直到后颈，如安抚小孩子般安抚着我，并顺手给我一个昏睡的诀咒："我错在养了一个没用的下属，将毒蟒放错了位置。我恨他没有掉进蟒群里被咬死，我恨自己叫你受了这真真切切的苦，但我唯独不恨的是设了这一场叫你认清孟泽本心的戏。"

我在浮浮沉沉的梦境里一遍一遍回味着这恩仇，却渐渐想出一个能说服自己的理由：孟泽喜欢良玉，是本神尊重回神界以来一直知道的事情。我只是高估了自己在他心中的地位，我如何能比得上他喜欢了几万年的这个姑娘。如果要怨，我该怨自己为何这般……这般想嫁给他。

可这个理由依然叫我难过。那个说喜欢我的神仙终究弃我而去。

梦里梦外痛苦地挣扎了两天两夜，九月初七清晨，我于书然殿醒过来，左手执剑，挥开轩辕国一众医官，奔出大殿。

南窨闻声从殿外御风赶来，身上的仙力凝成结界，严严实实挡在殿门口。他望着我，眉头深锁，眼光冰冷："你身上蟒毒未除，就算今日逃出这里，也活不过三个月。"

我方从梦魇中挣扎出来，全身仙力无存，仙元虚弱。汗水淋漓，顺着散乱的头发往下落。右肩捆着一层又一层素布，早已动弹不得。可我看到南窨的那一刻，不知从哪里来的力气，左手握剑挽出剑招朝他奔去，不知是蟒毒作祟叫我癫狂，还是眼前人太卑劣叫我痛恨，我只是看到他立在半明半暗的殿门口，便执剑发了疯一样想奔过去把他杀掉，想看他的血溅在这大殿上，想叫他也尝一尝痛的滋味。

我向来不是一个嗜血的神仙。我曾在梦中杀过聂宿，还是在十四万年前。那场梦醒，我便后悔了，奔上九重天去跟天帝请命送死。

可是今日，我真的动了杀人的念头。

体内毒血若熔浆滚滚，烧得我的眼睛和心脏灼痛。

他立在结界面前，感受到我剑风怨毒，镇静地看着我，看着我握着剑拼命地奔过来，看着那剑尖光芒如流冰飞雪刺开皮肤，没入血肉。

我知道我不是在做梦，我知道我这一剑不偏不倚，直奔他的心脏而去。

"公子！"身后的仙官、侍卫惊呆了，全部奔过来想护他。却见他挥开衣袖，将他们尽数打退至原处。

猩红血水顺着剑刃淌下来，他依然不躲，反握住我执剑的手，又顺势往自己心窝处狠狠捅了下去。

清晨熹微的日光自大殿的东窗射进来，打在他身上。他不曾有一丝晃动，居高临下地睥睨着我，说道："解气了吗？"

我怒意汹涌："不解气。"

剑刃随着他手上的力道又没入他的心窝半寸，他的声音落入我的耳中："这般，解气吗？"

我牙齿颤抖，咬破了唇："不解气。"

剑刃被他带着刺穿心窝，日光斜射过来，他身上的剑刃成影落在地上，清清楚楚。

"解气了吗？"他又问。

"你我二人，过往之事，所有怨仇，一并泯于此剑。"我狠狠抽出扇剑，带出来一道赤红血水洒在地面上。他是死是活再同我没有关系，我或生或死也同他毫不相干。我再不想同这位大公子纠缠，越过他，想撞破结界回银河。

他却依然不放过我，死死抓住我的手，将我带回来，冰冷如寒九冰窟的眸光落在我身上："本公子说过，你身上蟒毒未清，就算逃出这素安宫，也逃不出一个'死'字。"

我并不愿意多想他为什么中了一剑还能活着，只是抬袖子抹掉剑上沾染的血水，冷笑一声，道："你或许年长我几岁，你我都是活了这么大岁数的神仙，谁还在乎生死？"

"你不在乎你的生死，本公子在乎。"

这句话叫我失笑，结界上映出我的样子，脸上分不清是汗水还是泪水："你说你在乎本神尊的生死？你若是在乎，你会为了一个圈套让那百条毒蟒肆意攻击我？你若是在乎，你会设计将我诓骗至这浑蛋的凌波仙会不让我出去？你若是在乎，你会阴狠如罗刹，将我同聂宿、孟泽之事如撕开伤疤一样一桩一桩揭开让我体会？"

他松开我的手。他再不是十七万年前宴席上平和低调叫人把他认错的样子，如今他负手而立，睥睨着我，全身上下是同这轩辕国恢宏财力相匹称的高贵威仪："沧海颠倒，一念恩仇，本公子对你这般，是爱极生恨。正是因为在乎你，所以才肯花这么大的心思来对待你。"

"你真的在乎我的生死？"我听到自己的声音也变得阴狠。

他半合着眸子，抬手拂掉心窝处渗出来的血珠："是真的。留在这儿，本公子替你化毒，毒解之后，你便安安心心当我轩辕国大公子的夫人。"

我反手握剑，剑刃比在自己的脖颈上，冷笑一声："放我走。"

他眼睑一颤，想过来拉住我，怒道："不准。"

我倒退五步，剑刃又贴近脖颈半寸："放我走。"

他终于意识到我这是在拿生死要挟他，立在原地，以商量的口吻说："放下剑，我可以命人带你回银河……"

"放我走。"我固执地重复着这三个字。从打定主意的那一刻起，我的脑子里就只剩下这三个字。

最后，南窬妥协，我出了书然殿。我想我这辈子都不会再来这个地方了。

路上，我仙力不支，勉强驾着祥云，最后还是南窬派来那个曾将我迎进素安宫的女官一路搀扶着我，将我送回银河。

白日已盛，银河阴阳颠倒，此刻正值黑夜，伸手不见五指。

她念诀捻出一豆灯火，临别的时候，自然给她家主子解释了几句："看着素书神尊这一身重伤，我本不该祈求神尊宽恕，但是公子他本意绝非要伤神尊的性命，另一边深渊之中的毒蟒是幻象，如果神尊落在那里，只会有些受惊，断不会被伤成这样，公子已经叫那位放错毒蟒位置的侍卫灰飞烟灭了，希望神尊能体会一下公子的本意，这两天两夜，他未合眼，如今又被你刺中……"

我拿着扇子，低头看她，指了指她的心窝处，费力笑了笑："姑娘，你果然不晓得……这世上，最厉害的伤害不在身体发肤，而在心，尤其在以心当刃伤过的心。"

我说罢转身，扇子伸长，成三尺模样，暂时当拐杖。

走了几步，那女官捻着那豆灯火又飞落到我眼前，自袖袋里摸出一个物件，拉过我的左手，放在我的掌心里。

垂眸之间，蓝色的光华自指缝间流出，一道水泽划过，没入漆黑的银河。

时隔十四万年，这枚玉玦终于回到我手上了。

"公子托我把这枚玉玦送给素书神尊。"她轻声道，又俯身给我行了个礼，垂眸说，"小仙名叫晋绾，公子叫我日后听神尊使唤。"

女官转身的时候，我哽咽着乞求她："……晋绾啊，你能不能……能不能给我系在腰带上？"我现在右肩和右手不能动弹，我这右臂不知何时才能有知觉，我自己没办法系上它。

可后面的话再也说不出口，千言万语统统化成水雾，化作眼泪。

眨眼之时，眼泪不受控制，大滴大滴地落下来。

她回眸，也许是看到我落泪，怔了片刻，连忙抬手，认认真真将玉玦系我腰侧。

体内蟒毒犹盛，我握剑反逼着南窨放我走的时候，便知自己时日不多。那时的我自以为再没有什么可叫我觉得开心，再没有什么能叫我眷念，我也不再顾忌生死。可是如今，在这所剩不多的时日里，聂宿的玉玦又回到我身边，在我临死时，在这银河边，它被重新系在了我的腰带上。

这一切叫我恍然生出轮回之感。神仙无轮回，活可与天地同岁，万寿无疆；死则灰飞烟灭，缥缈无存。可我为何觉得这一切竟像是隔了十四万年又重新苏醒的故事，自己走马观花一般经历了一场轮回。

我左手拿着扇子往望辰厅走去，一路漫长，偶尔会低头看一眼腰间的玉玦。在银河深处的宅门口候着的那位神仙，我其实并未看到，如果不是他的身形晃了晃，疾步走过来抱住我，颤抖着开口喊我的名字，我不会知道那里原来站着一位神仙。

我修为尽散，甚至连感受神仙气泽的能力也消失了。他一遍一遍地开口喊我，叫我偶尔觉得隐约有几丝哀痛至极的气泽飘进我耳中。

"孟泽玄君。"我唤他。

"素书……我……"

我闭眼："放开老身。"这一句话说出来，我忽然觉得自己的那颗心一瞬间老了十万岁。

他却抱得更紧了，手掌箍住我的脖颈，话音一直在颤抖："素书，我对不起你⋯⋯"

"你没有对不起我，你喜欢良玉，是我一直知道的事情。"我叹了口气，"我只是觉得自己很可笑，为什么会喜欢你，为什么会想嫁给你？"

15．天玑有光，可借余否

　　他问我："素书……我如何才能弥补？"我说不需要。我不怪他，我一个十八万岁的神尊，总不至于因为晚辈做错一些事情就抓住不放。我身居神尊之位，当有大度量、大胸怀。

　　"如果……我希望你抓住我不放呢？"他这样问我，却不敢看我的眼睛。

　　"不，我说了，这本就不怪你。况且，当时是我自己松开了手。"我望了望远处采星阁里隐约的烛光，顿了顿，道，"今日别过，以后大约也不会相见了。"

　　这句话叫他身子一僵，错愕之中，终究放开了我。

　　我撑着扇子从他身旁走过，他低头的时候看到了系在我腰间的玉玦。我走出很多步之后，忽然听他开口，嗓音微哑："……恭喜你，终于拿回了聂宿大人的玉玦。"

　　我也觉得该恭喜自己。

　　他离开的时候，我并没有回头看一眼。事已至此，其实很多事情都没有再回头看的必要。岁月滚滚，如果处处回头，难免伤春悲秋。我如今只能这样劝自己，然后换回来几分心平气和。

　　况且，三个月之后，我身上蟒毒大兴，也便到了仙途尽头。我对于身后人、身后事而言，不过是沧海一粟，我在乎谁、计较谁、回头看谁、抓着谁不放，统统会化成灰烬。

我终于爬到采星阁，在那不甚明亮的烛光下，我看到了匀砚。他趴在案几上睡着了，烛火快要燃到尽头，似是在等我。

我扶着椅子坐下的时候，扇子没拿稳，落到了地上，匀砚听到声音哆嗦了一下，醒了。

他揉了揉眼睛，看到我坐在面前，当即显出心疼的模样，跪过来攥住我的衣角，落泪道："尊上，你还好吗？"

我垂眸看着他流泪的样子，叹了一口气，说话的时候，眼里有些湿润："匀砚，你走吧。"

他一怔，戚戚抬头，脸上挂满了泪："尊上，你方才说什么？你为何要让匀砚走……你要匀砚去哪里？"

"匀砚啊……"我抬手揉了揉额角，不太想挑破一些事。这半年来，这个陪在我身边的不过七千岁的仙官，竟然是南甯安排在我身边的眼线。

他或许已经看出来我知道了他的事情，但是依然不肯放过最后一次机会，捏着我的衣角，含着泪，可怜楚楚，如一个单纯的孩子："尊上，尊上，匀砚哪里做得不好叫你生气了？是不是匀砚作为神尊你身边的仙官，没有跳进蟒群救你，所以你在生气？"他忽然磕头，眼泪簌簌而落，是愧疚得不得了的样子，"匀砚没本事救尊上，请尊上责罚……"

我抬手，本想摸一摸他的头发，如往常那般，却吓了他一跳，身子忽然躲了半分，反应过来后又给我磕头，仿佛不知道如何解释，只是望着我，不住地落泪。

"匀砚，那时候……在结界之中，你所处的位置，怕是看不到我落入深渊的样子，你为何知道那深渊下面是蟒群？"纵然知道答案，我依然问出这个问题。

"匀砚是看到那金光结界……"他反应过来，抹了把眼泪，"匀砚看到上面映着尊上落入蟒群的样子，很害怕，所以没有来得及救尊上……"

我看着他，看他这样努力地掩饰，突然特别心酸："匀砚，你真的要继续骗我吗？"

他身子一晃，掐了掐自己的手心，似在保持清醒，却依然在利用我最后的一点儿悲悯之心，露出可怜的神情："尊上……你是在怀疑匀砚吗？匀砚做错了什么，尊上告诉匀砚，匀砚会改，你能不能不要赶我走……"

我抬手提起离骨折扇，放在掌心，这动作本没什么意思，却叫他又哆嗦了一下。

我向来是个心软的神仙，这是十四万年前养成的习惯，从被冠上"神尊"这个称号时，便觉得不该处处同旁的神仙计较，否则他们会觉得我端着神尊的架子同他们过不去。十四万年后我重回神界，经历过苏醒第一日差点儿手刃天帝的事情后，便也一直劝自己当有大胸怀、大气度，不过分为难品阶比我低的神仙，更不能同小辈计较。就算是当初把我当成邪魅的那几个仙官，如果不是孟泽，我大概也会放过。

可如今，我看着匀砚，心里十分酸涩："匀砚，你听我说。"

他抽泣几声："尊上，你说……"

我低头抚着手中的离骨折扇，叫自己稳了稳心神，方开口道："其实，从我遇见你，一直到去凌波仙洲赴仙会，我都没有怀疑过你。你知道你是在何处露了破绽吗？是去凌波仙洲的第一日，夜晚，在画舫之中，你同我观看诸位神仙为抢玉玦而斗法的时候，孟泽玄君出现，说要帮我抢回玉玦。你劝我说：'孟泽玄君这般厉害，不会有事的，神尊莫担心'。可是在那之前，我怕你对孟泽有偏见，从来没有告诉过你他是孟泽。而且那时候，沉钰和青月也未提过孟泽。你为何知道他就是孟泽？你为何在一瞬间摒除对他的偏见，反而这般信任他，说他厉害，不用担心？"

匀砚的神色微微一滞。

我又道："之后，我们一行几个神仙都去书然殿见南窜。当时烛火熄灭，沉钰带着青月跳起来，将他护在身后，本神尊见你一个人立在那里，十分可怜，迅速将你拉过来，想护着你。你说害怕，我告诉你有我在你不用怕。那个时候，你那么害怕……可是，那金光结界笼罩过来，我第一次落入地缝，被孟泽拉上来的时候，我看过沉钰和青月一眼，也看过你一眼。那时候，你立在那里，十分冷静，目光深寒，是我从来没见过的样子。在黑暗之中害怕的你，看到那地裂的凶险景象，为何会面不改色、镇定自若？"

他跪坐在地上，身体僵直，用袖子将脸上的泪尽数抹去，自嘲一笑的时候，果真不再像个小孩子。

"尊上……便是凭这些判断出来我是南窬公子的眼线？"

"这些，只是个引子罢了……"我闭眼，嘘出一口气，突然觉得心酸渗入肺腑，微微有些疼，"那时候的景象，如千钧系于一发，如泰山崩在眼前，我不是那种立在云端从容应对各种危难的神尊，看到那般凶险的景象，我也是害怕的。看了一眼后，我根本来不及思考其中的怪异之处。"我抚上扇柄，用力割了割手指，叫自己清醒地说下去，"可我挣扎了两天两夜，那时候，虽然分不清梦里梦外，可我的脑子一直在转，连自己都控制不住，这三生六界，这四海八荒，我历经的许多事情如走马观花一般浮现于眼前。有那么一瞬间，我想到了你。"

"尊上……想到了什么？"

"我在想，南窬为何会知道我同孟泽的事情。我曾在玄魄宫同孟泽定下终身大事，那一夜，没有旁人在场。可我偏偏怕你担心，将几句话寄在离骨折扇上，那扇子飞回采星阁，到了你的手上。你或许没有本事窥到扇子经历的场景，但是南窬一定有这个能力，他通过折扇便能看到我同孟泽在一起时的场景，听到我们说过的话。"

他不答话，脸上泛上点点寒光。那欢跃明媚的桃花眼眸是曾经的样子，只是再不是我以为的单纯善良、不谙世事。

不答话，便是默认了吧。

"从凌波仙洲回来的这一路上，本神尊一直在想你的事。你是天帝身边的仙官，本该一心一意伺候天帝，不曾外出，却对婧宸公主和二殿下很了解。你知道婧宸公主去找小倌哥，你知道二殿下的婚宴借了比翼鸟，甚至，你能看到比翼鸟，听我说完请帖上的那几句话后，你就知道是凌波仙会，甚至知道凌波仙会的风俗，知道仙会上会送出一个宝物。其实……你故意说不知道是哪个国的公子，是怕我知道后不去吧？所以你才故意说忘了，待我追不上比翼鸟之后，才告诉我是轩辕国……你其实是在利用我对你的疼爱，用尽心思把我引到凌波仙洲吧？如果不是为成全你，本神尊大概永远不会去赴这仙会。"

说完这段话的时候，阁外九月的凉风拂过，案几上的烛火终于燃到了尽头。

随即而来的是无边的寂静，静到只能听到我略微虚弱的喘息之声。

他一直跪在我面前，不曾移动半分。

我抚着腰间的玉玦，温润的触感自指腹漫至心上："不过，幸好这仙会……叫我重新见到了聂宿神尊的遗物。我曾经找遍银河和无欲海，都没有找到。如今，它终于出现了。"

勾砚跪在我面前，不声不响，不抬头看我，也不说要走。

我不好赶他，又将扇子化成三尺扇剑的模样，撑着它打算回厢房。就要走下采星阁的时候，他忽然跑过来，拉住我的衣袖。

我转身打量着这个比我矮一个头的孩子。他抿紧了唇，虽然不看我，但是眼里露出往常没有的深沉和凝重。

本神尊突然有些心疼这个孩子。他才七千岁，竟然要听从南宿吩咐，潜伏在旁人身边。我一想到他在跟随我的这些日子里，无忧无虑、天真烂漫的样子可能是费力装出来的，便觉得一股悲凉渗入心脾。

"本神尊并不打算为难你，可也没法劝自己对你再如从前那般宠爱。你还年轻，以后的光阴应当好好把握，能辨是非，能判曲直，不要再听从旁人差遣。"

他终究是个年少的孩子，听我说出这些话，虽然强忍住了眼中的泪，却忍不住满面的委屈。

本打算拂袖而去的本神尊看到他的模样，有点儿怜悯他。虽然我并不在乎他为什么要这么做，只是心寒他出卖我，但是掂量了一会儿，问出一句："你小小年纪为何做南窨那厮的棋子？是他于你有恩，你心甘情愿想用这种办法来还，还是他威胁你？"

他摇摇头，都不是。

我皱眉望着他，细想之下，便有怒火烧上来，语气也严厉了几分，握紧扇子道："莫不是你愿意当这种窥人行踪、贩人秘密的眼线，愿意当这种任人摆布、听人差遣的棋子？"

他抬眸。

许久之后，他终于开口："素书神尊可愿意听匀砚讲一个故事？"

凉风盈袖，叫我愣了愣。

我在采星阁的案几上摆上茶盏，点上灯火，坐在他面前，认认真真地听他讲故事。

也许是我怜悯这个孩子，他即便骗了我，我也不忍心瞧他祈求我的模样。

这故事要从七千年前说起。

四海之内，神州之中，有国名曰雕题。

雕题国临海而居，那里日出鼎盛，光耀辉煌；月出皎皎，水华倚楼。

此国处于仙凡相交之地，有民舍市集，亦有茶楼酒肆，总之与凡间相差无几。国内的凡民多是鱼鲛之后，身为凡人，虽无泣泪成珠的能力，却有饲养珍珠的本事。国内的仙人与凡人有所差别，虽然他们大多也是以养珠子为生，但养的珠子是夜明珠，比珍珠稀罕一些。雕题国产出的珍珠和夜明珠大多售往四海八荒，养活着这一国的子民。这养珠子为业的传统延续已久，家家户户安居于此，自食其力，千万年以来，也算相处和谐，生活得安稳又平静。

凡间有个词叫"珠光宝气"，便说明这珍珠会有光泽泛出来，光泽盈润的珠子是上品，往往一颗值千金；晦暗的珠子卖不出好价钱，不足以养活自己。雕题国养珠，是借星光来养的，尤其是在夜间发光的夜明珠，更需要在夜晚借天上的星光来照耀。

老天对雕题国十分眷顾，千万年来，北斗星宿上的天璇星在夜间普照雕题，给了养珠人足够多的星辉。他们合族都视天璇星为"吉星"，年年都举行对天璇星的祭典。

这颗给了雕题国生存之计的天璇星，在七千年前，不知为何，一点点地黯淡了下去，起初，养珠人排好珠子，等候一夜，还能勉强赶上天璇星光照耀几个时辰。一千年后，天璇星越发昏暗，隔着云，神仙要屏息凝神才能看到它，凡民更是找不到它。又过了一千年，也就是距今五千年前，雕题国子民无论仙、凡，都找不到天璇星了。

这颗星星，彻底泛不出光亮了。

养珠的子民再也养不出好珠子。

这对整个鱼鲛一族来说，几乎是一场灭顶之灾。

无计可施的雕题国打算向其他国借光养珠，维持生计。国主见轩辕国上空的天玑星星光灿烂，便亲自去轩辕国借光。

本神尊对星宿之事有几分了解，比如天玑星护佑轩辕国这一桩事，我是知道的。天玑主禄存，上古时就庇佑轩辕，使轩辕国十分有钱，所以大公子南窨才可以肆意折腾。在轩辕国，琼楼玉宇处处可见，好不阔气。

轩辕国国主，也就是南窨的父亲——南挚，到底是大国的国主，尽显其胸怀风仪，当即允诺借天玑星之光给雕题国。雕题国的国主也并非吝啬之辈，提出每年向轩辕国进贡夜明珠作为报答。

但是，大国不是"不计较"之国，关乎星光的大事，他们依旧要捍卫自己的利益不被侵犯。轩辕国怕雕题子民为养珠借光无度，使天玑星也黯淡下去，便要求雕题国国主让一位公子到轩辕国当人质，以此要挟雕题国子民借光养珠要取之有度，不可过分贪婪。

雕题国主有三个孩子，大公子和二公子都是已故的大夫人所生，七八万岁。

七千年前，原本普照雕题国的天璇星开始黯淡，大夫人便是在那时候突然生病，国主也是在那时候娶了一位貌美的小夫人，三年后小夫人为雕题国诞下一位公主。

两千年后，大夫人随天璇星一并消隐，那时候，小公主已经两千岁，而且已经有了名字，叫"云妍"，如云绰约，有容妍娴。

可小夫人并不喜欢这位公主，起初云妍不明白自己的亲娘为何会讨厌自己，后来渐渐长大，便晓得了，她娘一心一意想生一位公子，想借着雕题国国主的宠爱，将来母凭子贵，继承这雕题国的国主之位。

小夫人的算盘打得很好。可是生了云妍之后，她竟再无法生育。诸多的怨气随着时间的推移而积累，日复一日，这怨恨便统统算在了公主云妍的头上。

起初小夫人对云妍只是责骂，后来竟渐渐动起手来。雕题国临海而建，为了惩戒仙人和犯了大律的凡民，国主专门在海底建了水牢。水性再好的凡人在水牢里也撑不过两个时辰，仙人浸在其中虽不致死，三五天下来却也能丢半条命。

云妍两千岁的时候，她已经被自己的亲娘关过几百次了，最后一次，也是时间最长的一次，是三个月。她的两位兄长继承了大夫人慈悯的胸怀，以前她困在牢底，兄长们便会去海里救她。可是那一次，两位兄长因为天璇星黯淡之事去普陀山取佛经，为表虔诚，在山上陪菩萨念经九十九天。

那时，雕题国国主从轩辕国借光归来，喜忧参半，喜的是终于借到光了，忧的是自己的儿子要去轩辕国当人质。于是在那三个月里，他日日等着儿子们从普陀山归来，根本无暇顾及自己的小女儿。

国主回来的那天，吩咐小夫人准备夜明珠给轩辕国。小夫人使唤云妍去收集珠子。谁知，公主云妍不小心丢了一颗夜明珠，惹得小夫人大怒。云妍被关进水牢，直到她的两位兄长从普陀山归来，她才得救，彼时，她的小身子已被海水浸脱了好几层皮，泡得浮肿不堪。

三个月后，她才恢复几分，能下床走路了。

雕题国国主决定命二公子前往轩辕国当人质。

也许是为报答兄长的恩情，也许是为逃离小夫人的魔爪，听闻此事的云妍奔至父亲面前，要求自己替二哥当人质。

"可你是女儿身……"国主忧心忡忡。

"父亲大人应当有办法将云妍暂时化成男儿模样。"她依然执着。

本神尊不晓得这位雕题国国主对这位小公主是怎样的感情，隐约觉得，应当不是十分疼爱。因为，他终究是决定将云妍化成男儿模样，叫她代替兄长去当人质。

至于这位小公主在他国会经历什么、会不会吃苦、会不会被欺负，国主似乎并不关心。

公主云妍带着进贡给轩辕国的一车夜明珠离开了雕题国。她终究是为这个国家的子民的生存而离开，所以那天举国相送。日出恢宏，朝霞似焰，撩开海雾，映着她的一身男装明媚鲜艳。

她回头的时候，见她亲娘掩了掩面，却不见落泪，倒是她的兄长将她送出百里之外，依依惜别。

少女驾车，怒马鲜衣。

日出离开雕题，日落到达轩辕。

广寒之下，南窨大公子拿着千眼菩提坠子，于皎皎月光之中亲自迎接她。

云妍翻身下马，身后一车夜明珠，映得整个人都泛着缥缈朦胧的光。

她指了指身后那一车夜明珠，抬头看南窨，开口道："大公子，我弄丢了一颗，你介意吗？"

雕题国的小公主云妍就这样去轩辕国做了人质，雕题子民感念小公主所做的牺牲，五千年来，遵循规则，虽借天玑星之光养珠，却从不滥用。

故事听到这里，已是傍晚，窗外已经有隐约的星光探入采星阁，如绡纱浮于茶水之上，细看茶盏之中这微小的景象，忽然觉得这一切如同星光，与苍茫海面纠缠。七千年的生死存亡与家国仇怨叫人唏嘘。

本神尊终于知道这位云妍小公主便是眼前的匀砚。

我多少是有些震惊的，她原来是女儿身。

我更没有想到，这七千年中，她有五千年是作为别国的人质而活。

她在轻柔星光中抬眸，星辉拂过她的眉眼，如我在银河第一次见她那般，桃花眼，小白脸，是个极好看的小神仙。

"你法力为何这般弱？你娘欺负你，你就算不愿意还手，为何不躲？"本神尊想到这般好看的小神仙被欺负，便有些愤恨。

她替我换了杯热茶，垂眸道："雕题国仙凡同住，因为我娘本是凡人，嫁给父亲之后才幻化成仙，所以我虽然能在神界生活，但是身体里有一半是凡人的筋骨，仙法修得极慢，到今日，仙法也十分弱。"

我抿了口茶，心道：怪不得当时婧宸公主来采星阁"负荆请罪"时，用凡间的蒙汗药就能将匀砚迷倒。

"神尊大人，你问我为何我小小年纪就去当南窬的棋子，是他对我有恩我心甘情愿，还是他对我有恨，威逼我去当他的眼线。"她顿了顿，摇摇头，跪在我面前，"其实都不是。我作为一名人质，在轩辕国本有专人伺候，亦有专人看守，不需要替大公子办事……可是，我想出来看一看，我觉得一直被关着……很寂寞。"

这孩子，大概是因为年少时候经常被她娘关在水牢里，所以心里有些忌惮。

她沉默许久后又说了一段话，声音很轻，却叫我听得清楚："匀砚是大公子给我取的名字。其实，他对我说完第一句话的时候，我便觉得自己喜欢他。所以，即便他对我没有恩情，我也愿给他做事。"

握茶盏的手指一顿，本神尊有些吃惊："他说了什么话，能叫你一下子喜欢上他？"

匀砚并没有告诉我。她后退几步，跪在地板上端端正正地给我叩首："但是，勺砚现在确实是一枚棋子，而且是公子握在手中用来得到神尊大人的最重要的棋子。正是因为神尊大人对他很重要，所以他叫我来的时候，是拿雕题国的前程来威胁我的。如果勺砚被你识破，如果勺砚被你赶回去，我雕题举国上下，再无法从天玑星借光养珠，我鱼鲛一族便无法生存，恐怕要绝灭。"

"砰"的一声，茶盏掉落，这句话叫我脊背僵直。我带了几分怒气，道："你一族的生死存亡重要，本神尊是死是活便不重要是吗？你要我将你留在身边，继续任你向南窅汇报本神尊的事情，让他时时刻刻都知道本神尊在做什么？"

"尊上……勺砚知道自己有错，可是我雕题一国的万千子民不该因为勺砚一人犯错而无法生存。如果你赶我走，公子势必要拿回天玑星光，再不借给我们，而天璇星已灭，到那时，雕题国再无活路。"

"你知道南窅阴狠狡诈，当初为何会答应他？"本神尊道，体内的蟒毒借着我的怒火在血脉中烧起来，叫我的身子忍不住有些颤，我只好紧紧捏着扇子稳住心神，缓了好一会儿才将那毒压下去几分，灌了口茶水，道，"莫说什么一见钟情，你小小年纪，应当斩一斩情欲，固一固仙根，否则很容易被带入歪门邪道，永生永世都不得再入仙班。"

她抬头看我，哽了许久才问我："神尊大人，你喜欢聂宿神尊的时候，是多少岁，年纪应当也不大吧？"

我一瞬间惊住了。

勺砚既然是南窅派来的眼线，应当早已从南窅那里知道了我所有的事情。

可她说得对，我喜欢聂宿的时候，年纪也不大。那时，我甚至都有些不明白我黏着他、想在他身边转悠、想时时刻刻出现在他眼前是喜欢他。

"所以，请神尊大人可怜我们雕题一国的子民，允许勺砚跟在你身边……"

这话落入我的耳中，叫我忽然发现自己的思路又被她带偏了。也许是我被骗了一次，心上的伤痕还没好，酸涩和失望一并涌上心头，叫我觉得她方才说的这些话，连同那个故事都有可能是编给我听的，是南窜那厮怕有朝一日阴谋败露，提前教给她的。

这四海八荒十分广袤，神州仙林众多。本神尊沉睡十四万年，沧海桑田变换几度，早已不知道这神界有多少国存在，有多少国灭亡。即便是在我沉睡之前，在这神界，我听说过的也不过是轩辕这种大国。

这世上，到底有没有雕题国，她到底是不是雕题国的公主，我都不知道。

我捏紧扇子，盯着她，说道："你以为仅凭你的一面之词，本神尊会信？你到底是不是女儿身我都分辨不清楚，这世上到底有没有雕题国，你到底是不是雕题国的公主本神尊更是不知道。"

她听我这般说，便着急起来，跪上前来给我解释："神尊大人，雕乃雕刻，题乃面额。我们雕题国的神仙，自出生之时，便会被细心雕刻出一副面容，神仙们都希望自己的孩子有好看的面容，这同画像一样，画得多了，便总能找到几幅眉眼相似、鼻唇相似的，雕刻的皮相相似，一不小心就会被雕刻得同旁人一样，所以，为了有差异，我们雕题国的仙人额头上会文上图样。"

也许是说得急了，她有些想哭，扯住我的衣袖，哽咽道："神尊大人，匀砚当年从故国离开之时，被父亲施法变成男儿身，连额上的图样也被隐藏了。匀砚仙法太弱，自己变不回原来的样子，神尊大人，你尽管施法来探我，天地可鉴，匀砚这次绝对没有骗你！"

可她的这段话，一字一句，如惊雷打在本神尊的灵台上。

昏暗的采星阁里回荡着我震惊又惶恐的声音："你方才说……雕刻面容？"

也许是因为南窜没有将我的皮相之事告诉匀砚，所以她看到我这副震惊的面容，神色一滞，抬袖子抹了把眼泪，惶惶地道："是，尊上，'雕题'二字的意思，就是在面额上雕刻、文画……"

"你们……是鱼鲛一族？"

她端端正正地跪在我面前，说："是，雕题国子民多是鱼鲛后人。尊上，你……"

本神尊觉得自己灵台之上雨雾交加。

雕题，鱼鲛。

雕刻面额，鱼鲛后人。

我想起了聂宿。

我的原身是一尾银鱼，当年聂宿拿着一柄银刀贴近我的脸颊，将我的面容亲手雕刻成旁人的模样。

当年我第一次用"雕刻"一词给长诀解释自己的面容变成梨容时，长诀是吃惊的模样。他沉思一会儿，纠正我说："素书，'雕刻'这个词，你用得不太妥当，在脸上雕刻，听着有些骇人，略重了一些。"

可我在那银刀之下深深体会过聂宿一刀一刀的雕琢，是雕刻，没错。

我说不出哪里怪异，只觉得浑身不舒服。

"你们那里，出生的孩子，为何要雕刻面额……如果不雕刻面额，会怎么样？"我问。

她给我解释，也许是怕我不信，说得有些着急："尊上，如果不重新雕刻一副面容，这孩子可能活不长久，虽然不知道能活多少岁，但是总会比其他的神仙命短。我们其实能活很久……所以，小娃娃的爹娘纵然再心疼，纵然娃娃哭得再厉害，也要拿着刻刀给小孩子雕刻一副面相……这世上，长久地活着便是这般重要……"

如果真有这样的事存在……你说，聂宿当年会不会是真的想叫我活下去，才下了这么重的手？

我不知道。

正因为不知道，所以我有些想哭。我放下折扇，触了触腰间的玉玦。

我唯一知道的事情，是聂宿不会回来了，他当年到底是对我好，还是真的想折磨我，我都不能亲口去问他了。

16．月盘中分，梨花安魂

本神尊到底没有答应匀砚继续留在我身边。

我终究过不去自己这一关。

但是，我依然给她想好了出路。她断然不能再留在南窖身边。她小小年纪，应当跟随一个仙风卓然的神仙去修行，而且这神仙最好比南窖厉害，倘若南窖那厮再来威胁她，这位神仙也能护一护她。

可我对现今的神仙不太了解。

本神尊现在认识的能称得上"仙风卓然"的神仙，也就是老君和长诀了。

长诀的性子寡淡，不爱说教，而且还处在失去良玉神君的惆怅之中，怕是不能收留匀砚；老君那人倒是个热心肠，但是在天宫中，需要他处理的事情众多，而且多关乎天理命途，本神尊若是懂事，便不能再去给他添麻烦。

我刚要入睡时，收到老君托一片梨花树叶捎来的密信。

树叶落在我手上，显出几道光，浮出一行金字："九月初八，梨骨已具，只待花魂。"

本神尊差点儿忘了这件大事。我曾答应老君九月初八去他府上帮梨容安魂，帮我自己免除那怨念灾祸。

南窖说我就算出了素安宫也活不过三个月。

梨容的两半魂，就算是怨念的一半先入梨花木体，对我一个行将就木的神仙来说也没什么威胁，我并非博爱的圣人，对聂宿曾经的心上人，不是很想见。

但是本神尊并非喜欢爽约之人，当日答应了老君，便一定要去。

这一夜，聂宿猝不及防地出现在了我的梦里。

他的水色长衫不染尘埃，立在那里，梨花成海，簇拥胜雪。他转身看我的时候，依旧是从容的偈傥之姿。

他垂眸看着我，淡淡地笑了笑，问我最近好不好，可曾惹祸，可曾受伤，可曾去凡间看过姑娘。

我说没有去凡间。

我觉得自己安安分分不曾惹祸，可不晓得为什么一直受伤。

我说我喜欢上了一个神仙，我打算嫁给他，我跟他差一点儿就成亲了。可我现在不打算跟他成亲了。

聂宿揉着我的头发，我却感觉不到他指腹的温度。梨花花瓣洋洋洒洒落在我眼前，却都成虚幻。

"他负了你吗，为何又不打算成亲了？"他问我，那声音听不出悲喜，辨不出忧乐。

我摇摇头："都不是。他有心上人，我是知道的，所以怨不得他。只是我有些伤心，我一伤心便不想嫁给他了……"委屈和酸涩涌上心头，我使劲攥了攥手指，深吸一口气道，"不说他了……聂宿，我右肩被毒蟒的獠牙刺穿了。可我得到了你的玉玦，你曾经把它系在我腰带上，我很开心……"

可是他没有提玉玦的事儿，问我："你是不是很喜欢他？"

"为什么这么说？"

"你看你都哭了。"聂宿伸出手指，想替我拂掉脸上的泪，我却清晰地看到他的手指触上我的脸颊，成透明的样子，直直地探过去了。

他从不曾出现，他原本就是幻象。他不能伸手给我擦泪，他碰不到我。

他摇摇头，微微一笑，便要走。

我想抬手握住他的手，却觉得右臂有千钧重，抬不起来。

他说："素书，你要珍重。素书，我很想你。"

"你想我，就出现啊。"

梦里，那个神尊啊，是我能想出来的最温柔的模样。也只有在他面前，我才能要赖，像个小孩子。

……

梦醒之后，枕上果然湿了一大片。我想抬右手抹一把眼泪，却发现右臂依然动弹不得。

九月初八清晨，银河星云消散，偶尔有几丝晨风从无欲海吹到这里，落在脸上，微微有些潮。

我休养一整夜，倒也能驾云，但是仙力不支，怕飞得慢，便避开勾砚，左手提上扇子，早早动身去了老君府。

老君看到我的时候有些吃惊，手中的拂尘晃了晃，眉头深锁，神色无奈："你果真中了毒。"

这话说出来，不是疑问，而是亲眼所见之后的确认和笃定。

我左手利落地展开折扇，装出倜傥从容的模样，呵呵一笑，打算唬过去："你听谁说的？不严重，过些日子就好了，本神尊还能打不过几条小蛇吗？"

"素书，这蟒毒不好解。"他递给我几枚丹药，目光犀利，"服下这丹药，先把右肩养好再说。你莫诳我，你这副样子，活不过三个月。"

"……这件事，是谁跟你说的？"

"他来问我如何给你解毒，但不叫我告诉你他来过。我便不说名讳了，老夫也不愿食言。"

他不说，我也能猜出来，应该是南訾。要他给我解毒，我宁愿死。

提到他，本神尊便觉得有些生气，又怕怒火勾了蟒毒燎上肺腑，只能宽慰自己莫再想他，莫跟自己过不去。

我扶着圈椅坐下，默默灌了几口花茶，打算跟老君讲一讲匀砚的事："老君，你认识许多神仙，能不能推荐一位神仙给我，最好是清心寡欲修佛法的那种。"

老君捋了捋胡须，问道："是不是这半年你过得不太顺当，所以打算跳开七情，逃出六欲，出家为尼？"

"不是本神尊，是我身边的那个小仙官，你可能不认识。"我给他斟上茶水，讨好道，"她打我从坟坑里跳出来的第一天便跟着我，现在才七千岁。她年纪这么小就跟着我，我又不是那种法力高强的神仙，虽然十八万岁了，但是活得明明白白的时候不多，能教给她的东西很少。所以我打算给她找个师父，教她修行。"

老君还是不太明白，拂了拂茶芽，疑惑地道："如果只是修仙法，为何非得找清心寡欲的神仙？"他灌下一口茶，顿了顿，"那娃娃是如何惹了你，你要叫他小小年纪去修佛法，当和尚？"

"这个孩子……"我望了望房梁，望到脖子有些酸，也没有说出她欺我之事，只是长叹一声道，"这个孩子，小小年纪喜欢上了个神仙，这个神仙不大好。我觉得她眼光不行……不不，我觉得小小年纪早恋可不大行，得送去修修佛法，斩斩情欲，待仙根稳固，再谈恋爱也不迟。"

老君端茶的手一抖："你看上聂宿的时候，年纪比他还小吧……"

本神尊正襟危坐："所以你看本神尊现在混得如此狼狈……早恋果真是没有好下场的。"

老君身边的书童恰好走进来取书卷，正巧听见我的这句话，大概觉得我是个有故事的神尊，抬眸看我的时候，眼睛不由得一亮。若不是老君严肃了一张脸，那书童大概要奔过来缠住我听一听早恋的事情……

待书童走后，老君说道："若说修佛的神仙，这四海八荒内当属因邈佛祖最厉害。"

"因邈佛祖？"

"你或许不太了解，这位因邀佛祖居于大梵音殿，同长诀天尊交情很深。因邀佛祖座下第九位弟子，也是他唯一的一位女弟子，正是同长诀天尊有姻缘诏书的良玉神君。不过你可能不太晓得，良玉神君在几十年前便仙逝了，她仙逝之后，因邀再不收弟子，近些年倒是听说，他有意将大梵音殿佛祖之位传给他的三弟子，他自己可能要归隐。"

原来是良玉神君的师父。

"既然要归隐，那便不可再去打扰他老人家。"我说，又给老君斟满茶水，"你看还有哪位神仙在佛法上造诣高深，又能收弟子？"

老君思忖片刻后，道："倒忘了还有一位。十几年前，老夫曾去普陀山听各路仙家论法，当时论佛法的有那么一位叫老夫印象深刻。你大概不知道，他是南荒帝的长子，名为九阙，在佛法上聪颖过人，当时诸位神仙逐一与他论法，七七四十九日，直到法会结束，他的佛理之论仍无懈可击。"

我大喜，收起扇子在手心敲了三下，迫不及待地道："他现在还在南荒吗？本神尊择个良辰吉日带着匀砚上门拜师。"

老君道："你先想想自己怎么办吧。别以为梨容的魂安放好了，对你没有怨念，你就能平安度日，你还有三个月的寿命，若是治不好，老夫今日细心分离魂魄也是白费功夫。"

"老君说得对，嘿嘿，说得对。"我说着便又讨好地给他添了茶。

老君假装高冷，挥开拂尘："下次带你家的茶来，我还是第一次遇到拿老夫的茶给老夫献殷勤的。"

我笑一声，左手挑起扇子："要不，下次我带老君去凡间的青楼，找几个姑娘给你献献殷勤？"

当晚，月盘中分，半明半暗。九月的夜风里还留着白日里的燥热。本神尊蹲在那放着梨花木的院门口，等候子时到来。

秋后的蚊子厉害得很，在这阴森森的院落里，好不容易觅到我这个活神仙，自然没有打算放过我。

其中一只估计是个蚊子小卒，发现本神尊的时候开心地说："老大，你快来看哪！这儿有个活的！"

蚊子头儿挥翅赶来："哟！果然是大家伙！你们现在在这儿候着，老子喝饱了血你们再上！你俩去她眼前转悠，注意掩护老子。"

"老大……我俩怕死……"

"你不过去老子现在就踹烂你的翅膀！"老大威胁道。

本神尊默不作声，左手拿起扇子就把这头儿拍死了。

一伙蚊子群龙无首，打算先推举出个新老大，再由新老大带领它们走上蚊生巅峰。

老君揣着两只瓷瓶，踩着子时的点过来的时候，本神尊已经在蚊子堆里守了一个时辰，蚊子大王已经被我干掉了三十八个。

"你蹲在那里干什么？"老君发现我，胡子颤了颤，皱眉道。

本神尊利索地挥出扇子，把第三十九个蚊子头儿给拍死，抬头道："你不是让我在这儿蹲守吗？"

老君脸颊一哆嗦，挥着拂尘就要过来揍我："我是让你去守着给梨容安放魂魄的那棵梨花木！你蹲在院子门口除了能喂蚊子，还能有什么用？！"

"……"

进了院子，我又看到了那棵梨花木。

我仍记得第一次见到她时的场景：她上半身已经化成仙形，但下半身依然是梨花枯木。她听到我跟老君说话，会转过上半身来看我们，露出极美的一张脸，偌大的眸子却空洞茫然，偶尔会溢出来几声阴冷的笑，又抬起手掩住双唇。

我如今再看到她，发现她身上所有的皮肉都已经生长出来，月光倾洒，落在她身上，光影迷离，映得她温婉貌美、有血有肉。她穿了绣有梨花纹样的衣裳，站在那里，虽不言语，却宁静温柔。

她的手背上依然飘着雪一样白的梨花花瓣，花蕊金黄，根根分明。她也许是有了生气，看着鲜活了许多，所以，那花蕊也不像当初那般刺眼了。

月笼成纱，落在她身上，是美丽娴静的好模样。

我不受控制地想起聂宿的几句话。他仙逝前几日，请我去神尊府喝酒，我们在湖心亭中一人拥着一坛梨花酿，湖光掺着月光铺在他的脸上，他对我说："素书，你以前可不是这样的性子。我把你从无欲海捞出来带到神尊府的时候，你那细软晶莹的小身子窝在我掌心，模样漂亮，性子也十分乖巧、安静。"

他喜欢乖巧懂事的姑娘，我是知道的。所以我在他面前，大多时候是乖巧的，我想让他喜欢我。

我以前没有见过梨容，不知道梨容是什么样子的。但是今日，我看到这棵梨花木雕刻而成的姑娘有了血肉，这般鲜活，便觉得聂宿喜欢的神仙应该就是这种样子的。

虽然老君曾说，他为了将梨容和我区分开来，在雕刻这梨花木的时候，给了现在的梨容不同的样子。但我仍然觉得，这个神仙，就是那个温柔的、聂宿喜欢的、很多神仙怜惜的姑娘。

"你觉得怎么样？"老君问我。

我摇了摇扇子，缓了缓自己有些乱的情绪，呵呵一笑道："老君你手法不错，日后能不能雕刻一个公子送给我，我们好歹有这么多年的交情。"

老君看了我一眼，极小心地掏出一白一黑两只瓷瓶："我是叫你看看哪里还有不妥。"

我摇摇头，觉得眼眶莫名其妙地有些潮湿，本想抬袖擦一擦，却被老君看到了。

"……你怎么了？"老君疑惑地道。

那梨花木做成的姑娘看到我眼眶潮湿，竟然轻轻地挪过来，抬起手指想给我擦一擦……

因为她没有魂魄，所以她看不清楚，指腹没有落到我的眼眶下，而是贴在了我的鼻翼上。微凉的触感沿着鼻梁沁入眉心，垂眸之间，她手背上的那朵梨花鲜艳，仿佛夜风一吹就能落在我眼前，仿佛细嗅一下就能嗅到梨花香味的清甜。

我说不清楚自己到底是怎么了，避开她的手指，往旁边一躲："老君，我们给她安魂吧。"

老君拂尘一扫，将几缕清风拂到我身上，叫我安心了一些。

他将黑色瓷瓶小心翼翼地放在我掌心里，嘱咐道："这两半魂魄本来是一体的，如今分开，分别存在两只瓷瓶里，看不出它们之间的纠缠和融合。但是，待会儿我将那成全的一半魂魄植入她体内的时候，这纠缠便会显出来，在安魂的过程中，会越来越强烈。你务必要守住这黑色瓷瓶里的魂魄，在我将白色瓷瓶里的魂魄安放好之前，你切莫叫它散出来。"

我握紧手中的瓷瓶，正经起来："好。"

老君又望了一眼月盘。

几缕云雾拂过，那月盘上的阴明分界越发清晰。

片刻后，老君突然挥开拂尘，白光自拂尘中飞出，瞬间化成四道宝剑直立在梨花木四面，拂尘被反手一扬，玄色气泽化成八条黑绸缠住梨花木，探入八方锁定。

我清清楚楚地看到，老君在打开白色瓷瓶的时候，手是抖的。

老君与梨容相识十几万年，他曾去神尊府给梨容治病。今夜，这故人就要出现在眼前了，可在故人出现之前，这魂能不能安定，这身子到底合适不合适，统统都要老君掌握。

老君念诀，如烟的魂魄渐渐从白瓷瓶口出来，顺着老君的诀语，不疾不徐地飘往梨花木。

飘出来的魂魄在游至梨花木的途中幻化出好几幅影像，虽然影像中的人面容不真切，但是在袅袅烟尘之中，依稀能叫人看出那欢喜、温和甚至是狡黠的样子。

我听到清澈的溪水流过玉石的声音，看到朦胧之中渐渐清晰的几幅画面：

她笑得很典雅，端端正正地坐在湖心亭的石凳上，翘着兰花指的手轻叠后放于双腿上，弯了弯眉眼，道："我今日翻书的时候，看到书上写着，成亲的时候，姑娘应当这么坐着，手指应当这么放，面上应当这么笑。"她眼珠一转，问旁边身穿水色绸衫、站在湖心亭栏杆旁边端着青花瓷碗喂鱼的神尊，"聂宿你看，我这样子好看吗？"

聂宿回头，望着她，看了好一会儿，看得眼前这位身穿梨花纱裙的仙子都紧张了起来，红云氤氲，浮上脸颊。

聂宿放下鱼食，微微展唇，笑得很温柔，大概就是我梦中能见到的最温柔的样子："你怎么样都好看。"

她掩面一笑，眉眼弯成好看的弧度，手背上的梨花花瓣仿佛沾了主人的欢愉，也开心得像要翩跹一展，飞出来一样。

"我想在我成亲的时候，也能像书上这样。"她说。

"书上是怎样写的？你说给我听一听。"

湖风拂过，吹皱了她的纱裙，也许是怕她冷，聂宿神尊解下自己的外衫给她披上了。他真的有这么细致的时候。

她红着脸低下头，像是说给自己听一般，又抬头望着聂宿："那场面有些复杂，你想听吗？"

"嗯，想听。"

她点了点头，端了杯茶。茶汤清淡，映着她美丽的容颜。

她仍望着聂宿，缓缓开口道："我希望我成亲的时候啊，有神尊驾着凤鸾车来迎娶我。"

聂宿点点头。

"他仙力不凡，能遣玉龙、金凤、麒麟、神龟四灵兽来为我端架。"

聂宿笑了笑。

"他可命朱雀、玄武、白虎、青龙四神兽来除障。"

"嗯。"

"他牵着我的手，对着四面八方一一跪拜，也牵着我的手，从东极到西荒，从南海到北冥，一一体会那盛景。"

"还有吗？"

"我希望，他能一直陪着我，沧海桑田，至死不渝。"

聂宿拂了拂她的发："好像不是很难。"

她轻笑一声，又开口道："我希望，他只喜欢我一个神仙，再不会对其他的姑娘动情。"

"那你要保重，先要努力活下去。"聂宿说。

我才发现这仙子的面色瞧着不大好，双腿似乎不能动弹，一直坐在石凳上，没有挪过地方。

她握住聂宿的手，眼睛里亮晶晶的，都是期待，认真问道："聂宿，你愿意娶我吗？"

我蓦地一僵，仿佛有一把刚从寒窟里拔出来的冷剑直直刺进了心窝。

我看到聂宿没有犹豫，反握住她的手，触了触她手背上的梨花瓣，是一本正经的模样："我不会再去喜欢旁人，我也愿意娶你。你陪在我身边，我握着你的手，从东极到西荒，从南海到北冥，我带你一一体会那盛景。"

白色的魂魄从瓷瓶里悠悠不绝地抽出来，勾成线，铺成面，魂魄迤逦，第二幅场景便在这半明半暗的月盘之下展现了出来。

正值夜晚。从凡间到神界，仙风拂过，月色如水。

玉骨冰肌的姑娘缩在一袭水色长衣里，似是睡着了，文着梨花花瓣的手轻搭在聂宿的胸膛上。聂宿打横抱着她，御风前行，墨发飞扬。

怀中的姑娘终于转醒，抬眸的时候看到聂宿清秀的下巴上隐隐泛着胡楂的青色，也许是觉得羞愧，便把头埋在他胸前，讪讪出声："聂宿，我错了……"

他不吭声，可脚下的风越行越急。

她巴巴地瞅着他，他却没吐露半个字。姑娘轻轻拽了拽他外袍的襟口，继续讪讪地道："聂宿，我真的错了……"

眼前郁郁的仙木一排排地往回倒。我看到他抱着姑娘的手更紧了些，才轻声道："说说你哪里错了？"

姑娘把头埋得更低了，这个姿势瞧着委屈又可怜："我不该偷你的玉玦，虽然这玉玦是我送给你的，但是我不该借着这玉玦的仙力去凡间的茶馆听书；虽然我也没听几段，但是万万不该在凡间睡着；虽然……"

她还未认完错，甫一抬头，目光便被聂宿那双墨潭般幽深的眸子缠住了，顿了半晌，才发觉聂宿停了下来，抱着她立在一朵祥云上。她被他突然的停顿吓了一跳，怯生生地藏在他怀里不敢说话。

聂宿的声音里带了些薄怒："虽然什么？你接着说下去。"

姑娘微微打战，却没了底气，又把头埋进他的衣服里，道："虽然我也没睡多久你便找到我了。"说完抬眼睑偷瞄聂宿一眼，见他还是方才那副微怒的神情，便忍不住眉头一蹙，眼里水泽一晃，掉了泪。

夜风有些凉，吹在她身上，她的身体在微微打战。

聂宿施了个法术，把他的外袍脱下来严严实实裹在她身上，姑娘似是不好意思让他瞅见自己哭的样子，便抓紧他的外袍，将脸也捂了个严严实实。

聂宿轻念诀语，祥云又开始移动。

姑娘窝在外袍里，身子被抽泣的动作带动，依旧有些颤。

聂宿的声音很好听，就像是落到这葱郁的仙木叶子上或是渗入土壤中的细雨一样，是沁人心脾的微凉，带了隐隐的生机和温柔，连我这个外人听到了都觉得心尖儿没忍住颤了两颤。

他说："哪有犯错的人哭得这么凶的？"

这声音带着明显的宽恕和安慰，悉数落入怀中姑娘的耳中。

她身子一僵，旋即更加卖力地哭了两嗓子，说道："哭得凶是自然的啊，因为犯错的人都知道自己错在何处了，有人还紧紧揪着不肯原谅。"

她同我到底是不一样的。

聂宿拿她的小性子没有办法，而聂宿有足够多的法子来对付我的把戏。

我记得自己也曾耍无赖，故意躺在他脚下，说要他娶我我才会起来。可是那时候，他对我说，我裙子底下是炭灰，我便只能一边委屈一边自己爬起来。

我记得我为躲避南窨，从湖心亭跳下来一头扎进湖里。也许聂宿早就知道我原本是条银鱼，不可能溺死，所以他站在那里一动不动，不来救我。

而如今，这魂魄所带的记忆中，聂宿听到怀中的姑娘蓦地提高哭腔，明明知道她是故意的，却只是叹了一口气，温声道："你这是知道错了吗？"

姑娘用外袍捂住脸，没底气地"嗯"了一声。聂宿拉下她脸上遮着的衣裳，她又迅速用手捂住脸。

聂宿修长的手指在姑娘手背上的梨花瓣旁停留片刻，又收了回去。

随即就听见他说："……你是否记得从神尊府出来后，你的体力只够你折腾两个时辰？"姑娘不说话，他便沉了声，又道，"倘若我再迟一步，你就会在外面灰飞烟灭，再也回不来……我生气不是因为你偷玉玦、听书，而是因为你不爱惜自己的性命。"

听完这番话，怀中的姑娘像是突然想起了什么伤心事，哭得更凶了，泪水顺着指缝流下来。

她抹掉眼泪，挽起他的衣袖，看着他手臂上新鲜的刀痕，眼泪簌簌而落，抬头问道："疼不疼？"

聂宿没有回答，乘云往前走。

"很疼是不是，是不是？"

聂宿依然不说话。

"你是不是在用你的血救醒我之后，仙力不支，没力气说话了？你别抱着我了，我自己能行……"那姑娘挣扎着要下去自己走。

聂宿手指一用力，抱得更紧了。姑娘的耳边响起他的声音："你若是想让我多流点儿血，便自己下来走吧。"

姑娘抬手抹了把泪，深思熟虑一番后终于又缩了回去。

"阿容，我的手臂一点儿也不疼，但是我心里有些疼。我找不到你，去问府上的仙侍可曾见过你，那仙侍看着我，战战兢兢地问我，我去凡间办事，为何这么快就回到了府中。"他顿了顿，抬头望了眼蔚蓝的天空，"阿容，你说，整个神尊府，除了你，何人还敢扮成我的模样出府？我跳入凡间，终于在茶楼中找到你，看到你蜷身缩在太师椅中一动不动的时候，我以为你再也醒不过来了。"

他低头看梨容，眼里亮亮的，像是沾了银河的星光。

梨容依偎在他的怀里，泪眼模糊，哽咽道："我就是一棵快要枯死的梨花树，每次快要枯死时便饮你的血。我其实是一个专门饮你的血的怪物。我也许当不成你的娘子了，你把我扔了吧，我睡一觉也便过去了，那样我就……"

"你就怎么样？"

"我就枯死了，就不用你每月一碗血养着了，你也不用割手臂……"

聂宿没有再说话。我知道，他难过的时候不爱说话。

祥云驶过，生出无边的安宁。

也许是环境太安静，也许是身子太孱弱，梨容窝在他的怀里，不久便睡着了。

聂宿低头，用外袍裹紧她。

我在这场景之外，清清楚楚地听到他说的那句话："阿容，你若是死了，多年之后我处理完身边的人和身边的事，就去找你。"

我攥紧手中的瓷瓶，攥到骨节生疼。

我的耳边反反复复都是聂宿的那句话："阿容，你若是死了，多年之后我处理完身边的人和身边的事，就去找你。"

我恍然大悟。

自己大概就是被聂宿处理完的身边的人。

十四万年前，他在银河边上仙逝，他为我而死，我以为我应当去陪他，所以我不惜同长诀大打出手，最后反手挥成扇剑，剑锋落在自己的脖颈上，以死相逼："你不放过我，我便在此了断吧。"

抱着聂宿的仙体一同跳入银河的时候，我其实是开心的。我以为他应当不会寂寞，因为我抱着他的仙体入了棺椁，因为我会一直陪着他。

可他死的时候，想到的应该是梨容吧？他潇洒决绝地离开，其实也是去找梨容的吧？他应当是开心的，因为他终于追随他心爱的姑娘而去，就像我当时追随他而去一样。

时隔十四万年，这真心话突然出现在我眼前，我大彻大悟，却为时已晚。我虚耗十四万年的光阴，却错入了他同梨容约定好的生则相随，死则相伴。

我怎么能……怎么能这般荒唐，这般可笑？

一瞬间，我觉得悲凉又嫉妒。

本神尊……本神尊只知道梨容是他的心上人，却从来不知道他对梨容用情这么深，连我梦中能看到的他最温柔的样子，怕都不及他对梨容的万分之一。

和他生活的那三万年里，从我的魂魄养成，从我有想法、有情绪开始，我便喜欢他，我以为他会喜欢我，哪怕只是一点点，可如今这魂魄中记载的两幅场景入目，我便知道自己当时在他的眼中不过是一个笑话。

他目光冰冷地看着我的时候，一定在想，我已经不会再喜欢别的姑娘了，我今生只想娶梨容一个人，你在我面前如何转悠、如何纠缠，我都不可能喜欢你。他早已给了梨容承诺，所以我的喜欢其实一直都是他的负担吧？

手中瓷瓶里的魂魄也许是被已经入了梨花木的白色魂魄吸引，冲撞着瓶体，蠢蠢欲动。我用力握住，甚至觉得一不小心会将瓷瓶握碎。

白瓷瓶里烟雾缭绕，飘出来的第三幅景象正缓缓朝那梨花木体游去。

我明明觉得十分悲苦，合了眸子不想再看那白瓷瓶里抽离出来的第三幅景象，握着瓷瓶的手忍不住颤抖，心里却又想再看一看，想睁眼看一看聂宿对梨容的情义到底深到了什么地步。

第三幅景象里，梨容的那张脸已经苍白得同梨花花瓣没有区别了。

她抱着一架桐木琴坐在神尊府殿顶，她背后是神尊府澎湃的仙泽，浩荡的仙风一遍一遍吹过美人鲜红的衣裳，衬托之中，越发显得她憔悴和孱弱。

我不知道这般病弱的她是如何飞上去的。我看到聂宿奔出来，望着殿顶的姑娘，满脸慌乱。

我看过他立在银河之畔，手执离骨折扇，睥睨芸芸众生的从容姿态，看过他负手而立于太学之宫，给神界贵胄讲学时的才华风情。

可我从未见过他这般慌乱无措，这般口不择言："阿容……你别动，你别……我上去，等我上去。"

"你别动。你看……我这身衣裳好不好看？"

我看到她身上大红的衣裙像是嫁衣，随着团坐的姿势，硕大的裙摆层层相叠，恍惚之中，裙上开满一朵朵梨花，仙风拂过，花瓣被一层层地吹落。

聂宿果真不敢再动。

他很听梨容的话。

我想过，如果坐在殿顶的神仙是我，我就算说"你别过来，你要是过来我就咬舌自尽、刀插胸口、跳殿自杀"之类的话，那位神尊估计连眼皮都不会抬一下，会淡淡说一句："胡搅蛮缠。"

场景之中的聂宿却不是这样的。他心疼得不得了，望着殿顶，开口道："我去抱你下来，好不好？"

梨容摇摇头，调了两根弦，试了试调子。

老君说她琴棋书画，无所不通。

梨容挺直身子，理了理头发，对他笑："这支曲子只给你听。你可不要上来找我，若是吓到我，我可能会从这么高的地方掉下去。"

他急忙安慰："我不上去，阿容，我认真听。"

那是一首清雅的曲子，琴音如流水淙淙。我不太懂琴，我只看到这首曲子被弹完之后，聂宿的眼眶有些红。

琴音停止，殿顶的姑娘垂眸道："聂宿，三年前我就知道自己要枯死了，如果不是你强行取血养着我，我大概早就灰飞烟灭了。"

"阿容……我先抱你下来……"

"你别上来。我有很多话想说给你听。"她顿了顿，看到自己大红的衣裳上花瓣越来越多，拂走一些，便有更多的落下来，叹了口气，道，"说来也巧，你也是在三年前捡回来的那条小银鱼。你说它没有魂魄，瞧着可怜。"

聂宿面色一滞，好像不知道梨容为何会突然说到我这条银鱼，惶惶开口道："为何要提那条银鱼？"

"我好像同它没有什么关系，可好像又有些关系。这三年来，你每日清晨醒来，做的第一件事便是去看那条银鱼，偶尔我同你说话的时候，你也在给它喂鱼食。或许连你自己都未发觉，你对这条鱼，比对你养过的任何东西都上心。"

我在这场景之外忽然一怔。我做好了被这一对神仙虐死的准备，为何……为何会突然听到这一句？

聂宿……他真的把我看得很重要？

可是下一刻，聂宿大人又将我拉进深渊："它不过是一尾鱼，不过是一个能叫我在闲来时候不无聊的……物件。"

"聂宿，你说没关系，我以前也觉得没关系。这三年来，我的身子越发不济。我以为这条鱼不过是一条鱼而已，你说它的魂魄被无欲海水溶解了，你说它可怜。如果你真得只把它当一条鱼的话，为何会觉得它可怜；如果你只拿它当一条鱼，只拿它当一个闲来无聊时逗弄的物件，你为何会想尽办法给它安放一个魂魄？"

"阿容，你今日怎么了……"

殿顶的梨容依旧摇头，轻声道："没什么，只是昨夜无意看到了些东西罢了……"

聂宿一惊："你看到了什么？"

"就是你这三年来经常翻看的那卷书。你睡在桌案上，我去找你的时候，看到了你翻到的那一页。整本书都是新的，只有那一页，好似被反复研究过，有些字迹已经模糊，可我仍然看到了那页上的一行字。"她笑了一声，一字一句地道，"种魂成树，树落梨花。梨花寄魂，飘零散落。取来食之，可得魂魄。"

我清清楚楚地看到聂宿的身子一晃。

殿顶的姑娘低头理了理自己的衣裳："你反复琢磨过吧，把我的花瓣喂给那条鱼。这书你看了三年，你其实是在等吧？你在等我枯萎、花瓣凋落，你在等我离去，这样好养成它的魂魄。会不会，你说要娶我，也是因为……"

殿下的神尊忽然挥开衣袖御风飞上，趁她未反应过来，抱住她，将她拉进怀里，抚着她的长发，解释道："不是，不是，我娶你，不是因为……"

梨容扯了扯他的衣袖："没关系啊，其实我觉得这样也很好。等我……真的凋零了，你就把我的花瓣喂给它吧。兴许，它会化成一个同我一样的姑娘，兴许，我还能以这种方式陪在你身边。你……你觉得呢？"

她好像没有看到大红的裙子上梨花纷纷扬扬地飞了出来。

那万千花盏绽于红妆，是一瞬盛开又一瞬凋落的模样。

兴许这棵梨花木真的到了尽头。

震惊缓缓浮上聂宿的脸，他终于反应过来，迅速念诀划开自己的手臂，只是那手臂也一直在颤抖，落入梨容口中的血液不过两三滴。

他怀中的姑娘躲了躲，那血滴便落在了她的脖颈上，如丹朱落于宣纸，衬得宣纸越发枯白。她浅浅地笑了笑，眼神越发明亮，声音越发凄凉："你说……这条银鱼吃了我的魂魄化成的花瓣，会不会跟我长得一样……如果不一样，你会不会把我忘了……如果不一样，你或许就不记得我了……"

聂宿将她抱得更紧，安慰道："会跟你一样的，它如果化成个姑娘，会跟你一模一样……"这句话还没说完，那个曾睥睨万物的神尊已落了两行泪，过了好一会儿，才哽咽出声，"你一直都在。"

她合眸的时候，笑道："那就一模一样，等我回来……"

那个场景的最后，梨花纷扬，铺满了殿顶。美人凋零化为空。

你说……这条银鱼吃了我的魂魄化成的花瓣，会不会跟我长得一样……如果不一样，你会不会把我忘了……

会跟你一样，它如果化成个姑娘，会跟你一模一样。

你一直都在。

那就一模一样，等我回来。

……

老君也一定看到了魂魄之中的这三幅景象，他也一定知道了聂宿为何要将我雕刻成梨容的模样。

匀砚说，他们鱼鲛一族，雕刻面额以求活得长久。

我愿意相信聂宿那时候是想让我活下去的，可我不太愿意相信这个结果——他将我雕刻成他的心上人的模样，将我雕刻成梨容的模样，只为实现美人意愿，换回自己的缅怀和思念。

从没有人问过我同意不同意。他缅怀他的心上人，何苦要来折腾我？不是我要吃她的魂魄，是他喂给我的，关我何事？

"为何偏偏跟一条鱼过不去？"我喃喃道。

老君咳了一声。

手中黑色的瓷瓶被魂魄带动，突兀地一跳，如果不是我攥得紧，几乎要从手中跳出来，我甚至能感觉到里面的魂魄在相互挤压、死命拼杀。

我惊出一身冷汗，左手握得更紧。

抬头时，便见白色瓷瓶里的魂魄好像已经被安放妥当，宝剑化成银光重回老君的拂尘之中。

老君也十分紧张，怕我出差错，声音有些抖："素书，方才的场景你莫多想，先把瓶子打开……"

我反应过来，颤抖着打开瓷瓶。

墨色的魂魄争先恐后地想要奔出来，可仇怨成桎梏，扣在瓶口，叫它们都出不来。

老君拂尘一扫，于月下念诀。只见魂魄终于听了召唤，有了秩序，一绺一绺地出来，在老君诀语的指引下，被八方的黑绸缠住，拉进梨花木之中。

老君原本只是想叫我护住那黑色瓷瓶，不让其中有怨念的魂魄先出来，可是见我看到了这伤人极深的几幅画面之后，似乎也有些心疼我，便过来想替我护住手中的瓷瓶："素书，把瓷瓶给我，你暂时去歇一会儿。"

我低头看了看瓷瓶，似乎没有什么大问题，便没有给他，开口说了句："无妨……"忽然想到了一件事，便又问道，"这黑色的魂魄也会有画面展现吗？"

老君摇头："所谓利欲熏心，怨念遮目，这墨色的魂啊，是专门帮主人掩盖罪孽的，所以是不会叫人看到它里面的景象的。个中冤屈，杂陈的悲苦，只能在里面挣扎纠缠，我们都不能看到。"

不知为何，听老君说看不到画面，本神尊反而稍稍松了一口气。

17．轮回因果，都由命去

　　功夫不负有心人，这一夜，我们给梨容附魂圆满成功。

　　只是最后一缕墨色魂魄涌出来的时候杀气有些重，挤碎了瓶子。

　　老君怕我会因为那些画面分心，怕我握不住瓷瓶，所以将瓶子接了过去。最后，瓶子碎了，割破了他的手。

　　老君说无妨，我也没放在心上。

　　老君是个仙法高深的神仙，随口念了个诀，手上的口子便愈合了。他手执拂尘，蹲下身子看了看脚下的瓷瓶碎片，皱眉说道："我这里的瓶子结实得很，怎么会碎了……"本神尊也没有放在心上，以为是他方才攥得太紧。

　　老君起身，说："附了魂的梨容要昏睡几天几夜，方才安魂时你可觉得有什么不适？你身上的魂是梨容的，应当比老夫这种旁人感受得多一些。"

　　本神尊撇了撇嘴，不太喜欢听他说我身上的魂是梨容的，便展开扇子摇了摇："没什么感受。"

　　老君勉强一笑："你的这个心啊，向来不太敏感；你的这个神经啊，向来有些粗。我也不指望你能感受出别的什么来，你没觉得不舒服，便是好事。"老君拂尘一扫，仙风托着梨容的身体将她运至院子里的厢房中，又转头看了看我，"素书啊，老夫当初雕刻这棵梨花木的时候，想过把她雕刻成原本的模样，可是，我知道你回来了，就没有这样做。如今你的面容同她的不一样，你不用再穿着这身男装了。"

我笑了一声，摇了摇扇子便往院门外走："本神尊穿习惯了，打扮成这样才方便去凡间勾搭姑娘。"

出了老君府，我无处可去，看月光如水，花木葳蕤，一派花前月下的好景致，觉得应该去凡间会一会姑娘，喝一壶花酒，慰藉本神尊方才被梨容和聂宿的情爱缱绻伤得七零八落的心。

本神尊这个神仙啊，当得有些失败。纵观这莽莽仙界，如我这般倒霉的神仙还真是找不出几个。我活了十八万年了，真正经历的日子其实也就是年少时的那四万年和诈尸归来后的这半年。可是在这四万多年的时间内，我经历的这些事情，想起来都是血淋淋地疼。

但是有些事情啊，不可多想。

不想，不说，不难过。

且将万年事，统统寄东风。

凡间的慕花楼还在，只是曾经伺候我的那个姑娘不在了。上次见她，她说她已经攒够了赎身的钱，我为她感到开心。

在慕花楼，我排出一千片金叶子，请了一层楼的姑娘陪我喝酒。

美人婀娜，美酒香醇，丝竹鼎盛，灯盏煌煌。声声"大人"和句句"公子"入耳，如万万重轻纱随风飞扬，抚过我的心尖，叫我端着酒盏的手都舒畅地颤了颤。

美人见状，轻轻挪过来，伸出青葱般的玉手替我端酒。那酒入喉，香气撩过肺腑，耳边热闹，俯仰之间如立云端，如沐仙风，刹那间，不晓得今夕何年，不知道情落何处，只看到灯火重楼，美人如花。

红尘滚滚，纠缠着脂粉香腻，扑于我面，灌入我耳。睁开睁合之间，有数不清的姑娘为我抚琴，为我跳舞。这歌舞升平的好景象，甚合我心意。

美人手中的酒一杯一杯落入我喉中，酒气缠绵而上，冲至头上。

我头晕之际，只听得到那欢歌，只看得到那曼舞，也懒得去想聂宿，去想孟泽。

我甚至懒得去想，为何在某一瞬间我会把他们二位神仙放在同等的位置。

美人不问我身份，不问我归处，只在替我端酒的时候，梨涡浅浅，浅笑之中带了三分心疼：“大人可是有伤心事？”

我斜靠在温软的香榻上，抬手扶了扶头上的玉冠，笑道：“伤心事多了，便无从说起了。”

她抬手替我理了理散落下来的头发，轻声询问：“大人现在开心些了吗？”说着便朝我靠近了一些，趴在我怀里。

我低头看着她，却未伸手去碰她，我晓得这里的姑娘也需要被尊重，不可随意亵玩，于是保持着那个姿势，笑了笑，道：“你们陪着我，我便开心。”

“大人……是姑娘之身，是喜欢姑娘吗？”

“我只是喜欢你们陪着我，我其实喜欢男人。”我笑道，“可我喜欢的男人，喜欢别的姑娘。”

她从我怀中起身，脸上浮上些心疼：“大人这般好的相貌、这般好的性子，为何他不喜欢你？”

我端起一只酒盏灌了一口酒：“或许是先来后到。他已经有了喜欢的姑娘，姑娘辞世之后……我才遇到他，他把我当成一个闲来无聊时用来逗弄的宠物……对，宠物。”

她起身，乖巧地给我斟满酒，宽慰道：“世间好的公子这般多，既然这位公子不喜欢你，大人还可以去喜欢旁人。”

我转了转酒盏，看着楼外的灯火，笑道：“旁人，更是提不成。”

“为何提不成？”

“那个旁人啊……也是有心上人的。我低估了他曾经的心上人在他心中的地位，也高估了自己的度量，我曾做过与他共度余生的打算，可我没有同他相互陪伴的缘分。”

"大人瞧着……很寂寞。"美人担忧地道。

我翻身下榻，凑近她，笑道："你看得真准，我也觉得我这几日寂寞得很，所以才来找你们陪我。"说着掏出一把金叶子放在她的手心里。

姑娘有些误会，紧张地道："大人方才说喜欢男人……可奴婢是姑娘……"

"不不不，你不用伺候。我右臂不太方便，你今晚……就给我倒酒吧。"

至于我的寂寞，她没办法帮我解决，能暂时陪我一晚，就很好了。

明天就好了，醉酒之后，睡一觉就好了。

有绢帕带着香味拂上我的眼眶，姑娘小心翼翼地道："大人，你方才落泪了。"

"无妨，倒酒。"

那姑娘尽心尽力伺候着我，我最后喝到头发散落，衣衫浸酒。到了后半夜，一众姑娘十分疲惫，陆续散去。我蜷缩在软榻上，抬眸看着她们，看着她们裙袂翩跹，身姿婀娜。

我一定是喝醉了，觉得自己窝在这里有些闷，所以也想出去看看。

我直接从软榻上跳起来朝外面奔去。伺候我的那个姑娘被吓了一跳，来不及反应，自然没有追上我。本神尊哈哈大笑，甩着衣袖，绕着慕花楼的回廊跑了三五圈，视野还是不够开阔，奔跑得还是不过瘾，便直接甩开衣袖，御风飞到了楼顶上。

楼下的姑娘见到这个场景，惊讶地大喊："大人，你居然会轻功！你太潇洒了！"

本神尊立在楼顶飞檐上，踉跄几步，身体晃动了几下，有夜风抵着，没有掉下去。

楼下的姑娘又被吓了一跳，失色大呼："来人哪，快把大人抱下来，大人喝醉了，摔死了可如何是好！"

我朝楼顶走去，觉得视野一下子变得开阔，楼后面的湖还在，夜晚沉静，湖水也沉静，楼上的灯火延伸至湖面，波光粼粼，我的倒影在水里，素衣凌乱。

我想起曾经在这楼顶上同那个神仙喝酒的场景，便情不自禁地笑着，说出当日的话："你我便是这般有缘，我喜欢这座慕花楼，你恰好瞧上了这楼外的静湖。"

我也清清楚楚地记得他说过的话，记得他堇色的眼眸里添了几丝笑。我走到他的位置，对着方才我站的地方脱口而出："我偶尔也会有你是我的故人的错觉。"

扇子一摆，我站在"他"面前："你是说长相还是说气泽？"

"气泽这种东西太过虚渺，气泽相像的神仙不在少数，如何能判定那是故人？我自然是说长相。"我学着他的样子道。

夜风吹过，灌进衣袖，全身寒凉。

我大笑三声，那话我说得只字未错："'故人'二字可是触到了你的伤心事？"

湖中的灯火映在眼里，我觉得泪都要飞出来了，抬起素衫立到自己的位置，对着空气，道："……我有一位故人，提到他我就想哭。"

我如一个在凡间茶楼说书的先生，捏着一尺折扇，说着两个人的话，讲着一个故事。

下一句是什么呢？他神色错愕，望着我，却不知如何安慰。

我对着这朗月清风，笑道："莫怕，要哭也是一个人哭，我很少在旁人面前落泪。"

"抱歉，我没有带绢帕的习惯……你若是想哭，便哭吧，我不看你……"我学着他的腔调，说着他曾经说的话。

这个故事讲完，灌一杯茶，到此曲终人散，再无下回分解。

我抬头望着天空，星辰璀璨，忽然觉得我这一生寂寞如雪。

身后突然传来一个清朗的声音，一字一句落入我的耳中："你若是想哭，到我怀里来，哭给我听吧。"

我刹那间愣在原地。这声音……这声音好耳熟。是聂宿？是孟泽？

我一定是喝多了，不论是聂宿还是孟泽，怎么会……怎么会出现在这里？

可我还是决定转头去看一看，看一看方才说"你若是想哭，到我怀里来，哭给我听"的人到底是谁。

凉风习习，吹过耳旁，吹得我耳鬓起了无数细小的疙瘩，吹得我身体有些发抖。

我缓缓转身，看到飞扬的墨色绸衫，看到一张如花似玉的脸。

那个神仙皱眉看着我，堇色的眼眸如这夜色一样深沉。"你怎么喝这么多酒？"他说。

我稳住身子，抬手扶了扶玉冠，开口的时候不由自主地打了一连串酒嗝，往肚子里咽了咽，抬头，眯眼，呵呵一笑道："原来是……原来是孟泽玄君啊，别来无恙，呵呵，别来无恙。"

他的眉头越皱越深，想过来搀我："我猜你在这里。"

我躲过他的手，差点儿栽下楼。

我忽然觉得这个神仙不太可能来找我，觉得是我出现了幻觉，毕竟，我昨日……大概是昨日吧，对他说过"今日别过，以后大约也不会相见了"的话。

我觉得是幻觉，借风站稳身子，走过去，拉住他的手，摸了摸，觉得手感不错，像是真的……不过还是不能确定，便认真想了想，脑子转了转……低头咬了一口。

被咬的那个神仙却没有出声。

我又咬了一口，借着月光，都能看出带血的牙印了。

被咬的那个神仙依然不动声响。

我理了理袖子，倒退几步，大喝道："果然是假的！我就知道是幻觉，我就知道……"我就知道不会是真的，孟泽怎么可能来找我？我们明明说过再不相见。

我转身，撩起衣袍，想跳下楼去清醒清醒，却在将将跳起来的时候被极其有力的一个手臂给拦腰捞了回去，身子蓦然一僵，直直撞进身后的胸膛。

本神尊蒙了。

这一蒙之中，我还没来得及回头看一眼，便觉得有凉软的东西紧紧贴在我的脖颈上，耳鬓厮磨片刻，脖颈上有牙齿咬过的疼痛感，那痛意带着酥麻渗入皮肉，沿着血脉，一路游至心脏，叫我打了几个哆嗦，却仍然控制不住地想颤抖。

"你……是真的？"我小心翼翼地问。

听到我这么问，那唇齿稍稍离开我的脖颈，可呼吸之间吐出的气息依然落在我的皮肤上，我听到他问我："疼吗……你现在觉得是真的了吗？"

我反应过来，蓦地捂住脖颈，急道："你为何要咬本神尊？！"

身后的他声音压得很低，却叫我听出来几丝隐藏得很深的笑："我觉得你的常识有点儿错误，你若觉得这是梦，应当咬自己，那会儿为何要咬我？"

"……"

"你如果觉得疼，这场景便不是梦。"

"……"我怔了怔，他说的，好像……有些道理。

"我想告诉你这不是梦，我想告诉你我是真的，所以就咬了你，我是在帮你确定这不是梦。"他一本正经地说。

我点了点头。我没有控制住力道，这头点得有些猛，幅度有些大，脑子一晕，肺腑一晃，那一肚子的酒便控制不住地被吐了出来。

本神尊吐了他一身，也吐了自己一身。

但是本神尊是个敢作敢当的神仙，虽然他说我不用给他洗衣裳，但是本神尊义正词严地拒绝了他，带他进了慕花楼的一间厢房，扒了他的衣裳。

"你坐着，孟泽玄君你坐着，这衣裳，我一定要给你洗，你要是不让我洗，我也不给自己洗。"我咽下几个酒嗝，说道。

本神尊醉得极深，觉得自己一定要给他洗衣裳，觉得就算天翻地覆、海枯石烂也要给他洗衣裳，觉得在这六界中，没有什么是比给孟泽玄君洗衣裳更重要的事了。

我丝毫没有意识到自己用来威胁他的这句"你要是不让我洗，我也不给自己洗"根本没有什么关系，根本构不成威胁。

如果孟泽玄君说一句"你不给自己洗就不洗吧，谁管你"，我与他也不会有以后的纠缠。

孟泽玄君没有拒绝我，他听完我的那句威胁，拉过我的手放在他墨色的外袍上，十分好脾气地道："那你脱吧。"

本神尊的右手没有知觉，于是抬起左手，嘿嘿笑道："我换只手。"这一笑十分谄媚，他愣了片刻，握住我的左手，按上他的腰带。本神尊的左手十分利索，手指一拉，便将他的腰带给解了下来，一扯，外袍也被扯了下来。

我脱完他的衣衫，便笑着顺手解了自己的外袍。醉酒的本神尊完全忘了"男女授受不亲"之类的话，脑子里想的就是衣裳要一块儿洗，这样省事。

我脱完自己的外袍后，孟泽玄君却突然翻身，腾空飞到门口将厢房的门给挡住了。

"神尊大人不能出去。"

我醉眼蒙眬，却依然看到那厮严肃的带着些薄怒的模样。

我抱着两件衣裳，张口又涌出一串酒嗝，压了压才道："……为什么不能出去？"

"神尊大人莫忘了自己是女儿身，如今没穿外衫，不能叫旁人看到。"

"笑话！"我嗤笑一声，"你孟泽玄君都……都看了，为何不能叫旁人看？"

"我跟旁人不一样。"

"你跟旁人哪里不一样？"

他低垂了眸子，好像是怕本神尊会不受控制地冲出去，便反手将厢房的门闩插上："我跟旁人不一样，我曾经是想娶神尊大人的。"

这句话入耳，叫我有些恍惚。我听到自己笑了一声，歪着脑袋打量他，反问道："你说你曾经想娶本神尊……那你现在还想娶本神尊吗？"

他望着我，睫毛颤了颤，摇摇头："我配不上神尊大人这么好的姑娘，我好像娶不到你了。"

我控制不住地笑起来，笑得眼泪都快飞出来了："那你说这些有什么用？！那你挡着门有什么用？！我没穿外衫，谁想看便看，我又不是你的夫人，我又没跟你睡过觉，你管我作甚？！"

这句话惹怒了他，我看到他脸上的怒意有些盛。

我抱着衣裳走到门口："你，让一让，本神尊现在洗了，明早就干了，你……"

他没让我把这句话说完，拽过我手中的衣裳就给扔了，紧接着手臂揽上我的腰，抱住我，将我扔到了厢房的床榻上。

本神尊惊坐起来，又被他摁到床上。他的身体压过来，又狠狠咬住我的脖颈。这个姿势叫我觉得喘息有些困难。缕缕血腥味从脖颈上渗出来，落入我的鼻端，我抬起左手想推一推他，奈何现在修为尽失，残存的法力也不过勉强能上天下凡而已，对付他这一个小伙子是不可能的。所以，我闻着血腥味渐渐变重，觉得脖颈处的疼痛越来越尖锐，却无能为力，只能笑道："孟泽玄君，你今日是打算咬死我吗……你动作利索一点儿，处理干净一点儿，我在这凡间死了，大约不会有神仙知道……"

他猛然抬头，点点血迹染得他的唇猩红妖异，但眼中蒙着一层泪雾。

我不知道他为何会有眼泪，而本该哭的本神尊一点儿眼泪也没有。

他的身子压着我，双手捧住我的脸，声音有些哽咽，有浓浓的惆怅和遗憾："如果是聂宿神尊呢……如果是他不让你出去呢，如果是他不想让你被旁人看到……素书神尊，你会听他的话吗？"

酒气又上涌，乱了我的心，可他问的这个问题，我是知道答案的。

我轻轻一笑，看着他道："会，我很听他的话……他喜欢听话的、温柔的姑娘，我不够温柔……可我真的很听话。"越说越难过，往事浮上心头，我想不明白，那时候的我明明那么听话，聂宿为什么还要赶我走。

面前的神仙自嘲地一笑，压着我的身子却没有挪动丝毫，也没有要放开我的意思，低声道："我就知道。"

"你知道，为什么还要问我？"我笑着问他。

"所以，"他俯身贴近我，眼中流露出的情绪悲愤、痛快又直接，"素书大人明明没有忘记聂宿，你明明喜欢聂宿胜过喜欢我，就像我没有忘记良玉一样。我对不起你，我没有救你回来，我很想补偿你……"他顿了顿，声音里带了难以掩饰的乞求，就像一个做错事情的孩子，"所以，素书大人，你能不能看在你也没有忘记聂宿神尊的分儿上，原谅我……"

我控制不住自己，笑出声，打断他的话："我没有怨过你啊，孟泽玄君，你跟楼下这许许多多的姑娘一样，是与我萍水相逢的路人，哪里有原谅不原谅之说？"

他浑身一僵，我感受得清清楚楚。

他的发丝垂下来几绺，落在我的脸颊和脖颈上。我想伸手去拂一拂，却被他压住，动弹不得。

许久之后，我身上的神仙才说出一句话，声音里带了些清冷："原来，我与素书大人，不过是萍水相逢的路人。"

"嗯，就是这样的，所以于礼数……你得起身了，哪里有一个路人压着一个姑娘的？"我眯眼一笑，终于想起了礼数这件事。

"素书大人还记得自己是姑娘。"他说。

"就算我是个男人，也不能被你这样压着。"本神尊虽然醉了，但还是懂道理的，想了想，笑出声，"况且，若我是个男人，那就更不合适了，天帝大人会下凡来揍你。"

我脑海中浮上这幅画面，便觉得这个姿势更叫自己受不了，挣扎着想起来，却又听到他说："别动。"

本神尊正要反驳，却见他俯下身，唇齿又贴上我的脖颈。

我单纯地以为他啃我脖颈这个动作是习惯性的，就像我会不由自主地抬手扶玉冠。我有些烦他的这个动作。他说对我有感情，说喜欢我的时候，也是这样咬我的脖颈。如今我同他早已不是当日那般，所以他强压下来咬我的时候，我有点儿恼。

"给我滚开。"本神尊咬牙切齿。

可他无视我挣扎的动作，手指箍住我的额头和肩膀，硬生生忍了好一会儿，才贴在我耳边淡淡地说了一句："……别闹。"

血腥味纠缠而上，我心中怒火更盛，体内的蟒毒见势蠢蠢欲动。

我压了很久，却控制不住蟒毒往外游走。

我想拉回来，费力地控制住怒火，却发觉蟒毒已不受我的控制，聚在一处，随即燎过血脉，以不可阻挡之势朝一个方向游动。

我身上的神仙，唇齿依旧贴着我的脖颈，只是吮吸加重，血气在他的唇齿间游走。

"孟……孟泽……"我试着推了推他，他却箍住我，伏在我身上纹丝未动。

微微的痛感混着血腥味越来越重，我隐隐觉得不对，却因为酒气熏盖住灵台，花了很长时间才辨别出来……

本神尊体内的蟒毒游走的方向……为何是脖颈上他唇齿贴近、重重吮吸的地方？

我在一瞬间清醒，听到自己的声音颤抖："孟泽……孟泽你停下来，你停下来……"

可身上的神仙不听我的话，指腹微微摩挲我的脸颊。

本神尊再也控制不住，身子剧烈地挣扎，惹得这床榻上纱幔起伏："你这混账！你停下来！"

这是我最狼狈的一夜。我右手动不得，左手抵抗不了，只能费力地挪动脖颈，这混账却用双手紧紧将我箍住。

他是在……他是在给我解毒。

从他将我压在床上，从他咬出血来的时候，我就应当反应过来的。

泪水落下来，我躲不开他，也推不开他，最后只能求他："孟泽，求你了，你别这样……你若是再这样，你自己就要中毒了。"

"你听话，孟泽啊，你听我的话……"

我依然感觉到蟒毒在往脖颈处游，血腥味越发刺鼻，但不管我如何挣扎，不管我如何哭喊，孟泽就是不肯停下来。

"孟泽啊，你停下来……本神尊活了这么久，并不在乎这岁月……可你不一样，你还正是最好的年纪……"最后，我越发语无伦次，只剩泪流满面。隔着层层水雾，我看到伏在我身上的神仙像个固执得听不进劝、不肯回头的少年，以命相搏，守护着自己的宝物，"本神尊原谅你……不，我真的没有怨过你，你喜欢良玉我是知道的，我是知道的，当日我是自己松手的……所以你不要这样，你犯不着愧疚……"

箍住我脖颈的手指一顿，可他吮吸的动作从未停止。

仿佛过了一万年那么长，体内最后一丝蟒毒自耳根燎过，被缓缓抽离出脖颈。

孟泽终于放开我，舔了舔唇上残存的血，指腹轻轻揩去我脸上的水泽，低头的时候，明媚一笑，说道："原来，素书大人也会跟个孩子似的哭闹。"

我不是一个爱哭的神仙，可他的这句话叫我的眼泪一下子收不住了："你这算什么……你这算什么……"

他抬手替我理了理额发，笑得有些狡黠："我知道南窨喜欢你。我若是不给你解毒，便是他来解毒。素书大人，你叫我如何受得了旁人贴近你脖颈、对你有这般动作？"

我闭眼，忍不住泪落："谁告诉你要这样解毒……"

他又替我揩去泪，笑道："老君说解毒有快慢之分。用汤药、丹丸养着，大概要花一万年才可清毒。眼下这是最快的方法。或许……明日我便可见到一个活蹦乱跳的素书神尊。"

我终于想起来老君说过的那句话："他来问我如何给你解毒，但不叫我告诉你他来过。我便不说名讳了，老夫也不愿食言。"

我以为是南宿，可我没有想到是孟泽。

"不要哭了。我去吃一万年汤药，死不了的。"他道。

说完这句话，他从我身上起来，准备离开："素书神尊先在这里休息一夜，在下……先回玄魄宫。"说罢理了理衣衫，捡起自己的外袍和腰带，往门口走去。

"孟泽。"

他脚步顿住，回头笑道："怎么了？"

"今夜，这慕花楼中有一位姑娘说本神尊瞧着十分寂寞……"我抬头看他，泪眼模糊，"本神尊想问一问你，你也寂寞吗？"

房内的烛火映红了他的脸，他低头思索片刻，抬头的时候眉梢飞扬："寂寞这种滋味，或许在神界没有谁比我体会得更深。我年幼的时候父母仙逝，到如今十三万年，都是我一个人，一个人住着一座恢宏的宫殿。"说到这里，他笑出声，"神尊大人要陪我不成？"

"你忘了你娶回玄魄宫的那近三十房小老婆了吗？"我说道，招了招手，"你过来。"

他果真听话地走过来，俯身看我："神尊大人怎么了？"

下一刻，我左手搂住他的脖颈，顺势贴上他的唇。

我们都没有闭眼睛。我看到他瞪大了眼睛，也从他堇色的眸子里看到了从容镇定、已经想好一切的自己。

孟泽僵了僵，片刻后才反应过来，捧住我的脸："你……你……"他结巴了许久，才说出来一句完整的话，"你这是在做什么？"

"感谢你的救命之恩。"我说。

他突然握住我的手腕，面上怒火更盛："如果是南宿那厮来救你呢，你也要用这种方法来感谢他的救命之恩不成？"

我笑道："本神尊宁愿死，也不会叫他来救我。"

这句话说完，孟泽将我抱在怀中，本神尊愣怔之际，便觉得唇上一沉一痛。

片刻之后，微凉又柔软的接触如一泓清润的泉水，淌过本神尊那堆积了伤痛的血脉，淌过那颗彻底荒芜的心。

随后烛光熄灭，宽衣解带好似是顺理成章的事情。

他取下我的玉冠，俯身环住我的时候，床幔落下。我抬手攀住他的肩膀，掌心之下，是他曾在凌波仙会替我赢玉玦时被武广大仙所伤的还未痊愈的斧伤。

我控制着自己的颤抖，却又觉得这十几万年的情感是压不住的，索性就由着这悸动化成颤抖，一股一股涌出来。至于我为何想到的是十几万年，而不是我醒来后的这半年，我说不清，也想不清。

我拥有这个神尊，就很好了。至于前因后果、轮回纠葛，但凭天定，都由命吧。

也许是蟒毒被清除，温柔缠绵之中，我又感觉到那缕飞扬又明媚的气泽向暖而生，随着面前的神仙俯身而落，缠在我的发上，抵着我的唇齿。

他终于不再咬我的脖颈，替我把鬓发别至耳后，凉唇触了触我的耳，贴在那处，沉声道："我在银河畔见到神尊大人的时候，从未想过有朝一日，会同你……在一处。"

我笑了笑："本神尊也未想过……"

他撑着胳膊，突然顿了顿，发丝尽数散落在我的身上，身子却迟疑着不敢贴近我。

凉被之中，我抬头看他，听到自己声音沙哑："怎么了？"

他握住我的手，放在唇下，眸光里有担忧，也有隐忍："我身上有西山梦貘留下的疤痕，我怕……会让你觉得不舒服……还有，素书，你是把我当孟泽……还是把我当聂宿？"

"素书，你是把我当孟泽……还是把我当聂宿？"

这不是一个难回答的问题，我却因为这个问题愣了愣。他不问我还好，这一问便叫我一惊，猛地发现自己方才想的是这十几万年的情感终于有了一个了结。

为何不是这半年呢？为何不是遇到孟泽后的这半年呢？

我晓得酒后吐真言，我也晓得自己无意的想法是真实的想法，可我为什么会突然觉得面前这个人让我等了十几万年？

面前的神仙把我默不作声的思索看成了犹豫，手指抚了抚我的脸颊，在我耳畔温声安慰道："没关系……这样，就很好了。"

我没有忍住，抱了抱他，肌肤相触，他遍身的疤痕贴近我的皮肤。微痒之中，我怔怔抬手，触了触他身上的伤疤。微微烫的温度自他的肌肤传于我的指腹。也许是我的仙力恢复了，我隔着这狰狞的疤痕，竟然感受到了当日梦貘撕扯他时他执剑拼杀的痛苦。

剑起剑落之中，纷纷血雨混着悲愤的呼号从指尖涌入灵台。

四面八方的梦貘轰然而上，扯住他的血肉生生撕开。

我看到了他嗜血的双眸："便是你们这些畜生！便是你们这些畜生把她给杀了！你们把她还给我！"

"可曾后悔？"我问。

"后悔什么？"

"后悔报错了仇，后悔身陷囹圄，后悔被这么多梦貘撕咬，留下满身的伤。"

他堇色的眼眸中溢出点点光亮："不后悔，我是欣喜的，你没事就叫我很开心了。"

"还疼吗？"我哽咽道。

他摇头："不疼。"

可我依然忍不住地摩挲了几次，想安抚那伤痛之下绝望凄凉的心。

"素书……我怕是做不成君子了……"

我将他抱得更紧一些："孟泽，你痛快一些。"

这句话说完，我觉得眼泪都快流出来了。我不知道自己为何会想流眼泪，我说不清楚此时此刻为何会这般想要把自己交给他，为何会这般想安慰一个人，为何会这般想用这种方式宣泄情感。

他喊出我的名字。

我也唤他。

于是，凡尘仙境浮沉几遭，汗雨淋漓，我们分不清彼此，我只听到自己口中溢出来的喘息声。帐外，漆黑长夜变成黎明拂晓，恍惚中，我分不清这事情是荒唐还是欢愉。只是，我知道，这一生，我同孟泽的纠缠再也无法撇清。

次日清晨，没人来打扰我们，只是我疲惫不已，全身酸痛。

他拥我入怀，声音里却没有疲惫，反而有些隐隐的欢愉。新生的胡楂蹭着我的脸颊，将我抱得更紧些，安抚道："我看着你，你睡会儿。"

我抬头看他，说话时嗓子哑得叫自己都吓了一跳："你……你是不是没有跟你那些小夫人行过周公之礼，没有经验……你怎么行起这事儿来，叫人这般痛苦……"

他闻言，脸颊不自然地红了，却迅速捂住我的眼睛，生怕我看到。

被捂住眼睛的本神尊突然觉得孟泽这个神仙挺有意思的。

片刻之后他突然想起来什么，话语间含了几分欣喜："素书神尊好像也没经历过这事儿，所以才觉得痛苦吧？"

我取下他捂着我眼睛的手，认真地道："虽然本神尊没有经历过，但是从前在凡间耳濡目染，看到过不少……"说到此处，我忽然想到曾经在青楼里见过的一个姑娘，她说云雨过后要饮汤药才不会添娃娃。

我惊慌地说道："孟泽……你去讨一碗药来……"

"什么药？"他一脸担忧，"你哪里不舒服？"

本神尊又想起一桩事，有些想哭："你说这凡间的堕胎药对我们神仙有作用吗？"

这句话一说完，抱着我的那个神仙便黑了脸，下一刻他翻身将我压在身下。本神尊在震惊之中便觉得他俊美的脸骤然靠近，重重啃了我一口。

我也摸清了他的脾性，他好像很喜欢咬人。可我没想到他这怒气上来，能在这朗朗白日里，又将我扯进巫山走一遭。

本神尊躺在慕花楼的这张床榻上，痛到连动都不能动的时候，狠狠感谢了他上行五十万年的祖宗仙人和下行五十万年的子孙后代。

折腾到午时，我龇牙咧嘴地沐浴一番之后，才被他拉进怀中入了眠。昏昏沉沉入梦之际，那个神仙贴在我耳畔轻声道："素书，我会好好待你和孩子的。"

于是，我梦到了一个孩子。

这孩子我以前好像梦到过，他拉住我的衣袖，甜甜地叫我姐姐。

那些梦里，我经常被一个厉害的神仙揍，揍得我只能时常去凡间躲避。

凡间有很多好玩的地方，比如戏园、茶楼、集市。

梦里，我在凡间集市上，因为我有金叶子，所以我在那个集市上混得十分出名。在集市上玩耍的孩童很喜欢我，因为他们每每从爹娘手里讨不出铜币的时候，却能从我这儿讨到一片金叶子，所以他们很听我的话。我俨然成了孩子头儿。我随便蹲在一个土丘上都能引得众多小孩儿站在我面前。在这场景中，那些卖泥人、卖面塑、卖糖葫芦串儿的小贩儿纷纷跑过来，于是，再不起眼的土丘，只要我蹲在那儿，都能成聚宝地。

我想吃糖葫芦的时候，身后总是跟着大大小小十几个孩子，我给他们编了号，让他们排成一列，整齐站好。我将糖葫芦分下去，他们便随我蹲在土丘旁边。我蹲中间，左右各五六个娃娃。大家一起吃糖葫芦的情形常常惹人围观。这种日子，真是逍遥。有些孩子还常常听爹妈的话给我送红薯、白芋，也有家里卖木炭的小孩儿给我送木炭余料，偶尔在集市上架个火盆，跟对面书店的掌柜借一些草纸，点着木炭，烤烤红薯，烧烧芋头，招来一伙儿娃娃同吃，欢愉畅快得很。

有一日，我跟着一众娃娃正在火堆旁吃烤地瓜，见一个娃娃穿着云白绸缎的小褂子，粉雕玉琢甚是可爱，只是怯生生地望着我们，不敢同我们说话。

我招呼他过来，他却攥着小手往后退了几步。

小家伙走路也不太利索，一后退，就被自己绊住，直直往后栽倒了。

本姑娘十分善良，放下手中的烤地瓜，走上前把那娃娃抱起来，又十分亲切和蔼地摸了摸他的小脸蛋儿。娃娃的小脸蛋儿上立马有了五道炭灰印子。

小娃娃虽然有些笨，但是低头看见自己云白色的绸缎小褂子上沾了灰，又抬头从我的眸子里看到自己脸上的那几道印子，有些生气，"哇"的一声哭了……

小娃娃哭起来不大好哄，我抱着他从集市这头穿到那头，就是没有见到他的爹娘。直到他想摆脱我那沾着灰的爪子，身上突然蹿出来一阵仙气，将我的胳膊划开几道口子时，我才猛然发现，这个娃娃是从天上来的……

于是我赶忙将他带回凡间的宅子里。

我问他爹娘是谁，他不说；我问他打哪里来，他不明白；我问他为何从天上到了凡间，他也不知道。本姑娘第一次体会到绝望。

然后，我那平静的、只是定期挨揍的平静仙途里又多了一桩事情——伺候这娃娃。

这娃娃不太会说话，可是嘴巴刁得很。我那烂泥扶不上墙的厨艺便是因为这娃娃的到来而突飞猛进。再后来，因为我还要守护聂宿，所以又要回天上，又要去挨揍。自然，那次回去时，也将这娃娃一块儿带回去了。

从此，本姑娘挨揍的时候，远处，极其隐蔽的一个地方，便有了一个观战的娃娃。

很久之后，我才知道这个娃娃不会说话是因为他的一缕魂魄被一个邪魔盗走了。

梦里的我很心疼这个娃娃。可我又觉得自己经历的事与这梦中的往事有了重叠。我仔细辨认，到底是哪里重叠起来了……

我浑身一僵，突然梦醒。我怔怔地回想梦中的场景，忽然想起尹铮就是邪魔之身。

头顶响起孟泽紧张的声音："怎么了，做噩梦了吗？"

我摇摇头，缓了缓心神，想再回忆梦中的景象，却发现那场景都化成云烟散去，叫我抓不住，脑海中只剩"邪魔"一词。

我抬眸看他："你记不记得……尹铮？"

他抚着我的头发安慰道："我记得，莫担心，他同文儿好像没什么事，天帝答应让尹铮成仙，不会食言的。"

"好像……好像青月星君还没有写完命盘，尹铮至今还未飞升成仙。他现在还是凡身，再空耗下去便老了。我心里有些慌乱，你随我去一趟司命府可好？"

他亲了亲我的额头："好。"

18 . 帝星黯淡，星辰剧变

我没赶上见文儿和尹铮最后一面，他二位于北上天双双殉劫的时候，我同孟泽正乘着漆黑夜色赶往司命府。

这 是我有生以来第一次忌惮宿命。

我同孟泽的凡间一梦不过是这天上的片刻之景，乘云回到神界，这天上仍在九月初八月盘阴明分割的这一夜。在赶往司命府的路上，孟泽突然拉住我的手腕。右手腕终于有了知觉，我怔怔地看他，王想问一句怎么了，却见他往北天一指："素书，你看那儿……"

我顺着他指引的方向看去，只见紫微帝星附近墨云骤起，翻涌越发磅礴，滚滚云雾带着玄煞之气自四面八方迅速靠近。

"素书，"孟泽握紧我的手，"我已经有几万年不曾见这凶兆了，上次紫微帝星黯淡，还是五万年前，长诀被压在九黎山下的时候。"

我才知道，在我沉睡的十四万年里，长诀也遭过大劫。

如今帝星又被煞气包围，我最担忧的不是长诀，而是尹铮和文儿。尹铮曾是紫微帝星的守卫，文儿是左辅洞明星的侄女，他二位是天造地设的一对，有命里注定的纠葛。

我在凡间醒来时便觉得尹铮要出事，结果最后真的出了事。

孟泽同我匆忙赶往北上天，几个时辰之后终于立在紫微帝星的附近。墨云滚滚，其上纵横陈列的皆是阴诡邪魔、地府罗刹。

这场景比本神尊当年同长诀并肩匡扶星宿的时候更加险恶。我压住心中的慌乱，掏出离骨折扇念诀化成长剑。孟泽挡在我面前，一道银光闪过，他的宝剑也凭空出现。

墨色长袍被煞气撕扯，他紧握宝剑，对一众邪魔冷冷地道："铖襄宝剑在此，敢作乱者，本君定将其斩杀于剑下！"

一众邪魔见到铖襄宝剑大都战战兢兢地跪了。我这时才反应过来，孟泽虽然是神仙，但占着魔族之君的位子，是魔界的老大，能号令诸魔。

剑光凛冽之中，他脊背挺直，睥睨诸魔，道："听本君号令，后退三百里，再靠近帝星者本君令其灰飞烟灭，再无轮回。"

这一帮邪魔战战兢兢地爬起来，听从孟泽的号令，裹着滚滚云雾，退到三百里之外。

但也有一帮邪魔被地府罗刹迷了心神，带着杀气奔过来。孟泽剑招从容，将这些不听从命令的邪魔斩杀于剑下，但他的眼睛看不清，自己也被邪魔伤了一些。我贴近他的后背，感觉到身边的他正在经历血雨腥风，却不敢放松自己，左手挽着扇剑，捏起剑诀拼命抵挡那些地府罗刹。

可我们遇到的终究只是紫微帝星旁边陈列的邪魔罗刹之万一，这小战结束，紫微帝星依然被煞气所遮，光芒微乎其微，几乎要湮灭在这沉寂的夜空里。

这时，一道流火从紫微帝星面前划过，随后化成万千光芒，刺穿了所有邪魔、罗刹。

大惊之中，我发现这流火是一颗星星化成的，来势决绝，散尽自身光芒，同紫微帝星周围的邪魔、罗刹做了个了断。

面前的腥风血雨随着光芒化成利刃，从帝星面前铺天盖地地纷扬而下，赤红颜色掺着玄黑煞气铺满北上天，浓云翻滚。我的耳畔是吞天噬地的声响，随后天地漆黑，四方颠簸，孟泽支起结界将我抱进怀里："别怕，我在。"

我不是害怕，我是在想这颗拼死护卫帝星的星星到底是哪一颗。

仿佛过了很久，四周终于安定下来。

我抬眸的时候，北上天暗茫茫的一片，看不到紫微帝星的光亮，也看不到那颗星星，只剩赤红、玄黑两种颜色融合成壮烈景象，铺陈于北上天。

我跟孟泽没有挽回局面。

我们直到次日才知道，左辅洞明星君于三日前仙逝，文儿自凡间回天上吊唁，因她受洞明星君的教化最深，得其叔父遗志，承接洞明星君一职。

可在九月初八那夜，紫微帝星周围黑光骤现，凶兆险恶。左辅洞明星自洪荒伊始便守护帝星，初任职的文儿见这凶兆，自当舍身拯救帝星。

知道这件事的尹铮舍弃凡身肉体，重归邪魔本身。因为他原本就是紫微帝星的守卫，便杀入邪魔罗刹之中。身为守护帝星的新任洞明星君，文儿当然知道尹铮赶过来了。她晓得自己活不下去，也晓得尹铮活不下去，但帝星是万万不能陨落的。

她御星而来，化成流火，冲入邪阵。阵中的尹铮以邪魔之身奋力拼杀。

最后，御星而来的姑娘化成漫天赤红的血幕，拼死搏杀的青年归于玄黑气泽，虽然帝星光亮消失，但到底没有陨灭而酿成大祸。只是他二位死得决绝又壮烈。

多年后，这场景成了神界史官笔下的一句话："神女文沁，继任洞明星君不过三日，御星而走，赤血成幕，护卫帝星。红云燎燎，铺于北上天。星君遗风，浩荡磅礴。"

而同样为守护帝星而死的尹铮，因为是邪魔之身，连史册也未载入。

司命星君青月专门来银河找我，开口时带着歉意："怪我当时犹豫再三，又在凌波仙洲的书然殿内被南宿的幻想困住，以为师妹良玉回来了，因而心神恍惚……如今命盘还未书写，尹铮却殉劫身死。青月有罪过，神尊大人当责罚我。"

我递上一杯茶，说话的时候眼眶有些潮湿："这劫难来势汹汹，无处躲避。书了命盘如何，不书又如何……"

青月接过茶水，垂眸的时候眼泪掉进茶盏之中，哽咽道："书了命盘……或许史官就能将他跟文儿记载在一处……如今，他们二人……"

"日暮时候，星君可去往北上天一观。"我道。

青月一定看到了，因为此后在神界的一万年里，神仙在日暮时抬头，便能看到北上天铺满赤红云霞，与云霞纠缠着的玄黑气泽分外鲜明。他们一直都在一处，与之相比，史册记载倒显得有些轻巧飘忽。

只是，我依然不明白，为什么好端端的，马上就能得到幸福的两个人，在一夜之间会双双辞世？

我也不明白，为什么好端端的，紫微帝星会突然遭遇这种劫难？为什么上一任星君仙逝得这般仓促，偏偏轮到文儿继任洞明星君之位？如果不是这样，或许我们能拦住文儿，或许为了文儿，尹铮不会舍弃自己去守卫帝星。

我更不明白，自己为何总与这星辰纠缠在一起。

我三万岁时，我的鱼鳞化成星辰，只为一句"若银鱼耳，可化星辰"；我四万岁时，被当时的天帝专门请去为星辰大劫送死，最后与长诀联手使逆转的星宿归位，挽救银河众星的神尊聂宿最后于银河畔身死，我与长诀于星盘之间大打出手，我最后抱着聂宿跳入银河。十四万年的仙途虚妄成空，我归来后在银河深处建了宅子，之后又在银河畔遇到孟泽；为了故友长诀，我偏偏乱了心智，惹上了无辜的文儿，文儿恰是洞明星君的侄女，她流落到凡间遇到尹铮，栖息在尹铮体内的邪魔曾是紫微帝星的守卫……

这天上的星辰到底与我有何渊源？我为何总是同这些事情扯上关系？

我窝在银河消沉月余，没有思出一个结果。正是因为想不出结果，所以我才有些难过，难过曾经冲动地将文儿丢到凡间，最后却不能给她一个好的归宿。

孟泽劝我："可你有没有想过，如果文儿没有遇到尹铮，如今他们分别去为帝星牺牲，倒不如殉在一处。"

我看着斑驳烛影，仿佛看到了文儿那俊秀的相貌，想起最后一次见文儿，她立在凡间的密室面前，我问她："你现在知道了尹铮原本是邪魔之身，可还倾心于他？"

那时她抬眸看我，笑得凄凉："神尊大人这是在开玩笑吗？喜欢就是喜欢，不管他是凡人还是邪魔，我在乎的是他是不是也喜欢我……如果不是你，我或许会在天上孤独终老一世，或许会找个春光明媚的日子了断自己，再不愿沾染这姻缘情爱事。拜你所赐，我遇到了尹铮，他把我放在心上疼着，他没有娶过除我以外的任何姑娘……"

如今，北上天铺满云霞，从某种程度上来说，他们是不是也算得上在一起了？

我觉得是，又不是。

我觉得有点儿不对。

我觉得自己仿佛处在一个巨大的樊笼之中，有避不开的劫和逃不出的难。

直到匀砚又出了事，我的猜想愈发显得正确。

这一桩事，果不其然，又与星辰有关。

仙历十月初十，天璇星陨，雕题国举国覆灭，巍巍一国，沉入南海。自天璇星黯淡之后，从轩辕国借光撑了五千年的国家，就这么沉了海。

次日夜晚，我窝在采星阁的圈椅里，刚刚接过孟泽递过来的桂花茶，就看到了从翰霄宫传到银河深处的丧令。手中的茶盏落在地上碎了。

半个月前，匀砚说她接到了她父王的信，要回雕题国一趟。如今，好端端的一个国覆灭了，这个七千岁的小公主是不是已经……

茶水滚烫，烫到了我的手指，只觉得刹那间疼痛钻心，后面的事我不敢想。

夜里，我同孟泽奔去南海。

南海浩瀚，茫茫无边，再不见匀砚口中雕题国人夜间借光、养珠为生的静谧安宁的场景。日出鼎盛不可见，光耀辉煌也不可见。月光皎皎，全铺在这汪洋之上，莫说月华轻柔倚在亭台楼阁，如今在这海水滚滚之中，连残垣断壁都不见半分，只剩海水混浊不堪，搅起惊天巨浪，依稀叫人能辨得出几分当时山崩地裂、海水倾覆的惨象。

若不是孟泽挽住我，我几乎要从云头上掉下去。

"她是个好孩子，你不晓得，她为雕题一族甘愿去做人质，那时候她才两千岁。"我终究没有忍住，海风呼啸之中，趴在孟泽怀里哭出了声，"她作为南霁的眼线，从一开始就盯着我，她曾叫我失望，曾叫我觉得人心叵测，可我从来没有想过她会死……她至今也不过七千岁，她连仙力都没有几分……"我沉睡十四万年，重回神界后第一眼见到的就是匀砚，那时候她穿着鹅黄褙子，桃花眼，小白脸，奉天帝之命来给我扫墓。就连她说的那句话，我至今也记得清清楚楚："天帝派匀砚来扫墓，匀砚何德何能，竟把神尊给……给扫活了。"

说没有感情是不可能的。她陪着我，叫我觉得不再孤单……也是因为发现连她都是南霁的眼线，我才觉得这仙途萧索，再无可恋。

"我还特意跟老君打听了佛法超然、能收弟子的神仙，如果不是她接到她父王的信函赶回雕题国，我就带着她去南荒拜师了……"我差点儿就能救她一命……可……眼泪簌簌而落，后面的话我再也说不出来。

孟泽抚着我的头发："要不……我们去海底找一找？不过一日，兴许，还有存活的可能。"顿了顿，他将我抱紧，替我抹了抹眼泪，"你还是不要下去了，在这祥云上等着，我下去看一看。别哭了，你这般哭，总叫我心疼。"

他的这句话叫我忽然想起一件事。

匀砚曾经跟我说，雕题国临海而建，为了惩戒仙人和犯了大律的凡民，他们专门在海底建了海牢。水性好的凡人可以在海牢里撑两个时辰，仙人浸在其中，虽然三五天下来能丢半条命，但也不会死。

这海牢在平时是个惩罚人的地方，在这危难之时却是个避难的场所。况且这海牢建在海底，日日承受海水冲击却不倒，应当建得十分牢固可靠。

若是……若是雕题国被颠覆时，他们能提前逃入海牢，是不是就能避开这劫难……

我当即攥紧孟泽的手，跳下祥云，奔入海底。

海水混沌，好在我腰间的玉玦发着玉光，勉强能看清楚前方的事物。

我不清楚海牢在哪个方位，寻找了几个时辰，才发现不远处有金光散出。

这金光……有点儿熟悉。

我努力想着这金光的来头，孟泽却突然攥紧我的手，开口道出一个名字："南窬。"

本神尊恍然大悟，那是南窬手中一直把玩着的千眼菩提坠子散出来的金光。

"过去看看。"我道，踏过海水，同孟泽朝那处奔去。孟泽一直紧紧攥着我的手，攥得我有些疼。我侧脸看他时，发现他抿紧了唇。

他应当还是在害怕当日在书然殿的万丈深渊之中，我放开了他的手这件事。所以此时此刻，他用力握紧了我。

我想开口宽慰他一句，却又不知道该如何说，便也用力反握住他的手指。

在海牢面前，我同南窬又见面了。

那海牢巍峨，立于海底，足足有三丈高，石柱和栏杆尚且安稳。金光漫漫，自南窬手中的千眼菩提坠子散出来，罩着他自己，也罩着里面上千雕题国子民。

我看到了牢里的匀砚，她的脸色被海水冲得惨白，双手却死死扣住栏杆，缕缕血丝从她身上飘出来，又迅速被冲散。她还活着，就好。

"匀砚！"我喊她。可是金光结界之中的她没有回答我，结界里面的南窘也没有转身看我们。

"在这结界之内好像看不到结界之外的景象。"孟泽道。

我怔了怔，是了……当时在书然殿，我看不到结界外面的景象，一直处在结界内山崩地裂、毒蟒成群的场景之中，如果不是南窘动用仙法单独在我耳边讲话，我甚至听不到外面的声响。

我握紧扇子，孟泽怕我莽撞，握住我的手腕："你看这结界之内，他们虽然狼狈，但是脸上没有痛苦，里面也许是安全的。我们等一等。"

这时，我听到了结界之内匀砚的声音："南窘大公子。"她眼眶通红，声音却强忍着没有一丝哽咽，只是手指紧紧扣着海牢栏杆，丝丝血水从指缝间淌出来，叫人看着分外心疼，"替我恭喜轩辕国的国君，也就是你的父亲，恭喜他终于把我父王除掉了。"

南窘负手而立，千眼菩提子被他紧紧捏着，陷入指腹几分。他似是在努力压着心中的怒火："匀砚，莫忘了，你现在依然是我轩辕国的人质，你的命还攥在我的手上，什么话该说，什么话不该说，你当有个分寸。"

那海牢里小小的匀砚笑得凄凉："我的命在你手上不假。可我雕题国的子民不该被你们这般对待。"

"我只问你一句，你想不想出来？你若是说想，我便带你出去，从此再不要想这些事，你仍然是我手中最好的棋子。"南窘说。

匀砚摇头，瞪大的桃花眼眸里泛着血丝："我不走，苟且偷生向来不是我雕题国人所行之事。我们向来磊落光明，我身为雕题国的公主，当与我雕题子民同生共死。"

结界外的孟泽终于明白过来，看着我大惊道："她是女儿身……你之前知道吗？"

"我也是从凌波仙洲回来之后才知道的。"我说。

结界之内的南窘长笑一声，语调极其阴冷，目光也冷了几分："你说雕题国人行事磊落光明？匀砚啊，你果然还是太小。"他掌心里的千眼菩提坠子被转了转，光芒又渗出来一些，铺在原本的结界之上，加厚了一层，似是在确保里面的安稳，"你可知你父王为何该死？"

勾砚攥紧手指，狠狠捶着栏杆，咬牙切齿地道："你凭什么说我父王该死？"

南宿的目光凛冽："你果然不知道，那你一定知道大夫人还在世的时候，你父亲就娶了你娘吧？"

海牢里的勾砚浑身一僵。

"你或许不知道，你父王当初为何要跟轩辕国借光，为何我们轩辕国会把光借给你们。"他睥睨着这存活的雕题子民，说道，"我不该出手救你们这群畜生，因为你们也忘了，当初是谁为你们而死。"

"……你把话说清楚。"勾砚道。

他斜望着勾砚，勾唇一笑："你果然不知道，按理说，你当叫我一声表兄。"

莫说结界之内的勾砚震惊不已，结界之外的我同孟泽也怔了怔。

"你应当记得你父王的大夫人，她是我父王的亲妹妹，是我的亲姑姑。"南宿阴冷的目光悉数落在勾砚身上，"十几万年前，你们雕题国就濒临灭亡，那时候，雕题国走投无路，我姑姑，也就是你们后来的大夫人，路过雕题，见到你们饿殍满地的惨状，便打算救你们。你父王，那时还是雕题国的公子。或许他当年还是个好神仙，见过我姑姑之后，便时常去纠缠她，最后姑姑才决定要嫁到你们雕题国来。"

"父亲仙逝，长兄为父。我父亲，他从来不愿意让姑姑嫁到你们这穷苦的雕题国。你们雕题国的国力连我们轩辕国的万分之一都不及。不晓得姑姑当时看中你父王什么了，宁愿不再同她的长兄往来，也要嫁到雕题国。嫁过来之后，她用自己的仙寿为祭，换回你们雕题国十几万年的安宁，救你们于危难之中。勾砚小公主，这些你可知道？"

"大夫人是个好夫人，是个好母亲，我知道。"勾砚目光坚定，"虽然大夫人是你的姑母，但你比不上大夫人一丁点儿的好，如今我们身处危难，正是你和你父亲一手造成的。"

南宿大喝道："是好夫人和好母亲又如何？最后还不是叫你父王给

辜负了！你知道大夫人是如何病重的吗？纵然姑姑她曾用仙寿为祭佑你雕题国安然无恙，但是她远不应该这么早就仙逝。"他突然顿了顿，冷笑一声，讥讽溢出唇齿，"匀砚小表妹啊，你可知道，你有一个好娘？"

匀砚应当听得明白南睿的语气，也应当记得自己母亲的种种行径，眼睑颤了颤："所以……大夫人是如何仙逝的？你说清楚。"

"你那个懦弱的父王和他在你们雕题国看中的凡界美人……抽了大夫人的仙骨。"

海牢内的匀砚握着栏杆，牙齿打战："我……我娘为何要这么做？"

南睿反问："她不这么做，怎么会从一个凡人变成一个神仙？"

"你……是说……"

他转了转手中的菩提坠子，像是在努力控制自己的怒气："你娘抽了大夫人的仙骨，然后叫你父王给她换上了。她就是这么成的仙，你大概不知道吧？只是可怜我姑姑，被说成'身体抱恙，卧床不起'，实际上，她的仙骨被剔除，根本动弹不得。"他顿了片刻，突然握紧那千眼菩提坠子，眸光如刀刃，带着嗜血的锋芒，"更可恨的是，在你娘成仙后的第二天，你的那个父王就将她娶了。纵然我不曾亲眼看见，但也想象得出姑姑当时听到宫中歌舞升平、欢天喜地之声时的绝望。"

海水滚滚，匀砚的小身板一直在抖。

这故事叫我和孟泽听来都分外难过，何况是她。

可南睿依然不打算放过她，微笑道："你那双一直把你当亲妹妹一样护在手心里的兄长，他们好像不知道你那个美艳的娘是害死他们母亲的凶手。你想想他们待你的好，可觉得安心？"

这句话果然叫匀砚瞬间崩溃，跪在海牢里，号啕大哭，泪水滚滚而出。

本神尊心疼这个小公主，颤抖之中忍不住掏出扇子，打算把她救出来，再不让南睿这般折磨她，可是孟泽紧紧按住我的手，目光严肃："你且看一看她身后的国人，其中不少是凡民，你若是莽撞地破开这结界，他们便真要溺死在这里了。"

我看着匀砚身后的雕题子民，个个悲苦又狼狈，但眼中都是求生的欲望。

孟泽说得对，他如今比我稳重得多。

可我没有想到，南窘又说出了一件天大的事。

这件事，关乎星辰。

"你知道七千年前普照雕题国的天璇星开始黯淡的时候，大夫人为何会生病？或者说，为何姑姑动弹不得的时候，天璇星开始黯淡？"南窘晃悠着手中的坠子，从容一笑，"其实，这不是天命，这是有意为之。听闻这件事情的父王心疼姑姑被你们折磨，一气之下，将天璇星星光移至普照轩辕国的天玑星上了。此后天玑星越来越亮，你们的天璇星却越来越暗，最后连珠子都养不成。呵呵，匀砚小公主，没想到吧，你名义上的舅舅有这么大本事，连星宿都动得。"

本神尊大吃一惊，这哪里是大本事，这……动星宿，是大劫难啊！

匀砚抬头，也许是心痛到极处，忍不住泪雨滂沱。她在我身边的这些日子里，我晓得她是爱哭的，今日，我却觉得她哭得叫旁人也跟着心痛。

"哥哥他们呢……他们是大夫人的亲儿子，不该受这般惩罚。"她说。

南窘垂眸望着她："他们自然没事。"

匀砚抬头："雕题子民……他们也是无辜的。"

南窘一脸冷漠："纵然我父王恨你们雕题国入骨，但也晓得这事情是你父王和母亲的错，同他们没什么干系。不过，"他抬袖指了指匀砚身后的雕题国人，"这些人，是被你带下海牢暂时避难的，如果不是你，他们或许能同其他雕题国人一样得救。如今却不行了，待结界一撤，他们——特别是其中的凡民，八成要溺死。"

方才躲在匀砚身后一言不发的雕题国人终于明白南窘这话的意思：轩辕国只是想给他们一个教训罢了，并没有真想杀人，可是如今他们被小公主带到这里避难，竟是必死无疑了。

匀砚更加震惊，眸中水泽滚滚而落。她一定没想到，自己本想救这些人一命，如今竟成断了他们生路的刽子手。

我看到有微微金光落在匀砚的额上，南甯有意护她："这结界也是要耗本公子仙力的。结界破碎之后，我能带走你，护你周全。本公子最后问你一次，你想不想出来？你说想，我便施舍你一条命。"

于是事情又回到最初，匀砚那娃娃依然固执，咬了咬唇，生生把下唇咬出血，依然说："我不走，身为雕题国的公主，我当与我雕题子民共赴生死。"

南甯冷笑一声："意气用事，乳臭未干。你且看看你的子民愿不愿意跟你同生共死。"说罢睨着海牢之中的雕题国人，摩挲着指尖的千眼菩提子，悠悠地道，"如果——你们的小公主死了，本公子便放你们出去。"

这一句话说出来，我便看到海牢之中的雕题国人跟疯了一样朝匀砚扑过去！

她愿意同她的子民共存亡，可她的子民终究选择杀死她。

我跟孟泽拿出长剑，结界之中南甯的动作却比我们更快一些。他长袖一挥，裹住匀砚，替她挡住扑过来要杀死她的雕题国人，转身冲开结界。

海水汹涌而上，没了结界阻挡，这混浊的海水叫里面的人无处躲避。

匀砚的修为本就寥寥，南甯抱着她出来时，她已经昏过去了。

漫漫海水之中，他一眼便看到了我，缓缓笑道："方才这个故事，好听吗？"这结界是他用仙法化成的，他早已知道我跟孟泽在结界之外。

我握紧扇剑："这数千雕题子民你真的不救了？"

他转身，抬手一指，金光如雨水纷纷，落在那些人的眉心上。我看得出这是护他们逃出去的诀术。

"我只不过是想叫匀砚知道，她心心念念的国人根本不在意她。"停了片刻，南窘望了望我和孟泽，可能是着急要带匀砚出去，便没再同我们有过多纠缠，匆匆落下一句，"莫告诉我父王。"

我一直在想他说的这句话："我只不过是想叫匀砚知道，她心心念念的国人根本不在意她。"

南窘，他最擅长的，果然是诛心。

对我是这样，对匀砚也是这样。

既然南窘肯费力气救匀砚，那他一定不会让匀砚死。如此说来，我应当没什么可担心的了。可是回到银河深处后，我越发不安，惶恐如蛊虫细细啮噬血脉和心脏。

孟泽早已在采星阁布好了一桌子菜，这半月匀砚不在，一直是孟泽在银河深处陪着我，给我做饭……纵然他做的饭菜，着实不好吃……但总比饿着好一些。

况且又不是我动手，说不得不好。

他一定也正确评估了自己的厨艺，略愧疚地道："你多给我些日子，我觉得厨艺这东西是可以练出来的。"他给我盛了碗红豆粥，又添了一句，"这个应该不会出大问题，你尝尝……"

我盯着碗中颗粒完好，并没有爆开的红豆，没忍住笑出声，道："看着确实不错……要不你先尝尝？"

他便先吞了一口，嚼了嚼。我听到他嘴里嘎嘣一声。他那张俊脸一红，迅速抢过我手中的那一碗粥，捂脸道："素书……你……先吃别的吧……"

我夹起一块鲤鱼，默默为自己的同类念了几句慈悲咒。依稀有些味道飘至鼻端，我没敢吃鱼。本神尊僵着手，问了一句："孟泽啊，你可曾……掏出内脏？"

孟泽移开挡住脸的手掌，顺势抚一下额："我忘了……要不你先尝尝这只鸭子……"忽然又想起来什么，低头默默把鸭子移到自己面前，"我大概……这只鸭，也没有处理干净。"顿了顿，他把一碟黑乎

乎、圆滚滚的东西推至我跟前，桃花眼亮了亮，带了些隐隐的期待，
"要不你尝尝这个？"

"这是啥？"我问道。

"炒山楂。"他道。

本神尊受到震撼心灵的一击。

"听说山楂可以开胃，我觉得今日做的饭菜有些腻，便炒了一
盘，给你解腻。"

"多谢你的这份心了……"我默默地给自己倒了一杯凉茶果腹，
忽然觉得他守着一桌子菜特别可怜，"你……要不要也喝一杯茶水？"

"好……"

最后我俩奔去了凡间，找了个酒楼，排出三片金叶子，点了一大
桌佳肴。

堂堂两个神仙私自下凡，只为吃顿好的，不晓得天上那个严于律
己、刚正不阿、时时刻刻蹲守在南天门的司律神尊知道这件事后，会不
会把我们抓进天牢。

我觉得特别凄惨，便扯了个烧鸡腿儿含着泪往下咽。

孟泽发蒙："素书，你哭什么？"

我把烧鸡往他面前推了推，不晓得该如何说出自己的想法，便撒
了个谎，嚼着烧鸡吟了一句诗："举头望明月，哦，不对……汗滴禾下
土，谁知盘中餐，粒粒皆辛苦。"

孟泽感叹："素书，你果真是个体恤百姓、忧国忧民的好神仙。"

本神尊又咬了口烧鸡腿，含混地道："你眼光不错。"自个儿盛
了碗海鲜汤，"不用夸我，我们做神仙的，都有这样的觉悟……"

孟泽惭愧地说："我没有这样的觉悟……"

大概本神尊确实是个忧国忧民的神仙，吃着吃着便又挂怀起有关
星辰的这些事情来。我蘸着茶水在桌子上写写画画地算了算："按匀砚
所说，大夫人病重之时，也就是匀砚出生之时，天璇星从开始黯淡到如
今彻底陨灭，大约经过了七千年，其间，匀砚长大成人……"

"你是说匀砚这孩子也跟星辰有关？"孟泽道，"就像文儿和尹铮那样吗？"

我点点头："还有一点，北斗星宿七显二隐，天璇星乃北斗七显星之一，从星光黯淡到陨落需要七千年；紫微帝星位居北上天，乃斗数之主，北斗九星向其而生，它现在辉芒尽数隐藏，你晓它什么时候会陨落吗？也是七千年，还是能撑得更久一些？"

孟泽也意识到了这一点，却因为自己未经历过，只道："我也不晓得，唯一有印象的就是在五万年前，长诀被压在九黎山下，帝星黯淡了很多年。你觉得时间有问题？"

我思忖片刻，觉得线索很乱，有些沮丧地道："我只知道在十四万年前我是经历过这个劫难的，天上星宿移位，银河众星陨落……可在那一万年里我心思恍惚，不愿想这事，日日下凡，也没有细心观察过。"

他拂了拂我的头发："想不起来便不要想了。这天上，有些劫难无法避免，历劫成仙，都是这般路数。我陪着你，你莫担心。"

"你可知道我在三万岁那年经历的事？"

"经历了什么？"孟泽问。

"我……"

三万岁那年，我被剐了鱼鳞，用来补天上的星辰。那是一个不大不小的劫。一万年之后，又有了一个更大的劫，也关乎星辰。如今看来，三万岁那年的劫像是一万年后那场大劫的征兆。

我想出了些眉目，又蘸着茶水在桌子上画了画。一万年，十四万年，一万年，十五万年……

如果现今紫微帝星、洞明星、天璇星纷纷陨落，是不是意味着一万年后有一个更大的劫难？

我手指一颤，不小心推翻了那杯茶水，将我方才在桌子上涂画的东西全给淹没了。

孟泽抬眸："怎么了，素书？"

我再一次觉得自己和身边的孟泽处于一个巨大的樊笼里。

茶水淹没我在桌面上涂画的东西的时候，我清清楚楚地觉得方才好不容易抓住的几丝线索也统统被淹没了个干净。

吃完那顿饭，凡间早已月上柳梢头。我同孟泽沿着湖散步消食，湖面水雾朦胧，不晓得对岸是什么风景，只依稀看到灯盏重叠，烛火鼎盛。

孟泽提议绕湖走一圈，我便把掏出来打算租画舫的钱放回去，道："好主意。"

走到半道的时候，脚下突然冒出来一个不大不小的坑，本神尊一脚踩空，身形不稳，孟泽反应极快，一把握住本神尊的手，将我往他身旁带了带。我的头顶传来他的声音："素书大人早该握住我的手，黑幽幽的地方，摔在我身上总比摔在别处好一些。"

本神尊望了望天上的月亮，脱口而出："我觉得不大妥当，你用法术变个琉璃灯出来，比给我脚下变个坑出来好一些，孟泽玄君，你觉得呢？"

这句话说完，我有些后悔。我年少时候下凡，也曾去戏园子里听那些郎情妾意、缠绵相思的戏，戏里的姑娘在月下不小心绊了一脚，就应该让少年郎扶着。就算少年郎扶不住，那姑娘也应该摔在少年郎身上。这个是天经地义、理所当然的。

本神尊果然没有好好谈过恋爱，十分后悔方才揭穿孟泽。

他倒没有介意，右手将我握得更紧一些，左手变出一盏琉璃灯，笑道："这样你觉得妥当吗？"

"嗯，妥……妥当。"

只是我没想到，我们绕着湖走了半圈，才发现湖对岸灯火鼎盛的地方是慕花楼。

于是，我们从楼后跳进去，掏出金叶子盘了间上好的厢房。同床共枕，耳鬓厮磨，都成顺水推舟之事。

最后帷帐安定，红烛燃尽，昏昏沉沉入睡之际，孟泽抱着我，贴近我的耳郭，将他钺襄宝剑的诀法统统告诉了我："我没什么可给你，我也没有什么宝贝着的玉玦可送给你，但是，素书，这柄剑一直陪着我，除了我自己，只有你能拿出它、动用它。"

他也许是看到我睡意很浓，怕我记不住剑诀，指腹摩挲我的眉心，剑诀带着微微寒凉渗入我的灵台，牢牢印在我的心里。

我拉过他的手指攥在掌心，含混应了一句。后来，我都忘了自己应了句什么话。

可我记得他说的是什么："嗯，素书，等过些日子，我就娶你回玄魄宫。"

我其实想问"过些日子"是过几日，是什么时候，可我偏偏睡着了，没有问，后来醒过来之后，我便忘了这件事。

但是，孟泽告诉我剑诀这件事，叫我想到了聂宿。

十四万年前，银河之畔，星辉璀璨，无欲海水倾泻而下化成水幕，聂宿的水色长衫有一半是猩红，他低头告诉我："至于离骨折扇，这一万年，它被我驯养得极好，日后会听从于你，会是你最顺手的法器。"

聂宿大人，如今，有一个神仙也告诉了我他所佩带着的宝剑的剑诀，他的剑日后也会听从于我……

你莫挂念我，你看，我现在很好。

之后的一个月里，孟泽的厨艺大有长进，我们再不用下凡吃东西了。

文火炖煮的茶香鸡咬一口满满的都是香汁；炉灶蒸出的红豆包里面红豆沙软香甜；山楂能做成糖葫芦、山楂糕；烹饪本神尊的同类他也晓得去除内脏。

"你这厨艺快赶上凡间酒楼大厨的手艺了。"本神尊赞美道，"等你更上一层楼的时候，莫浪费了这好手艺，咱们可在这神界开个酒楼……嗯，就开在银河深处，在采星阁旁边盖一座，可设些景点邀请四海八荒的神仙来此观光游览，游览累了便来酒楼里吃饭。你掌勺，我数钱。"

他嗔怪我一句："你已经学会了凡间那一套。这个在凡间叫什么来着？"

本神尊咬了一口豆沙包，脱口而出："吃喝玩乐一条龙服务。我们还可以找几个漂亮仙子来……"

话说到一半，孟泽眉梢一颤，不太友好地看我一眼，恨铁不成钢地道："你到底在凡间学了多少东西？"

本神尊讨好地笑道："我瞎说的，我们只开酒楼。对了，你的厨艺怎么进步得这么快？"

他端给我一碗海鲜疙瘩汤，多盛了些虾仁："我也觉得有些奇怪。最近也许是在学做菜，晚上便会梦到做饭的场景。做饭的是个姑娘，我那时或许很挑食，那姑娘常常给我做饭，而且是变着花样做，只是会一边做一边数落我。如今我做的这些饭菜，便是照着那姑娘的方法做的。"

本神尊放下筷子，严肃地道："那姑娘是你的……"想了想，想不到合适的词，便道，"梦中情人？"

他笑出声，夹起鸡腿放在我碗里："倒忘了她是谁了，但我觉得肯定不是梦中情人，因为她经常数落我。"

"数落你什么？"

"会做饭的男人更有魅力，你脑袋笨，别光知道吃，要努力学做饭才可以，将来先拿下喜欢的姑娘的胃，再拿下她的人。"他风轻云淡地一笑，道，"她便是这么说的。但是你看，我做饭不好吃的时候，你不是也愿意跟我在一起吗？"

我觉得那句话有点儿熟悉，落在我心里让我觉得舒服，想必那姑娘和我是志同道合之人，便笑道："她说得对。"

几日后，孟泽回玄魄宫处理了一些魔界的事情，我在银河深处接到了老君附在梨花树叶上传来的话，他还挂念着我身体内的蟒毒，说三个月的期限转眼就到了，趁他闲着，让我过去一趟，要替我看看病。

想来他一定不晓得孟泽替我解毒的这件事。这件事一两句话也说不清，再者孟泽说解这毒要服一万年的药，我也想跟老君打听一下是什么药。我便托那梨花树叶捎回了话，说我收拾收拾马上就去他府上。

老君府邸位于三十三天，我体内的蟒毒被清除之后，觉得神清气爽，腾云驾雾，身形矫健，一不小心飞得有些过，冲上了三十五天。三十五天花木葳蕤繁茂，我一回首，不远处的杏花正在逆着季节生长，花盏纷扬，尽数铺在杏花树底下良玉神君的白玉墓碑前。

我上一次来这里时，未好好拜祭，今日又路过这里，是一定要拜一拜这位神君的，替我，也替孟泽。

可我刚踏进墓碑那片地方，便中了设在那里的诀术，镜面一样的结界兜头罩落，将我遮了个严严实实。我抬手砸了砸，被结界弹了回来；掏出扇子砸了砸，扇子跟我都被弹了回来；手中的折扇化成扇剑，被我紧紧握在手中，拼了仙力照着结界刺过去……扇剑跟我一起被弹回来。

本神尊可真是……够倒霉的。

我转念一想却明白了。

以前这里没有设下结界，我跟婧宸、孟泽轻而易举地就进来了，打扰了良玉神君的清静，着实不太好。长诀一定是意识到了这一点，怕旁人再来打扰他的爱妻，便设了这个"陷阱"。

我十分理解他。

我也十分明白，自己的仙力不及长诀，他设下的这个结界，我怕是出不去。

于是，我只能蹲在结界里盯着三十五天的一众花木，看着头顶的杏花花盏纷纷而落，苦等长诀或者他身边的女官苏苒来救我。

我手中把玩着离骨折扇，闲来无事，看着结界如镜子一般清晰地映着蹲在地上百无聊赖的本神尊，突然想起来孟泽告诉我的剑诀。不晓得在我落难的时候，念出他的剑诀，他会不会来救我。这么想着，我便循着当日渗入灵台的诀语念了一句使出钹襄宝剑的诀。

这时，如镜的结界上缓缓出现了一幅画面。

夜里，月光如水，身穿玄黑衣袍的孟泽和身穿霜色衣衫的长诀立在纷繁的花木之中。如果我没有猜错，这应该就是我、婧宸和孟泽来三十五天拜祭良玉的时候。

我隐隐记得自己当时被苏苒挽着去拿一壶桂花酒，临走的时候，长诀说："婧宸，你也随苏苒去，我有些话要同孟泽玄君讲。"

这大概便是孟泽、长诀他们二位单独说话的场景。

那时的孟泽十分清瘦，一身墨袍本就清冷，映得面色也清冷。到底是在良玉的这件事上没有放开，于是他不愿看长诀，只凛凛地道："阿玉如今不在了，你还要同我说什么？"

长诀理了理衣袖，面上瞧着也十分清冷："小玉的事，本尊也没什么好跟你讲的了。如今，看你跟素书相识，本尊有些惊讶，便自作主张算了算你同素书之间的事。"

孟泽蓦地抬眸："你凭什么要算我跟她之间的事？"

长诀的面上更冷几分："凭我认识她十几万年，凭我是她十几万年的故友，而你跟她相识不过几天。我要提醒你一句，你不要去招惹素书，她是个好姑娘，你这种狠戾不羁的神仙配不上她，她也不可能嫁给你。"

"你说我配不上、娶不到，那我偏偏要娶到她给你看看。"孟泽说。

"你这句话是什么意思？你把素书当作什么，可戏弄于股掌之间的玩物？"长诀怒道。

孟泽的眸子暗了几分，哂笑一声，道："方才还没有什么意思，但是你这么一说倒叫我觉得，就算本君用尽手段，也要将她娶过来。"

说完这句话，孟泽拂开衣袖御风飞走了。

我蹲在结界之中，看着这场景，有些不明白。

什么是……你说我配不上、娶不到，那我偏偏要娶到她给你看看？

什么是……方才还没有什么意思，但是你这么一说倒叫我觉得，就算本君用尽手段，也要将她娶过来？

娶妻嫁夫，难道不是情投意合、你情我愿之事吗？为什么要用尽手段？用尽什么手段？

我不敢再往下想，也强迫自己不往下想。

好像那句使出钺襄宝剑的诀语带出的孟泽的仙泽被这结界感知，

结界上反反复复出现孟泽来此处时同长诀说话的这个场景。

我有些不想听，可是由不得自己。

脚下是一片佛甲草，我随手薅了一把放进嘴里嚼了嚼，觉得嘴里有点儿苦，心里也有点儿苦。

好在我多吃了几把佛甲草之后便想出了宽慰自己的话——我知道，那时候的孟泽对我是没有多少感情的，他心里挂念着良玉神君，但是良玉是长诀的夫人，他没有得到，所以心有怨念，说这些话来气长诀也正常，我只是无缘无故被牵扯进来了。

但是，他把我牵扯进来，叫我给他当一回出气的对象，我也是愿意的。初见他时，因为他身上有聂宿的魂魄，我愿意；现在因为他说喜欢我，那我也愿意。

我这样宽慰自己，便觉得那些话没有那么刺耳了。

倒是苏苒和长诀先赶了过来，二人面色凝重，眸中冒火，后面跟着一棵……凤凰木？

本神尊嘴里的一把佛甲草还没咽下去，看到这场景，就惊住了。因为那棵凤凰木特别兴奋，树叶子呼呼啦啦地抖起来，走到近处还蹦了蹦，树干上像是绑了蹿天的物件儿，它那一蹦少说也得有一丈高！

本神尊从如镜的结界上看到蹲在地上、叼着佛甲草、目瞪口呆的自己。

长诀和苏苒见到我也有些震惊。

倒是苏苒先反应过来，转身宽慰她家尊上："苏苒方才说可能是故友，在这四海八荒内没有哪个神仙敢来冒犯尊上和良玉。"

长诀收起结界，眸中的怒火少了几分："素书，你来三十五天为何不告诉我一声？"

我讪讪一笑，咽下口中的佛甲草，揉了揉蹲麻了的双脚，起身道："我就是路过这里来一看良玉。"

他身后的小凤凰木一听到"良玉"这个名字，便从我头顶蹦了过去。小树枝触了触那块白玉墓碑，碧绿的叶子轻轻拂了拂，扭过树身给我比画着。

我不知道它在比画啥，但觉得这棵树了不得……

"你们三十五天果真多奇花异草。"本神尊在内心比了个大拇指，啧啧赞叹道，"这凤凰木上蹿下跳能蹦跶，摇着树枝能比画，嘿嘿，真精神。"

苏苒一定看到了本神尊方才蹲在结界内嚼佛甲草的样子，觉得我饿了，结界一撤便走过来，弯腰替我拂了拂素衫上沾染的泥土，起身握住我的手，微微一笑："苏苒近来学会了几道点心，个个都是新花样，昨儿还想寻个日子送去银河给素书神尊尝一尝，没想到你今日会来三十五天。神尊大人一定要尝一尝。"她扶着我走了几步，又道，"苏苒还多备了几盒，素书神尊若是觉得可口，也带给你身边的那位匀砚尝一尝。"

我从未见过如苏苒这般大方稳妥又心细善良的女官，甚至我都有些想把她从长诀身旁抢过来带到银河陪我几万年。

身后的长诀像是意识到了什么，跟上来道："素书，你方才看到结界之中的景象了。"他的这句话不是疑问，而是笃定。

我沉默一会儿，却不晓得该如何回答，抬头笑了笑，转了话锋，道："我是去三十三天找老君的，他该等急了。"又转头对苏苒说，"你那个点心给我留一些，我去老君那里办完事就过来。"

长诀和苏苒是何等聪明的神仙，必然已经知道我同孟泽的事，更知道我不想提这桩事，于是没有再拦我。只是在我临走时，长诀道："你若是有什么事情，一定要记得来找我，不要自己逞强。"顿了顿，他抚了抚身边小凤凰木的枝条，思索片刻，终究为当日的场景解释了几句，"他也并非如我当日说的那般不堪，你莫往心里去，你喜欢他，便一定有喜欢他的道理。只是你若是受了委屈，可以过来跟我和苏苒说一说。"

我应了一声，理了理衣袖，御风飞往三十三天。

19．以我之眼，换君清明

老君接到我寄在梨花树叶上的回话，等了我许久。他见我过来，本想训我几句，但看我脸色不太对，便担忧地道："你怎么了，为何这般失魂落魄？"

我抖擞了下精神，拿过茶壶给自己倒了杯茶，笑道："没什么。"

老君眼尖，看到了我衫子上挂的泥："被人揍了？"

"没，摔了一跤。"

他便没再问，言归正传："你那个蟒毒啊，不大好解，我打算等你毒发的时候给你喂一颗丹药……"

这句话引得本神尊将一口茶水喷了出来，忘了自己体内的蟒毒已被清除，脱口而出："你怎么这般歹毒，为何要等到毒发的时候？你确定来得及？"

老君道："毒有万千种，自然有万千种解法，你中的这个蟒毒，应当这样解。虽然这个方法有些凶险，但我现在已有一半的把握，总比你直接死掉要好。"

"哦……"我道。

我总觉得有点儿不对，默默吹了吹茶芽，看着杯盏中的茶，思索了一会儿……

等等……老君说我中的这个蟒毒应当这样解？

当初孟泽为我解毒的时候，明明说的是要吃一万年的丹丸和汤药啊。

我"啪"的一声放下茶盏，扯住老君的衣袖开口问道："那……那一万年的汤药是怎么回事？"

老君皱眉："什么一万年的汤药？"

我没能控制住自己，"腾"地起身："孟泽找过你吧，他问过你解这蟒毒的方法对不对？你当初跟他说有一种慢法子，是要服一万年的丹丸和汤药！"

老君瞪大了眸子，仿佛看着傻子一样看着我，捋了捋胡须："老夫并未跟他说过这种法子，老夫当日说的是，这个毒不好解，自己没有把握救活你。老夫斟酌月余，才想得通透了一些，如今有五成把握！"

此话如五雷轰顶。

我只晓得自己僵了好一会儿，手指触了触自己脖颈处依稀可见的印子，颤颤地出声问："那这种法子，算怎么回事？"

老君看着我脖颈处的牙印，金线当即自指尖探出，缠上我的手腕。他看过脉象后终于明白过来，蓦地一惊，道："难不成他用这种法子把你体内的蟒毒过给了他自己？"

我终于明白，老君根本没有说过服一万年药可慢慢解毒这种法子，孟泽……他骗了我。

老君也有些焦急，长叹一声道："那夜，他来我府上时是丑时。他从凌波仙洲过来，血水从肩上淌下来，沾了半身的袍子，自己都狼狈不已，却问我可有其他法子给你解毒，我便告诉他，这个蟒毒不好解，我只有极小的把握，但是若我仔细琢磨琢磨，兴许把握还能大一点儿。"老君十分无奈，望着我道，"当时他那脸色十分苍白，唉，也怪我当时确实觉得你这蟒毒来势汹汹又难以清除，便说得严重了一些……"

我却抓住他的那句话，打断他："凌波仙洲？你方才说他从凌波仙洲过来？"

"对，凌波仙洲，是他告诉我你在那里中了蟒毒……"

我扶着椅子坐下："他去找南翟了吧……是南翟告诉他这个法子

的吧？"

怪不得，怪不得当日在慕花楼，我问他为何要给我解毒，他说："我知道南窨喜欢你。我若是不给你解毒，便是他来解毒。素弓大人，你叫我如何受得了旁人贴近你的脖颈、对你有这般动作？"

老君心痛不已，拂尘一摆，叹道："他当日是问了我这个法子的，我当初还对他千叮咛万嘱咐，告诉他这个法子不过是把毒从你身上过到他身上，无异于以命换命，当真用不得。可他不听老夫的话。"顿了顿，他又道，"我告诉过他我会琢磨解法，尽力救活你，但他依然……他大概接受不了你极有可能要仙逝，所以先救了你。"

这话叫我眼眶有些潮，低头使劲搓了搓衣袖才压住心里的难过："所以说，他现在……生死参半？"

"……是这么个理儿。"老君顿了顿，想起什么来，望着我道，"但他同你不太一样，若是给他解毒，老夫只有三成把握。"

"为何只有三成？"

"因为他的眼睛受过的伤现在还未痊愈。"老君惆怅地道。

眼睛看不清？我不明白，拉住他问："这与眼睛有什么关系？"

"《灵枢》有云：五脏六腑之精气，皆上注于目而为之精。蟒毒在他体内会渐渐渗入五脏六腑，最后随精气统统汇聚于目。若是他的目珠完好也就罢了，偏偏他眼睛受过伤，毒入目珠之后，目珠比常人的更加脆弱，从眼睛里解毒也就更难。"老君不住地摇头，痛惜不已，"孟泽玄君他果真莽撞，全然不考虑后果。"

我只记得自己僵坐了很长一段时间。在那很长一段时间里，我都在想如果老君救不活孟泽，他仙逝了该怎么办。就算有七成把握我都觉得心惊，莫说如今他活着的可能只有三成。

老君说得对，他果真不考虑后果。

老君递给我一杯茶水："素书，你的脸色与那夜他的脸色差不多，你担心他活不成与他担忧你活不成是一样的。"

"所以，老君，你可知道有什么办法能……"我顿了顿，竭力压住从喉咙溢出来的哽咽，尽量平静地与老君商讨，"你说若是救我，会有五成把握，那么我把这毒重新过回我身上如何？"

"素书啊！"老君的面颊一哆嗦，道，"老夫求你们不要再折腾了！这蟒毒反反复复、过来过去，情况只能情况更糟，到时候你们二位都染了毒可怎么办？"

这时，本神尊想到一个办法。

"老君，你说他的眼睛有问题，如果……我把我的眼睛换给他呢？"我认真地道。

这句话叫老君猛地抬头，手中的茶盏被打翻，盯住我，道："你方才……你方才说什么？"

我握紧扇子，严肃地道："老君，我不是在开玩笑，其实这件事我早就想过。"

当时在凌波仙洲，诸神斗法，孟泽替我去夺玉玦，武广大仙的斧光成茫茫雾障遮住孟泽，他因为看不清，被武广大仙砍伤了右肩。

沉钰说："我倒忘了他眼睛不好用了。"

那时候，我想冲上去给孟泽做眼睛，也是在那时，我有了别的念头——我把自己的眼睛给他也是好的。

老君却不愿意，拍案而起，怒道："你这是在胡闹！你这般容易地舍了自己的眼睛，如何跟自己交代？你又叫我如何跟聂宿交代？"

这句话叫我一怔："你……你跟聂宿交代什么？"

老君胡须一颤，意识到自己说漏了嘴。

我却不愿意放过他，问道："聂宿他跟你交代了什么？当年他将我丢在无欲海之后，我昏睡了几日，醒来后他已经去银河了……他走之前跟你说过什么，对不对？"

老君知道自己瞒不下去了，望了望窗外，良久之后叹道："他说他以后怕是护不住你了。他晓得你被许多神仙惦记着去殉劫，他怕你做什么傻事，叫我日后一定要帮助。"他又转头看了看我，目含愧疚之色，"素书啊，你自苏醒之后，大大小小的劫数好像从未断过，老夫没有替聂宿保护好你，老夫无法向他交代啊！"

直到扇柄硌得我掌心生疼，我才意识到自己方才听到聂宿的话竟这般紧张。

他当日在银河畔也是这般嘱咐我的。可如今我将自己的眼睛给孟泽，我心甘情愿。

"聂宿他……他能理解我。"我说。

老君道："你叫他如何理解你？他所想的不过是你能安稳无虞。你如今都要把眼睛送出去了，他若是知晓了这个消息，何等心痛？"

我摇摇头，心意已决："他没什么好心痛的，毕竟当时为了他我连鱼鳞都献出来了，如今把眼睛给孟泽，我觉得没什么不妥。"

"你可知道你三万岁的时候被剐鱼鳞这件事，聂宿他悔恨了一万年？他寻到十四万年前的那个大劫，代你去死，是为了补偿你。"

"谁叫他补偿了？！"我没控制住自己，大喝道，"我从未想过要他补偿，他有本事活着啊！他有本事叫我不遇见孟泽、不喜欢上孟泽啊！"我终于没忍住，泪水滚烫，落下两行，"他有本事……当初娶我啊。"

老君颤巍巍地开口："素书你……"

我的那股子倔脾气上来，收都收不住："你现在倒听了他的话来劝我、来拦我了，你当初为何不拦住他，叫他不要去银河挽救星辰？现在这些阴错阳差，你觉得是谁造成的？"

"素书，因果轮回，劫数命定，你我做神仙这么久，应当明白我们神仙事不是谁能左右的。"

"那就都算在我自己头上好了。我如今既然看上了孟泽玄君，就一定不能坐视不管，况且他是因为给我除蟒毒才置自己于这般凶险的境地的。你也知道孟泽现在的眼睛，也不是全然看不清，他能视物，只是不太清楚罢了。"掌心中的离骨折扇化成扇剑模样被我拍在桌案上，我不晓得自己是何种心情，只知道这次谁也不能拦着我，抬袖子抹了抹眼泪，道，"老君你若是帮忙，我便只需要把眼睛的清明给他，自己同他现在一样，还能勉强视物；如果你不帮忙，那如今桌上的这把扇剑便是剜素书眼珠的物件儿。我三万岁时被剐鱼鳞的时候不曾害怕哭喊，如今十八万岁，剜双眼珠也不至于胆怯落泪。老君你算是聂宿的故交，我乃聂宿的徒儿，那你也算我半个师长，到底要如何做，你选一个吧。"

老君攥紧拂尘，愤愤出声："你这丫头是在威胁我？！"

他的眼中映出一个眸子通红的本神尊："是。"

老君终于妥协，闭目抚额道："素书啊，你这性子当真太倔。"

掌心中的扇剑重归折扇模样，我收回来握在手中，语气也缓了几分："这件事你别告诉孟泽，他若是知道，一定不会同意。等到我把眼睛的清明给了他，他眼睛无碍后，你便给他解毒。你说你有五成把握，我相信你能把他救活。"

老君终究拗不过我，拧眉道："你还知道不能告诉他，你还知道他不同意？你真是……糊涂！你们二位都糊涂，当初他不该救你，你如今也不该救他，你们二人谁染毒不一样？偏偏……"

我将折扇揣回袖袋里，拿过已经凉透的茶水灌了几口，觉得心神终于平静了一些，打断他："不一样，他是我喜欢的神仙，我宁愿自己仙逝，也不愿看他死。"

我知道，孟泽当时也是这样想的。

"你说个日子吧，最好挑个近些的日子，眼睛这事，宜早不宜迟。如今他的眼睛与过去无异，说明五脏六腑之毒还未汇聚到眼睛上。"我说。

老君终究没有忍住，倒拿拂尘，敲了敲我的脑袋，愤愤地道："眼睛这事儿你融会贯通得倒快，我劝你的话你却一句也不肯听！"

我笑一声，给他斟了茶水："这杯茶当是我给你赔罪的。"

他闻言又往我的脑袋上补了一拂尘，气得眉须都颤了颤："上次拿老夫的茶给老夫道谢，这次又拿老夫的茶给老夫赔罪！"

最后，我与老君定了个时日——十二月初一。

老君送我出府的时候，我其实看得出他的眼眶有些泛潮。他送我到很远的地方，都快出三十三天了，才说了一句："老夫一想到你三日之后便看不清了，就觉得身上有两把匕首，一把在剜老夫的心，另一把在刺老夫的眼。心疼，眼睛也疼。"

我望着三十三天的云霞笑了笑，正要宽慰他几句，却见有墨袍神仙广袖迎风，踏云而来，桃花眼眸微微染了堇色，恍惚之中，觉得那双眸子微微笑的时候，真像三月春光里最好看的那朵桃花。

那墨袍神仙落在我身旁，当着老君的面，不由分说地将我裹进怀里。

我愣了愣，感到身旁他的那颗心跳得极快："你怎么了？"

"素书，你在三十五天看到的场景，不是我的本意……"他将脸埋在我的脖颈处，呼出的气息尽数落在我的肌肤上，"我当时不过是看不惯长诀罢了，我心里不是那样想的。"

本神尊推了一下他，佯怒道："用尽手段娶到本神尊竟不是你的本意？你的本意既然不是娶本神尊，那是什么？"

他又将我裹得更紧了一些，哽了哽："我的本意确实是娶你……可我，我那么说，你一定会误会。你别生气，我……"

"哦？既然你的本意是娶我，那我就勉强不生气了吧。"

他浑身一颤，放开我，低头的时候脸上又惊又喜："素书，你……你真的不生气？"

本神尊抱着胳膊，摆出睥睨之姿："本神尊生气了，要孟泽玄君亲一亲才能好。"

不远处的老君终于忍不住了，咳了一声，拂袖转身："老夫……先回去了。"

我去老君府上偏偏忘了问老君一句，梨容重归神界后居住在哪里、心性如何、过得可好，以至于我后来遇到她的时候竟没有设防。当然这是后话了。

回到银河深处，孟泽照例给我做了一桌子菜。我看着他，也许是想到三日后自己就看不清楚了，便总觉得看不够面前这个俊朗的神仙。

他终于觉察到本神尊目光热烈，抬眸看我，笑道："好看吗？"

我点头："好看啊，你真好看。"

孟泽神色一滞："我方才是问你今日的菜好看吗……"紧接着面颊微微一红，道，"赶紧吃。"

我听了他的话，赶紧吃完，却没想到刚放下筷子，便被他抱起来御风飞下采星阁，奔向厢房……原来他叫我赶紧吃完是为这个。

纵然已经不是头一回，但本神尊的老脸还是红了。

凡人说春宵一刻值千金，我觉得自己跟孟泽在一起的每个时刻都十分珍贵。我一细想，又觉得自己特别矫情，三日后，本神尊不过是看不清楚了，又不是同他生离死别。我还是会跟孟泽在一起，只要他还要我。

这么一想，我便抚着他的胸膛问出声："你以后还会在我身边，对吧？"

刚刚躺下的他因为这个问题愣了愣，错愕片刻后又将我揽进怀里，下巴抵着我的额头，沉吟道："你在想什么？我自然会在你身边。"

我抬头看他，在他眼中堇色的荫翳下，是一个眉眼模糊、长发散落的本神尊的倒影："如果我以后老了，不能走了，你还在我身边吗？会给我做拐杖支撑我吗？"

他亲了亲我的额头："会。"

"如果我以后手僵了，拿不住扇子也握不住剑了，你会不会在我身边，替我扇风解暑，为我斩妖除魔？"

他看着我道："会。"

我笑出声，手指触上他的眼角，问出最后的问题："如果我以后，我是说以后，老眼昏花……看不清这万里朝霞，看不清这浩瀚星辰，你会不会在我身边，做我的眼睛？"

他握住我停在他眼角的手，望着我双眸里露出的期待的目光，温柔地说道："素书大人，你需要我的时候，我都在。"他似乎是想到了曾经在凌波仙洲为了良玉而撇下我的那件事，眸光黯淡下去几分，握着我的手紧了紧，又觉得不够，将我裹进怀里，手掌摩挲着我背后的头发，开口的时候嗓音微哑，"素书，我以后都在。"

他身上那缕魂衍生的明媚气泽缠上我的手指，温暖自指尖传入心窝，叫我觉得在这快要到来的冬日里，除了有凛冽寒风吹皱衣衫，也有日光温煦伴我左右。

他说他以后都在。

我愿意信。

"孟泽，过些日子，我想去看北上天的流光。"

"嗯，我陪你去。"

"还有东海日出时的云霞。"

"好，我带你去。"

"还有三月时节，阳华山下那三百里桃林。"

他的桃花眼眸亮了亮："这些都是极容易的小事，你想去我就带你去。"

"嗯。"我盯着他的眼睛道，"我突然想看很多风景。"可我更想让你活着，让你陪在我身边。

翌日，我告诉他老君要给他解毒。

孟泽慌了："他是什么时候跟你说的？"

"就是昨日，他让我告诉你，十二月初一叫你过去，也就是后天。"我尽量平和地说道。

孟泽还打算瞒着我，给我盛了一碗粥，面色恢复从容："哦，我也打算这几日去找他。"

"你上次说吃一万年的丹丸、汤药，吃一万年会不会太麻烦？"我故意问他，往嘴里送了一勺粥，又道，"老君那般厉害的神仙，应该有快一些的法子吧？"

他笑道："也许是有的，我再问问。"

他笑得很好看，面上掩饰得很好，可我依然发现他给自己盛粥的时候手指有些抖。

"素书，"他抬头唤我，"明日你在银河等着我可好？"

我知道他不想让我知道他可能会死，所以才叫我不要去，在银河里等着他。我答得利落："好啊。"

"估计夜里我能赶回来给你做饭，如果……"

"如果什么？"

他摇摇头："没有什么，我一定能赶回来给你做饭。"

"嗯，我知道啊。"我知道没有什么如果，他能活着回来，"我就在银河里等着你，我哪儿也不去。"

他终于放心了："好。"

夜晚，我又收到了老君的话，依然寄在梨花树叶上。他嘱咐我一定要迟一些去，他先用诀术使孟泽昏睡，孟泽入睡之后，他会遣书童在府门口等候我。若是府门口无人，便不要进去。

看完这些话，我随手捏出火苗将那梨花树叶给烧了。

孟泽推门而进，看到了我指上的一缕薄烟。

他走近我："你在做什么？"

我望着他笑了笑，灭了那缕烟："方才想起一个诀术，想试一试来着，却不小心使错了，走了火。"

他端过一杯凉茶替我冲了冲手指，有些心疼地道："小心一些。"

十二月初一，神界下了很大的雪，孟泽去三十三天之后，本神尊也裹着毛氅走出银河，去往老君府。途中，我怕他走得慢，被我赶上，又恰好路过无欲海，便先去无欲海看了几眼。

九天无欲海海水冰封，冰面上白雪茫茫。我眼力好，竟能透过皑皑白雪看见冰面之下海水幽蓝而阴郁，是以前的模样。

低头的时候，我看到聂宿的那枚玉玦稳稳当当地挂在我的腰带上。有一瞬间，我竟然觉得记忆飘至十四万年前，那时候春寒回至，也是这般料峭，这块玉玦指引我一路飞到无欲海，穿过阴郁的海水，落到银河。我见了聂宿最后一面。

时光荏苒，十四万年匆匆而逝，竟叫我生出些伤感。

我告诉自己，不过是眼睛罢了，当年被剐鱼鳞的痛都忍过来了，失去眼睛又有什么好怕的。于是我握紧玉玦，盼着聂宿能给我一些安慰，一鼓作气，飞上三十三天。

我将时辰把握得刚刚好，刚落脚，那位曾经见过一面、无意间听了我"早恋没有好下场"言论的小书童便走到老君府门口了，手里端着一个袖炉。我觉得自己的眼力特别好，透过白雪，连紫铜炉身上文绘的《松鹤长春》以及炉盖上镂刻的《五福捧寿》都能看得清清楚楚。

小书童十分礼貌，将袖炉递过来，俯身行礼道："神尊大人请随我来。"

进了府，见到老君，他照例又嘱咐一句："素书，你当真想好了？眼睛不是小事，你现在反悔还来得及。"

我抱着袖炉，看着他难受的样子，笑了笑，道："要是没想好，我就不来了。"

他还想劝我，却见我们在雪地里站了很久，他手中拂尘沾雪，我手中袖炉渐凉，都成落寞模样，没再说出一句话。

老君将拂尘一晃，诀术重新点燃袖炉中的银霜炭，望了望房中，广袖一拂，道了声："跟老夫来吧。"

我回身望了望，纵然白雪遮住了大片大片的颜色，我却依然能看到这神界，风景秀丽，大气恢宏，光影浩荡，亘古未灭。

在老君动手前，我给自己下了昏睡咒，给他省了一些麻烦。

至于后来，匕首贴近我眉目时，我并没有想象中的那么害怕，只是在梦里双目一直有些刺痛之感，叫我在梦中总忍不住落泪。

梦里啊，我看到了孟泽。以往我很少梦到他，可是在这个梦中，他就在我眼前，告诉我他一直都在。我告诉自己千百次，这不是诀别，不过是看不清楚罢了。可我隐隐觉得不踏实，觉得以后会再不能同他在一起。我想到这里，眼泪便忍不住地往下流。

在梦里，他带我去看了北上天五彩的流光，看了东海明媚的朝霞，看了阳华山下那三百里桃林，最后在采星阁，他拥着我，看了那万千星辰，辉光璀璨，亘古不灭。他低头亲我，我看到万千银光落在他的墨发上。我刚想抬手抱一抱他，却发现在自己触到他的那一瞬间，景象恍惚，回过神来的时候，面前的少年青丝成霜发，墨袍染冰雪。

我惊慌地抬头，见北上天流光退去，东海朝霞被海水湮灭，阳华山下的桃花花事已了，只剩颓谢的花盏纷纷扬扬如灰烬。采星阁外万千星辰光芒不再，尽数变成灰白颜色。

我害怕地落泪，心里满满当当都是遗憾："孟泽啊，我看不到你头发的颜色了，我看不到你衣袍的颜色了，你还要我吗？"

梦中的那个神仙替我揩掉眼里的水泽，告诉我："素书，我一直在，等你老了，我可以当你的眼睛。"

孟泽说完这句话后便凑到我眼睛上亲了亲，那柔软又微凉的触感落在眼睑上，有些麻，又有些痒，最后竟觉得有些刺痛。

我忍不住抬手揉了揉眼睛，却揉到敷在眼睛上的绫布。一瞬间，那刺痛变得更加真实，我从梦中醒了过来。努力想睁开眼睛看一看，却发现眼睛被一段白绫敷着，睁眼看到的是这昏暗中依稀能辨认出的白色。

老君的声音在耳畔响起："这白绫要敷三日，你现在见不得日光。"

我僵了一下。眼睛真的很痒、很疼，叫我忍不住想抬手揉一揉。

老君用拂尘挑开我的手，嘱咐道："你听我说，素书，现在碰不得。"

"可是我这般模样怎么见孟泽？"我想了想，还是摘了下来。

其实我没有觉得有多么难过，只是不太敢看老君，也不太敢看别处，眯眼看了看窗外，白雪簌簌而落，无论远近，都成灰白颜色，光亮微微灼目，果真如老君所说。

我回头宽慰他一句："其实还好，只是没了颜色罢了，其他的我能看到。"

老君面色戚戚："这是白日，等到了晚上，你大概就看不到一切了。"

我笑了笑，起身道："现在去给孟泽解毒，你有五成把握吗？"

孟泽依然在昏睡，他大概是因为知道老君要给他解毒，所以十分配合，昏迷这么久也没有反应。我压低声音笑道："你看，我还能看清他的这身衣裳，黑色的袍子，没错吧？"

老君不说话，掌心里多出一枚银刀，俯身靠近孟泽的眼睛。

说来也奇怪，本神尊自己的眼睛挨这银刀时，我并不害怕，可是看到那刀刃贴近孟泽的眸子，觉得脊背都渗出了虚汗，寻了个借口道："老君，我去外面看看雪，解毒后他若醒过来，就喊我一声。"顿了顿又嘱咐他，"你一定不要跟他说是我救了他。经过蟒毒这件事情，孟泽的性情你大概也知道了，若是他打算再把眼睛的清明还给我，到时候你愿意再麻烦一次，本神尊也不愿意折腾了。"

我说完便走出门，可又不敢走远，最后窝在房外的墙脚下静静等着。

雪越来越大，远处白茫茫一片，纵然眸子失了色彩，本神尊还是想象得出那灰白之下是雕梁画栋、碧瓦朱墙，是一个殿群气派、景象恢宏的三十三天。

我低头的时候又看到了自己腰间系着的那枚玉玦，忍不住摘下来放在眼前端详，玉玦没有光泽的样子瞧着十分普通，可一闭眼，我仍然想得到这玉玦质地莹润无瑕。

那迎我进门的小书童见我一个人蹲在房外，便揣着袖子跑到我身边，小脸上挂着两片暗色阴影，我想了一下，应当是冻得发红的印子。

他开口唤了我一声，从袖子里掏出一个袖炉递给我："时辰尚早，这雪越来越大，神尊大人若是不愿意进屋，先拿着这个暖暖手。"

我心中感动不已："真是个好孩子。"低头的时候，却发现接到手中的袖炉的炉身纹样模糊，我看不清楚。

不过，袖炉这东西，用来暖手就好了，也没必要非得……看清楚。

"谢谢你啊，叫你费心了。"本神尊又道。

面前的小书童摆了摆手，笑的时候露出一口白牙："小仙也想感谢神尊大人，上次听神尊大人说早恋没有好结果，小仙便没有向自己一直喜欢的那个小仙子表白。"

本神尊有些心慌，蹲在地上抬头看他："你……你说啥？"

我的天哪，我不会引导错了，生生打散了一对小鸳鸯吧……

　　小书童俯身拜了拜我，告辞之前又对我道："神尊大人，你教导得对。小仙觉得自己现在修为浅薄，保护不了她，等我长大一些，修为更高一些，才有能力护她安然。小仙应当为她努力，成为更好的神仙。"

　　我看着漫漫白雪之中那个走远的小身影，突然想到了勾砚。

　　若是勾砚当初也有这样的想法，便不会成为南窖那厮的棋子吧，也不会如现在这般痛苦不堪吧？

　　等孟泽的毒被解，此事尘埃落定，我一定要寻回勾砚，带她去南荒拜师。

　　就在此时，房内突然传来孟泽的声音，那声音刺破风雪汇聚成的安宁，撕心裂肺的呼号吓了我一跳。

　　"阿玉！不要！"

　　我蓦地一惊，起身提步想进去，却终究在门框处顿了顿，最后从窗户往里面望了望。

　　我看到孟泽躺在床榻上，面目狰狞，浑身是汗，身子抽搐几下，拼了命地想挣脱开困住他的术法，拼了命地想醒过来。

　　老君只能一边握着匕首，一边捏出一个昏睡咒落在孟泽的眉心上，叫他不能睁开眼。

　　孟泽依然在挣扎，梦里的哭喊划破现实的宁静，他咬牙切齿："阿玉你住手，"忽又泪雨滂沱，"你不要碰我的眼睛，我的眼睛好不了了，可我宁愿好不了，也不想让你把眼睛给我。"

　　窗外的本神尊因为这句话而怔住。

　　房内的他脸上布满水泽，近乎绝望地说："阿玉，你听话，不要碰我的眼睛，我不要你把眼睛给我……你听话……"

　　手中的玉玦刹那间落地，在这窸窸的雪声中，发出清脆的一声响。

　　我恍然大悟，他在梦中……梦到了良玉。

　　我又蹲在墙脚，看着茫茫白雪傻笑：孟泽你果真是个没良心的，你为何不能想到本神尊？我哪里不好，你为何不能梦到是我在救你，为何不能梦到我一次？

我笑着，水泽从眼眶里溢出，双目又有些疼，忍不住想抬袖子擦一擦。可眼泪越擦越控制不住地往下淌，最后我十分没出息地用袖子捂住脸，在房外掩面哭了个彻底。我怕老君听到我的哭声会分心，只能极力忍住，不让自己出声。

梦这种东西果然奇妙得很，梦中的场景果然不能当真，那个在我梦中抱着我看北上天流光飞舞、看东海朝霞鼎盛、看阳华山下桃林灼灼绵延三百里的神仙；那个在我梦中指腹触上我的眼睑替我揩掉眼泪，说"素书，我一直在，等你老了，我可以当你的眼睛"的神仙，如今在梦中想着别的姑娘，声嘶力竭、面目狰狞，只为不让梦中人替他换眼睛，只为保护梦中人安然无恙。

本神尊望着这灰蒙蒙的天，觉得十分悲痛。

可更叫我难过的在后头。

我在外面蹲了几个时辰，孟泽的眼睛恢复了，体内的蟒毒也清除了。他终于醒来，重新看清了眼前的这个世界，做的第一件事是从床上跳起来，揪住老君的衣襟大吼道："阿玉呢？！她在哪儿？"

他怔怔地看了看四周，看着眼前清清楚楚的景象，更加确信是良玉给了他清明，眼眶通红，眸中泪泽滚滚，绝望地出声："阿玉……她把自己眼睛的清明给了我对不对？她现在看不清了对不对？"

我从窗外看到老君在竭力忍着，忍到面颊颤动，牵连着白须颤抖："你梦到的一直是良玉神君吗？"

孟泽的目光探出门外，问道："那不是梦，那绝对不是梦……如果是梦，我现在怎么会看得清清楚楚？"说罢眼泪落了下来，"我的眼睛是什么样子的我知道，我的眼睛能不能看清楚我也知道。她一定让你不要告诉我，她一定嘱咐你了。"他回头望着老君，脊背僵直，如同一个执拗的孩子，哽咽着，带着卑微的乞求，"阿玉她……她回来了对不对？"

本神尊……有些听不下去了。任我性子再坚强，也不愿意看他这般悲戚的模样，听他这般乞求的言语，而且这悲戚和乞求都是为旁的姑娘。

可在我转身要走的时候，却听到房中的老君忍不住了，怒火中烧："你为何没想过是旁人？"

"旁人？"孟泽不愿意信，固执地重复一句话，"阿玉以前救过我的眼睛，她以前救过我的眼睛。她一定回来了，她一定回来了，她还是如当初那般，不听我的话，非要救我。"

说罢，他御风飞出门，正要奔出去探个究竟，忽然看到立在窗边的本神尊。

他面上悲喜难辨，在离我不远不近的地方僵住，目光隔了泪雾，落在我的脸上。

片刻之后，他走过来抱了抱早已被冻僵的本神尊，下巴垫在我的额头上："素书，我看得清你了……"

"嗯。"

"你真的……很好看。"

"嗯。"

"让我多看看你，过一会儿……我要把眼睛的清明还给阿玉。"说罢，他又看向我。

孟泽他果然还是这个脾气——他一定不会接受他喜欢的姑娘把眼睛的清明给他。我安慰自己不要难受，我告诉自己如果他知道是我把清明给了他，他也一样会还给我。

可我不想这样，我不能说。他能看清就很好了，就很好了。

我抬头，却不敢看他，只能闭眼，忍住要溢出来的眼泪，笑道："那你好好看看。"

他捧住我的脸，低头亲我："是阿玉回来了对不对？老君不肯告诉我，素书你知道是她回来了，对吗？"

我抬起宽大的袖子遮住脸，让他看不见我的表情，语气轻松："孟泽，你觉得是……就是。"

他觉得是，又抱了抱我："等我回来。"然后转身，御风奔向三十五天。

他一定不知道，衣袖之下的本神尊早已泪流满面。

君子益泽

下

许酒 著

百花洲文艺出版社
BAIHUAZHOU LITERATURE AND ART PUBLISHING HOUSE

目　录

20．往事难断，相爱则伤

　　我从三十三天回去的时候又嘱咐老君千万不要将眼睛的事儿告诉孟泽。老君看出我的难过，却不知如何安慰我，便问了一句："你这眼睛白日里只看不到色彩，倒还能瞒过去，可是夜里什么都看不见。如果……日后他发觉了，问你的眼睛怎么突然看不清楚了，你该如何回答？"

　　我沉默一下，低头道："我一个十八万岁的神仙，年纪大了，眼睛有些不行了……其实也不算太难解释。"

　　老君低头理了理衣袖，拂尘扫了扫落在身上的雪，沉声道："如今这些事情都处理得差不多了，明日收拾收拾，后天开始，老夫打算闭关。"

　　本神尊一下子慌了，差点儿从台阶上滚下去："你要闭关？后天吗？这样匆忙？"

　　他眼睛一瞪，眉毛一抖，嗔怪我道："我给你喜欢的这个神仙又是恢复眼睛又是解蟒毒，也很累，好吗？"忽然想起什么来，又道，"还有前些日子文儿和尹铮的事，再前些日子你在凡间动用仙术被反噬的事，"他最后已然是恨铁不成钢的样子，"你重回神界，惹上这么多事，老夫被你连累得不轻，你还蹭了老夫不少好茶！"

　　我嘿嘿一笑，抬手为他拂去肩上的雪："这么一说，是得闭关休息休息。等你出来，我定拿好茶孝敬你老人家。"

他捋了捋胡须，望着远处的茫茫白雪，叹了口气："这次闭关，要万儿八千年不能见。我前几日也曾琢磨过你的事情。"

"我的事有什么好琢磨的？"本神尊有些不懂，"你老人家琢磨出什么来了？"

老君讳莫如深："也不晓得我琢磨出来的这些有没有用……唉，还是说给你听一听吧，在这一万年里我可能不出来，你心里对这件事有个数，也能长个心眼儿。"

本神尊摆出洗耳恭听的模样："你说。"

"听闻天帝几个月前惩处过一个仙官，那个仙官伙同其他神仙揍了你，你那时浑身是血，差点儿被那帮劣仙揍死？"

"虽说本神尊不太想承认自己没用，但是……确实有这事儿。"

"那时候，孟泽玄君血洗西山，被梦貘围攻，鲜血淋漓，遍体鳞伤，可有其事？"

我点头："是。"

老君接着道："九月，凌波仙会，武广大仙砍伤了孟泽的右肩，你当时坠入毒蟒之中，"顿了顿，他抬手指了指我的右肩，目光凝重，"右肩被毒蟒的獠牙贯穿，也受了伤。"

我蓦地一僵。

他抬头望了望三十三天："如今，又添了一桩。他的眼睛受了伤，你的眼睛也同他之前那般，不能看清了。"

"你……你老人家什么意思？"

"这是巧合还是有缘由，老夫也说不准、参不透，只能看到这些浅显的东西，说出来给你提个醒罢了。"老君长叹一口气，"你这命途，也不知是谁安排的，也忒坎坷、忒崎岖了一些。"

我隐隐有些不安，只能宽慰自己这种事情是巧合，才稍稍平静下来。

我回到银河的时候已是酉时，天色暗了下去，雪一直在下，入目的景色十分萧索。

这银河黑白颠倒，纵然快到夜晚，我也不至于完全看不清东西。

本神尊当时选在银河建宅子，果真有眼光。

我这么有眼光的神仙，孟泽能娶到我，是走了大运了。

我手中变出一盏明灯，提着它回到厢房。说来也奇怪，在那灯燃起的一瞬间，我竟能透过温暖的火光依稀辨认出几分鲜红的颜色。

也许是白日里太过疲惫，夜里我早早便入了眠，睡梦之中，隐约觉得有神仙带着风雪推门而进，靠近我，从背后紧拥住我。寒霜从脊背沁入，叫我不由得颤了颤。

他下巴抵在我的肩窝处，轻声唤我："素书。"

我迷迷糊糊地应了一声。

他的声音里含着委屈："阿玉没有回来……长诀说她没有回来……"

这句话叫我瞬间清醒六七分，身子僵了许久，却不晓得该如何去安慰他。

他将我抱得更紧了一些，话音里悲喜参半："不晓得是谁将眼睛的清明给了我……不过好在，素书，我能清清楚楚地看到你了。"

我道："那真是太好了。"

他转过我的身子，想更近地看我一眼。我却因为这个动作蓦地一怔，转过去的时候，慌乱之中抬手紧紧扯住一件东西，好像是他的衣襟。

他的指腹微凉，划过我的唇角，划过我的鼻尖，最后贴近我的眉眼，摩挲而过。我不敢睁眼，只感觉那指尖渐渐有了温度："素书，"他这才唤我，笑道，"你也睁眼看看我。"

厢房的烛火早已被吹灭。

他不知道，我睁开眼，看到的是大片大片的黑暗。

我根本看不到他的眼睛在哪儿，看不到他的鼻尖，看不到他的唇角。

于是，我低头，额头轻轻贴着他的胸膛，扯了扯唇角，尽力笑道："我以前天天看你，我知道你是什么样子的。你今日累了吧？早些休息。"

他沉默了一会儿，揉了揉我的头发，说道："素书，你是在难过吗？"

"嗯？"

"你是不是在为白日里的事难过？"

我摇摇头，又点点头："不过我能理解，她以前救过你的眼睛，你梦到她是正常的，你想到她回来也是正常的，就像我沉睡十四万年后回到神界，觉得聂宿也活着。你一直希望良玉神君能活过来，我是知道的。"我不是很想提这件事，额头蹭了蹭他的胸膛，摆出乖巧温和的模样，"睡觉吧，我真的有些困了。"

他轻轻拥着我，没再说话。

后半夜，我其实并没有睡着，一直在想白日里银河星辰寂静、无光的时候如何能不被孟泽察觉出我看不清楚，又觉得这件事总要被察觉，到时候我应该如何说才能叫他不起疑心。

当时同老君说的那个法子过于简单，孟泽他也不是小孩子，不太好骗。

想了半夜，觉得这件事得循序渐进，本神尊得装出眼睛是慢慢看不清的，叫他有个心理准备。还有，白日里我在银河不能视物，应当支开孟泽，叫他暂时不要发现异常。

次日，我正想着应当用个什么法子支走孟泽的时候，南宿身边的那个名叫晋绾的女官出现在了采星阁。

我其实看不清楚，便捧了一卷书挡住脸，听她焦急地说道："神尊大人，晋绾晓得你一定不愿意，但还是自作主张来请你去轩辕国一趟。"

若是搁在以前，本神尊自然是不愿意去他们轩辕国的，上次被匀砚骗去凌波仙洲走了一遭，几乎要了本神尊的命，这回直接去轩辕国，我心有余悸，怕自己不能活着出来。

晋绾看出我的担忧，忙道："这一次是为匀砚，大公子他叫我来的时候，说自己一定不会如上次那般折磨素书神尊。"

我心下一惊："匀砚怎么了？"

"匀砚自上次被大公子从雕题国海牢里救出来之后，便一直将自己关在房中，不言不语不进食。大公子强行闯进去，看到骨瘦如柴的她十分心疼。我不晓得她心里在想什么，可我却看得明白，她是不打算再活了。昨夜她终于开口，说临死前要跟你赔个不是，大公子便叫我来请神尊大人。"晋绾顿了顿，"扑通"一声给我跪了，"还请神尊大人去见匀砚最后一面。"

其实不用她来请，我也打算寻个时机去见匀砚一面。本神尊还未带她去南荒拜师，她怎么能死？

我没敢看孟泽，低头对他说道："我去见一见匀砚。"

他说："我陪你去。"

我摇摇头，笑道："你去三十三天见老君一面吧，老君明日便要闭关了。他可是你的救命恩人，你昨日连个'谢'字也未提，老君大概要伤心了。"怕他不肯答应，便又补了一句，"要不你先去三十三天见老君，我在这里等你。你回来之后，我们一同随晋绾去轩辕国可好？"

他终于答应："嗯，好。"

临走前他又威胁晋绾两句："你若是敢伤她分毫，我便血洗了你们轩辕国。"

孟泽走后，我撂下书卷匆忙起身，循着晋绾的声音道："晋绾，你过来扶我一把，快带我去看看匀砚那孩子。"

她慌忙起身扶住我："神尊大人腿脚受伤了吗？"

我想看清面前的姑娘，睁眼的时候看到的却是昏暗一片。

她是何等聪明的一个姑娘，看我这般模样，大惊道："素书神尊，你的眼睛怎么了？"

"我眼睛受了些伤……你扶我出了银河就好了。"

她挽住我往前走，出了采星阁才问道："方才……孟泽玄君知道吗？"

"他不知道，所以我才支开他，"我说到这里又嘱咐晋绾一句，"你别告诉他。"

去轩辕国的路上，我觉得一个身影匆匆掠过。我眼神不好，看不太清，只觉得她那素色的裙子瞧着十分单薄。我再回头去瞧的时候，那身影已经遁入虚空，不见踪迹，只隐隐约约留下几丝梨花香。

时隔许久，我又见到了匀砚。我看着面前的这个孩子，脑海里突然出现一个词——行将就木。

她当真……瘦得不成样子了。

南窋亦是一副疲惫模样，也许是心疼他的这位小表妹，见到本神尊，没了折腾我的心情，眸子极冷，说道："你劝劝她吧，她或许还能听你一句。"可说完这句，他偏偏又不肯放过匀砚，也不肯说出自己的心疼，临走时又补了极阴冷的一句，"若是劝不了，就叫她自生自灭吧。"

匀砚神色木讷，眼神空洞，就算听到南窋说的这句话，也没有反应。也许是本神尊的眼睛看不到色彩，所以觉得眼前这个小神仙，已经完全不是当初那个神采奕奕、桃花眼明媚有神的小白脸了。

晋绾轻声同我道："麻烦神尊大人了。"说完便也退了出云。

我本打算抱一抱眼前这个小公子打扮的姑娘，可是怕一不小心用过了力再伤了她，终究忍了忍，坐在她床榻前面的椅子上，抚着离骨折扇让自己的心神安定下来，望着她心疼地道："匀砚，你何苦这般折磨自己？"

她呆呆地望着我，像是花了很大力气才明白我说的是什么，暗哑开口，唤了我一句："神尊大人。"

我笑了："你还知道我是谁，那便还有救。"

她眼中渗出泪，却依然同我笑道："神尊大人，我怕是活不了了，临死之前，觉得此生最对不起的神仙便是你。"

"胡说八道，你才七千岁，还不及本神尊年龄的十八分之一，本神尊最难、最痛的时候都没有如你这般寻死觅活，你这是在做什么？"

她艰难地摇了摇头，苦笑道："我觉得自己活着也是个累赘，没有谁……真的需要我。"

"你怎么会这么想？你若是个累赘，为何晋绾还要匆匆忙忙去银河求我？你若是个累赘，为何南窋还要叫我来劝你？"

"大概，我是他的棋子吧。"她看着我，面上的表情有些奇怪，却又叫我看不出是哪里奇怪，"其实，我很小的时候，就知道自己不受爹娘疼爱，只是后来渐渐习惯了。可是，我没有想过，我的雕题子民也会弃我而去……"她顿了顿，凄凉一笑，"前几日，我的两位兄长也知道了大夫人的事，他们怨恨我的母亲，大概也不会再来……再来理我了。"

我心里一惊：南霁做事果然不留余地，当初是海牢里的雕题子民，后来是匀砚的兄长，他这是要利用这些人一步一步把匀砚逼上绝路。

我望着她："你愿意跟我走吗？"

这句话叫她反应了许久："神尊……还让我跟在身旁吗？"

"不，我要带你去拜师。"

我没想到她会拒绝我："神尊大人若是不想让我留在你身边，那匀砚哪里也不去。"

"不是我不想让你在我身边，而是本神尊觉得，这四海八荒有更好的神仙，他能给你更好的，不管是命途还是修为。"我认真地给她解释。

她却委屈一笑，下意识想要扯住我的衣袖叫我收留她，可是手指快要触到我的时候却顿了顿，收了回去，轻声道："神尊大人……果然还是要赶匀砚走。匀砚也知道，这世上，做错了事便不该被原谅。"

本神尊想赶紧带她离开这里，就算我养她一阵子，再带她去南荒拜师也是可以的。我握住她缩回去的手，认真道："你现在随我回去吧。"

她目光一滞，似是没有听明白我方才的话，怔怔地道："神尊大人……要带我回银河吗？"

我点头，将她抱起来裹进怀里，御风飞出屋子。

我一定要将匀砚带走，所以做好了跟南霁讲道理的准备，也紧紧将离骨折扇握在手里，做好了同他拼一场的准备。只是我没有想到，我抱着匀砚出去之后，门外已经候着三个神仙：南霁、孟泽，还有……梨容。孟泽出现在这里我倒是不稀奇，可我没想到他会这么快出现。而梨容，自从给她安完魂后，我没有再见过她，所以好奇她为何会出现在轩辕国。

梨容看着我，似是早已经知道我是谁，对我笑了笑。素色的梨花衣裙在冬日里显得单薄，衬得她的身体也十分单薄。我看着她这般鲜活地立于我面前，是已经有了灵魂的模样，竟然莫名地生出些紧张。

她一直在笑，那笑容里满满的都是叫人挑不出任何瑕疵的温柔，我分不清她到底是敌是友。

南窘一定看到了我吃惊又紧张的表情，拍了拍手掌，慵懒地笑了几声："真好，花了这么大力气，终于将大家凑齐了。"

我抱着匀砚，愤愤出声："你什么意思？"

怀里的匀砚却自己挣扎着跳下来，退了两步，跪在地上给我磕了几个头，却不敢看我的眼睛："神尊大人，匀砚对不起你。"

我不清楚这是怎么回事，脑海里混沌一片，震惊地道："你说什么？"

南窘摇着坠子，悠闲地道："素书，你果真是好心啊。"

匀砚朝我又磕了几个头，语气却稳稳当当、无波无澜："神尊大人，匀砚又骗了你。"

我握着扇子的手指抖了几抖。

我冷笑一声："真好。"

手中的折扇闻得到我的怒气，瞬间化成三尺长剑，若不是孟泽走过来拦住我，本神尊大概要拿着这扇剑手刃了跪在面前的匀砚。

想来也真是可笑，我堂堂一个神尊，被一个小仙生生骗了两次。

这两次是用一个招数、一个伎俩。

我怎么能这样没用，连续往这坑里跳了两次。

怒火哽在喉中，烧得喉咙生生地疼，开口的时候竟觉得怒火自口中挤出，火气燎上眉目，眼睛有些痒，眼泪都快流出来了："你修为浅薄、情欲杂生，我竟特意去老君那里给你打听能收留你的师父，叫他带你修行，让你平安无恙；你雕题国沉入南海的时候，我竟怕你也会遭遇不测，急忙奔赴南海，情急之下投入海中去找你说的海牢，想的是把你救出来；我念你不过是一个七千岁的孩子，欺我一次，我当你是受人指使，并不是你的本意，便不去追究……可你如今这般模样，却还要想着再骗我一次，你对南窖，果真是忠心耿耿啊。"

她跪在地上，不言不语，不抬头。

我觉得更生气："你危在旦夕，拿自己的命为赌注引我过来，你一定料得到，孟泽他担心我，自然也要过来。"我看了看晋绾，又看了看南窖，捏紧剑柄横在身前，苦笑道，"你们轩辕国的神仙，当真是为达目的不择手段。如你方才所说，我们聚齐了，要动手就尽快吧。"

晋绾神色诧异，似是没有料到这一切，开口问南窖："公子，你果真如素书神尊所说，拿勾砚当诱饵，只为把他们引到这里来吗？"

晋绾这句话，叫我不知道该信她无辜，还是信她果真不知情。

"站着多累，我们去殿里说吧。"南窖眯眼，摇着手中的菩提坠子，望着我笑道。

我抬头，看到宫墙之上一排侍卫强弩在握，墨甲在身，虎视眈眈看着我。

孟泽也看到了，握住我的手："你看到这宫墙上身穿紫铜铠甲的侍卫了吗？莫冲动，我在这里护着你。"

我心里一抽……原来是紫色，不是黑色。

于是，我同孟泽被迫跟着南窖去了大殿。

我看到梨容走在前面，心里一阵又一阵地慌。我也说不清自己心慌什么，只是觉得有方巨石压在心头，叫我喘息都变得有些困难。

孟泽低声道："莫害怕，我在。"

我稳了稳心神，开口问他："你知道她是谁吗？"

孟泽摇头："是在老君府上的时候遇到的，可能是老君的故友。我本来打算谢过老君之后便回银河，她却告诉我她遇到了你，你已经去轩辕国了，我便直接奔了过来。"

我终于意识到来轩辕国的路上，那一闪而过的身影是谁了。"她为何也跟了来？"我问。

孟泽道："这仙子大概跟南窖早就认识，她说自己也要去轩辕国，便与我同路了。"思索片刻，低声又道，"南窘方才说终于把我们聚齐了，难不成，她也与我们有关？"

我咬了咬牙，花了很大力气才忍住拼死冲出去的想法。

孟泽觉察出我激动的情绪，用力攥了攥我的手："你认识她？"

"嗯……"过了良久，我才吐出哽在喉中的那句话，"这个姑娘，是聂宿的心上人。"

这世上有个词，叫在劫难逃。

孟泽和南窘都是我复活归来后横在仙途中间的劫数，我遗憾自己没有早早看透，以至于后来的幡然醒悟都为时已晚。

轩辕国大殿中只有我们四个神仙，却掀起了十几万年的恩怨纠缠。

南窘如往日那般斜靠在上首宝座上，我看不清他的神色，只看到他缓缓拂着杯中的茶芽，听到他笑道："将各位请到这大殿里来，是因为本公子想讲个故事，这个故事有些长，在外面站着兴许会很累。"

离骨折扇被我紧紧攥在手中，右手指尖摩挲着扇骨。我做好了一有风吹草动就执扇而起的准备。我看了看孟泽，殿内昏暗，只点了几盏灯，看不清他的面容，只见他端起一杯茶饮了几口，听他低声安慰我："我会护着你，别怕。"

上首那位放下茶盏，那摩挲在手中的物件，纵然我看不清楚也晓得是那枚千眼菩提坠子。他先威胁道："本公子有个毛病，故事没有讲完的时候，不喜欢旁人打断。诸位可转头望一望殿门外候着的侍卫，若是哪个先打断了本公子的故事，怕是要被射上几箭。"

他说完这句话，莫名其妙地吹了个调子，殿内忽然涌进来百余位精壮侍卫，箭镞在手，皆拉满了弓弦。

也许是故事很长，他觉得单说故事太过无趣，便凭空布了一盘棋。我看不清棋子布局，只看得到棋盘之上仙雾缭绕。他捏了枚棋子落在上面，开口道："这个故事有些远，远到什么时候呢……大概得从十八万年前说起。"

十八万年，果真很久远。

他指尖又捏了一枚棋子，道："十八万年前，九重天上有位神尊，可呼风唤雨、化险渡劫，亦可修身养性、种花养木。这个神尊啊，被当时的天帝看得极重，事实上，天帝也是凭借这位神尊号令六界、位居神主的。"

本神尊蓦地抬头。他这是……在说聂宿？

大殿上首的南宿一定看得清我诧异的神情，怕我打断他，便又提醒了一句："若是打断本公子，这后果素书神尊是知道的。"

孟泽握住我的手，示意我听他说完，不要鲁莽。

仙雾弥漫之中，南宿手中又一枚棋子落定："六界安定之后，他便过得悠闲了许多。有一日，他在府上栽种了两株梨花木，其中有一株不到千年就化成仙了。这株梨花木变成一个仙子。这个仙子有倾城美貌，仙子喜欢他，他也喜欢这个仙子。两情相悦，情投意合，是多少生灵求之不得的情缘。"

说来也奇怪，昏暗的环境中，我明明连近在身旁的孟泽的面容都看不清，却能清清楚楚看到坐在我对面的梨容的神情。她的目光落在我身上，唇角噙了笑，这笑叫我脊背陡然生凉。

"这棵梨花木为何能千年成仙？是因为当初那位神尊种梨花树的时候也种下了魂魄。"他说罢，看着我，"素书神尊可能晓得这个故事，却一定不晓得种魂成树这件事。"

种……种魂成树？我大惊，本想开口，却又被他打断："你果然不知道。这位神尊喜欢的，是缕魂罢了。这缕魂陪伴他十几万年，他仙法卓然，有本事将这魂种下，有本事将这魂化成仙子。所以他喜欢这仙子，是顺理成章的事。但不知为何，这个仙子，命不长久。这个由梨花木化成的仙子，最后在凋落的梨花花盏中仙逝，倒也是始终相接，算得上命途轮回圆满。"

他指尖幻化出一枚棋子，"啪"的一声落在棋盘上，淡淡一笑，提高声音道："好在，这个神仙养了个徒儿。这个徒儿嘴馋，吃了这个梨花仙子颓败时候化成的花瓣。不知道你们可晓得，那位神尊曾经种下的魂，就寄托在这花瓣之上。嘴馋的徒儿吃了这花瓣，身上就有了这薄命的梨花仙子的魂。"

说到这里，他捏出一枚棋子在指尖转了转，打量着本神尊，继续道："那个神尊，他其实不喜欢这个徒儿。他护着这个徒儿的安稳，不让旁人招惹她，这徒儿以为师父喜欢她。可她不晓得，那个神尊啊，他在乎的、他眷念的其实不过是这个徒儿身上的那缕魂罢了。眷恋已故的心上人，这是人之常情，神亦如此。这实在是再正常不过了。"

好一句……他在乎的、他眷念的其实不过是这个徒儿身上的那缕魂罢了。

这是本神尊一想到就心痛的一件事。如果能选择，我宁愿当初在无欲海被海水溶解掉，也不愿意用梨容的魂魄活到现在。

如今，故事之中的那位梨花神仙安安稳稳地坐在我对面，灯火明灭之中，我清晰地看到她唇上笑意更深。而我唇齿打战，却说不出一句话。

南宥停了半晌，见我没有说话，十分满意，悠悠吐了一口气道："再后来，距今十四万年前，这天上的星辰在一夜之间陨落无数，苍穹上的星宿亦是同时逆转。"他又布下最后三枚棋子，抬头对孟泽道，"这个劫难距今确实有些远，孟泽玄君这般年纪，或许不了解。九重天上，诸位神仙自然知道这大劫凶险，于是开始相互推诿，更有甚者，自知此劫难逃，连坟坑都提前挖好了。这位神尊占着泱泱神界重要的位子，有着芸芸生灵尊崇的声望，自然要身先士卒，去化解这星辰大劫。却说这个神尊也是个可怜的神仙，曾经为了救这个徒儿，舍过自己的一缕魂魄。也是因为缺了这一缕魂，他仙力不支，最后，于银河畔仙逝，以至于后来灰飞烟灭，没有再回来。"

手中的扇子骤然落下，惹得本神尊的心也是一惊。

我怔怔回想他那句话……他方才说，聂宿是因为缺了那缕魂才仙力不支，于银河畔仙逝的……这缕魂，就是当初为了救我而撇下的那缕魂。他如果不曾舍弃那缕魂，大概就不会死了。

"那个徒儿，沉睡了十四万年，她喜欢自己的师父喜欢得不得了，"他低笑出声，"她曾经为了她的师父，拒绝了本公子。"

孟泽捏着茶盏抬眸看我，灯火晃过，我却看不清他的神色。

怪我满脑子纠结的都是梨容和聂宿，忽略了身旁的孟泽，更忽略了南宥今日的故事其实是针对孟泽的。只是我意识到的时候，为时已晚。

"不晓得是不是巧合，重归神界的这个徒儿啊，在银河畔，在她师父仙逝的地方，遇到了另一个神仙。却说这个神仙，身穿水色绸衫，有如花样貌，比她师父还要好看一些。不过，这不是重点。重点是，这个徒儿想方设法靠近这位神仙，用尽手段也拼尽力气地想和他在一起。孟泽玄君，你知道为什么吗？为什么她这般喜欢你，为什么你伤害她多次她还能坦然跟你在一起？"

我猛地抬头，目光正撞上孟泽捏着茶盏的那只手。我看到他的手指蓦地一顿，热茶洒出来一些，将他的衣袖浸湿。

南宥掌心之中变出一把棋子，黑白混杂，手指一松，棋子纷纷扬扬落在棋盘上，冲散了仙雾。

我听到他阴冷的笑声，带着要置人于死地的狠戾，一字一顿道："因为，这个神仙的身上，有她心心念念、历经十四万年都不曾忘记的那缕魂魄。"

"你胡说！"我没忍住，握着扇子起身，看着大殿上首这个狠绝的神仙，怒火翻涌而上。

我话音刚落，听到背后风响，一回眸，便见十余支箭覆了诀术，刺破空气而来。

孟泽蓦地站起，御了仙术，将这十余支银箭尽数收在掌心。

"嘘，"南宥轻笑，做了个噤声的手势，"本公子还有问题要问。孟泽玄君啊，你不会真以为她看上你了吧？她看上的，其实只是她师父落在你身上的那缕魂魄而已。你想一下，你曾是个娶了二十八房姨太太的神仙，又寄情良玉神君很多年不能忘怀，而她现今是这四海八荒唯一的神尊大人，眉目如画，白璧无瑕，未曾成亲，也没有你这般乱七八糟的往事。你说这位神尊凭什么不介意你的过往，见了你几面就想嫁给你呢？"

"啪"的一声，孟泽手中的银箭被尽数折断。

他侧身望着我，我却来不及细看他的神情。

手中的折扇闻我怒火，化成长剑，凛凛仙风扯过我的鬓发，我攥紧剑柄直奔上首宝座而去，听背后箭镞纷纷而来也顾不得，只想跟南窘拼一场。

"你怎么这般恶毒？！"我咬牙切齿，委屈得眼泪都飞出来了。

他未躲，任我怒火熊熊，将剑刃抵在他的脖颈上。他依然笑得轻狂："怎么，说中你的心事了，要杀我灭口？"

我手中的扇剑更加贴近他的脖颈，有血自剑刃处渗出来。我大喝道："你为何栽赃我？我要你给孟泽说清楚！"

他盯住我的眸子，右手握住剑刃："你真要杀了我吗？你杀了我，就没人告诉你……"顿了顿，他故意咬重最后那句话，"让聂宿复活的法子了。"

南窘比我想象的还要恐怖。

我从未想过，最后会是面前的这个神仙说出"聂宿复活"这几个字。

他攥住剑刃，顺势将我拉近一些，血液缕缕而下，一半落在他的袍子上，一半落在我的素衫上。他的眼睛里缓缓流出欣喜："你一定也想知道对不对？其实这个方法很简单。"

"你休想骗我。"我以为这句话我说得镇静，可握着剑柄的右手却在控制不住地发抖。

他笑得更加大声："到底是不是骗你，你要听一听才好。"说罢，他轻而易举地直接挑开我手中的扇剑，御风落到孟泽身旁，负手踱了几步，扬声道，"这个法子，孟泽玄君也听一听。毕竟，与你有关系。"

说罢，他往殿门口走去，对着一众侍卫道："你们下去吧，接下来，不需要你们动手了。"

　　我执剑立在大殿上首，低头的时候看到他留在宝座旁边的棋盘，见棋盘之中九处星位尽数落了棋子，这是一盘"让子棋"。可纵然是这样，最后他扬手撒下的一把棋子落在棋盘上的时候，提前占了九处星位的棋子仍被团团围住，败得一塌糊涂。

　　我突然了悟他的意思：纵然他大发慈悲让步了，我们却依然逃不出这一局。

　　果然，大殿中央的他看着我笑道："素书神尊应当知道过世十几万年的梨容是如何复活的，对，是老君收集了她的魂魄，并将其附在梨花木上。所以，你有没有想过，这世上如果还有聂宿的魂魄，将这魂魄也附在某个物件上，它说不定也能化成聂宿呢。现在聂宿的魂魄在哪里来着？大概是在……"

　　我猛地抬头，看到他故意看了看孟泽。

　　孟泽终于抬头看我，沉声问我："所以，我身上有聂宿的那缕魂，你抽离出来，就可以见到你心心念念的聂宿了，对不对？"

　　南窖笑道："你说得对。"

　　"你不要听他胡说八道！聂宿的魂不过只剩这一缕，是如何也变不成一个完整的聂宿的！"我忽然反应过来，南窖是在挑拨，"梨容能活过来，是因为老君收集全了她的魂魄！"

　　孟泽轻声一笑："果然……你早就知道我体内的这缕魂是聂宿的。"

　　"她自然知道，她见你第一面的时候就知道了，可笑她口口声声说本公子冤枉她，其实是不愿意承认罢了。"

　　我望着孟泽，百口莫辩，眼眶里依稀有些雾，看着那个墨袍的神仙更加模糊，开口道："孟泽，你这是什么意思？我知道又如何……我从未把你跟聂宿当作同一人，我当初靠近你，是因为这缕魂，但这缕魂不是我喜欢上你的原因……"孟泽却不抬头看我一眼，于是我越说越觉得说不清，越说越觉得落入他耳中的都是狡辩。

　　"如你所说，聂宿的魂魄现在不完整，他没法像梨容一样复活。"南窖走到我面前，摇着他的千眼菩提坠子，从容地道，"但是，你忘了我那会儿说的话了。当初聂宿喜欢一缕魂，那缕魂同样不完整，可他将这缕魂种下，不是依然长成了一个完完整整的梨容吗？况且，如今你不用这么麻烦，因为你身上有件宝贝。"

他靠近我，伸手扯下系在我腰间的玉玦，举在我面前："这宝贝便是当日凌波仙会上我当作礼物要送给参加仙会的神仙的东西。这是聂宿神尊的遗物，只要把聂宿的那缕魂附在上面，养一阵子，这玉玦就能化成一个聂宿。"

本神尊望着那枚玉玦，思索着他方才说的话，震惊不已，连话都说不出来。

"现在你知道了吧，你师父的魂魄就在孟泽玄君身上，能不能复活，就在——"说到此处，南窨抬手指了指我手中的剑，"就在你手里。"

他又转身看了看孟泽："聂宿的那缕魂早已同你的魂魄融在一起了，她要是强行抢走她师父的这缕魂，孟泽玄君你大概是活不成了。"

我喊道："你说的不是真的，我不信你。"

一直坐在那里的梨容却突然起身，走到我身边，望着我道："你能不能把这枚玉玦给我？"

我浑身一僵："你什么意思？"

她抬手触上那枚玉玦，手背上的梨花栩栩如生，抱歉一笑，说道："事实上，这枚玉玦，曾是我送给聂宿的信物。所以，这三块，我拿回来，素书神尊不介意吧？"

那日为她安魂时看到的场景又浮上我的脑海。她被聂宿抱在怀里，说话的时候委屈又可怜："我不该偷你的玉玦，虽然这玉玦本就是我送给你的，但是我不该借着这玉玦的仙力去凡间的茶馆听书；虽然我也没听几段，但我万万不该在凡间睡着；虽然……"

如今她要把这玉玦收回去……是理所当然的，我能理解。

可本神尊偏偏听了南窨的话，对玉玦有了提防：我怕她拿走这玉玦后转身就要刺死孟泽，硬生生扯出那一缕魂魄，让聂宿活过来。

事到如今，所有的事都纠葛在一处了。

南窘将我们聚到一起不容易，我开始知道，这件事情果真不简单。

丝丝缕缕的线索在一瞬间联系到一起，我觉得自己快要看破，可猛一抬头，却发现自己仍然处在樊笼之中。

我遇到文儿，文儿遇上尹铮。后来偏偏发现尹铮是邪魔之身，盗走了孟泽的一缕魂。我那时候反复跟孟泽确认过，他缺了那一缕魂，为何还能活得安然。我甚至觉得这件事情棘手，不知道该不该劝他放弃尹铮体内的那缕魂魄。

如今果真出了问题，我若是让聂宿复活，必然要把他的魂提出来。孟泽如果不死，只能去拿回自己的魂魄。可尹铮早已身死，灰飞烟灭，化成了黄昏时候北上天的几片玄色烟云。

梨容最终还是将玉玦握在了手中，莞尔一笑："你喜欢聂宿吧，你也想让聂宿活过来吧？"

我却看到她的衣袖里藏着一把匕首，看到她说完那句话，微微转身，目光落在殿中央的孟泽身上。

我突然反应过来她要做什么，将她手中的玉玦抢过来，扯过疾风挡在孟泽面前，望着南窘和梨容，大怒道："你们休想伤他！"

可是有声音自头顶传来："素书……能伤我的，是你。"

身后的那个神仙苦笑一声，握着我的肩膀，令我转过身去。

他垂眸看我，这么近的距离，我终于看到他失落的却依然笑着的模样："如今我的眼睛也恢复了清明，体内蛛毒也清除了，曾经在西山斩杀梦貘留下的伤也已经痊愈，他们俩都不是我的对手，就算是殿外那些侍卫也伤不了我。毕竟当年，我也是轻轻松松单挑过东海两万虾兵蟹将的神仙……这里，外面，除了你，没有谁能伤得了我。"

我看到他漆黑的瞳仁里依稀有一个泪水盈眶的本神尊。我凄笑一声，哑了声音道："所以，那时你为何不带我冲出去？我们明明可以不来听这个故事，你为何要劝我不要轻举妄动？你明明打得过，为何还要拉着我跳进南窘的圈套？"

不远处的南窘漫不经心地开口："因为在你宽慰匀砚，叫她跟你去南荒拜师的时候，房外的本公子就跟孟泽玄君说，要将一桩关乎你和他生死的事情告诉他，想听的话，就待在这里。他就算不要自己的命，也该在乎你的生死。"

孟泽落在我肩膀上的手指颤了颤，缓缓收了回去，自嘲一笑，说道："你果真不想听这个故事吗？不听这个故事的话，你心爱的聂宿大人，如何回得来？"

我眼睑一颤，泪珠滚烫，然后落下来："你觉得我会把你杀了，叫聂宿回来是不是？"

他抬头望了望不远处阑珊的灯火，面颊上的颜色一半深一半浅，开口的时候声音落寞得如这阑珊的灯火："南窨他说得对，我其实配不上你。我声名狼藉，娶过那么多夫人，还不曾忘记阿玉，屡次伤你。你杀了我，换聂宿回来，是应该的。"

怒火席卷我的心智，我死死扯住他的衣襟，开口的时候唇齿都在打战："你什么意思？你果真还是信南窨，对不对？！"

可孟泽早已听不进我的话，他指了指我挂在指尖的玉玦："你可能不知道，你睡觉的时候，都要将这玉玦放在枕下能摸得到的地方。你忘了吗？当日在慕花楼楼顶，你说过，你有一个故人，提到他你就想哭。"

他低头看着我，良久之后，抬头揉了揉我的头发，像是在安慰我，开口说的话却叫我非常难过："素书大人，在你陪我的这些日子里，我很开心。由你动手，我是愿意的。如今你的故人要回来，你大概……就不会哭了吧。"

我知道，孟泽是想尽办法要对我好，好到都想用他的命换聂宿回来。

可他不知道，我想了千万次让聂宿重新回到这神界，以安然无恙的、活着的姿态站在我面前，可我不想让这个此刻安安稳稳站在我面前的、我喜欢的神仙去换聂宿回来。

他以为的对我好，却是我最痛、最难过的事。

出了大殿，我决定不再喜欢孟泽，也不再同南窬和梨容有纠缠。

孟泽他是不是还活着？

我不知道。

因为他在我身边，抚着我的头发，笑着对我说："你还记得我送给你的东西吧。"

我点头："铖襄宝剑的剑诀。"

他说："你若是记得，能不能把第一句念给我听。"

我从未想过有朝一日，孟泽这种性子耿直的神仙也会诳我。我以为他要确认一下自己在我心中的分量，所以才问我还记不记得剑诀。

我也急着向他证明我是喜欢他的，证明我没有忘记他告诉我的剑诀："我知道，我自然知道。"紧接着便听他的话，念出了第一句。

于是，一把虚形的宝剑凭空而出，剑柄飞到我手里——可那时的我离他很近，那柄虚空的铖襄宝剑有一半没在了孟泽的身体里。

下一刻，随着剑诀最后一个字的落定，铖襄宝剑从虚空化成完完整整、冷光凛凛的实形。

我猛地抬头，他黑白分明的眸子里，是本神尊目眦欲裂的模样。

他拥住我，剑身又没入他身体几分。他依然如和我最亲密的时候那般，低头咬了咬我的脖颈："素书大人，我是喜欢你的，你要相信。"

压在我心上的那句话混着眼泪滚滚而出："我也是喜欢你的，你为什么不信？！你为什么以为我要让聂宿回来？！"本神尊已经有很多年不曾这般哭号过了。

我看不清颜色，而他又穿着那件墨色的袍子。我看不到血水流到了哪里，我看不清他的衣袍之上哪里是血。

最后他倒在我面前，我竟怔了很久才反应过来。

我喜欢的这个神仙啊，他这么傻，他恨不能将我想要的都给我。"你觉得我想要的是聂宿，但我想要的是你。"只是我不晓得，他最后有没有听到我说的这些话。

出了大殿我就不再想喜欢孟泽了，因为，梨容说出了一件事情。

我后悔我知道得太迟，等我醒悟的时候，都来不及了。

这件事情，要从聂宿说起。梨容告诉我，她和聂宿生离死别，是因为他们二位神仙身上本来就有躲不开的劫数。

这劫数便是：两情相悦，必有一伤。

浅显些说，当初聂宿只要同梨容两情相悦，他们两位中便会有一位要逐渐撑不住，继而死去。当初梨容就是跟聂宿两情相悦，才会染了伤病，最后仙逝。

这劫数听着荒唐又蹊跷，甚至我以为这只是凡间那些说书人口中的野史传奇。什么天赋异禀，什么生降祥瑞，什么天生为王，什么命定为寇，什么轮回相克，什么生死相隔，都是笑话。

如果两个神仙两情相悦，就有一个要生病，要死去。

这个神界，我猜不透。这命里的劫数，也让我始料未及。

我跪坐在倒地的孟泽身旁，看到自己素色的衣衫上大片大片全是暗色的水泽，血腥缭绕，挥之不去。

我早已不惦记生死了，却听到梨容说："你大概也是知道的吧，聂宿的一缕魂在孟泽身上，而我的一缕魂，曾被你当作花瓣吃了。你们二位身上分别有我跟聂宿的魂，也同样继承了这'两情相悦，必有一伤'的劫数。听闻你这次回神界后，过得不太好……"她顿了顿，指着孟泽问我，"那他呢，他遇到你以来，可平安无恙？"

一瞬间仿佛天崩地裂，眼前烟尘弥漫了好一会儿，我才看清周围。

也便是在这一瞬间，我恍然大悟。

我想起来老君闭关前告诉我的话。

那时三十三天冬色寂寥，白雪霏霏，我将眼睛的清明给了孟泽。老君捋着胡须，望着远处，微微叹气："我前几日也琢磨过你的事情，也不晓得我琢磨出来的这些有没有用……唉，还是说给你听一听吧，这一万年里我可能不能出来，你心里对这件事有个数，也能长个心眼儿。"

……

"听闻天帝几个月前惩处了一个仙官，那个仙官伙同其他神仙揍了你，你那时浑身是血，差点儿被那帮劣仙揍死？"

……

"那时候，孟泽玄君血洗西山，被梦貘围攻，鲜血淋漓，遍体鳞伤，可有其事？"

……

"九月，凌波仙会，武广大仙砍伤孟泽右肩。你当时坠入毒蟒之中，右肩被毒蟒的獠牙贯穿，也受了伤。"

……

"如今，又添了一桩。他的眼睛受了伤，你的眼睛也同他之前那般，不能看清了。"

……

"这是巧合还是有缘由，老夫也说不准、参不透，只能看到这些浅显的东西，说出来给你提个醒罢了。你这命途，也不知是谁安排的，也忒坎坷、忒崎岖了一些。"

……

果然如此……果然如此。好一个"两情相悦，必有一伤"。我后悔自己知道得太晚，我后悔自己不曾早早看破，我后悔没将老君的话放在心上仔细琢磨。

南窨走到我身旁，居高临下，睥睨着我道："你想要他活着吗？本公子能救他一命。"

我开口："什么办法？"

"断情吧。你同他之间的纠缠大概是个死结，唯有此法可斩断。他能活着，你也能活着。日后你们仙途坦荡，相安无事。"

于是，我放弃了孟泽。梨容说，她也能劝孟泽放弃我。

我们喜欢得这般辛苦，也不知道是招谁惹了谁，不晓得当初得罪了哪个挨千刀的，叫我们连喜欢一个神仙都这般不容易，最后为了保住对方的命，不得不放手。

我起身要走，南窘要跟出来，我摆摆手，让他先把孟泽救治。

"等他醒了，你们记得把这个混账劫数给他说一说。他……他若是问起本神尊，你就把我的这句话传达给他。"我捂住脸，却觉得控制不住眼泪从指缝里溢出来，"我放过他，他也放过我。大家为了保命，不要再见了吧。"

大殿之外，日光刺目。

我看到了一直跪在殿外的匀砚，心里几次生出抬起扇子杀掉她的冲动。

可我最后还是将她带走了。她欺我、诓我、设计引诱我来此不假，她骨瘦如柴、朝不保夕也不假。

我拎着她驾云一路飞到南荒，她一言不发，平静得很。

什么舍不得本神尊，一定要留在本神尊身边，果然统统都是假话。正因为这样，我更觉得要把她送去南荒教化一下，免得她再祸害旁人。

经过重重引荐，日暮时分，我终于在南荒一个荒凉的、落满了雪的山头上见到了传说中的佛法超绝的九阙。

他站在一棵歪脖子树下，树上坐着个粉雕玉琢的女娃娃。

我看不到日暮时候从西山照耀到这里的云霞，纵然他背对着我，我却依稀能感觉到，他周身的佛光落在这山头上，透过大片大片的冰雪，透过漫山遍野的荒芜，隐隐能看到隐藏在冰雪和荒草之中的带着绿意的生机。

你说慈悲是什么，我觉得在这悲凉境地里苦苦挣扎着的生命，就是这世上最大的慈悲。

那个女娃娃好像认识匀砚，眼珠灵动地一转，嫩嫩地开口："云妍表姐，你怎么来了？"

我才知道南窘有个妹妹，叫南宫。南宫南窘，有宫成窘。

九阙没有转身，我在他背后默默行了礼，开口道："在下素书，身旁是仙官匀砚。匀砚心意杂乱，邪欲丛生，无心修行，所以在下带她来拜师，还望收留。"

"哦？"九阙语调一转，似是我说的话全在他的意料之中，"不过我是不会白替你管教孩子的。"

"那你要什么？"我下意识地在袖袋里摸金叶子。

"我要的不多，不过是一幅画。"

"画什么？"我不明所以。

那个神仙清朗一笑，声音却越来越熟悉，好似在哪里听过："就画我呀！你看到的我是什么样，就画什么样。"

他云袖一挥，突然转身，素袍不染纤尘，身形笔直颀长，眼眸轻轻开合，似有三月最好时候的桃花落在他眉睫，饶是最明媚的花瓣，也不及他十分之一好看。有的男神仙，也当得起"如花似玉"这个词。

我怔住，对着这个神仙脱口而出："孟泽。"

21.似此银鱼，凤缘绕之

　　他斜靠在那棵歪脖子树上，手指拂了拂树上那女娃娃的发上沾染的雪花，眯眼笑道："上次叫我聂宿，这次叫我孟泽。素书神尊移情别恋了吗？"

　　他的声音缥缈，落到我的耳中："生有八苦，有一苦曰'求不得'。一切荣乐，可爱诸事，心生欲望，却求之不得。素书神尊，十四万年已成空，莫再错过眼前人。"

　　我望着他，笑了笑："皇叔别来无恙，我曾经被你侄儿逮捕入宫，差点儿成了你的夫人。不对，我现在应该叫你九阙帝君？"

　　来的路上，我已经听闻九阙袭了帝位。

　　歪脖子树上的小姑娘一听我这话便跳下来，小身子正儿八经地挡在九阙面前。其实她刚刚挡得住九阙的膝盖，整个人却十分高冷："本公主给你十万斛金珠，你赶紧离开这儿，他是我的夫君，你别再想着做他的夫人了。"

　　本神尊被她逗笑了，挑眉望着这个娃娃道："你是谁？"

　　"她是轩辕国的小公主，南宫。"九阙捏着她的小肩膀，又将她提回树上。

　　我笑得不太正经："我倒不知帝君还有这么个小娇妻。"

　　九阙转头看我，脸上浮出几抹尴尬："你莫听她胡说，我这个年岁，可当她爷爷了。"

南宫迅速抱住九阙的胳膊，睫毛忽闪忽闪，精灵得很："我不嫌弃你老，一点儿也不嫌弃。"

本神尊："……"

九阙收下了匀砚。

他道："终生之中，若有色、若无色；若有想、若无想；若非有想非无想。只是本君自己到现在也没明白这个道理，别说渡他人了。不过，这个孩子留在这儿，给南宫做个伴也好。"

我谢他收下匀砚，打算提笔给他作一幅画，他却摆了摆手，笑道："我已经知道你看到的是谁了，你便不用画了。不过，神尊大人移情别恋的事，自己要好好想一想。"

九阙的脸是一面照心的镜子。我初回神界，看他的脸是聂宿的模样，如今，他在我眼中是孟泽。

见过他后，我忽然觉得自己心中那情意所化的树的纷杂枝条统统被修剪干净了。我喜欢孟泽，已经成了直截了当、干净利落的事情。

"我把神尊当朋友，所以我劝你去日苦多，来日方长，珍重这姻缘；但从佛法角度来说，我当提醒你一句，你身上怕是牵扯了前世的凤缘，业果如火，当避当断。"

九阙果然厉害，一眼看出我身上有解不开的劫数。

我看着他道："我没想到当初在凡间坐在轮椅上不能行走的皇叔会是南荒帝。如今觉得，你还是有些本事的。匀砚托付给你了，若后会有期，必痛饮一场。"

临走的时候，匀砚终于抬头看了我一眼，手指匆忙扯住我的衣袖，唤了我一句神尊大人。

天真烂漫的气泽顺势而上，恍惚中有明媚灿烂的景象涌入我的灵台。

那是日暮时分，有少女驾着满载夜明珠的马车驶进轩辕国，她背后，大片大片的云朵铺满西天；她面前，皎皎月光清澈明亮，月光之下，立着迎接她的神仙——轩辕国的大公子。

她翻身下马："大公子，我弄丢了一颗，你介意吗？"

广寒之下，南窬摩挲着手中的千眼菩提坠子，看着身后那一车夜明珠朦胧如纱的光将面前这个小"少年"映亮。

我想过，南窬那厮到底说了什么，能让匀砚自此对他情深不移，宁可屈身去做他手中的棋子。

直到今日，我才听到那句话："云妍公主是这世上最好的夜明珠，你来了，就很好。"南窬笑道。

三个月后。

又是一年的三月初一，天帝在翰霄宫大摆宴席，专门请我。

我已在凡间勾栏瓦肆沉溺月余，被那个刚正不阿的司律神君寻到的时候，早已在几个姑娘怀里醉得不省人事。他说本神尊败坏风气，不成体统，要去天帝跟前参我一本。

我打了几个酒嗝，呼出一团酒气，冷笑几声道："请便。"

司律神君不知道，天帝大人有求于我。

这话要从二月十九那日说起，九重天上的天帝大人遣了身边的仙官去银河给我送帖子，说有要事商议，三月初一他在翰霄宫为我摆宴，叫我一定要去。

这场景与十四万年前的那一幕何其相似。

本神尊自然也知道天帝为何要请我。自天璇星陨落，诸神便开始惶惶不安。他们说这天上已经有洞明、天璇两颗星陨落，是大凶之兆。

晋缟却跟我说，陨落的星星不是两颗，而是四颗。几万年前，本神尊还在沉睡的时候，北斗星宿里的玉衡、摇光二星已经陨灭。北斗星宿有七颗显星和两颗隐星，快要陨落一半。而北斗星宿向着北上天的紫微帝星而生，帝星的光亮已经黯淡。这劫难，远比诸神想象的更加诡谲且不可抵挡。

晋绾觉得那次是她来银河请本神尊去救匀砚，导致我落入算计。她信誓旦旦地跟我保证过，也跟孟泽保证过，不会伤我分毫，但是最后却使我掉进圈套，最终与孟泽老死不相往来。她说亏欠我，一定要来伺候我。

起初我是拒绝的。不过到后来，我发现晋绾做的饭十分好吃，便留下她了。好吧，说实话，我自己在银河深处太寂寞，所以答应她留下来了。

其间苏莤来银河给我送新做的点心，晋绾和她十分投缘，两个女官聊着聊着便琢磨出了更多点心的样式和做法，可怜那几日本神尊顿顿吃点心，好在花样多，没有吃腻。

除了厨艺好，晋绾细心妥帖，话不多，偶尔却会说个乐子给我听。后来，她担忧我，也会打扮成男子模样，送我去凡间，却只在慕花楼外面等我，从不进去。

晋绾到底曾在南宥身边做事，她知道的，不比天帝身边的神仙知道的少。

于是，我信她所说，现今这星辰的劫难，比诸神想象的更加凶险。

不知道是哪个神仙提醒了天帝大人，或是天帝大人自己想起来了，所以把本神尊搬出来了。所以，他要大摆宴席，明面上请我去喝酒，实则请我去殉劫。

今日司律神君来得巧，赶上晋绾回银河替我取干净衣裳，没人拦住他，他冲进姑娘堆里，怒发冲冠，要参我一本。本神尊骂了他一句，他便揪着我的衣服，冲出慕花楼，在这暖融融的春光里，带着我一路乘风破浪升了天，进了翰霄宫，见了天帝大人。

现今的天帝大人参悟透在请人办事这件事上，做不成卑躬屈膝，也应当做到和颜悦色。他见着醉醺醺的本神尊，不像他爷爷那般目若铜铃、面皮铁青，而是面带春风，摆出一副亲切又和蔼的模样，问我：

"素书神尊可是从凡间来？"

司律替我答了是，顺便参了我，说我私生活混乱，跟一帮姑娘做不知廉耻之事。

本神尊笑了，一个酒嗝应景冒出，没忍住说了实话："如果跟姑娘喝酒是不知廉耻，那今日天帝大人专门在翰霄宫摆大宴跟我喝酒是什么？也算不知廉耻？"

司律耿直，又参我私自下凡，扰乱神律仙纲，不把天帝大人放在眼里。

那我只有装傻了："哦？现今不允许神仙下凡了吗，就算是体察民间疾苦也不行了吗？这规定是何时有的，本神尊苏醒归来，竟从未听大家提起过。"我越发痛心疾首，"这么多神仙，怎么没有一个神仙告诉过本神尊这件事？你们现在这个律法普及工作是谁主持的，怎么没有普及到本神尊头上？"我撸起袖子，朝着宝座上的天帝说道，"天帝大人，素书也要参一本，是哪位神仙负责宣传神界律法的，白白拿了俸禄却不尽责，真叫人寒心。"

司律朝着天帝大人"扑通"跪下了："是微臣。"他还是不死心，打算跟我玉石俱焚，"天帝，我请求你将我和素书神尊一同处置！"

天帝终于忍不住了，和蔼地说道："不知者无罪，带素书神尊入座。"

司律差点儿被气哭。

本神尊再不用像当年那般跪在天帝面前磕头，多少有些欣慰。只是醉意浓了，脚步之间难免不太利索，自己绊了自己一脚，好在有个俊逸的年轻神仙扶了我一把，那个动作，叫我想起当年的长诀。

我低头道了声谢，看到了他衣袖上的龙纹样式。这位大概是太子。于是我抬眼，多瞧了瞧。

酒过三巡，菜过五味，天帝在大殿上首举杯望着我，亲切地道了一句："爱卿。"

他该说正事了。

现今的天帝跟他的爷爷很像，说的话也同当年差不多："如今左辅洞明星、巨门天璇星相继陨落，帝星被玄光缠绕，星光湮灭，此征兆诡谲难测，怕是大劫之象。素书大人乃上古神尊，亦经历过十四万年前的劫难，如今这桩大劫可有解决的方法？"

他问我有没有办法，我笑了笑。笑声自肺腑涌出来，端着酒杯的手跟着晃了晃。

天帝看不懂我的神情，疑惑地道："素书神尊为何要笑？"

我灌下那杯酒，作了个揖："天帝大人请我来，就是问我有没有办法吗？难道不是笃定了素书有办法，所以才设了宴吗？若我说没有办法，不晓得天帝大人今日能否叫我走出这翰霄宫？"

天帝被我的这句话噎了一噎，但还是和蔼的模样，呵呵一笑，道："寡人确实觉得素书神尊有法子，所以才邀请你过来，素书神尊既然敢赴宴，应当也是胸有成竹的吧？"

天帝大人何其聪明，顺了本神尊的话，又给本神尊设了个套。

我是有办法的。

来这里之前，我便想好了办法。如他所说，如果没有办法，本神尊便不来了。

我自然记得聂宿临死前嘱咐我的话："素书，无论如何，你如今的神尊之位，是你当初贡献鱼鳞换来的，如果天帝大人以后再想让你为苍生殉劫，你也不要再听了。我替你挡过这一桩，却挡不过以后的事情了……你也知道，这银河的星辰一旦陨落，不是那么好补全的。所以你长个心眼儿，日后天帝若再专门宴请你，十成是要你去送死，你便佯病在府。"

聂宿预料到天帝会设宴再请我帮忙，他甚至替我想好了拒绝的方法……可是他一定没有料到，他的心上人梨容仙子会为这件事亲自来找我。

司律来找我前，梨容找过我。那时，我正同七八个姑娘饮酒，梨容裙袂缥缈、步履款款地走到我面前，说有话要同我讲。

本神尊其实也很坏。我记恨她同南霄联手揭开我与孟泽身上的死结给我看，也记恨自己体内有她的魂魄，阴错阳差，叫我如今不能同自己喜欢的神仙在一起。

她在我身旁足足站了两个时辰，看我跟姑娘欢声笑语地喝了两个时辰的酒后，本神尊才遣散身旁的姑娘，摇着扇子躺在软榻上，看她立在我面前，听了她要讲给我的话。

"素书神尊，你应当还记得那几句话吧？"

我眯了眼看她："本神尊记得的话多了，忘了的话也多了，请问梨容仙子说的是哪几句？"

隐隐仙雾生出，她不紧不慢地从袖袋里掏出一卷卦书递给我。我觉得这卦书有些熟悉，没有接过来，只笑了几声，故意使唤她道："还麻烦梨容仙子展开给本神尊看看。"

她听到我的这句话后，动作倒也还温柔，文了梨花花瓣的那只手提起卦书横展开来。

纵使是深夜，纵然本神尊眼神不济，看不清楚，却把灰白卦书上的那几行字看得十分清楚："九天有鱼，茕茕而游。维眸其明，维身其银。银河有劫，星落光阴。若银鱼耳，可化星辰。"

我冷了声音："你是从哪里得到的这卷卦书？"

她垂眸看我："在老君府上看到的，我借来看一下罢了。"

我脊背僵直："老君已经闭关，你是从他府上偷来的吧？"

"素书，"她温雅一笑，"如果我说是老君在闭关之前，将这卦书连同你跟孟泽的事情托付给了我，你可信？"

我哂笑："本神尊不信，他凭什么将我托付给你？！"

"凭他跟我是故友，且先于你。"她语调从容，并不凌厉，可入耳的时候，叫人觉得这话绵里藏针，"我无意同你计较，就连我的面容被雕琢在了你的脸上，我的魂魄散成花瓣被你吃掉，这些事我都不想计较。但是，现今这件事，我想跟你聊一聊。"

本神尊拿过酒壶给自己倒了杯酒："你说吧。"

"我不喜欢拐弯抹角，今日我来找你，是想请你救苍生的。"她直截了当地说道。

这句话叫我笑出声，杯中的酒晃了出来。我看着她道："本神尊还是第一次听到把让我去死这件事说得这般直接的，就是天帝大人也得说得委婉一些。"我直起身，凑近她，撑着下颌看着她，又道，"况且，凭什么你叫我去救苍生，我就得去救？我打三万岁那年就开始厌恶你，我为何要听你的话？"

她的神情冷冷的："如果你不去救苍生，我们都活不下去。如今牺牲了你，芸芸众生都可免于灾难。我觉得这是一件很划算的事情。"

"你是不是复活之后脑子没跟着魂魄回来，居然当着本神尊的面说让本神尊去死很划算？"我转了转酒盏，笑着打量她，"劝人去死……没有这么劝的。你应当跟天帝学一学，要请我去救苍生的话，先设个大宴才好。"

她淡淡一笑，胸有成竹的模样叫我觉得有些阴冷："素书，那我就更直接一些地说吧。六界苍生怎么样，我其实并不在乎，我只在乎一个神仙。"

"谁？"

"以前的聂宿，现今的孟泽。"她道。

本神尊一怔之后哑然失笑："他们并非同一个神仙，你该不会不知道吧？"

她也笑了："我自然知道，但是孟泽身上有聂宿的一缕魂魄。不管聂宿回不回得来，我都要护着这缕魂永生不灭。况且，你喜欢孟泽，你也不想看到安然无恙的他有朝一日会仙逝吧？"

"他如今安然无恙啊……"我听自己喃喃说道。我忽然觉得这个神仙真的印在我的心里，刻在我的骨上，有千丝万缕的线纠缠着我，一端缠着我的血脉，另一端系着我的耳目，叫我听到、看到这个名字时，都觉得想念混着血水游至周身。

他安然无恙，果然是很好的事。

"当初你与他断情是为了什么，不就是为了避开那'两情相悦，必有一伤'的劫难，好让他安然无恙地生活下去吗？"梨容理了理衣袖，不紧不慢地道，"如今你不去救他，他便真的要在这大劫之中仙逝了，而且，一同仙逝的，还有六界所有的生灵。"

我抬眸看她，看着她这副梨花木雕刻而成的精致外表，觉得她的这颗心是把漂亮的散着温柔光泽的却杀人无血的刀。

聂宿的这个心上人，果真厉害。

"如今看来，当初给你安魂的时候，似乎安得不太好。"我想起这件事来，又往酒盏里添了些酒，抿了几口，一杯酒清冽入喉，叫我越发清醒，"那一半是成全，一半是怨念的魂，是我和老君费了很大力气才安放的，还专门挑了九月初八这个日子。本神尊在那个院门口喂了几个时辰的蚊子候到半夜子时，哪知道，竟没什么用。"

她寻了个圆凳坐下，拿过酒杯，给自己倒满了酒，遮面仰头，一饮而尽，一招一式，都是仙子该有的典雅。她眸子轻合，说道："你一定很好奇吧，为什么花了这么大的力气，我却不是成全你的那个梨容？"

我点点头："有些好奇。"

她捏着酒壶，给自己倒了一杯酒，也给我倒了一杯酒："事实上，老君瓶子里装的魂魄，是反的。"

我捏着酒盏的手蓦地一僵。

"若我起了坏心思，就应当告诉你，老君是有意为之。他根本不想帮你，我才是他的故友，你连他的朋友都算不上。"她眉目如画，轻笑出声，"可如今你要为苍生去化解这劫难，那我便好心一些，告诉你真话算了。事实上，老君也不晓得那瓶子里的魂魄是反的。老君身边有个书童，你应当知道吧？那日大雪，他曾递给你袖炉叫你暖手。他不小心打翻过那个黑色的瓶子，那一半魂魄游出来，同白瓷瓶里的替换了。一个小小的书童是看不出来的。所以，安魂那日，黑色的瓷瓶碎了，是因为它被摔过一次，不太结实。不过，我故意将一些怨念的魂魄留在里面，安魂的时候，从黑色瓶子里出来的魂魄被玄色包裹，你们看不出里面是什么。"

"所以，本神尊当日看到的那三幅场景是……"

她点头，笑声更冷："没错，都是那有怨念的魂魄故意叫你看的。你当日难受了吧？"

本神尊没能控制住自己，酒盏被悉数打翻。

我掏出怀里的折扇，一跃而起，新化成的扇剑剑刃锋利，贴上她的脖颈。

她的动作比我更快，迅速退到一丈外，撤步回袖，目光温和，面容平静地道出一句话："杀了我，你觉得聂宿会原谅你吗？"停顿片刻，她轻轻一笑，"况且，你如今连眼睛的清明都没有了，我只要略施仙法，灭了这烛灯，你便是拼了全力，也打不过我。"

她什么都知道。她知道我把眼睛的清明给了孟泽，她知道我心里敬重聂宿，不忍下手伤他的心上人。

剑尖直指梨容的脖颈，到底没能刺出去。攻城为下，攻心为上。她同南膏都是善于攻心之人，用得最熟练、最锋利的兵器是语言，他们会将你的心伤个完整。

夜里，云影幢幢，新月如钩。

我想了很久，饮了一壶又一壶的酒。

我想捏着扇子给自己些心安，却不慎握住扇剑剑刃，割得掌心生疼。有血水落在那卷卦书上，卦书背面竟渐渐显出字来。

我心下一惊，拿起来放在烛火旁边，看到那几句卦语竟是接着卦书正面所写："鱼鳞数众，可补银河；鱼鳍数寡，可护北斗。鱼目数双，可填相思；似此银鱼，凤缘绕之。"

几行卦语入目，本神尊早已僵住，动弹不得。

这……这四句话里已有三句成了真。鱼鳞众多，当年被聂宿刮下补了银河的星辰，这一桩不假；鱼目数双，去年十二月，眼睛的清明被我取下来，给了我的心上人孟泽，这一桩也不假；凤缘绕之，与南荒帝九阙提醒我的一模一样，他说我身上怕是牵扯了前世的凤缘，业果如火，当避当断。

如今，只剩下"鱼鳍数寡，可护北斗"这一句。而这一句，业已昭然。

北斗星宿有七颗显星和两颗隐星，星宿里的玉衡、摇光二星已于几万年前陨灭，去年洞明星、天璇星也相继应劫，北斗星宿向北上天的紫微帝星而生，紫微帝星星光已经黯淡。三月初一，天帝在翰霄宫大摆宴席，专门请我，为的就是北斗星宿里的这几颗星星。

好一个"鱼鳍数寡，可护北斗"啊。

我也终于了悟自己为何屡屡跟这星辰扯上关系。从文儿到尹铮，从匀砚到南窨，他们哪一个不是有星辰夙缘？他们出现在本神尊的仙途里，有些因果，或多或少我有参与。

原来如此。

原来如此。

原来统统都写在这卷卦书上！

我举起卦书，从前往后又看了一遍："九天有鱼，茕茕而游。维眸其明，维身其银。银河有劫，星落光阴。若银鱼耳，可化星辰。鱼鳞数众，可补银河；鱼鳍数寡，可护北斗；鱼目数双，可填相思；似此银鱼，夙缘绕之。"

我终于知道，那困着我的，叫我屡次受伤却躲不开、逃不出的樊笼是什么，原来是这几行卦语。

夜有些长，又有些短，凡间青楼烛火灭尽，滚滚红尘之事都成清酒入我肺腑。

我了悟了前因后果，却想不明白自己的仙途为何这般曲折。

我向来不喜欢自怨自艾，也向来不会临危而逃。

有些时候，我清醒得很。

这天下苍生若在这一劫之间尽数灭亡，这世间该是何等荒凉？

这四海八荒若在这一夕之际全然倾覆，这六界该是何等萧索？

孟泽也是这苍生之一。

就算此事与孟泽无关，难道苍生的性命，本神尊真要置之不顾？

凡间有句诗：捐躯赴国难，视死忽如归。

本神尊从三万岁那年开始占着这九重天上神尊的位子，到如今已有十五万年。虽然这神尊的担子我担得清闲，担得无趣，担得稀里糊涂，担得时常忘记自己还是天上地下的神尊大人，但凡民供我一年又一年的香火，我三万岁登神尊之位的时候也受过八方神仙的跪拜。纵然我平日稀里糊涂、悠闲自乐，还时常来凡间约姑娘喝花酒，却不可以放任自己在这时候袖手旁观。

十四万年前的三月初，星宿逆转，寒风乍起，吹走春日和暖，那时即便不是为我，聂宿大人会放置四海八荒的生灵于不顾、抱恙于神尊府而不出吗？

我看着那卷卦书，灌下一壶酒，突然大笑一声，觉得一切都有了打算，一切都有了了悟。

我们做神仙的，不是白白受人尊敬的。当年我的聂宿大人，他就算不是为了救他的弟子，凭他是神尊，凭他受神仙、凡民敬仰，他也会舍生渡他人。

现今的官啊，天上地下，四海九州，贪图享乐的有，悲天悯人的也有。

为孟泽也好，不为孟泽也罢，我只想给自己一个交代，给自己的这个神尊之位一个交代。

天帝面容和蔼，呵呵一笑，顺着本神尊的话给我设套，问我："寡人确实觉得素书神尊有法子，所以才邀请你过来，素书神尊既然敢赴宴，应当也是胸有成竹的吧？"

我起身，朝他拜了三拜，抬手扶稳头顶的玉冠，脊背挺直道："天帝大人，素书确有办法。"

天帝听到我的这一句话，有些吃惊。他没料到我这么爽快地答应了这件事，蹙眉同我确认了一下："素书神尊方才是说……有办法？"

我坚定地道："是。"

翰霄宫大殿上首，那个我多少有些讨厌的天帝大人忽然摘下帝冕，走下御阶，道了一句："寡人乃六界之主，得诸神尊崇十几万年，心甚感激。遇此劫难，寡人自当身先士卒，护我六界，佑我子民。"

我苏醒归来拿剑刺杀过的天帝，如今却叫我感动了一场。

"护我六界，佑我子民"，天帝大人能说这句话，就很好了。

坐在我身旁的太子殿下起身，向大殿中的诸位神仙拜了拜，说道："予祁为太子，得父君和诸位神仙庇护，如今愿协助素书神尊匡扶星盘，代我父君护我疆民。"

现今的神界，其实并非本神尊想象的那样颓败。

只是这到底是关乎本神尊的劫数。旁人不能替我，亦不能助我。

回银河的时候，我刚走出南天门，便看到晋绾提着一盏明灯来迎我。她晓得我在夜间看不清楚，便来迎我。她待我这般用心，叫我觉得很温暖。

"晋绾去凡间找你，却晚了一步。尊上……尊上可真的……可真的被迫答应了天帝大人的请求？"她眉目之间尽是焦急。

我摇摇头，随她踏上回银河的祥云，转头望了望这黑暗的四周："我答应天帝大人，不是被迫，也不是屈服，是本神尊主动的。"

她的手清晰地颤了颤。

风声猎猎，响于耳畔，发肤之间尽是三月的清凉。

晋绾再开口的时候，声音有些颤抖："神尊大人，于理来说，晋绾当替这万千神仙、凡人谢你，可晋绾是真的心疼你。"她哽咽着转过头，默默擦了擦泪，"以前的晋绾，不太懂事，初次见你便执剑胁迫。不过大公子他也并非真心想报复你……他很喜欢你。"

我笑了笑："他就是个变态。就算你们轩辕国有钱，我也不会喜欢他。"

晋绾怕我难受，顺着我的意思说了她家大公子的不是："晋绾也有些不明白，大公子既然喜欢素书神尊，为何会屡屡为难你。我也晓得他嫉妒，却不知道嫉妒这个东西能让人变得如此魔怔。他到底是不对的。喜欢一个神仙，应当对她好，哪有次次折磨的道理。"

我点点头："你说得对，我也不晓得他为何这般折腾我。他恨我，我也恨他，恨不得拿鞋底拍死他。"

晋绾笑了笑。

过了很久，她突然问我："素书神尊，你晓得大公子为何天天拿着那枚千眼菩提做的坠子吗？"

我愣了愣："他的这个坠子有什么蹊跷？"

晋绾摇摇头："晋绾也不知道，我以为神尊大人你跟大公子认识已久，会晓得这坠子的事情。原来你也不知道。"

夜里，我很蹊跷地梦到了南窨。

梦里的他不像如今这般阴冷狠戾。

梦里的他温柔得不像话。

我招惹了一个神仙，那个神仙经常揍我。南窨经常来护我，可不知道为什么，他总是迟一步。于是每次与他相见都是这种情况：我被那个厉害神仙揍得头破血流，南窨握着装着药膏的锦盒出现，给我处理伤口。

"你为何不能早来一步？你瞧着挺厉害的。不过你也不用太厉害，我的仙力啊，不多不少，只比那个神仙弱一截，你我联手，便一定能揍得过那个神仙。"偶尔，我会这样认真地跟他说话。

南窨好像也十分苦恼："我也不晓得为什么总是迟一步，总是不能恰好地帮助你或者保护你。上上次，你传信给我，说要打架，那时我父王命我去东海请雨；上次你说要对战，那时我母妃生病，我要去昆仑取药引；这次你又与这位神仙有冲突，我本以为能早点儿赶来，谁知路上遇到恩师，便同他寒暄了几句，又错过了。"

我笑了笑，抬起莲花边的袖子擦了擦鼻血："你说，会不会是我们命里就注定到不了一起？"

他敛了苦笑的神情，取出一块药膏涂在我手背的瘀青上，低头道："要不你嫁给我，我天天将你带在身边，这样你同别的神仙打架，我肯定帮得上你。"

我摆摆手："我说了，你太有钱，我没有那么多嫁妆，配不上你。"

"要不我从了你，你把我天天带在身边，这样，你同别的神仙斗殴，我也能立刻帮你还手。"他认真说道。

我认真想了一会儿，越想越觉得奇怪，摇了摇他的衣袖，盯着他。

"怎么这样看我？"他又取出一块药膏抹在我的眉骨上。

"不只上上次，还有上上上次，上上上上次，你总是在事后出现，为何会这么巧，不早不晚，偏偏我被揍了之后，你就握着药膏盒子出现了。那次在凡间，你也是在我挨完揍后来的。怎么会这么巧？"我觉得这事儿忒蹊跷。

他有些失落，停在我眉骨上的手指顺势勾成一个圈，照着我的额头轻轻敲了敲："我以为你方才是在考虑答应让我跟着你，没想到你一直在想这件事。"

"嗯……要不你跟我几天试试？"我见他不太开心，说道。

说完这句话，握着药盒的南宕目露欣喜，我又匆忙补了一句："不过你得发挥作用才行，等那个神仙再来无欲海揍我时，你得立马帮我出手哇！"

他展唇一笑："没问题。"

于是他便这样跟了我十五天。

哪知在这半个月里无欲海风平浪静，四周安然，那个老是来揍我的神仙一直没有出现。

也许是因为有了帮手，我迫切地盼望着揍我的神仙快点儿出现。甚至一连三日，我在那个神仙出没的地方大摇大摆地走过。可真是奇了怪了，那神仙就是不出来。

到了第十六天，我蹲在无欲海浪头上捏着狗尾巴草剔牙，他蹲在我旁边看我剔牙。忽然一道金折子忽闪忽闪地飞到他面前，他拿过来一看，是他娘的信，信上洋洋洒洒几千字。浪头摇晃，我看了几行觉得眼晕，便没再往下看。等南窀看完那金光闪闪、十分值钱的信，我随口问了一句："你娘说啥？"

他神色凝滞，着实愣了好一会儿。我以为他娘旧疾复发了，哪知南窀反应过来后把信随手一扔，丢进海里。我愣了愣，考虑要不要钻进海里把那金子，不，把那封信捞回来。

"我娘说她孤单，想要个小棉袄。"南窀看着我说道。

我没反应过来："她冻得慌？"

一个小浪头应景地涌过来，扑在南窀的脸上，透过那哗哗的海水，他以一种难以置信的语气说道："小棉袄就是小女儿，她想给我父王生个女儿，想给我生个妹妹。"

"哦，"我明白过来，严肃地说道，"生二胎是大事，尤其对于你这个长子来说，你赶紧回家看看吧。"

他慌忙起身，留下一句"我马上回来"，跳上云头，直奔轩辕国。

只是，天上的流云刚淹没南窀大公子的身影，我等了半个月的神仙就出现了……

于是，南窀又一次错过了同我并肩战斗、助我一臂之力、护我安然无恙的机会。

有些时候，有些事情，有些神仙，注定是要来迟的，也注定是要错过的。

我觉得南窀同我就是这般。

他总是迟那么一些。

梦的尽头，是本神尊重回神界，第一次见他时的场景。

凌波仙洲的书然殿中，他展唇一笑，声音平静却又句句渗透着悲凉："多情自扰，谁说不是呢？三月初，本公子终于知道你复活的消息，心里是激动的。可那时觉得你心里仍然有聂宿，知道他是你的执念，我便也宽慰自己，不去打扰你，远远守着你，知道你活着便是好的。不料，你出来之后竟这么快就有了新欢，我后悔自己尊重你对聂宿的情感，没有第一时间去找你。兴许你先见到我，便先对本公子投怀送抱了。"

兴许本神尊先遇到他，他待我好，我会跟他在一起，也省得经历这么多的波折，应了和孟泽的劫数。

可我又知道，这世上从未有兴许一说。南雩从未在我复活后先于孟泽见到我，也从未在我最需要陪伴的时候出现过，他一直迟到，就跟孟泽与本神尊的劫数一样，都是……夙缘吧，躲不过，避不开。

九阙说得对，业果如火。我还未反应过来，但有些劫数已经无法逃脱。

次日，当南雩急迫地敲开我银河之中宅府的大门的时候，本神尊其实一点儿也不震惊。他来劝我不要去化解北斗星宿的大劫，他不知道，他如梦中一样，依然迟到了。

他攥紧我手腕的时候，本神尊眼前一片黑暗，看不到他的表情，只听到他的声音里透着愤怒，叫我听得清清楚楚："你当真不要命了？你倒是大方，大方得连命都舍得！"

我笑了笑，垂着眸子，尽量不让他看出我的眼睛不能视物："不然呢？本神尊若不舍得，谁来庇护苍生？"

我的手腕被他捏得生疼，他的怒火越来越盛："你倒是慷慨渡了苍生，你可想过谁愿意来渡你？！"

"你我都做了这么多年的神仙了，生死度外，何必纠结。"我想劝他。

"可本公子不想你死！"他接受不了。

我低声吩咐晋绾，叫她拿了把椅子，挣出手腕，坐下，道："南雩，本神尊重回神界这一年来，因你而惹上的伤痛其实占了大半，偶尔睡不踏实，也会梦到山崩地裂、毒蟒成群的场景，每一回醒来，都像是在绝地里挣扎了一次。"我摸着扇子，尽量叫自己心平气和，"如今，我却没那么恨你，大概是参透了吧。其实本神尊是应了这早已设下的劫数，尝了前世种下的业因，得了今生结出的业果，怪不得你。"

南窖沉默了很久。

我不敢抬眸，也不敢闭眼，眼前是摸不到边际的黑暗。

良久之后，有手指握住我的手掌。我不由自主地往回缩了缩，却又被他攥住。手掌被摊开，有圆润的物件落入我的掌心。我下意识摩挲，圆滑的触感带着温度传入指腹。我愣了片刻，忽然明白，这是南窖一直绕于指尖的菩提坠子。

"你或许不知道，这枚坠子……跟我的心脏差不多。"

本神尊蓦地一惊，抬头循着他的声音努力看他："所以，我那时刺你一剑，剑身穿过你的心脏，你却活着？"

那时我落入蟒群被救上来，在书然殿昏睡两天两夜后，他却不让我走。本神尊一气之下便刺了他。

他自然记得这件事，却转过脸颊不再看我，声音也变得平淡慵懒，不疾不徐地仿佛说着旁人的故事："几万年前，本公子曾为一个姑娘舍了自己的心脏，只是最后没有救活她。我的父王和母妃，连同我的姑母，舍了他们的半数修为，将仙力合注于这枚坠子上。我很小的时候就戴着这枚坠子，也是习惯了吧，旁人不会注意。你拿着吧，这次，就算我依然迟到了，赶不上帮助你，它也能暂时护你。"

本神尊没有收下他的这枚菩提坠子。

我不晓得他以前将自己的心脏给了哪个姑娘，毕竟在过去的十四万年里，我长眠在银河深处。但我晓得，他的这枚坠子既然同他的心脏无异，我若是收下，便等于收了他的一条命。

他离开银河的时候我没有送他，因为我根本看不见，只说了几句客气的话，语气里竟有些故人相见的寒暄滋味。突然觉得，在苍生大劫面前，个人的情仇恩怨都轻到了可以忽略的地步。比如，我同南窖。他曾屡屡戳我痛处，可是最后，在他将自己的那枚千眼菩提的秘密告诉我之后，在我感受过那坠子的圆润微暖之后，我觉得，过往之事，都随风而去吧。

本神尊到底是个心软的神仙，对匀砚，对南窖，还有对当初剐我鱼鳞的聂宿，都可以原谅。

我曾以为的深仇大恨，最后都消散了。时光如白驹，有时候也会载着仇恨骤然而去。

三月初五，是我与予祁太子约好的日子，我叫他在那一天来银河找我。其实……他见不到我，只能见到我托晋绾交给他的鱼鳍。

三月初三夜晚，万里银河星辉璀璨，映得四周一片光明。我眼力大好，手中握着银刀，连刀身上的花纹都看得清清楚楚。我握着银刀比画了几下，下定决心后叫来晋绾。

她不知道我在做什么，却一直记着我眼睛不太好，平日里不叫我接触针线和刀剑，如今见我握着一把匕首，吓了一跳，神色慌张地道："神尊大人，你小心点儿，别伤着自己。"

我笑了笑："无妨。"

我抬手给自己倒了杯茶，顺手给晋绾添了一杯，她眼睑颤了颤，抬眸看我，面上已有忧色。她是个聪明的姑娘，我觉得她跟三十五天的苏苒姑姑不相上下。她没有碰我推给她的那盏茶，却握住了我的手，惴惴不安地道："神尊大人，你打算去渡劫？"

她这般聪明，本神尊便没有拐弯抹角的必要。我反握住她的手，将那枚银刀放在她的手上。

"神尊……你这是何意？"

我说不出话来，望着那银刀，十五万年前的场景如雾气弥漫至灵台，我睁眼，又闭眼，看到的全是自己被术法捆绑，化成银鱼模样困在吊挂起的玉盘之上的景象。

九天无欲海的海雾涌上神尊府，聂宿从海雾中走出来。那时我的眼睛尚好，透过弥漫的海雾，我看得清聂宿腰间系着水蓝的玉玦，看得清他水色绸衫上印着的浅墨色的山川，甚至能看得清那刀身上精致的花纹，能看得清那极薄极冷的刀。

银刀贴着我的脸往下剐，鳞片混着血水往下落。执刀的神仙，手未曾颤，刃未曾抖。

这一切，恍如昨日，却已隔世。

我压住肺腑里的那一阵抽搐，尽量温和地同晋绾说道："你可曾杀过鱼？"

晋绾不明所以，握着那把银刀，说道："晋绾做菜的时候，杀过鱼。"

她不晓得我的原身是条银鱼。重回神界这么久，除了当年的知情者，我也没有告诉过旁人。

"神尊大人是想吃鱼吗？你等一下，晋绾今日便给你做。"

她说罢便要起身。我拉住她，叫她坐下听我讲："你既然杀过鱼，那便好说了。"我灌下一杯茶，压了压胃里的恶心，继续道，"三月初四，也就是明日，晚间时候，我叫人送一条银鱼过来……那条银鱼啊，有些奇怪，因为它没有鱼鳞。你莫慌，你把鱼鳍割下来。"我摸出一个白玉奁，放在她面前，接着道，"把割下来的鱼鳍放在这里面。三月初五，九重天上的予祁太子要来，你告诉他本神尊有事，叫他把这白玉奁带回去。至于他该如何做，法子我都化成诀语封印在这奁子里了。"

她怔怔地看着我，脸上全是疑惑。

我笑了笑："你这般紧张干什么？也许是我方才说得太复杂，那我再给你说一遍。其实不过是一条鱼而已，到时候我派人送给你，你把鱼鳍割下来放在这奁子里，等予祁太子来银河的时候给他。就是这般简单的一件事。"

她点头"嗯"了一声，指尖触上白玉奁，低头不晓得在想什么。

"本神尊今夜要出去一趟，大概要花些日子才能回来，你自己在银河，如果觉得寂寞，便去三十五天找苏苒聊聊天，她很喜欢你。"

晋绾蓦地抬眸，盯着我道："尊上日前还说这北斗星宿的劫难迫在眉睫，现下却要出去。尊上是要去哪里，要待多久？"那清秀的眸子里突然溢出泪，强忍着没有落下来，眉心微皱，声音也有些起伏，"有生之年，晋绾可还能见到你？"

她这么问我，叫我愣了一愣，正想赶紧撒个谎搪塞过去，不料她没有给我机会，紧接着问道："尊上可是在想法子骗晋绾？你为何要托旁人把那条银鱼带给我，为何自己不能把银鱼带回来？"

说到此处，她似是突然想到了什么，瞳仁蓦地一紧，握住我的手，说道："尊上……告诉晋绾，那银鱼……那银鱼到底是谁？"

我望了望阁外，觉得星光漫过，有凉意入骨。我知道自己是瞒不住她了。

"这件事，说来话长。"

"晋绾愿意听。"

我抬手，扶了扶头上的玉冠，笑道："那我便讲给你听。十八万年前，无欲海里，有一条银鱼。这条银鱼本来是快要死了的，最后却发现它了不得。"

我指尖捏出一个诀术，那卷卦书便缓缓现出来，平铺在桌案上。

"九天有鱼，茕茕而游。维眸其明，维身其银。银河有劫，星落光陨。若银鱼耳，可化星辰。"她读出声来，震惊不已，望着我道，"无欲海……这条鱼能补星辰？"

我点头："它没有鱼鳞，是因为它的鱼鳞被剐下来补了银河陨落的星辰。"我翻过那卷卦书，拿过那把银刀往手臂上划了一道，血水落入卦书的背面，那隐藏的几行字便显了出来。

晋绾读出来："鱼鳞数众，可补银河；鱼鳍数寡，可护北斗；鱼目数双，可填相思；似此银鱼，凤缘绕之……所以，这一次，北斗陨落的星宿，是要用这银鱼的鱼鳍来补全吗？"

我点头。

晋绾有些不知所措："神尊大人，恕晋绾无能……这件事关系重大，不该由晋绾动手。"她咬了咬唇，面露痛色，"况且……况且，我觉得这条银鱼太过可怜。它同我们平日里吃的鱼不一样，它这般……活生生地被剐了鱼鳞，又要被活生生地割掉鱼鳍，它该有多疼？"

晋绾惹得我胃里又是一抽，于是又赶忙灌了口茶。

晋绾看出我的脸色不太对："神尊你……"她忽然意识到了什么，脸上添了些红晕，问道，"尊上，你最近一直觉得恶心吗？可是……"

我觉得她话锋不太对，却也没多想："可是什么？"

她有些不好意思，掂量许久才问道："你可同孟泽玄君行过周公之礼？"

本神尊的心思全放在六界苍生、北斗星宿上，所以在旁的事情上没有多余的心思，反应也有些慢……简单地说，本神尊在面对其他事情的时候，脑子有些不好使。

我见她面露难色地问出这件事，也没有往深处想，只觉得脸颊有点儿发烫："我同他……嗯，我同孟泽有过……"

在慕花楼，脂粉香腻盈于厢房，烛火映于帷帐。他抱着我，贴近我的耳郭，告诉我铖襄宝剑的剑诀："我没什么可给你，我也没有什么宝贝着的玉玦可送给你，但是，素书，这柄剑一直陪着我，除了我自己，只有你能拿出它、动用它。"

最后，我却念出了这句剑诀，给了他一剑。

那时候我快要入睡，听他说等过些日子就娶我回玄魄宫。可我忘了问过些日子是过多久，如今却再也没机会问了。他娶我变成遥遥无期，最后再无盼头。

如今，整整四个月了，我连他的身影都未见过。梨容说他现在平安无恙，可平安无恙的他从未来银河找过我……

我伤心过，可我又告诉自己，他不来找我是对的。他能断了情，不再来找我，不再去想我，便不会再有这"两情相悦，便有一伤"的宿劫。

这样也好。他若平安，一切都好。

晋绾握住我的手，面上忧喜参半，唇齿颤了几颤，才说出一句完整的话："素书大人，你……你该不会添了娃娃吧？"

本神尊大惊失色，差点儿从椅子上掉下来，开口的时候只觉得自己唇齿都在打战，费了好大力气才说出一句话："你方才说什么？！"

22．所谓剧痛，所谓绝望

晋绾重复一遍："神尊大人，你大概是添了娃娃。"

于是，曾修过医术，为轩辕国一众女眷诊过脉、看过病的晋绾，在三月初三夜晚，为本神尊诊出了喜脉。

我以为胃里那一阵一阵的恶心是因为她提到了"鱼鳞、鱼鳍"，哪知道，本神尊的肚子里悄无声息地添了个娃娃。

我有些慌，连灌七八杯茶水也没缓过来。

就仙龄来说，我十八万岁，如果当初抓紧时间，如果当初不倒霉，我大概早就当了奶奶或者外婆。

我怎么就有了娃娃……本神尊有些想不明白……

本神尊……有些想哭。

太阳穴突突地跳，跳得我整个人有些蒙。同时，我也惶恐到了极致，并有些委屈——这娃娃怎么不是孟泽来生，偏偏是我来生。

手指不由自主地想去摸一摸，却又不敢碰，怕碰坏了他……

晋绾看出我的惶恐，跪坐在我身旁，安慰我道："尊上，无妨，现在还瞧不出来，摸一摸不要紧。"

即便她语气轻柔，可本神尊还是不敢碰。

我坐立难安。

如果不是晋绾又提鱼鳍的事，本神尊大概要惴惴一整夜。

我攥住晋绾的手："晋绾，你懂医术，我想问你一件事……如果……如果本神尊受了伤，那肚子里的娃娃会不会有事？"

晋绾叮嘱我："神尊大人，你应当小心，尤其要护着小腹。"

我脱口而出："那明日你千万不要割那银鱼的腹鳍！"

这一句话让晋绾明白了其中的缘由。

她许久才说出话："神尊大人……你……你是不是那条银鱼？"

这个问题叫我不知道该如何回答，沉默了很久，轻声笑道："我在翰霄宫当着天帝大人和诸位神仙的面应下了这桩事情，我不能说话不算数，我也不能眼睁睁地看着四海八荒的生灵处在水火之中。"银刀被我推至她面前，说话的时候，多少带了些控制不住的乞求，"如今我只能信你，你动作小心一些，我和腹中的孩子，都不会有事。"

这句话叫晋绾哭出声来。

她知道了也好，她知道了，我便不用再装了。

我侧过脸，不忍看她难受的模样，嘱咐了几句："我那会儿想诓你，说要出去一趟，花些日子才能回来。你问我去哪里，待多久……有生之年可还能见到我。"我忽然觉得这话越说越难过，便搓了搓扇柄，笑了笑，"其实，我给自己算了一卦，也暗暗探了自己的元神，这一劫确实有些凶险，但是应该要不了我的命。我大约要沉睡个万儿八千年。"

她还在哭。

我不知道如何安慰她，便继续说道："如今，腹中的这个娃娃出现得叫我始料未及，我不晓得自己沉睡的时候，这娃娃要……要怎么办。这是我最头痛的事情，但是渡劫的日子不可改，定了三月初五便是三月初五。我到时候一定得咬住牙，挺到把这娃娃生出来再去沉睡，只是本神尊……只能拜托你帮我养着这孩子。"

她抹掉眼泪，哽咽道："这娃娃的事儿……要不要告诉孟泽玄君？"

我手中的扇子"吧嗒"一声掉下来。

要不要告诉孟泽……

我抬手揉了揉太阳穴，想了很久，最终摇头："先不要告诉他……我和他，命里本就有死结，如今在这解不开的结上又系了一个娃娃，这是要逼我们双双赴死。别跟他说了，叫他安稳地过日子吧。"

"可是尊上真的打算再也不见孟泽玄君了吗？"

我叹了一口气："你若是有缘见到他，便叫他……叫他一万年后来找我吧。"不知道那时候，系在我同他之间的这个死结能不能解开。只盼老天爷晓得本神尊献鱼鳍补星宿这桩功绩，给我们开个后门，放过我和孟泽，去"欺负欺负"旁的眷侣。

晋绾惴惴地说道："晋绾该以什么理由叫玄君来银河找你呢？如果孟泽玄君他……如果他不来呢？"

我抬眸看她："我会等他，至于他来不来，是他的事儿。"

他不来，我又有什么办法呢？

夜里，我睡得并不安稳，但没有梦魇。我下意识地去枕下摸玉玦，本想求个心安，却忽然想起来，玉玦早已在四个月前，在轩辕国大殿，被梨容要回去了。我最后拿过扇子放在怀里，勉勉强强入了眠，虽然无梦，但是心里一直想念着孟泽。

醒来的时候，不到寅时。我裹了素袍走出房间，未至清晨，银河的星光依然很亮。于是，我走出宅子，顺着银河，一路平坦又顺当地走到无欲海尽头。

算起来，自三万岁被剐鱼鳞，我已有整整十五万年没化成鱼身了。我突然想化成鱼身，逆流而上，从这尽头一直游到海面。

我觉得自己的这个念头有些疯狂，又觉得在这漫漫长夜里，我想孟泽想得真的有些难受，跳进去让无欲海海水斩一斩相思也好。

鱼身触水的一刹那，我觉得所有事情都绕回到了十五万年前，那时候我很喜欢聂宿，有时候，那些喜欢无处排遣的时候，便会跳进这海里，消一消对他的情意。这样……也好。

我本打算游出海面便化成素衣玉冠的神仙模样回采星阁见晋绾。

我知道她醒过来后发现我不在会很着急。

可我万万没有料到，在我将将跳出海面，鱼身打了个挺的空当，就有神仙冲进海里用术法捆绑了我的原身，将我强拎到了云头上。

我更没有料到，绑我的这个神仙不是旁人，是我整整四个月未见的孟泽，是我腹中孩儿的爹爹。

我没明白这是怎么回事，只是下意识地试着挣扎了几下，却发现术法成绳索，越捆越紧，有几条绳索恰好勒在我腹部。我惊恐不已，却再也不敢动。我看不到他的脸，落入眼中的，是他玄黑衣袍的一角。

他不知道这是我啊……他不晓得我的原身是银鱼。我眼里全是泪，我想叫他低头看看我。兴许他看到我落泪的模样便可怜我了呢，兴许他看到我落泪的模样便觉得有蹊跷呢？我这样想着，这样盼着，我希望他能发现这条鱼是我。

怎么可能呢？鱼落泪是没有声音的，鱼身也都是湿的，就算我泪雨滂沱，眼泪淌出来，落在身上却同水无异。他不可能看到我哭，也不可能知道这条鱼是我。云雾滚滚往后撤，他一直在往前飞，从未低头看我。

我想用鱼尾蹭一蹭他的衣角，可我怕绳索会勒到腹中的孩儿，只能一动不动至浑身僵直，动弹不得。

他带我回去是要做什么？我不敢再想。

我一下子预料到最坏的结局——被他拿来做鱼汤。

过了很久，四周场景终于变换，我隐约看到玄魄宫高大的宫墙。他飞得极快，下一秒，我抬眸的时候，已经看到了探过来的一只纤手和手背上面栩栩如生的梨花花盏。

梨……梨容。

我大惊，却不敢挣扎，只能将目光定在这只手上，看她下一步要做什么。她的手指停在我的额上。我怕绳索伤及我的孩子，不敢躲。

我听到她轻柔地笑了笑，对孟泽道："这银鱼好听话。"

我又听到孟泽的声音："嗯，来的路上，它也是这般一动不动。"

"你以前见过这条鱼吗？怎么这么快便找到了？"

孟泽的声音有些低沉："没有，不过是碰巧罢了。"顿了顿，反问她，"你以前见过吗？可是这一条？"

梨容笑声轻柔："虽然没有见过，但我觉得是这一条没错。"

这句话叫我忍不住颤了颤，绳索又渗入我的身子一分。我以前给她安魂的时候，看到过神尊府里她同聂宿相处的场景，那场景里，聂宿在给我投食，她介怀聂宿对一条银鱼上心。她明明知道这是我，她明明见过我！她为何要装作不认识我？她为何不告诉孟泽这就是我？

我悲痛欲绝，却被术法锁住，一句话也说不出。

她蹲下身子与我对视，纵然我的眼睛看不清色彩，可我依然瞧得出她眼里有几分愉悦，声音里透着与眼神不相称的遗憾和怜悯："阿泽，它好像有些难过。"

我期待拎我过来的这个神仙也瞧一瞧我，希望孟泽能看出我确实在难过，希望他看我一眼，发现这条鱼是我。

可他的声音自我头顶传来，对我漠不关心："一条鱼而已，哪里有什么难过不难过。"

这句话传入我耳中，叫我恍惚了很久。

他都不肯低头看我，又怎么会怜悯我，又怎么会将我认出来？

我被他拎到大殿，放入琉璃鱼缸。捆着我的绳索没有被解开，只是松了松，不再紧紧捆着我，鱼缸上却加了厚厚的一层结界。他们也许是怕我化成仙形逃走。我早已僵直的身子遇水便沉了下去，过了很久才缓过来。我挺了挺身子，被绳索勒出血的皮肤沾了水，生生地疼，有几道伤格外明显，恰恰在腹部。

我甚至觉得腹部有血水渗出，即便是皮外伤，可我也不敢动。

昨日我还慌得不成样子，今日，我发现自己一点儿也不能忍受腹中的娃娃有一点儿闪失。我宁愿自己被伤得体无完肤，也绝不允许我的孩子受伤。

孟泽，你看我是不是很厉害，我从未做过母亲，却这般坚定地想要护住我们的孩子。

孟泽没有打量我，他将我放进鱼缸的时候，动作仅仅是不鲁莽而已。

我透过半透明的琉璃努力寻找他，却听到他低沉的声音："你的眼睛可还好？"

我以为峰回路转、柳暗花明，以为他在问我。我甚至有点儿欣喜若狂，鱼尾扫起一圈水花，可转念一想又有些担忧——他知道我将眼睛的清明给了他，他会不会不想要，会不会要还给我？

我想跟他说我是愿意的，我愿意将清明给他。

可我没有料到，开口回答这个问题的，是梨容："不打紧，你能看清这浩荡的仙景，我便是开心的。"

那声音依旧如春风探入衣衫，带着沁人心脾的温柔，可我却有些听不明白。

她蹲下身，隔着那层琉璃与我对望，眸子里的欢愉和快意近在咫尺，如此真实。

我看不到孟泽，却听得到他的话："你当初为何要把眼睛的清明给我？你太莽撞了。"

因为……本神尊喜欢你啊。

可我一个字也说不出来。此时此刻，我没有办法回答这个问题。

梨容的声音再次响起："我喜欢你啊，我不忍心看到你的眼睛有伤。"

这句话就像是我说的一样。可一字一字地落在我心上，却让人感到疼，我花了很大的力气才明白这是怎么回事。

孟泽他……他以为是梨容，他以为是梨容把清明给了他。

"老君既然是你的故友，为何不拦着你？"

我循着声音，终于看到几步开外、垂眸理着衣袖的孟泽。

"他自然是拦了，可是，他拗不过我。我是愿意的，我喜欢你，跟我当初喜欢聂宿是一样的，他的魂魄在你身上，我便喜欢你，没有什么莽撞不莽撞，你能看得清楚，我便觉得都是值得的。"梨容道。

好一个"你愿意"，好一个"你觉得值得"。

我忍不住想化成仙形跳出去跟她对峙，忍不住想去找老君来帮我做证，可身子仅仅撞到那层琉璃，身上的绳索便又缠上来。微微的疼痛又渗入皮肤，叫我有了一些理智，不敢再动。

我忽然想到一件事——老君闭关了。除了老君，没有谁亲眼看到是我把眼睛的清明给了孟泽。他闭关一万年，我在这一万年里也许都解释不清了。

梨容当时在老君的府上，她一定知道这件事，她也一定算准了闭关的老君没办法说出实情，所以她便这般堂而皇之地欺骗孟泽。

孟泽听到我撞击鱼缸的声响，转过头来。他的眸子里透着疲倦和冷意，我早已不期望他能将我认出来，果然，他对我说："你最好不要想着逃出去，这绳索很有灵性，你逃不出去。"

我忍着不让自己哭出来，可忍不住身子颤抖，忍不住悲愤溢上心头。

梨容不慌不忙地提醒道："阿泽，天帝大人还等着用它身上的鱼鳍来补这北斗星宿呢。"

"我知道，可我想先让你的眼睛恢复清明。"孟泽道。

她像是早就知道本神尊有身孕，眉目含笑，指了指鱼缸之中的我，道："我想要这对腹鳍，剩下的，交给天帝大人吧。"

我浑身一凛，却听到孟泽的声音带着疑惑："治眼睛的话，为何不用这条银鱼的眼珠？"

梨容又笑，声音温雅："阿泽，有它的腹鳍就够了，你信我。"

我觉得绝望。

我宁愿他们摘走的是我的眼珠。他们不能割我的腹鳍，我腹中有我的孩子。

我讨厌自己的原身是条鱼，我不能动弹，不能说话，不能告诉孟泽我就是素书。我救不了自己，我也护不住我的孩子。老天不叫我活，我认了，怎么如今连我的孩子也不放过？

"嗯，我信你，我会将腹鳍留给你。"孟泽对梨容说道。

三月初四，是本神尊此生最走投无路的一日。

我的心上人，握着一枚银刀，亲手割了我的鱼鳍。

缕缕的血水弥漫整个琉璃鱼缸，血腥味儿叫我肺腑抽搐。血雾弥漫，在我眼中全是灰蒙蒙的一片。我看不到他握着的那把银刀落在何处，可我晓得那执刀的手从未抖动，因为每一刀都很快，都很果断，甚至我还没有反应过来，鱼鳍根处已有刺骨的冰凉划过，鱼鳍骤然断裂。

终于，有冰凉的东西贴近我的腹部。

我反应过来，在血水中挣扎。我看不清琉璃在何处，最后撞得自己头破血流，那绳索又勒入我的皮肉。

我不晓得怎样才可以护住我腹中的孩儿。挣扎着躲开，会被绳索勒住；任他宰割，腹鳍断裂，腹中的孩儿也保不住。本神尊身前有虎狼狰狞，身后是深渊万丈。

若鱼能哭出声音，那本神尊一定是哭得撕心裂肺。

只是执刀的神仙觉得一条鱼不会难过，所以任何撕心裂肺，任何泪雨滂沱，他都体会不到。

一切都在他们的预料之中。

我没能护住自己的那对腹鳍，冰冷的刀迅速掠过，是刺入心脏般的疼痛。

他割下腹鳍，转头给了那个姑娘："拿去治好你的眼睛吧。"

那语气，当真是阔气得不得了，像是把一件随随便便的东西送了人，纵然他自己也晓得这东西可以补北斗星辰，可以救天下苍生。

有一瞬间，我笑了。血水如丝如缕，缭绕纠缠，我透过灰暗，看到琉璃鱼缸上映着一个眸子猩红的自己，抿着唇，笑得有些诡异，有些疯癫。真是奇怪啊，我怎么能看到自己眼中这血淋淋的红？

我今生喜欢过两个男神仙。一个剐我鱼鳞，另一个割我鱼鳍。前一个，我花了整整一万年，才敢在梦中将匕首插进他的心脏，把扇剑没入他的咽喉，才敢抬头看着他端坐在大殿上首，面色如纸般灰白，目落两行泪，如此这般，我才放下对他的恨；后一个，他不晓得是我给了他清明，他误会是别的姑娘救了他，我愿意体谅，愿意担待，愿意不解释，也愿意随他信了梨容，随他和梨容而去。他割我的鱼鳍，献给天帝，献给太子，我愿意他领功，愿意他请赏，愿意不计较，也愿意他最后被嘉奖，甚至愿意他成为这四海八荒的第三位神尊大人……可是如今，他手中这锋利又刺骨的刀刃割断我的腹鳍，伤我腹中孩儿的性命。我做不到宽宏大量，做不到慈念悲悯。我不能不恨他。

我恨不得立刻挣脱这绳索，恨不得马上恢复仙形，然后指着他的鼻子告诉他："孟泽啊，本神尊怀了你的孩子，方才，你动刀割下腹鳍的时候，伤了你的孩子……你有没有觉得心痛？"

这也是他的骨血啊，倘若有一天，他知道我腹中有孩子，再想起今日之事，能不能睡得安稳，能不能过得坦然？

我觉得自己荒唐又可笑。我自三万岁开始，穿素袍，带王冠，下凡间，喝花酒，骨子里多少也有些男子的坦荡和潇洒，很多事情，我都做得到不计较。就连匀砚欺骗我两次，我都没有杀了她，而是怜悯她，送她去南荒帝九阙身旁听教化，修正道；就连南窖数次对我诛心，逼我就范，我都能忘记他的不好，参透他同我的业果，知道这情缘求不得，原谅了他，告诉自己不再留着恨意过日子。

可是现在，我觉得我对孟泽的恨是生生世世不会消去的。若我能回来，我不会叫他活。

23．凤冠霞帔，如约而至

孟泽去九重天献鱼鳍，我被梨容扔进了无欲海。

无欲海海水卷着我，没有了鱼鳍，我挣扎了一天一夜才游到尽头。这一天一夜，当真不好过，无欲海海水如万千游虫，钻进我身上的刀痕，咬住我的情丝往外扯。我记不清有多少情丝已经被扯断，只晓得在这一天一夜里，我对孟泽的情意消了一大半，留下的仇恨越来越多。

我被晋绾寻到的时候，已是油尽灯枯的模样。

我连个仙形都化不出。

我听到晋绾号啕大哭："素书神尊，是谁割了你的鱼鳍，是谁将你害成这般模样的？！"

鱼尾费力地蹭了蹭她的衣袖，我想告诉她不要担心我，想告诉她替我看看腹中的孩儿是否安好，可我不晓得她能不能听懂。

晋绾聪明，可她没有办法，跪在无欲海尽头，声音绝望又悲痛："尊上，你现在是原身，晋绾不晓得如何给鱼诊脉，你要化成仙形才行啊！"

晋绾渡给我一些修为，五日后，我终于能勉勉强强化成个人样了。

只是晋绾告诉我，腹中的孩子还在，但是……可能留不住了。

我连哭都不会了。

我勉强撑到六月。

六月初六，这样顺顺当当的日子，宜嫁娶，宜沐浴，宜贴窗，宜安床。

本神尊在这个诸事皆宜的日子里诞下了一个死胎。

这娃娃随我，是鱼身，只不过是一条瘦瘦弱弱的小鱼，瞧不出男女。我的眼神越发不济，将孩子捧在掌心里看了好几个时辰，却终究瞧不出他是什么颜色的。

我问晋绾："我的孩子是什么颜色的？"

晋绾抬手替我抹了抹泪，又给自己抹了抹泪，开口的时候，哽咽得不成样子："尊上，这是条小银鱼，鱼身银白，带了光泽，像极了这银河的星光。"

我笑了笑，干涸许久的眼睛里有眼泪淌下来："我的孩子，真漂亮。"

晋绾一心一意地照顾我，几个月不出银河，不晓得外面的风声，也不晓得是谁将我害成这般模样，抬眸安慰我道："孩子不论是随尊上还是随孟泽玄君，都是漂亮的。"

我沉默良久，捧着这条小鱼端详，捧了一天一夜，依然舍不得放开。他安静得很，在我的掌心里一动不动。

我越发撑不住了，最后将小鱼交给晋绾。我拉住她的手，一句一句地劝，却又忘记自己想表达什么，于是有几句话被翻来覆去地说了很多遍："这娃娃，你葬在银河畔，无欲海尽头。不要立墓碑，不要堆坟冢，但是你要护住那里，不要让旁人靠近半分。还有，你现在一定不要去找孟泽，一万年后，务必叫孟泽来一趟。他来也得来，不来也得来。我大概要沉睡一万年，你知道的，我告诉过你，我给自己算了一卦，我要沉睡一万年。我尽量早些回来，晋绾，你要护住我的原身。一万年后，你叫孟泽过来，他一定得来。他若是早过来，你便拦住他，孩子的事，你不要告诉他，让我来跟他说。"

我拿出一封信放在晋绾的掌心里："这信上有叫他来的理由，你帮我交给他。"顿了顿，看了我一动不动的孩子一眼，抬头道，"还有，晋绾，给我准备一套嫁衣，我要赤红的。"

我要孟泽在我归来的那一日娶我，我要在这"两情相悦，便有一伤"的死结上再系上"姻缘"的扣，我要让这劫数再也斩不开、断不了。

我要跟他同归于尽。

"晋绾，等我一万年后回来。"

我在信里是这样写的：

孟泽：

闻君安然无恙，本神尊心下欢喜。

久未联系，你或许也挂念本神尊。

你大概也晓得，本神尊在银河里沉睡了十四万年。

在那十四万年里，银河深处星群浩瀚，日夜璀璨。我出来的时候，双目所观，尽是银白，这银白辉光十分灼眼。

那时，我能看到仙景浩瀚，能看到九州斑斓，能看到晚霞如绣，能看到朝云似锦，甚至能看到你眸中的堇色。

可这双眼睛被星辉所灼，苏醒一年来，尤其在不曾见你的这四个月中，我的这双眼睛越来越不济，甚至已经看不到其他色彩了，目之所及，只剩这素寡仙境、缥缈诸景、黯淡流霞，叫本神尊心头也失了颜色。

听闻你的眼睛恢复清明，我心里也是开心的。

我曾问你，如果我以后老了，腿不能走了，你是否还在我身边，是否会给我做拐杖支撑我。

你道，你会的。

我也问过你，如果我以后手僵了，拿不住扇子也握不住剑了，你会不会在我身边，替我扇风解暑，为我斩妖除魔。

你也道，会。

　　我问你如果我以后老眼昏花，看不清万里朝霞，看不清浩瀚星辰，你会不会在我身边做我的眼睛。

　　你拥我入怀，摩挲着我的发，回答我，我需要你的时候，你都在，你以后都在。

　　北上天的流光，东海日出时的云霞，三月时节阳华山下的三百里桃林，你都会带我去看。

　　你说你会陪我去。你说以后你会在我的身边。

　　如今，我可能要回去休养万年，一万年后，本神尊或许会越发老眼昏花、不能视物，那时我真的需要你，你能不能来陪我？

　　孟泽啊，一万年后，你若是有空，便来银河的采星阁陪我坐一坐，就算不能陪我，来坐一坐也是好的。

　　还有，本神尊还未成亲，也想听你给我说一说……凤冠霞帔的颜色。

　　你若是肯带凤冠霞帔来，我便等你娶我。

　　你若是愿意娶我，我便嫁给你。

　　此话，不悔不灭。

　　六月初六。

　　素书手书。

我把这个日子一笔一画写进信笺。我叫他记得，也叫自己记得。
在这一日，我同他的孩子出生；也是在这一日，我同他的孩子去世。

万年后。
我化成鱼身沉睡万年，终于醒来。
晋绾说，她在我沉睡之后处理了一些事情，也把那封信安安稳稳地交到了孟泽玄君的手上。
晋绾告诉我："孟泽玄君看了信，答应了。今年六月初六，他来了一次，那时尊上还未苏醒，我便如你所说的，拦住了他。他这个月可能也会来吧。"

"六月初六"这四个字落入我耳中，带着噬骨刺心般的疼。

"孩子安顿好了吗？"我问晋绾。

晋绾望着我道："尊上，我正要说呢，孩子……"

我摇摇头："别说了，处理完这件事，我自己去看。"

晋绾顿了顿，没有再说话。

七月将至，我便日日穿好嫁衣，描好面容，坐在采星阁内，望着远处，等着那个神仙的到来。

这一日，晋绾俯身为我整理裙袂，我看到远处有大红的颜色，那颜色渐行渐近，越发红艳。

我想起书信上写给孟泽的那句话："你若是肯带凤冠霞帔来，我便等你娶我。"

这鲜红的颜色……他果真带了凤冠霞帔吗？

我挥开衣袖，御风飞上前去。晋绾在我身后呼喊出声，我不晓得她的声音为什么听着有些撕心裂肺。

我想装得亲切一些去迎接他，这样才好叫他不设防，才好如我所设计的那样，让他娶我。

可为何……这鲜红如此灼热？

我终于听到晋绾撕心裂肺的呼号："尊上，那是大火星！"

来不及了。

七月流火远去，孟泽玄君如约而至。

银河深处的采星阁玲珑精致，可触星汉。

他手捧凤冠霞帔立在阁前，开口唤我。

银白星光探入阁中，映得里面素衣玉冠、一副公子打扮的人儿几乎透明。

远处，在神尊身边侍候已久的仙官闻声赶来，俯身说道："三日前流火经过，尊上眼睛不好使，瞧见那大火星的鲜红颜色，以为玄君赴约，迎出阁外，不料正入其中，灰飞烟灭了。玄君……来迟了。"

手中的凤冠坠入星河，他不可置信地抬头，那阁中几乎透明的人儿素衣玉冠，明明是他们第一次相见时的模样。

24. 孟鱼伴我，思卿朝暮

素书仙逝三百年后，小鱼儿终于化成了仙形。

风轻云淡，绿柳成荫，玄魄宫里的几处池子里水声淙淙，荷花正好，我路过的时候衣袖沾了三分清凉七分荷花香。

小鱼儿是从荷叶底下冒出来的。他在这不深不浅、清清凉凉的池子里打了个挺，跃出来化成仙形。他皮肤白净，眼珠乌黑，随他娘，十分好看。

也许是从三百年前他才开始生长，所以瞧着有些小，模样跟凡间三四岁的娃娃差不多。我看着这白嫩嫩、水灵灵的娃娃，心里都是为人父的喜悦。

化成仙形的小鱼儿伸出小胳膊抱住我的腿，光溜溜的还沾着池水的小身子贴在我身上，小嘴一张，嫩牙一咬，开口便管我叫阿娘。

于是，我那初为人父的喜悦在喉咙里僵了僵，吞也不是吐也不是，只得捏了捏他的小耳朵，俯身认真地纠正他道："小鱼儿，你该管我叫爹爹。"

他小下巴点了点，天真无邪地道："嗯，好的，阿娘。"

我挥开衣袖将这光溜溜的小家伙卷进怀里，用凉被裹住他，摸了摸他还在滴水的头发，认真道："你阿娘比我好看，你要是现在分不清男女，便先叫我阿娘吧。"

怀里的小鱼儿眼珠子滴溜溜地转了转，小手贴上我的眼睛，捏了捏我的睫毛，说道："嗯，爹爹，阿娘比你好看。"

孟鱼小朋友很聪明，这么快便记住了管我叫爹爹。

小手又揪了揪我的睫毛："可是，好看的阿娘去哪里了？"

这句话如刀似剑，直钻入我心里。

我没办法跟小鱼儿讲什么是灰飞烟灭，也没办法跟他讲什么是痛不欲生。他体会不到。

于是，我抬手将他的小手从我的眼睛上轻轻拿起来，放在我心脏的位置："好看的阿娘在你父君心里。"

我已在玄魄宫待了一万零三百年。

除了当初去无欲海捉那条银鱼，去凌霄金殿献鱼鳍，我再没有出去过。

我后悔自己没有去找素书，我遗憾没有去见她最后一面。她跟我在一起受了太多太多的伤，我从不害怕"两情相悦，便有一伤"的命数，我害怕她因为我而伤得太重。于是，从来无所畏惧的我开始怕跟素书见面。

从轩辕国分开后，我有多次控制不住自己想去见她，幸好梨容拦住我，说道："你去见她，会害死她。她是生是死，你选一个吧。"

我如梦初醒，那时候心里只有一个念头：我要让我的素书大人活着。在那一万年里，她夜夜入梦，我心下欢喜。

一万年前，北斗星宿连陨两星，大劫将至，六界惶恐。梨容是上古的神仙，晓得的事情比我多，她告诉我找到一条银鱼，割其鱼鳍，可以补北斗星辰。兴许老天爷会感念我补星辰有功，断开我同素书相悦皆伤的死结。

也是在那时，我知道了自己眼睛的事。

我以为是阿玉把眼睛的清明给了我，可我没有想到，我的眼睛能看得清楚，是因为梨容。

本君平日最恨欠旁人情分，我说要把清明还给她，她拒绝道：
"我是愿意的。况且，老君闭关，你就算想把清明还给我，也没有哪个
神仙会有老君的手艺。"

不晓得为何，我并不喜欢她。她越是给我恩情，我就越想连本带
利还给她。我甚至想把眼珠子抠出来扔给她。

她是个温和的姑娘，不像我这般性子激烈，倒想出一个法子——
她要那条能补北斗星宿的银鱼的一对鱼鳍。

我觉得这件事情简单到不能再简单。

梨容给本君指了条明路，说那条银鱼会出现在无欲海。于是，本
君不过在无欲海蹲守了两日，便捕到了那条银鱼。一切都是得来全不
费功夫。

我带那条银鱼回玄魄宫，一路上，那条鱼很乖巧，没有挣扎一下。

梨容似乎对那条银鱼很感兴趣，隔着琉璃鱼缸，盯着那条银鱼看
了一会儿，竟然道："阿泽，它好像有些难过。"

本君十分厌恶她唤我"阿泽"，素书都未那么亲昵地唤过我。本
君不喜欢旁的姑娘唤我比素书唤我还要亲昵，可我又想到梨容把眼睛的
清明给了我，我受她的恩情，便不能无礼。

我只得忍了忍，尽量没有骂出声，淡淡回了一句："一条鱼而
已，哪里有什么难过不难过。"我心中的厌恶更甚，"你当初为何要把
眼睛的清明给我？你太莽撞了。"

她却道："我喜欢你啊，我不忍心看到你的眼睛有伤。"

我不想看她，垂眸理了理衣袖，说出来的话带着叫她能听出来的
指责："老君既然是你的故友，为何不拦着你？"

"他自然是拦了，可是，他拗不过我。我是愿意的，我喜欢你，
跟我当初喜欢聂宿是一样的，他的魂魄在你身上，我便喜欢你，没有什
么莽撞不莽撞，你能看得清楚，我便觉得都是值得的。"梨容这样说。

她同我的素书大人不一样。

纵然素书喜欢她的聂宿大人，可本君知道，她从未将我当成聂

宿，即便聂宿有一缕魂在我身上。

梨容说聂宿的魂魄在本君身上，她便喜欢本君，我觉得这件事情太荒唐，甚至想问她，如果聂宿的一缕魂在一条犬、一头猪或者一块石头上，她也要去喜欢这条犬、这头猪、这块石头吗？

所幸，本君拿回了那条银鱼，她说要那对腹鳍，本君便给她那对腹鳍。

恩情还尽，我再不欠她。

我以为自己和素书会像梨容所说的那样，因为献鱼鳍补星宿有功，所以系在我们身上的劫数会被解开。

三月初五，从凌霄殿献完鱼鳍回来，我依旧闭门谢客，夜夜坐在玄魄宫大殿殿顶，望着北斗星宿，等它们被补齐。我以为，北斗补齐那日，便是我跟素书相见之时。

在那之前，我不能叫她受丁点儿的伤。

六月初九夜，我还没有等到北斗星宿被补齐，就远远看到了身穿一身素袍的姑娘。我大惊，跳离殿顶，御风飞近，来人却不是素书，而是南窬身旁的女官。

我万万没想到，她告诉我素书要闭关沉睡一万年。

我更没有想到，她的手心里护着一条一动不动的弱小银鱼。她见我便跪："玄君大人，素书神尊怀有身孕却遭重伤，三日前诞下一个死胎，她叫晋绾把这孩子埋在无欲海尽头，可是晋绾不忍心。这也是你的孩子，你仙法卓然，能不能救救他，叫他起死回生？"说完这句话，晋绾泪雨滂沱。

那时候，本君望着她手里的小鱼儿，惊得早已说不出话来。我接过小鱼儿的时候，手控制不住地抖，纵然小鱼儿是轻得不能再轻的身量，我却觉得有千钧重。

"这……这是素书跟我的孩子？"我忽然注意到晋绾那句"素书神尊怀有身孕却遭重伤，三日前诞下一个死胎"，眼眶疼得似要被撕裂，大吼出声，"素书她现在如何？！她为何从未告诉过我她有了孩子？！她为何不叫我去陪她？！"

女官淡淡一笑："为何不去陪她……晋绾倒要问一问玄君大人，可是有谁捆住了你的双脚，不叫你去陪素书大人？"

我大惊。

她没有容我说旁的，递给我一封信，说要赶回去为素书守关。

我要同她一起去，她却拦住我："素书神尊闭关前千叮咛万嘱咐，叫你一定在一万年后再去，现在你去了，她也不可能见你。"她的眸光在我掌心里停了一会儿，终究没有忍住，眼泪夺眶而出，"素书神尊命苦，她捧着这娃娃一天一夜没有合眼，叫晋绾心疼。晋绾不晓得素书大人为何对玄君大人只字不提，她既然说是一万年，便请玄君一万年后准时赴约，莫叫神尊大人再伤心。"

她说罢，乘云走了。

小鱼儿在我的掌心里，漆黑的夜里，他那小身子有银白如星辉的光。只是小身子一动不动，连眼眸也闭着，瞧不出一丝一毫的生气。

我一遍一遍想着素书，愧疚如枷锁万道缠在我心上。

过了许久，我才反应过来要救活这个孩子。于是，我发疯似的奔回玄魄宫，当夜用尽全数修为，将仙气一缕一缕地引到这个孩子的身上。三天之后，银白的小鱼终于颤了颤。那颤动微弱得如同蜉蝣过湖面，可他到底是本君的孩子，纵然这颤动再微弱，也叫我感受得清清楚楚。

我给他取名为孟鱼。

此后的一万年里，我一边等素书出关，一边用修为养着小鱼儿。我绕着玄魄宫挖了一圈水池，将他放进去。只是他弱得很，常常在水里待几个月才动一动。

可他到底活过来了。

一万年不能相见，我便日日在荷花池旁一边守着小鱼儿一边看素书的信。

信上的一字一句早已印在我的脑海之中，只是依然想掏出来摩挲，寻几丝素书落在信上的温度。

"那时，我能看到仙景浩瀚，能看到九州斑斓，能看到晚霞如绣，能看到朝云似锦，甚至能看到你眸中的堇色。可这双眼睛被星辉所灼，苏醒一年来，尤其在不曾见你的这四个月中，我的这双眼睛越来越不济，甚至已经看不到其他色彩了，目之所及，只剩这素寡仙竟、缥缈诸景、黯淡流霞，叫本神尊心头也失了颜色。"

指尖偶尔划过这句话，心便疼得厉害。

我想想她的眼睛，又想想自己的眼睛。我低头对荷叶底下的小鱼儿道："你阿娘说她看不清了，等她出来，我便把眼睛给她。"

小鱼儿很虚弱，卧在玉石砌成的池底，一动不动。我每日都要探一探他的元神，只是那惨淡的仙泽都聚不到一处，似乎风一吹就要散了。我每每都要恍惚一阵，确定小鱼儿是否真的活着。反应过来后便迅速抽出自己的仙气，不敢一股脑儿地塞给他，只能一边探着他的元神，一边小心翼翼地将仙气一丝一丝引到他身上。

大概是因为养了这个娃娃，我一个做惯了挥剑抢刀、杀魔掠鬼之事的魔族玄君，成了一个细致温和、不骄不躁的小鱼儿他爹。

我常常同小鱼儿说话，说到后来，竟再也不愿意同旁人说话。

那一万年里，来玄魄宫找本君的神仙很多，天帝、太子、梨容，甚至还有长诀，三万魔族侍卫守在玄魄宫外也拦不住来访者，我挑了个风和日丽的日子，在玄魄宫外加了七八层结界，终于觉得周遭安静了一些。

平日里，我便吃饭、养鱼和看书，只是入夜之时，依旧喜欢坐在玄魄宫大殿顶上，看看北斗，再看看银河。看着看着，便从怀里摸出那封信，对着这有些凉的空气，一遍一遍认真说道："等以后你老了，腿不能走了，我会在你身边，会给你做拐杖支撑你；如果以后你手都僵了，拿不住扇子也握不住剑了，我会在你身边，替你扇风解暑，为你斩妖除魔；如果以后你老眼昏花，看不清这万里朝霞，看不清这浩瀚星辰，我会在你身边，做你的眼睛，带你去看北上天的流光，去看东海日出时的云霞，去看三月时节阳华山下的三百里桃花。"

还有，素书大人，你若是想嫁给我，我便娶你。

这句话，也不悔不灭。

夜风卷起这话融进漫漫长夜，我看不清前尘，也望不见后路。我晓得素书她听不到，于是把信重新揣到怀里，在心中把这话说了一遍又一遍，打算等她出来那日，亲口说给她听。

就这样过了一万年，六月初六，正是小鱼儿的生日，在这一天，他精神极好，在池中的荷叶下面转了三圈才卧在玉石上睡了。我照例探了探他的元神，我还没有将仙力过给他，他浅淡的元神便有了往一处聚的趋势。

一万年了，我终于体会到了欣喜若狂的滋味。

上一次欣喜若狂，还是在凡间慕花楼得到素书的那一晚。

我从来就不是个正儿八经的神仙，我喜欢一个姑娘，想跟她在一起，得到她的时候会欣喜若狂，不见她的时候会黯然神伤。偶尔，梦中会再见这样的场景，梦里的她只属于我一个人，那场景真实，竟然觉得那些细腻温柔都还在。

她坐在榻上，素袍散了，长发也散了。那时我的眼睛看得不太清楚，却觉得她望着我的那双眸子里有些水雾："今夜，这慕花楼中有一位姑娘说本神尊瞧着十分寂寞……本神尊想问一问你，你也寂寞吗？"

我忘了自己当日是如何回答她的，我却清清楚楚地记得她的动作和她的话。

她同我招了招手："你过来。"待我过去，她抬起手臂钩住我的脖颈，我尚在惊讶之中，便有温软的触感带着酒气贴上了我的唇。

后来拥她入怀的时候，我在想：就算这素衣玉冠的神尊把我当成她的聂宿，本君也是开心的。

能在一起就很好了。

我从不奢求其他，只要能同素书在一起，任她把我当成谁都行，只要我能在她身边就好。

直到后来，本君才明白，在素书大人身边也是奢侈之事。

轩辕国大殿上，我叫她念出剑诀。我其实是想死的。那时本君满脑子只有一个念头：叫她活着。她活着，安安稳稳，平平坦坦，不流血不落泪，就是我想要的。

我最后立在她面前，低头看她头上的玉冠，看她如画的眉眼，有一瞬间，竟能体会得到那个活在过往故事之中的聂宿神尊的心情。素书说过，她不晓得聂宿是否喜欢她，聂宿临死的时候也没有告诉她这个问题的答案。那一瞬间，本君觉得自己能代聂宿回答这个问题。当初的聂宿同当时的本君，所想之事，都是以死换劫数解开，舍命换面前这素衣玉冠的姑娘安稳活着。

把平生呼风唤雨之姿都变成静好岁月，守住眼前人，叫她安然无虞。至此终了，再无遗憾。

素未谋面的聂宿大人应当不知道，本玄君羡慕他舍生保护素书这件事儿。我足足羡慕了一万年。

三百年前，七月初四，流火掠过银河，素书飞出采星阁，不慎撞入其中，被星火卷入，灰飞烟灭。

本君心爱的姑娘就这样死了，而我迟到了足足三日。

七月初七，小鱼儿在荷花池里绕着碧绿的荷叶游了七圈才卧在玉石上睡着了。蒙蒙细雨从玄魄宫迤逦至无欲海，我俯身看到九天银河鹊桥架起。

我专门挑了七月初七的日子，带着凤冠霞帔去银河赴约。

这一日，鹊桥起，良人会，按理说是个极美满的日子。

可本君是在这个美满的日子里知道了素书仙逝的消息。

我端着凤冠霞帔立在采星阁外，没有等到穿着嫁衣等我娶她的素书大人，却等到晋绾，她说："三日前流火经过，尊上眼睛不好使，瞧见那大火星的鲜红颜色，以为玄君赴约，迎出阁外，不料正入其中，灰飞烟灭了。玄君……来迟了。"

手中的凤冠再也端不稳，恍惚之间，坠入星河。

我僵了许久才抬头，忽然觉得采星阁中，素衣玉冠的素书在抬眸看我。这一切太过透明，待我冲进去，却抓不住。

我爹娘仙逝得早，本君自小便缺长辈管教，书读得不太好。在养小鱼儿的这一万年里，我没有同旁人说过话，白日里一边看着小鱼儿，一边读书。有些书字里行间所描绘出的景象很是壮阔，极对本君的脾气，但也有一些书言语太过细腻，叫我看不下去，每每遇到看不下去的书，我便低头给小鱼儿念一念，就这么硬着头皮看下去。

我曾看过一本书，里面有一首词，专门说这七夕。那首词是这般写的：

"纤云弄巧，飞星传恨，银汉迢迢暗度。金风玉露一相逢，便胜却人间无数。

柔情似水，佳期如梦，忍顾鹊桥归路。两情若是久长时，又岂在朝朝暮暮！"

最后这句"两情若是久长时，又岂在朝朝暮暮"给了本君一些安慰，叫我度过了这万年不见素书的日子。

本君信了这劫数，信了这命途，信了这"不见便是安然"，可是到头来发现，什么"两情若是久长时，又岂在朝朝暮暮"，都是胡说。我要的，就是朝朝暮暮与我的素书在一起。

那日晋绾没有拦住我，我几乎找遍了整个采星阁也没有找到素书一丝一毫的气息。

可我每每回头，却总有一瞬间，觉得那素衣玉冠的女子在我身侧，回眸之时，会映入我眼。

"悲痛欲绝""撕心裂肺"两个词，在那一日，叫本君体会了个彻底。

我冲出采星阁，跳入银河，循着大火星留下的灰烬，翻遍整个银河，一直翻到无欲海。海水滚滚，升腾成镜，一面一面，尽数映着一个双目血红却茫然无措的本君。

最后，我在无欲海海面找到了她的衣角——一块被烧得只剩一尺见方的衣角。

我攥紧那块衣角，脑海中全是素书被烧成灰烬的景象。

我哭出声，修为涌出，震得无欲海海水化成百丈水浪，冲得整个九天晃了三日。

乌泱泱的神仙涌到九天，可是没有一个是我的素书大人。

没有人肯告诉我素书去哪里了，没有人知道素书现在在何处。

我以前从来不知道绝望是什么滋味，那几日，我攥着那块衣角，躺在无欲海海面上，将绝望的滋味尝了个彻彻底底。

躺在无欲海中，仙力支起海水为屏障，挡住一众要到本君近处来的神仙。

我偶尔会看一看屏障外的那些身影，看到穿素色衣裳的裀仙时心就揪得生疼。我甚至有些恨自己的眼睛看得太清楚，因为只要一眼，我就能清清楚楚地看到那不是我的素书。

从小到大，我从不羡慕别的神仙，在我最想得到良玉的时候，我都不羡慕长诀。可在无欲海上，我攥着那块衣角，闻着烟火焦灼的味道，十分羡慕聂宿。

为何他能护素书安稳，我却不能？

为何他能以死来破劫数，我却不能？

本君为何这般没有出息，连自己喜欢的姑娘都护不住？

心中的执念如杂草疯长，紧紧缠住血脉，将其揉碎，肺腑一抽一痛，血水便从口中喷出来了。外面有呜呜呀呀的声音，我听不清楚，只看着那块衣角，泪珠滚烫，最后泪雨滂沱。

七天七夜，我的修为散得差不多了，自肺腑涌出的血越来越少，终于有神仙能敲开这屏障了。我不想看来人，便由自己昏睡过去。

可手中的那块衣角，哪怕我攥得手指僵硬，也没舍得松开半分。

后来，我不知道是谁将我送回了玄魄宫，也不知道自己昏睡了几日，只记得我在梦中苦苦寻找，终于找到那素衣玉冠的身影，伸手一触，那身影化成抓不住的透明模样。

梦中来来回回、反反复复都是那几句话："你若是肯带凤冠霞帔来，我便穿好嫁衣在采星阁等你。你若是愿意娶我，我便嫁给你。此话，不悔不灭。"

可我带着凤冠霞帔要跟她说"愿意"的时候，这景象陡然碎裂，成了晋绾女官在我面前，俯身对我说："三日前流火经过，尊上眼睛不好使，瞧见那大火星的鲜红颜色，以为玄君赴约，迎出阁外，不料正入其中，灰飞烟灭了。玄君……来迟了。"

尊上眼睛不好使，瞧见那大火星的鲜红颜色，迎出阁外，不料正入其中，灰飞烟灭。玄君来迟了。

纵观这一万年，本君同素书在一起，不过一年；纵观这一年，我同她安然欢愉的日子，不过两三个月。

最后，我们一边被"两情相悦，便有一伤"的劫数困着，一边又被"两情若是久长时，又岂在朝朝暮暮"这句话宽慰着。

到头来却迟了。

若我早知道这劫数怎么也解不开，我便不会同素书分开。

可又有什么办法呢？我死死攥着那块衣角，烧焦的味道飘到我鼻端，提醒我素书灰飞烟灭了，她……恐怕再也回不来了。

后来，若不是在梦魇中依稀看到通身银白的小鱼儿卧在玄魄宫的荷花池子里，本君大概是醒不过来了。

如晋绾女官所说，素书生小鱼儿的时候花了很大力气，却以为自己诞下的是个死胎。素书不在了，我不能放任小鱼儿不管，他是素书同我的孩子，我没有护住素书，不能再护不住孟鱼。

知道我苏醒，来玄魄宫找本君的神仙越来越多。我在玄魄宫外陈列魔族将士十万，他们个个身着银装铠甲，手持强弓劲弩，拦着前来的神仙。总有些神仙非要拼死闯进来，我念着小鱼儿，不想杀生，最后，不得已在玄魄宫外加了结界。

我不喜欢同旁人说话，每天端着书卷斜躺在荷花池旁，遇到心酸苦情的诗便冷笑几声，念给小鱼儿听一听，告诉他："孟鱼啊，日后你有了喜欢的姑娘，就算死皮赖脸抱着她的腿，也要跟她在一起。你一定要去同她爹娘求亲，把姑娘娶回家，莫留下遗憾。"

小鱼儿多数时候卧在池底，躲在荷叶下不动弹，但偶尔也会听到我的话，游到荷花底下，如大王巡山一般，绕着那荷花茎转几圈，表示已收到我的教诲。

素书仙逝三百年后，小鱼儿终于化成仙形。

这一天，风轻云淡，绿柳成荫，玄魄宫里的几处池子里水声淙淙，荷花正好，我路过的时候，衣袖沾了三分清凉七分荷花香。

小鱼儿是从荷叶底下冒出来的。他在这不深不浅、清清凉凉的池子里打了个挺，跃出来化成仙形。他皮肤白净，眼珠乌黑，随他娘，十分好看。

也许是从三百年前他才开始生长，所以瞧着有些小，模样跟凡间三四岁的娃娃差不多。我看着这白嫩嫩、水灵灵的娃娃，心里都是为人父的喜悦。

化成仙形的小鱼儿伸出小胳膊抱住我的腿，光溜溜的还沾着池水的小身子贴在我身上，小嘴一张，嫩牙一咬，开口便管我叫阿娘。

于是，我那初为人父的喜悦在喉咙里僵了僵，吞也不是，吐也不是，只得捏了捏他的小耳朵，俯身认真地纠正他道："小鱼儿，你该管我叫爹爹。"

他小下巴点了点，天真无邪地道："嗯，好的，阿娘。"

我挥开衣袖将这光溜溜的小家伙卷进怀里，用凉被裹住他，摸了摸他还在滴水的头发，认真地道："你阿娘比我好看，你要是现在分不清男女，便先叫我阿娘吧。"

怀里的小鱼儿眼珠子滴溜溜地转了转，小手贴上我的眼睛，捏了捏我的睫毛，说道："嗯，爹爹，阿娘比你好看。"孟鱼小朋友很聪明，这么快便记住了管我叫爹爹。

他的小手又揪了揪我的睫毛："可是，好看的阿娘去哪里了？"

本君捏起他的小手放在我心脏的位置："好看的阿娘在你父君的心里。"

小鱼儿长得十分俊俏，只是有些蠢。

不对，身为他的父君，我应当说他天真无邪、十分可爱。我不敢告诉他，他一万零三百岁了，诓他今年只有三百岁。

他会揪着我的睫毛，露出小酒窝，欢欢喜喜地道："小鱼儿好年轻呀！比小荷哥哥还年轻！"

小荷是小鱼儿刚来玄魄宫的时候，我挖池子时顺便栽下的那许多荷花中的一朵，也就是小鱼儿醒过来的时候围着巡视的那一朵。平日里，我把自己的仙气引往小鱼儿身上的时候，偶尔有几缕会落到这荷花身上，所以他沾了本君的一些仙气，比小鱼儿晚几个月化成仙形。但是同小鱼儿不一样，他从荷花池子里一跳出来，就是个高挑的小伙子。

小鱼儿觉得自己比荷花年轻，我不好打击自己的孩儿，便揉一揉他的头发，附和一声："你确实很年轻。"只是他不晓得，这荷花比他还要年轻。

小鱼儿管那株荷花叫哥哥，那荷花没办法，便管本君叫叔。

他既然管我叫叔，我就得给他取个名字。于是，我拿着书卷挡住这夏日的灼灼日光，在心里掂量片刻，给他赐名："从此以后，你叫孟荷吧。"

孟荷，大俗大雅。

终于有一日，有些蠢，不，天真无邪的小鱼儿发现他爹，也就是本玄君我，在取名方面有些随便。

那一夜月影幢幢，虫鸣啾啾，荷花香气飘进我房里，我点了盏灯看书，小鱼儿没穿衣裳，仿佛一个白花花的丸子，光溜溜地滚到我袍子边，抱住我的腿，目光灼灼，满脸期待，开口道："父君，父君，小鱼儿有几个问题想问你。"

我低头揉了揉他的头发，慈爱地说道："问吧。"

小鱼儿乌溜溜的眼珠子转了转："如果小鱼儿原身是小鸡呢，父君会给小鱼儿取什么名字？"

我和蔼地说道："孟鸡。"

他贴在我腿上的小身子一僵："父君……如果小鱼儿原身是小鸭呢，父君会给小鱼儿取什么名字？"

我慈祥地说道："孟鸭。"

他那小身子更僵了："父君……如果小鱼儿原身是小猪呢？"

我关爱地说道："孟猪。"

他的小身子彻底僵了，却垂死挣扎了一下："父君，如果小鱼儿原身是块石头呢？"

我亲切地说道："孟石头。"

他抱住我的腿不肯动弹。

我又揉了揉他毛茸茸的头发："吾儿，怎么了？"

小鱼儿抬头，眼里满满的全是泪。

"你哭什么？"

他抬袖子抹了抹眼睛，咬住小奶牙，努力叫自己不哭出声，那委屈却憋不住："幸亏阿娘把我生成一条鱼。"

我十分赞同他的这句话，笑道："你确实得感谢你娘，是她把你生成一条漂亮的小鱼，父君我也得感谢你娘。"只是父君不太好，你娘生你的时候，你父君没有陪在她身旁。

后面这句话，我终究没有说出来。

那时的她，看着毫无生气的小鱼儿，一定又难过又绝望。

防微杜渐，为了不叫小鱼儿步我的后尘，本君按照之前的法子，在看书的时候，把他裹在怀里，读到坦荡或者潇洒的句子便给他讲一讲，叫他记住；读到表达苦苦追寻却瞻前顾后的句子，也要给他讲一讲，叫他避免这样的事情发生。

过了些日子，化成仙形后就在小鱼儿身旁伺候的孟荷觉得有些不妥，提醒我道："阿叔，我觉得小鱼儿应该去上学，不应该天天听你讲如何……"

我抬头："如何什么？"

他抚额："如何谈恋爱……小鱼儿还是个娃娃。"

我合上书卷，觉得这句话有点儿道理。

神界最好的学院便是太学宫，上学的话，便去那儿吧。

我已有三百年不出玄魄宫的大门了。在等素书的那一万年里，我只去过两次银河。

小鱼儿也没有出去过，他觉得玄魄宫很大，在他眼里，玄魄宫基本上等于整个神界。他的这个认知是错的。孟荷说得对，小鱼儿应当去上学，应当去看一看外面的世界。

于是，思考几个时辰后，我决定送孟鱼去太学宫上学。

小鱼儿不晓得"上学"是什么意思，又不舍得离开我，小手揪住我的袍子边儿，光溜溜的没穿衣裳的小身子往我身上贴，嘤嘤地道："父君，我为何要去听旁人说书，为何不能继续听父君说书？"

我抬头望了望天："吾儿，是讲书，不是说书……"

他又揪了揪我的袍子沿儿，眼神明亮："父君，什么是说书？"

我揉了揉他后脑勺上毛茸茸的头发："说书就是说故事。"

小鱼儿满怀期待地道："父君，那我能不能去听旁人说书，不去听旁人讲书？"

我低头看他，有些恍惚，觉得自己方才差点儿被他绕进去，便严肃地说："不行，你得去太学宫上学，此事你父君我断然不会妥协。"

他趴在我的腿上，抬头望着我，小眉毛蹙了蹙："可是，如果我去太学宫了，谁来陪父君？"

我愣了愣。

他抬起胳膊做出让我抱的姿势，我伸手把他捞起来。小家伙白嫩嫩的脸颊贴在我的心窝处，小心翼翼地跟"里面的人"讲话："阿娘，父君说你在他的心里，现在你从父君心里出来陪一陪他好不好？除了小鱼儿和小荷哥哥，父君他从不跟旁人讲话。"顿了顿，噘起小嘴儿隔着衣裳又往那儿亲了亲，担忧地道，"可是小鱼儿以后要去上学了，白日里不能听父君说书，也不能跟他讲话了，阿娘你出来吧。"

这些话落入我的耳中，竟叫我眼眶有些泛潮。我以为在这一万零三百年里，一直是我在陪他，现在才发现，是小鱼儿一直在陪我。他其实一点儿也不傻，他同素书一样，有一颗温和又柔软的心，一眼便瞧得出本君的寂寞。

晚上，本君差了个侍卫去九重天跟天帝说此事，子时，侍卫带了话回来，说天帝欢迎孟鱼和孟荷入太学宫，说孟鱼天资聪颖，定能出类拔萃，且一定不会辜负众望，日后会成神界栋梁。也许是我当年献出鱼鳍有功，天帝很热心，还顺便给我介绍了现今太学宫的师资力量，听闻这些日子讲文的是昆仑神君简容，讲武的是东荒战神阮饮风。他又十分热心地给我透露，等三日后，太上老君闭关出来，便由老君亲自去往太学宫讲学。他叫我大可放心孟鱼的教育问题。

次日清晨，小鱼儿和孟荷都收拾妥当了。孟荷十分欣喜，感谢我能把他送去太学宫上学，并且承诺在太学宫里一定会罩着孟鱼。

我点头，低头看了小鱼儿一眼。他背着书袋，意气风发，有模有样，就是……没穿衣裳。他打小不穿衣裳，习惯了。

本君拿出衣裳给他穿了，随手又把他那毛茸茸的一脑袋的头发弄成发髻模样，瞧着终于正常了一些。

我们走得极早，清晨便到了十三天。十三天的太学宫里水声潺潺，仙木成荫，虽然时辰尚早，但已有书声琅琅随仙云飘出来，还沾了几丝水墨味道。

这是本君第一次来太学宫，不知为何，我立在这里，转身时看到朝霞满天，看着瑞云千里，忽然觉得有记忆和往事穿过十几万年的光阴落在我的脑海，那记忆浅淡，往事安然，仿佛在太学宫讲学的是本君，看着这些孩子，心里泛起欣慰和欢喜。

我揉了揉额角，给小鱼儿念书念得多了，竟生出恍惚之感。

本君欲从这恍惚的记忆中回过神来，却蓦然发现有少女站在我眼前，她背对着我，我看不清她的面容，却觉得那娉婷姿态之中有些潇洒，又有些淡雅。

有一瞬间，我甚至觉得她不该穿裙子，而是应当着素袍，应当戴玉冠。

有一瞬间，我差点儿以为她是我的素书。

"父君，"小鱼儿扯了扯我的衣袖，"我们要进去吗？"

我回过神来，那场景迅速消散，直至无影无踪。

"父君不进去了，在这里等你。"我说。

"那父君傍晚会来接孩儿吗？"小鱼儿问。

我捏了捏他头上的发髻，道："会。"

小鱼儿抱了抱我的腿，眯着眼睛往袍子上蹭了蹭，笑着安慰我："父君在家不要孤单，今天阿娘还没有出来，不过不要紧，小鱼儿放学后就能陪你说话了。"

"嗯，进去吧。"

他拉住孟荷的手进了太学宫。

回玄魄宫的路上，我拐了个弯，远远地看了一眼银河。白日里的银河是漫无边际的黑暗，远观的时候，看不到望辰厅，也看不到采星阁。可我只敢远远地望一眼，我怕离得近了，会落泪。

这一日，本君乘云回家的时候，透过袅袅云雾，看到凡间正值夜晚，灯海浩瀚。

本玄君觉得仙界生活寡淡，不如在凡间待着舒坦，又想起曾经同素书去凡间的场景，便扬起袍子，从云头跳了下去。

凡间早已没了慕花楼，慕花楼后的静湖已枯，那里盖了好几处宅子。

我没有去青楼的爱好，觉得一个男人应当少去青楼。估计天上所有的神仙都不信本君会这样想，毕竟本玄君娶过二十七八个夫人，这流氓一样的名声，似乎是洗不白了。

可我又不知该去何处，沿着街道、顺着灯火转悠许久，最后在酒肆里买了两坛酒，寻了个无人的地方，跳上一座青楼的楼顶。

楼下熙熙攘攘，台子上有一群姑娘，似是有选花魁之类的事。我扫了一眼，觉得现今凡间的姑娘品味都不错，台子上的花魁候选人竟然都开始穿袍子，是男子装扮。

但是我觉得，在男子装扮方面，没有一个人比得上我的素书大人。

打开酒封，一坛放于我对面，另一坛抱在怀中。

当年，夜风清凉，虽然不见星月，我虽然眼神模糊，可那个素衣玉冠的神尊坐在我身旁，给我递酒的时候，不晓得为何，我仿佛能透过她那极美的容貌看到她那颗潇洒恣意又温柔玲珑的心。

我很久没有尝过酒的滋味了，举起酒坛灌了几口，清冽酒气入肺腑，觉得陌生了许多。我看着楼下的烛火透过窗纱，忆起当年坐在我身旁的素书，忽然觉得书上有一句话说得极好："欲买桂花同载酒，终不是，少年游。"

此情此景，纵然也在凡间，纵然也有灯火，纵然也有酒，可是少了故人，终不是当年的模样。

又灌了几口，又想到素书当年挂念聂宿的那句话："我有一个故人，提到他我就想哭。"

故人不见，相思入骨，当真想哭。

这情绪涌上来，叫我手指忍不住地发颤，酒坛没有拿稳，顺着楼顶的瓦片滚了下去。

楼下有许多人，乌泱泱的，本君登时跳下去，赶在坛子砸到人之前将坛子捞回怀里。

耳边冒出惊叹之声。

"这公子身手真好，从楼顶跳下来都没有摔死！"

"这难道就是传说中的轻功？"

"这公子的长相……难不成也是……"

"嗯嗯，说不准是用这种法子吸引注意力，卖个好价钱。啧啧，看这张脸，当真是举世无双。"

"他一定是来抢风头的，他比不上苏月公子，便用了这种招数！"

"对对，苏月公子这般谪仙似的人儿，比他好一百倍！"

我抱着酒坛子，有些诧异，所幸眼神好使，个头儿也比凡人高一些，越过围上来的乌泱泱的人群，发现那台子上立着的、本君以为是花魁候选人的人，竟然……

都是男人……

本君才意识到，自己跳错了楼。这里大概是小倌楼……

凡人又围过来，本君觉得有些窝火，也不想细看台子上的那些男人，眉头一皱，打算离开。

这时，台子上传来一个声音："这位公子留步，你生得这般好看，若是买本公子的话，本公子愿意给你打八折，你瞧着如何？"

明明隔着两三丈远，我却觉得这声音像是走了一万多年的路，穿过大火星炽烈的焰火，穿过银河，穿过无欲海海面的灰烬，穿过一块被星火烧成碎片的衣裳，穿过我灭顶的绝望和噬骨的悲痛，落在我的耳中，叫我着实恍惚良久，叫我不敢相信。

我猛然回头。

25．公子苏月，状元景岩

台子上的那人展开手中的扇子，折扇声响，抬眸看我。

越过人声喧嚷，越过鼎盛烛火，那人身着素色绸衫，头戴玉冠，清雅得不可名状，又美得不可方物，是我一万三百多年来没有见到的那一个，也是我一万三百多年来最想见的那一个。

由十二根扇骨做成的折扇被她握在手中，仿佛下一刻就会变成三尺扇剑。

我望着她，不敢动，也不敢眨眼。我怕我再次抬头、再次眨眼后，这落在我眼中的人儿就消失不见了。我甚至不敢叫出那个名字，我怕一喊她，这景象又如梦中那样，都成透明的不可触摸的样子。

台子下的观众却越来越多。

"苏月公子，我出五万，五万金铢！只求苏公子对在下一笑！"

"十万金铢，求与苏月公子月下对饮一壶！"

"二十万金铢，求亲一亲公子！"

"五十万金铢，求入公子雅屋！"

我后知后觉，在这一波又一波的叫喊中恍然大悟——他们这是在竞价，是在打算买素书。那会儿我只注意到那声音，压根儿没有在乎她说的是什么。

"这位公子留步，你生得这般好看，若是买本公子的话，本公子愿意给你打八折，你瞧着如何？"

她不会做好了今夜被人买了去的打算吧？！

我浑身一僵，抬头看了一眼台子上的她，心惊肉跳。

在这样的竞价中，我看到台子上的素书扇着折扇，看不出委屈，也看不出难过，看着这一群要买她的男人，唇角噙着笑，又放下折扇，接过身旁侍候的少年递过来的一杯茶，眸子半合着打量这人群，顺带打量着我，捏着茶盖缓缓撇开茶叶，一举一动十分从容。

她看着我，手中的茶杯被身旁的侍童接过去，提起离骨折扇摇了摇，眯眼笑道："这位公子，你愿意出多少钱？"

这句话问出来，我的心寒了半截，而且有几分酸涩。

心寒的是我不知道她在这个地方待了多久，也不知道她经历了什么，让她非要把自己卖出去，更不知道为何她处在这般境地时还能如此安然地饮茶。

酸涩的是我为何没有早早发现她，为何没有陪在她身边替她解决诸多困难。我原本可以让她不至于沦落到这里，被凡人用价钱来衡量。

我纵身越过哄闹的人群，飞上台子，在她身边落定，攥住她的手，将她抱进怀里。她眼中有惊诧闪过，又像是早已见过这样的场面，一瞬间便恢复从容姿态，手指触上我的胸膛，踮了踮脚尖，双唇贴在我的耳边，笑意很浓："公子可知道，平日里旁人抱苏月要花多少金铢？"

听到这句话，我觉得有火气涌上肺腑，没忍住，扣在她腰间的手指更紧了一些。

她身子有点儿僵，却依然顺势又贴近我几分，不怒反笑："那公子可知道，平日里旁人抱得这么紧，要花多少金铢？"

我低头看她，在她不太明亮的眸子里，我看到一个怒目圆睁的本玄君。怒火冲到我的灵台上，我只想问她为何会变成这般样子，没来得及细想她的眸子为何瞧着不太明亮。

"素书。"我叫出这个名字。隔了这么多年，当这个名字被重新叫出来时，我忍着没有哭出来，心里却早已落泪两行。我扣紧她的腰，触感真实，忍不住又唤了一声，"素书大人。"

她停在我胸膛上的手指微微顿了顿，眸子半开半合，问道："素书是谁，在尚袖楼里也挂着牌子？为何苏月没有听说过？"她忽然想到了什么，轻笑一声，抬眸看着我，说道，"还是说，你想装作自己是我的故人，不给钱就入我的帷帐？"

我皱眉："素书。"

"本公子叫苏月，你说的素书是谁？"她问道。

"你的这名字是错的……你以前叫素书，你是不是忘了？"我说道。

她拿出折扇，本想推开我，却因为我将她扣得有些紧，没有挣脱出去，开口说话时话音里带了些慵懒："你果真认错了人。本公子祖上八代都姓苏，我那入了土的祖父从'朗月清风'里取了个'月'字给我当名儿，你若是觉得我这名字有错，要不去地底下问问我爷爷，顺便问问我那些入了土的祖宗吧。"

我将她松开半分，妥协道："好的，苏月……"

"停！"她趁我松开手，退了两步，从我怀里出去，转头看了看台子底下那群争先恐后要出金铢买她的人，"没带金铢便不要来这种地方，来这儿是要花钱的。"

我挥开衣袖拦住她，本想好好跟她说话，可是望着她的样子，语气不由自主地严肃许多："你要多少？本……我有钱，你不要这般不自爱……"

"那你是想听本公子吟诗弹琴，是想看本公子挥毫作画，还是打算同本公子下棋饮茶？"她摇着扇子笑道。

"都行，你会哪一样？都行。"

她"啪"的一声收了扇子，半合着眸子，睫毛疏长，阴影落在眼下，开口的时候声音里依旧含了几分笑，只是那话叫我的太阳穴突突地跳了几下。

"那抱歉了，琴棋书画本公子都不会。"她悠闲地晃着扇子，拿过侍童递上来的茶盏，抿了一口，"况且，本公子卖身不卖艺。"

好一句"卖身不卖艺"。

本君太阳穴里似是住了蚱蜢，蹦得我头痛。"卖身不卖艺"这句话当真要把我气死。

正当我打算一把抓过她教训一顿时，脑海里突然出现一幅场景。我恍惚了片刻，那景象便要消散，亏我反应过来，迅速抓住几丝：

正值寒冬，窗外积雪，房内炭炉里烟火清淡却温暖，有公子坐在圆凳上，手握素绢，擦着一把暗朱色釉子的琴，琴身上文着两条小鱼，交颈而游，姿态逼真又欢愉，好似沾水便可活过来。我不晓得这公子是不是本君，心里却知道，这把琴是给一个小姑娘的。

我也知道，这个小姑娘想要一把琴很久了。可是她或许自己都忘了，她根本不会弹琴。不只不会弹琴，她琴棋书画，样样不通。可做琴的公子依然想满足她的这个愿望。

果不其然，床榻上醒来的小姑娘第一眼看到这把琴时，"哇"的一声哭出来，哭得撕心裂肺，不像是喜极而泣。她一抽一抽地说道："我好像不会弹琴……呜呜……"

最后，有声音自场景里传来，似是谰语，没有根由，也没有去处："你看你长得这么高了。"

我从这场景中抽出身来，身边的她已经坐下重新打量着台子下的那群人了，台下的价钱也提到了百万金铢。

我不能忍，也不想顾忌这是在凡间，使不得仙术，上前将她抱进怀里，奔向楼顶。

夜风吹过，她好像有些兴奋，在半空中说："你飞得跟个神仙似的。"

我将她放在屋顶，四周终于没有了那群人，叫我觉得安静了一些。旁边还有一坛酒，这酒本就是给她准备的。她低头看了一眼，抬手的时候却错过酒坛，往别处伸过去，扑了个空。

我蓦地一惊。

她似是发现了这一点，手指在距离酒坛不到二寸的地方顿了顿，在夜风中淡淡一笑，自嘲道："你晓不晓得，有一种病，叫夜盲症？"

我突然想起一句话："尊上眼睛不好使，瞧见那大火星的鲜红颜色，以为玄君赴约，迎出阁外，不料正入其中，灰飞烟灭了。玄君……来迟了。"

我攥住她的手，放在唇上，看着她努力想看清，最后却不得不摇摇头放弃的模样，哽咽地说："素……苏月，我会当你的眼睛。"

这句话在本君心里憋了三百年，也阴错阳差地迟到了三百年。

终于，在这并不算安静的夜里，在这并不算清净的凡间，本君说出来了。

"啧啧，你连金铢都不愿意给本公子花，眼睛这桩事，更不能指望你了。"她笑道，手从我的手中抽出来。

"你为何这般缺钱？"我皱眉，"这到底是你第几次卖自己了？你以前虽然爱来这烟火之地，却懂得分寸，是清白的。"本君看着她丝毫不在乎的模样，怒火越来越盛，声音也忍不住提高了，"可你如今为何成了这般模样，为何开口闭口都是钱？那个清白的你到哪里去了？你以前打扮成男子模样，瞧着风雅又潇洒，如今这素衣玉冠虽然未变，但是你混在这淫乱之地，迎合着楼下这一众凡人的断袖癖好，当真不觉得恶心吗？！"

她怔了怔，失笑道："你问我迎合着这一众凡人，只想着金铢恶心不恶心，那我要问你一句了，"她抬手指着楼下，指尖一滞，又把手收回去，低头的时候笑了一声，"这楼下黑压压的，本公子也瞧不清自己指的是哪儿，你自己看吧，这帝京城外，有座紧挨着的城，叫护城，这护城便是护卫京城的城。如今这护城即将失守，到那时候，这一众百姓都是俘虏，受人束缚，任人欺侮，莫说是迎合旁人，充监充妓的也比比皆是。我要问你的便是——你觉得那时候恶心不恶心？"

这句话叫我愣住了："你在说什么？"

"没什么，就是想告诉你，本公子很缺钱罢了。"她灌了口酒，忽然抓住我方才的那句话，偏着脑袋问我，"你说我迎合楼下的一众……凡人？"她笑出声，"本公子说你飞得跟个神仙似的，你莫非真把自己当神仙了？"

我怕我说出自己是神仙会吓到她，索性望着她，不说话，暗暗捏了诀术，打算探一探她的元神，顺便瞧一瞧她在凡间到底经历了什么。

她看不到我的动作，一手拥着酒坛，一手枕在颈下，躺在楼顶上，恣意又洒脱。

她一定看不到自己身着素袍在夜空之中的潇洒模样，看不到自己衣袖上那浅墨色的竹叶迎着夜风鲜活得似有沙沙声响，看不到月光洒下，映得她的整个面庞都如玉一般细腻温润。

回忆当年在凡间与她饮酒，今日，我更能瞧得清楚她。我觉得欣喜，也觉得心疼，甚至有点儿害怕。欣喜的是自己能看得清楚她的姿态容貌，心疼的是我们仿佛交换了双眸，如今看不清楚的那个人成了她。

至于我为何觉得害怕……是因为她这揽酒枕袖望清风的模样太过潇洒不羁，太过倜傥俊雅，我怕她真的投错了胎，成了男人，更怕成了男人的素书比本君还要帅气风流。

幸好她灌下一口酒，说道："像你这般一眼能瞧出我是女儿身的人倒是不多。你也看到了，这楼中俊俏的公子比比皆是，有些生得比女人都美。我个头儿比一般姑娘高，说自己是男人，很多人会信。你看我缺钱缺到这个份儿上了。"

"你既然觉得我没钱，刚才喊我做什么？"我说道，信手捏出一块绢帕，替她擦了擦从唇角洒到脖颈上的酒。

她看着我，甚是调皮地握住我的手，半撑着胳膊靠近我，眉毛一挑，说道："我看你长得俊。若是搁在往日，本公子一定要找个有钱人，要他个几十万金铢。"她笑得越发开心，话也越发不正经，"今夜不同，如你所见，今夜，本公子我打算卖身，怎么着也得找个能看得下去的人，你说对不对啊，俏郎君？"

她一定没有发觉，她的眼神其实并未落在我的脸上，而是落在我的脖颈处。

她的眼神竟然差到了如此地步。

我又握住她的手，她反应了一会儿，想抽回去，我便连手带人拉进了怀里。

她的身子微微发抖，略急促的吐息悉数落在我的脖颈上。我抚着她的后颈，本想安慰她，她却因为我的动作抖得越发厉害。

"莫怕，让我抱一会儿。"我说。

她不动了，额头抵在我的脖颈处，说道："不知道为何，你我认识不久，我却有一种你是我的故人的错觉。"

这话叫我一怔，下一刻脱口而出："你是说长相还是说气泽？"

怀中的她轻笑出声："气泽这种东西很难捕捉到，怎么能判断是故人？我自然是说长相。"

话音落定，我又是一怔。

"怎么不说话了？莫非'故人'二字触到了你的伤心事？"她含笑问我。

下一刻，我将她裹得更紧，下颌抵着她头顶，在心底里埋了许久的话终于说了出来："素……苏月，我有一个故人，提到她，我就想哭。"

若本君没有记错，一万多年前，我与素书相识，一同在凡间慕花楼楼顶饮酒。那时清酒过喉，我曾同她说过几句话，那几句话同今日这几句极其相似，只不过当时提到故人便想哭的人是她，今日提到故人便想哭的人是本君。

"我偶尔也会有你是我的故人的错觉。"

"你是说长相还是说气泽？"

"气泽这种东西太过虚渺，气泽相像的神仙不在少数，如何能判定那是故人？我自然是说长相。"

"'故人'二字可是触到了你的伤心事？"

"我有一位故人，提到他我就想哭。"

……

我这样想着，便再也不愿意等待，手指上移，探入她细软的头发中。这一万年来，我曾引着一丝一丝的仙力缓缓进入小鱼儿体内，如今也能控制着诀术一丝一丝游出来探入她的元神，不伤害她分毫，她也不会感觉到。

她元神单薄，无仙气缭绕，无神仙护佑，果真是个凡人。

那些混着凡尘烟火气息却依然清雅至极的音容笑貌随着往事缓缓游入我的指尖。那些记忆落入我的心底，我便晓得她在这凡间确实过得不太好。

这个不好，倒不是生活上的不好，而是感情上有点儿曲折。

我不晓得她是如何成为一个凡人的，诀术细微，不易被察觉，却也弱了许多，探不到前尘，观不了后世，只能依稀看得清她的此生。

素书这一世，生在一个显赫世家，如她所说，这家人姓苏。

她的出生果真显赫，苏是当今的皇姓，她是当朝公主。

她口中那入了土的祖宗，便是她的皇爷爷、太皇爷爷……

入了土的祖宗并未放弃子孙后代，纵然辞世，却不忘常常在坟头上冒些青烟，照顾后人，护佑着这疆土安稳。于是，几百年来，端坐皇位的人一直姓苏。

素书，不，苏月公主极爱读书，常常出没在城南的书店里。她的这个爱好，同这一万年来本君的爱好有些像。

也许是她还有前世的习惯，从及笄开始，她便是男子装扮。

素书这有些曲折的凡尘路便是从及笄开始的。

她在及笄前一日依然穿着裙子，同往常一样，出现在城南的那个书店里，在书店里翻书的时候，遇到一个身着天青色衣衫的公子。这个公子的腰间系着一枚千眼菩提坠子，我细细一瞧，此人竟然……竟然是南砉。

南砉是早早发现素书，便下凡投胎历劫，还是恰好在投胎历劫的时候遇到素书，本君探不到前尘，说不清楚，只晓得南砉在凡间叫景岩。

素衣玉冠的小素书，不，小苏月盘坐在高高的书架下，翻着一本名为《护城劫》的手写书。

我的诀术小心翼翼地渗入她的心神，知道了她看书时候的想法。

小苏月觉得这本书写得有些特别。护城，即护卫京城，这是最贴近帝京的一道防线。书中没有大篇幅罗列护城的重要性，只主要写了护城三百余年的历史，写了这座城如何兴盛，如何衰落，又如何重振雄风，如何抵御外敌。读到最后，书上只剩一句话。这句话却令苏月浑身一震。

护城失守，京师在劫。

书写到这一句时便戛然而止，没有写如何让护城免于失守的方法，这显然是作者故意留了些悬念。

"姑娘爱看这种书？"

苏月抬头，看到景岩，也就是南窬。景岩摆了摆衣角，同她一起坐在地板上。

本君看得分明，他这是在套近乎。本君心里不大好受，大概是吃醋了。

"姑娘对此书可有想法？"景岩问道，眼里有些期待。

"这样的书我读得并不多，却有一事想问你。"苏月抚平书上的折痕，笑道，"如果只给你一块璞玉，没有其他东西，你能否雕刻出一件玉器？"

景岩想了一会儿道："不能。姑娘这样问，是什么意思？"

"那便是了，如果有雕刻玉石的工具，雕刻出一件玉器不是难事。我只是想说，这本书只给了我一块璞玉，却没有给我工具。没有工具，有些难以下手。"

"方法途径、刻玉工具，都在这里。"景岩指了指自己胸膛上心脏的位置，眼里有自信的光。

本君觉得这景岩果真能装。

"空山不见人，但闻人语响。好吧，在你心里也算是个落脚处，藏着吧。"苏月起身，把书放回原处。

这一世的素书成熟了许多，不过十五岁的年纪，说话便已经懂得含沙射影了。

景岩愣了一会儿，款款朝苏月拜了拜："姑娘果然如旁人所说……"他顿了顿，生硬地补了一句，"那般超凡脱俗。"

苏月乐了，她没有想到眼前的公子竟然会这样说，有意要逗一逗他："'超凡脱俗'这个词用得甚好，我确实是打尼姑庵还俗来的。"

景岩是十七八岁的纯情少年模样，不似活了十几万年的南窨那样阴冷狠戾。他禁不起苏月这一句调笑的话，脸上微微一红，看往他处。

本君向来不是个好心肠的神仙，我现在看到他的这般模样，恨不能直接闯进苏月的记忆，告诉她景岩在天上是个屡屡伤害她的混账。

我又想到，论起前尘往事，论起天上之事，为了阿玉的一个幻象，抛弃她的是本君；她在银河深处生下毫无生气的小鱼儿，心痛欲绝的时候，没有陪在她身旁，没有替她承担痛苦的也是本君；最后她撞入大火星，灰飞烟灭，仙迹无存，害她看错、飞出采星阁的，依然是本君。

我似乎比南窨更加混账。

思及此处，我的心抽了一下。

指尖稍有不稳，有诀术紊乱，惊得怀中已经睡熟的人儿蓦地瑟缩了一下，喃喃开口，说了几句梦话。

我安了安心神，抬手抚了抚她的后背，夜风微凉，我脱下外袍披在她的身上，又将她揽进怀里。她嘤嘤几声，额头蹭了蹭我的胸膛，又睡了过去。我没有忍住，低头亲了亲她的额头。

安稳下来的诀术再次探入她的记忆。

依然接着上面的场景。

见景岩脸红，苏月越发来了兴致，侧着脑袋打量他："嘿，你若是喜欢超凡脱俗的尼姑，我倒可以给你说一门亲。"

这一句话并非瞎话。苏月的娘是皇上的妃子，身边有个跟苏月一般大的宫女，唤作木苏玉，在尼姑庵长大，十岁的时候入的宫。

景岩的脸上红得更甚："不劳烦姑娘了。"

苏月半眯了眼。我晓得，这一世，这是她第一次认真地打量一个人。本君身处醋海之中，恨不得跳进去捧住素书的脸，叫她只能看我。

我这般想着，诀术探进记忆之中景岩的身体，寻到他的想法。他是这家书店的主人，他也早就注意到苏月了，今日终于下定决心打招呼，想紧接着邀她饮茶。

我越来越气，却又想看他到底想对我孩儿的娘做什么。

二人坐在茶案旁，景岩看到苏月执杯的动作，盯住她的眼睛，淡淡地说了一句："姑娘是宫里人？"

苏月握着茶盏的手蓦地一僵，茶水不小心洒出来两三滴，落在她的裙子上。

她从来都是偷偷溜出宫看书的，未对旁人说过身份。她不明白景岩是怎么看出来的，不过小小年纪的她已经懂得如何以不变应万变，于是她也微微侧头看他，却避开话锋："你叫什么名字来着？"

景岩呷了一口茶，看似漫不经心："在下名叫景岩，'景星凤凰'的景，'千岩竞秀'的岩，前些日子刚刚买下这家书店，是这家书店的新老板。"他也是聪明，先回答了苏月故意扯开话题而问的话，又回答了自己方才那个叫苏月惊讶的问题，"我看姑娘握茶杯的手势像极了瑾妃娘娘，所以觉得你是宫里人。"

瑾妃娘娘是苏月她娘。

苏月皱了皱眉，心想：他连我娘握杯的手势都能记在心上，想必见过母妃，若是下次他们再见，让我母妃知晓我出宫出得这般勤快，以后的日子怕是不好过。

她灵光一闪，微微笑道："景公子好眼力，我服侍妃瑾娘娘五年有余。"说罢，从容地饮完了手中的茶。

本君没有忍住，在夜风中抬手抚了抚她的头发。我当真爱极了这个聪明狡黠得如同狐狸般的姑娘。

苏月及笄之后同旁的公主不太一样，她开始穿男装。皇帝很宠她，她喜欢这么穿，便由着她了。

她也想不明白自己为何会喜欢素衣玉冠配一把折扇的打扮，可我晓得，这是我的素书大人从天上带到凡间的习惯。

当初，我听老君提过，素书为男子装扮，还是当年聂宿逼她的。

有些事情便是这般，纵然当初万般抵触，但也禁不住时间把排斥打磨成习惯，又把习惯打磨成喜欢。

苏月在及笄次日跟她表兄去列国游历。这一去就是三年。

临走的时候，景岩虽然没有来送她，却托人给她送来一封信，告诉她，等她三年后回来，两人一同讨论守护护城的方法。

本君没有窥探信上的内容，但是用小拇指想一想，这混账肯定是同我娃娃的娘表白了。

三年游历，苏月学识大增，骨子里自带的风雅散发出来，整个人儿越发潇洒。性情爽快，举止倜傥，再加上这男子装扮，便有越来越多的人把她当成少年郎。

只是她常常会摩挲临别时候景岩给的那封信。纵然我不想承认，却也能感觉出来，苏月也瞧上景岩了。

三年后苏月归来，恰好赶上边疆大捷，这下双喜临门，皇上便在皇宫御花园大摆宴席，邀请皇亲国戚、朝堂重臣及其家中少年。宴席人数众多，年轻人占了一半，看来皇上有择婿的打算。

皇上不算太昏庸，想着为大将接风洗尘事大，欢迎公主回家事小，整个宴席上没有提苏月公主。

苏月她爹不提，不代表苏月她娘不急。游历三年回来，苏月已经十八岁，却连个对象都没有，要到何时才能嫁出去？

本君有些悔恨，恨自己不能早早在凡间遇到素书。如果我早早遇到她，我一定会以八抬大轿，将她娶到我身旁。

苏月她娘暗暗给苏月寻了个公子，苏月身着素衣玉冠，随她兄长准备赴宴的时候，她娘拉住她，嘱咐道："今年殿试状元是个极其难得的好人儿，模样甚好，学识渊博，谨慎懂礼，前几日还被你父王提拔为左相了。我看他的生辰八字与你极相合，今晚你仔细瞧一瞧那个唤作景岩的。"

苏月一愣："哪个景岩？"

"'景星凤凰'的景，'千岩竞秀'的岩。娘极喜欢他的这个名字。"她娘又道，"他祖辈是开国功臣，于工事防御上颇有智慧，后来隐居江南，不问朝政。近年来护城屡遭侵袭，你父皇便请他们一家出山。三年前他初到帝京的时候我见过，模样甚好，清雅俊逸。"

苏月没有料到景岩竟然有这般身世，之前，她甚至还想过，该如何同她的父皇和母妃说自己看上了城南的书店老板。现在既然缘分到了，算是锦上添花。于是她理了理袖子，笑道："劳烦母妃惦记，孩儿记着了，宴上一定多留意。"

宴上，苏月转着酒盏打量着那个身穿天青色绸袍的景岩，打量到眼珠子快要贴在他的脸上了，可景岩自始至终没有看过她。苏月觉得有些不太对劲，想来想去只想到一个解释：景岩变心了。

本君以一个局外人的身份看，觉得月光落在苏月素色的袍子上，叫人瞧着有些疏冷。

苏月万万没有想到，她的母妃会在宴上说出将她许配给景岩的话，也万万没有想到景岩拒绝了她的母妃。

·本君心下欢愉，觉得这实在是——喜闻乐见。

苏月并不这么想，她转着茶杯，歪着脑袋眯起眼打量景岩，心里蓦地一抽。

他自始至终没有看苏月一眼，跪在殿中央，摆出一副大义凛然、不向恶势力妥协、甚至打算英勇就义的模样。苏月自然也没有想到，看似文质彬彬、谨慎懂礼的景岩也会有这般举动。

"皇上和娘娘对景岩厚爱，景岩无以为报，但景岩已有了喜欢的姑娘，并发誓此生非那位姑娘不娶。"

苏月闻言，手中的茶杯转得越发快，撑着下巴继续打量他。

瑾妃闻言十分生气，声音颤抖："你说什么？"

　　景岩脊背挺得笔直："景岩与娘娘身边的宫女木姑娘情投意合，还请娘娘赐婚。"

　　木苏玉，本是尼姑庵的小尼姑，十岁那年还俗进宫，是已经在瑾妃娘娘身边伺候了八年的宫女，现今十八岁。

　　原来是认错了。

　　景岩认错了姑娘。他以为，当年常常出宫去他的书店看书的，是木苏玉。他甚至没有去打听过木苏玉是什么样，没有打听过是不是他三年前表白的那个姑娘。他没有抬头看一眼正在打量他的这个素衣玉冠的"公子"，没有发现这个"公子"就是他念了三年的人儿。

　　此事清晰明了，苏月聪明，终于停止转动手中的茶杯，缓缓拂了拂茶芽，抿了一口茶。皇亲国戚，朝堂重臣，众目睽睽之下，景岩拒了堂堂的公主，她担着皇族的颜面，自然是不可能再嫁给他了。

　　看到此处的本玄君几乎喜极而泣。

26．老君出关，真相大白

那晚，景岩拒婚，官降五品。次日，满城尽知此事。甚至有传言说公主太丑，左相大人宁愿不要官爵也要拒婚。所谓三人成虎，众口铄金，这个传言成了百姓以为的事实。

三日后，景岩在宫外府宅与木苏玉完婚，婚宴低调又圆满。苏月混在观亲的人群中，摇着扇子，看着景岩将新娘搀下轿，弯腰极其细心地为新娘子挽裙裾。

看到这里，本君竟然有点儿可怜这个景岩。新娘的喜帕遮了面容，而木苏玉的身形同三年前的苏月小姑娘差不离。我看向人群里的苏月，她已经长高了许多，几乎跟我印象里的素书一样高挑。我觉得景岩可怜，可怜他没有意识到自己娶错了人。

那一晚大雨倾盆，我孩儿的娘一个人坐在城南的书店里，对着书架上的一本《护城劫》，喝得酩酊大醉。

虽然她不能跟景岩在一起这件事让我开心，但是她苦闷又委屈的模样让本君十分心疼。

她喝着喝着便醉过去了。我不敢去探她梦中的场景，我怕看到她对那个人的相思，索性不去看。

第二天，她在书店的地板上醒来，揉了揉额角，望了望窗外，是难得的大晴天。

她起身理了理衣袖，准备回宫，将要开门的时候，却透过书店门缝看到了一片暗红色的衣角。

她开门便见景岩坐在门口的台阶上。景岩的红色喜服已经湿透，脸色苍白无血，发丝潮湿，靴子上全是泥，是跑了一宿路、淋了一夜雨的模样。

苏月呆了许久，低头看看自己这身男子打扮，提步要走，却被景岩死死拉住。

景岩的声音听着有些悲凉："果然是你，对不对，公主大人？"

苏月驻足，回头看他。

景岩又道："你不是伺候在瑾妃娘娘身边的宫女，你不姓木对不对？"

他虽是在问人，语气却十分笃定。

苏月歪着脑袋盯着他，心里平静，没有任何情绪波动。他的眸子又冷又倦，拉住苏月的那只手却越来越紧："你们这些皇族贵胄果然是不近人情的，率土之滨，莫非王臣。这话倒是不错，我们这些黎民百姓，不过是供你们茶余饭后消遣戏耍的罢了。"

她本无意与他计较，即便他说了这样诛心的话。事情到这个地步，就算计较又能怎么样？

可他不依不饶，扯着苏月的胳膊便往怀里拽："嫁给我。"

一句"嫁给我"，苏月终于了悟，这段情到此算是结束了。

他又道："嫁给我。"

景岩可能不会想到，苏月会猛地挣脱出来抬手甩给他一巴掌。

"嫁给你？我堂堂公主给你做小？"她冷笑出声，是怒极的模样，"我母妃要将我嫁给你，你可还记得你说的那些话？宫廷盛宴，各宫嫔妃、皇子公主、文臣武将都在场，你可考虑过我的感受？我控制不住地看你，纵然穿了男子衣裳，却也不至于让你认不出来。可那时候你是一副什么模样？你不管我是不是公主，你不管我日后的脸面，你大义凛然地说了那些话，你怕瞧一眼我会脏了你清澈的眼。你有没有想过你那位'情投意合'的木姑娘是不是眼前的这位姑娘，你有没有真正去见一见木苏玉，有没有真正去瞧一瞧她是不是你要等的那个姑娘？你刚刚把木苏玉迎回家门，却又跑来跟我说胡话，到底荒唐不荒唐，到底是谁不近人情？"

这番话叫景岩终于明白他同苏月不可能在一起了。他放开苏月，踉跄几步，撞在书店的门上。

我孩儿的娘甩袖转身，走得决绝又潇洒。

我心甚慰。

后来瑾妃娘娘给苏月物色过几个青年才俊，可是这几人，要么是苏月不喜欢他们，要么是他们不喜欢苏月。

她没有同旁人成亲，本君有些替她遗憾，却依然觉得欣慰。

再后来，她有了一个不大好的习惯——情感曲折的她，渐渐有了去南风馆看小哥的爱好。她后来干脆住在了尚袖楼，过了一阵子，干脆在尚袖楼挂了牌子，名字都没改，依然叫苏月。

这里的百姓朴实，朴实到根本没有人想到，那个被拒婚的丑公主是现在绝世无双的苏公子。

然而，皇亲国戚和朝堂重臣里也有好南风的，他们自然遇到过苏月，苏月自然也能认出他们。

大家心照不宣地饮饮茶、下下棋，都明白将这件事说出来，要是皇上知道了，谁都没有好果子吃。于是近一年，大家为求自保，谁也不敢去跟皇上讲公主在宫外南风馆里挂了牌子。

这一年，这个国家开始变得不太平。有一个皇亲携地图私通贼寇，边城守将接二连三地上奏城池失守，战火快要燃到护城边上了。

皇帝整天整夜不合眼，苏月见他父皇操劳至此，于心不忍，熬了莲子羹端进去，盼着里面的安神散尽快起作用。皇帝饮下莲子羹，不过一刻便入了眠。

内侍告诉她景大人求见，苏月没有反应过来谁是景大人，直到看到窗外的那副面容，才恍然大悟。

一年不见，景岩瘦得有些明显。

景岩见到面前素衣玉冠的公子，没有半分惊讶，甚至没有丝毫情绪波动，款款朝她一拜，极尽礼数："公主。"

苏月应了一声，示意他跟自己往御花园方向走。她并不想打扰父皇休息。

在一座拱桥前，景岩停了下来。苏月回头打量他，看到他目光严肃。

他问苏月："公主，你现在有多少钱？"

苏月愣了半刻后才说："你要多少？"

"五千万金铢。"

打仗嘛，兵马未动，粮草先行。粮草先行，得有银两支撑。

五千万金铢对于一个国家来说不算什么，对于一个普通凡人来说却是几生几世才能积攒起来的财富。苏月心里十分酸涩，她并不是为自己没有办法筹到五千万金铢而酸涩，而是为自己的国家感到难受。

她抬头："三日后在……"顿了顿，不看他，"在书店见吧。"

她手里只有一千万金铢。

这三日，她在尚袖楼发了疯一样地筹金铢。

我遗憾自己来得晚，今晚，是她筹钱的最后一晚，明日她就要把五千万金铢送到书店。

怪不得，怪不得她说："你问我迎合着这一众凡人，只想着金铢恶心不恶心，那我要问你一句了，这楼下黑压压的，本公子也瞧不清自己指的是哪儿，你自己看吧，这帝京城外，有座紧挨着的城，叫护城，这护城便是护卫京城的城。如今这护城即将失守了，到那时候，这一众百姓都是俘虏，受人束缚，任人欺侮，莫说是迎合旁人，充监充妓的也比比皆是。我要问你的便是——你觉得那时候恶心不恶心？"

我又庆幸自己来得正是时候，她前两日虽然筹得少，却没有用自己的清白换金铢。今夜，她有了卖身筹钱的打算，恰好，恰好让我遇到了。我只是隐隐有些后怕，如果小鱼儿不是在今日上学，如果我送完小鱼儿后不来凡间，如果我不拎着酒落在楼顶上，如果那酒坛不曾从楼顶滚落……

我望着怀中人儿静美的睡颜，有些不敢往下想，手臂不由自主地将她裹紧。这是我孩儿的娘，我怎么能让她被别人欺侮？

找不到别的去处，我便把她送回她的寝宫。她睡得安稳，我抱着她在云上飞的时候，她也没有醒过来。

凡间的寝宫十分安静，也许是因为她常常不在宫中，所以寝宫里并没有宫女伺候，本君抱着她睡了一夜也没人打扰。她睡得极好，只是我不由自主地抱紧她的时候，会看到她微蹙的眉心。

也许是惦记着去书店送钱的事，黎明的时候，她有转醒的趋势。我抬手，指腹贴上她的眉心，给她补了个安睡咒，又恋恋不舍地望了她几眼，低头亲了亲她的眼睛，正要起身穿过宫墙出去，却觉得手指被攥住了。

我回头看她。寝宫帐幔层叠，黎明时候，未添灯。

她微微抬了抬眼睑，虽然看不清我在哪里，指尖却紧紧扣着我的手指。那声音软软的，像极了刚睡醒的小鱼儿。

"昨夜你真的……同我睡了吗？"

我没想到她开口问我的是这句话，可是这句话叫我心情愉悦，反握住她的手，故意道："是，睡过了。"

我本以为能看到她害羞的模样，可她接下来的反应让我始料未及："嗯，成吧，本公主会对你负责的，收拾收拾，准备当驸马吧。"

我指尖一顿，她这般模样，倒像是要娶本君。

"我要两千万嫁妆，已经给你打了八折，不能再少了。"她嘤嘤地道，"不过不要急，等山河安定，本公主会还你的……"

我没忍住，低头凑上她的唇，顺便又给她安了一个稳妥的昏睡咒，把她最后那句"到时候你我和离"给堵了回去。

城南的书店十分好找。我卯时初刻到书店门口，算了算，景岩那厮正要出门。天色尚暗，他娶回家已经有一年的娘子为他执灯，送他到大门口。可他出了府门便拐上街道，没有回头看这个娘子一眼。

他的这个娘子也是熟人。纵然她已经长大了许多，可我也能认出来。

她便是骗了素书两次的那个小仙官，若我没记错的话，她叫勾砚。

本君懂得了一些道理。这些道理，不是读很多书便能知道的，而是切身经历过才能悟到的。那道理便是——"缘"这个字，有深有浅，有直接有迂回，有些人注定缘分浅薄，比如南窖和素书，又如勾砚和南窖，纵然再迂回，也逃不开阴错阳差。

我本想在书店同景岩说几句话，寒碜寒碜他，可是到了书店，我发现本君同他不过都是这仙海中的一粟，他在他的仙生里阴错阳差，我在我的命途上苦苦挣扎，大家谁也不比谁好过，谁也寒碜不了谁，谁也嘲讽不了谁。

这么想着，我用诀术变出许多金铢堆满书店。这些金铢比景岩要的五千万多出许多，应当是够用了。最后，我揣着那一本手写的《护城劫》，赶在景岩来书店前遁了。

这凡间的事情好解决，但是本君有更重要的事情要做，那便是让素书重新回到天上。

我匆忙回到她的寝宫，她还未醒。本君留下一箱金铢，写了封信，告诉她这是我给她的嫁妆，我此去少则一年，多则两年，但请她看在我同她同床共枕的分上，请她一定要信守承诺，等我回来当驸马。

回到天上才发现，我揣在袖子里的、本打算送给她的《护城劫》却忘了给她留下。

我打算去司命府找青月商量，给素书写个命盘，让她回天上。云头上，我远远瞧见一个身穿大红绸衫的神仙拎着个娃娃朝玄魄宫方向走，我愣了愣，又仔细瞧了瞧他拎着的那个娃娃——竟然是小鱼儿。

我大惊，这几万年来我树敌甚多，不晓得是哪一个仇人拐了小鱼儿，当即使出钺襄宝剑，御风追上去，本想打一架，可纵身翻到那神仙面前的时候才发现他是故人。

纵然有一万多年不出玄魄宫，但是本君记得这个神仙——昆仑神君简容。上一次见他还是在丹穴山，那时阿玉还活着，不过受了重伤，我也是在送阿玉回丹穴山的时候见到了简容。

如果我没有记错，阿玉的一颗心脏救活了他现今的夫人。又一想，我便记起天帝大人的回话，说现今太学宫讲文的是他。

果真是巧。

滚滚仙云散去，孟鱼眼珠子转了转便看到了我，欣喜地朝我张开胳膊，开心地喊出声："父君！"

简容自然也认出我来了，抱着小鱼儿道："这娃娃说他爹爹叫孟泽，我还不信。"笑了笑，捏了捏小鱼儿的脸，"听说孟泽玄君一万年不出玄魄宫，原来是去生养娃娃了。"

小鱼儿的小短胳膊还在往前伸，连上半身也探了出来，嘤嘤嘤道："父君，抱抱。"

他这个嘤嘤嘤的模样叫本君……想起了他娘。

因为小鱼儿的娘，本君来迟了。小鱼儿的小胳膊圈住我的脖颈，又是嘤嘤几声，说道："父君，小鱼儿不想去上学。"

这句话叫我一愣，望着简容。

简容抚额无奈地道："你用这般狠戾的眼神看我也没有用，问题不在我身上，问题在你，孟泽玄君，作为家长，不能过分溺爱小孩子，你知不知道……"

我皱了皱眉，不太明白他的意思。

他便抱着胳膊，面色苦闷地道："你晓得你家小鱼儿有个特殊的爱好吧？"

我认真地思索片刻，小鱼儿天真烂漫，喜欢的也是寻常小孩子喜欢的东西，哪里有什么特殊的爱好？

简容望着我，面上越发疑惑，眉头皱了皱，抬手指了指我："你这……你这一万年经历了什么，为何连话都不会说了？"

小鱼儿在我怀里转过身子，捏着小手指看着简容："老师，我父君不跟一般的神仙说话。"

"……老师不是一般神仙，老师是你父君的故友。"简容看了看我，"是吧，玄君大人？"

我抬手抚了抚小鱼儿的后背，待他睡过去后才问简容："小鱼儿为什么不愿意上学，可是谁欺负他了？你也知道本君并非什么善良的神仙，若是有谁欺负他，我必定要还回去，就算不揍那欺负小鱼儿的娃娃，也要揍那娃娃的爹娘。"

简容转了转手中的扇子，笑道："即便方才小鱼儿喊你父君，我也不太信这是你的儿子。可是此刻我信了，你这般神色，旁的娃娃的爹娘看到，估计不用你动手便要被吓个半死。"他眯眼看了看流云，又看了看我，接着道，"没人欺负孟鱼小朋友，但是你作为他的爹，应当知道，没注意到他……"他一副努力不让自己笑出声的模样，"没注意到你家孩子不喜欢穿衣裳吗？要是太学宫里全是男孩子也就算了，但毕竟还有那么多女娃娃在呢。"

我一僵，脸色不太好看："本君……本君是给他穿好衣裳才送他去太学宫的。"

简容又抚额，有些头疼："是，玄君大人给他穿好了衣裳，但是没有嘱咐他不准脱衣裳……"

本君忽然也有些头疼："……所以孟鱼他在同学面前脱了衣裳？"

他摆了摆手："那倒不是……他看到太学宫的荷花池子便两眼放光，跑过去，脱了衣裳化成原身就往里跳，同学……同学们都没撵上他……不过你也晓得，在化成原身之前，孟鱼没穿衣裳的模样怕是叫同学们看到了，你心里要有个准备。"

本君不知道该有个什么准备。

他抬手想拍一拍我的肩膀，也许是见我面色不善，又把手缩回去，摆出十分有经验的样子同我道："这养娃娃如同栽树苗，一些杂枝得修剪，不然长不高，成不了栋梁，但又不能修过了，不然就不长了。这事情你好好处理，别给孟鱼留下心理阴影。"

我看了他一眼，道："没有你想得这么麻烦，他听话得很，本君不叫他做的事，他向来不做。这次错在本君，我未嘱咐稳妥。"

说罢，我抱着孟鱼转身乘云要走。

简容乘云追上来，道理一套一套的："我跟你说，不能过分溺爱孩子。"

他见我不说话，又看了看孟鱼，说道："不过你家小娃娃原身是银鱼，这银鱼漂亮得很，是随你还是随他娘？"

这句话叫本君蓦地一怔，顿住脚步，看着他。

"你这副疑惑模样，莫不是不晓得？你不会以为小孩子刚出生时都是鱼吧？"简容吃惊地道。

"不是。"我自然知道小孩子刚出生时不是鱼，但是我从来不知道素书的原身是鱼。

素书原身是鱼。

我心里有剧烈的一阵抽搐，紧接着有针刺一样的疼。我觉得有点儿不对，可又想不明白问题到底出在哪里，只是心里越发不安，越发焦躁。

简容又说了一件事，这件事，叫我震惊不已。

"有一桩事……你这一万多年不出玄魄宫，大概不知道，"他顿了顿，抬头朝三十五天看了看，"我不知道该不该告诉你，但是，毕竟当年你我都欠良玉神君一份情，既然我知道了，应当告诉你，叫你心安一些。这件事，便是——三年前，良玉神君活过来了。"

仙云滚滚向前。

这个消息落入耳中，如果不是怀里抱着小鱼儿，本君大概早已身形不稳，震惊得从云头上落下去了。我听到自己颤抖的声音落入这呼呼风响："你……你方才说什么？"

简容低头，理了理衣袖，让自己保持镇静："我说良玉神君活过来了。"

"你……你见过她吗？你确定她回来了吗？"

"你这副震惊的面容同我当初听到这件事的时候差不多，长宁她

102

当日听闻良玉复活，激动得落了泪。这么多年过去了，大家从未忘记良玉。"简容又摇摇头道，"我不曾见过，毕竟当年她经历的是灰飞烟灭的大劫，也许是还没有痊愈，长诀天尊不太想让旁人看到她。不过……你同我们不一样，你到底刻骨铭心地喜欢过她，如今她回来了，玄君大人若是执念深重，一定要去探望良玉神君，凭你这身手，旁人应当是拦不住你的。"说完这些话，简容便挥了挥衣袖掉头走了。

可他说的那句话叫我想了很久。

他说："玄君大人若是执念深重，一定要去探望良玉神君，旁人应当是拦不住的。"

抱着小鱼儿回玄魄宫的路上，我都在想到底要不要去见良玉，我也认真思考了一路，如今我对良玉是什么感情。我记得一万三百多年前，我同素书推心置腹那一晚，我曾给她说过，也给自己说过我对阿玉的情感。那些话我依旧记得："我很喜欢她，曾经差点儿将她娶回来。可是我便是在那时候知道了她曾将全部的情义放在长诀身上。那时的我，甚至之后几万年里的我，都是一个狠戾暴躁的神仙，我害了她。我也知道她的心不在我这里，我也知道比起长诀，我不能照顾好她。如果你要问我，现在对阿玉是什么感情，那便是，她在我心里，有个位置，对她的愧疚叫我再不敢去喜欢她。"

如今，一万三百多年过去了，我觉得自己对阿玉的感情有了不同。倒不是说感情变淡了，而是她在我心中的位置有了不同，我对她的情感也不再是对心上人的那一种，我现在，把她当作朋友一样喜欢着，她能回来，我觉得兴奋又激动，我希望她重回神界后能一直安安稳稳，不希望她再有一丁点儿闪失。只是曾经的愧疚还在，那自责也未变过，我伤过她，怕是要用我这一世来还。如果她和长诀有需要本君帮忙的地方，我一定会拼全力去帮助他们。

到如今，我对长诀竟然也没有了怨恨，我觉得阿玉喜欢长诀，长诀也喜欢她，两情相悦，如此是很好的事情。而我作为他们二人姻缘上的局外人，即便没有谁能拦得住我，也不该硬闯三十五天。等长诀愿意叫故友探望阿玉时，本君再去三十五天便是合情合理的事了。

简容说我执念深重，其实这份执念，在我听到阿玉复活的那一刻，便已经彻彻底底放下了。

云头上风声猎猎，脚下是滚滚凡尘。

我看了看怀中的小鱼儿。他娘还在凡间，天上一天，那人间便是实实在在的一年。

素书成仙的事情比去看良玉更紧迫。我曾为幻象中的良玉撇下过素书，害她落入蟒群受了噬骨剥皮的痛，本君再不能犯这种错误。

她是我孩儿的娘，是我要娶进门、打算拿一生来好好珍惜的夫人。

我刚刚到玄魄宫就见到了孟荷。孟荷听闻小鱼儿被送回家，也收拾书本，背着书袋早早回到了玄魄宫。我嘱咐他几句，叫他盯住孟鱼，今天不能脱衣裳，不能跳进荷花池游耍。

"阿叔，小鱼儿若是不肯听话怎么办？"孟荷捏了捏袖子，望了望天，惘怅地道，"还有，我实在是怕他拉住我的衫子求我，他一出声，我估计我就先化成荷花原身，心甘情愿地跳进池子给他遮凉、供他游耍了……"

我道："你跟他说，他今儿若是能安安稳稳穿一天衣裳，明日父君便带他去看他的阿娘。"

孟荷有点儿吃惊，没有再说出一句话。

司命府。

青月刚刚接过沉钰递给他的烤芋头，见到我出现，怔了好久，才开口问我："你怎么从玄魄宫出来了？你……是为阿玉的事情吧？她回来了，你不要担心……"

"青月，"我道，"你能否替素书写个命盘？"

青月闻言，手中的芋头落地："你说替谁写命盘？我是不是听错了？"

沉钰也愣了愣："我说孟泽啊，你莫不是这一万年在玄魄宫待得魔怔了，素书神尊，你也知道，当年在无欲海……"他顿了顿，没有说出"灰飞烟灭"四个字，低头道，"我和青青都不该劝你放下，但是你也晓得，即便是司命星君也无法替虚无的神仙写命盘。"

我低头看着青月："我在凡间发现了素书，你替她写好命盘，我去找老君要飞升的仙丹……"说到此处，忽然又想到老君闭关了。

青月似是不大相信："你……你确定？听说素书大人撞入了大火星。就算是仙法卓然的神尊，也受不了那烈火。你当时从银河逆游而上找到无欲海，寻到的不过是一片烧焦的衣角，连尸骨都没有找到。如今一万年过去，素书大人的仙迹怕是也匿得无影无踪了，她怎么可能出现在凡间？莫不是谁在跟你开玩笑，化成素书大人的模样在凡间故意捉弄你？"

"不可能，她不可能是旁人，她是素书，没有错。"我道。

若是旁人，怎么可能在凡间楼顶之上，跟我说出"不知为何，你我认识不过几刻，我却有几分你是我的故人的错觉"这种话？若是旁人，又怎么可能含笑问出"怎么不说话了，莫非'故人'二字触到了你的伤心事"这种问题？

沉钰倒是反应过来了："既然认清楚了，那便好办了。素书神尊在凡间是什么名讳，什么身份？"

我道："苏月，承熙国公主，现今十九岁。"说完不放心，又补了一句，"本君记得你当年为尹铮写命盘的时候迟了，这一次，请你不要耽搁。"

青月垂了眼帘，沉默一会儿，说道："尹铮和文儿仙逝叫我很不好意思，我不可能再同当初一样，你放心吧。"

沉钰抱着胳膊看我："你是来求青青办事的，怎么能做出这种要吃人的表情，你晓不晓得你这态度容易被揍？"

本君忍了很久才忍住没使出钺襄宝剑同他拼一场，忍到最后听到手指关节被自己攥出声响："若在凡间的是青月，若本君担着司命星君的位子，你怕是早把刀架在本君脖子上逼我写命盘了吧？！"

沉钰放下胳膊，纵身跳到门外，冷哼一声，边走边道："那倒要谢谢玄君大人不动手了。"见我未动，回头说道，"不跟上来？不是还缺让凡人飞升的仙丹吗？"

我皱眉："老君尚在闭关，我去找天帝。"

他立在远处，一脸嘲讽地望着我："倒不知当初那个能单挑东海两万虾兵蟹将、就地煮海鲜火锅的玄君大人去哪里了，如今怎么这般遵礼数？不是我说，你去跟天帝说完，待天帝批准，再等你拿到仙丹，你的素书神尊在凡间便耗老了。老君闭关，你我就不能溜进他府上偷个一两瓶吗？"

本君当即扯过疾风奔向老君府。

说来也巧，关上丹房门，本君和沉钰在里面寻那能叫凡人飞升的仙丹的时候，丹房大门突然一响，大门打开，日光灼灼，照进来，落在我眼前。我定睛一看，便见到了日光之中的太上老君。

他这是……出来了。

他看到被我们翻得凌乱的丹药，反应了一会儿，忽然挥着拂尘要进来揍我们："你们堂堂的玄君、堂堂的水君，怎么做这种偷窃的事情？！"

我生生挨了他的一拂尘。老君没打算真同我动手，见状一愣："你怎么不躲？"

"老君，素书还活着，她在凡间，你借我一颗仙丹，我要把她带回天上。"我道。

老君惊讶地问："什么叫作……什么叫作'素书还活着'？她出了什么事，为何去了凡间？"

我心中越发着急，皱眉道："你先把仙丹借给我，我再告诉你。"

老君却同我对着干，拂尘一摆，看着我道："你是不是没有好好待她？你是不是把她害得成了凡人，连神界也回不来了？！"

我肺腑里燃起火，将要同他打一仗的时候，沉钰拦住我，说道：

"你同老君说清楚吧，那命盘，青月就是写个大致，也要写到掌灯时分，若是命盘没有准备好，你就是有仙丹也枉然。老君闭关，不晓得这一万年里发生的事情，你同他说仔细些。助素书升天这件事，他也能帮你。我先回青青身边守着，莫叫旁人打扰他。"他说完便遁了。

老君平静下来，在椅子上坐下，问道："素书在这一万年里莫非又遭了大劫？"

我也稳了稳心神，纵然不太想再提，却还是同他道："你闭关一万年后，也就是三百多年前，恰逢大火星飞入银河，素书不小心撞入大火星，灰飞烟灭了，本君翻遍九天上下，只在无欲海里寻到她一片烧毁的衣角。"

老君手中的拂尘连同端起的茶盏一起落到了地上。

"她撞入大火星……撞入大火星……"他喃喃几声，是痛心的模样。

"本君原以为她不在了……可是今日，我在凡间见到了她，所以才来你府上寻仙丹，我……"

"你可知道，她为何会撞入大火星？！"老君突然瞪着我，怒道。

我皱眉："她给我的信上说，她在银河待了十四万年，眼神不好，看不到色彩。"

此话引得老君拍案而起，大喝道："混账！你果然没有护她！"

27．可伴我侧，解暑除魔

　　当年，老君闭关之日，恰逢南窨身边的女官晋绾去银河请素书前往轩辕国宽慰匀砚，我为谢老君替我解毒、为我恢复眼睛这件事，来三十三天见他。

　　那时，老君立在茫茫风雪之中，叹着气，同我惆怅地说道："这一万年里，素书若是有什么事，老夫大概也帮不上忙了，但好在你在她身旁，我也能放心闭关。她复活后，劫数汹汹，难以阻挡，你要护住她，莫再叫旁人伤了她。"

　　如今老君说我没有护好素书。我没有狡辩，是承认的，只是他一定不晓得缠在我同素书之间的那"两情相悦，便有一伤"的死结。

　　我取过两只瓷杯，重新倒茶，推给老君一杯，自己灌了一口，镇静下来之后，完完整整地给他说了他闭关那日，在轩辕国，我同素书之间魂魄纠葛、难以斩断之事，也告诉他那是我最后一次见素书。

　　老君听完这些，面色越发冷，盯着我道："撇开这些事情不谈，你可知道你眼睛的清明到底是谁舍了自己送给你的？"

　　这句话叫我愣住了，反问他道："你难不成不晓得是梨容吗？"

　　老君一僵，反应过来，说道："谁告诉你是梨容？"

　　"梨容自己告诉我，是她……"

　　"孟泽玄君，"老君打断我，"不是梨容，是素书，是素书！"

我蓦地一僵。

他告诉我是素书。

他竟然告诉我是素书。

他竟然到现在才告诉我是素书。

往事一帧帧、一幕幕，在这时候映入脑海。

眼睛恢复清明的前一天，她在我怀中抚着我的胸膛问了我一些奇奇怪怪的问题。

"你以后还会在我身边，对吧？"

"如果我以后老了，腿不能走了，你还在我身边吗？会给我做拐杖支撑我吗？"

"如果我以后，手都僵了，拿不住扇子也握不住剑了，你会不会在我身边，替我扇风解暑，为我斩妖除魔？"

"如果我以后，我是说以后，老眼昏花……看不清这万里朝霞，看不清这浩瀚星辰，你会不会在我身边，做我的眼睛？"

我那时果真傻，竟然听不出来她说这些话是在做铺垫，是在求我的安慰，她早已经做好了把清明给我的打算。她这般问我的时候，我为何一丝一毫没有往这处想？

北上天的流光、东海日出时的云霞、阳华山下的三百里桃林，她为何在那时候想看，她为何要在那时候跟我提，我连想都没有想，给的那轻飘飘的承诺又算什么？

"你大概也想起来了吧，可怜素书当日在门外等你，等到的却是你在梦中大呼良玉，老夫晓得，良玉曾经救过你，可素书不一定晓得，她拿出自己的清明给你，听到的却是别的姑娘的名字，看到的却是你冲出门去寻找良玉。你若是她，你若是献眼睛的那一个，眼睁睁看她喊着旁的神仙的名字奔出去，你心中是个什么滋味？"

那日的场景，我记得清楚。

我自梦魇中惊醒，挣开法术，从床上跳起来，眼前堇色的荫翳散去，世界重归清明，我大悲入心，揪住老君的衣襟吼道："阿玉呢？！

她在哪儿……阿玉，她把自己眼睛的清明给了我对不对？她现在看不清了对不对？"

老君是竭力忍着的模样，白须颤动："你梦到的一直是良玉神君吗？"

我望着门外，比谁都笃定，也比谁都傻。我不肯相信这是梦："那不是梦，那绝对不是梦……如果是梦，我现在怎么会看得清清楚楚。"

那时的我最怕的便是欠了阿玉一条命后又欠了她眼睛的清明："我的眼睛是什么样子的我知道，我的眼睛能不能看清楚我知道。她一定让你不要告诉我，她一定嘱咐你了。"可我又很想知道她回来的消息，我记得自己甚至求过老君，求他告诉我，是阿玉回来了。

我记得自己御风飞出门，回眸之时，忽然看到立在窗边的素书。我走过去抱住她，那时她浑身僵冷，我不晓得自己心里是欣喜多还是愁苦多，抱着她只能道出一句："素书，我看得清你了……"

"……嗯。"

"你真的……很好看。"

"嗯。"

"让我多看看你，过一会儿……我要把眼睛的清明还给阿玉。"

她闭眼笑了笑："那你好好看看。"

我是舍不得的，我恨不能将她的模样刻在心上，可我当时想的是要把眼睛还给良玉，我甚至跟她确认："是阿玉回来了对不对，老君不肯告诉我，素书你知道是她，对吗？"

"孟泽，你觉得是……就是。"彼时她语调欢快，却抬起宽大的袖子遮住了脸。

她一定在哭。她一定不想叫我看到她在哭。

我奔上三十五天，看到的却是良玉的一块玉碑，我翻遍三十五天也没有见到良玉，长诀不拦我，冷冷地道："你一直这般猖狂，连小玉仙逝后，也要来打扰她的安眠。"

我晓得，眼睛的清明不是阿玉给的，她没回来。

　　回到银河的时候已是深夜，素书早已入睡。风雪灌入我的衣袖，我从背后拥着她，那时候欣喜又难过，欣喜的是觉得自己捡了便宜，眼睛终于能看清楚了；难过的是，阿玉没有复活。

　　那时她醒了，却不转身，我转过她的身子叫她看看我的时候，她蓦地一僵，指尖慌乱，扯住我的衣衫却不敢动弹，也不敢睁眼。

　　我摩挲着她的眉眼和唇角，叫她睁眼看看我。

　　她却将额头抵上我的胸膛，笑道："我平日里天天看你，我知道你是什么样子的。你今日累了吧，早些休息。"

　　我不知道她看不清，我不知道她是在躲着我、瞒着我，我以为她仅仅是因为良玉的事委屈。我抱着她惆怅地道："素书，你是在难过吗？"

　　"嗯？"

　　"你是不是因为白日里的事，在难过？"

　　她摇了摇头，又点了点头："不过我能理解，她以前救过你的眼睛，你梦到她是正常的，你想到她回来也是正常的，就像我沉睡十四万年后回到神界，觉得聂宿也活着。你一直希望良玉神君能活过来，我是知道的。"说完这一句，她的额头蹭了蹭我的胸膛，是乖巧又温柔的模样，"睡觉吧，我真的有些困了。"

　　我自始至终也没有想过是素书给了我眼睛的清明。

　　我最不舍得的那个姑娘把眼睛的清明给了我。

　　因为我不舍得，所以我以为不会是她，不会是素书救我。

　　什么十四万年银河深处的岁月，什么银白辉光灼了眼。

　　统统都是在瞒我。

　　茶盏被我捏得粉碎，刺痛了我，剑诀落在我沾血的手掌中。我翻身而起，剑尖抵在老君的脖颈上，听到自己悲痛的声音落在丹房中："本君问过你吧？你为何不告诉我。素书不说，是怕我难过，你为何也要瞒着我？！"

　　老君拧眉道："若老夫那时告诉了你，你打算怎么做？"

我眼里渗出水雾："我会把眼睛还给她，我无论如何也不能夺去她的清明。"

金光闪过，老君避开钺襄宝剑，至我身后，道："素书便是想到你晓得了这件事会把眼睛还给她，所以才嘱咐老夫不告诉你！我觉得你欠她的，闭关之前特意嘱咐你要护她，你怎么这般没出息，竟把她护到凡尘，连仙法也荡然无存了？！"

我转身，反手捏住他的衣襟，他眸子中映着双目通红的本君："你只晓得闭关一万年，出来后在这里说风凉话，你可晓得我越缠着她，她那劫难越深，你可晓得我越是频繁地出现在她身旁，她受伤便越重？"

老君怒发冲冠："所以你避了一万年，最后护住她了吗？为何你不出现，她还是撞入大火星灰飞烟灭了？！"

我滚滚泪落，牙齿几欲咬碎："本君倒也要问问你，你也是上古众神之一，你说说到底是谁在我和素书之间扯了这个劫数，绕个死结，叫我们解不得、断不得，到底是哪一个神仙叫我们这般不得相悦，最后还叫我们不得好死？"

老君答不出来。

老君说他不知道。

"你可知道，本君本想借着当年献鱼鳍、补星辰的功劳，希望苍天能解开我和素书之间的死结，可苍天是如何待我们的，你当看得清清楚楚。何为公允，何为功绩？天地不曾怜悯我们分毫，这劫数还不是照旧？！"

老君却抓住我的话，唇齿打战："你方才，你方才说献鱼鳍……补星辰？哪里的鱼鳍……"

"梨容……"这名字叫我厌恶，我竟然相信是她把眼睛的清明给了我，她竟然这般骗我。

"梨容怎么了？"

我啐道："当初恰逢北斗几颗星宿陨落，苍生之难迫在眉睫，她告诉我无欲海有银鱼，鱼鳍可以补星辰，她……她当初要了一对腹鳍，说是可以恢复眼睛的清明。"

老君一惊，念出来一段话："九天有鱼，荧荧而游。维眸其明，维身其银。银河有劫，星落光阴。若银鱼耳，可化星辰……鱼鳞数众，可补银河；鱼鳍数寡，可护北斗；鱼目数双，可填相思；似此银鱼，夙缘绕之。"说罢，悲号一声，"孟泽玄君，你果真傻啊！鱼鳞被剐，化成银河星辰；鱼目给你，表了相悦相思；鱼鳍被割，化成北斗星宿。玄君啊玄君，你可知道这银鱼就是素书啊，你怎么能把'献鱼鳍、补星辰'说得这般轻巧？！"

"鱼鳞被剐，化成银河星辰，鱼目给你，表了相悦相思，鱼鳍被割，化成星宿，玄君啊玄君，你可知道这银鱼就是素书，你怎么能把'献鱼鳍、补星辰'说得这般轻巧？！"

手中的钺襄剑跌落。

我当真不晓得。

我当真不晓得那银鱼是素书。

"你们谁告诉过我？你们……你们哪一个曾告诉本君素书的原身是银鱼，你们哪一个曾告诉过本君？"悲痛穿肠过，滚滚泪泽涌上眼，"素书、你、南窨、长诀，你们哪一个曾告诉本君，素书……原身便是那银鱼？"

若素书是那条银鱼，我当真该被千刀万剐。凭我把给我眼睛清明的姑娘认错为旁人，凭我用仙绳捆住她的身躯，凭我探入鱼缸刀刀精准地割了她的鱼鳍……

身旁的老君出声："梨容为何要那对腹鳍？她为何不告诉你那银鱼就是素书？自古胎育于腹，腹鳍万万动不得，若刀口深了，素书怕是连生育都不能了……你没有听信梨容的话吧，你没有真的割下那对腹鳍吧？"

"小鱼儿。"

我大彻大悟。

那时的素书怀了我的孩子，所以我用仙绳捆她的时候，她一动不动，她是……是在怕那仙绳伤了腹中的孩儿。

"这银鱼好听话。"

"嗯，来的路上，它也是这般一动未动。"她原来不是不想动，她是不敢动。

"阿泽，它好像有些难过。"

我觉得可笑，便嘲讽道："一条鱼而已，哪里有什么难过不难过。"

我甚至听到梨容冷冷地威胁素书："你最好不要想着逃出去，这仙绳很有灵性，你逃不出去。"

"阿泽，天帝大人还等着用它身上的鱼鳍来补这北斗星宿呢。"

"我知道，可我想先让你的眼睛恢复清明。"

"我想要这对腹鳍，剩下的，交给天帝大人吧。"

我也曾疑惑："治眼睛的话，为何不用这条银鱼的眼珠？"

可那妖女道："阿泽，有它的腹鳍就够了，你信我。"

腹鳍之下，是素书同我的孩儿啊。怪不得一直不动的银鱼听到"腹鳍"二字会痛苦挣扎。

混账的本君被她的话蒙了心智："嗯，我信你，我会将腹鳍留给你。"

这些话，一字一句，统统落入素书耳中了吧？

刀刃划断她的鱼鳍，贴近她腹部的时候，她是又痛又绝望吧？

血水溢出琉璃鱼缸，我记得清楚，她为了护住腹中的孩儿，剧烈地挣扎，仙绳勒入她的皮肉，她撞得头破血流。

可恨的事还在后头。

我记得自己割下那对腹鳍转头扔给梨容："拿去治好你的眼睛吧。"

我没有多看琉璃鱼缸中的银鱼一眼。我连素书的死活都不上心，我甚至觉得她的鱼鳍被割下来，她便没有用处了。

我这混账！我听信谣言，我差点儿亲手害了自己的孩儿，更亲手把素书伤得体无完肤。我以为自己献出鱼鳍就能得到天地对我和素书的怜悯，叫她此生安然顺当，再不受伤，可没想到，到头来，自己才是伤孩儿和夫人最深、最狠、最决绝的那一个。

老君已经算出前因后果，望着我，大惊道："小鱼儿是你同素书的孩儿？！"顿了顿，哽咽道，"因为你这一刀，素书……素书当日在银河深处，诞下的是一个死胎……"

一瞬间，仿佛山崩地裂、岩浆肆虐。

这山崩地裂、岩浆肆虐灭我心智、毁我灵台，万丈火光灼烧着四肢百骸，统统化成灰烬，落在我眼前，风卷残云烟尘而去，留下大片大片的悲痛。

我明白，我这一生都弥补不了自己的过错。

日暮时分，我到司命府，听青月亲口说出命盘已经可用，只是在神仙的命盘上，有些事情是不能填得详细又清楚的，这些事情要凭天意决断。

又是天意。

我说我要看一眼，青月道："你这是怎么了，你难道不晓得天律有规定，命盘不可偷看？你已经从老君那里拿到仙丹了吧？我这里命盘已经备好，你去凡间带素书神尊回来即可。"突然想起来什么，道，"对了，天帝那边我已经叫沉钰去送信了，天帝说，素书神尊活着便是八荒之幸，叫她重回神界，此事甚好，他是允了的。"

我点头："嗯，好。"转身的时候，恍惚之中撞到了门框。

青月扶了我一把："你这是怎么了，怎么这般失魂落魄？素书大人要回来了，你不开心吗？还是……还是你心中依然挂念着良玉？"他拍了拍我的肩膀，道，"你大概还不晓得，阿玉回来了，只是现今长诀不允许旁人见她，就是我、师父和师兄都不能见，说阿玉要养一养，便能出来见大伙了。你放心吧，恩怨纠缠早就过去了，没有谁怨你、恨你。"

太阳穴突突地跳，头晕目眩，我应了一声，却不晓得自己应的是什么。

我同良玉的恩怨纠缠过去了，可我如今晓得了自己曾……害过素书。

想起我从老君府出来的时候，老君飞到门口拦住我，劝我道："素书她……她经历过这一遭，从凡间飞回天上，不记得前尘往事，能记得的只有她在凡间出生到成仙这一生的事儿。老夫觉得，她既然忘

115

了，便忘了吧，你还是不要跟她了。"

见我不说话，老君长叹一声，又道："我倒不怕她找你算账，我怕她会跟自己较劲。当年聂宿剐她鱼鳞这件事儿你不晓得吧？她恨了聂宿一万年，到头来还是主动请缨匡扶星盘，若不是聂宿早早地束缚了她，她早就代替聂宿去死了。这么多年她一直打扮成男子模样，旁人都觉得她潇洒倜傥，比男人还风流，却不晓得她的心其实软得很，大事小事，哪怕混着刀子也总是自己往下咽，旁人负她，她想想便过去了，她从不曾伤过旁人。她若重回天上，便叫她无所忧虑地活着吧，不要再提往事，徒添伤悲。至于其他知情的神仙，今夜我去找天帝复命，顺便向他请一道旨，命四海八荒再不议论素书之事，静候她重回神界。"

我这一生，从未做过什么亏心事。年少时候打架争斗、伤人害命也是坦坦荡荡的，从未遮遮掩掩。我也从不忌惮旁人复仇索命，玄魄宫大门大开，他们只要打得过我，我便认。

如今，我却要瞒着素书。我曾割她鱼鳍献给天帝，曾误会自己眼睛的清明是旁人给的，这些事，我都不能告诉她。

我心有愧。

我很难过自己这一关。

老君察觉出我的想法，拂尘一摆："你提一提精神，这样做并不是让你自己不受惩罚，是为素书。道似万物之宗，挫其锐，解其纷，和其光，同其尘，连万物之宗都要混于尘世，没有光洁无瑕之说，由万物之宗生出的神仙，偶尔说谎话、隐瞒事实不是坏事，道不可至清，万物生灵也不可至清。不知便不想，叫她安安稳稳地活着，不好吗，非要鱼死网破、两败俱伤，玄君才可以过得去自己心里的这道坎吗？"

我摇头，又点头。

素书不能再过得那么辛苦，她重回神界，应当开心。

刚走几步，觉得脚下虚浮，我顿了顿，突然想到一件事，回头同老君道："你是那个梨花妖女的故友吧？本君不会放过她，眼睛这件事，要算；腹鳍这件事，也要算。至于要不要提醒她，是你的事，但是，等素书安然回到天上后，这一切我会叫那个妖女加倍还回来。"

老君和他的拂尘都颤了颤，他最后叹道："的确是要还的，老夫这次也护不了她了。"

此时此刻，青月告诉我，没有谁怨我、恨我。

走出司命府的时候我在想，青月一定不晓得这些事，所以看不出来，也不知道本君是在怨自己，是在恨自己。

这种恨，是想叫自己跳下万丈深渊摔个粉身碎骨的恨，是想叫自己撞入千面冰刃割得体无完肤的恨，是想叫自己没入无欲海溺上几百年直至情魄和躯壳都被溶解掉的恨。

我连自己心爱的姑娘都保护不了，甚至亲手将她害成这般模样，我觉得"混账"二字都无法形容我。

这样的情绪随着夜风吹进袖口，没入胸膛，云头上的本君恍惚几次，浮浮沉沉，跌跌撞撞，不晓得撞了几棵仙木，也不晓得栽过几次跟头，才在子夜前回到玄魄宫。

小鱼儿早已醒过来，和孟荷坐在琉璃宫灯下等我，是乖巧又担忧的模样，衣服穿得稳稳妥妥。

他远远见到我，便"噌"地一下蹿上一团小云飞过来，抱住我的腿不撒手，说话时带着嫩嫩的哭音，抬头问我："父君去哪里了，怎么这么晚才回来？"

我把他抱起来，沉默很久，落下云头走到房中，都没有想好要如何跟小鱼儿说这些事。

孟荷懂事，也许是累了，陪小鱼儿等我回来后，便放心地背着书袋回了厢房。

孟鱼揪了揪我的袍角，仰着脑袋看，小脸上全是担忧："父君，你是不是又不想说话了？是不是……连小鱼儿跟你说话你都不答应了？"

我寻了椅子坐下，全身却虚飘飘的，没有丁点儿踏实的感觉。

我低头看膝旁的小鱼儿，他那双眼睛清澈得不像话，我看到了他眼中的本玄君，甚至看到了本玄君脸上的悲伤。

"父君，你是不是在难过？"小鱼儿问我。

我点点头："是。"

他见我终于开口，有点儿兴奋，可看到我的模样，又有些担忧："父君为什么难过？"

我捏了捏他的脸颊，望着他的小模样，心中全是酸涩。当初本君亲自动手割下素书的腹鳍，亲手害得自己的孩儿生下来便毫无生气，亲手让他在池子里浮浮沉沉睡了一万年才开始生长。这些念头闪过，我觉得十分后怕，停在他脸颊上的手指控制不住地颤抖，如果当初我手中那刀刃再深一分、再错一分，如今本君眼前这活生生的、天真可爱的孩子便不在了，便救不活了。

本君当真该被千刀万剐。

小鱼儿抬手揉了揉他的脸，又顺势攥住我的手指，眼睛忽闪忽闪，说道："父君，小鱼儿今天听话了，小荷哥哥说你不允许我脱衣服，我便没有脱。"说罢，放下我的手指，揪了揪肚皮上的绸布，又揪了揪衣袖，"你看啊，父君，小鱼儿没有脱哦，真的没有脱哦，"也许是觉得不够，他弯下小身子揪了揪裤角，顺带摸了摸鞋底，"还有这里，这里，都没有脱，"做完这些，他一个挺身，跳进我怀里，刚刚摸过鞋底的手摸着我的嘴，"父君你说话呀，你夸一夸小鱼儿呀。"

我将他抱进怀里，抚着他的头发，低声道："嗯，小鱼儿果然听话。"

"小鱼儿明天便跟着小荷哥哥去上学，小荷哥哥说父君不喜欢小鱼儿辍学，所以我会去的。"他伸出胳膊抱住我的脖颈，又道，"我保证不脱衣服，不化成原身，不跳进荷花池子里，父君开心吗？"

我道："开心。"

他挺直身子看我："开心的话为什么不笑？要不然小鱼儿变成小银鱼逗父君开心？"

他说化成小银鱼逗我开心，本君的眼眶突然潮湿。

本君现在听到"银鱼"一词便会心里一抽，怕是看到他的原身会心疼得更加厉害。

他伸出小手摸着我的眼角："父君，你哭了吗？"

"嗯。"

"父君为什么要哭？"

"因为父君做错了事情……我对不起你娘，也对不起你。"

他愣了愣，不太明白，想了想后，抬手戳了戳我的心口："因为父君对不起阿娘，所以阿娘在里面不出来了，对吗？"

我不晓得如何回答，便看着他。

他又想了想，眯眼笑了笑："父君说对不起小鱼儿，小鱼儿原谅你了。不过原谅你的话，你能不能答应我一件事？"

我捏了捏他的鼻子，和蔼地道："什么事？只要父君做得到。"

他的睫毛忽闪忽闪的，开心得不得了："小鱼儿能脱衣裳了吗，现在能不能脱衣裳？"

我："……"

他的睫毛又忽闪忽闪的："阿娘是不是也跟小鱼儿一样，父君允许她脱衣裳，她就会原谅父君？"

本君抚额："你娘她……没这个爱好……还有，即便你娘脱衣裳，也只能给我看。"

"那阿娘喜欢什么……"小鱼儿不解。

本君道："你娘喜欢我。"

"咦？"

我揉了揉他的头发："明儿不用上学，父君带你去见你娘。我们一起把她接回家。"

孟鱼登时两眼放光，小手攥住褂子的扣子，兴奋得要立马脱了衣裳去荷花池子里游两圈，我攥紧他那双要解开衣裳的爪子，惆怅地道："你听话一些，你娘要是晓得我把你养得爱裸奔，八成心灰意冷，不愿意跟我们回家了。"

小鱼儿被我的这句话惊到，怯生生地道："阿娘她……她也不喜欢小鱼儿不穿衣裳吗？"

"嗯，不喜欢。你在家里不穿衣裳，父君和你娘能忍，但是在太学宫，你不穿衣裳是对其他同学的不尊重。"

"父君，什么是不尊重？"

"不尊重就是叫那些小姑娘觉得难过。你娘也是父君的小姑娘，你不穿衣裳，你娘会难过。"

他松开手中的扣子，有点儿委屈，但还是很听话："嗯，我知道了……"

我说这话来教育孟鱼，其实内心很愧疚。

我年轻的时候伤了不止一个姑娘的心。那些被我娶回玄魄宫的姑娘从来没有被好好对待。

所以，我的孩儿一定不能再像我这样混账。

夜里，小鱼儿有点儿兴奋，在床上打了好几个滚，还时不时地趴在我的心窝处瞅一瞅："我们是要进到这里把娘带出来吗？"

他一直记得他好看的阿娘在我的心里。

"你娘现在在凡间。明天你变小一些，先躲在父君的袖子里，你娘现在跟我们不太一样，看到你或许会害怕。你还记得变小的诀术吗？我以前教过你。"

他想了想，不太熟悉地念诀，银光闪过，"嗖"的一声变成巴掌大小，极其兴奋地在我，衣袖上滚了滚："父君，父君，你看，我变小了！"

不久，小鱼儿抱着我的手指头便哭了，鼻涕和眼泪全抹在我的指甲上："父君……父君，小鱼儿忘了怎么变回来了……呜呜呜……"

本君很担心，素书见到孩子被我养得这么笨，就不愿意跟我们回来了。

次日，日光温暖，惠风和畅，红花灼灼，绿柳荫荫。

我揣着自己的孩儿去凡间找素书。

落下云头的时候，我掐指算了算，天上一天过去，在凡间这一年里，孩儿他娘过得很充实。

我走进尚袖楼，穿过走廊，站在素书面前。她却只顾着数金铢，没有认出我。

"夫人，"我低头道，见她没反应，提高声音，"你抬头看为夫一眼。"

她依旧淡定地数着钱。她身边的人闻声望着我，傻了眼。

她身旁那个小哥扯了扯她的衣袖，小声问道："苏月公子，你……你什么时候有了夫君……"

素书抬头，素衣玉冠，比一年前更加倜傥俊逸。她面带疑惑，拧眉盯着我看了好一会儿才想起来我是谁："哦，是你啊。"

即便她语气冷淡，我也觉得分外欢愉，笑道："我来接你回家。"

她转了转手中的扇子，思索片刻，对我说道："我记得我当初不是这么跟你说的，这一年我把金铢还给你，然后你我……"

我掐指算了算，她好似料定我在大庭广众之下不会亲上去堵住她的嘴，不叫她说出"和离"两个字，所以当着众人的面要跟我撇清关系。但是她料错了，本君脸皮厚，她还没有说出"和离"二字，我便亲了上去。

四周倒吸凉气的声音此起彼伏，众人看着我们，感到万分惊讶。

袖袋里的孟鱼听到声音，也想爬出来看一看，被我察觉，又按了回去。

素书推开我，强装镇静："去房中说吧。"可我刚刚跟着她转身，她便擦了擦嘴，顺便狠狠瞪我一眼，骂道，"你还真是厚脸皮。"

本君笑了。

我喜欢的姑娘骂我，我很开心。

到了房中，她关上门问道："一年前，你在城南书店里堆了一屋子的金铢？"

　　我拿过茶壶给她倒了一杯茶，又给自己倒了一杯。给她递茶杯的时候，我默默算出她当日听闻消息之后奔去城南，看到书店满满当当全是金铢的时候目瞪口呆。我看惯了她从容淡定的模样，忽然觉得她吃惊的样子十分可爱。等她接过茶杯，我道："应该的，我本就是驸马，是你的夫婿，这些不算什么。"

　　她寻了把椅子坐下，灌了口茶，说道："我与你并没有什么感情，只见过一面而已。当日我只想放纵自己一回？但是你确实帮了我的大忙。如今天下太平，无城池失守，不见兵荒马乱，多亏你的金铢。"

　　她那句"我与你并没有什么感情"落入我的耳中，叫我的心蓦地一抽。

　　"没关系，我对你有感情就可以了。"我笑道，拿起茶壶又给她添了茶，"今天我来，想带你回家。"

28 . 天上地下，缘分难求

她觉得我是在开玩笑，靠在椅背上，晃着扇子，眯着眼，问道："哪里的家？"

我灌口茶，抬手往上指了指。

"房梁？梁上君子？"她笑道，顺手拿过茶杯，"那些金铢都是你偷来的？你还要拐本公子回家跟你一起偷？"

我说："不是，我要带你升天。"

她拿着茶杯的手一晃，里面的茶洒出来两三滴，却摆出镇静的模样，说道："你说的升天……是动词还是名词？"

我笑道："动词。"

她手中的茶杯"啪"的一声落在茶案上，她瞪大眼睛看着我："带本公子升天？本公子还是第一次听到有人把'送你去死'说得这般清新脱俗！带我回家？你是不是要带本公子回老家，顺便叫我去陪地底下的列祖列宗？"

"你误会了，我是要带你回天上，做神仙。"本君解释道。

她觉得荒唐又可笑，撑着胳膊靠近我，说道："你叫什么名字来着？"

我说："孟泽。"

"哦哦，孟泽兄，你是不是……"她顿了顿，勾着手指敲敲我的眉心，失笑道，"你这里是不是有病？你自己回去当神仙吧，我只愿意在凡间当个小老百姓。"

我攥住她要缩回去的手。她眉梢挑了挑,窗外走过两个要偷听我们谈话的人。我开心又无赖地说:"苏月,你当日可不是这么说的。"

她没有意识到有人蹲在窗外,想抽出手,却被本君攥住,怎么也抽不出去,说道:"本公子当日怎么说?"

本君摆出一本正经的模样:"你当日问我是否跟你睡过,我说是。"我顿了顿,回忆着小鱼儿平日里委屈的模样,学着小鱼儿的语气,"你说既然睡过了,就会对我负责,我以为君子一言,驷马难追,哪知道不过一年,苏月公子变了心。"

她望着我,眉头一挑,没有想到我这个大男人会有这般无赖的模样。可于本君而言,能再次见到她,能把她带回天上,即便我真的变成这副模样,我也是愿意的。

窗外那两个人不淡定了,议论声传到我和素书的耳中。

其中一个的惊呼声不大不小:"我的天哪!你听到了吗?都睡过了!"

另一个淡定一些:"你都跟旁人睡过,苏月公子跟旁人睡过有什么可惊奇的?"

那一个还不死心:"可他是苏月公子啊!"

另一个又道:"苏月公子……也有生理需求,没什么可好奇的。"

"不好奇,那你为什么跟着我来偷听?你说你是不是喜欢我啊……"

"嗯,我就是喜欢你。"

"……"

我看到素书,不,苏月公子终于忍不住了,手中的茶杯照着窗子飞出去:"你俩滚去别人窗下谈情说爱。"

窗外那二位登时跑远了。

她刚刚把茶杯扔出去,本君指尖捏诀,凭空变出一个一模一样的茶杯放在她面前,倒枯了的茶壶里重新生出茶水,给她添满:"苏月公子答应跟我回天上了吗?"

她愣愣地看着我在指尖变出来的茶杯，说不出话来。我用诀术在门外支起一道透明结界，以防房中的场景被外人看到。

本君在袖袋里掏了掏，从里面掏出手掌大小的孟鱼，放在茶案上，低头道："吾儿，这是你娘，她十分想你，快叫一声给她听听。"

素书的眼睛已经瞪得如铜铃般大小。

小鱼儿兴奋得不行，在茶案上打了个滚，跑到她眼皮子底下，开口清脆地唤道："阿娘！"

见他娘不答话，迈开小步子跳到她的胳膊上，又滚了几下，爬到素书的掌心里，抱着她的手指头便亲，边亲边道："阿娘，我跟父君来接你回家，你开心吗？"本君第一次觉得自己的孩儿聪明、配合、体贴，母子相认的场景看得我都有些动容。我只是有点儿心疼孩儿他娘——那副表情，显然是受到了震撼心灵的一击。

她反应过来，怯生生地捧着小鱼儿，紧张得泪珠子都要落下来了："你……你方才管谁叫娘啊？"

小鱼儿撅着屁股从她手掌里爬起来，眯着眼睛，伸出小短胳膊，露出小奶牙，笑得天真无邪："阿娘，抱抱！"

她捧着小鱼儿，放到眼前，耐心地给他解释："你……你是天上的小神仙吧？我不是你娘，我是凡人，你晓得凡人是什么吗？就是……"

小鱼儿歪着小脑袋说道："我不晓得什么是凡人，我晓得你是我娘。"

素书蓦地一怔。

小鱼儿抬手触了触她的睫毛，就像他小时候触我的睫毛那样，只是多了份小心翼翼，不至于伤到素书："阿娘，父君说你长得比他好看，小鱼儿也这么觉得。"说罢，小身子前倾，照着他娘的眉心亲了亲，欢喜地道，"终于见到阿娘了，小鱼儿好开心，阿娘你现在开心吗？"

素书终于忍不住了，惊得泪珠子一直往下掉，看着我，咬了咬唇，做出口型，问道："他为何非要叫我娘？"

小鱼儿不明所以，抹了抹她的眼角："阿娘，你是不是喜极而泣了？喜极而泣，父君教过我这个成语，形容很开心，阿娘见到小鱼儿比小鱼儿见到阿娘还要开心吗？"

吾儿开窍了，我心甚慰。

素书捧着孟鱼，孟鱼抱着她的手指头，她放也不是，不放也不是，压低声音问我："我信你是神仙，但是我不能信这是我的孩儿啊……本公子活了十九年，不记得自己生过娃娃！"

我摆出一本正经的模样："怎么不可能呢，我们都睡过了，这你是知道的，你难道不想认小鱼儿吗？"

小鱼儿一听他娘不认他，睫毛一颤，嫩牙一咬，眼里顿时冒出几滴泪，紧紧地抱住他娘的手指，生怕被甩了："阿娘你真的不认小鱼儿吗？小鱼儿好想你。小鱼儿为了见你，为了不叫你难过，都穿了衣裳……你为什么不认小鱼儿？"

即便是本君这样狠心冷酷的神仙，见到小鱼儿这般委屈的模样都很心疼，何况是素书。

她见到小鱼儿哭便慌了，又是摸他的头发，又是捏他的小脸，安抚了好一会儿，直到本君都快吃醋了，小鱼儿才道："阿娘，你愿意跟我们回家吗？"

她又看我，好像想起了什么似的："是不是……是不是去年，我们睡过之后，你回到天上……就有了娃娃？"

我说："什么？"

她一手捧着小鱼儿，一手隔着茶案攥住我的手，一副恍然大悟的样子："上次睡过，所以你就……你就怀胎生出了娃娃，是吗？我……我现在相信你不是凡人了。我们凡间都是姑娘生娃娃，你们天上都是男人生吗？"说到这里，她竟然有些激动，将我的手攥得更紧了一些，道，"这么说，天上和地下正好相反，是吗？如果是这样，天上的女人是不是也可以三妻四妾，娶好几个男人？"

我摸了摸她的头发，装出温柔的模样："……不可以，你有了我，还需要其他男人吗？"

"不不不……我就是这么一问。对了，男神仙是如何生娃娃的，你能给我说一下吗？"她两眼放光，似乎对这个问题十分感兴趣。

小鱼儿却跳起来，举着小手说道："我知道，我知道！就是生出一条鱼，小鱼睡在有荷花的池子里，每天吃饭、睡觉、听父君念书，然后就长大了，能化成仙形了！"

素书不明白："吃饭、睡觉和念书？"

小鱼儿给她解释："嗯，睡醒了就听父君念书。"

小鱼儿傻，他不晓得他睡着的时候我也在给他念书。只不过在那一万年里，他睡着的时候多，醒着的时候少。

"念什么书？"素书问他。

小鱼儿道："父君说，日后我要是有了喜欢的姑娘，就算是死皮赖脸也要跟她在一起。我一定要同她的爹娘求亲，把她娶回家，不能错过她。"

我手中的茶杯猛地一晃。

小鱼儿他竟……他竟然记住了。

他又开口说道："还有，还有，父君给阿娘说过，等阿娘以后老了，腿不能走了，他会在阿娘身边，会给阿娘做拐杖支撑阿娘；如果阿娘以后手僵了，拿不住扇子也握不住剑了，他会在阿娘身边，替阿娘扇风解暑、为阿娘斩妖除魔；如果以后阿娘老眼昏花，看不清万里朝霞，看不清浩瀚星辰，他会在阿娘身边做阿娘的眼睛，带阿娘去看北上天的流光、东海日出时的云霞，还有三月时节阳华山下三百里的桃花。"

素书听了这些话，放在我手上的手指蓦地一颤，盯着我的眼睛，眉头紧皱，接了一句："你若是愿意娶我，我便嫁给你……此话，不悔不灭……"

我猛然抬头："你记得？"

她却因为我这震惊的模样怔了怔，思索了好一会儿才道："有点儿印象，好像以前跟谁说过。"她望了望房梁，继续说道，"不过记得不真切，这一年来，我看上的公子有些多，都忘了对谁说过这句话了。"

本君心里一抽，装出淡定的模样："小鱼儿，你娘看上别的公子了，你说怎么办？"

吾儿开窍，在他娘的手掌心里又是打滚又是亲："阿娘，小鱼儿不要后爹。"

到底是孟鱼的亲娘，孟鱼一卖萌，素书就招架不住了。本君也沾了孟鱼的光，得了素书的好脸色。

只是，我也瞧出来了，她如今对我并没有多少感情，甚至……连故人都算不上。

素书说升天之前她要回宫一趟，交代她爹娘几句。我跟孟鱼陪她回宫。只是孟鱼忘了如何变大的诀术，央求我好一阵儿，我也没有告诉他。本君故意不告诉他——凡间的红尘气息略重，又是在这烟花之地，他仙根不稳，还是少沾为好。他最后只能委屈地被我揣进袖袋，只是在进袖袋前，他又亲了亲他的阿娘。我眼巴巴地盯着自己心爱的姑娘盯了一上午，也没有亲一口，这小子倒是亲得容易。本君心中的醋意冒出来，想也没想，捏住他的小褂子把他塞进袖袋。孟鱼起初抗议了一番，在袖袋里扑腾一阵，不过小孩子嗜睡，折腾了没一会儿，便睡着了。

"他睡着了？"素书抬手扯了扯我的袖子，往里面瞧了瞧，问道。

"嗯，睡着了。"我笑道。

她长嘘一口气，手中的折扇扔到半空打个旋又握住，继续往前走："别这般对我笑了，晓得你方才是装的。现在小朋友睡着了，你不用装成这个模样了。"

这句话叫我心中一沉，额上青筋一跳，跟上她，说道："你……你觉得我方才是装的？"

"嗯，可不嘛，本公子曾经走南闯北三年有余，见过形形色色的人，你这人是什么性情，本公子心里有数。去年，我在尚袖楼第一次见你，不晓得你是神仙，你为捞个酒壶，从楼顶跳下来的时候，连眼皮也没眨一下。纵然夜间我眼睛不太好，但好在烛火明亮，我看到你睥睨着这一众人，从眸子到面色都是冷的。你这种人，不，你这种神仙，一看就是冷酷的，你不在乎自己的生死，怕是也不在乎旁人的生死。你从小到大打过不少架吧？赢得多输得少对不对？天上的神仙，大概也很怕你。"她摇了摇手中的离骨折扇，从容又淡定。

"你……真的这么想？"

"不过我很好奇，你不说话的时候，明明是冷得叫人难以接近的样子，为何非要在我面前装成温和的模样？"她顿了顿，笑了，"不过，本公子确实欠你的情，你想送我升天，我也愿意。毕竟，是你给我金铢，使我护城坚固，护我承熙无虞。"

她的这几句话就像钝刀子割肉，一点一点割着本君的心。这疼不剧烈，却没有尽头，远不如锋利的刃刺下去时的那般痛快和直接。

素书不喜欢我，我晓得。

可我没有想到，她会觉得我不在乎旁人的生死；我也没有想到，她会把我温和的模样看作伪装。

"素……苏月。"我唤她。

她浅浅地应一声，却不抬头，径直往前走。

我上前几步，用力握住她的手腕。她脚下一顿，终于停下来，反应过来，如往常那般抽回去，我又握住："苏月，你是不是……真的看上了旁人？"我终于问出这句话。

她眉梢一挑，不反驳，也不承认，说："你要管我吗？"

探她记忆的诀术停在被我紧紧攥着的她的手腕上。我听到她这般不在乎地说出这句话，便没有勇气探她的记忆了。

我怕看到她喜欢的人不是我。

总有一些事情是避不掉、躲不得的。在皇宫里待了三日，我便清楚地了解了素书对那个人的感情到了何种地步。

这一年，承熙国经历兵荒马乱，整个国家还有很多事情要做，于是，本君在皇宫里待了三日也没有见到自己的岳父大人。至于素书的亲娘瑾妃，为给素书祈姻缘，半月前去城外的寺里吃斋念佛了，那寺庙距皇城还挺远，以凡人的脚力，赶回来最快也得六七天。所以到了皇宫，我等了三日也没有见到他们二老，自然没有办法带走素书。

这三日里，我沾了孟鱼的光，没有被素书赶出她的寝宫，反而在她宽大的床上占了一个容身的地方。

只是每每就寝，烛灯熄灭的时候，我和她总会发生一些"不愉快"。

"你能不能别抱着本公主睡？"

"那我该抱着什么呢？小鱼儿，你娘不想让父君抱着，父君有些难过。"我说完便往袖子里摸。

"你别叫醒他……"

"那你能让我抱吗？"

素书咬牙切齿，却压低了声音："抱松一点儿行不行？你抱得这么紧，谁受得了！"

我将她抱进怀里，下巴刚好垫在她的肩膀上。神清气爽之中，我便觉得带小鱼儿下凡是十分英明的决定。

只是那个人依旧在她心里，我偶尔同她贴得近一些，便觉得她的梦魇落在我的灵台上，梦魇中渗出些失望，梦境成雾，依稀可以看到那个人身着云青色绸衫，捏着一本书。

南霁……不，景岩在素书心中，远比我以为的重要。

第四日清晨，早朝结束，我与素书在去见她父皇的路上恰逢退朝的文武大臣迎面走来，素书瞧着这一帮人，似有若无地打量一番，有些失落。我晓得，她因为没有看到自己想看到的那个人，所以失落。

本君不是心地善良的神仙，正想趁机咒一句"他没来上朝，莫不是病重了吧"，孰料，大臣们议论纷纷，口中说的正是景岩的事情。

"张兄，景相已经有三日不来上朝了，你可晓得是怎么回事？"

"唉……听说是体内旧疾复发，来势汹汹，现在在府中，连床榻也下不了了……可惜了，才二十三岁的年纪，唉。"

"哦？张兄亲眼见过景相是什么症状？陛下可曾派御医前去诊断？"

"景相在护城一劫中立下奇功，陛下自然体恤，三天之内接连派去三十个御医，不过听说景相得的是心头上的急症，唉，御医们也都束手无策。"

"这么说……景相这一次是凶多吉少了？"

"你想，这心上的病症哪能治好，如今怕是神仙下凡也难救了，本是朝廷栋梁，真是可惜。"

这些话落入本君耳中，自然也落入素书耳中。

我看到她攥紧折扇的手指被扇骨硌得惨白，面颊比手指还要白，连血色也看不到了。

下一刻，她挥开衣袖，跨上骏马向宫外奔去。

本君没有拦住她，本君也晓得自己拦不住她。

袖子里的小鱼儿好似察觉出来几分，用说得不大顺畅的诀术隔空传音问我："父君，阿娘要去哪里？"

"莫担心，你娘……还会回来的。"

我终究动用诀术算了算。

景岩的命数果不大好。一年前洞房花烛，窗外瓢泼大雨，他终于挑开自己迎娶回家的新娘的喜帕，却看到一副完全陌生的面容。

他在宫宴上拒绝了承熙国的公主，只为娶那个他等了三年的姑娘。终于娶到了，挑开喜帕，却发现完全不是自己心心念念的那个人。

他踉跄几步，反应过来，冲出门，到书房中翻箱倒柜找出那一张他曾经画过的画像，带着这幅画像闯进大雨之中。

宫里人，他只晓得她是宫里人，所以他带着画像快马加鞭地冲进宫里。

其实，画像早就被雨水打湿了；其实，哪里需要画像。

他找到瑾妃身旁的一个下人，掏出被雨水浸得模糊的画像，看到画上之人的面容被雨水浸湿，水墨成片。他在无奈之下说出要娶之人曾游历三年，下人十分肯定地告诉他——这就是苏月公主，是三日前被景大人拒婚的那一位公主。

若人人心中都有悔恨化成的绵绵不绝的小溪，那景岩心中的悔恨应当是滔滔大江，滚滚东逝万万年，流不尽，最终汇入悔恨的汪洋大海。

也是在那晚，他染上了病。

纵然后来他守卫护城有功，使承熙国没有沦陷，自己也重归左相之位，可这心病到底是好不了了。怪不得当初我在素书的记忆之中见到娶妻一年后的他瘦得那般明显。又一年过去，他旧疾复发，愈发严重。

天道轮回，本君没有想到，当日在凌波仙洲使尽手段对素书诛心的阴狠又冷厉的南窖大公子，也有今日的下场。

我心甚慰。

或许是本君太过幸灾乐祸，晚上，我变成被素书虐的那一个。报应来得太快，真叫人反应不过来。

夜晚，亥时，素书终于从相府回来。小鱼儿早已在我的袖袋里入眠，我在她的寝宫做好饭菜等她回来。

当年，在银河深处，我特意学会了做菜，想的就是在这一世能做给她吃。

如今，她回来了，却没有看那饭菜一眼，径直走到我的面前，距我不过半步的距离，脸上看不出悲喜，开口问道："你要带我回天上，对吗？"

我说："是。"

"你喜欢我吗？"

我脱口而出："我自然喜欢你，要不然我为何非要带你回天上？"

"嗯。"她没再说旁的，手指触上我的腰带，顿了一顿，要解开。

我蓦地一惊，赶紧扣住她的手，盯着她道："你要做什么？"

她笑了笑，烛火下，她那神情显得有些清冷，挣脱开我的手，又往腰带处探去："你喜欢我，不是吗？我在尚袖楼也是挂过牌子的，喜欢我的人都想睡我，你也一样，现在连儿子都有了。"

我心凉了半截，不晓得该做什么来回应她，只是又握住她的手，低头道："素……苏月，我骗了你，孩子是以前生的，一天前，不，一年前，我也并未同你真正睡过，我自始至终都尊重你，你如今怎么了？"

"哦，原来是这样，我说呢，就算你们男神仙能生娃娃，可一年的时间，娃娃也不该长得这么快，能说能跳，还能叫娘。"她知道了当初的事情，说出这番话，越发淡定，看着我道，"不过，我现在愿意跟你回天上，从此以后，你想同我睡便睡，我苏月随时奉陪，可以给小鱼儿当娘，可以给你当夫人。"顿了顿，她终于说出她这么做的原因，"可我只有一个要求，你也晓得吧，景岩活不过今夜了……我想请你帮我救活景岩。"

原来如此。

原来……如此。原来是为求我救活景岩。

我心心念念的孩儿他娘，如今为了另外一个男人，这般轻易地把自己送了人。纵然这个人是本君，本君也实在欢喜不起来，甚至觉得心底一抽一抽地疼。

本君想骂娘。

我晓得她虽然待在尚袖楼那种地方，却一直洁身自好，当初说的那些"本公子卖身不卖艺"，全是故意的。可就是这般洁身自好的她，为救活景岩，竟要把她自己连同她以后的命运轻而易举地交给我，交给一个自己并不喜欢的神仙，没有犹豫，连眉头都未皱一下。

我又低头看着她，她的手已经探入我的衣襟。

本君堂堂一个男人，觉得自己委屈得要命。

"苏月，"我攥住她还在往我衣袍里伸的手，没能控制住自己，声调大了一些，神情严肃，"你把自己当作什么……你又把我当作什么？"

她越发不在乎，笑道："我把自己当物品送给你啊，把你……当作能救景岩的药。"

这句话落入我耳中，怒火自肺腑燃上来。我控制住力道，将她推开，尽管如此，她还是跟跄几步才站定，抬头看着我。纵然身子有些抖，可眼神里依旧是从容淡定和毫不在乎。

我怒火更盛，睥睨着她，说道："你还真是什么都敢说。你拿我当药，我根本不在乎。你把我当什么都行，甚至曾经我都想过，你把我当成聂宿，我也是欢喜的。"这话说出来，心底疼得更加厉害。自始至终，我对素书从未有过别的要求，我对她的喜欢也是从平淡到剧烈，最后也想过，就算不能做自己，就算我被她当成她心爱的聂宿大人，我也是愿意的。只要她活着，只要她能在我身边，就够了。我不能再忍受她灰飞烟灭，再不愿躺在无欲海搂着那片衣角幻想她还在。

如今，她完完整整地站在我面前。

可眼前的她又不像她。

她太淡定、太从容、太潇洒不羁。她不在乎我，我并不难过，本君难过的是，她现在连自己都不在乎，而这不在乎，是为景岩，是为南窨。

我想握住她的手跟她说，可我现在又不愿意碰她，只能立在她面前，皱眉道："你真的把自己当作物品吗？你自己都不爱惜自己了吗？你是我的姑娘，怎么能说出这样随便的话？就算对我也不能这么说。"

她眸子颤了颤，沉默一会儿，忽然笑问："你说'你把我当聂宿我也是欢喜的'……聂宿是谁？听着有些耳熟。"

事到如今，聂宿仍然是她喜欢得最深的那一个。

这一点儿也不奇怪。

"你跟我回天上，我慢慢跟你讲，但是现在，你不能……"

"不能怎么样？"她打断我，"你不愿意要我，还是不愿意救景岩？"

我浑身一僵。

话音一落，她便踮着脚尖贴近我，抬起胳膊搂住我的脖颈，照着我的唇亲下去，轻声问道："这样呢，你愿意接受吗？"她把手收回来，顺着我的衣襟探入我的胸膛，"这样呢，能去救景岩吗？"

我再也忍不住，推开贴在身上的她。她眼睑一颤，眸中再不是从容，依稀有了眼泪。我甚至不用动诀术去探她的想法也晓得，她不是为自己被拒绝而落泪，她是怕我不救景岩。

我转过身，不再看她，对着寝宫门，理了理被她弄乱的衣衫，让自己镇静下来，才道："你可是承熙国堂堂的公主大人，你也是九重天上的素书神尊，你应当用命令的语气吩咐我去救景岩，而不是用这种委曲求全的方式。"

素书大人，你从不是物品，你不能将自己随便送给谁，就算那个人是我，也不行。

我会好好待你，永远尊重你，叫你心甘情愿随我回天上，最后风风光光地嫁给我。

"所以，你会救景岩吗？"她最关心的还是这个问题。

"明日我便去相府，他死不了。"说完这句话，我便离开了。

夜色尚好，玉盘明亮。

我其实并未走远，走出她的寝宫，便御风飞上寝宫的殿顶。

清风入怀，叫我清醒几分，怒火也渐渐熄了下去，只是心中的痛感却更甚了。

景岩的事情同素书的事情不太一样。素书落在凡间是没有预兆的，天上没有她的命盘，我要带她上天入地，只要有仙丹和后补的命盘就可以了。而南斋那厮是正儿八经下凡历劫的，有命盘在册，一切都是注定的。

他要死就是死，他要活就是活，我现在把他强行救回来，就是在逆天命而行。

私自逆转命盘是一场劫，劫大劫小我不晓得，何时应劫我也不晓得。

不过，这也不是什么大事，不应劫数，怎么好意思称自己是神仙，又怎么好意思做魔族的老大？我不害怕这个。

明明自己都能劝自己了，一些事情也能看得开了，可不晓得为什么，躺在她寝宫的殿顶上，想到她那句"我把自己当物品送给你啊，把你……当作能救景岩的药"，心里还是会疼，压也压不住。

凭空变出酒，对着夜空狠狠灌了几口。

隐隐约约入睡，梦中出现的是同素书互相表明心意的场景。

那时候，我凑近她，她的脸在距我不到一寸的地方，我的手指忍不住探入她的发，轻轻抚着她的脖颈，低声问她："还有一桩事，我想提一提……素书神尊对我是什么情感？"

她认真地想了一会儿："昨夜，你问我如果你对我有些感情呢，那一刻我其实认真想了想。我问你要娶我吗，是认真的。我说的那句，'如果你愿意娶我，我便嫁给你'也是认真的。可能现在感情不深，日后我们可以慢慢培养。"

埋在发丝里的手指不由得紧扣了一些："神尊大人，'我对你有些感情'的意思，是我喜欢你。"

你看那时候我们多好。

我从未想过，有朝一日，我的素书大人再次靠近我，是以这种方式。

天道轮回，这大概就是在惩罚我割了她的鱼鳍。

梦极短，我一觉醒来，不过子时。

又灌下一壶酒，觉得这事早早了了为好，有劫数早早应了也好。所以我没有多想，御风飞到相府，找到那个半死不活的景岩，扯出几丝修为渗入茶汤之中给他灌了下去。

他大概能在凡间长命百岁。

本君又飞回素书寝宫的殿顶，拿过酒坛继续喝酒。其实我不晓得自己是怎么喝醉的，也不晓得喝醉之后为什么会直接隐了身形从殿顶穿过。等我反应过来的时候，自己已经带了一身酒气飞上床榻，将床上的人儿带进怀里，怎么也不愿意撒手了。

醉与清醒各参半，本君向来不是正人君子，索性借着那一半的醉意侧躺在她身旁，将她圈住。

已经是酉时。

怀中的她颤了颤，我垫在她额上的下颌也跟着颤了颤。

她早就醒过来了。她晓得是我，可是她偏偏没有躲。或许正因为知道我是谁，所以她才不躲。她今夜求我，大概觉得自己欠了我的情，大概觉得要还我人情，所以才不躲。

她这副模样叫我生气，我控制不住自己，低下头，便照着她的脖颈咬下去了。

怀中的人儿倒吸一口凉气，终于应了一声："你为何咬我？"这声音不大不小，在这寂静的寝宫里，听得十分清楚。

我唇角一顿，照着那微凉的脖颈又咬一口。月光倾洒进来，她脖颈处玉一样的皮肤上落下了一个印子。

"咬你，是要你也体会一下疼的滋味。"万般惆怅过后，我的唇贴近她的耳。

我听到自己有些沙哑和无奈的声音："你真的喜欢他喜欢到这种地步了吗？若是旁人有起死回生的能力，你是不是为救他也愿意委身于其他的人？"

她不说话。

我的唇齿又贴近她的脖颈。我不晓得明明被咬的是她，为何自己会觉得心里疼得厉害："如果他大难不死，活过来了，你是不是就会跟他在一起？"

她还是不说话。

"你忘了，在神界的时候，你给我写过信，你说过不悔不灭的话。你忘了吗？"

她依旧不说话。

我花了很大力气才按住自己想要动用诀术去探她想法的心思，我安慰自己：与其探她的想法，知道一个本君不喜欢的答案，还不如不知道。这样也好。

也许是那酒作祟，本君完完整整地体会了凡人"日暮酒醒人已远，满天风雨下西楼"的心情。这一万年来，我仿佛一直处在醉酒中，酒醒梦尽之后，我心爱的姑娘，也就是我孩儿他娘，已经不在我身旁。她喜欢上别人了。我不晓得该怪谁，我想揍人，又想揍自己。

万般悔恨穿肠过，我为何没能早早发现她在凡间，为何不能赶在景岩遇见她之前与她邂逅？她当年也是喜欢过我的，为何偏偏就忘了？我当年为何那般混账，不曾想到是她把眼睛的清明给了我？我为何听信妖女谗言，把她的鱼鳍给割了，伤了她，伤了我的孩儿？

怀中的人儿也许是被咬疼了，挣扎了一下，费力地转过身子。四周昏暗，她眸光黯淡，看不清我的脸，只是伸出手摸到我的眼睛，终于不再是冷淡的模样。我看到她有些慌张，我听到她的声音有些温柔："孟泽，你方才哭了吗？"

我握住她停在我眼角的手，攥在掌心里，感觉到她指尖有微微的潮湿，才晓得自己问出那些话后竟然落泪了。我堂堂一个大男人，想到自己的姑娘看上了旁人，为了旁人来舍身求我，我就难受得恨不能照着自己的心脏捅两刀。

她无措的神情落入我眼中，思索好一会儿，才道："你是不是看上我了啊？"

我没有想到她思索这么久会说出这样一句话，可这个问题的答案我已经准备好了："是，素……苏月，我带你回天上，就是要娶你的。"

"我们凡间有句话叫'病急乱投医'。我今夜确实是替景岩急了。他同本公主之间的事，你这个神仙也知道吧？两年前，他娶了我母妃身旁的宫女为妻，那时候，我有些怨气，控制不住地想，他为何不能去问一问旁人木苏玉长什么样子，是不是与他讨论护城守卫方法的那一个女子。但后来，我渐渐发现自己对这份感情放下得也算快，我真的……没有那般刻骨铭心地喜欢他。我和他的感情，双方都有错，可都不算大错，所以唯一能解释的，便是缘分浅薄。"她抬手攥住我的衣襟，仿佛要寻一个支撑，"但是，他现在的这个病，是在两年前成亲当晚因我而得。这份过错，他不叫本公主认，本公主也得认。我去看他的时候，看到他的模样，脑海之中浮现的便是'日薄西山'四个字，本公主害了这一条命。你可体会得到我的心急？"

她解释了很多，可唯独那一句"我渐渐发现自己对这份感情放下得也算快，我真的……没有那般刻骨铭心地喜欢他"落在本君心上，被本君拿着朱笔特意批出来，觉得不过瘾，又拿小簿子单独抄下来，捧在手心里一遍一遍地品读回味。

真的，素书大人，用不了这么多话，你只要跟我说这一句，就够了。

我心大喜。

怀中的人儿看不到我欢喜的表情，脸颊贴着我的胸膛，疑惑地道："你方才说，我在天上的时候，跟你说过什么不悔不灭的话。我原来也在天上吗？我是个什么神仙？现在作为一个凡人，我也不晓得曾经的事情，你要不要把往事给我讲一讲？"

本君僵住了。

这一僵不为别的，是为老君当日嘱咐我的话。素书她……她经历过这一遭，从凡间重回天上，是记不得前尘往事的，她只记得她在凡间经历过的事情。她既然忘了，便忘了吧。我要是再提往事，就是徒添伤悲。

我恨自己说谎，可我又怕她知道天上的事情后，会难过，会不肯理我。

本君到底是自私的，我不能忍受她离我而去。所以，如老君所说，偶尔说谎话不是坏事，道不可至清，万物生灵也不可至清。不知便不想，叫素书安安稳稳地活着才是最好的。

我喉中哽了哽，终于开口："你原本，是小鱼儿他娘啊。小鱼儿是你同我的孩儿。"

她太阳穴跳了跳，显然对这桩事不信，身子躲开我几分："你不要诳我啊，你娶过我吗？我为何会给你生孩子？"

我把她重新拉回怀里，抚着她的头发、脖颈，尽量温和地说道："你当年，灰飞……飞临凡间之前，曾亲笔给我写了书信，你说你想嫁给我，你让我带着凤冠霞帔去娶你。所以，回天上后，我们择日成亲吧，夜长梦多，我等你等了许久。"

一万三百多年了。

她抬眸："在凡间我还有放不下的事情，能不能……"

"不能。没有什么放不下的，那个景岩，我方才已经把他救活了，他蹦跶个几十年没问题。你们承熙国承我仙泽，日后金瓯无缺，国运昌隆。至于你的父皇和母妃，我大可动用仙术，给自己变一个皇子身份叫他们认可我。你随我回家，日后若是思念你的爹娘，我们可以下凡见他们。"

她笑出声："若我不喜欢天上的生活，想一直住在凡间呢？"

"我陪你。你在哪里，我和小鱼儿便在哪里。"我低头道，"但是你得先跟我回天上，我们得注册仙籍，你得先恢复神仙的身份。你觉得怎么样？"

"并不是所有人都想当神仙，你容我再考虑几年。"她笑了笑，竟然有些故意的味道。

我还是慌了，攥住她的手放在胸口："你不能把自己考虑老了啊……纵然你老了也好看，但是这凡间的岁月不经折腾，我不忍心看你变老，你能不能体会我的心情？"

"孟泽神仙，"她严肃地说，"其实我不过是一个凡人，在这近二十年的岁月里，从未有过三花聚顶、五气朝元之感，更未见过天降祥瑞、福神莅临之事。你同我说实话吧，那个说要嫁给你的神仙，是小鱼儿的亲娘对不对？而他的亲娘遇到大劫早逝了对不对？本公主是不是跟小鱼儿他亲娘长得像，所以，你要想方设法把我带回天上，给你做夫人，给小鱼儿做后娘，对不对？"

这些问题，叫我不晓得该如何回答。

如果要回答这些问题，那血淋淋的往事便要被扯出来了。

如果我说出曾经的事，她大概永远不可能跟我在一起。

过了很久，我听到自己的声音有些颤抖："我会好好待你的。"

她在我怀中轻声一笑："果然如此。"

我僵了僵，道："睡吧。"

她抬头："不过还是要谢谢你救了景岩。你觉得本公主什么时候跟你回天上比较合适？明天，还是晚一些？"

我当即回答："明天。"

怀中的人儿很爽快："成，就明天。"

我掏出那盛着仙丹的白瓷瓶，将里面的仙丹送到她唇边："太上老君的仙丹，你得吃了这个才能跟我升天。"

她看不太清楚但还是咬了下去，含着仙丹笑道："不会是毒药吧……"

我俯身贴近她的唇，舌尖勾出那仙丹，咬下一半。

她浑身一僵，又惊又怔："你……你做什么？"

"没什么，你说这是毒药，那我想跟你一起死呗。"我道。

她反应过来，嚼着那半颗仙丹，凉被一拉，捂住脸，隔着被子道："睡……睡吧。"

袖袋里的小鱼儿便在这时候醒了过来，说道："父君，阿娘，小鱼儿饿。"

素书："……"

我从瓷瓶里拿出一颗仙丹往袖袋里送："你现在身子小，抱着这个大约能舔一晚上。明儿我们就回家了。"

素书掀开被子，震惊地道："你怎么能这么不负责任？"

我愣了愣："我哪里不负责任了？"

"你怎么能给小孩子吃这种东西，况且这是给我这种凡人吃的吧？"她皱眉，觉得不解气，又踢我一脚，"你今夜等我回来的时候不是做了饭菜吗？你……你用你的法术热一热，给小鱼儿吃。"话音刚落，她的肚子也响了几声。

她脸皮薄，又拉过凉被捂住脸："我一点儿也不饿啊，你听错了……"

我笑了笑，此地无银三百两，然后下床去热饭菜。

次日，本君在承熙国朝堂上略施薄法，给自己变出一个邻国年轻王爷的身份，素书凡间的爹娘连同一众大臣纷纷赞成我和素书的婚事，并且赞成本王今日便带公主回家。

29. 山水渺渺，时光温软

我同素书升天时，景岩已经能下床活蹦乱跳了，而且我也晓得他在凡间还能活蹦乱跳几十年。

就让他在凡间蹦跶吧，本君觉得挺好的。

痊愈的景岩错过了与素书相见的机会。我带着素书乘云朝九重天奔去的时候，祥云之下，景岩拎着云青色绸袍朝承熙国皇宫奔去，欲见苏月公主最后一面。

我心甚慰。南宕大公子，你在凡间待着，对谁都好。

南宕在追素书的路上总是迟那么一些，就像我同素书的"相悦则伤"一样，也是命中注定的，是累世的凤缘。

素书神尊灰飞烟灭三百多年后，我终于在风和日丽的一天带着她回到了神界。

"我在神界能干什么，当神仙是什么样子的？我不太清楚，你得给我普及一下，做神仙有什么要求……"眼看着云头越升越高，四周仙雾缭绕，素书有些慌，紧紧攥着我的衣袖。

我握住她的手，道："没什么要求，你当自己还是公主就可以了。"我忽然又想起来一桩事，赶紧补了一句，"这天上是不允许神仙出入尚袖楼这种地方的，要是不听话，是会挨罚的，轻则面壁思过，重则去蹲天牢。"

她点头，摆出一副受教的表情："嗯，我记住了，你放心吧，我肯定不会把你去凡间青楼楼顶喝酒的事情说出去。"

本君："……嗯，谢谢你。"

她松开我的衣袖，摆出同本君勾肩搭背的姿势，顺势拍了拍我的胸膛，说道："不用谢，本公子就是这么仗义。"由于她比我矮一些，她的这个姿势做出来，半拉身子都挂在我的身上。她未察觉，本君却受得十分开心。

天上的朵朵白云像极了本君心中的鲜花。

"孟泽，我们现在要去哪儿？"

我望了望不远处滚滚仙雾环绕的翰霄宫，道："先去跟天帝说一声吧，他应该会给你安个职位。"

她当即把胳膊从我身上拿下来，又攥住我的衣袖："你方才不是说让我拿自己当公主吗，怎么现在又说给我安职位？我在凡间可清闲着呢，我怕这职位我担不起来。"她越来越不放心，"你说他要是给我安排个扫地擦桌、端茶捶腿的差事，本公子如何是好？"

我笑了笑，又握住她的手："无妨，若他分给你这种差事，我替你去做，你负责陪小鱼儿玩耍。"

她抓起我的袖子捂住泛红的脸颊，发现抓错了袖子，又抓起自己的袖子捂住脸。

我孩儿他娘便是这么可爱，可爱得叫本君的心都酥了。

老君行事稳妥，在跟天帝复命的时候说了素书的事情，并且当夜向四海八荒发出诏令，等神尊回来，不许议论她的过往之事，有违者，不论品阶，一律送入幽冥府，永生永世不得入神界。

或许是看在素书的鱼鳍补过北斗星宿的分儿上，这诏令足够严厉，足以禁住许多口舌，足够瞒住素书的过去，叫她再也想不起曾经的悲苦。可我又觉得这道诏令太残忍，我们所有的神仙对往事了如指掌，却独独对她一个人讳莫如深。她被这四海八荒的所有人瞒着。

或许从决定要对她说谎、决定要瞒着她的时候起，我们便错了，以至于如今这错误更甚，以至于这谎话弥天，叫人无法回头，再也无法弥补。

我只能加倍对素书好，纵然我的过错已经无法弥补。

天帝很适合演戏，翰霄宫内，他身着衮服冕冠端居宝座，威凛地道："承熙国公主苏月，素有仙缘，今日位列仙班，可喜可贺。寡人欲封你为神尊，赐'素书'之名，你觉得如何？"

素书不晓得神尊是个什么职位，只皱眉疑惑地道："敢情做神仙还要改名字啊？我本来想，做神仙是给我家里人长面子的事情，做了神仙就有脸去见我的列祖列宗了，若是我那些祖宗晓得我改了名字，会不会生气……"

她的话被淹没在一众跪拜的神仙的欢呼声中，只有她身边的本君听得清楚她说的话。

"恭喜素书神尊！请受小神一拜！"

这群神仙也是能装。

这阵势叫素书傻了眼，但好在她做公主的时候积累了许多经验，愣了愣便反应过来——神尊不是要扫地擦桌、捏肩捶腿之类的官儿，这个官好像很大，整个翰霄宫，除了天帝，除了天帝身边的本君，除了几个德高望重的老神仙，其余的神仙都给她跪了。

她挥开衣袍，朝宝座上的天帝大人磕了个头，虽然声音听着有些紧张，却也应了一声："素书谢天帝大人隆恩。"

真好，她又做回素书了，又是我的神尊大人了。

出了翰霄宫，她立马吐了一口气："方才……吓死我了。"

我攥紧她的手，有些想笑："莫担心，我一直在。"

她缓过来，面上带了些兴奋，甚至忘了像以往那般把手抽回去，抬头笑道："天帝好大方啊，我一个才升天的小仙，就给了神尊之位。"

我道："也许是看你玉树临风，俊雅倜傥才给的。"

144

她惊讶地问道："这神界也看脸吗？"

我道："嗯，你长得这么好看，你说什么都是对的。"

她的脸颊上又现出红云："孟泽啊，我觉得……你有个优点真是太突出了。"

这句话，素书也说过，在玄魄宫，在我的厢房内。

"什么优点？"我故意问她。

"审美。"她说。

我道："同我一起生活，你会看到我更多的优点。"

"比如呢？"

"比如，爱你。"

她终于没忍住，抬起另一只手捂住脸，岔开话题："你在神界担着什么位子？"

"天帝当年赐我'玄君'封号，我本来不太想接，但因为自己担着'魔族老大'的名分，觉得天帝大人从我父亲这一辈忌惮到我这一辈，实在太辛苦、太操劳，便应了下来，好叫他夜间能睡个好觉。"

素书笑出声："你真是个善解人意的好神仙，但是我想知道，你的品阶和我的品阶，哪一个更高一些？"

我看着身侧素衣翩翩的姑娘，认真地道："按理说，我该尊称你一声'素书大人'。"其实我更想称呼她为"孩儿他娘"。

她眯眼望了望浩荡仙景："孟泽玄君，别来无恙。"

一瞬间，这叫人恍惚，记忆之中有虚幻的景象乘着仙云自一万三百多年前飞过来，落在我眼前，仿佛成了真实的存在。

纵然那时候我的眼睛还看不清楚，可我依然能想象出九天银河布满银白的星光，抬头可见无欲海尽头水幕蔚蓝，我自凡间饮酒归来，一半醉一半悔。

那时候，我听到身后有脚步声，她踟蹰片刻，玉一样的手落在我的肩上，轻轻拍了拍，声音喑哑却好听。纵然那时候她说的是："聂宿，是你吗？你回来了吗？"

可我不介意。

我回头的时候，看到了素衣玉冠、翩翩而立的她。只要她能在我身旁，我觉得自己被她当成任何一个人都无所谓。

星云浩瀚，光辉落在我们眼前。

她看清我的面容，有点儿无措，紧接着有些失落："抱歉，我认错人了。"

我转过身，她也转过身，各自回到各自的地方，可走出几步后，我没有控制住自己，回头看了看她。我看到她一身素衣，倜傥潇洒，踉跄几步，抬手扶了扶头上的玉冠。

这场景太熟悉，被埋藏多久都没有用，不过一句话，不过一个动作，便给勾了出来。

很多很多年之后，我才发现，这一面，本就是故人相逢，哪里是认错了人。

我遗憾自己没能认出她来，空把这万年的岁月枯守成虚妄。

天帝大人眼神清明如洗，瞧出来本君望着素书的时候心花怒放，所以当着诸位神仙的面同素书说："神尊府大约还得修葺几年，这几年还得委屈素书爱卿跟孟泽住一阵子。"

所以，本君名正言顺地将素书领回了玄魄宫。

素书说："你家真大，你一个人住吗？"

我才想起袖袋里的小鱼儿，内心一惊，赶紧掏出来瞧了瞧，却发现他的小身子圆滚滚、硬邦邦的，直挺挺躺着，一点儿精神也没有。

素书也被吓到了："小鱼儿怎么了？"

我抽出几丝仙力引到他身上，银光闪过，孟鱼变回原来的样子，我往他的脉象里一探，便明白了是怎么回事……

他这是……撑着了。在凡间我扔给他的那颗仙丹被他舔了个干净。

素书不晓得这是怎么回事，急得泪珠子都要落下来了，抬手想摸一摸小鱼儿，又怕伤了他，带着哭音问我："这是怎么回事，还好吗？"

她这模样叫我心疼，我一手抱住小鱼儿，一手握住她："他这是吃撑了，不打紧，待我炒个山楂丸给他吃。"

"哦。"她这才放下心来，低头抬袖子抹了抹眼泪，被我牵着手走了好一会儿才道，"也不晓得为什么，我在凡间，最难过的时候也没有如今天这般失态落泪。方才看到小鱼儿躺在你的掌心里一动不动，我觉得心都快碎了。"

"因为小鱼儿是你的孩子。"我道。

"嗯……凡间的事情我也记得，我们先相处一阵子，培养培养感情，我便嫁给你，给小鱼儿当娘。"

她说先相处一阵子，培养培养感情，便嫁给我，给小鱼儿当娘。这句话如一盏硕大的明灯悬在本君心头，将我能看到的仙途照得明亮又辉煌。

我牵着她的那只手不由得紧了一些，心里想了很久这句话该如何接，该如何叫素书知道我的心意，可翻来覆去，寻思了好多措辞，最后只坚定地道出一个字："好。"

那素衣的人儿笑了笑："你方才说炒山楂丸给小鱼儿吃，不晓得为什么，本公子脑子里竟冒出来一盘圆滚滚、黑乎乎的东西，模样骇人得很。我不晓得这是啥，可有声音落在我的耳中，告诉我这盘东西叫'炒山楂'。你说的山楂是这样炒的吗？"

我怔了怔："那……你可想得起跟你说话的人是谁？"

她想了想："看不清面容，只记得他有一双桃花眼。"隐约叹了口气，自嘲道，"这或许便是人们说的谰语，无根无据，平白在灵台上生出来，叫人抓不住一丝一毫。况且，我从小便看不清颜色，对光也不敏感，怎么会觉得那桃花眼十分明亮呢？"

本君心里不由得有点儿酸涩。

说到这里，素书被小鱼儿吓到的情绪也终于缓过来了，抬头盯着我，特意强调："我晓得世上有很多不好的后娘，只关心夫君，不关心继子。但是你放心，本公子现在觉得小鱼儿比你可爱多了，成亲之后，我可以带着娃娃玩、带着娃娃睡、带着娃娃逛凡间。"

本君的心又是一抽，趁着小鱼儿还没醒，不晓得他的父君在黑他，忙同素书道："你不晓得吧，小鱼儿有不穿衣裳的习惯，见到水池子便要脱衣裳往里跳，你大概会介意，所以……"

素书眉毛一挑："我不介意。"

本君脑海里突然生出一种自己的娘子带着娃娃跑了，留下本君变成玄魄宫"空巢老人"的错觉。

一切证明，这不是错觉，是真实。

比如，小鱼儿这熊孩子天天缠着他娘，在素书怀里，一会儿说："阿娘，小鱼儿想要抱抱。"一会儿又喊，"阿娘，小鱼儿要亲亲。"再过一会儿侧着脑袋说，"阿娘，小鱼儿要阿娘捏捏脸。"一会儿又摇着素书的袖子，"阿娘，小鱼儿要阿娘揉揉头发……"

最后，本君忍无可忍，捏着他的裤子将他从素书怀里揪出来，往他脖子上挂上书袋，推给孟荷："你带着孟鱼去上学，等放学后，本君……"

素书凑过来，理了理衣袖，扶了扶玉冠，从孟荷怀里接过小鱼儿，摸摸他的脸，道："本公子送你去上学。"

本君："……"

睡觉的时候，小鱼儿一定要他娘给他讲睡前故事才肯睡："阿娘，今晚小鱼儿想听两个故事，好不好？"

本君放下书卷，忍住捏着他把他扔到自己房中的冲动："不好，你明天还得去太学宫上学。"

本君话音还没落，素书已经把小鱼儿抱进怀里，亲切地道："本公子还是凡人的时候，游历列国三年，莫说是两个故事，就是两百个故事，本公子也讲得出来。"

小鱼儿两眼放光，抬起胳膊环住素书的脖颈往脸上亲："那小鱼儿想听两百个！"

本君控制不住自己，从背后捏着他的裤子将他提出去扔给了孟荷。

这样的生活持续了一个多月。

夜里，素书终于忍不住了，坐在房中的椅子上灌了口茶，淡淡笑道："你这是在做什么，这么大的人了跟自己的儿子怄气？"

本君有苦难言。明明是我自己的傻儿子不懂事，老缠着我心爱的姑娘。

她冲我招了招手，示意我过去。

我靠近她，端起她方才饮的那杯茶，觉得茶水过凉，便往茶壶里送了诀术，把茶水热了一下。

这动作落入她的眼中，我握住她的手，问道："怎么了……"

脖颈一沉，唇上一软，圆睁的眼中是她的容颜。

我觉得灵台之上本是烟雾蒙蒙，看不见花，看不见柳，可那软唇之上温暖的呼吸拂过，便如一夜春风，吹了烟、散了雾，日光普照，草长莺飞，灼花静柳，春光明媚。

我再反应过来的时候，椅子上的人儿又重新拿起茶杯，捏着茶盖撇了撇茶叶，缓缓吹了吹，茶雾从她微红的脸颊上袅袅而过。我看着她的眼睛，听到她从容淡定地说："你们神仙做事，向来这么婆婆妈妈吗？"

本君脑子一热，下一刻，夺过她掌心里的茶杯放在桌子上，抱起椅子上的她进了厢房。

窗纱翩翩，床榻柔软，烛光温暖，一切都妥帖得刚刚好。

我半撑着身子打量她，忽然觉得这漫漫仙途如此寂寞，经历过噬骨啮心的疼之后，失而复得是这般叫人想落泪的事情。

本君望着身下的人儿，什么都没有做便落了泪。

纵然房中昏暗，可她还是看出来几分，问道："你眼中有泪吗？"

我俯身，唇齿贴上她脖颈处的皮肤，轻轻地咬，轻轻地碰。这动作叫她猛地颤了颤，身子缩了一下，轻声笑道："我如果问你原身是不是犬，你会不会生气？"

我的声音早已沙哑："不会。"我的手指控制住力道，从她的肩上一路抚下去，在她的腰际顿了顿，终于下定决心解开她的腰带。

衣衫解尽，烛火早已燃枯。月光从窗户溢进来，尽数落在她瓷白的肌肤上，她眸光温柔，眉睫微颤。我心爱的姑娘美得不像话。

本君今夜是做不成正人君子了，本君也从来没有想过去做正人君子。我不要别人，我只要素书。

她忽然抬手抵住我的胸膛，问我："你现在是把我当作小鱼儿的亲娘，还是把我当作……"她唇角一扬，话没有说完便笑了，"没关系，不要紧，在一起便是好的。本公子心大得很，不会计较那么多。做神仙，大概最难熬的是光阴，我想，有个人能陪着你，就很好了。"

我忽然忆起在凡间慕花楼，我曾问过她类似的问题，我问她是把我当孟泽还是把我当聂宿。

那时，我看着身下的人儿，忽然觉得自己是谁并不重要，我说："没关系……这样，就很好了。"

她的心情，我能体会。这世上，在一起的方式甚多，却没有哪一种能比得上长久的陪伴。

我低头亲她："素书大人，你从来都是你，我喜欢的也是你，陪着你是自然的事情。"

她的脸颊泛红，却反咬了我的唇一口，声音有些颤，道："那……那你痛快一些。"

这声音太过温软，缠上我的心智。

沉溺于无欲海中的情丝悉数跃出海面，游过万水千山，穿过玄魄宫朱红的大门，混入月华，渗进窗内。

分不清阴晴圆缺，分不清沧海盈竭，只要我怀中的姑娘在我身旁，那这一切都是顺理成章，一切都是恰到好处。

到底是没有仙力，到了寅时，怀中的人儿已累得不成样子。我支起浴桶带她沐浴时，她眼睛都快睁不开了，勉强搂住我的脖颈才没从浴桶壁上滑下去，发出嘤嘤的、略委屈的声音："我觉得自己被你骗了……我没想到你竟这般不知节制……"

后面的话越来越模糊，最后还是睡过去了。

我扶着她的身子，没有回答她方才的话。我看到她的腹部有一道赤红的痕迹，在瓷白的皮肤上，这道痕迹显得鲜艳又赫然。

手指越过水面，抚上那鲜红的痕迹，抖得不成样子，指腹摩挲着，这一处不是疤痕，是胎记，可我也晓得，这到底是什么。

万年前的事情被这道痕迹揪住，轰然拎上脑海。

"阿泽，它好像有些难过。"

"一条鱼而已，哪里有什么难过不难过。"

"你最好不要想着逃出去，这绳索很有灵性，你逃不出去。"

"阿泽，天帝大人还等着用它身上的鱼鳍来补这北斗星宿呢。"

"我知道，可我想先让你的眼睛恢复清明。"

"我想要这对腹鳍，剩下的，交给天帝大人吧。"

"治眼睛的话，为何不用这条银鱼的眼珠？"

"阿泽，有它的腹鳍就够了，你信我。"

"拿去治好你的眼睛吧。"

……

言语如刀，当初这些话我说得有多轻巧，如今便把我刺得有多深。

针刺一样的疼从她的腹部传到我的指腹，从指腹刺进血脉，血水统统化成银针，根根扎进心脏深处，悲痛灭顶，水面上映着我的一双红得骇人又绝望的眸子。

当初知晓这件事后，本君做的是先带素书回神界，再去报仇雪恨的打算，而这月余，我安心在玄魄宫陪素书和孟鱼，只觉得岁月安然静好，以至于差点儿忘了这件事，以至于差点儿放过那个诳我、蒙我、借我之手害我妻儿的妖女。

我将素书抱回床榻，安顿妥帖，使出钺襄宝剑。既然重新想起了这件事，那就动手吧。

当初在玄魄宫赶梨容走的时候，她装出一副深情款款的模样对我说：

"阿泽，我晓得你现在难过，你若是不想见我，我便不来打扰你。若是有一天，你想见我，便在夜里来聂宿神尊的旧府找我，我整夜都在。"

虽然我当初对她的话嗤之以鼻，但是也庆幸自己记住了这句话。所以，本君没费吹灰之力便在神尊府找到了妖女。

寅时将尽。

时隔一万多年，她不晓得我为何会提剑来见她，立在一株枯死的梨花树下，摩挲着手中的那枚玉玦，惊讶地道："阿泽，你怎么来了？"

问得真好。我怎么来了，她竟然不知道？

我冷笑一声，御风靠近，剑尖抵上她的脖颈："我来给我的妻儿报仇。"

她装作不懂，失笑道："报什么仇？"

刀剑从来不需要解释，剑刃在她的脖颈上划开一道口子，我看到血水落下来，看到她惨白的一张脸。她反应过来我不是在吓唬她，不是在开玩笑，而是动真格了，便迅速掏出玉玦挡在脖颈前抵住剑刃，瞪着双眸道："你要杀了我？连解释都没有？"

我看到她的眼睛在漆黑的夜里十分明亮。

我迅速收剑，有了更好的打算——本君想要她的双眼，本君要把这双眼睛的清明送给素书。

她以为我方才是魔怔了，以为我现在放过了她，冷静了一会儿后问我："阿泽，你……怎么了？"

我收了剑，一枚银刀应我的诀术，自指缝中生出。

她敛了裙裾，坐在枯树下的石凳上，摸了摸脖颈上的血，低头看着手中的玉玦，道："我没有想到，有朝一日，你也会把剑架在我的脖颈上。那时的你可不是这个样子的。"她抬手指了指不远处的一片枯湖，接着道，"那湖心处，原来有一座凉亭。可能你不记得了，当初我坐在那里，你在我身边，你说你不会再去喜欢旁人，你也说你愿意娶我。只要我陪在你身边，你便会握着我的手，从东极到西荒，从南海到北冥，带我一一体会这仙界的盛景。"

我根本不晓得她在说谁，纵然这话有些熟悉，可我知道她说的一定不是我。我捏着银刀，思索着如何动手才能迅速且完整地取下她的双眼。

纵然我自始至终没有开口同她说一句话，没有回应她一个字，她却仿佛有攒了一万年甚至更久的话要说给我听："我以前不听话，偷偷跑去凡间，那时候我快要枯死了。你在凡间找到我，抱着我回天上的时候动怒了。你还记得吗，你割了自己的手臂取血喂我。你说，'阿容，我的手臂一点儿也不疼，但是我心里有些疼'，你说，你在凡间茶楼找到我的时候，看到我蜷身缩在太师椅中一动不动，以为我再也醒不过来了。那时候你很怕我死，你曾经吓唬我，说我如果死了，你处理完身边的人和事，便去找我。"她低头看了看手中的玉玦，"可是这缘分啊，当真盼不来。我现在回来找你了，但是你……不记得我了。"

我觉得她有些疯癫，以至于诀术从她后颈刺入的时候，她还处在回忆中，毫无反应。最后诀术显现，她手中的玉玦滑落，落入枯草中，身子也在一瞬间僵住，动弹不得。她开口，声音颤抖："你……你这是……依然要杀我吗？"

卯时已至。

日光刺破茫茫云海，扯开一道口子，染得朝霞似血。这赤红的朝霞落在我眼中，变成素书腹上那鲜红的血痕。

银刀贴近她的眼眶的时候，我心中痛快。终于报仇了，这是她早该付出的代价。纵然在过去的一万三百多年里，我读过很多圣贤书，知道了很多道义廉耻，明白了太多是非曲直，晓得了对女人动手是令人不齿的事情，可我如今偏偏要对她动手。圣贤道义，能奈我何？

她伤了我心爱的姑娘，我还秉什么是非、听什么曲直？

匕首之下的她感觉到锋利的刃刺破了她的眼眶，紧接着反应过来本君要做什么，终于抛开一贯的淡定，眸光锐利，面颊涨红，却因为动弹不得，只能发出尖锐的声音："你不能这样！你凭什么？！"

我控制着刀刃的力道，心里想着：我不能把一双残破的眼睛拿去给素书。

这想法叫我平静许多，我听到自己冷静沉着的声音："本君本来不想跟你说话，如今却想告诉你，从第一次见你开始，本君就烦透了你。你喜欢本君，关本君何事？我告诉你吧，本君当年娶过二三十房夫人，而你比不上其中的任何一个，何况本君想要认真对待的神仙是素书大人。"

她闻言，额上青筋毕现，眼珠子似要瞪出来，却依然动弹不得，垂死挣扎，继续说道："你为何要拿匕首伤我的眼睛？我当年……我当年把眼睛的清明给了你，我当年救过……啊——"

本君没有听完她的这句话，刀刃刺进去，剜出左边的眼珠。

她竟然敢提眼睛的清明这件事。一万年了，她诓我也就罢了，竟然把自己也诓进去了，以为这是可以拿来博取本君怜悯的筹码吗？

只是我攥着眼珠的手还是颤了颤。本君从未这般对待过一个女人，可当我想到当年，化成原身的素书在鱼缸中不顾仙绳束缚垂死挣扎，直至头破血流，只为护住那对鱼鳍，只为不伤自己的孩儿，我的手便不抖了。

就如当初她看着鱼缸里的素书，淡定地说："我想要这对腹鳍，剩下的，交给天帝大人吧……阿泽，有它的腹鳍就够了，你信我。"她说这些话的时候，眼睑都没有颤一下，语气都没有慌一下，本君所做的，不过是一报还一报。

所以，匕首剜出她右眼的时候，本君的动作更利落。

她随着右眼的失去叫了一声"聂宿"，这声音刺耳，让我莫名地生出几丝怅然。

临走的时候，我道："你或许不晓得我为什么要拿你的眼睛。我只告诉你一句话——老君闭关出来了。"

她的脸上布满血水，终于恍然大悟。一万年，说长不长，说短不短，该来的总要来。何况，抛开眼睛这一桩事情，她当初还差点儿害得小鱼儿没了性命。

可是有些神仙是不会悔悟的，比如我纵身飞上云头的时候，听到她刺耳的笑声："你怕是不晓得吧，你的孩儿，就是被你自己杀死的，那条银鱼就是素书，她腹中有你的孩子，你亲手划断她的腹鳍，我倒要看看你怎么安心地面对余生，哈哈哈哈哈哈！"

不晓得为什么，我低头看到她的这副疯癫模样，竟然有些恍惚，竟然生出些悲悯。

血水从眼眶往外淌，她越发激动，面目越发可怖，声音越发刺耳："你们男人说话果然是不可信的！什么要娶我，都是假话！你等不及我出现，你转眼就喜欢上了旁人，哈哈哈哈哈！你可知道你喜欢的那条鱼，她的面容是我的！她的魂魄也是我的！她是我！是我！"

我不晓得她在说什么，可当"面容""魂魄"两个词落入我耳中的时候，我觉得心中某块地方毫无预兆地生出些刺痛。同素书相拥在一起的时候，那些情丝从无欲海跃出来，穿行至我身旁，如今，这"面容""魂魄"两个词宛如银针一般，穿着情丝，在我魂魄的某块地方，与其他魂魄融为一体，而后一针一线缝合完整。

我清楚地晓得这种感受，我也似乎能清楚地看到这针线。只是缝合的速度极其缓慢，仿佛是故意的，只为折磨我，只为弥补前世孽缘。

祥云在鼎盛的日光中行进，随着这魂魄的缝合，我竟然在灵台上看到了纷繁而又真实的场景。

我清清楚楚地发现这景象与神尊府内的景象无异，只是此刻并不颓败和荒凉。我看到恢宏的大殿上仙雾缭绕，我看到湖心亭四周水气弥漫。梨花花事盛大，然而回眸时，发现地上铺了一层又一层的花瓣。

我看到有姑娘坐在殿顶，怀中抱着一把琴。

她穿着大红衣裳，裙裾之处，梨花布满，层层叠叠，仙风拂过，撩起一层，那衣裙上便又生出一层。本君觉得她就是一株梨花，散落的梨花花瓣就是她颓败的生命。

我唯独看不清她的脸，也看不到她看着的、那个站在下面抬头望着她的神仙的脸。

"我抱你下来，好不好？"下面的神仙有些紧张，却不敢轻举妄动。

殿顶的姑娘摇摇头，随意拨了两根弦，像是在试琴音，随后挺直身子，声音里带了些笑："这支曲子只给你听。你可不要上来找我，若是吓到我，我可能会从这么高的地方掉下去。"

"我不上去，阿容，我认真听。"下面的神仙安慰道。

琴音偶尔如水声潺潺，偶尔似雪声寂寂，万物安好，唯独眼前的这一个姑娘不太安好。

果然，琴音骤止，那姑娘道："聂宿，三年前我就知道自己要枯死了，如果不是你强行取血养着我，我大概早就灰飞烟灭了。"

"阿容……我先抱你下来……"

原来是聂宿和她。

说来奇怪，我原本看不清他们的面容，可是在知道这两人是谁的一瞬间，蓦然发现，他们的脸上仙雾散开，我把他们的面容看得真真切切。

原来聂宿是这副模样，同我果真不一样。可是……梨容为何和素书一模一样……

心中刺痛之感更甚，灵台之上，忽然闪过一个画面——我捏着一把银刀，刀下是一张血水淋漓的脸，脸的主人痛苦不堪，明明早已疼得无法忍受，唇都被咬出了血，却未开口说一个字。她鲜红的眸子里淌出滚滚水泽。

我心疼不已，想跟她解释，想告诉她，唯有"雕面"这个法子可叫她活下去，我受不了她恨我。可我又不能这般坦荡地说出来，因为在这件事上，我没有做到坦荡。我私欲作祟，心受蛊惑，把她的模样雕刻成了一个死去的姑娘的模样。

后来，我再也解释不清楚，再也补不回来。我恨自己，雕刻成谁的模样不好，为何控制不住自己，为何非要把她雕刻成那个姑娘的样子？后来的一万年里，我时常醉酒，悔不当初。

景象又回到神尊府。聂宿与梨容。梨容在殿顶，怀中有琴。

"说来也巧，你也是在三年前捡回来的那条小银鱼。你说它没有魂魄，瞧着可怜。"

她突然提到那条鱼，叫聂宿没有反应过来，所以面色一滞，不解地道："为何要提那条银鱼？"

有清冷的调子自琴弦处传出，她笑道："我好像同它没有什么关系，可好像又有些关系。这三年来，你每日清晨醒来，做的第一件事便是去看那条银鱼，偶尔我同你说话的时候，你也在给它喂鱼食。或许连你自己都未发觉，你对这条鱼，比对你养过的任何东西都上心，都重要。"

我尚未发觉自己早已闯进聂宿的记忆，早已体会聂宿的想法。从握着银刀雕刻面容开始，我都觉得这是本君在做，是本君在体会。

所以，听到殿顶的她说出这段话，我下意识地思索，到底是不是如她所说，我对这条鱼，比对我养过的任何东西都上心……

我思索了很久，发现是的。我喜欢端着盛着鱼食的瓷碗，靠在湖心亭里看这条鱼。

甚至连这神尊府的湖心亭，也是为更好地逗这条鱼而建的。

可我又下意识地想反驳，我怎么能这般荒唐，怎么能喜欢上一条鱼呢？即便是一条通体银白，好看得不得了的鱼，也不行。

我说道："它不过是一尾鱼，不过是一个能叫我在闲来时候不无聊的……物件。"

这话说出来，连我都不信，何况是梨容："聂宿，你说没关系，我以前也觉得没关系。这三年来，我身子的越发不济。我以为这条鱼不过是一条鱼而已，你说它的魂魄被无欲海水溶解了，你说它可怜。如果你真得只把它当一条鱼的话，为何会觉得它可怜；如果你只拿它当一条鱼，只拿它当一个闲来无聊时逗弄的物件，你为何会想尽办法给它安放一个魂魄？"

为何会想尽办法给它安放一个魂魄……因为，小家伙的魂魄被无欲海溶解了，它虽然听话，但是我不想让它一辈子都窝在神尊府的湖中当一条傻鱼。

它应该有爱有恨，应该活泼可爱，应该倜傥俊雅，应该率直不拘。

这些话我却不能对殿顶的姑娘说，如果这么说了，会恰好印证她说的我养这条鱼比养什么东西都上心；如果这么说了，殿顶的姑娘会更难受，会不肯下来。

是不能跟恋爱中的姑娘讲道理的。她会吃醋，甚至会吃一条连魂魄都没有的傻鱼的醋。

我只能纠结地说道："阿容，你今日怎么了……"

殿顶的梨容摇头，语气是惯有的冷淡："没什么，只是昨夜无意看到了些东西罢了……"

我一惊："你看到了什么？"

"就是你这三年来经常翻看的那卷书。你睡在桌案上，我去找你的时候，看到了你翻到的那一页。整本书都是新的，只有那一页，好似被反复研究过，有些字迹已经模糊。可我仍然看到了那页上的一行字。"梨容凄声一笑，一字一顿地道，"种魂成树，树落梨花。梨花寄魂，飘零散落。取来食之，可得魂魄。"

我大惊。

她又低头理了理自己的衣裳，看到我震惊的面容，自己反而越发平和，说道："你反复琢磨过吧，把我的花瓣喂给那条鱼。这书你看了三年了，你其实是在等吧？你在等我枯萎、花瓣凋落，你在等我离去，这样好养成它的魂魄。会不会，你说要娶我，也是因为……"

是的，这一页，我翻看了三年。我晓得这个方法，但是我没有这样做。

原因很简单，我喜欢殿顶的这个姑娘。

我甚至晓得，她同我有缘分，也有躲不开的宿命——两情相悦，便有一伤。

我不想把她的花瓣喂给那条银鱼，因为如果魂魄在这条鱼身上扎根的话，我同这银鱼也会有宿命的纠缠。这种劫数我不愿意经历第二次。梨容说得对，我对这条鱼上了心。我甚至不让想她喜欢我，我甚至不愿意喜欢她。因为不喜欢、不动情，便是最好的保护。纵然我晓得给它魂魄的方法，可我不能这么做。

景象的尽头，梨容死了。

我飞上殿顶，她抓住我的衣袖，道："没关系啊，其实我觉得这样也很好。等我……真的凋零了，你就把我的花瓣喂给它吧。兴许，它会化成一个同我一样的姑娘，兴许，我还能以这种方式陪在你身边。你……你觉得呢？"我没有说话，梨容又道，"你说……这条银鱼吃了我的魂魄化成的花瓣，会不会跟我长得一样……如果不一样，你会不会把我忘了……如果不一样，你或许就不记得我了吧……"

愧疚也能成执念，所以，过世的她道一句"会不会跟我长得一样"，三万年后，会叫我捏着银刀，亲自把那银鱼雕刻成故人的模样。

30．林海沐风，煮茶扫雪

我带着梨容的一双眼睛去找老君。

说实话，我看着老君的时候，也有记忆穿过云海浮于眼前。这时候，我才发现不知道在什么时候，自己有了一些聂宿留下的记忆。

那是在万里林海上，仙风刮过，云下滚滚冰雪混着沆砀雾凇，风吹过，吹起仙木梢头的雪，纷纷扬扬。

我在林海上空设了茶局，专门等候老君到来。那时，我早已晓得自己喜欢上素书了，我也清清楚楚地知道，梨容的几片魂魄随着花瓣凋落，素书被吞噬，系在了素书身上。我对这缕魂有眷念，所以只能静等那件事的到来。心意落定之时，便是劫数来临之际。

我同梨容的劫数，是梨容死。

可我同素书之间，我不愿意再做活的那一个。

我知道，我心爱的姑娘活得很辛苦。她在三万岁的时候被我剐了鱼鳞，用来补银河星辰，被我雕了面容，戴上玉冠。所得的神尊之位同她的付出远远不能匹配，而这神尊的位子也远远护不住她。

银河星辰再次陨落，天帝照例要为难素书。透过观尘镜，我看到凡间的青楼里，醉酒极深的素书手指颤抖，却接了天帝专门宴请她的帖子。

我大怒，几乎要摔碎这观尘镜。

可我又不能不救苍生。我担着神尊的名头，便不能放任星群陨落。

思前想后，我最后想到的办法便是代替素书去死。

做出这个决定的刹那，我忽然对这件事情有了了悟。

我喜欢素书，打心底里喜欢。不管她是谁，不管她有谁的面容，不管她同星辰有什么渊源，我都喜欢她，我不能看着她为苍生去做英雄。

果然，我前脚确定对素书的感情，后脚这大劫便来了，兜兜转转四万年，还是绕不过"两情相悦，便有一伤"的情缘纠缠。我要想护住她，就得自己去补星辰，而我要永远地护住她，唯有一死。

有些纠缠，非至轮回枯竭、一人灰飞烟灭而不可解脱。

十几万年来，我几乎没有怕过什么。可我害怕素书成为灰飞烟灭的那个人。

所以，我在林海上摆了茶局，请老君喝茶，顺便想托他一件事。

老君乘云而来，在我对面坐定。拂尘一挥，浩荡的仙泽扑面而来。

记忆中的老君还很年轻，不是现今这般老气横秋，他虽面有白须，但掩不住焕发的容光，眼睛一眯，撩过几缕仙风拂干净蒲座，待坐定后便望着我，开玩笑道："这茶还是一万年前定下的吧？那时你据理力争，在天帝面前为你的徒儿素书谋神尊之位，四海八荒的神仙，有谁会服气一个三万岁的女娃娃当神尊？但是本君不一样，本君向来觉得妇女能顶半边天，所以本君自然要帮你。你为了谢我，便许下这茶约。一万年了，本君以为这茶约随着仙风散得没影儿了，你是受了什么刺激，竟然又想起来了？不容易啊！哈哈哈。"

"林海沐风，扫雪煮茶。旁的神仙大概受不住这些，也领略不了这里的风景。太上老君仙法卓然，我自然不能随随便便地找个茶楼请你。"我推给他一盏煮好的云雾茶，知道他是个爱茶的神仙，便又从指尖变出一麻袋茶叶扔给他。他没有任何犹豫地直接接过去，捏诀将其变小，指尖捏住，将其安安稳稳地放在袖袋里。

"你这一麻袋云雾茶，不是白给我的。"他端起茶盏抿了一口茶，笑道，"不过你煮茶的技术不错。"

"给你个机会，重说。"我道。

"好吧，你这技术，不去做茶师，可惜了。"他捋了捋胡须，望着我道，"怎么样，要不要来本君府上？给本君煮茶，我给你报酬。"

我往旁边的茶炉里添上炭，道："本神尊从未缺过钱。你要是想喝茶，倒不如来我府上伺候本神尊，本神尊舒服了，便开心了，一开心便会煮茶，煮了茶，赏你一杯。你觉得如何？"

他眯了眼，随意引过来一朵云，足下仙风骤起，头顶却是雪落无声："雪中饮茶，才有意境。我乃三十三天堂堂太上老君，你一个住在十三天的神尊，给我煮个茶，有什么可亏的？"

"凡间百姓供你香火，奉你神魂，也算是你的衣食父母。你瞧，你的衣食爹娘都住在一天之下，我这个住在十三天的神尊，不做你的爹娘，只是叫你来伺候伺候我，你有什么可亏的？"

他摆摆手，又嘬了一口茶，不太正经地笑道："好吧，今日算你赢。说吧，有什么事求我？本君掂量掂量，袖中这一袋茶够不够分量。"

我又捏出一麻袋茶照着他的脑袋扔过去。

他从容接过，边往袖袋里揣，边道："看在你我是多年仙友的分儿上，我就赔本儿帮你一次。"他用空茶盏敲了敲桌案，待我给他斟满，接着道，"这一次，不会又是你的那个小徒儿吧？你得跟本君学一学，蓄须明志，一心向道。最好还要跟我这般故意染白胡须。本君啊，修的是清心寡欲的大智，躲得过梨花姑娘，也躲得过倜傥徒儿。"

"我要你帮我护住素书，叫她好生活着。"我道。

他手中的茶盏一顿，洒下些茶水，头顶的那朵云忽地静止，不再是从容模样。雪花落在老君的仙泽上，和他一起思索。

过了好一会儿，他才开口："我这几日病了，没有去翰霄宫，星辰这一劫，天帝大人莫不是又要……又要为难素书吧？"

手中的茶盏被我捏得越发紧："是。"

他也算出来了，皱眉道："天帝要单独设宴请素书？你家小徒儿是不是傻？！为何要接下这请帖？"

"她打小就没有魂，小时候更傻，历经万年才开窍，好不容易不太傻了，谁知离开神尊府后，一朝回到无魂前，又变傻了。"

"你怎么不拦着她？她傻，你又不傻……"他恍然大悟，面露忧色，"我忘了，这一桩劫难，关乎四海八荒的生灵。你……不能拦。如此看来，你家这小徒儿，虽然在凡间过得风流，但从未忘记自己作为神尊所担的责任。"

"所以我要代她去。"

"你不会是认真的吧？"他大惊，"你可晓得天帝有多倚重你，你可晓得这天上地下指望你仙泽庇护的生灵有多少？你若是仙逝了，谁来守护这四海八荒的安稳？"

我灌下一口茶："本神尊还未出世的时候，这清天浊地照样分明，朝晖夕月照样相接，本神尊哪里有你说的这般重要？"

他大怒，拿出那两麻袋茶叶扔给我，卷起拂尘就要走。他头上的冰雪大片大片，带着疾风，呼啸而落。

我用结界拦住他："你也担着太上老君的位子，你也晓得万千生灵的性命跟我这些神仙的性命相比哪个更重要。况且我也不是完全地无私，本神尊有私心，我要救自己的徒儿，护她此生安稳。如此看来，不过是一命换一命罢了，没什么可惜的。"

老君终究没有打消我要去挽救银河星辰的念头。

他不得已地坐下，眉头紧锁，同我道："我前一阵子为匡扶月盘，损了些修为，伤了元神，所以现在没有办法助你一臂之力。你还有什么要交代的？"

"没有什么要交代的了。素书的那个脑子，不晓得转弯。你护住她，叫她躲着天帝，叫她不要见我仙逝就要跟着我去死……算了，她是不会跟着我去死的。她恨透了我，这样也好……"

"怪我当年见到她的模样时太过吃惊……叫她知道了梨容的事。"

我重新煮茶，老君头上的雪花恢复平静，只是落得缓慢，看来是雪的主人有些忧心。

"素书还要在神界待很久，以后我不在，她若是遇到麻烦，全指望你帮她了。我近日翻书，觉得我同她之间的劫数怕是时间上的轮回。"

"劫数？'两情相悦，便有一伤'这一桩？"

"嗯。"

"这轮回有多长时间？"

"我也未看透。梨容和素书出现的时间太近，本神尊也拿不准。"

老君不再说话，只剩头上的风雪越发繁多，落得毫无章法。

我抬头看了看："把你的这雪收了吧，元神都伤了，不好生养着，弄这些花里胡哨的东西做什么？"

他装模作样地咳了两声："不知是谁把一个茶约弄得花里胡哨的，选一个安安静静的地方不行吗？冻死爷爷了。"

时隔十几万年，再看老君，当真觉得日月如梭。

他开口叫我："孟泽玄君。"

对，我是孟泽，我清清楚楚地知道自己是孟泽，从我十四万年前出生开始，我就是孟泽。

可我又觉得有些不同，大概，是因为我有了许多聂宿的记忆。以聂宿的角度来看神界和故人，有物是人非的怆然滋味，而从本君自己的角度来看，这神界依旧是这个模样，我恨极了蛇蝎心肠的梨花妖女，也十分钦佩老气横秋却很仗义的老君。

奇怪的是，聂宿的记忆扎根在本君的灵台上，本君竟觉得没有什么不适，甚至觉得没有什么怪异之处，这一切来得顺当，他的记忆也并没有"占山为王"，把我彻底变成聂宿，而是在我脑海的某一处，在合适的时候，在我想知道往事的时刻，恰当地出现。

而我依然是魔族的老大——玄君孟泽，比起以往，我只是多了聂宿的记忆。

老君不知道我的变化，所以我将一双血红的眼珠递给他的时候，他没有像对聂宿那般对我开玩笑，而是满脸震惊地道："你这是……从哪里拿来的？"

"是那个梨花妖女的。"

"你把梨容的眼睛挖下来了？！"老君牙齿打战，"你怎么这般冲动？"

我拂开衣袖，不由得皱眉："本君这还算冲动？你太小瞧魔族的老大了，若是我冲动起来，就不是剜下一双眼睛，给她留活路这般轻巧了。"我捏诀变出一株梨树苗儿的幻象，用匕首将这幻象刺得支离破碎，接着道，"那应当是将她千刀万剐、刺得稀碎，以绝后患。"

老君到底还是不忍心，接过眼珠的时候打了个哆嗦，说道："你若是想恢复素书眼睛的清明，我便只摘这一双眼睛所能看到的颜色和光影，现今你把这一双眼睛整个剜了出来，太过血腥。"

"你到底还是向着那个妖女。"我说道，"所以，你忘了她当初趁你闭关，谎称把眼睛的清明给了本君，骗走素书一对腹鳍的事情了。对眼睛的清明，本君可以不计较，但是对素书的那对腹鳍，容不得本君不计较，那一刀下去，差点儿要了我孩儿的性命。叫她还一双眼睛，便宜她了。"

老君长叹一声："素书和梨容在老夫心中都是小辈，都是故友，我从没有向着谁一说，念着同聂宿十几万年的情义，希望她们都好。纵然我也晓得一报还一报这个道理，可我看到这一双血淋淋的眼珠，不能不心疼。你的这番话，说得老夫心里不是个滋味。"

"要我给你送几麻袋茶叶你心里才会舒坦吗？"我道。

他猛地抬头，花白的胡须抖了几抖，望着我道："为何……为何用麻袋装茶？"

我摆摆手："没什么，随口一说罢了。"等到合适的时候，等我先把自己为何有聂宿的记忆弄清楚，再把这前因后果告诉老君吧，"所以，你定个日子，我带素书来找你。如果这双眼睛不太好，那便把本君眼睛的清明换给素书，我用这一双……"

老君没容我说完，打断我："不要再折磨老夫了，老夫年纪大了，受不住折腾。"思索了一会儿，道，"再过几日就是中秋了……今后，神界的中秋祭月之地都定在南荒，今年是这千年祭月的头一年，太子殿下和一众神仙都要去，老夫也得到场，还不晓得要宴饮几日，所以在八月十四那一日你带素书过来吧。"

"为何不能是明天？她的眼睛早一日恢复，便能早一日……"

"你以为修补眼珠子的清明跟剜下眼珠子一样容易吗？老夫也得准备准备。"他道，"这是精细活儿，急不得，得细心安排才成。"

离八月十四还有三日，这三日，对我来说应该十分漫长。

我转身的时候，看到日光普照三十三天，这景象恢宏，亘古不变。我想叫素书看清这明媚的日光，看清这恢宏的仙境，想到这里，我觉得每一刻都过得十分漫长。我踏上云头，本欲赶紧飞回玄魄宫，临走时却没有忍住，再次回头往远处望去。不晓得素书是否也曾立在这里，是否也曾回身看过这三十三浩瀚的景象，是否也曾舍不得，却又盼着我的眼睛能恢复清明。

回到玄魄宫的时候，素书早就醒过来了，同小鱼儿坐在书房门口，大眼瞪小眼，十分惆怅。

我当即捏住孟鱼的衣裳将他拎起来，跟提着一条鱼似的把他提到眼前，皱眉道："你是不是惹你娘生气了？！"

孟鱼正咬着手指头，被我一提便蓦地一怔，小奶牙咬上自己的手指头，疼得眼泪都快掉下来了。

我替他把手指从嘴里拿出来，语气不由自主地重了一些："快给你娘赔不是！"

孟鱼吸了吸鼻涕，小手指放在衣裳扣子前，委屈地道："小鱼儿没有惹娘生气……"

素书坐在门槛上，望着我惆怅地捋袖子："这件事要怪就怪你，若不是昨晚被你折腾，本公子也不至于起不来床，不至于叫小鱼儿误了上学的时辰而旷课。"

本君放下小鱼儿，笑道："一天而已，不打紧。"不知为何，我忽然觉得心情愉悦，便笑得更开心，"昨晚确实怪我，你要不要回去再休息会儿？"

她反应过来，抬袖子挡住脸，岔开话题："你这样可不对啊，小鱼儿上学可是要紧的事，送小鱼儿上学也是我最要紧的事。"

我抚了抚她的头发："小鱼儿总要长大，总有上完学的那一天。你的精力都放在他的身上，以后他毕业了，你要去做什么？"

她皱眉思索了一会儿，忽然想到了什么，变得喜笑颜开，扯住我的衣袖道："你有没有吃过煎饼果子啊？小鱼儿毕业之后我去做煎饼果子！"

本君："……啥？"

她容光焕发："你这种神仙肯定没吃过，我便这么跟你说吧，没有吃过煎饼果子的人生是不完整的，没有吃过煎饼果子的仙生也是不完整的。"

煎饼果子……我孩儿他娘在凡间的这些年里当真吃到了不少东西。

她真的以为本君没有吃过煎饼果子，便眉飞色舞地给我比画："不是我跟你吹，本公子做煎饼果子可是有一套本事的，薄薄的面糊往锅上一摊，加上生鸡蛋，赶着火候翻个面儿，刷上豆酱，搁上脆酥，卷上青菜。"说到激动处便贴近我，抱住我的胳膊，"本公子跟你说啊，这煎饼果子，本公子肚子饿的时候能吃四个。"

"若是吃过饭呢？"我笑问。

她伸出五根手指："至少五个。"

"为什么吃过饭后反而吃得多呢？"

"悔恨啊，在吃这么好吃的东西之前为什么要吃饭呢？！这一悔恨，便要多吃几个。当初在凡间，如果不是因为长得太俊、太美、太风华绝代、太风流倜傥，我肯定会弃了尚袖楼的头牌，去尚袖楼大门口摆摊卖煎饼果子。一边做，一边吃，一边吃，一边看小倌哥。"

小鱼儿在别的地方傻，偏偏在这种非正道的事情上变得聪明，问道："父君，阿娘，什么是小倌哥？"

素书自知不小心说了幼儿不宜的词，便望了望天，睁眼撒了个慌："就是一种……食物。"

本君："……"

"那小倌哥跟煎饼果子，哪一个更好吃？"小鱼儿天真地道。

"自然是煎饼果子。"素书捏了捏小鱼儿的脸，"你想不想吃啊？你后娘我……不，你娘我给你做啊。"

小鱼儿刚要说想吃，谁知素书又有了新主意。

这主意令本君十分头疼，可看在她对本君有了新称呼的分上，我便强忍着听了听。

"孩儿他爹，要不本公子在太学宫门口支个煎饼果子摊吧？每天跟小鱼儿一块儿上下学，他在里面念书，我在门口卖煎饼果子。好多神仙都没有吃过煎饼果子吧？我觉得这是一个很大的市场！"

本君下意识地拒绝："你堂堂一个神尊，在太学宫门口卖煎饼果子，恐怕不大好吧……"

她道："我也觉得不太合适。"

"对吧，所以你在玄魄宫待着……"

"我可以培养你啊！我把这做煎饼果子的手艺传给你，你去太学宫门口卖，你摊饼，我数钱。"她兴致勃勃地道。

我本想笑她，告诉她本君是堂堂的魔族老大，怎么能放下刀剑去卖煎饼果子，可是她的这句话落入我耳中，却叫我蓦地想到在银河的时候她对我说过的话："你这厨艺快赶上凡间酒楼大厨的手艺了。等你更上一层楼的时候，莫浪费了这好手艺，咱们可在这神界开个酒楼……嗯，就开在银河深处，在采星阁旁边盖一座，可设些景点邀请四海八荒的神仙来此观光游览，游览累了便来酒楼里吃饭。你掌勺，我数钱。"

本君觉得欢愉，一欢愉便望着她道："好。"

素书很高兴，小鱼儿也很高兴，抱着我的腿脆生生地喊："父君真好！"

八月十三日晚，小鱼儿听完素书讲的睡前故事，便被孟荷带去睡觉了。

168

沐浴过后，素书照例被我拐到床上。

晚风微微凉，随风进窗的还有外面水池里的荷花香。

素书枕着我的臂弯，睁着眼睛，好像在望着房梁。她看不清楚我的面容，我却看到她侧颜清雅，眉目如画。

我晓得她在夜间不能视物，手指便不受控制地触上她的眼角。她眉睫一颤，问道："怎么了？"

我沉默了一会儿，手指从她眼角拂过，落到她的脸颊上："你想去看东上天的朝霞吗？"

她愣了愣："我同你说过吧，我看不到色彩，东上天的云霞……"

"还有北上天五彩的辉光，阳华山的桃花，你还想去看吗？"我问。

她失笑，用胳膊肘蹭蹭我："本公子见过哪壶不开提哪壶的，却没有见过像你这般连提三壶的。看云霞，看辉光，看桃花，我看不到啊。"

我低头亲了亲她的眼睛："素书大人，明日你就能看到了。"

她眸子瞪得很大："你是认真的吗？"

"嗯，比珍珠还真。"

她却转过身去不再面对着我，默默缩到床角。

我怔了怔，凑过去道："你缩在这里做什么？"

"后悔，"她道，"本公子缩在这儿后悔，面壁思过。"

"后悔……什么？"

"后悔没早些去尚袖楼挂牌。"

本君心中一惊，捏住她的肩膀，想确认一下："你说啥？"

她道："如果我早点儿去尚袖楼卖身，便能早点儿见到从天而降的你；早点儿见到你，就能早点儿跟你升天做神仙；早点儿做神仙，便能早点儿恢复清明。"

本君被她的这个想法惹得笑出声。

她转过身问我："你笑什么？"

我道："没什么。"本君就是忽然觉得，在孩儿他娘跟着孩儿生活的这些日子里，她没有把孟鱼带聪明，反而被孟鱼带傻了。

八月十四，秋高气爽。

我带素书到三十三天老君府，这是素书回神界以来老君第二次见到她。上一次，还是她被我带到天帝面前请职位的那一次。彼时，四海八荒因为一道封口密令，群神缄口不言，老君也装作初见她的样子。

今日的老君啊，胡须比前几天我见他时更白了些，也更老气横秋了些。

可到底是故人相见，看到素书如今因为失了前生记忆又被四海八荒瞒着而无忧无虑的样子，是欣慰多一些，还是难过多一些，想必他同我一样，也说不清楚。

素书对他抱拳："太上老君大名，在凡间可是如雷贯耳，今日得见，果然是仪表堂堂，气质不凡啊！"

老君拂尘一摆："在凡间如雷贯耳这件事，老夫自己是知道的，莫说这些客套的给我听了。"

素书知道我们有求于人，所以笑几声，道："怎么会是客套话呢，实话，本公子讲的是实话。"

老君睥睨着她，那个长辈宠爱小辈的眼神叫本君心下一慌。

老君为素书恢复眼睛清明的时候，本君在外面等候。我认真思索一番，终于知道了自己为何心慌，因为我恰恰又看到了聂宿曾经的一些记忆。

那时的老君虽然天生丽质，但他有时会把胡须变得灰白，清心寡欲拔除小杂草，一心向道躲避小桃花。

当年，为素书当神尊之事，老君在翰霄宫旁征博引，据理力争，帮我说服天帝。

出了翰霄宫，他便跟了上来，卸下那副老成的模样，无聊地揪着拂尘上的毛，同我道："你家那个小徒儿，挺恨你的吧？"

纵然我的心被他的这句话刺得生疼，但面上还是摆出无所谓的神情，并且怕他看出来我的难过，直截了当地说："关你什么事？！"

他摊了摊手，从拂尘上揪下来一些毛。那些毛被骤起的风吹到前面那个驻足偷听的神仙的耳朵里，严严实实地把耳孔给堵上了。

老君抱拳，朝那神仙大喊："不好意思啊，这风吹得这么巧，堵上了你那爱听八卦的耳朵！"

周围的神仙都明白过来，一溜烟儿没了影。

他继续薅拂尘的毛，同我道："你方才说关我什么事，还真不巧，老夫掐指一算，觉得你的这个徒儿日后叫你操心的地方可多着呢。我本揣着一副热心肠，打算日后在天帝面前给你家小徒儿美言几句，罩着她，既然你这个师父说不关我的事，那便算了吧。"

我晓得天帝日后还要为难素书，我更晓得她三万岁年纪就坐上神尊之位会惹人嫉妒。

老君的这番考虑不无道理，我便道："你本就是她的长辈，你罩着她不是应该的吗？特意跟我说做什么，讨茶？"

他手中的那根拂尘毛快被他薅秃了，他扔掉那根，又随手从袖子里掏出另一根继续薅，看着远处，笑道："你可别忘了，是你说老夫是她的长辈的，日后，你若是看上你家的这个小徒儿了，你也得跟着她称老夫为叔伯、大爷。"

那时，我还没有认清自己对素书的情意，我以为他一辈子都当不上本神尊的叔伯、大爷。

可是如今……如今十几万年过去了，他竟然这般自然地把素书当作小辈来关怀，纵然这些是聂宿的记忆，但是在我心中浮现出来，也叫我觉得自己竟然这般大意，中了他的圈套。

只是那记忆没有停，记忆之中的老君停下薅拂尘毛的手，转头看着我道："鱼鳞数众，可补银河……这补银河星辰的鱼鳞，真的是你那徒儿身上的吗？如果真的是她身上的鱼鳞，动手剐鱼鳞的那一个，可是你？"

我望向远处，体会到万箭穿心之痛。

原本安安稳稳尘封于心底的记忆如海浪滚滚，呼啸而来。

十三天神尊府。

我把那卷卦书递给一无所知的素书。她三万岁，纯真无邪，不晓得银河星群陨落是一桩怎样的大劫，看到卦书上的那几行字，抬头笑道："你不会相真的信这几句话吧？"她把卦书卷了卷，又塞回我手里，转身便要出去，"你也晓得我不过是一条鱼，怎么会跟星辰扯上关系？这是不是太学宫的哪位同窗随便写来开玩笑的？你作为太学宫的老师，这种行为一定要严惩。"

她又笑着拿过去看了看，道："你别说，写得还真像那么回事。'九天有鱼，茕茕而游'，我可不就是在九天无欲海被你找到救出来的吗？'维眸其明，维身其银'，本姑娘眼睛明亮动人，原身通体银白，这也不错；'银河有劫，星落光阴'，嗯，结合时事，我给他打九十分；'若银鱼耳，可化星辰'，结论得出得太蹊跷、太荒唐。我收回我方才的九十分。"她卷了卷卦书再次塞给我，甩了甩袖子又要走，边走边道，"知道我从哪里来，又知道我的原身是银鱼，还晓得我眼大肤白貌美，看来是熟人作案，聂宿，你找到这个人后得揍他一顿。"

我拉住她，没有控制好力道，把她带得撞进我的胸膛。

那时候，我是不忍的，可是陨落的星辰将八荒林木烧成灰烬，将四方海域蒸得热浪滚滚，六界之中，芸芸生灵朝不保夕，而我作为神尊，不能眼睁睁地看着他们遭此大劫而不管不顾。

所以我拉住她，严肃地道："这些日子你都不能出神尊府。"

她眉毛一挑，问道："你不会真的相信了这故弄玄虚的几句话吧？"

"你听话，为师不叫你死。"我道。

她反应过来我不是在开玩笑，慌乱之余想挣开我对她的束缚，却没有成功，只能大惊道："聂宿大人，你是不是……是不是养我就是为了有朝一日拿我补星辰？"

我道："不是。"

她这样问我，叫我心中多少泛出些酸涩。可那时的本神尊早已将她和芸芸众生做过比较——救苍生更重要。

她不过是失去鱼鳞，我会救她，我不会叫她死。那时的我，以为这样就够了。

我遗憾自己没有怜悯她，遗憾自己没有疼爱她，仙绳从我的指尖生出，捆上她被我攥紧的胳膊，趁她处在震惊之中反应不及的时候，迅速捆住她的全身。

"聂宿，你要……你要做什么？"她猛地抬头，终于明白我要动真格。我看到满面震惊、惶恐不已的素书，看到她再也忍不住眸中的泪水，眨眼间泪雨滂沱，"你……你真的相信卦书上的话，要宰了我补星星？"

这句话叫我忽然觉得喉间有些哽，本神尊的神情也跟着迟疑了几分。

她看出我的犹豫，投进我怀里，额头蹭了蹭我的衣衫。那时的她也是求过我的，那时的她也是想叫我放过她的："师父，求求你。"她甚至乖巧地叫我师父，搁在平常，她都是直呼我的大名。可是她叫我师父，让我的心中生出些复杂的情绪，在这复杂的情绪之中甚至有几丝不快和愤然。我才发现自己有些不喜欢她叫我师父。

她泪流得汹涌，身子被仙绳捆住却依然忍不住地颤抖，是害怕到极点的样子："师父，你可不可以不信上面写的……我怕疼，我不想死啊！师父……"

我不晓得自己为何会那么狠心。如今，立在十几万年后的地方重新回望当初的景象，恍然间，便对曾经有了了悟。

她叫我师父，她求我的时候，一声一声，叫我——师父。

转瞬间烟云飘散，记忆纷纷而来，我看到神尊府里日光明亮，素书趴在湖心亭的石桌上仰头望着我。

那时她的魂魄基本上完整了，有了自己的喜好，我不能再将她抱在怀里，也不能将下颌垫在她的头顶，同她做亲昵的动作。我想同她说明白师徒之间的一些道理，便告诉她："素书，你以后如果喜欢上别的神仙，你若想嫁给那个神仙，我也是为你高兴的。"

她问我："可是你会娶我吗？"

"不能，我是你的师父，不能娶你。"我道。

那时，她伸出手指攥住我的衣袖，委屈地问我："那你现在能不做我的师父吗？我现在可以不把你当师父吗？"

这句话叫我一愣："怎么了？"

"因为你是师父，所以不能娶我。你可以不做我的师父嘛。"

这是我第一次觉得"师父"二字叫我有些烦躁，烦躁之中便将那片被素书攥在手心里的衣袖挣出来，转头不想再看她，只是果断道了一句："不能。"

"可我在家里从来没有叫过你师父，你也没有叫过我徒儿。"

"你去问问府外的神仙，他们都知道我是你的师父。"

她故意从石凳上滑下去，躺在我的脚边，宛如曾经心智不成熟时的模样，同我要赖："我摔倒了，要师父答应娶我才起来。"

我不可能抱她起来，因为抱她起来，便是对她的想法的妥协，那本神尊的话便白讲了。我卷起书起身就走，留下一句话："你大概不记得了，昨夜你在这里烤过地瓜，炭灰就在你躺的地方。"

从什么时候开始，"师父"这个称呼让我觉得更加厌恶？

大概是后来，在轩辕国群神之宴上，轩辕大公子南宿告诉我他喜欢素书，想拜我为师，同素书做同门，待日日相处、日久生情后，娶她回轩辕国做大夫人。

他要随素书一起尊我为师父。

原本对"师父"二字觉得烦躁的本神尊，第一次觉得"师父"二字令我难过。是的，纵然是立于浮生之巅睥睨众生的神尊大人，也会有难过的时候，只是他不晓得如何跟旁人说，只是他能隐藏得叫旁人看不出来。

而我也越发明白，这二字宛如一条线、一道沟、一条江、一面海，挡在我同素书面前，永生永世都挡在那儿，不随命止，不随死尽。

只要我还是聂宿，只要她还是素书，这天上地下，四海八荒，人神共知我是她的师父，她是我的徒儿。

我唯一能伸出手臂，跨过线、沟、江、海揽她入怀的情义，也不过师徒之情这一种罢了。

年龄摆在那儿，她同我相差十几万岁，莫说我是她的师父，即便她叫我师爷、师祖，都是够的。

所以，当南霄告诉我，他愿意拜我为师，跟素书做同门的时候，我拒绝了他，但是允许他住进神尊府，接近素书。因为素书总是要嫁人的，南霄大公子比当初的南海二殿下靠谱。

只是后来，事情没有如我想象的那般发展，素书不喜欢南霄，她甚至飞上湖心亭，把匕首抵在脖颈上，甚至跳进湖中打算溺死自己，只为摆脱南霄。

我觉得欣慰又酸涩，脑海中一遍一遍回想她那句"因为你是师父，所以不能娶我。你可以不做我的师父嘛"，犹豫很久，我终于将她拉进怀里。我心中甚至闪过一丝欣喜——因为她不愿意叫我做她的师父。

再后来，我拿着卦书回到神尊府，她望着"若银鱼耳，可化星辰"的卦语，恐惧得发抖，泪雨滂沱。她求我的时候，却唤我师父。

大难临头的时候，情真意切的时候，她叫我师父。

我终于发现，自己曾经的烦躁、难过、欣慰和酸涩，都不值一提。她在最紧要的关头是把我当师父的，她当时果真神魂不全，"因为你是师父，所以不能娶我。你可以不做我的师父嘛"便如过眼云烟了。

我推开她，冷着声音："既然是师父，师父是这神界的唯一一位神尊，师父念着苍生，所以护不了你。"

若我是你的心上人，那我拼死也得护一护。

诸君会觉得可笑吧？笑我为何这般当真，笑我为何这般计较。

可那时的本神尊不但没有及时宽慰自己，反而将"师父"二字牢牢拴在心上，叫自己最终真的对素书动了手。

素书被剐鱼鳞的那一日，无欲海海雾浩盛，一路浩荡，涌上十三天的神尊府。前一夜就摆在桌案上的刀，等到清晨时候，我才拿起来，手指颤抖很久才攥稳。

穿过茫茫的海雾，我看到被我捆住躺在吊挂的玉盘里的素书。

那时的素书啊，和后来我用银刀割她鱼鳍的时候一样，一动不动。

后来的素书不动弹，是因为腹中有孟鱼，而那时的素书不动弹，是因为绝望吧？

我念着"师父"二字，念着"神尊"二字，我心中想着千万生灵，想着万顷神州，才让自己手中的刀刃不再抖。我心下一横，刀刃没入鱼身，银刀在脸颊上迅速掠过。

我本想再安慰她一句："别害怕，素书，我会注意刀刃深浅，断不会伤你性命。"

可刀刃下的她竟然没有丝毫颤抖，若不是仔细辨认，我甚至以为这条银鱼早就死了。

我便是这般奇怪，她越是逞强，越是不想喊痛，我便越想叫她开口，甚至连用刀也不再讲究，到最后她的鳞根被划断，银白鱼鳞混入血水，全成鲜血淋漓的凄惨样子。

鱼鳞呈给天帝，诸神合力，挽救了星辰。一些鱼鳞补了陨落的星辰，一些鱼鳞化成茫茫大雪，铺天盖地落在九州，湮灭了大火。

翰霄宫内，天帝赞扬群神，赞扬过后，道："这一劫，算是平安过去了。"

"平安"一词惹得本神尊眸光赤红，拿出长剑冲至大殿上首，几欲刺穿那玄黄衮服，质问天帝："谁说这一劫平安过去了，有谁惦记我家徒儿？你们觉得那补星辰的鱼鳞是凭空得来的不成？！"

不是！那是我从素书身上一刀一刀剐下来的。

天帝惊怒："爱卿这是何意？是你自愿献出鱼鳞，寡人和诸神从未强迫过你！"

一语惊醒梦中人。

是啊，是我以神尊之责要求自己的，是我一定要救天下苍生的，是我自愿献出鱼鳞的，也是我自己动手的。自始至终，都怪不得旁人啊。

　　我戚戚焉回到神尊府。那时被我强行化成仙形的素书躺在床榻上，虽然伤口早已止了血，可已经有七天七夜不睁眼。她大概是不想活下去了。

　　医书上说刺指尖，我刺了，她不醒。

　　医书上说刺穴位，我刺了，她依旧沉睡。

　　我怕这样下去她真的会一睡不起，再也不会跟我说话，甚至连一句我不愿意听的"师父"也叫不出来了。所有诀术成刀刃刺入她的皮肉，刺上她的鱼骨，可她只是病恹恹地蹙了蹙眉，依旧不肯醒过来。

　　到后来，本神尊剃了她的十二根杂刺化成的骨头，她终于从沉睡中转醒，汗雨滚滚而落，痛得大哭："聂宿，你这个王八蛋！"

　　她布满血丝的眸子里映出一个面容欣喜却眼眶潮湿的本神尊。

　　你终于醒了，真好。这句话，我没有说给她听。因为我晓得她不信。

　　那十二根鱼骨被我注入仙力做成扇子，便是离骨折扇。我一直想送给她，却在此后的一万年里，直到我去世，我都没有找到一个合适的场合和机会。

　　因为，在那一万年里，我又犯了一个大错，这错使她搬出了神尊府。

　　不，怪我，是我将她赶出神尊府的。

　　这错，便是我将她的面容雕刻成了梨容的模样。

31．南有雕题，刻容长生

南海之滨有国名雕题。

国中多鱼鲛之后，雕刻面额以得长生。

那时的素书俨然是一副不想活的样子，我探了探她的元神，也是灰蒙蒙的一片。

我把她雕刻成谁都行，就是不能是梨容。可是我偏偏把她雕刻成了梨容的样子。

所谓鬼使神差便是如此。最后一笔文画结束，映入我眼中的那张脸是梨容的，这也叫我恍惚好久才反应过来。反应过来之后，一切已经成了定数。

她神志不清，扯住我的袖子哭得满脸是泪："你真残忍啊，你蓄谋已久了对吧？你连我的这副样子都看不惯了吗？你怕我不让你改变我的容貌，所以不惜抽了我的鱼骨。"

她以为我抽她的鱼骨、改她的面容，是因为我不喜欢她，是为折磨她。

我不晓得如何同她解释我是为了救她，是为了叫她活下来才这么做的。她一定不信，莫说她不信，连我自己都觉得伤她太疼——前脚刚剐了鱼鳞，后脚抽了鱼骨，后来又雕她面容。

无论从哪一个方面来看，这疼都太重，这折磨都太深。

相比之下，死反而是轻松又简单的事。

翰霄宫外，老君停下薅拂尘毛的手，转头问我："鱼鳞数众，可补银河……这补银河星辰的鱼鳞，真的是你那徒儿身上的吗？如果真的是她身上的鱼鳞，动手剐鱼鳞的那一个，可是你？"

这问题，我能回答了。

是我。

时间回到现在，我站在三十三天老君府中，透过窗户看着房中被换上清明眼睛的素书，忽然觉得，这过往之事在某个地方悄无声息又命中注定地重合了。

神仙无往生，死即死矣，灰烟无存。

可说来也巧，我体内偏偏有聂宿的一缕魂魄，叫我平白知道了聂宿的前生，叫我同素书有了今世的相逢。

活了十四万年的本君到这一刻才觉得自己因为有了这个前生而变得完整。

只是，从前生到今世，我对素书所做的事情，叫我悔恨又悲苦。

剐鱼鳞，抽鱼骨，雕鱼面，割鱼鳍。

这一桩一桩，都是混着血的。

我忍不住抚额——这自前世累积下来的债，要怎么还？

眼睛恢复清明的素书激动地跑出来，看到我以手抚额的愁苦表情。

"你还在担心吗？"她问。

我触了触她的眼眶，问道："现在看得清吗？"

她攥住我的手，拉我往远处看的时候，声音里是掩不住的欣喜和激动："我活了近二十年，还是第一次看清楚这所有景象，第一次看清楚这所有色彩！你们神仙果真有本事！"

见我不说话，她拍了拍我的胸膛，笑道："孩儿他爹，谢谢你！"

这一句"谢谢"，叫我受之有愧。她不记得自己的眼睛为什么看不到，就像她不记得自己的腹部为何会有一道赤红的胎记，不晓得被她自凡界带到天上来的折扇是用她的鱼骨所做，不晓得她的面容是被人刻意雕琢的。

老君说得对。

不知，所以不悲苦，不晓得前尘事，所以能活得自在欢快。

如本君这般隐瞒此事的人，所受的煎熬，就当是在补弥罪过吧。

只是煎熬归煎熬，她的眼睛恢复清明，是让我最开心的一件事。

老君理了理衣袖，捏着他的拂尘走出来，望着我同素书道："也没别的事情了，明日老夫要去南荒赴中秋祭月的仙会，你们早早走吧，老夫也好早早休息。"

素书的手一滞，将我攥得紧了一些，拉着我同老君告别："谢谢你老人家了，改日，我做些煎饼果子给你送过来呀！"

老君不食人间烟火已经有十几万年，不晓得煎饼果子是什么东西，不自觉地薅了一根拂尘毛，问道："煎饼果子……是一种新茶吗？"

我明白了，这十几万年过去，他脑子里依然全是茶。果真是林子大了什么神仙都有，这世上偏偏有那种不爱江山，不爱美人，一心变老，只想喝茶的神仙。

素书兴高采烈，松开我的手，想给他比画，我心中不快，又把她的手拉回来，道："不用谢他，救助天下苍生本就是老君的职责所在。"说完拐了她腾上云头便要走。

老君是个茶痴，哼哧哼哧追出我们好几里，一路上还喊着一定别忘了把煎饼果子给他送来，若是他去了南荒不在府上，一定要把煎饼果子交给他的书童，好生收起来。

素书回头，扬了扬手："成啊！"

老君这才停下他脚下那一朵沾了茶味的祥云。

"你真的要做给他吃？"我一想起老君那关爱后辈的眼神，就觉得他占了便宜，这么一觉得，我便有些生气，心中愉悦的情绪越来越往下沉，牵着素书的手不自觉地又紧了几分，"你还没有给我做过，连孟鱼也没有吃过。"

素书眯眼浅笑，心情大好："虽然我不晓得南荒在哪儿，但是我觉得等他从南荒回来，煎饼果子都馊了。"

闻言，我心中那愉悦的情绪微不可察地往上提了提。

她随手打个响指，抬头的时候眉飞色舞："授人以鱼不如授人以渔，我改天送他个煎饼车子怎么样？"

本君："……"

她回头看了看，又被我捧着脸转回来。她便拉着我的襟口，道："老君说的祭月，是神界的中秋节吗？"

我早已看出她眼里隐隐的期待，便道："你若是想看看神界的中秋节怎样过，我便带你去。"

她眸子猛地一颤，抬头道："当真？"

我道："当真。"看着她激动的样子，我忽然觉得有些可爱，"你怎么跟个小孩子似的，激动成这般模样？"

她半眯了眸子，看了看不远处飘过的一朵红云，又望了望远处的蓝天，笑问："你可晓得，在凡间那些吟中秋的诗句中，我最喜欢哪一首？"

"哪一首？"

"皓魄当空宝镜升，云间仙籁寂无声；平分秋色一轮满，长伴云衢千里明；狡兔空从弦外落，妖蟆休向眼前生；灵槎拟约同携手，更待银河彻底清。"她道。

"为何喜欢这一首？"

她眸中隐隐有些亮光："因为这一首，告诉我中秋之月是什么样子的。"她顿了顿，笑道，"我在凡间的时候，也没有赏过月。因为夜间没有明火，没有烛光，我连近处的东西都看不到，别说是挂在天上的东西了。年少的时候，我也央求过兄长们带我去承熙国高楼上看月亮，但是赏月求的就是个静谧安宁的氛围，哪里有点上灯盏、架上火把观月的？兄长们怕扰了景致，也怕扰了心境，便不愿意带我。母妃呢，在我年少时，觉得我眼睛不好，别说在夜间登高楼望月，就是在我夜间出寝宫，她都担忧。所以我喜欢看书，从里面找到我看不清楚的东西的描述。但是后来越长大，就越想出去看一看，纵然看不清楚，却也想自己去了解这个世界。"

我想起她及笄之后去列国游历之事："所以这一出去便是三年？你母妃怎么会放心？"

"我母妃那人，很心疼我，自然不同意。可我同她说了一段话，她尊重我，同意了这桩事。"她道。

纵然我动用诀术就可以知道她当年同她母妃求情的场景，可我仍然想听她亲口说出来。

"你说了什么？"我问。

她掏出扇子在指尖转了转，那动作自在而疏狂，玉冠稳稳当当箍在她的发上，她挑眉的时候，万千色彩都抵不过她眼底那明媚的光亮："我道，母妃，或许这世人都是缺什么，才对什么格外执着，就像你曾经缺父皇宠爱，费尽心思想要引得他的注意，所以才有了我，得来父皇恩宠。孩儿也是，孩儿缺的便是这双眼睛的清明，孩儿费尽心思将这个世界看得更多、更远、更完整。你总得叫孩儿试一试，就像你当年那样，说不定，孩儿就得到这上天的恩宠了呢。"

她说，这世人缺什么便对什么格外执着。她费尽心思将这个世界看得更多、更远、更完整。

这句话，叫我心酸。她曾经并不缺眼睛的清明，可是她把它给了我。在凡尘的二十年间，她过得并没有我想象中的那样好，没有那样潇洒风流、恣意痛快。她有她费尽心思也未得到的东西，那便是眼睛的清明。

她又看我，抬头的时候，眸子里渗出些水雾，但依然笑得洒脱，提起折扇，一个扇展，挑眉道："你看，如今，我同我母妃说的话果真成了真。我遇见你，升了天，做了神仙，恢复了眼睛。我果真得到了上天的恩宠垂怜，这是几生几世才能修得的福分？"

她说她果真得到了上天的恩宠垂怜，殊不知，这恩宠与垂怜，不过是我对她微不足道的弥补罢了。有时候，这上天坏透了，它要你的鱼鳞补银河星辰，它要你的鱼鳍化北斗星宿，它总是在狠狠刺你几刀之后给你一颗糖。

可我不能告诉她这个真相。因为，两生两世，那个剐她鱼鳞、割她鱼鳍的神仙，是我。

她回头又望了一眼三十三天，我以为她是在想老君方才说的话，抬手将她鬓上散落的发别至耳后，道："明日我带你去南荒看月亮。"

她的视线仿佛从很远的地方拉回来，眸光缥缈，声音也缥缈："不晓得方才是怎么回事，我每每回头看这三十三天的绵延宫宇，总觉得在某个时候，我也曾这般回头望过，这种感觉真切到连回望三十三天时的心情都能体会得到。你说我是不是魔怔了，我怎么会见过三十三天？我以前明明是个凡人。"她见我不说话，又道，"还有，还有上次同你在厢房……"她的脸颊一寸寸地红了下去，声音越来越飘忽，"那时候我脑子里总有一些话浮现出来，明明没有根据，却又像极了你我的语调。"

"什么话？"我问。

"比如……"她拧眉思索了一会儿，"我听到有个神仙问我，'神尊大人，你对我有什么要求吗'，这个神仙的声音，同你的有些像。"

我有点儿震惊。

"另一个声音倒有些像我的，回答道，'这要求便是——希望我想醉的时候你能陪我喝酒，难过的时候你能在身旁给我一些支撑和安慰'，那个神仙又道，'我不会让你难过，我们能欢畅地饮酒……虽然你是神尊，经历过许多了不得的大事……可是我希望在我身旁时你能好好爱自己，希望你受伤的时候会跟我说疼，希望你疼的时候会跟我哭。如果你想打架报仇，我会代你出手，这种事情发生时希望你能躲在我身后'。"她微微摇着扇子，"孟泽啊，你说，怪不怪，这些话平白生出来，有问有答的，感觉在自己的脑子里演了一出折子戏。"

我什么话也说不出来。

"还有一次，我随你升天那日，巴掌大的小鱼儿吃仙丹吃撑的那次，我看到他一动不动地躺在你掌心里的时候，竟然觉得心里流出许多的血，疼得我难受。恍惚之中又觉得腹痛不已，竟有些垂死挣扎、心如死灰之感。我真的害怕小鱼儿有闪失。"她长嘘一口气，合了扇子攥在手中，又觉得不妥，抬手稳了稳头上的玉冠。

也许是这些动作给了她一些安慰，叫她冷静下来，抬头同我笑道："我应当是个好娘，你说对不对？我这般担心孟鱼，那一瞬间，我甚至想拿我的命换他活过来。"

我知道，她应当是想起当初……自己诞下了死胎。

这件事让我愧疚，我轻轻抚了抚她的后背，却不敢看她的眼睛，只道："你一直是个好娘。"

她手中的折扇"曛"的一声展开，重归风姿飒飒的模样："那是自然。我爱极了小孟鱼，我打算去他的学校门口推车卖煎饼果子。"

本君把素书常常挂在嘴边的三个词儿比了比，排了个序，突然觉得这个顺序应当是这样的——孟鱼，煎饼果子，孟泽。

我不死心，问素书："如果我不让你做煎饼果子，不让你吃煎饼果子呢？"

她眉梢一提，神色一凛，扇子一提，不开心地道："吃不到煎饼果子的神仙跟咸鱼有什么区别？嫁给你做夫人，如果连煎饼果子都吃不到，那还嫁给你做什么？"

本君自讨羞辱，突然想在夜深人静之时探入她的记忆，将她记忆之中有关煎饼果子的事统统抹掉。

本君比不上小鱼儿也就罢了，现在竟然比不上一个煎饼果子。本君很想说脏话。

本君向来不是什么正人君子，活了十几万年，所信奉的一直就是该出手时就出手。于是，当夜，巫山云雨过后，哄素书睡着，本神尊顺手在她眉心落了个索引的诀术，诀术以"煎饼果子"四个字为引，探入她二十年的记忆之中，搜索到同类记忆，然后消灭干净。

在寻到素书之前，我已经在玄魄宫隐居万年，赏月也只是飞上玄魄宫殿顶，对着月亮，拿出素书曾经写给我的信看几遍。个中寂寞，被这月盘看了万余年，怕是早就看透了。

如今，本君要陪着自己的娘子走出玄魄宫，去南荒专门看月亮，不晓得月亮会不会受宠若惊，不晓得南荒的月亮会不会格外大、格外圆。

不晓得臂弯里的素书做了什么梦，抽泣几声："你方才欺负本公子……本公子不要金铢……嗯，本公子要你……"

我的心突突一跳，捏诀搭上她的额头，看到她梦中的那个人是本君，放了心……

只是……为什么她梦中的本君是个……如花似玉的姑娘？

她枕着我的胳膊翻个身，笑几声，声音软糯，仿佛受尽委屈，说出的话却带着调笑和不正经："小娘子，你这么好看……嘿嘿，你这么好看，不如嫁给本公子啊……嗯，有房子，本公子的寝宫大得很，床榻也大得很……"她说了几句，又嘿嘿笑道，"车子啊……车子也有，我有个小推车，专门卖煎饼……嗯……煎什么来着……小娘子，你看，你这么美，我这么俊，我们真的好般配。嘿嘿……"

本君忽然觉得有一口气憋在心中，引得胸口有些闷，把她压在身下狠狠亲了几口才缓过来。

睡梦中的她又笑了，抬起手背擦了擦嘴："嘿嘿嘿，小娘子，你好主动……主动好哇，主动好……主动的话，有二胎抱……"

本君一句话也说不出来，只能将她抱在怀里。

次日，她对着镜子打量自己的脖颈，忍不住叹气："我记得昨夜你没有这么粗鲁，为何脖颈上的印子……这般明显？"

本君心情大好，笑而不语。

八月十五。

我同素书到南荒的时候不过正午。

　　小鱼儿自然是想跟过来的，但是他被他慈爱的父亲，也就是本君，留在了玄魄宫温习功课，孟荷两肋插刀，陪孟鱼一起温习功课。

　　小鱼儿噘着一张嘴，委屈得不行，我揉了揉他的头发，慈祥地道："乖孩儿，爹爹今日虽然不能带你出去，但是允许你在家里不穿衣裳。"

　　他这才生龙活虎、心花怒放、欢天喜地起来，临走的时候伸出小胳膊搂住我的脖颈，照着我的脸颊亲了好几口，十分懂事地说道："父君，你带着娘多玩耍几日，不要急着赶回来，小鱼儿很乖呢！"

　　我的儿子终于不那么傻了。吾心甚慰！

　　却说这南荒，我来的次数也不太多。只是在这一万年里，我看的书多，对南荒现今的老大——南荒帝九阙有些了解。

　　九阙比素书年长几万岁，算是上古神仙之一，只是尚未婚娶。书上说他仙力卓绝，曾在上古时期南荒神魔一战中将我魔族杀了个片甲不留，十分有种。

　　只是后来，他在佛法修行上颇有天赋，便去拜师当了和尚，且古书有记载，南荒帝九阙是个长得不太好看的和尚。我不知道古书上为什么会写这个，好看的和尚还能把佛经念得好听吗？我不知道。

　　现今我有了聂宿的记忆，沾了些聂宿的觉悟，大概明白了一些，九阙也许跟老君是一个德行，不在乎外表，甚至可以扮丑，一个虔心向佛，一个专心向道。

　　虽然说四海八荒神仙千千万，不正常的总有那么几个，见怪不怪，但如今到了南荒，本君依然想看一看，书卷上白纸黑字写着的不好看的神仙到底有多丑。

　　进入南荒的时候，我同素书刻意避开一众神仙，从南荒山头的上空乘云进入。

　　低头的时候，仙云缭绕中，我忽然发现南荒的桂花开得十分好看，有一个山头上，花枝被修剪得极好，错落有致，虽然繁盛却不杂乱。

　　我忍不住指给素书看："你看那个山头上，你喜欢那些花吗？我要不要在玄魄宫给你种一些？"

她刚要说话，忽然眉头一蹙，思索了好一会儿，才怔怔地道："这个山头有些熟……我记得有棵歪脖子树来着，你把祥云停一停啊，我……"她透过仙云，俯身定睛，仔细瞧了瞧，忽然发现了什么，扯住我的衣袖，恍然大悟，道，"你看，那里，山巅处，果然有棵歪脖子树！我就说嘛！"

素书曾把那个诓她两次的匀砚送到南荒帝九阙身旁跟他修梵行、斩情欲。素书来过南荒。

素书似是想起来了一些事儿，拉住我，从云头上跳下来，奔向那棵歪脖子树。

本君想拦住她，又觉得有些事情不是拦着或者瞒着就能解决的。

"我记得，这儿有一位神仙和一个女娃娃。"甫一落地，素书便说道。

她话音刚落，歪脖子树上便隐约显出一个书卷遮面、自在躺着的白衣神仙，他的话音里带了些轻笑："你是在找我？"

他刚刚说完话，便见山头上的桂花纷纷扬起花盏，尽数落在他的衣裳上。那白衣越发明显，袍裾一扬，仙气拂开白袍上沾染的桂花花瓣，落下歪脖子树，仙云缥缈，随他前行，再抬眸的时候，这白衣神仙已经捏着一卷书立在我同素书面前了。

他的这个架势着实有些花哨。

花哨得和他这张普通的面容式不相称。

本君能体会那写书人的心情了，古书上虽然说得有些过，但是与他的仙姿相比较，他的面容着实丑得叫人有些怀疑仙生。

只是素书的反应有些大，瞪圆眸子，看看他又看看我，过了很久才扯了扯我的袖子，皱眉说道："他……他同你为何长得一模一样？"

我大惊，猛地转头，又仔仔细细把九阙打量了好几遍，确定他同我长得不一样，才低头对素书道："你为何……为何说他跟我长得一模一样？"我忽然想到她的眼睛昨日才恢复清明，刚刚看清这仙境，现在又出什么问题了吗？这想法叫我的心猛地一抽，手指颤抖，抚上她的眼角，"素书，你……你觉得眼睛有……有不舒服吗？"

她不清楚这是怎么回事，只是轻声道："眼睛清明得很，哪里有什么问题……"她忽然明白了我的意思，也震惊地道，"难不成你跟我看到的不一样？你觉得他不像你吗？"

九阙捏着书挡在额上，遮了遮太阳，眯起眼睛，有些不耐烦地说道："也真是的，每每遇见个新朋友，都要来这么一出。十几万年来，本帝君当真解释得够够的了。"

我不明白，素书也十分茫然。

九阙抬头瞧了瞧素书，惊讶地问："你也不记得了？"他疑惑了一会儿后，拿着书卷拍打额角，恍然大悟，"我忘了，你这个事，不可说。"

你这个事，不可说。

这句话落入耳中，叫我身形一僵。

素书却听出了这句话里的意思，更加茫然地道："什么事，为何不可说？"

九阙看我一眼，放下那卷书，抚平书页上的褶皱，又将书随手揣在袖子里。

在这几个动作之间，他腹语传音，凭风带声，同我说了几句话。这些话自然落不到修为散尽的素书耳中。

他问："天帝那道禁言的诏令，你也是赞同的？"

我道："嗯。"

他又问："你可知天上地下，没有不透风的墙？"

我道："知道。"

他的声音里含了些笑意："佛不妄语，我怕是不能帮你。但是你也放心，本帝君虽然偶尔也喜欢看一看八卦、观一观热闹，但是并不喜欢挑拨离间，故意制造八卦和热闹。"

我道："那多谢你了。"

他却道："只是我还得提醒你一句，有些事情，她从你口中听到是一回事，从别人口中听到却是另外一回事。"他见我不再说话，便自嘲一般道了一句，"涅槃本就易得不易安，本帝君本就快要偏离涅槃了，如今又这般帮你瞒着你的夫人，算是踏出莲花座，昂首阔步在偏离涅槃的道路上越走越远了。日后若是不能成佛，别忘了你还欠着本帝君一笔。"

我回一句："多谢。"

他把书卷放稳妥，云袖之下忽然生出一阵清风，卷起几朵桂花入袖，落在掌心，指尖上仙气缭绕而生，掌中桂花变成一副玉质面具，在面具的眼眶位置沾了几朵桂花。那神仙拿起面具戴在自己脸上。有了这副面具，他的面容同他的气质看上去总算是和谐了。

"二位随我下山吧，等慢慢悠悠走下去，这月亮也该上柳梢头了。"他道。

素书却念着方才那句话："你方才说的不可说的那件事，真的不说了吗？"

九阙低头，理了理衣袖，低声笑道："你身边这个俊俏郎君也知道，且他知道的比本帝君知道的要多，你问他便是。"

素书抬头看我，她的眸子里映着一个双唇紧抿的本君。

我稍稍有些动怒。方才他还说要帮我瞒着，转眼间却挑了起来，还把引线扔在本君身上。

可是，也是在这个时候，我看着素书清亮的眼神，看着她因为疑惑而微蹙的眉心，看着桂花纷纷扬扬如往事塞窣而落，我便觉得，有些事情，如尘埃、落花，只要风云不再卷起，就总有落定成泥那一日。

或许九阙说得对，有些事情，她从我口中听到是一回事，从别人口中听到就是另外一回事了。

素书善解人意，见我久不答话，便转了转手中的扇子，从容笑道："想来也不是什么大事，你想说的时候再说吧。"转头的时候，她摇着扇子，对九阙说道，"你这模样为何跟孟泽的一样？"

九阙一边领路，一边言简意赅地说道："我的这张面皮，是一面照心的镜子。姑娘喜欢谁，看到的就是谁。"

原来是这样。

我忍不住深思：素书现在看到的是本君，也就是说她已经喜欢上本君了？我原以为她最喜欢的是聂宿。她从九阙这张脸上看到的是本君的面容，那是不是代表，她最喜欢的神仙是我？

得出这个结论后，我忽然觉得蓝天格外蓝，日光格外灿烂，眼前的桂花格外好看，九阙的这张脸虽然看着普通，却普通得格外有价值。

本君强忍着自己的喜悦，十分谨慎地腹语传音，同前面领路的九阙确认道："你这张脸稳定吗？素书现在看到的是本君，会不会隔一会儿又看成别人？"

九阙回答："稳定……稳定得很。"

本君大喜，忽然又觉得哪里不对，当着素书的面问出来："可是本君这般喜爱素书，为何不能从你的脸上看到素书的模样？"

九阙回头，即便面具遮住了脸，但是透过那面具，本君还是瞧出来他笑得有些无奈："你想看到一个五大三粗的素书？成啊，本帝君可以叫你看。"

素书摇着扇子，笑出声："帝君身形颀长，风姿翩翩，哪里五大三粗了？"

九阙转身，继续带路："这就分男女了，我一个十几万岁的老头儿，自然不能被旁人看成貌美仙子。男人看我，便是你眼中的那个样子。"他停下脚步，摘下一朵桂花，直起身子往前走，又突然回头，问我，"听说我那个模样有点儿丑？"

我变出那本古书扔给他。他就着日光一瞧，又扔给我，一副了悟的模样，说道："本以为是其他神仙故意丑化本帝君，没想到是天上那个耿直的史官。"他长嘘一口气，认命道，"那史官向来有一说一，还不及我一个半拉和尚会打诳语，看来本帝君真的很丑啊。"

素书道："虽然不能看清你的本来模样，但我觉得帝君应当不会太丑。"她用胳膊肘碰了碰我，递给我个眼神。

我揽着素书的肩膀笑着附和："不丑不丑。"

虽然这个山头瞧着不高，但果真如九阙所说，随他下山的时候，广寒蒙素纱，已经绰约浮上东天。

山下熙熙攘攘，尽是南荒子民，想来这里也是风调雨顺几万载，南荒子民个个圆润健康，活泼可爱。兴许是这位老大领导得好，这儿的子民见到他总要行个礼，顺带也给我和素书行了礼。

我脸皮厚，觉得没有什么不妥，但是素书有些不好意思。

她收起扇子，道："我在凡间做公主的时候，也没有这么多人给我行礼。这儿的百姓这般有礼数，叫我有些受不起。到底是你的子民，不用拜我和孟泽。"

九阙笑了笑，说道："你可是四海八荒现存的唯一一位神尊，连本帝君见到你都是要问声好的，莫怕，以你的身份和作为，担得起这礼数。"

素书手中的扇子一顿，问道："你方才说我是现存的唯一一位神尊，以前的神尊呢？他叫什么，已经过世了吗？"

九阙回头看我，我紧紧握住素书的手。

我同素书说道："是聂宿，聂宿神尊。"

我本以为这些事情说出来会很难，可话音落定，轻松和踏实随即而来，也许是因为我有聂宿的记忆，同聂宿有许多说不清道不明的联系，所以我忽然觉得关于他的事情没有我想象之中的那么难以言说，反而极其顺理成章。

素书袖子一扬，折扇在手中打了个转，笑道："倒是觉得这个名字有些耳熟。改日，你同我讲一讲他的光荣事迹，我得跟他学习学习。"

"好。"我道。

面具之下，九阙唇角一勾，用腹语同我说道："你这般，就对了。"

祭月定在子时，子时之前，南荒帝九阙做东，宴请诸位仙官。

素书占着神尊的位子，我担着魔族玄君的虚名，随九阙入宴的时候，大多数神仙的礼数都极其周到，当然除了那个捏着茶盏的神仙。他看到我们，有点儿吃惊："你俩怎么来了？"

我随手薅了一根他手中的拂尘毛，笑道："你老君能来，本君同素书就不能来吗？"

老君有一丝恍惚，看看拂尘，又看看我，手中的茶都洒出来了，许久之后才怔怔地道："你方才这个动作，是跟谁学的？"

我明知道他说的是薅拂尘毛这件事，却觉得在这个场合不方便明说，便岔开话题："今儿这个茶，茶汤清润，瞧着不错。"

素书凑过来，指了指旁边倒茶的小仙子，眼睛亮得很："老君，别光顾着喝茶，斟茶的小姑娘瞧着也好看。"

老君冷哼一声："你们还没成亲吧？别一唱一和的了。"忽然又想起素书说要给他做煎饼果子吃的事，抬眸道，"你昨日许下的煎饼果子呢，来之前送到三十三天了吗？"

素书怔住："什么是煎饼果子？"

老君以为素书不认账，有些生气，本君赶紧拦在他面前，把他拐到一边，低声道："你想要什么茶，本君给你送，煎饼果子不是茶，是一种食物……我昨夜把她关于这四个字的记忆抹去了，你别在素书的面前提这个。"

老君聪明，掐指一算，便明白是怎么回事了，呵呵一笑，说道："你可是堂堂的魔族老大，当年翻手为云，覆手为雨，生屠两万虾兵蟹将下火锅，如今竟然连一个煎饼果子的醋都吃，你越发没出息了。"

我回头看了素书一眼，回答老君："我这一世，只想同素书安安稳稳在一起，管他有没有出息呢！"

老君拍了拍我的肩膀，也许是觉得我这根朽木已然不可雕，怕把我拍坏，下手有些轻。

我眸光转回来，却见远处一株优昙婆罗花树下，一个身穿白色衣裙的身影在夜色中忽隐忽现。

本君心下一惊。纵然那身影很飘忽，我却紧紧抓住了几丝梨花香气——她是梨容。

她好似是专门来找我的，因为她的声音十分细微，如细线穿针一样不偏不倚穿进本君的耳中，连身旁的老君都没有听到。

她告诉我："我有故事想说给你听，你来听，或者——她去死。"

太阳穴猛地一跳，我拉住要走的老君，嘱咐道："我去办件事，你今夜务必护住素书。"

老君尚在惊讶之中，不远处的素书却听到了我的话，捏着扇子走过来问我："这宴席眼看就要开始了，你要去哪里？"

我又望了那优昙婆罗树一眼，却发现那里只剩花瓣翩翩，不见梨容的身影，可我又下意识地觉得她在那里。

我低头轻轻地抱了抱素书，贴近她的耳朵说道："为夫去如厕而已，娘子莫担心。"

她扇子一转，扇柄敲敲我的额头，抽了抽唇角，道："准了。"

素书的笑容很清淡，可在万千火红的宫灯映衬之中，她那个笑容便好看得唯有"绝尘"二字可形容。有些神仙啊，纵然在尘世最糜烂的地方醉过酒、挂过牌，可那素衣玉冠、绝世独立的身子往灯火之中一置，不用仔细打量，便觉得扑面而来的清冽气泽永生永世都不会染上烟尘。

梨容的那句话又浮上我的灵台："我有故事想说给你听，你来听，或者——她去死。"

我看着眼前执扇而笑的姑娘，忽然觉得我这一去，有些事情会拿不准。我临走的时候抬手为她扶稳头顶的玉冠，贴近她的脖颈，亲了亲她："等我回来。"

素书不在我身边的那一万年里，我看了很多书，知道了很多道理，发现了很多规律。

其中有些折子戏有这样的规律：两个恋爱中的人，其中一个要走，对另一个说"等我回来"，那等的时间有时候是三五个月，有时候是七八年，有时候就回不来了，变成此生不复相见了。

我不晓得自己堂堂一个魔族老大，打打杀杀的事已经做尽，活了十四万年，依旧活得粗糙、不认真，为何会如此心细，为何会把这个规律把握得这般准确，又为何会将这个规律记在心上当了真。

直到我发现面前立着的姑娘是素书时，我才忽然明白过来。

我面前的姑娘啊，我当真容不得她离开我半分，容不得她有任何闪失，这些本就是旁人杜撰的，是经不起推敲的规律，它们不关乎素书，所以我不愿意去信，也不愿意去留心。

我说等我回来。我没有说期限。因为，不论是一个时辰还是一个月，不论是一年还是一百年、一万年，我说回来，我就会回来。

素书抬头，眸中生出些薄雾，望着我笑道："不晓得为什么，你亲我脖颈的时候，我觉得心里的某个地方好像塌陷了。"她用离骨折扇杆了杆我的胸膛，"去吧，方才还是很急的样子。"

我给老君递个眼色，仿佛十几万年前的默契又回来了，他稳稳接住我的眼色，引素书边往前走，边道："你觉得眼睛怎么样啊，有没有什么不自在？若是不好使，老夫可以免费帮你调整一下。"

我御风飞向那一株优昙婆罗花树，梨花香气越发逼人，怨怼之气也越发凌盛。

在这么短的距离中，我的脑海里又浮现出关于梨容的一些记忆。我晓得如果今日飞过来的是聂宿，大概对梨容会手下留情。

聂宿是喜欢过梨容的，可这不妨碍梨容过世之后他喜欢素书。

就如我年少时遇到良玉，以为自己自始至终只会喜欢她，本君曾经最鄙视喜新厌旧的神仙，可到后来，当我遇到素书时，我发现，其实很多神仙和凡人，能跟初恋在一起，一直到白头的，很少很少。有缘无分、有分无缘的多，更多的却是我同素书、素书同聂宿这种，这不同于喜新厌旧，不论我们经历过什么，都有权利放下以前的遗憾和悲苦，继续好好地生活。

那时的他，或者说，那时的我在银河畔同素书辞别。嗯，对，是关于生死的辞别。

　　我抱住张牙舞爪、使劲踹我的素书，看到她的眼泪飞出来："谁舍不得你死？你剐我鳞片，我恨了你一万年，我恨不得把你抽筋剥皮、挫骨扬灰。"

　　她还说，她对我的恨又加了一曾，我晓得，她是在恨我把她丢进无欲海，企图溶解掉她对我的情意这一桩事。

　　那时候，我发现有些情可以深刻到连无欲海海水都没有办法溶解的地步，比如她喜欢我，比如我喜欢她。

　　她被我丢进了无欲海。其实本神尊为了把她摁进无欲海，自己也要跳下去，情丝也被海水勾出来狠狠地啮噬着。

　　我抱住她，觉得一切释然，幸福得不得了，也欢愉得不得了，因为我终于告诉她："如果不是这样，我还不清楚你对为师的情意到了连无欲海水都不能溶掉的地步。我本该让无欲海水溶解掉你对我的情的。可看到海水里你泪雨滂沱的模样，我突然有了私心。我怕你不喜欢我后再看上旁人，所以收手了。我记了你几万年。"

　　她觉得自己被我玩弄了，不由得恼羞成怒，抬手揍了我一拳。我没有躲，反而顺势握住她的手，将她拉进怀里。银河星光流淌成水，映着我紧紧抱着她的样子。

　　她第一个想起来的果然是梨容："你记了我几万年？你把我当成什么记了几万年？那个梨花神仙吗？"

　　我望着怀中素衣玉冠、脸上还带着些委屈的她，忽然觉得，梨容是真的成了过往。我所求的便是我当初一直嘱咐素书的——她的安稳无恙。我甚至觉得，梨容把魂魄给了素书是好的，可我无法表达自己的心意，我给她解释花瓣寄魂的事情，她不太喜欢听。

　　但我的时间已经不多，只能亲一亲她。纵然这个吻浅得很，我却想告诉自己，也想告诉她，我喜欢她。

　　这是对那句"你若是喜欢过我，能不能亲一亲我"的回答。

　　我放下了梨容。

　　素书，我喜欢你。

32．玉玦化镜，执念成灯

耳边风声不止，我看到面前的优昙婆罗花树纷纷落下羽状花瓣，忽有水蓝光影浮于半空，有一点血迹自那水蓝光影的中心往四周游散开来，血迹所经之处，光影成镜，镜上渐渐显出两个身影。

本君有点儿不相信自己的眼睛。这镜面上的两个身影竟然是本君已经仙逝的爹娘。我的母亲手握摇光宝戟，我的父君身披玉衡铠甲，二位立于滔滔巨浪之上，十分威风。

我觉得有些不对劲。

在我很小的时候我爹娘就仙逝了，现今又看到他们二位的身影，我没有感动和怀念，而是觉得震惊，觉得这是圈套。

方才耳边风声不止，此刻却骤然停息。

我心下一惊，拂袖迅速撤退，却听到轰然一声，后背狠狠撞上结界。本君大惊，猛然回头，发现不远处素书已经和老君并行至宴席上，准备一同入座。

我冲外面喊了一声"素书"，见素书脊背一僵，怔怔回头看了一眼这边，可她的目光没有停留多久，面带疑惑地转过了头。

她果然看不到这边的场景。

不晓得这结界是用什么法术结成的，从这气息来看，不像是现今的神仙常用的招数，倒像是上古神仙独有的招数。我使出铖襄宝剑，照着结界狠狠劈下去，这结界依旧严丝合缝。果然，以我的仙力无法打破这结界。

梨花香味大兴，有声音自我背后响起："我是该叫你孟泽，还是该叫你……聂宿？"

我回头，看到身穿白色裙衫的梨容戴着一副墨色的面具，面具上空空荡荡，无鼻无口，只在眉眼位置绘着两朵雪白的梨花。她那墨色面具融入夜色，猛一打量，觉得她的脸上空空荡荡地只剩悬空的两朵雪白梨花，在这夜景之中骇人又凄凉。

"怎么样，你的爹娘，你还认得吗？"她声音里有些笑意，依旧是镇静的模样。

本君比她还镇静："你既然知道他们是我的爹娘，便应当晓得在你眼前站着的是孟泽。"

她抬手抚摸那水蓝镜面，问我："孟泽玄君，如今重新看到你的爹娘，有什么感受？"

镜面上的光落在她的手上，我才发现她的手背上也文着一朵梨花。

"你希望我有什么感受？"本君反问。

"我希望啊……"她仰面，"我希望你看到你的爹娘之后会痛哭流涕。"

痛哭流涕。

她不会晓得，本君年少的时候，不但痛哭流涕，还差点儿跟我爹娘一起魂归洪荒。

她不会晓得，随着年龄的增长，有些感情用痛哭流涕无法表达，也无法排遣。

她和南宥都是善于诛心之辈，可她在诛心之前所做的功课远比不上南宥。我忽然发现对付这个姑娘用不着刀剑，便收回钺襄宝剑。我不愿意去看镜面上虚幻的影像，只望着她笑道："你想叫我哭是吧？本君为何要听你的，你叫我哭，我便哭吗？"

她抚着镜面的手一顿。本君看到自己的爹娘没有泪流满面，这叫她十分失望。

我甚至想到了她接下来要打算做什么，便继续道："变出我仙逝的爹娘的身影，趁我难过之际，再说出一些诛心的话，挑拨我同素书的关系？你是这么想的吧？"

她闻言，那抚着镜面的手指狠狠抠进去，镜面碎了一角，碎片刺进她的手指，有血水淌出来。

"你难道不想知道你爹娘是怎么死的吗？"她有些生气。

"不用你说，我自然知道。"

这世上，有一种丹药，以三万年仙寿为祭，散尽修为，收心脉血元，炼三日可得。年少的时候，我父君为了救我母后的性命，炼了这种丹药，后来我父君仙寿提前到尽头，仙逝了。

这丹药啊，当年的长诀也炼过三颗，阿玉曾给我的眼睛用了一颗，叫我完全失明的眼睛依稀看得清这仙景。

父君是为救我母后过世的，而我的母后，她是守卫摇光星的神女，为了神界的安宁而亡。她仙逝的时候告诉过我，她死得其所，无愧于天地。

我爹娘的事情跟素书没有什么关系，因为那时候的她正在银河深处沉睡。

我觉得现今的梨容有些好笑，她明摆着要拿我爹娘的事情做文章，她却不了解情况。

"实话实说吧，"本君靠着背后的结界，悠闲地打量着她，道，"你今夜想做什么？你要是想叫素书死——"

"若我就是不想叫她活着呢？"她问我。

"那本君只能先对你动手了。"我道，"纵然我觉得不该对女人动手，但是你要来伤我孩儿他娘，我觉得你就该死。"

她冷笑一声："你当年可不是这样说的，你喜欢我的时候……"

"别提当年，你当真以为我就是聂宿，聂宿就是我？你错了，聂宿喜欢你，不代表我喜欢你；他说要娶你，也不代表我要娶你。你同聂宿的事情，都化成了云烟，早在十几万年前随着聂宿仙逝而散了。
况且——"

"况且什么？"

"况且你不再是当年的那个梨容了。你自己变成什么样子，你应
当晓得。你觉得聂宿凭什么会再次喜欢上你，你又觉得拥有聂宿一缕魂
的本君凭什么喜欢你？"

为情所困而伤人害命从来不是正途，本君永远也不会忘记当年我
因为得不到良玉而害她心脏完全不能用这一桩事，这件事永会让本君一
直觉得愧疚——伤人就是伤人，害命就是害命，"情"字永远不能成为
犯错的借口。

可是现在的梨容不懂这一点。她以为自己失去的东西是被素书抢
过去的，她一定要用尽手段再夺回来。

她不晓得，当年的素书是一条完完全全没有魂魄的鱼，她做任何
事情都是无意识的。梨容的魂系在花瓣上，被素书阴错阳差吃了下去，
是天意。梨容不能怪素书。

梨容终于意识到她面前站着的不再是宠她的那一个神尊，而是吃
一堑长一智的本玄君。

"孟泽啊，"她扬起下颌，面具上的梨花花瓣轻开轻合，"听说
你的孩儿还没过世，真叫人可惜啊。"

本君当即扬起袖风狠狠落在她的脸上。

面具当即被扇落到地上，她的脸像纸一样惨白，眼睛是两个血窟
窿。她大呼一声，慌忙跪在地上，颤抖着双手，去摸被我扇落的面具。

"是谁允许你提我孩儿的？"

地上的她终于摸到那副墨色面具，戴回脸上，镇静一些后，忽然
笑得癫狂："你当真宠素书宠得紧了，单独带她来南荒赏月，你放心你
的孩儿吗？把他留在玄魄宫，只叫一个没有多少法力的小荷花护着……
嗯，没错，你的孩儿，现在在我手上，你要看一眼吗？"

本君大惊。

"你想问什么便直接问吧。"她扶着那水蓝镜面站起来，抹掉流到脖颈上的血水，拍了拍那镜面，笑道，"我想叫你进去。"

我怒火盈胸："我孩儿在哪里？"

"方才我以为，能用你的爹娘把你引进去，谁知道你爹娘过世得太早，你竟对他们没了感情。"她依旧笑。

"我孩儿在哪里？"我控制不住钺襄宝剑，它自掌心生出，我又问了一遍。

她还是在说自己的话："早知如此，我又何必费工夫寻出你爹娘的影子，直接把你的那个孩儿带出来就好了。"

钺襄宝剑随我心意，瞬间靠近她，剑锋不偏不倚抵上她的脖颈。

她反应过来："哦，你用剑了，可是，"面具之下溢出瘆人的笑，"可是你把我杀了，谁告诉你你的孩儿在哪里？"

我听到自己怒喝一声，剑身上倒映出一个双眼赤红的本君："我最后问你一遍，我孩儿在哪里？"

她拿捏住了孟鱼，也拿捏住了本君。

我不可能放任孟鱼不管，她算准了这一点。梨容比我想象的残忍。

她道："那我再说一遍，我要你进入这镜面。你的孩儿连同你的爹娘都在镜子里。他们啊，就在等你进去团聚。哦，不对，"墨色面具上用梨花做的眼睛半合，似是在眯眼笑看本君，"你口口声声说素书是你孩儿的娘，团聚的话，应当也要把她送进去，对不对？"

我握剑的手控制不住地颤抖。

"但是啊，我偏不。"那笑声越发骇人，"我偏偏不把她送进去，我要让她知道你当初割她的鱼鳍，叫她再也不愿意跟你——团聚。"

"而且，你的爹娘，尤其是你的娘，到底遇到了怎样的对手，你怕是不清楚。有些事情，用不着我来挑拨，你同素书的纠葛，本就一直没有断，是劫是缘，不是我说了算。"她抬起手，往上指了指，手背上的梨花带了些微红颜色，依稀有嗜血的气泽涌出来，"是上天说了算，我做的，不过是叫你认认真真地体会罢了。这是你抛弃我的代价。"

镜面上水的光流成波澜，几个浪头翻过，我看到了海面上被浪头席卷、费力地想要跃出巨浪却如何也逃不出来的小银鱼，我看到了拼命挣扎、撑着荷叶想要保护银鱼的荷花。

孟鱼和孟荷。

优昙婆罗花树的花瓣落下来，无声无息，却昭示凶劫。

怒火袭上心头，吞噬着我的理智，我跃身而起，握紧钺襄宝剑刺入她的胸膛，又狠狠抽出来。

她面具上的梨花瞬间绽开又瞬间合上，她颤抖着说出一句完整的话："你……你已经这般……毫不怜惜地……伤我两次了。"

纵身撞入镜面的时候，我眼中全是水雾。

她还怪本君不怜惜，等本君救我孩儿和孟荷出来，叫她看一看本君真正的不怜惜是什么样子的。

镜面成水，耳边虽有碎响，身上却没被割伤。越过水蓝镜面，我落入茫茫大海。

这大海，我认得出……是无欲海。

小鱼儿和孟荷都太小，他们在这茫茫无欲海中渺若一粟。

我双目刺痛，在海面上来来回回穿行几百次，却始终找不到他们。我甚至在怀疑那镜面上的景象都是幻象，我几乎要跳出镜面去逼问那妖女把我孩儿藏到哪里去了。

我无法掩饰自己的心痛，也无法掩饰自己的着急与惶恐，我反反复复逆着浪头飞到无欲海上空俯瞰，却找不到我的孩儿。飞卷而起的海浪如刀，贴着我的血肉而过，海水闻到血腥味，化成丝丝缕缕的线缠上来，咬上我的情魄。

我想，我应该再找一找，哪怕把这无欲海翻遍，哪怕被这无欲海海水咬碎情魄，我也应当寻遍每一寸地方，万一我的孩儿连同他的小荷哥哥就在这里呢？

我怕自己找不到小鱼儿，我永远忘不了当年他卧在我掌心里没有丝毫生气的模样。他娘好不容易才把他生下来，我好不容易才把他养得这般天真活泼，我怎么能……看着他离我和素书而去。

我狠狠抹一把脸，抹下大片大片的海水。

最后，日头沉没，浪头息下去，余晖染红了半面无欲海，我终于在无欲海尽头的一块礁石上看到了荷叶遮盖下的小鱼儿。

我将他们抱回岸边，迅速抽出仙气渡到他们二人身上。

孟荷先化成仙形，衣衫湿透，面色虚白，开口唤了我一句，又低头看看小鱼儿，发现他还没醒，茫然了好一会儿，问我："阿叔，小鱼儿他……他怎么样？"

我指尖颤抖，又引仙气渡入他口中，见他还不肯醒，变出一把刀划开指腹，轻轻捏开他的小嘴儿，把血水往里送。

好在小鱼儿顽强，终于在月亮升起的时候醒了过来。

他化成仙形，扑进我怀里大口大口地吐海水，边吐边往我怀里钻，抽了抽鼻子："父君，这个池子好大啊！池子里的水好苦啊！"

不晓得为什么本君有点儿想哭。不是因为孟鱼太傻，而是因为他开口说话了。是的，不管他现在说什么，本君都想哭。

安然无恙当真是最好的事情。为父别无他求。

怀中的他终于吐干净了，伸出小胳膊抱住我的脖颈，脸颊蹭了蹭我的脸："父君，那个姑娘好吓人啊，她没有脸……也没有眼睛、鼻子、嘴巴……那个面具上只有两朵花，小鱼儿很害怕，但是小鱼儿没有当着她的面哭。"

"你真的没有哭吗？"本君笑问。

他立马抬头，虽然身子受了些小伤，但瞧着还是很精神，咬着小奶牙信誓旦旦地道："小鱼儿没有哭，真的哦，父君要是不信，"扭过小身子指了指孟荷，"不信你问小荷哥哥。"

孟荷理了理被海水冲得破碎的衣裳，说："嗯，你没有哭，就是有点儿害怕，把我的荷叶都扯碎了。"

哦，原来衣裳不是被海水冲破的，是叫孟鱼扯破的。

眼皮子底下，小鱼儿的手已经按上衣扣，很是仗义："那小荷哥哥，小鱼儿把自己的衣服给你穿啊。"本君晓得他只是自己不想穿衣裳而已，这是要顺水推舟，送个人情。

下次谁再说我儿子傻，我跟他急。

我转念一想，好像只有我说过孟鱼傻，旁人哪敢说？

我们爷仨在岸边待了一会儿，孟荷换好本君变出的干净衣裳，小鱼儿吃了本君变出的煎饼果子。孟鱼说不饱，我又顺手变出一个拳头大的糖丸送到他手里，道："够你舔一年了。"

小鱼儿很兴奋，抱住我的腿欢呼道："父君！你真好！"结果那个"好"字一落地，糖丸没有抱牢，从他手里掉了下去，一路滚进了无欲海。

原本明媚的小脸瞬间蒙了，他愣了一下，惆怅的小模样叫孟荷看不下去了，也随手变出一个糖丸送到他手中。虽然孟荷的糖丸比本君的那个小许多，但是对他这个化成仙形不久的小神仙来说，能变出来已经很不错了。

小鱼儿又抖擞起来，却长了记性，一只小手使劲攥着糖丸，怕糖丸滚进海里，便不敢抱我的腿了。

本君忽然又觉得自己有个傻儿子。

月至中天，天色越发晚，我们三个神仙收拾了一番。最后，孟鱼牵着我的左手，孟荷牵着我的右手，我们准备回家。

此时风浪已经尽数停歇。

在岸边走了几百步，海风猎猎，拂过面颊的时候，带了潮湿的凉爽，背后月华迤逦万里，银辉铺满蔚蓝海面，延伸至岸上的那几缕映出我们爷仨一长两短的身影。

景致宜人，叫本君内心舒畅，领着孟鱼和孟荷不由自主地又走了几百步。

我们一直走，小鱼儿身子一颠一颠的，顾不上吃糖丸，最后忍不住，脚步顿了顿，仰头看我，问道："父君，我们还要走多远？父君的小云呢？能不能把小云唤出来，叫它带着我们飞，这样小鱼儿就可以专心舔糖丸了……"

本君身形一僵，也顿住了。

本君蓦地想起来，自己那会儿是从那方水蓝色的镜面里冲进来的，如今要回去，应当首先找到那个镜面。

可我环顾四周，又极目远眺，九天无欲海广阔无垠，哪里还有什么水蓝色的镜面。

我蓦地想起进这镜面的时候梨容说的话："那我再说一遍，我要你进入这镜面。你的孩儿连同你的爹娘都在镜子里。他们啊，就在等你进去团聚。哦，不对，你口口声声说素书是你孩儿的娘，团聚的话，应当也要把她送进去，对不对？但是啊，我偏不。"

我恍然大悟。

这镜面怕是个囚笼，外面的素书同我们相隔，她进不来，而我们出不去。我终于明白那妖女的用心——把本君跟素书生生相隔，不得团聚。

我回头，又看向广阔的无欲海，海面染月华，波光粼粼。

可我清清楚楚地知道，这里不是真正的九天无欲海，真正的无欲海在镜面之外。这里只不过是虚幻的景象。

只是，这幻境之中，多了本君、孟鱼和孟荷，多了我们三个实实在在的神仙。这三个真实的神仙落入这虚幻的景象中，会有什么冲突，会有什么劫数……本君拿不准。

我又抬头，盯着月亮打量半晌，忽然发现头顶的月亮不是满月，而是下弦月。我冲进镜面的时候，外面已经是月盘高升了，但我落进这里的时候，太阳还没有西落……

是的，外面的日子和这里的日子不一样，外面的时辰和这里的时辰也不一样……可能，外面的年月也跟这里的年月也不一样……

小鱼儿不明所以，舔着糖丸，又舔舔嘴："父君，小云睡着了吗，为什么还不出来？"

　　孟荷显然明白了一些，拉了拉我的衣袖："阿叔……我们是不是出不去了？"

　　"不会出不去的。"我说

　　只是……我暂时没有找到办法。

　　我隐约记得，阿玉曾不小心落入峥嵘幻域，过了一年才出来。她晓得幻域中的时间比真实的仙界时间晚五万年，所以才能寻到五万年前的峥嵘移位之劫，跳出幻域。

　　所以，本君清楚地知道，在找到出口之前，最重要的事情是确定现在我们爷仨所处的时间——与外面真实世界的时间相比，此刻到底是过往，还是将来。若是过往，到底是在多少年之前；若是将来，到底是在多少年之后。

　　思至此处，我打算奔上三十三天去找老君。

　　就在这时，孟鱼突然揪了揪我的衣袖："父君，你看那边的姑娘是不是阿娘？"

　　我猛然抬头。

　　远处，月光倾洒，凉风吹过，有姑娘芰荷为衣，芙蓉成裳，周身有银光，手里拎着桃花玉酒坛，披星戴月而来。万里无欲海粼粼波光成陪衬，映着她的脚步有些踉跄，周身银光时而晃动时而平静。

　　小鱼儿惊呼："还是穿裙子的阿娘！"

　　凉风吹过远处的她，又吹过此处的我，清淡的气泽拂面而过，本君忽然觉得鼻下生出温热，抬手一摸，手上和鼻子上已经全是鼻血。

　　孟荷抬头："阿叔，你淡定一些……"

　　要本君怎么淡定？

　　本君第一次看到自己的姑娘身穿荷花衣、芙蓉裙。

　　在这之前，本君从来不敢想素衣玉冠、清雅倜傥的素书穿上荷花衣裙会如此好看。

　　是的，本君词穷了，鼻血奔涌而下，头晕目眩之中，搜肠刮肚，只找出"好看"一个词来形容我的姑娘，而且觉得我的姑娘比天下所有的姑娘都好看。什么面若桃花，什么倾国倾城，什么肤如凝脂，什么螓首蛾眉，什么不食人间烟火，什么回眸一笑生百媚，这些词统统形容不出我姑娘的美丽。

本君越发不淡定了，鼻血越流越多。

孟荷有些看不下去："阿叔……阿叔你好歹擦一擦，若是待会儿素书过来，你这般模样会吓着她。"

本君顺手拎起小鱼儿抱到面前，拿着他的衣裳擦了擦鼻血，趁小鱼儿还没反应过来，迅速将他递到孟荷怀里："待会儿见机行事，等素书走过来，若是见到你叔婶团圆，出现少儿不宜的画面，你便带着小鱼儿去别处玩一玩。"

孟荷："……好。"

小鱼儿抱着糖丸拧着身子回头，细软的头发散落下来，尽数粘在糖丸上，这邋遢的小模样简直不像是他娘亲生的："父君，什么是少儿不宜？"

本君勉强一笑："孟荷，你现在就可以带他去别的地方了。"

孟荷闻言，抱着小鱼儿，说道："少儿不宜，就是小孩子看了会辣眼睛。"

本君却顾不上他们，看着越来越近、裙袂翩翩的素书，心花怒放。

本君不自觉地往前走，走着走着又不自觉地御风。终于走到她面前，看到她震惊的面容，我想也没想就抱住她："素书。"

素书，本君很想你。

虽然，才几个时辰不见你，但是我很想你。

怀中的人儿身子有些软，又有些颤，没有说出一句话。

"素书，你这身打扮真好看。"我在她耳边道，看到那白玉一样的耳垂一点一点地染上红色，便忍不住亲了下去。

怀中的人蓦地打了个哆嗦。

"素书，你以后都这么穿好不好？"本君这般说着，忽然又觉得从灵台上冲下一股腥热奔向鼻端。我赶忙在自己身上下了个诀术才止住。

不晓得为何，怀中的她又打了个哆嗦。

过了很久，她才颤颤开口，呼吸之间带了些熏醉味道。她开口问了我一句话，这句话叫本君蒙了。

她问："谁是素书……哦，不对，素书是谁……"顿了顿，喃喃出声，"嗯，这两句好像没什么不一样……"

本君晓得，素书从被聂宿带回府中开始便一直叫素书，三万岁时，有了"神尊"的称号，四万岁时，在银河深处昏睡，这一睡就是十四万年。其间，虽然不曾被人提起，但她在神籍中还是占着"上古神尊"的位子，素书与聂宿比肩。她重回神界之后，除了在凡间成为苏月，在神界，她依旧是素书。

如今，她问我素书是谁，谁是素书，叫本君觉得震惊。

我握住她的肩膀，盯着她的眸子，想起水蓝镜面之外梨容的阴狠手段，紧张地问道："是不是那个梨花妖女伤了你的记忆？"

她眉心微蹙，似是在努力回忆，片刻后又放弃，眉头舒展，同我笑道："什么梨花妖女……你说刚才……我从凡间饮酒回来。"她提了提手上的桃花玉酒坛，给我解释，"闻到这酒中的凡尘味了吗？凡间来的。"

我看着她，即便这眉眼和声音没有一丝一毫的差错，可我还是问道："你现在……是谁？"

她醉得有些厉害，眯眼笑了笑，身上的银光忽明忽灭，那声音也跟着有点儿飘忽："我叫什么来着……哎，我叫灯……嗯，对，灯染。灯染姑娘。"她忽然把酒坛子递给我，从我怀里跑出去，立在三步开外的地方，旋转着身子，摇着硕大的裙摆给我展示，对我欢快地笑道，"你看啊，我身上是不是有光亮，你看到这银光了吗？"

她欢快得像个小孩子。不晓得为何，她越是这般欢快，我就越觉得她寂寞。

"灯……灯染。"我唤她。

"对，灯染，"她又摇了摇裙摆，银光依然在跳跃，好似还在给我展示，"就是亮灯的灯，浣染的染。"

"为什么你身上会有银光？"我问她。

她微微侧着脑袋，目光可爱又天真："因为我就是灯啊，我就是一盏灯，所以，"她的手指做出星星眨眼的动作，"会亮。"她忽然想起什么事，恢复正经的模样，越过我，朝已经走到远处的小鱼儿和孟荷看去，"先不跟你说了，我这几天在养伤，好几天没有见到小家伙了，那个小家伙估计很想我。"

说罢，她一手提着裙子，一手拎着酒坛，往我身后走去。

我猛地拉住她的手，惊道："你哪里受了伤？"

手指交错，那微凉的指腹顿了顿，有记忆穿过浩渺云烟，越过沧海桑田，传到我的指尖，到达心底。

记忆中，她如现在这般，穿着荷花边的裙子，我穿着蓝褂子，我拉着她的手，她低头看我，只是，她比我高许多。

我立在她的面前，心里委屈得不得了，因为好久没有看到她了。我想了想，她都好久不出现了，我为何还要拉着她的手同她这般亲近，所以赶紧甩手，抱着胳膊不愿意看她。

这大概是本君小时候吧。小孩子的脾气竟然这样大，叫此刻的我有些尴尬。

若是搁在现在，本君见到好久不见的她，肯定会拉住她的手再也不愿意放开。

可是穿荷花裙子的她并不介意，笑了笑，手指伸进袖袋，摸出一颗酥心糖递给我，眉毛一挑，笑道："干娘我到现在也不知道你为什么生气，你若是不想见我，日后我便不来看你了。"

我本来是打算生气的，见她要走，立马不敢生气了，慌忙抬手扯了扯她的裙子，想到她走了我又会见不到她，便有些想哭："你这半年去哪里了……"

她笑得更欢快："你叫声干娘我就告诉你。"

"不是说好叫你姐姐的嘛……为什么又要让我叫你干娘……"我看到自己咬着牙，有些气，又有些急。

她却依旧在开玩笑，极其顺手地揉了揉我的头发，道："我比你大六万岁，当你干娘正好。要不我找个郎君，给你生个干弟弟？"

记忆中，年幼的我被她气哭了："你这半年是不是出去相亲了？你怎么能背着我去相亲呢？！"

"你怎么知道我这半年出去相亲了？我这半年确实见了许多男神仙，长得都不错，赶明儿我从这里面挑一个嫁了，你觉得怎么样？"

"你果然跑出去找夫君了……你找夫君就罢了，你夫君竟然不是我……"

她又抬手揉了揉我的头发，和蔼地道："乖孩子，别闹了。"

年幼的本君抹了把泪，可越抹泪越委屈："我也是男人，你就不能再等我长几年吗？你就不能等我几年，叫我当你的夫君吗？我想娶你。"

可她说："不能。"她俯身给我抹去眼泪，跟我说，"别哭了，这半年，姐姐很想你。"

那句"不能"，叫我难过得不得了。

33．心生万象，观心无常

如今身旁的她走过，那微凉的指尖划过我的手，叫我心生恍惚，觉得一瞬万年。

我回头的时候，她已经跑到了小鱼儿身旁，举起手中的桃花玉酒坛晃了晃，风吹得她的声音有些淡，但依稀能听出笑意："上次你说想尝一尝酒的味道，这次姐姐给你带了桑葚酒，甜甜的，不醉人，你要尝吗？"

小鱼儿有些蒙。

孟荷也有些蒙。

小鱼儿扯了扯她的衣袖，茫然地道："为何成了姐姐……小鱼儿不应该唤你阿娘吗？"

孟荷拍了拍小鱼儿的肩膀："我也觉得。"

那边的素书，不，灯染也蒙了："你何时变得这般听话了？当初叫你唤我干娘，你不愿意，如今怎么愿意叫了？"

小鱼儿又蒙了。

孟荷跟着小鱼儿蒙了。

本君记得刚刚看到的场景，知道灯染想做我的干娘，却不知道她为何在小鱼儿面前会这样说。

这个辈分，有些乱。我三步并作两步往前跑，想问清楚。

不料，我刚靠近他们，就见她抬手摸了摸孟鱼的头发，盈盈笑道："小孟泽，才几天不见，你是不是已经把我给忘了啊？"

这句话，叫本君、孟鱼和孟荷在海风中凌乱了许久。

倒是本君先反应过来，她是把孟鱼认成了我。既然她印象中的孟泽是小鱼儿这般大，那么，这幻境里的时间应该比真实的时间晚，幻境里，我的年纪和小鱼儿的年纪差不多。

这个认知叫我浑身一僵。若是这儿的时间比真实的时间早的话，我还能观光游览，看一看自己将来是个什么模样，反正将来的事谁也说不准，看到未来，岂不是一件很奇妙的事情？但现在，我竟然落在过往中，过往之事不可重来，不可违逆，若一步走错，很有可能会造成这幻境破灭，我们也许就再也走不出去了。所以我得打起十二分精神。

可我发现，在我的记忆中，完全没有关于灯染的事儿。就算我费力地用诀术寻找，找到的也不过是那会儿我与素书指尖相触时灵台上泛起的恍惚之事，没有根由也没有结果，指尖错开，那记忆便消失不见，尽数化成虚妄。我分不清真假，也辨不清根由。

她说她叫灯染，她觉得眼前的娃娃是孟泽，她让这娃娃唤她姐姐。十几万年后，我回到她面前，却不记得自己以前同她相识。

我又认认真真地打量灯染，发现她的模样和神情都比素书稚嫩一些。

小鱼儿绞了绞衣袖，抬头的时候叫灯染阿娘。

灯染长叹一口气，捏了捏小鱼儿的小脸："乖，叫我干娘就行，你干娘我还没成亲，日后还得嫁人，你开口叫娘，我会嫁不出去的。"

小鱼儿咬着牙，快要落泪："娘，你不要我爹爹了吗？你日后还要嫁给谁？"

灯染眨眨眼："这么说，你终于记得你爹是谁了？"

"我爹就是……"

小鱼儿拽住我，本想告诉灯染本君就是他爹，但是本君没有容他说完，抱起他御风飞到远处。

"小鱼儿，"我蹲在他面前，嘱咐他，"从现在开始，你先管父君叫哥哥。"

虽然拿不准，但是本君觉得，在这幻境中，因为年龄问题，灯染把小鱼儿当成了我。

小鱼儿不懂，抬头的时候眼里有一汪泪："刚才阿娘不愿意当小鱼儿的娘了，现在父君也不愿意当小鱼儿的爹爹了吗？"这句话问出来，手里的糖丸也不要了，沾着糖汁的小手抱住我的脖颈，号啕大哭，"小鱼儿以后会听话的，不脱衣裳，父君能不能继续当我爹爹？呜呜呜……"

我知道我跟他解释不清楚，自己的傻儿子也不可能听明白我的解释，便抬手揩了揩他脸上的泪，哄道："小鱼儿，这只是个游戏，你若是能做到，父君便允许你一天中有一个时辰可以在玄魄宫不穿衣裳。"

小鱼儿的泪瞬间止住，只是手上的糖汁太黏，手指沾在我的脖颈上，用了些劲儿才拿下来，挂着泪珠子的大眼睛忽闪忽闪的："父君说话算数吗？"

"算数。"

"那这游戏要玩到什么时候呢？"

到我们出去的那一日。

"到时候，父君告诉你。"我抬手指了指远处的灯染，"还有，现在暂时管你阿娘叫姐姐。"

"刚才阿娘也是在跟我做游戏？"他眼睛一亮，掰着手指算了算，"那这样，小鱼儿在玄魄宫，每天是不是有两个时辰可以不穿衣裳？"

"嗯，对，但是，小鱼儿，平日里不能提这个游戏，若是提了，父君便不许你脱衣裳了，明白了吗？"

小鱼儿乖巧地点头，如此，我们父子俩达成协议。

我起身的时候，灯染已经过来了，抱起小鱼儿，眯着眼睛看我，脸颊上还有些醉酒之后的红晕，笑道："我先带他回家了，你跟——"她回头看了看孟荷，"你们是来无欲海玩耍的吗？我得提醒你一句啊，这海水不太友好，能溶解情魄，你……你叫啥来着？"

我突然意识到自己只顾着给孟鱼安排身份，却忘了给自己安排。

我脑子转了转，想到了许多名字。我望着她，看到海风吹散她的头发，银光晕开在她的身上，道出："聂宿……你可以叫我聂宿。"

我看到她蓦地睁眼，唇齿颤了几颤才说出一句完整的话："你说你叫什么？"

我对这儿的事情不了解，可我看着她，在听到她问我的时候，我想不到其他名字，我想到的、想成为的，只是聂宿。

她忽然落泪，放下小鱼儿，扯了扯我的衣袖，却不敢握住我的手，话音里带着委屈："你真的是聂宿吗……在无欲海里一直守着你，真的好难啊……你终于回来了，真好。"

你真的是聂宿吗……在无欲海里一直守着你，真的好难啊……你终于回来了，真好。

我忽然觉得在自己的魂魄之中，有那么一缕，一头连着心脏，另一头牵着灵台，被她方才的这句话钩住，扯得生疼。

我蓦地想起来，在我还没有出生的时候，聂宿便仙逝了，当我长到小鱼儿这样大时，聂宿已经仙逝许久了。

她抬起袖子抹了抹眼泪，望着我，仿佛想要将我的模样看得完整又仔细："我是不是喝醉了……你真的是聂宿吗？"

我喉中一哽，道："是。"

她好似仍然觉得自己是醉酒做梦，同我确认道："明天我醒过来之后，你还会在吗？你还会是聂宿吗？"

我说："是。"

"嗯，"她抱住我，额头抵在我的胸膛上，"身后的无欲海里，你的那缕魂魄，我守护得完好。你身上缺的那缕魂魄，改天，我们就可以取出来给你补完整，你这里，"她的身子离开我半分，手从我的心脏处一路抚到眉心，"便不会再痛了。"

我怔了怔，尽力理解她方才说的这些话，说："好。"

她一定饮了许多酒，情绪有些不太稳，忽然又使劲抱住我，趴在我的胸膛上哭道："你该早些来的，你不晓得我有多委屈。为了守住你的魂，我便不能倒下，为了不倒下，我就要靠吸食魂魄来延长生命。可你也晓得，总有一些爱管闲事的神仙。我只要一食魂魄，有个神仙便要来揍我。"她顿了顿，卷起袖子指给我看，"这样算是轻的，前几次，我都被她揍得头破血流。"

我看到她的手臂上青一块紫一块，被欺负成这般模样，忽然觉得肝火旺盛，大怒道："是哪个神仙揍你的？"

她抹了把泪："不是我不想告诉你，我是怕你也被她揍。你也揍不过她，她厉害得很，是个神女。"

"你告诉我她是谁，我娘当年便是神女。"本君气极了，"我自幼目睹娘的威凛，晓得她的诸多仙诀战术，不信这神界还有神仙会比她厉害。"

她揉了揉衣袖，望了望夜空，又望了望我，长叹一口气，惆怅地道："这个神女，是守卫摇光星的神女，叫陶妤，你可能不晓得，她手中的摇光宝戟乃摇光星辉化成，她也被摇光星护佑。你对抗得了一个神女，但你如何对抗得了摇光星？"

本君大惊。

她口中的陶妤……是本君的亲娘。

我不敢告诉她，把她揍得头破血流的那一个厉害的神女就是我娘。

好在她也醉得厉害，没有注意到我慌乱又忐忑的神情，说道："本姑娘带你们回家。"

她袖子一扬，飞至无欲海上空，周身银光温柔舒缓，一半潜入蔚蓝海水，一半融进皎皎月华，回首招袖，同我们一笑，瞬间化成一盏荷花灯，稳稳当当地落在无欲海海面上。那灯芯赤红似血，灯身的花瓣明蓝如水，恍惚之中，我觉得这颜色似曾相识，印象却被荷花灯的形状遮掩，想不起到底在哪里见过这颜色。

亮灯的灯，浣染的染。

她说因为她就是一盏灯，所以会亮。

如今看到这番景象，我便信了她所说的，但也越发糊涂——灯染到底是不是素书？

素书的原身是条银鱼，可是，灯染的原身如她自己所说，如本君亲眼所见——是一盏荷花灯。

这诸多事情一同涌上灵台，越来越多的迷惑叫我想不通、解不开。我只能听着灯染的呼喊，带上孟鱼、孟荷飞上云头，跟在荷花灯后，一路向无欲海深处行进。

孟荷扯了扯我的衣袖，低声问我："阿叔，你能看到荷花灯花瓣上一幅一幅的景象吗？"

我惊讶地低头，却见那水蓝的花瓣晶莹剔透，映着月光和海水，根本没有孟荷所说的景象。

孟荷皱了皱眉："阿叔果然看不到。"又低头问孟鱼，"小鱼儿，你能看到荷花瓣上的景象吗？"

孟鱼趴在云头上往下打量，傻傻摇头："小鱼儿看不到啊……可是小鱼儿觉得阿娘……"忽然想到我同他定下的规矩，改口说道，"姐姐，姐姐好漂亮啊！"

"你看到了什么？"我问，"为何你能看到，我同小鱼儿看不到？"

孟荷抱着胳膊，低头打量灯染，又抬头同我道："阿叔，我觉得，我同她的原身都是荷花，纵然我是真荷花，她是假荷花，但是构造相似，便能看清楚。荷花灯想要化成仙形，必须得有魂魄，太学宫的简容老师告诉我，他的魂魄曾寄托在一把扇子上，把扇子化成了仙形。"

本君终于明白了一些："你是说，灯染她……她身上有一缕魂魄？"

孟荷道："而且，这魂魄很可能是素书的，或者……"

"或者，是素书的魂魄系在这盏荷花灯上。"我道。

孟荷点点头，望着在海上前行的荷花灯盏，思索片刻，又道："我觉得，当务之急，应当是让你看到荷花灯上那一幅一幅的景象，兴许你能找出从这儿出去的办法。虽说我能看到这场景，但我年纪小，不了解你同素书神尊的事儿，不能表述清楚。阿叔，你有没有办法看到这荷花灯上的景象？"

本君望了望云下的灯染，看到她灯芯处赤红的颜色，因着孟荷的提醒，忽然想起佛书上的两句话。

心现三生六道。

观心无常。

正是因为心现三生六道，反反复复，纷纷杂杂，易成执着妄念，化成灾祸，不可疏引。

思及此处，我又蓦地想到我娘。

灯染说："为了守住你的魂，我便不能倒下，为了不倒下，我就要靠吸食魂魄来延长生命。我只要一食魂魄，有个神仙便要来揍我……"

靠吸食魂魄延长生命，这已然是鬼魅、邪魅所行之事……

《上古战纪》中有一个故事是关于邪魅的。

邪魅身着素单衣裳，面容清秀，姿态翩翩柔弱，因为有好皮相，有柔弱的躯壳，他们被其他生灵温柔对待，用精肉包子、海鲜火锅养着。邪魅接过精肉包子，端过海鲜火锅，温柔地道句谢，给个笑，其他生灵就不晓得今夕是何年了。

所以，邪魅在六界混得都不错，繁衍生息五万年，其数量也越来越庞大，五万年后，走在路上的十个生灵中有五个是邪魅。其他生灵没有看出不妥，天上的神仙也没有意识到灾祸就要发生。可问题就出在数量上——万千邪魅一直休养生息，便是安定，可他们要是兴风作浪，基本就等于要将四海八荒颠覆，要将天庭改朝换代。

当一个族群强大到其他族群根本不是其对手的时候，他们也没有必要再卑躬屈膝，对异族俯首称臣了。

邪魅这一族也一样。

直到三百万邪魅的素衣成白山，一路风卷残云般吸食其他生灵的魂魄，踏着尸体涌到九天，进而要涌至翰霄宫逼天帝让出六界之主的时候，诸位神仙和其他活下来的生灵才反应过来，邪魅自古以来就是靠吸食魂魄而生的，哪里是精肉包子和海鲜火锅能打发的？如此繁衍生息五万年，已经不太好对付了。

那年，上古洪荒爆发了第一次邪魅与神族之战。邪魅吸食其他生灵的魂魄以筑自身修为，而被邪魅吸食魂魄，成行尸走肉的生灵也会在短短时间内变成邪魅，再去吸食其他生灵的魂魄。这样一来，四海八荒的邪魅几乎永生不灭。

战火烧了足足一万年，神族死伤无数，大多数邪魅被重新压入九天，以星宿之光筑樊笼。星辰烈火燃了七七四十九天，才将万千邪魅烧毁，神界勉强得胜。

回头再看六界，已是满目疮痍。仅剩的几百个邪魅被关在天牢里，八百年后才放生。

重新回到四海八荒的邪魅再也享受不到当年人见人爱，白拿精肉包子、海鲜火锅的待遇了，最终只能在夜间出没，吸食残魂游魄，勉强维持生存。

神界得胜那年，神族便在翰霄宫立下神律——见邪魅吸魂魄，必以仙法摧之。

起初，神仙还晓得对邪魅这般严酷的缘由，可光阴似箭，万万年过去，神族只记得"见邪魅，必摧之"这句话，拿邪魅泄私愤的不少，拿他们当出气筒的也不少，纯粹手痒痒想揍个邪魅玩玩的也是有的——反正有白纸黑字、金光加持的神律护佑，怕什么？

我想起素书的一桩往事。

我生屠西山梦貘后遍体鳞伤地回到玄魄宫，素书恰来找我。我当时并不晓得自己对她到底是什么感情，不想承认自己喜欢她，也不想任由这份情意随风去。她自然看不出本君复杂的心绪，所以说了不过几句话便叫她觉得不太愉快。她却不愿意同旁人争辩，不愿意同旁人生气，谁要是欺负她，谁要是惹恼她，她喝场酒、睡个觉，自己也能宽慰自己。

说到不开心处，她便不愿意再同我说话，起身往银河深处的宅子走去，还说她身旁的仙官要等急了。本君那时候看不清啊，一直以为她身旁的那个仙官是个男神仙，而且是一个白白嫩嫩的男神仙，当即吃了醋，控制不住，便奚落了她几句。

她奔出玄魄宫的时候，衣袖逆风，猎猎而响，带着许多怒火。

夜色昏暗，晚风吹过，祥云之上的她，头发早就被吹乱了，身形纤瘦，素单衣裳被风卷起，遥遥看去，容易被当成吸食魂魄的邪魅。那些仙官十分混账，早就忘记了为何要对邪魅动手，他们纯粹就是想动手，怡情作乐，而且以众对一，枉为神仙。所以，这些混账，扔到畜生轮回道上都是肮脏了畜生。

我立在云头上，望着下面的荷花灯盏，忽然觉得思绪万千，却因为读的书多，最终豁然开朗。

我的娘，也就是陶好神女，自幼熟读神律，并以此严格要求自己，自然晓得为何邪魅不可饶恕，尤其是吸食完整魂魄的邪魅。她应该是见到灯染吸食魂魄，把她当作邪魅，所以会这般穷追猛打，将她揍得头破血流，不愿意放过她。

思及此处，本君有些庆幸。我娘手中的摇光宝戟仙法赫赫，莫说摧毁一个邪魅，就是摧毁千百个邪魅也易如反掌。可是母亲她没有这么做，只是用拳头揍了灯染，纵然灯染头破血流，却只是皮外伤，没有伤及性命。

我娘也是动了恻隐之心的。

心生万象，观心无常。

所以，当孟荷问我有没有办法看清楚荷花瓣上一幅又一幅的场景的时候，我俯瞰这水蓝灯盏，望着那赤红灯芯，脑海中万千思绪纷纭而过，我最终的决定是——跳进灯芯看一看，她心中所生、变化无常的执念，到底是什么。

我念诀将身体变小，跳进灯芯，看着水蓝的灯壁，却依然没有看到孟荷所说的画面。

我正欲想其他办法，耳边突然响起孟荷的声音："阿叔，你仔细看你脚下所踩的地方，那赤红的颜色，是不是在流动，像不像血？"

我一怔，蹲下打量，果然发现那赤红的颜色在水蓝玉面下自四周缓缓向里攒聚，极其细微地流动着，若不仔细打量，还真看不出来。

本君引诀成刀，划破自己的手臂往荷花灯芯里滴血。手臂上的血水落入灯芯，瞬间被灯芯吸收，玉面之下原本缓缓攒聚流动的血，因着我这血水的混入，轰然收缩，浩浩荡荡地聚往一处！

34．往事长明，荷花浮景

我心下一惊，便听见纷杂喧嚷的声音自四面八方传来，再一抬头，忽见四周高耸的荷花花瓣上赫然出现几幅场景，恰如孟荷所说。

正前方那片荷花花瓣上浮现出的是关于聂宿的事情。

那场景之中的聂宿，正在十三天神尊府中种什么东西。那东西放在一个玉盒里，虽是碎片模样，却比玉还要晶莹剔透，很久之后，我才回过神来，他种下的是魂魄，可我不晓得那是谁的魂魄。

掩土埋上的时候，他腰间的玉玦不小心落下来。他停下手中的动作，从那埋下的魂魄碎片之中捡起玉玦，又系在腰间。

花瓣之上，场景变换，转眼间万年过去，当初埋下的魂魄碎片已长成两棵梨花树。

可我觉得有点儿不对，画面之中的聂宿亦发现有点儿不对——当初魂魄明明种在一个地方，就算是种魂成树，也应当长出来一棵，为何会在这里长出两棵？

聂宿皱眉思索了一会儿，觉得这其中的一棵梨花树应当是他想得到的那一棵，另一棵梨花树应当是多余的一棵。

果不其然，他想得到的那一棵梨花树最后化成梨花神仙，这梨花神仙便是梨容。旁边的另一棵呢……聂宿没有理会，他觉得他一直等的人终于来了，现在能化成仙形，真好。

可看到这里的本君觉得心疼。因为在聂宿带着化成仙形的梨容离开的时候，我看到他身后被冷落的那一棵梨花树花瓣簌簌落下来。不晓得为何，我觉得这一棵树如果有心的话，那它一定难过极了。可惜聂宿没有回头，他似乎不太关心这一棵梨花树。

但是，我想问一下，他是如何判断出他种下的魂魄就是梨容的？他为什么不问问旁边的那一棵梨花树到底是怎么长成的？

我又看到聂宿腰间的那枚水蓝玉玦，忽然觉得有些不对，细想之下，惊讶不已。若我没有记错，当初在轩辕国，梨容对素书说："事实上，这枚玉玦，是我送给聂宿的信物，所以，这玉玦，我拿回来，素书神尊不介意吧？"

当初，素书把聂宿神尊的遗物还给梨容的时候，面上的悲苦尽数落入我眼中。

梨容说这玉玦是她送给聂宿的信物，可明明在她还未化成仙形的时候，聂宿就有了这一枚玉玦。这便有两种可能：其一，她送给聂宿的玉玦不是这一枚；其二，梨容故意说谎，只为叫素书难过。

本君不信其一，信其二。没有什么理由，本君就是纯粹看不顺眼这梨花神仙，所以觉得她在撒谎，故意拿走素书宝贝着的这一枚玉玦。

这一片荷花花瓣上的场景到此结束，独留聂宿带着梨容远去。他身后那一棵梨花树花瓣簌簌而落，渐渐灰暗，最终消失。

另外一幅场景在我身后的一片花瓣上浮现出来，这场景里依然有聂宿，他腰间依然系着水蓝玉玦。这场景是在九天无欲海，只是海面上不是风平浪静，而是波涛汹涌，卷起十丈水浪，直奔上天。

立在海边的聂宿穿着一件水色的绸衫，这绸衫很像我平日里穿的那一件。聂宿同我的眼光如此相似，难怪当初在银河河畔初见素书时，素书远远看到我，会将我错认成聂宿。

海岸边的聂宿沉着又冷静，只是在看到周身闪着银光的小鱼的时候，眸中终于有了一些波澜。他指尖动了动，海面风止浪息，海水静静的，平静如镜面。

他依然看着那条银鱼，银鱼在广阔的无欲海之中渺小脆弱得不像话。

当那条银鱼游至聂宿脚边的时候，本君设身处地地想过，若是我看到银鱼，也会救它出来，凭它漂亮也好，凭它弱小也好，凭对这生灵的怜悯也好。

聂宿也是一样的，所以，他低眸看银鱼的时候，手指引诀，裁下一截头发，又生生抽出一缕魂魄附在断发上。断发上的魂魄探入水中，缠在银鱼身上，魂魄被海水蚕食，它却指引着断发在最后一瞬间将银鱼送出海面，送到聂宿微微张开的手掌上。

这银鱼，便是后来的素书。

我不晓得聂宿为何要舍弃这缕魂魄，凭他的法术，用别的东西探入海水中，也能将这银鱼救出来。直到很久之后，我才明白，聂宿他心中所念的是万物苍生，是天理大道。他把这溶情解魄、缠鬼噬魂的九天无欲海也当作万物生灵之一，他同这无欲海平等谈判，一物易一物，双方谁都不欠谁。这恐怕也是素书后来多次落入无欲海，被海水缠身、扯情魄，但最后能痊愈，记得清她喜欢的那个神仙的原因。

因为她欠无欲海的债，都被当初的聂宿用一缕魂魄还清了。

夕阳余晖被拉成千丈长，穿过广阔的无欲海，落在聂宿腰间系着的水蓝玉玦上。这场景的最后，是聂宿立在无欲海海岸上，他的手掌被银光笼罩，掌心之中，那条银鱼的眼珠轻轻转动，望着聂宿，安静而乖巧。

第三幅场景，又重新回到梨花树身上，是那一棵没有化成神仙而被冷落的梨花树。这棵梨花啊，不再是花朵盛开的样子，应当是又过了万年，是枯萎的样子。此时，神尊府里已有了一方湖，有了湖心亭，是聂宿专门为那一条被救起来的银鱼所建的。

说来也巧，由另一棵梨花树化成的神仙也恰好在此时走到了仙生的尽头。她也要枯萎了。

那时，聂宿顾不上湖旁的那一棵梨花树，他立在神尊府大殿之下，眉目焦灼地望着殿顶的梨容。他那时候还喜欢梨容。梨容穿着火红的嫁衣，裙子上一盏盏的梨花渐次开满，仙风掠过，花瓣一层层地被吹落。

梨容不让他上去，却对着他弹了一支曲子。虽然那琴音也算悦耳，本君却觉得有些多余。都要死了，整这些花里胡哨的东西做什么，还不如在聂宿身旁说说话，喝喝酒，珍惜最后一段在一起的时光。

曲子未完，琴音骤止，殿顶的梨容垂眸道："聂宿，三年前我就知道自己要枯死了，如果不是你强行取血养着我，我大概早已灰飞烟灭了。"

聂宿闻言要上去，可她不愿意："你别上来，我有很多话想说给你听。"她低头将裙上越来越多的梨花花瓣拂走一些，叹了口气，道，"说来也巧，你也是在三年前捡回来的那条小银鱼。你说它没有魂魄，瞧着可怜……我好像同它没有什么关系，可又好像有些关系。这三年来，你每日清晨醒来，做的第一件事便是去看那条银鱼，偶尔我同你说话的时候，你也在给它喂鱼食。或许连你自己都未发觉，你对这条鱼，比对你养过的任何东西都上心，都重要。"

本君看到这里，听到她酸溜溜的话，心底里竟然冒出些幸灾乐祸。

聂宿立马澄清："它不过是一尾鱼，不过是一个能叫在我闲来时候不无聊的……物件。"可估计连他自己都没有发觉，他在说这句话的时候，指尖抖了抖，身子也晃了晃，慌乱之中又打算上去抱梨容下来，腰间的玉玦因着他的动作都甩到身后了。

他们又说了许多话，梨容不愿意信他，便道出了一件事："我看到了你这三年来经常翻看的那卷书。你睡在桌案上，我去找你的时候，看到了你翻到的那一页。整本书都是新的，只有那一页，好似被反复研究过，有些字迹已经模糊。可我仍然看到了那页上的一行字。"

梨容凄凉地笑了一声，把她看到的那行字念了出来："种魂成树，树落梨花。梨花寄魂，飘零散落。取来食之，可得魂魄。"

聂宿的身子又是一晃。

"你反复琢磨过吧，把我的花瓣喂给那条鱼。这书你看了三年了，你其实是在等吧？你在等我枯萎、花瓣凋落，你在等我离去，这样好养成它的魂魄。会不会，你说要娶我，也是因为……"

聂宿再未犹豫，御风飞上殿顶，将她抱在怀里解释道："不是，不是。我娶你，不是因为……"

那时候，他腰间系着的、被甩到身后的玉玦微微亮了亮。

可聂宿看不见，他只看到怀中的梨容笑了笑，同他道："没关系啊，其实我觉得这样也很好。等我……真的凋零了，你就把我的花瓣喂给它吧。兴许，它会化成一个同我一样的姑娘，兴许，我还能以这种方式陪在你身边。你……你觉得呢？"

此话一落，她火红的裙子上，梨花花瓣纷纷扬扬地落下来。

聂宿只顾着用刀划开手臂，只想着给梨容喂血，救活她，可他不晓得，这种植物，枯萎了就是枯萎了。他怀中的梨容是这样，他身后的那一棵梨花树也是这样。

是的，那一棵梨花树在梨容枯萎的前一刻就枯死了。

而这边殿顶的这一对儿还在苦苦相别。

一个问："你说……这条银鱼吃了我的魂魄化成的花瓣，会不会跟我长得一样……如果不一样，你会不会把我忘了……如果不一样，你或许就不记得我了吧……"

一个回："会跟你一样，它如果化成个姑娘，会跟你一模一样……你一直都在。"

一个笑："那就一模一样，等我回来……"

他真的就把他的小银鱼雕刻成了梨容的模样。

他看不到身后的那一棵梨花树，他身后的水蓝玉玦却清清楚楚地看到了。

湖畔那一棵梨花树花落的场面更盛大，可声音更寂静。大音希声，大象无形，当是如此。

没有谁关心这一棵梨花树，只有湖中那一条银鱼茫然无措地游到

224

树的身旁，看到纷纷扬扬的花瓣，无意识地食下几瓣。而这梨花树在枯萎的最后一刻也注意到了这条弱小的、没有魂魄的银鱼，它心中也生出怜悯，就如当初聂宿对它生出怜悯一样。所以，最后，这棵梨花树将它所有的花瓣敛了敛，攒聚成六七片花瓣，尽数送到银鱼口中。它的魂魄系在这条银鱼的身上，银鱼得到魂魄，打了个挺，再抬眸的时候，眼睛亮了许多，就连身上的银光也璀璨了几分。

从梨容身上落下来的花瓣，这银鱼一片未食。

到这里，本君才恍然大悟。

若我没有猜错，素书身上的魂魄根本就不是梨容的！

种魂成树，树落梨花，没错；梨花寄魂，飘零散落，没错；取来食之，可得魂魄，也没错。但是，聂宿自始至终都弄错了，他喜欢的那一棵梨花树，却不是当初他种下魂魄得到的那一棵梨花树！

所以，梨容仙逝之后，他会控制不住地喜欢上素书，这一切都是因为素书身上有他当初种下的那些魂啊，梨容不过是节外生出的那一枝罢了！

不仅如此，梨容或许不晓得，她曾抢了不属于她的东西。聂宿想要的，从来都不是她。

她没有理由来怨怼，更没有借口来诛心，素书的魂魄不仅不是她给的，而且同她没有一点儿关系。她再也不能拿这件事来令素书难过，素书再也不用因为此事而苦恼。

至于皮相，便更不能怪素书了，这全都得怪在聂宿头上。

聂宿这厮着实眼拙，眼拙得叫本君想骂娘。纵然他的魂魄和记忆都在本君身上，本君骂他，在一定程度上就等于骂自己，但本君仍然想骂。真该把聂宿关在老君的炼丹炉里烧个七七四十九日，也炼成一副火眼金睛。

到这里，本君也发现了一个物件，这个物件有收藏和记录场景的能力，它记载着关于聂宿、素书和梨容的许许多多的事。这个物件就是在这三幅景象之中都存在的东西——聂宿腰间所系着的水蓝玉玦。

第四片荷花瓣上的场景，是聂宿得到卦书，为三界六道剐素书鱼鳞，剔其鱼骨，雕其面容。

第五片荷花瓣上的场景，是聂宿补银河星辰，修为散尽，于银河畔同素书辞别、仙逝，水蓝玉玦系在素书的腰带上，玦中聚血，素书早就晓得，这是聂宿身亡的征兆。次日，素书同长诀并肩，匡扶星盘归位，大劫化去，素书抱着聂宿跳入银河，同眠于棺椁中。那水蓝玉玦也随着素书躺在棺椁之中。

我以为素书是在银河深处沉睡了十四万年才苏醒的，就连素书自己也以为她错过了十四万年的风景，以为自己最好的年华成了虚妄。可是，当第五片花瓣上的场景消失后，在第六片花瓣上，赫然出现了一幅叫本君看了也震惊不已的景象。

素书沉睡不过万年，她身上系着的玉玦以执念为引，化成荷花灯的模样。或者说，素书身上的执念太过固执，附在这枚玉玦上，化成荷花灯的模样，只为守护聂宿的魂魄。我总觉得这荷花灯的颜色眼熟，没想到，这荷花灯本就是玉玦化成的。

素书身上的执念就是当年那棵凋零了的梨花树的魂。

所有的神仙都以为聂宿早已灰飞烟灭，只有这魂魄仍然记得，当年，聂宿曾抽出自己的一缕魂送进无欲海，将那条银鱼救了出来。

所以，聂宿的魂魄未亡。

果真如本君所料，心生执念，观心无常。素书身上的魂和聂宿身上的魂有累世的纠缠，所以，她虽遁入棺椁，魂魄却依然不肯放手，依然不肯相信聂宿仙逝，跳进玉玦之中，化成荷花灯，守在无欲海里，只为等聂宿回来。

只是这玉玦一直被聂宿系在腰间，看不清楚聂宿的模样。

所以，今日，我说自己是聂宿的时候，她便信了我的话；所以，我说自己是聂宿的时候，她会忽然落泪："你真的是聂宿吗……在无欲海里一直守着你，真的好难啊……你终于回来了，真好。"

所以，我会忽然觉得有一缕魂魄一头连着心脏，另一头牵着灵台，因为她的这句话，心被扯得生疼，原来，本君身上有聂宿的一缕魂魄。

这一缕魂魄应当就是聂宿缺失的那一缕魂魄，因为，灯染的手从我的心脏处一路抚到眉心，落在那处，告诉我："你身上缺的那缕魂魄，改天，我们就可以取出来给你补完整，你这里……便不会再痛了。"

她一直在等。

执念成灯，不死长明。而我也终于明白，两缕魂魄之间，累世的纠缠便是当初南窬说的那一句——两情相悦，便有一伤。

梨容不过是节外生枝，她的死就是枯死，同素书和聂宿之间的劫数没有任何关系。没有完整的魂魄，聂宿是没有办法复活的，当初在轩辕国，南窬亲口说过，聂宿只剩一缕魂，所以聂宿无法复活。

但是，梨容能复活，她的魂魄完整，这也从另一方面说明，梨容没有把魂魄给素书！

万千疑惑在一瞬间变得明晰，云开雾散，柳暗花明。

最后，这一切又扯到"两情相悦，便有一伤"的死结上来了。

我体内有聂宿的魂魄，我同素书的劫数，果然不是当初给天帝献出素书的鱼鳍就能化解得了的。归根结底，还是在魂魄上。

可我为何会有聂宿的魂魄，我当真不知道。我想过自己没有聂宿的魂魄会怎样，思来想去，最后觉得，如果没有聂宿的这缕魂，我同素书怕是连"两情相悦"也不会有，她不会感受到我体内那累世纠缠的魂魄所带有的气泽，她在醉酒归来的时候，看到远处的那个神仙，不会觉得像是故人。

没有了聂宿的魂魄，我和她会如南窬和她那般，几生几世，天上凡间，次次迟来，生生错过。

接下来第七片荷花瓣上便出现了南窬。

本君一点儿也不着急，甚至想变出个小板凳来坐着，慢慢围观。本君知道，南窬依然会同灯染错过。

这一幅场景却叫本君心中一怔，这一怔之后是无尽的惆怅和难过。

素书体内的魂魄化成执念，执念作祟，寄在玉玦变成的荷花灯上，成了灯染。执着成妄念，妄念入斜途，灯染到底入了邪道。

若没有强大的修行，是无法固守本心的。

所以在她刚刚化成荷花灯的那几年，她心中邪念大盛，烈烈邪欲烧其本心，使其存有善念的本心化成虚妄，最后连心也没有的她更加不能控制自己，在这无欲海上兴风作浪，吸食了不少路过的神仙的魂魄。如果不吸食魂魄，她也活不过几年，也守不住聂宿的魂魄。

这邪欲成烈火，烧红她的眸子，从那眸子里看不出一丝一毫的温柔恬静。

四海八荒的生灵见无欲海皆绕道而行，灯染无法得到魂魄，便扩展自己的活动范围，终有一日，她惹到了我娘——陶姌。

我娘是守着摇光星的神女。后来娘仙逝，摇光星一并陨落。

一些上了年纪的神仙或许还记得，当年，摇光星作为破军战星，星辰之上便是上古诸神的布军场，我娘手执摇光宝戟，立于军场，是专门点兵布将的神女。

不仅如此，上古征战会有实打实的流血牺牲，我娘是点兵之神，也是收兵之神，神族所有牺牲的将士都会被娘带回来，供以神祭。每次出征便有诸多死伤，破碎的魂魄数不胜数。

灯染到处寻找可吸食的魂魄，最终找到这一颗有着许多将士忠魂的摇光星。我娘绝不允许这些为守护神界安宁而牺牲的将士的魂魄被邪魅吸食。

娘比我聪明，当年，她第一次把灯染打回原形，便认出这枚荷花灯盏是上古神尊聂宿的遗物。所以，她手下留情了。

她晓得这执念无解药，唯有时光可磨消，只能揍灯染几顿，让她长长记性。

可是那时候，灯染的本心都被邪欲吞噬了，哪里还有长记性一说。

南窨便是在那时候出现的。他穿着天青色衫子，手中摇着一枚千眼菩提坠子，比起身着华丽罗绮的随从，他瞧着有些普通。

　　素书给我讲过，她年少的时候，这位轩辕国的大公子因为她将他错认成下人的事儿纠缠她好多年。那时本君觉得南窨应当是喜欢上素书了，这些纠缠，不过是他想方设法找理由同素书在一处罢了。

　　我也晓得当年素书是如何摆脱南窨的。

　　素书不满他的纠缠，更不满聂宿放任自己被南窨纠缠，所以攥着一把匕首飞到湖心亭上，匕首抵在自己脖颈处，望着南窨，居高临下，以死相逼："你到底如何才能放过我？总之聂宿不管我了，任由你欺负我。是不是我死了，你便不再纠缠我了？"

　　南窨是震惊的，他反问素书："素书，你觉得是纠缠，是吗？你觉得我在逼你，是吗？"

　　素书手中的匕首在脖颈上刺出些血来，她吐出一个"是"字。

　　南窨劝不了素书。

　　聂宿出来，望着湖心亭顶上的素书，厉声道："下来。"

　　素书委屈地道："聂宿，你果真不要我了。他这无赖要我以身相许，你都要同意，是吗？"

　　最后她还是委屈地跳了湖。

　　事到如今，南窨也晓得素书是喜欢她的师父聂宿的。

　　本君觉得有些奇怪，当年的南窨为何会那般好脾气？他跳进湖中把素书救上来，十分愧疚又无奈地同素书道："如果你恼我了，直接告诉我，我再不出现便是。你何苦这般让自己受伤。"

　　他临走的时候，留下一句凄苦的不完整的话："如果我早知道你心有所属，便不……"

　　他当初这般温和，待人这般体谅，为何现今会变成一个诛人心、伤人身的恶魔？

　　这答案，统统出现在这荷花瓣上，出现在这第七幅场景中。

　　南窨遇到灯染，他记得当年的求之不得，记得当初的喜欢怜惜，所以，当他发现这一个荷花灯化成的邪魅失了本心的时候，想也没想，准备把自己的心脏挖出来给灯染。

场景之中，南窨撇开诸位随从，跟踪灯染好几日。那一日日光明媚，海面上风平浪静。他跟丢了，在海面上等着灯染回来，等到月水涔涔而泻，等到海面笼上薄纱，他终于等来带着一身血的灯染。

她的眸子里是瘆人又嗜血的光。

是的，灯染同我娘大战一场，被我娘揍得头破血流。

撇弃偏见，平心而论，南窨的面上和眼中挂着的是掩不住的心疼。

"她为何非要揍你？日复一日，总挨揍也不是办法。"南窨把手中的千眼菩提坠子攥得越发紧。

灯染阴冷一笑，眸中血光幽幽："你不晓得吗？因为我是邪魅啊，我吸食魂魄啊，所以陶妤神女要揍我。"她靠近南窨几分，眯眼道，"所以，你为何还不走，等着被本姑娘吃掉魂魄吗？"

南窨望着她，皱眉道："素……灯染，你以前不是这样的，你以前心善得很，你该不会是连心也没有了吧？你……"

灯染大笑几声："你说得对，可不就是没有心了吗？哈哈哈！我若是有心，便不会吸食魂魄了。"

南窨一惊一怔。

灯染挑眉看他。

南窨思忖片刻，抬头道："若是我说，我把自己的心脏给你呢，你还会吸食魂魄吗？"

灯染不信，手指成爪，抓上他的胸膛，故意道："真的要挖出来给我？那本姑娘自己动手如何？"

南窨道："好，你自己动手也好。"

莫说他面前的灯染一怔，就连本君也觉得有些出乎意料。

灯染将手迅速缩回去，南窨晓得她还有救。她只要还害怕挖出他的心脏，就说明她还有一些善念，就还有救。

淡淡的金光自他指尖生出，下一刻金光成诀术分落两处，一束落入灯染的眉心，叫她昏睡过去；另一束落入灯染空空荡荡的心室，将心室照亮一些。

他献出自己心脏的那个动作做得十分文雅，仿佛在掏一本书卷，不疾不徐，不慌不忙。那心有金光护佑，跟着之前的诀术的指引将心脏送入灯染体内。

本君有些震惊。因为，他做完这些事情后还能摇摇晃晃起身，还能走到匆忙赶来、接他回轩辕国的他的父亲身旁。

南宕没有死。他的父亲法力高强，引金光成结界，护住南宕，也封住他那愈渐消散的修为。可是南宕的仙力流失得太迅速，最后，他的父亲迫不得已，将南宕渐失的仙力和生命引往那枚千眼菩提坠子，而后封存。

这是大法，大法引得无欲海掀起狂风，激起巨浪，轰轰烈烈，高几十丈，又重重跌落，砸在金光结界上成霹雳声响。

南挚痛道："为父夜观天玑星，见天玑之下的星云最近明灭难辨，觉得你要出事。"

南宕在昏睡之中似有若无地唤了一声素书。

那梦或许不太好，他的面上落了两行清泪。

他的父亲更加悲痛："你当真为了她什么都舍得？你可晓得你今后的性命全系在这枚千眼菩提坠子上了，你可晓得你离了这枚菩提坠子连活都不能活？混账！"

怪不得南宕这厮时时刻刻将这枚千眼菩提坠子戴在身上。

原来，他早就没了心脏，这枚菩提坠子系着他所有的修为和性命，相当于他的心脏。只是，他再也不可能有以前的修为，坠子毕竟是死物，纵然勉强能用，也比不上他的心脏。

也许是因为他把存着善念的心脏给了灯染，所以后来的灯染是我现今所见的模样，清雅可爱，眸光清明，自远处打量，若清水芙蓉，如皎皎月华。

后来的南宕，因为把心脏给了素书，也失了自己的本心，最终成为我所见到的样子，不择手段，阴狠暴戾，字字诛心，冷静绝情。

万事万物，有因有果。

　　为成全他人之善念，而舍自己之本心，到底是对还是错，是舍还是得？

　　本君望着这第七片花瓣上的画面，也不太能分得清了，只是觉得南窨那厮或许不能简单地用"恶魔"二字来形容。

35．一缕魂魄，送我梦泽

本君沉溺在这花瓣显示的场景之中，正在等待第八幅画面出来，忽然听到孟荷大喊："阿叔！你看脚下，快出来！"

我恍然一惊，发现脚下赤血成绳索，缠住了我的双足，而我只顾着看这荷花灯上的画面，忽略了脚下。我拿出钺襄宝剑迅速斩断脚下的绳索，奔出荷花灯芯，跃上云头。

本君突然意识到，自己深处在这景象之中，画面一幅接一幅，我已不知不觉地看到了第七幅，甚至在看完第七幅画后也依然没有意识到自己已经被这一幅接一幅的画面给困住了，若不是孟荷的声音及时出现在耳边，本君大概便这样被脚下的赤血化成的绳索缠住，永生永世出不去了。

灯染带着我们在无欲海绕行许久，最后荷花灯盏渐渐变得黯淡，我忽然觉得星光大盛，一抬头，发现眼前已是银河。

此时的银河深处没有素书盖的采星阁和望辰厅。灯染醉得厉害，把无欲海尽头落下的水幕当作依靠，合眼便睡了。

次日梦醒，见面前多了本君和一大一小两个娃儿，她使劲闭了闭眼，又睁开，那震惊的神情很可爱。

本君未想过，我的素书大人在沉睡的十四万年里，竟然会化成一个这般模样的少女，一颦一笑落入我的心中，像沾了蜜一样甜。

她可能是孤独惯了，习惯了醒过来之后便是她一个人，所以如今她酒醒之后，看到我们爷仨立在她的面前，恍惚了好一阵子。她好似忘了昨晚我们说过的话，回过神来的时候，看到我身边的小鱼儿，皱眉抱起小家伙，温柔地道："孟泽，姐姐回来了。"

小鱼儿虽然傻，但是记性不差，依然记得本君嘱咐他的事情，想着回玄魄宫之后有两个时辰可以不穿衣裳的奖励，开口甜甜地唤灯染："姐姐！姐姐你好漂亮啊！"他还知道给他爹爹助攻，扯了扯我的衣袖，抬头望着灯染，又道，"我大哥哥也觉得你好漂亮！还有我的小荷哥哥也觉得你漂亮。"

灯染装出一本正经的模样："你姐姐我长得漂亮，自己也是知道的，你说这么多干吗？"

她抬手又摸了摸小鱼儿的脑袋，温柔地笑道："饿了吗？想吃什么东西？姐姐去给你做。对了，这几日不见，都是谁在养活你啊？竟把你养活得白白胖胖的，你这小嘴巴还刁吗，还挑食吗？"

小鱼儿看着我。

我挽了挽衣袖，问灯染："我去做饭，你想吃什么？"

灯染望了我一会儿，道："小孟泽爱吃什么，我便爱吃什么，你问他……"

我握住她的手："你不能这般溺爱孩子，他这个年纪，不能惯着他。"

我用余光瞥了瞥身边的小家伙，听见我说这话，他正委屈地拧着他小荷哥哥的衫子。孟荷揉了揉他的脑袋，安慰道："乖啊，阿叔他现在在追姑娘，他还是疼你的。你想吃什么，小荷哥哥给你变出来啊。"

灯染却好似没有听到这些话，思索了很久，抬头道："你说得对，那便按我想吃的来做吧。我想吃红烧肉和……"

"和什么？本君什么都会做。"我说道。

她又思索了很久，开口说出四个字："煎饼果子。"

又是……又是煎饼果子。

我觉得这煎饼果子仿佛成了精，纠缠在本君的仙途中，拽不开，扔不走。

本君缓了缓，换上一副和蔼的样子："那就煎饼果子。"我下定决心，今夜便动手将"煎饼果子"四个字也从灯染的记忆中抹掉。

灯染望着我，"咦"了一声，仿佛想起来了什么，拽住我的衣袖往旁边走了走，避开小鱼儿，低声道："你是昨晚一见我就流鼻血的那个神仙吧？我想起来了，你是不是上火啊……你可悠着点儿啊，我家这娃娃晕鼻血，你别让他看到。"

本君一怔："晕鼻血？是不是他对其他地方的血都不晕，唯独晕鼻血？"

灯染惊讶地挑眉："你怎么知道？"惆怅片刻，又将我拉远一些，低声道，"你可能还不知道，我时常挨揍，有一次那个女神仙一拳打在我的鼻子上，我鼻血流了几天，止都止不住，便把这娃娃吓到了，他以为我会死掉。从那时候开始，他就有了心理阴影，日后见到旁人流鼻血便会晕。"

她说我小时候晕鼻血，我灵台之上有些缥缈的记忆，记忆之中，我看到一个神仙穿着荷叶边的裙子，她费力地掩着鼻子，即便是这样，鼻血还是从她的指缝中渗了出来，直到荷叶边的裙子也被鼻血染成猩红颜色。

我看到有个身穿蓝褂子的娃娃在大喊，那声音有些害怕："姐姐，姐姐，你又流鼻血了……"

姑娘仰头，一边很努力地想把鼻血收回去，一边安慰道："姐姐没事……你别看了，看多了要晕。"

那孩子可能就是小时候的本君。那时候的本君果真觉得有点儿晕，后来控制不住地倒地，晕倒的时候做了个梦，梦里血水成海，我看到她挣扎在猩红的海上，最后被海水淹没，再也没有回来，我仿佛被施了定身咒，站在那里动弹不得，眼睁睁地看着我喜欢的姑娘在海中沉没，却救不了她。

原来，我在这般小的时候便经历过悲痛和绝望。

本君知道自己打年少时候开始便晕鼻血，一直到十万岁才没了这个毛病。原来，这是因为灯染。原来，我同素书的缘分来得这般早。我忽然觉得流鼻血这个毛病患得很值。

而这想法过后，我觉得我娘下手着实太重了。灯染到底是姑娘，总被揍得头破血流、鼻血汹涌，叫本君心疼得不得了。

她依然把孟鱼当成小时候的我，我觉得这没有什么不妥，幸好孟鱼长得像本君。可我有些疑惑，为何自己对小时候遇到灯染这件事没有一丁点儿记忆，直到再次遇到素书的时候，我才隐隐约约有了故人相逢的感觉。

这疑惑，在三日后有了解答。

灯染白天陪着小鱼儿玩耍，夜里奔去无欲海守着无欲海海中聂宿的那缕孤魂。

她仿佛很匆忙，甚至不愿意再花时间来了解本君和孟荷到底是谁，为何会跟她的小孟泽同时出现。她不叫我跟着，我便隐了身形跟随着她。

夜晚的无欲海有些安静，她以荷花灯的模样游到海中央，化成人形跪坐在海面上，对着茫茫大海。

是的，这几个夜里，她一直保持着这个姿势，一动不动。

到了第三天夜里，她轻笑一声，低头道："聂宿，我枯守着你的这缕魂魄，已经有一万年了，我却还不晓得你何时归来，纵然在梦中，你已经出现了千万次。"

顿了顿，她哑然失笑："说出来你可能不信，我其实不晓得你的面容到底是什么样子的，梦中出现的，也不过是你立在我面前，一身水色的绸袍，绸袍上偶尔会有浅墨色的山川，唯有面容叫我看不清，但我晓得自己活着的意义便是守着你，等你回来。

"后来南宥跟我说，我大概是对你有执念。那时候我还不晓得执念是什么东西，只是觉得为了叫你回来，我什么都愿意去做。什么都愿意去做，大概也就是不择手段了吧？所以我才会被陶好揍。我觉得她做得对，上古将士舍生命护疆土，弃仙力安子民，他们的忠魂，怎么能让我这一盏小小的荷花灯吸食？纵然她揍我是对的，我却挨得有些不容易，我甚至想过，等你回来，等我守到你回来的那一日，你纵身一跃跳出无欲海，会拿出离骨折扇化成长剑，同那个陶好神女打一仗，替我报仇。

"可是，你久久不肯回来，叫我守得好辛苦啊。我从来没有跟你说过这么多的话，以前，所有的话都放在心里面，我在守着这方海的时候不晓得说什么，只想着能护住你就好了。可今晚不晓得为何，忽然想将所有的话都告诉你。大概……大概是因为我晓得自己活不长了吧。"

本君心中猛然一惊。

灯染她……她活不长了？

她到底是本君心爱的姑娘，除了玉玦化成的荷花灯的躯壳，她实实在在就是本君心爱的姑娘，就是本君孩儿他娘——素书。

我再也不愿意躲藏，撤去隐身诀术，出现在她的面前。她在震惊中抬头看我，我却看到她背后有星光闪过，有神仙披战甲、踏星辉而至。

宝戟直直挥过来，来者大喊一声："你这邪魅还敢出现！"

我定睛一看，这神仙不是旁人，正是本君的娘。

震惊之中，我喊了一声。

可我的娘没有看到我，宝戟紧紧握在手中，直逼灯染。风声猎猎，掀起海浪三丈，星光击破寂静海面。

这架势让我慌乱不已，不为别的，因为我看出来，我娘这次要动真格。

钺襄宝剑凭空出现，被我攥在手中。我跳到灯染面前，本打算护着她，可我娘的摇光宝戟直直穿过我的身体，照着身后的灯染而去！

关键是……宝戟从我身体中穿过去，我却没有任何感觉！

我这身体，在我娘面前倒像是虚空的。

我在情急之中又回身喊了一声"阿娘"，可她依然没有听到，宝戟照例刺向灯染。

果然……我娘看不到我。

可是灯染她能看到我啊，她亲眼看到我被摇光宝戟刺穿，她亲耳听到我对着陶好神女喊娘。

她瞪大双眸看着我，甚至没有来得及躲避我娘的宝戟，对着我大惊道："她……她是你娘？！"

宝戟便在这时刺穿了她的肩膀。纵然我扯风奔过去，执剑想挑开宝戟，但是，钺襄宝剑碰上娘的宝戟就又成了虚空。

"你昨夜又去摇光星了？我早就警告过你，若再犯我将士，吸我忠魂，我定要你偿命！"娘喝道，宝戟一顿，从灯染肩上抽出来，"不知悔悟，你这厮果真该灭！我将士忠魂屡屡被你吸食，神律说的是，见邪魅，必摧之，我不该对你手下留情！"

我娘被气红了双眼，摇光宝戟横空挽成光束，趁灯染还未从上一戟中缓过来，又照着她的胸膛刺了去。

我大吼一声："娘！住手！"

可她听不见，她手上动作未停，宝戟出，仙法盛，她这一次当真是不怜悯灯染半分。

我看到灯染如一盏荷花灯，身子被戟光刺来刺去，洞穿数次，最后身子宛如荷花花瓣颓然而落。

我数次提剑冲到前面，可是没有用。

电光石火持续半个时辰，风雨嘶鸣，雷电交加。

我看到血水汩汩自灯染肩膀上流下来，顺着她的荷花衣裳往下淌。我看到她渐渐支撑不住，看到她无力还手。

我心里涌上的是大片大片的无力感。我很久没有体会过"束手无策"这个词了，可是今日，在这幻境之中，在我仙逝许久的娘面前，在我孩儿她娘面前，我突然又一次深切体会到了这个词的含义。

我帮不了她，我护不住她，我害她很深，如今我娘也不放过她。

我不愿意坐等这决斗停歇，我使出所有剑诀，可碰上我娘的摇光宝戟，剑诀连同剑刃统统都化成了空气。

灯染的修为远不及我娘的千分之一，她节节败退，招招不敌，最后鲜血淋漓地跪坐在海面上，浪头几乎要没过她的头顶，海水浮沉，冲刷着她的身子，她身下那一方海面被血水染成猩红颜色。

我不盼别的，只盼我娘能手下留情。

可娘这次下手着实太重，直到将灯染打得无生还之力时，才罢手归去。

本君……没有护住自己心爱的姑娘。

本君多希望那个被摇光宝戟贯穿身体百十次的神仙是自己。

无欲海水因为这一场争斗变得汹涌，海水成雨，携风落在我的身上。我不晓得如何面对灯染，我不晓得如何原谅自己。我又一次看到她在我面前受伤，这场景，一帧一幅都如同匕首在我身上割啊。

身后的灯染扯住我的衣袖，我意识到她是能感受到我的存在的，才将她紧紧裹在怀中。

"她真是你娘啊……"她有些难过，却还晓得抬手拂掉我面上的泪。

我觉得对不起她，我觉得她身上的这些伤口应当出现在我身上。我攥紧她冰凉的手放在唇上："灯染，我对不起你。我在外面就对不起你，我在这幻境中也没有保护好你。"

她皱眉："幻境？"她沉默片刻，忽然笑道，"偶尔我也会觉得自己仿佛落入了一个幻境中，每一刻都像在做梦。你别哭啊，你一个大男人，哭什么？"

"灯染，我……"我的眸中水泽大盛，混着风雨滚滚往下淌。

"你不要这般自责，我是自己不太想活了，所以三天前又去摇光星上冒犯了一次。"她说着便从袖袋中掏出一黑一白两只瓷瓶，放在我手上，"这是那天我偷来的，这里面，好像是某个神仙的魂魄，你带回去吧，我的目的也达到了，你带回去还给你娘吧……这魂魄啊，你娘以为我吸食掉了，所以来揍我。其实，我是故意引她过来揍我的。"

我觉得这黑白瓷瓶里魂魄的气泽太过熟悉。

可面前的灯染已经撑不住了，我来不及细想这瓷瓶之中的魂魄到底是谁的，将她拥在怀里，引出自己的仙力渡给她。

她却攥住我的手，阻止我道："别给我渡仙力了，你难道看不出来……本姑娘一心想死吗？"

我蓦地盯住她，觉得心一抽一抽的，疼得厉害，偏偏她是平静得不能再平静的模样。

"刚才同你说的这些话，你听不懂吗？"她面色惨白，却固执地道，"那我……那我再给你说一遍。我是故意的。你娘护着很多将士的忠魂，你晓得吧？我以前不太好，是一个靠吸食魂魄维持性命的邪魅，我如果吸食了她守着的魂魄，她就会揍我。"

顿了片刻，她看着方才放到我手中的黑、白瓷瓶，无奈地笑道："我已经很久不吸食魂魄了，特别是这些将士的忠魂，可是昨夜……昨夜，我又去了摇光星，我没好意思对忠魂下手，便选了这一对气泽有些古怪的魂魄。我这么做是为引你娘来揍我，因为我不想活了，我不过是想借你娘之手而死，是自杀，不是他杀，我不想活了，被你娘杀死，就是我的目的，你……懂了吗？"

我摇头，攥紧手中的瓷瓶："你为何不想活了？"

她盯着我看了半响，风雨之中，忽然泪落两行："你是真不懂还是假不懂，如果这仙途中都是喜乐，谁愿意去死呢？"

如果这仙途中都是喜乐，谁愿意去死呢？

这句话，仿佛是一个闸口，话音落定，闸口打开，万千悲苦如滔滔水浪滚滚而出。她再也控制不住，掩面泣道："你们神仙向来不晓得光阴有多珍贵，恍惚几万年、十几万年过去，都不会怜惜，因为你们的寿命长，你们只要护住自己不受大劫便能活下去。可我不一样，我做过一阵子邪魅，我为了延续生命，我为了能长久地守住聂宿的魂魄，我连将士的忠魂都吸食。我后来也悔恨，我日日夜夜都在想，我为了这一缕或许永远都不可能再变成聂宿的魂魄而吸食将士的忠魂，这样做是对多还是错多，这样做值不值得？"

泪泽滚滚，从她指缝中溢出来，她哭得悲痛欲绝："所以我决定不守了……我也守不住聂宿了，我觉得太难过、太累了……我对不起他，更对不起那些为了八荒的安宁而丧生的将士……如今，我想把他的魂魄送给旁人，所以，我不想活了……"

她身上的银光忽明忽暗，是一盏灯快要熄灭的样子。

我颤抖着伸手，抚上她的背，想给她支撑和安慰，最后却颤颤开口，声音哽咽："阿染……守不住就不要守了，聂宿不会怪你。"

因为聂宿的记忆在我的身上，因为我晓得他的想法，我知道他从来没有怪过素书。他对素书，满满当当的都是喜欢和愧疚。他喜欢素书的所有，天真也好，善良也好，生气也好，无助也好；他愧疚剐素书的鱼鳞，抽其鱼骨，雕其面容，无时无刻不在悔恨着，恨不能代素书去死，以此来弥补自己的罪责。

风雨不歇，轰轰而落，她趴在我的怀中哭得十分伤心："我要把他的魂给旁人了，他再也不可能回来了。他一定会怪我吧，他一定会难过吧？是我亲手把他复活的可能给斩断了……"

我紧紧拥住她，下巴抵在她的额头上："你想把他的魂魄给谁呢？我觉得若是用来救人的话，他是不会怪你的。"

纵然我已猜到了七八分，纵然我已经晓得聂宿的一缕魂魄就在我的体内，可是当她说出那个名字的时候，我还是怔了好一会儿，也心疼了好一会儿。

怀中的她哭着说："给孟泽，我要把这缕魂给孟泽。"

我僵了僵，看到她哭得越发悲痛。

"你舍不得这缕魂对不对？你守了那么久。"我抚着她的头发，想安慰一句，却又不知如何安慰。

她身子一抽一抽的，趴在我的怀里，叫我心疼得厉害。

"我舍不得……"

我将她裹得更紧一些，纵然我已经晓得最后的结果，可看着她这伤心的模样，道："舍不得便不给孟泽了……"

她摇摇头："但是……孟泽他身上缺了一缕魂，在他很小的时候，邪魔盗走了他的一缕魂魄……你也看到了，他偶尔很傻，对不对？你看，他像个小孩子，对不对？可是他已经一万多岁了，我怕他不长了，我怕他以后都会这样痛苦下去，我看不得他这样……我下了很大的决心，才想把聂宿的魂魄给他……"

原来，本君小时候跟孟鱼一样，度过了一万年没有成长的时光，虽然那时的我看着像三四百岁的孩童，但是实际已经一万多岁了。

我才知道聂宿身上的魂魄为何会到我的身上，而且不止这一桩事，我遇到素书以来所有的事情都变得清晰明朗起来。

素书原身是条银鱼，在无欲海中游动，无魂无魄，朝不保夕。

聂宿在无欲海畔见到它，注视许久，舍了自己的一缕魂替换它出来。

聂宿曾经种下的魂魄长成梨花树，梨花树花瓣颓落，载着魂魄落入银鱼之口。

其间，梨容阴差阳错地出现，节外生枝。

后来聂宿仙逝，素书沉寂，可执念作祟，潜入玉玦之中，化成荷花灯的模样，成了灯染，夜夜浮在无欲海海面上，只为守护聂宿当年为救那条银鱼而舍掉的一缕魂，那是聂宿在这世上仅存的一缕魂。

年幼的我被一个邪魔盗走了一缕魂，这邪魔便是后来的尹铮，我遇到灯染，得她怜悯，纵然她心中有万千不舍，却依然将自己守护着的那一缕魂魄送给了我。她心中难过，觉得对不起聂宿，觉得是自己亲手斩断了聂宿复活的希望，觉得自己没有尽到一个守护者的本分，所以一心想死，盗走摇光星上的魂魄，引我娘出手。

其间，南睿将他的心脏给了灯染，让她固住本心。

再后来……

再后来，她沉睡归来，我在银河畔遇到她。

再后来，尹铮、南宥和梨容纷纷出现。

一瞬间，我忽然发现自己好似处在一个巨大的樊笼之中，躲不开、避不得，劫数纷纷，如雪似雨，沾身而过。

我不晓得素书是否也有过这样的感觉。

灯染说什么也不让我帮忙，自己潜入无欲海深处，荷花灯盏载着聂宿的那一缕魂魄游出来。茫茫海面上雨急风骤，她那荷花灯原身在风雨之中灯光颤抖，光芒忽明忽暗，让我生出一种下一刻她就要熄灭的错觉。

她强撑着见到了孟鱼，顺手变出一串冰糖葫芦递给小鱼儿，忍住要流出来的鼻血，笑道："姐姐去凡间了，给你带了冰糖葫芦。"

小鱼儿虽然傻，但也看得出灯染的虚弱，神情担忧地问她："姐姐，你怎么了……"

灯染又笑了："姐姐很好啊，你不是说让姐姐等你长大吗……所以，孟泽，你快快长啊，兴许以后姐姐就会嫁给你了。"

今生，我同素书所有的缘分，当真是有因有果的。她这句话说得一点儿也不错。

只是她快要撑不住了，这叫我很难过。纵然我晓得，灯染仙逝之后，素书的魂魄会好好地回到银河深处；纵然我晓得，她在沉睡十几万年后又回到了神界；纵然我晓得，我还会见到她。

可是她到底是我心爱的姑娘，看她过世，我的心依旧疼得厉害。

知道了前因后果的本君略施些法术，暂时护住了小鱼儿，叫他暂时接受了灯染放在他身上的那一缕魂，并且让自己不受影响。

灯染跪坐在入睡的小鱼儿身边，望着小鱼儿，忽然泪流满面。

最后，她还是下定决心动手，用诀术抹去小鱼儿的记忆。

"我怕他醒过来见不到我会难过。"灯染道。

本君不记得自己年幼时候的事情，不记得遇到过灯染，不记得见过素书。原来，是灯染救了我之后，在她仙逝之前，她抹掉了我的记忆。

我看了看小鱼儿，并没有用法术保护他。小鱼儿的这段记忆被抹掉也是好的，这幻境之中，辈分太乱。还有我与他那个每天有两个时辰不穿衣裳的约定被一并抹掉也是好的。

总之是我的亲儿子，偶尔坑一坑也无妨。

灯染安顿好一切，执意要回无欲海。

我抱着她到达银河之畔，到无欲海尽头，打算从这儿穿过无欲海。

当年，便是在这里，我同素书一起被卷进了无欲海的旋涡。

如今我抱着灯染逆海而上，穿过无欲海，忽然又想起当日的情景。

彼时，旋涡急速旋转，我支起的结界一次又一次地被气流打破，素书身上的离骨折扇也被急速流转的水刀刺得支离破碎。

那时候我的眼神还不如现今这般清明，可是不晓得为什么，有那么一瞬间，我却将她那一双明亮的眸子看得清清楚楚。那时候我心中还眷念着良玉，可看到素书的眸子，心中忽然生出一些痛。

那双眸子里啊，没有一点儿害怕，也没有一点儿绝望。可我偏偏感觉到她在抖，发现她身子冰凉。

也许是十几万年养成这样的性子，又或者是几万年养成这样的情绪，她没有求我保护她，她就那么孤独地想靠自己撑着。

那一瞬间啊，我觉得她和良玉不一样。

良玉有师父关爱，有师兄爱护，有长诀疼惜，有四海八荒受过她姻缘扇的夫妻尊敬，可我面前的姑娘，素衣玉冠，虽然担着神尊的名头，可这天地落于她的眸子里，寂寥得好似只剩下她自己。

于是在旋涡之中，我打算哪怕用尽全身修为，也要护她安稳。

她好似受不惯旁人的帮助和怜悯，见我以手试旋涡侧壁，勃然大怒："你为什么要用手来试？！万一把手指切断了怎么办？"她看到丝丝缕缕的海水开始缠上我流血的指尖，啃住我的情魄不放松，想起九天无欲海有溶情解魄、缠鬼噬魂的能力，再也忍不住，一边挥扇子斩断海水，一边破口大骂，"怎么会无妨？！这是无欲海啊，你难道感觉不出海水在咬着你的情丝往外扯吗？"

再后来，她的眼泪都要飞出来了："你还不明白吗？这海水能溶解你的情魄，受伤的你从这海水里走一遭，你心爱的那个姑娘，你便不再记得了！没了情魄的你，也再无法看上旁的姑娘！"

素书就是这般，有一副悲天悯人的心肠，却从来不晓得悲悯自己。

可我看到她的这副样子，更想保护她。

"我护着你顺着这旋涡逃出去。这旋涡固然凶险万分，可跳出无欲海，这旋涡不过就是九天之中的一粟罢了，旋涡尽头一定是广阔九天的。"

其实，那时候，我并没有十足的把握，可我想这么说，我想叫她相信我，想叫她依靠我。

这句话，叫她止不住地掉泪。

风雨落在她的脸上，我想抬袖子给她擦一擦，她却自己用袖子狠狠抹了把脸。她晓得我喜欢一个姑娘，我们在凡间饮酒的时候，我告诉过她，所以她还想劝一劝我："你舍命护住我，情魄必然会受损，你不要你心中珍重的姑娘了吗？倘若以后还有旁的姑娘看上你，你却不能再喜欢上她们呢？"

我觉得这是值得的，没有什么好后悔的。

况且，那时候我还记挂着良玉，如果不记得良玉，活着也就没有什么意思了。

我把墨袍裹在她的身上，嘱咐一句："深吸一口气。"下一刻，结界碎裂，趁她没有反应过来，我裹着她跳进旋涡深处。

旋涡之中，我同怀中的姑娘发丝纠葛，绕于一处，就好像如今，我们逆穿无欲海，她的头发与我的头发纠缠在一起。

幻境之中的无欲海到底温和许多，对我这个外来的神仙没有过多折磨，如普通海水，没有什么异样。或许也是因为这个，灯染同我的母亲对战时，我的母亲看不到我，也触不到我，而同我有纠缠的灯染能真真实实感觉到我的存在。

36．梦中执念，终成灯灭

从银河畔穿过无欲海到海面上，将至黎明。几缕光穿过茫茫海面，穿过澎湃雾水，落在我眼前。

灯染靠在我的怀里，我同她坐在海面上，坐在这个她守候了一万年的地方。

怀中的人儿有些难过，她为不能守到聂宿回来而难过，可她最终还是把聂宿的魂魄给了我。

她到底有些遗憾，有些舍不得。

日光一点一点往上攒聚，云霞一寸一寸往东上天靠拢，她身上的银光却一点一点暗下去。我晓得她快要走了。

我不知道该怎么办，只是安静地看着她，攥紧她冰凉的手，一句话也说不出。

可我心里还是有希望的，我知道出了这幻境，我就可以见到十几万年后的素书。我知道她一直在幻境外等我，我知道她安然无恙。

东天万里，霞光千丈，如同锋芒。

灯染身上的银光终于熄灭，她靠在我的怀中，说出最后一句话的时候，眼中依然有泪雾："我方才小憩了一会儿，忽然做了个梦，梦见你告诉我……你就是聂宿。待会儿我要回去把这个梦做完整。"

待会儿我要回去把这个梦做完整。

怀中荷花衣裙的姑娘，太温柔。这句温柔的话，也撞进我的心里，叫我恨自己当初年少，没有努力长大，没有真的把她娶回家。

可是有些遗憾是为了以后更好地相遇。

我觉得那时候，在银河畔，我与素书双双醉酒，一前一后，故人的气泽缭绕在璀璨星辉之中，不回头，不对视，都觉得那相逢是前世缘分的累积，那相遇恰到好处。

她终究化成荷花灯盏，落在蔚蓝的海面上。

灯盏泛起几丝幽幽的银光，照得水蓝的荷花花瓣通透而澄澈，照得赤红的灯芯灼灼明媚。

只是那银光终究黯淡了下去，这灯盏带着素书对聂宿的执念在一瞬间熄灭。

十几万年后，我与素书相遇。我也想过，明明当初喜欢聂宿喜欢得那么深的素书，为何后来放下这段感情的时候并没有想象之中的不舍。

原来，在她沉睡的时候，她对聂宿的执念已经化成荷花灯盏，枯守聂宿一万年；也是在她沉睡的时候，她对聂宿的执念与灯光一同熄灭。

她早就放下了，那就好。

我俯瞰海面上的荷花灯盏，看它在日光中一点一点变成水蓝色的玉玦，看着灯芯处赤红血水往玉玦中央游走。我忽然想起当初在花瓣上看到的一幅一幅景象，忽然想到，这玉玦聚血是聂宿身亡的征兆。

这颜色太过熟悉。

当初我看到这荷花灯盏，就觉得这颜色有点儿熟悉。

几缕梨花香气撇开原本清香的味道，带着诡谲气息绕行至鼻端。我忽然想起昨夜灯染放到我掌心的一黑一白两只瓷瓶。

我忽然发现瓷瓶之中的魂魄是梨容的！

也几乎是在同一时间，我想起当初我是通过一个镜面跳进这幻境的，而这个幻境是梨容千方百计想让我跳入的。

　　这镜面远看时一片水蓝，有一点血迹自光影的中心往四周游散……这镜面的颜色同这玉玦的颜色，乃至与这荷花灯盏的颜色，都是一样的！

　　镜面之上，会出现我的爹娘，会出现孟荷和小鱼儿，这和荷花灯盏能记录过往画面的能力如出一辙！

　　若本君猜得没错的话，这个镜面，应当就是聂宿的玉玦化成的！

　　恰在此时，孟荷托一片荷叶，给我送了一句话："阿叔，我带小鱼儿过来了，离你有些距离，你回头看看。"

　　我猛然回头。

　　我几乎要感谢孟荷的八辈祖宗了，要不是他恰好带着小鱼儿来到无欲海，我们就从这幻境中出不去了。

　　只是本君心里激动，带着孟荷和孟鱼乘诀术撞进这就要坠落的玉玦中的时候，手中黑、白两只瓷瓶没有拿稳，最后赶在我们出幻境之前，掉落在了无欲海中。

　　梨容的魂魄是被老君找到的，老君告诉过我，梨容的魂魄，对素书一半是成全，一半是怨念。我猜这黑、白瓷瓶之中，便装着两种不同的魂魄。老君捡到瓷瓶的时候，瓷瓶碎了，两种魂魄掺混在一起，他应当是费了很大的力气才把它们分离开来。

　　至于这魂魄为何会在摇光星上……我猜……或许是我的母亲为神界众将士收破碎的魂魄的时候，不小心把梨容的魂魄当作将士忠魂收集了起来。所以，灯染说她盗取魂魄的时候觉得两个瓷瓶里魂魄的气泽有些古怪，不像是忠魂……

　　但是，不管梨容的魂魄到底是怎么被收集的，不管她最后是怎么复活的，都已经不重要了，重要的是，这魂魄是完完整整的；重要的是，梨容从未舍予素书一丝一缕的魂魄，她才是节外生出的那一枝，素书完完全全不欠她的。

　　我迫不及待地想冲出这幻境，我迫不及待地想告诉素书这些事儿。

　　本君带着孟荷和孟鱼冲进这玉玦的决定是对的，因为在玉玦之中，果然有一条路。

里面万千光影成万千镜面，镜面之上，浮现一幅又一幅的景象。

这里，记载着许许多多关于聂宿、素书、灯染、本君以及南宵的事情。玉玦经历过什么，它虽然不说，却都悄悄记载着。

我带着孟荷、孟鱼一一走过，不敢停留太久，怕如当初在荷花灯芯处观看往昔场景那样，深陷其中再也出不来。我不太敢细看，只是在行走途中偶尔转头，匆匆打量一眼。

可我没有料到，我在匆匆忙忙之中看到了我父君的模样。

我忍不住地想多看我父君一眼。

我控制住心神，告诉自己，只看我父君的这一幅场景，看完了便出去。

孟荷拽了拽我的衣袖："阿叔，你怎么停下来了？"

我低头，给他和小鱼儿的身上加了护身的诀术，嘱咐他道："你带着小鱼儿顺着这条路一直往前走，别管左右，别回头。本君看完这一幅场景便去追你们。"

小鱼儿因为被灯染消去了记忆，整个人都是迷糊的，甚至不知道自己在哪里，看看我，又看看孟荷："父君……小荷哥哥……"过了好一会儿，也没有说出来什么。

孟荷攥紧小鱼儿的手，拍了拍我的胳膊："阿叔你放心，我一定带小鱼儿出去。"又嘱咐我，"但是你别在里面待太久，你晓得这里危险。"

他说完扯下一截衣裳，蒙住小鱼儿的眼睛，背着小鱼儿往前跑。

孟荷这孩子，当真稳重又聪明，此处应当再说一遍——书中自有黄金屋，书中自有颜如玉。读书破万卷，解决问题如神附体，康庄大道有金光加持。

如果当初本君没有读那么多的书，那么，在这幻境之中，而且是带着两个孩子在这幻境之中，应当活不下去。

我回头再看这镜面中的景象。本君忽然觉得这位比本君还要好看几分的年轻神仙有些像我的兄长，而非我的父君。

虽然他们仙逝得早，那时本君还年少，有些记忆已经不可寻找，但是我没有忘记他们的长相。

父君和母亲这一对夫妻看上去同神界其他眷侣不太一样。

我父君桃花眼，芙蓉面，长得比许多女神仙都好看。我依稀记得当年和良玉相遇的时候，她用"如花似玉"一词形容我，而她不晓得，我的父君，比我更加好看。

而我娘，持宝戟，披战甲，姿态比许多男神仙飒爽。这一点，不过多赘述，她当年在摇光星的军场上点神兵、布天将，非"恢宏"二字可以形容。

我父君，本名叫孟允，在天帝跟前的时候，占着玉衡星君的位子。这个玉衡星，是个文星，我父君虽然长得俊美，看着跟一些女神仙一样文弱，但是他的法力可并不弱。

父君身上多少沾了些玉衡廉贞星的脾气，有些邪，又有些偏。本君小时候就当了魔族小老大，打架斗殴，这多少遗传了他的性子。

父君的这个性子，在天庭诸多神仙之中，十有八九混不下去。但是前面交代了，玉衡星君虽是文职，但他的法力不弱，一般来说，他单挑十余位神仙，用一只手就可以了。

可万事禁不住时间的消磨，他做这个仙官多年，看透了天上的许多事情，厌倦了天上做事的时候那繁复冗杂的程式，瞧不起那些为了品阶而趋炎附势的神仙，又着实看不惯每逢大难的时候诸神的相互推诿，又赶上遇到我娘，便越发想离开天庭。

至于我父君是如何娶到我娘的，还得从魔族之乱说起。

这么多年，我也参透了天帝的性子，他向来喜欢用最小的损失得到最大的回报，比如找某一个仙官去化劫大难，比如令某一个神仙去拯救苍生。

天帝这样做，细想之下也无可厚非，毕竟征战这种事儿，只要范围波及得广，势必会造成伤亡，不论正义与邪恶，最终遭殃的还是小仙民、弱生灵；更无可厚非的是，他后来也并未单单抓住一个神仙来拯救苍生，他也会派他的亲儿子——太子予祁为天下生灵鞠躬尽瘁。

当年魔族之乱，我的母亲陶妤神女赴翰霄宫请命，打算点兵去收服魔族。

天帝早就想收服魔族了，可又一想：魔族势力不可小觑，乱就乱吧，让他们在自己的地盘上蹦跶吧，我们加个结界，护住自己的子民就可以了。

我的母亲披着摇光战星的辉泽，不同意这种做法。魔族早已不再是原地蹦跶了，战乱早已波及周围，十万魔军陈列在神魔之界，虎视眈眈，已然在等待时机，要犯神族。

十万魔军本不是什么大数目，但是见天帝还是不许出兵，母亲怒了。母亲这一怒，惹得天帝也怒了。天帝一怒之下，便让母亲不带一兵一卒去收服魔族。

翰霄宫内，众神唏嘘：陶妤仙力再高强，也是一个姑娘啊，一个姑娘以一己之力，如何对付十万魔军？

但是天帝正在气头上，谁也不敢出来替母亲说话。

母亲偏偏是一个不愿意妥协的神仙，被天帝这么一激，挥手一扬赤红的披风，便要跪下领命。

正在她将跪未跪之际，我的父君御风闪到她的身边，搀了她一把。

母亲抬头，父君低眉，其中天雷勾地火之势，距今久远，已不可考究。

父君没让母亲跪下，挥袖抱拳，对天帝道："天帝大人方才说不许陶妤神女带一兵一卒，那能否准她带上在下？在下在天上闲了许久，也想出去晃悠晃悠。而且在下担着文职，不是这天上的兵将，陶妤神女带上我，也不算是违命。"

天帝的眉毛挑了挑，还未开口，父君便拉着母亲跪下了，当着诸位仙官的面，大声道："谢天帝大人成全！"

我年少时，父君给我讲这一段往事的时候，眉飞色舞、心花怒放，其开心的样子非言语可形容。

用父君的话讲："为了讨得你娘这种小姑娘的喜欢，跪一次也无妨。"

是的，父君一直把娘当小姑娘一样宠着，纵然娘瞧着比他威风。

父君带着我娘去了魔族。

那时的魔族，内乱比外患更严重，而且，魔族将士的生存条件、薪水待遇十分差，若不是当时的魔族老大法力挺强、打仗挺厉害，魔族的这些将士早就不跟他干了。

我父君谙熟擒贼先擒王的道理，便把魔族老大给杀了。我父君生得俊美，看上去人畜无害；我母亲手握宝戟，威风凛凛，瞧着十分正义。

魔族的百姓和将士看到这二位神仙，忽然觉得让他们做老大也很好，况且我父君又是杀掉魔族老大，让他们脱离苦海的功臣，于是，父君便被推上了魔族老大的位子。

父君开始是拒绝的，不过转念想到天庭上的那些条条框框和那些窝囊仙官，便不想回去了。于是他答应下来，彻底扎根于魔界，再没有回天上。

他写了几条律则，对魔族百姓和将士稍加规范制约，便让他们休养生息去了，并且承诺，他一直会罩着他们，只要他们不惹事。

天帝见自己的星君不回来了，想起我父君单枪匹马收服魔族的本事，有些着急，也有些忌惮。其实我父君哪里是单枪匹马，他明明是带着我娘的，纵然我娘没有动手，但也给了父君精神上的支持。

天帝这一忌惮，便开始了长年累月地派人去魔界请父君回去的日子。一开始，父君还客气招待，婉言谢绝，可是后来，受不了天帝请的次数太多，也受不了有些顽固的说客，他拒绝不了，脾气上来，便开始动手了。于是，后来下凡请他们回天上的神仙，多半被父君打回去了。

我记得自己在一千岁的时候，父君为培养我的动手能力，叫我替他出手。

我以为那时候的我一千多岁，其实现在看来，我应当是一万一千多岁吧。如灯染所说，我同小鱼儿一样，自己有一万年的岁月，因为身体原因，未曾成长。当我可以打架斗殴的时候，灯染已经辞世几百年了。

我不记得她，不记得自己的魂魄被盗走，不记得一个穿着荷花衣裳的姑娘把她守护了万年的一缕魂魄给了我。

有时候，我在想啊，我若是一直记得灯染，若是一直记得她对我的喜欢，记得我娶她的打算，我后来也不会去纠缠良玉，致她伤病，不会因为良玉伤了素书的心。

往事追忆至此，再回到这玉玦之中的镜面上，我明明晓得此地不可久留，明明知道这画面会困人心智，却忍不住顿足注视，想再看我父君一眼。

镜面之上，父君的身体已经不大好了。是的，在我一万一千多岁的时候，父君的仙寿就到了尽头。

我记得原因。在征战中，母亲的魂魄被刺碎，快要活不成了。父君宠爱母亲宠爱到了骨子里，他如何也不愿意母亲灰飞烟灭。最后，他便以仙寿为祭，散血元炼仙丹给母亲服用，而这一枚仙丹，耗仙命三万年。

母亲灰飞烟灭只在一瞬，父君一下子炼了五枚仙丹。

他将自己关在玄魄宫的大殿里，痛到不能自已，撞得头破血流。

母亲活过来了，她不晓得从哪里听说无欲海之中浮沉的一件宝物可救人性命，便跳进无欲海寻了三天三夜，终于找到了这件宝物。

这件宝物就是灯染仙逝后，荷花灯重新化成的水蓝玉玦。原来这玉玦一直没有归宿，一直在无欲海中沉浮。

镜面上又显现出画面。我的母亲拿着这件宝物，冲进大殿，抱住枯瘦的父君，落泪道："阿允，你有救了，你有救了……"

母亲双目通红："我晓得这样做不对，可我又晓得自己最珍重的神仙就是你。我想让你活着，我甚至在想，聂宿神尊不能复活，便不能复活吧……我总以为自己刚正不阿，可事实并非如此。我觉得你活着便好，我觉得万千欣喜的事情都抵不过你的安然无恙。"

父君亲了亲她的眼睛，又亲了亲她的眉心。

"我现在终于能够体会那荷花灯的心情了。"母亲哭道，"当年她为一缕魂肯杀人，肯吸食魂魄，我恨不能刺死她，可我每次都在最后一瞬间心软……我现在终于知道，我怜悯的不是她这个邪魅，而是她这为了喜欢的人而愿意做任何事的性子……阿允，我现在便想为你做任何事……"

父君摇了摇头，笑了笑，道："我想的却是你好生活着，别为了我想不开，要不然啊，我会心疼的。我娶你，不是让你为我去做很多事情，我娶你，仅仅是想对你好。"

母亲拿着这玉玦，希望能够挽回父君一命。

可父君和母亲都晓得，这宝物不属于他们，这是上古神尊聂宿的遗物，而聂宿是当年挽救银河星辰、守护八荒子民的功臣。

父君这个神仙啊，虽然看着邪气甚重，但在大是大非面前，同我母亲一样正直。他抚了抚母亲散落的头发，又抹去她脸上的眼泪，最后，下巴垫在她肩上，嘴唇凑到耳边，轻声地道："别哭，你也晓得，这不是我们的东西，聂宿的遗物，应当为复活他的性命而留，我用不得。"

母亲握紧玉玦，泪雨滂沱。

后来，父君果然没有用这玉玦来续命。他仙逝的那一天，北斗星宿中的玉衡星长灭而陨。

母亲翻过无欲海，在银河深处寻了几天几夜，却没有寻到传说中聂宿神尊和素书神尊的棺椁，最后在无欲海尽头、银河之畔，将玉玦埋在星辉之中。

玉玦到底是有灵性的，它清清楚楚地记录下这些画面，甚至在我母亲走后，玉玦上一缕水蓝的光辉还跟了她一程。

那一缕光辉，记录了母亲最后一次在摇光星上点兵，金色铠甲不曾弃，赤红披风随风起。

那一缕光辉，也记录了从摇光星军场回来的母亲，在玄魄宫里，将手中的摇光宝戟反手挥上天，身形笔直而立，最后却引宝戟刺穿自己的心脏。

父君因她过世，她不允许自己独活。

母亲就是这种性子。

37．梨花假面，旧事重现

　　只是我没有料到，我在玉玦之中，在为我爹娘的事情而驻足的时候，玉玦化成的镜面之外，素书看到自己是一条小小的银鱼，游在无欲海中，也看到自己十八万岁时，本君割了她的鱼鳍。

　　所以，我跑出玉玦的幻境，从镜面之中纵身跃出来的时候，看到素书双眸赤红，眸子里泪泽滚滚。

　　我还不晓得外面发生了什么，只看到月上中天，这南荒内，本应该有祭月的盛典，却看到四周的神仙个个屏息凝神，全都注视着素书。

　　我想问她怎么了，可看到她这怒到极处又绝望到极处的面容，又不敢多言。我回首看那镜面，优昙婆罗花朵簌簌谢落，如雨纷纷，我看到镜面之中，出现的是我用绳索将她捆回玄魄宫，以匕首割她鱼鳍的场景。

　　手指蓦地一抽，我蓦地想起来进这镜面的时候，梨容笑得骇人："我偏偏不把她送进去，我要让她知道你当初割她的鱼鳍，叫她再也不愿意跟你——团聚。"

　　我不敢回头再看这镜面一眼。

　　可其中的那些话，一字一句，如银针一般，刺入我耳中。

　　……

　　"这银鱼好听话。"

"嗯，来的路上，它也是这般一动不动。"

"你以前见过这条鱼吗？怎么这么快便找到了？"

"没有，不过是碰巧罢了，你以前见过吗，可是这一条？"

"虽然没有见过，但我觉得是这一条没错。"

······

"阿泽，它好像有些难过。"

"一条鱼而已，哪里有什么难过不难过。"

······

"你的眼睛可还好？"

"不打紧，你能看清这浩荡的仙景，我便是开心的。"

"你当初为何要把眼睛的清明给我，你太莽撞了。"

"我喜欢你啊，我不忍心看到你的眼睛有伤。"

"老君既然是你的故友，为何不拦着你？"

"他自然是拦了，可是，他拗不过我。我是愿意的，我喜欢你，跟我当初喜欢聂宿是一样的，他的魂魄在你身上，我便喜欢你，没有什么莽撞不莽撞，你能看得清楚，我便觉得都是值得的。"

······

"你最好不要想着逃出去，这绳索很有灵性，你逃不出去。"

······

"阿泽，天帝大人还等着用它身上的鱼鳍来补这北斗星宿呢。"

"我知道，可我想先让你的眼睛恢复清明。"

"我想要这对腹鳍，剩下的，交给天帝大人吧。"

"治眼睛的话，为何不用这条银鱼的眼珠？"

"阿泽，有它的腹鳍就够了，你信我。"

"嗯，我信你，我会将腹鳍留给你。"

······

"拿去治好你的眼睛吧。"

······

素书她……终究还是知道了一切。

而我终究没敢去打碎玉玦，阻止她看下去。

本君晓得，这一天，终究要来。

有些事情，如果不曾被揭开，不曾被混着淋淋的血看透，便永远是我同素书之间的一个劫数，我就要永远担心应劫的那一天的到来。

我看着素书。

我看到她手指颤抖，泪泽滚滚，望着玉玦化成的水蓝镜面，却没跟我说一个字。

我盼着她挥开扇剑揍我一顿，甚至刺我几剑，可都没有。她直直立在我面前，甚至连落在我身上的目光都带着不屑。

四周的神仙无一个敢动，九阙从帝君宝座上走下来，对他们道："十五月，十六圆，依本帝君看，这祭月之典是在今夜还是在明夜，没什么分别，诸仙家难得来我南荒一次，当遍游南荒，当尽兴而归。方才诸仙家中有向本帝君询问这中秋之节我南荒仙民如何庆祝的事情，那各位便随我去宫外走一走，看一看我南荒仙民如何过中秋佳节。"

诸神仙不敢不应，连忙同意。

九阙抬手扶了扶脸上的面具，广袖一挥，带着一路神仙浩浩荡荡出了宫殿。我晓得，他是为让其他神仙不打扰我们，也是为让我同素书的事不被旁的神仙听了去。

如此，此处便只剩我、素书，还有想来劝一劝的老君，以及一直在镜面附近的、戴着一具墨色面具的梨容。

梨容的目的达到了，她有意无意地搓了搓手背上的梨花花瓣，笑道："孟泽玄君，在幻境中待了这么久，没想到外面已经是这副模样了吧？"她转向素书，又转向我，停顿了片刻，又道，"你大概不晓得吧，你尽心尽力隐瞒她的事情，她已经知道了。凌波仙洲，书然殿，你弃她而去，转身去救良玉的一个幻影，任由她落入毒蟒群中；三十三天，老君府上，你眼睛恢复清明，却丢下她，转身去三十五天找良玉。

哦，对了，你还找过本姑娘。"

梨容笑道："你还真是天真可爱，信了本姑娘的话，非要动手割她的鱼鳍，特别是那一对腹鳍，并且还把那对腹鳍给了我，哈哈哈哈哈。你还记不记得她当初的样子？啧啧啧，她在那鱼缸里被你捆住，动弹不得。你还记得你动手划断她的鱼鳍的时候，鱼缸之中血水弥漫的样子吧？不过我猜，你大概是不了解的。我那时候提醒过你她很难过。你说什么来着……容我想想啊……"面具上两朵梨花做的眼睛收拢，我听到她接着道，"哦，我想起来了，你说她只是一条鱼而已，哪里有什么难过不难过，哈哈哈哈，你帮本姑娘看看，你的这条银鱼，现在是不是很难过？"

面前的素书，眸子越发赤红，头上玉冠松动，夜风扯过她鬓角的头发落在那赤红的眸子旁，也扯着她素色的衣袍猎猎作响，可她依旧一个字也没有说。

梨容又笑着开口："不过她的确是一条银鱼，她当年还是一条没有魂魄的银鱼，若不是我的魂魄系在花瓣上，若不是她吃了我的花瓣，她现在怕是长不了这么大，也没有办法站到你我面前。孟泽啊，不对，你是聂宿，你身上有聂宿的魂魄，你同我才是生生世世纠缠的那一对。素书啊，素书注定是你我之事的局外人，你还不明白吗，她是个窃缘分的贼，她偷吃我的花……"

我再也控制不住，猛地回头，看到她手背上的梨花开开合合，钺襄宝剑凭空出现。我身形未动，剑御风，不偏不倚刺入她手背上的梨花。

若我没有猜错的话，她手背上的梨花就是她的命门。刺碎这一朵梨花，便等于要了她的命。

果不其然。

剑尖没入她的手背，夜空之中响起凄厉的叫声。她喊了几声"聂宿救我"，又开始喊我的名字，问我为何这般残忍。

我想，等我先解决了这个妖女，再同素书认错道歉。

于是，我上前几步，"嚯"的一声收回钺襄宝剑，对着她扭曲的身体冷冷地道："你凭什么让聂宿来救你？你方才说，素书通过这玉玦化成的镜面看到了前尘往事，那她也看到了，她的魂魄不是你给的，而是另一棵梨花树给的。你对聂宿来说，不过是节外生出的那一枝，你凭什么觉得聂宿会护你，你又凭什么觉得聂宿是真的喜欢你？如果聂宿真的把你当成他喜欢的那个人，他就不会再去养素书这条银鱼了。"

墨色面具上的梨花猛然绽开，就像一个人的眼睛蓦地睁大。

我听到面具之下牙齿打战的声音："你……你方才说什么？"

"本君说，素书的魂魄同你毫无干系，你才是这段感情的局外人，你才是那个窃缘分的贼。"本君道，看着她面具上的梨花眼睛瞪得更大，大到仿佛下一刻花瓣就要破碎，我觉得愤然又痛快，蔑视着她道，"本君差点儿忘了，你看不到镜面上的景象，你也看不到当年聂宿在神尊府种魂成树的那棵梨花树不是你。你不过就是一棵普普通通的梨花树，沾了神尊府里浩盛的灵气，化成一个梨花小仙。你死了，花瓣里没有魂魄。所以你的魂魄如此好收集，所以你的魂魄完整，所以你才如此容易复活，所以你才得以这般兴风作浪。你，还不明白吗？"

她跪坐在镜面前。

诛心之事，谁不会呢？只是有些神仙不愿意做罢了。

本君以前没有悟清楚一个道理——对敌人心软，就是给日后的自己找麻烦。

所以，对梨容这种神仙，本君的怜悯和心软就是懦弱和愚昧。

剑尖挑起她的面具，老君看到她眼上的两个血窟窿，被吓了一跳。

本君并未手软，冷笑道："你没有想到吧，你本想拿这些景象叫素书心痛，最后，她却晓得了她同你根本没有关系，晓得了你才是偷缘分的那个神仙。梨容姑娘，你开心吗？"

她一瞬间失神，靠在水蓝色的镜面上，面具上的梨花花瓣收紧又绽开，反反复复，我听到她喃喃道："怎么可能……怎么可能……不是的……不是这样的……你在骗我……"

"怎么不是？"看着她一点一点崩溃，本君开始明白，对付梨容这种神仙，其实用不着刀剑，把她最不想承认的事说给她听，比刀剑好用千百倍，我笑道，"你若真的把魂魄给了素书，那你的魂魄势必会缺失，一万多年前，在轩辕国大殿上，你也听南窖说过吧，如果魂魄不完整，神仙便没办法复活。可是你偏偏复活了，这说明你的魂魄完完整整，不少一丝一毫。你用来威胁素书的魂魄之事，从头到尾就是子虚乌有。这般说来，当初攥紧这件事不放的你，当真是可怜。"

她闻言，面具一晃，其上一朵梨花的花瓣生生落下来一片。她这面具瞧着更加骇人。

她一直相信她与聂宿有十几万年的缘分，如今被本君揭开真相，一时间无法接受也无法相信，哭道："不是这样的……不是这样的，我同聂宿是有劫数的，'两情相悦，便有一伤'，当年便是这样啊，我同聂宿相爱后，我便仙逝了，我们之间是有纠缠的，我的魂魄同聂宿的魂魄……"

"别再自欺欺人了，如果你真的同他有劫数，那你们会交替受伤。"就如一万年前，我同素书一样，我前脚被西山梦貘所伤，她后脚就被混账仙官欺负；我在凌波仙洲被武广大仙砍中肩膀，她后来落入毒蟒之中，肩膀被毒蟒獠牙刺穿……我望着她道，"哪里有你死了，聂宿却还活着的道理？你应当认清才好，你那时仙逝，不过是你的梨花树原身枯了，这跟两魂之间的纠缠没有什么关系。"

面具上的花瓣落下几片，她似是绝望到了极处，瘫伏在地面上，号啕道："聂宿喜欢过我，他喜欢过我啊，他把那条银鱼的脸雕刻成我的模样，就是因为喜欢我啊！"

脑海之中，聂宿的记忆大兴，我指尖被带得动了动，下一刻，已经能够控制这记忆，手一挥，记忆乘掌中的仙风落在镜面上，镜面上显现的是我想要的那一个场景——十五万年前，聂宿在银河畔同素书辞别。

"你看不见这镜面上的景象，听一听也是好的。"本君同梨容说道，低头看到她手背上的花瓣快要颓落，便晓得她快要死了，不过时间还来得及，足够她听完这个故事，"本君心肠好，在一些'恰当'的地方可以给你解释解释。"

她猛地抬头，面具上的花瓣又落下两三片。

我回头看了看素书，看到她攥紧手中的扇子，眸中赤红的怒火渐渐化成寒霜。

我轻轻唤一声："素书大人。"

可我没有等到她的回答。

镜面上海水成幕，落在银河之畔。

素书穿过无欲海落到银河畔，在聂宿面前，看着他完好的模样，上前揪住他的衣襟，破口大骂："你不是魂飞魄散了吗，你不是死了吗，现在站在我面前的神仙是谁？！"

玉玦记录下这段记忆，也记录下此时聂宿的水色绸衫背后已有星星点点的鲜血渗出。

聂宿抱住素书，俯身的时候，脸颊埋在她的肩上。

本君曾想过，为何自己俯身抱住素书的时候，会情不自禁地把脸颊埋进她的肩膀，唇角贴近她的脖颈就想轻咬一口或者亲一亲。今夜，我再看这场景，我能感到当年的聂宿也有和我一样的冲动，也有在这雪白的脖颈上落下一些印记的想法。

可是聂宿与我不同，他向来忍得住。

他开口的时候，不再是正儿八经的样子，语气柔和，带了几分调笑："你不是舍不得我死吗？所以我先不死了。"

本君又看了看脚下的梨容，果不其然，她听到这句话，手指狠狠嵌入掌心，指上露出惨白的骨节。

镜面中的素书听到这句话，抬脚去踹聂宿，可踹着踹着，眸中的泪就尽数飞了出来："谁舍不得你死？你剐我鳞片，我恨了你一万年，我恨不能把你抽筋剥皮、挫骨扬灰。"

聂宿轻笑一声，将怀中人儿凌乱的鬓发别至耳后，抬手扶了扶她头上的玉冠，淡淡问道："你恨我剐了你的鳞片，还是恨我把你雕琢成现在的模样？"

"都恨，如今又加了一桩。"

聂宿笑着，语气欢愉，被梨容听得清清楚楚："无欲海里，我企图将你对我的情溶解掉这一桩？但我现在不后悔，如果不是这样，我还不清楚你对为师的情意到了连无欲海水都不能溶掉的地步。"

素书抬手揍了他一拳，聂宿没有躲，顺势握住她的手将她拉进怀里。待怀中的人儿安静下来，他继续道："我本该让无欲海水溶解掉你对我的情，可看到海水里你泪雨滂沱的模样，我突然有了私心。我怕你不喜欢我后再看上旁人，所以收手了。我记了你几万年。"

……

镜中这句话落，梨容的手掌已是血肉模糊。

还不够。

我反手一扬，又往镜面里送了记忆。

聂宿同老君对坐饮茶。

"我要你帮我护住素书，叫她好生活着。"聂宿道。

老君手中的茶盏一顿，洒下些茶水，头顶上雪云静止，他的声音恍惚："我这几日病了，没有去翰霄宫，星辰这一劫，天帝大人莫不是又要……又要为难素书吧？"

"是。"

"天帝要单独设宴请素书？你家小徒儿是不是傻？！为何要接下这请帖？"

"她打小就没有魂，小时候更傻，历经万年才开窍，好不容易不太傻了，谁知离开神尊府后，一朝回到无魂前，又变傻了。"

"你怎么不拦着她？她傻，你又不傻……我忘了，这一桩劫难，关乎四海八荒的生灵。你……不能拦。如此看来，你家这小徒儿，虽然在凡间过得风流，但从未忘记自己作为神尊所担的责任。"

"所以我要代她去。"

聂宿说，他要代素书去。

……

我望着跪伏在地上的梨容，诀术探过她的面具，看见那没了眼珠的两个血窟窿里有滚滚血水。血水顺着脸颊往下淌，落在她的衣裳上。

我早已收了剑，对她道："你现在可听清了，你现在可还觉得他把素书的脸雕刻成你的模样是为纪念你？本君早已有了聂宿的记忆，让我来告诉你吧，聂宿临死前最悔恨的一件事，便是把你的模样雕刻在了素书脸上。从头到尾，他不过是将你错认成他喜欢的那个人罢了。你从长成梨花树的那一刻起，便是一个多余的存在，平白惊扰了他们本来的缘分。"

素书听到我有聂宿的记忆，面上依旧冰冷，没说一句话，身旁的老君颤颤巍巍想开口，最后捏着拂尘望着我，摇摇头，又沉默了。

梨容终究没能受住这折磨，也终究没能受住本君刺向她手背命门的那一剑。凄惨的叫声刺入耳中，叫我觉得她下一刻就会疯掉。

夜风掠过她的面具，其上做眼的两朵梨花被风掠了个干净。

她忽然止住哭声，狂笑不止："你赢了，孟泽玄君……哦，不，聂宿神尊，你当我一个小小梨花神仙好惹，对不对？果然你们是高高在上的神尊啊，拿我们这些小神仙的真情实意不当回事儿，无半分惭愧和悲悯。"

本君喝道："到底是谁没有惭愧和悲悯？你骗我割下素书的腹鳍的时候，你心中有何魔障，你自己可还记得？我孩儿性命几乎不保，我娘子最后灰飞烟灭，是你这个小神仙怨念深重，不择手段！"

她扶着镜面慢慢爬起来，笑声刺耳："说到腹鳍，我倒想起一件事，你口中的娘子，她的一对腹鳍还在我手上。"

我大惊，抬头，心猛地一抽。

她抬起手，手掌沾满血水，缓缓伸入怀中："啧啧，容我找一找，在哪里来着……哦，找到了。"面具忽然对着我，"你在看我对不对，你想把这一对腹鳍拿回去对不对？你放心，你放心，我是不会给你的……如今我也要死了，那就让……让这对腹鳍……没错，就是这对差点儿让你孩儿活不成的腹鳍……"她顿了顿，声音重归冷静，如她万年前的声音那般，只是多了几分同归于尽的感觉。

她拿出一对银白的腹鳍，同我道："就让这对腹鳍做本姑娘的陪葬品吧。"

钺襄宝剑当即脱手而出，我本打算在刹那间结果了她的性命，拦住她伤素书那对腹鳍的动作，可是我没有想到，她在剑光没入她身体的前一刻，将手中的一对腹鳍猛地扔进了玉珏化成的镜面之中。

下一刻，她疯癫大笑，笑着笑着，自脚到头都变成梨花，花瓣被风掠起，轰然颓落。万千花瓣铺散在地面上，在月光映照下，花瓣上显出赤红的一摊血。

本君在乎的不是这妖女，本君在乎的是素书的一对腹鳍啊！

我不顾一切地冲到镜面前，我的双手甚至已经伸进了镜面，下一刻就要跳进去，老君拦住我："你别再进去了！这里面出现的景象会把你缠住，会叫你溺死在里面，永生永世出不来。你好不容易出来，进去做什么？！"

我撞开老君，早已顾不上其他，只想跳进去把那对鱼鳍带回来，手臂却被冰凉的手指攥住，我回头，看到素书极冷的眸子。她终于开口，带着嘲讽道："不过是一对腹鳍罢了……孟泽玄君这么做有什么意思呢？"

38 . 约尔来之，而后杀之

孟泽玄君。

她冷漠地开口，又一次叫我孟泽玄君。

上一次，我放弃她，去救良玉的一个幻影，她回到采星阁，淡淡开口，叫我孟泽玄君。

这同平日里我称她素书大人，她称我孟泽玄君是不一样的。此时，"孟泽玄君"这四个字被她说出来，是失掉所有的信任，失掉所有的希望的一个称呼，是一个拿来揶揄我、嘲讽我，叫我听见后觉得心脏刺痛的称呼。

她拦住我，看着腹鳍没入镜面，镜面如水，漾起几圈水纹，最终平静下来。

她的唇角露出笑："孟泽玄君，哦，不，你说你如今有了聂宿的记忆，那你是不是算半个聂宿，半个孟泽？"她挑眉看着我，眸中泪水枯竭，"我不过是一条鱼，两生两世，竟然都没能躲过你手中的刀刃。"

这句话叫我蓦地一僵。

她靠近我几分，夜风掠起她素色的衣裳，猎猎作响。

她笑得越发狠："三万岁的时候，你剐我鱼鳞，抽我鱼骨，毁我面容，把我雕成梨花神仙的模样，我足足花了一万年才原谅了你，你觉得在那一万年里我去凡间青楼饮酒作乐，很逍遥对不对？你可知烈酒穿肠，几乎让我想要杀了自己，省得这仙途漫漫，看不到头……"

往事在心底带着血肉被连根拔起。

她凄凉一笑，又道："本神尊就是这种性子，从不愿意给旁人添麻烦，宁肯自己吃些苦、受些罪，也要想着天下苍生，想着你曾经待我的那些零零星星的好。梦里杀你几次，便觉得报了仇，便觉得能原谅你。我从未把你当作聂宿看待，你却比他更残忍。"

她果真恨我到极处了，双手揪住我的衣襟，咬牙切齿之际，泪珠滚滚而落："我不是个记仇的神仙，你当初说喜欢我，可后来看到良玉的一个幻影便撇下我，致我落入蟒群之中，本神尊不怪你；我心疼你，我看到你的眼睛看不清楚，十分难过，我把眼睛的清明给了你，你在睡梦之中大呼良玉的名字，我虽然觉得心酸，可也晓得你对她情根深种，非一朝一夕可以放下，所以也不怪；甚至连你在三十三天，同长诀说'你说我配不上、娶不到，那我偏偏要娶到她给你看看''方才还没有什么意思，但是你这么一说倒叫我觉得，就算本君用尽手段，也要将她娶过来'这种话，我也能选择相信你……"

她的双手攥紧，露出惨白的骨节，牙齿打战，说道："但是，十四万年后，你割我的鱼鳍这一桩事儿，我却再不能原谅你！我也是有底线的，我当初在鱼缸里挣扎的时候，底线就是你可以割我的鱼鳍，但不能动我的腹鳍！你可知道那对腹鳍下面是什么？！你可知道你的孩儿是怎么死的？！你可知道你曾拿着刀刃利落地要了你孩儿的性命？！"

这些话落入我的耳中，让我泪流满面。

夜风呼啸，扯着她的头发散在我眼前。

她攥住我的手，贴近她的腹部，笑道："孟泽玄君，在这里，你的孩子，就是在这里的时候，被你杀死了。"

我贴近她腹部的手指感到了密密麻麻的疼。

"本神尊第一次做母亲，你第一次做父亲。我想拼命护住自己的孩子，可你看，我终究是没有用的，我终究是抵不过孩儿他父亲的刀刃的。"她依然笑道。

"你知道他后来怎么样了吗？我告诉你，"她咬住下唇，牙齿打战，把下唇咬出了血，攥住我的手指又往腹部按了按，"孩儿在这里，他那么小。我听闻，孩儿在母亲的腹中是会动的。可是我的孩儿，他还没有来得及动，就被他的父亲杀了。血水顺着我的腹部往下淌，我拼命把仙力往他的身上引，可我还是没有保护好他。"

"你知道他生出来是什么样子的吗？"她终于放下我的手，抬起手掌，手掌颤得连她自己都控制不住，我想握紧那双手，她却拼命躲了过去，"就这么大，就这么冷冰冰地卧在我的手中，没有呼吸，没有仙气。他还未出生就死了。我费尽力气，拼上自己所有的修为，依然……依然生下了一个死胎。"

依然……生下了一个死胎。

"死胎"二字，如利箭，被她攥住，狠狠往我心上戳去，硬生生戳开一个淌着血的窟窿，堵也堵不住，只能看到血水往外流，每一滴都带着痛。

我抱住她，纵然我是一个大男人，却忍不住泪流滚滚："素书，你听我说，孩儿没死，孩儿还活着，他方才应该出来了，孟荷应该领着他出来了，他就是你我的亲骨肉，他喊你娘……"

"娘？"她周身气泽凛冽，冷冷打断我的话，绝望地道，"是吗？是不是你教唆他的，方才他出来，迷迷糊糊之中，终于说出了实话，他说我是他的姐姐，哪里是什么娘？"她的唇角抖了抖，笑声悲戚，"可怜在他出来之前，我以为他就是我的孩儿，可怜我在这些日子里，纵然被你蒙在鼓里，却依然觉得他可亲可爱，同我有缘，真心实意给他做母亲。"

我心中一怔，不明所以，此时，退到远处不来打扰我们的老君托夜风捎来话，问我："那娃娃刚刚确实管素书叫姐姐，不止一次，而且抱住素书的腿不撒手。我瞧着素书的脸色不好，便叫你家的小孟荷把他抱走了……所以，这娃娃到底是不是你同素书的孩子？"

本君大惊大悲。

这条小银鱼是真傻！

他在幻境中答应本君把灯染当姐姐，他出来见到素书，竟然也把素书当姐姐！

我握住素书的肩膀，急道："你听我说，素书，小鱼儿真的是你和我的孩儿，你信我……"

可是她再次挣脱开，再也控制不住，仰头捂住脸，眼泪却尽数从她的指缝中落下来。她哭得喑哑而悲恸："我的孩儿，在一万年前就仙逝了，他在出生的时候便死了，他从未睁眼看过这仙界一眼。如果他还活着，现今已经一万多岁了，跟孟荷的年纪差不多，小鱼儿不过是一个三百多岁的娃娃……我早该明白的……"

"素书……"我想抱住她，想认真给她解释小鱼儿为何会活着，为何会生长得这般慢，可她没有听。

她反而抬手狠狠给了我一巴掌。

这一巴掌并没有多用力，却叫我真真切切地感受到了素书的绝望和愤恨。

她向来尊重我，她晓得打人不打脸的道理。她却甩了我一巴掌，连远处的老君都惊了一跳。

我望着她："素书……我对不……"

"又要说对不起我？当年我从毒蟒群中回来，你不是同我说过这类话了吗？"她攥紧手指，袖中的折扇滑出，被她握住，反手一挥，折扇已化成三尺长剑。

冷冷剑光落在我的眼中，我看到她笑了笑，下一刻，剑尖抵在我的脖颈上。

我望着她，身形一僵。

她笑道："对不起，又是对不起……孟泽玄君，倘若对不起有用的话，我们还要刀剑做什么？"

我想，让她刺我一剑也好，至少解恨。

我甚至在想，就算她杀了我，只要她能不再悲愤，也好。

我没有躲闪，看着她，想抬手为她扶稳头上的玉冠，想低头亲一亲她的脖颈或眉眼，可剑抵在我的喉前，我终究什么也没能做成，只对着她问了一句："素书，若是神仙有来生，你今世说过的，叫我带凤冠霞帔去采星阁娶你的事儿……我能不能在来生完成？"

她猛地抬眸，落下两行泪，执剑的手顿了顿，大笑："对，你果然不晓得。"

她收了剑，顺手往水蓝的镜面中送了一个诀术。镜面光影聚拢，重归玉玦模样，落入她手中。

她笑了笑，扯住我的衣袖奔上天。

我不晓得她要带我去哪里。我们跳进蔚蓝的无欲海中，逆海穿过，落入银河。

自从素书灰飞烟灭后，我便不敢来这里了。我看到采星阁，蓦地想起那个叫晋绾的女官对我说过的话："三日前流火经过，尊上眼睛不好使，瞧见那大火星的鲜红颜色，以为玄君赴约，迎出阁外，不料正入其中，灰飞烟灭了。玄君……来迟了。"

我迟了三日。

我差一点儿就能娶到我心爱的姑娘了。

可我的姑娘没有等到我就灰飞烟灭了——这是我终身的悔恨。

四周星光寂静，银河万里无声。我惊讶地发现，纵然一万多年过去了，这采星阁里却无丝毫灰尘，一切都还是曾经的模样，仿佛素书大人同我还坐在这里，她看书，我做饭，是安宁的样子。

可是，我面前的素书，素衣不平整，玉冠早已在无欲海中遗失，墨发上沾满了水，顺着衣衫落下来。

"你觉得，本神尊当初想嫁给你，对不对？"

我不明白她的这句话是什么意思，身体不受控制地僵住，直至麻木，抬头的时候看到她冰凉一笑，目光有些阴冷，有些不像我熟悉的素书大人。

我熟悉的素书大人，她眸中含着孤寂，含着温柔，叫人心疼。她纵然再难过，眸子里却从不会有骇人的东西存在。

可面前的她，心痛到极处，不再是曾经的样子。

玉玦在她的掌心里流出如水的光泽，那光在她的指引下迅速充满整个采星阁。

阁中忽然映出一个素白的身影，正伏在案上写一封书信。

写信的人，是素书。她面色惨白，面颊和唇上都无血色，是虚弱到极处、病重到极处的模样。

"这信上的内容，你可还记得？"她垂眸看着光影中放在案上的信纸被一行一行的墨迹填满，笑道，"不记得也没关系，本神尊一句一句给你说清楚。"

于是，我晓得了万年前的素书神尊对我到底是什么感情。

她说，写下"孟泽，闻君安然无恙，本神尊心下欢喜"这句话的时候，她是想叫我死的。

她说，她也晓得，久未联系，我是不可能挂念她的，如果真的挂念她，就回来找她了。可是，我一次也没有来，就连自己的孩子死了，她也没有见到我。

她说，什么"在那十四万年里，银河深处星群浩瀚，日夜璀璨。我出来的时候，双目所观，尽是银白，这银白辉光十分灼眼"，什么"我能看到仙景浩瀚，能看到九州斑斓，能看到晚霞如绣，能看到朝云似锦，甚至能看到你眸中的堇色"，什么"可这双眼睛被星辉所灼，苏醒一年来，尤其在不曾见你的这四个月中，我的这双眼睛越来越不济，甚至已经看不到其他色彩了，目之所及，只剩这素寡仙境、缥缈诸景、黯淡流霞，叫本神尊心头也失了颜色"，说出来只为叫我难过，只为将错就错，只为不想挑明白，只为在见面的时候给我毫无防备的一击，叫我在见面的时候知道我的眼睛是她给的，叫我悔恨终身，叫我不能原谅自己。

她说，她不需要一个杀她孩儿的仇人在身边，给她做拐杖支撑她；她不需要一个割她鱼鳍的神仙替她扇风解暑、斩妖除魔；她不需一个把她错认成旁的姑娘的混账带她去看万里朝霞，带她去看浩瀚星辰。

她说，北上天的流光，东海日出时的云霞，三月时节阳华山下的三百里桃林，她要叫我带着悔恨和愧疚，一个人去看个完整。她一死了之，永生永世都不会再出现在我的面前，她要叫我在这漫漫仙途上绝望地走下去。

我几乎要落泪，不管不顾地抱住她，将她紧紧抱在怀中，一遍一遍否定她的话："你别这样说……素书大人，你别这样……信上的话从来不是骗我的……"

我十分熟悉那信上的每一句话和每一个字。

我抚摸着她冰凉的脖颈，十分心痛："你说穿好嫁衣等我，你说，我若是愿意娶你，你便嫁给我。你说，这些话，不悔不灭，你说你想听我给你讲凤冠和霞帔的颜色……你现在怎么能说这是在骗我？"

素书大人，这些话，我揣在心上，珍重了一万年啊。

这些话，撑着我走过了那一万年孤寂的日子。

素书，你怎么能……你怎么能告诉我这些话都是骗我的？

怀中的她终究还是咬着牙挥出扇子，将我隔开。扇骨如刀，在我身上划开深深的一道口子。我感觉不到疼，因为她的话，已经叫我体会到什么是削骨噬心的疼了。

"你知道我在信末，为什么写六月初六吗？"她握紧扇子，扇骨割破她的手掌，血水从她的指缝间往外淌，她望着我，声音清冷又绝望，"六月初六，是本神尊同你的孩儿的生日，也是孩儿的忌日。你应当记得这个日子，毕竟，是你握着刀子亲手杀了他。"

我依然想抱住她，想给她解释小鱼儿就是我们的孩子，是我同她的骨肉。

她没容我说话，好似现在说什么她都不会相信。她一心想叫我难受，所以扔出手中的玉玦，阁中光影变换，又出现了另外的场景。

她笑道："你不是不信我在骗你吗，我叫你看一看，我为何要写这封信。"

场景之中，素书坐在床榻上，虚汗落下来，眸光毫无色彩。她手中捧着一条瘦瘦弱弱的银鱼，捧到眼前，皱着眉头仔仔细细地端详。

那双手苍白枯瘦得不像话。她整个人也苍白枯瘦得不像话。

"晋绾，你告诉我，我的孩子是什么颜色的？"

这句话问出来，她脸上已经布满了泪泽。

那女官的声音哽咽得不成样子，抬手为素书抹去眼泪，又给自己抹去眼泪："尊上，这是条小银鱼，鱼身银白，带了光泽，像极了这银河的星光。"

景象中的素书在笑，只是笑着笑着，又有眼泪淌下来："我的孩子，真漂亮。"

晋绾道："孩子无论是随尊上还是随孟泽玄君，都是漂亮的。"

她却忽然沉默。

窗外星光黯淡过后又变得璀璨。她捧着小鱼儿，捧了很久，最后才将它交到晋绾的手里，一遍一遍地嘱咐："这娃娃，你葬在银河畔，无欲海尽头。不要立墓碑，不要堆坟冢。但是你要护住那里，不要让旁人靠近半分。还有，你现在一定不要去找孟泽，一万年后，务必叫孟泽来一趟。他来也得来，不来也得来。我大概要沉睡一万年，你知道的，我告诉过你，我给自己算了一卦，我要沉睡一万年。我尽量早些回来，晋绾，你要护住我的原身。一万年后，你叫孟泽过来，他一定得来。他若是早过来，你便拦住他。孩子的事，你不要告诉他，让我来跟他说。"

景象之外，她握紧折扇，掌心的血水滚落下来。

"你晓得我为何要写那封信了吧？我怕你不来，我做好了与你同归于尽的打算，我做好了万全的准备。我拿着这封信骗你，叫来，而后杀之。"她笑道。

39．离阙寻归，轮回成劫

素书没有杀我。

她笑得痛快，眸底却全是凄凉。

她的被血水沾湿的手指紧紧抵着我胸膛上心脏的位置："孟泽玄君，你这里，痛吗？"

素书大人，我真想掏出这颗心给你看一看，它现在仿佛被利剑刺穿，是血水淋漓，止也止不住的模样。

"痛"这个字，有时候太浅、太轻，不能将一个人的感受说得清楚又明白。

我想抱一抱她，可她依旧躲了过去。或许，她现在连叫我碰一下都觉得恶心。

"孟鱼是我们的孩儿……如你所说，他实际的年龄是一万多岁，他同孟荷一般大。"我望着她，用诀术将她被无欲海浸湿的衣衫弄干，"怪我，是我将孩儿伤着了，所以他在一万多年后才勉勉强强化成娃娃模样。可他……他真的是你我的骨肉，是你亲生的孩儿。我给他取名孟鱼，是因为他随你，是银鱼。当初晋绾没有听你的话，没有把他埋在银河畔，而是给了我，你若是不信，可问她。"

她身体一晃，踉跄几步，扶着一把圈椅才勉强撑住，没有跌倒。

我想扶她一把，却又被她用扇子隔开。

她不愿意再叫我碰她一下了。

说来也巧，采星阁的门便在这时候被打开，门外站着的，是端着一盆清水的晋绾。

在晋绾看到素书的一刹那，铜盆应声而落。

难怪这采星阁不染纤尘，原来守在这里的女官从未离开。

她望着素书，眸中闪着泪光，顾不上擦一擦眼泪，匆忙上前握住素书的手，一遍一遍地确认："素书神尊……是你吗？是你吗？你回来了，你还活着，对不对？"

素书点头，笑得安静："是我，你还在啊，真好……"

"你看，这样开心的事情，我落什么泪。"晋绾慌忙抬袖拭了拭眼角，"怪我在这一万多年里未曾出银河，不知道外面是什么景象……竟然连素书大人回来了都不知道……尊上，你是如何避开那大火星的？你当初撞入大火星……孟泽玄君找遍无欲海，只找到你的一片烧毁的衣角。"

素书顿了顿，说道："是手中的离骨折扇，它通我的心意，挡在我面前护住了我。"

晋绾点头，忽然想起什么来，抬头问我："玄君大人，孩子可好？你仙法高强，应当救活了孩子，对不对？"

我道："是，他活着。"

这句话，让素书的手又捂上脸，泪水混着血水往外流。她终于信了。

晋绾茫然地看看她，又看看我。

过了很久，我听素书说道："把我的孩儿还给我。你走吧，再也不要出现在本神尊的面前了。"

……

听闻，被剐鱼鳞后的素书依然未对聂宿忘情。

听闻，她在之后的一万年里，对聂宿的情意纷纷杂杂，剪也剪不断，她会跳进九天无欲海，让海水消磨一下这情感。

从银河之畔逆着水流往上游的时候，有一瞬间，本君觉得，这海水真是个好东西，溶解情意，吸食心绪，这万千的悔恨和无尽的悲惘，如果能被这海水统统带走，也是好的。

可我又觉得它不好。我怕我最后连这些情感都不再有，怕自己忘记素书。这悔恨和悲痛，虽然如刀刃悬在心头，一点一点割我的血脉，叫我疼得慌，可也叫我深刻地记着我喜欢一个姑娘，她素衣玉冠，俊雅倜傥，她叫素书。

翻涌的海水之中，忽然映出缥缈的景象，那里海水翻滚，白色的水珠幽幽往上升，其中一条银鱼被海水搅着，十分虚弱。这银鱼与我相隔不远，可待我游过去，它又到了其他地方。

我明白这是幻象。

这条银鱼，没有鱼鳞，没有鱼鳍，鱼尾拼命地摆动，想游出无欲海，鱼身上，腹部那一道赤红伤口赫然映入我的眼帘。

这……这是素书。

这应当是被我割了鱼鳍之后，被那个梨花妖女从玄魄宫带出来扔进无欲海的素书。

它费力地想游出无欲海，可掌握不了方向，也使不上力气，尾巴拼命地摆动，想逃离，却出不去。

书上有一个词，叫"如鱼得水"，用鱼得到水来形容自己得到最适合的环境。可如今，看到素书被我害成这般模样，我忽然觉得这个词对我来说是莫大的嘲讽。

回到玄魄宫的时候，天已经大亮。

老君在宫门口等我，见到我便问事情怎么样了，素书有没有原谅我。

我望着晨光，忽然觉得脑子里有星光在转，连带着头也有些晕眩，扶住玄魄宫大门缓了缓，最后说出素书对我说的那句话："把我的孩儿还给我。你走吧，再也不要出现在本神尊的面前了。"

老君也猜到了七八分，叹道："果然还是敌不过这相悦便伤的宿命。你先珍重自己，我去看一看素书……"忽然又一顿，愧疚地道，"说起来，她可能记仇，也不想见我了。昨夜，你在那玉玦化成的镜面之中，她看到一幅一幅的场景，又听到梨容的话，便知道了是我给你出的主意，叫四海八荒的神仙都瞒着她。"

他最终还是拎着拂尘远去了，只留下一句话给我："老夫十分自责，对你，对素书，也对梨容。望你念在你我是故友的分上，莫怪我。"

我和他是故友。

老君如今知道我有聂宿的记忆。

我怎么能怪旁人？

我也怪不得旁人。

他无论是作为故友，还是作为忘年之交，都已经给了我和素书足够多的帮助。

神界之中，因为有真挚的情意存在，所以才显得不那么荒芜。

只是素书在我眼中就是这神界最美的色彩，她不再见我，我觉得这云霞、流光、红花绿柳、青山绿水、浩瀚河山都失了颜色。

玄魄宫中。

小鱼儿终于清醒过来，抱着我的胳膊，皱着小眉头，开口问我："父君，你身上有一道口子，啊，流血了，父君疼不疼？"

我揉着他头顶细软的头发，想笑，却有些笑不出来，轻声安慰他："不打紧，父君……很强。"

他把头埋进我的肩窝，伸出胳膊环住我的脖颈，声音里有些苦闷和疑惑："父君，我好像睡了一觉，我醒过来后发现你和阿娘都不在了。小鱼儿吓坏了，孟荷哥哥说你们还会回来，我才不怕。可是阿娘呢，她为什么没有跟你一起回来？阿娘去哪里了……她是不是不要我了，是不是又要回凡间了……她才陪我几个月，小鱼儿不想让她走。"

我轻轻拍了拍他的背："阿娘在一个漂亮的地方等你呢。她要接你过去跟她同住。那里星辰璀璨，触手可及。她不会不要你……她疼你疼到了骨子里，她疼你都胜过疼她自己，她怎么会不要你？"

小家伙登时从我身上滑下来，抱住我的腿，两眼放光："父君，你说的是真的吗？阿娘要接我们过去同住吗？"

他有些误会我的意思。

他以为是我跟他，还有孟荷，一起跟素书同住。

我不忍心告诉他，也不想再说自己的儿子傻。他这种天真烂漫的性子本就十分难得，在有些事情上傻一些，便不会叫自己难过。

孟荷多少看出来一些不对劲，轻声问我："阿叔……我，我要陪小鱼儿去吗？"

小鱼儿抓住他的手指，脆生生地开口道："小荷哥哥当然要去啊，我们一家人一起去啊！"又拽了拽我的手，"父君，我们是不是去度假？你以前说过，如果我听话，就带我去度假，对不对？"

我点头。

"度假就不用去太学宫上学了，对不对？度假的地方有海，可以每天游泳，对不对？"

我勾起手指轻轻敲了敲他的脑袋："你阿娘在九天的银河，离太学宫近得很，你日后便能按时上学，不会迟到了。"

他小脸一蒙，眼珠睁得溜圆。

学霸孟荷暂时忽略本君的悲苦表情，由衷地赞叹："这真是太好了！"

小鱼儿有些退缩，揪住我的衣角，道："咱们不去度假了行不行？叫阿娘回来吧，我们从玄魄宫出发去上学，路上多走一会儿也没关系……"

你阿娘不会回来了。

我把你阿娘伤得太深，无法弥补。

你阿娘恨不得我去死。她说她永生永世都不愿意再见我了。

三日后的晚上，我送小鱼儿去银河。银河星光流淌成水，绵延不绝，是历经万年也不会干涸的样子。

我牵着孟鱼的小手，沿着银河畔的小路往采星阁走去。

这一条路原本很长，可我觉得有些短，走到中间，走到无欲海尽头海水流成水幕的地方，本君没有忍住，带着孟鱼和孟荷又绕回去，从头走了一遍。

小鱼儿有点儿蒙："父君，这条路，我们为什么要走两遍？"

本君望了望头顶的星星，和蔼地道："我们……锻炼身体，锻炼身体才能长个儿，长个儿才能保护你阿娘。"

他拉住我的手往脸颊上蹭了蹭："父君不用再长了，父君够高了，能保护阿娘。"

我道："嗯。"

孟荷聪明，已经看明白七八分，腹语传音，问我："阿叔，你是要把小鱼儿送到素书神尊这儿养吗？你们离婚了，是吗？"

本君回他："我至今都没有娶到她，哪里是离婚？"是素书不要本君了。

孟荷又问："那我是跟你回去，还是陪着小鱼儿？"

我道："别担心，素书大人不介意多一个娃。"

孟荷问："那你怎么办？以后我和小鱼儿还能见到你吗？素书大人还会原谅你吗？"

我道："本君也不晓得。"我想起三天前素书同我说的话，想起她泪雨滂沱的模样，忽然觉得前途渺茫，日后小鱼儿见我或许比较悬，至于素书原谅我这件事已经没有盼头了。

采星阁外。

本君借着小鱼儿的光，还是死皮赖脸地跟素书说了几句话。

"那什么，他比较调皮，你也晓得，若是惹你生气了，你该揍的时候还是要揍的，该出气的时候还是要出气的，孩子越揍越壮，你不能把气憋在心里不发泄，这样对自己不好。他爱脱衣裳，我以前嘱咐过他，要是再不穿衣裳，你就会难过。他要是不听话，你就别给他饭吃。

总之，一顿不吃也没有什么问题，饿一饿，他兴许就长记性了。他若是不想去上学，你便使个诀术捆着他，他现在又笨又傻，完全敌不过你的一个小拇指头。太学宫的简容老师说过，孩子不能溺爱，不能宠。你日后要多宠着自己，有什么好吃的，自己多吃一些，你有些瘦。

"孟荷是个爱读书的好孩子，安稳懂事又沉着聪明，你不用太操心，他还可以带小鱼儿玩耍，陪小鱼儿读书，你可能要多添一双碗筷。你这里吃的喝的够不够？不够的话，我给你盖一间仓房，置办些东西，给你备着。哦，对，你爱喝酒，仓房下面我还可以给你挖一个酒窖，去四海八荒给你找酒搬过来，这样你就不用往凡间跑了。你不开心的时候，就把小鱼儿扔给孟荷或者晋绾，挑一坛酒来喝，别喝太多，喝酒也是伤身的。"

最后，我想说："素书大人，你不介意身边多一个孟荷，是不是……那你……那你介意身边多一个孟泽吗？"

可这句话哽在我的喉咙里，直到最后，素书要领着孟鱼和孟荷回采星阁，我也没能说出来。

本君当年扛着钺襄宝剑单挑东海两万虾兵蟹将，用宝鼎做火锅的霸气，在素书面前，竟如此……溃不成军。

我太不争气了。

我又想到她那决绝的话和那恨不能手刃我的神情。我觉得这句哽在喉中的话还是永远不要说出来为好。她不会原谅我。

听我说完这些话，小鱼儿有些委屈，噘着嘴，带着哭音道："父君为何这般心疼阿娘，不心疼小鱼儿？小鱼儿不要挨揍……"

因为做儿子的，一直被老子养着，所以让老子欺负一下也无妨。

可是，我心爱的姑娘，我才找回她不久，我得好生疼着宠着。虽然，她不愿意再见到我。

小鱼儿再傻，在我临走的时候也有些疑惑，拽了拽他阿娘的袖子，问道："阿娘，父君不跟我们住一起吗？"

我看着素书，想知道她会说什么。可她终究什么也没有说，就连我说了这么多话之后，她也没有回我一句。

我捏了捏小鱼儿的耳朵，道："父君先回家把玄魄宫的水池子扩建一下，日后你就可以住在里面了。"

小鱼儿很笨，十分好哄，听到玄魄宫的水池子要扩建，眼睛里溢出光，握住他阿娘的手，扭着小身子激动地道："阿娘，父君说玄魄宫的水池子要扩建，日后我们一家人可以一起在池子里游泳了！"

"所以，你先跟你阿娘、小荷哥哥在这里等着。父君……父君先回家了。"我心中十分难受。

我的傻儿子眼里的光更盛："父君今晚就动手吗？"

"嗯，今晚就动手。"我道。

于是，他便放心地扔下我，跟着他娘回采星阁了。

我不知道，这是不是我同他们的最后一次见面，可我看到素书再未回头，心里便一抽一抽地疼。

可本君偏偏……有那么一点儿不甘心。

我倒不是不甘心什么过分的事，只是不甘心自己好不容易喜欢上的姑娘再也不理我了，不甘心就这么再也不见面。我望着头顶的银河，看着这星光熠熠生辉，此消彼长，仿佛从不消亡。这虽然同我的经历没什么联系，可我觉得，我应当把自己孩儿他娘追回来，赔礼道歉，下跪求饶，自扇巴掌，血书悔悟。这些我都想过。

在凡间寿终正寝、重新回到天上的南晋没有穿过南天门向天帝报到，也没有去他父亲南挚面前请安，而是先到玄魄宫拜访本君。

他摇着那枚千眼菩提坠子，喝我的茶水，吃我的米饭，坐在大殿顶上，看我在玄魄宫里挖土、扩建水池子，悠闲笑道："玄君大人加油嘿。"

我把一筐土抛过去，土尽数撒在他的衣服上。

他依然镇静，抖落掉身上的土，眯眼瞧着日光，道："不是我说，你在凡间的时候，也忒缺德。原本我在弱冠时，两眼一闭、两腿一蹬便能回来，你出现得倒是时候，硬生生把本公子困在凡间好几十年，我后来屡次想死都没有死成。本公子是扒你祖坟了还是怎么着，你竟逆天而行，改我凡间寿命。"

"老子是要告诉你，你同素书没有缘分。"我道。

看到他在幻境之中掏出自己的心脏给灯染，让她固守本心，本君便觉得他多少也是条汉子，能用其他方法解决的问题，便没必要再用拳头。

"本公子这一趟，别无所求，只想让素书喜欢我。我晓得自己同她无缘无分，所以也并未想过多纠缠，她躲过大火星，捡回一条命，当好生珍重，我在凡间虽然不能帮上大忙，但至少在她升天之前，能护着她。"他躺在殿顶上，手中依旧摇着那枚坠子。

他现今的这枚"心脏"真好使，想摩挲就摩挲，想晃悠就晃悠，能保命，还能把玩。

乌金西沉，晚霞赤红，秋日的晚风吹进玄魄宫。

南窬吃了我的三碗米饭，才从殿顶上慢悠悠地爬起来，见我在专心地挖水池子，不理他，便自觉地告别："那啥，我明日再来揶揄你，老头子估计要等急了。"他从殿顶上飘下来，晃悠到我跟前，对着夕阳，一边挽着衣袖一边道，"你对本公子再看不惯，也不该做逆天之事。我们做神仙的，凡间的事本就不该插手，何况，你一下子改了老子好几十年的寿命，是要遭大祸的。"

我望了望天："本君大概已经遭了这祸，素书晓得了曾经的事，不理我了。"

南窬摇头："我觉得这还是小事，怕就怕老天爷给你个更大的劫难叫你受着。你别不信，这天命，比你我想象的更加残酷，比如本公子的'求而不得，总是错过'，比如你的'两情相悦，便有一伤'。逃不开，躲不了，避之不及，只能生生受着。"

我不大想说话，想了想，便道："像你这般掏心窝子的情敌，本君觉得不多。"

他笑一声："你死了，本公子倒是一丁点儿也不心疼，甚至想在轩辕国张灯结彩，贺喜你的头七。我就是怕素书难受，她那个性子，你也晓得。她喜欢你，那你便不能死，你得好生护着她，叫她的毫毛都不能折一根。况且，你二人之间有那个劫数，你受了劫，她八成也要跟着遭罪。"

他的这句话倒是提醒到我了。

我怎么样无所谓，可我和素书还有解不开的劫数。当年，我同素书几乎是同时遭罪的。

我从小便打架斗殴，习惯了这血腥味道，也不在乎这仙命一条。

可我不能叫素书跟着我受伤。

南窨提醒得果真没错。

半个月后，老君在一个晚上匆匆忙忙赶到玄魄宫来找我，说有天大的事，要我带上素书赶紧跑，在四海八荒内找个地方躲一躲，实在不行，就撤了仙力，变成凡人，去凡间避一避。

水池子已经扩建得差不多了，面积比原来大了七八倍，这么大，够孟鱼成长，也够他蹦跶到成亲了。

老君却在这时候告诉我，我将有个大劫，如果这个大劫避不过去，我儿子孟鱼便要成孤儿了。

我觉得他在开玩笑，可他胡须一颤，眸中已有了泪雾。

我呆住了，放下锄头："你这是做什么，好几十万岁的神仙了，说哭就哭？"我咬了一口窝头，填了填肚子，"你要是个姑娘，我还能安慰几句，你看你一个老头子，本君都不知从何安慰起。"

他拿起拂尘敲了敲本君的脑袋，气得脸颊哆嗦了几哆嗦："你以为我在跟你开玩笑？"他用拂尘指了指九天银河，"你看到了吗，银河的星光在变暗。"

我定睛一看，身子不由得一僵。

这……这星辉果真黯淡了许多。

我半个月前才夸它们静静流淌成水，好似永生永世都不会干涸枯竭，现在就变暗了，也试不禁夸了！

我当即扔掉手中的窝头，要奔向银河。

老君拦住我："老夫就是打银河来的，素书、孟鱼、孟荷，还有她身旁的晋绾女官都不在银河深处。"

我心中一慌，大喝道："他……他们去哪儿了？！"

老君的模样有些怪，望着天上的月亮，道："老夫掐指算了算，素书带他们去轩辕国度假了……"

本君没忍住，当即骂了南窖几句。

情敌就是情敌，生生世世都得防着，"悔过自新"这个词用在情敌身上，简直是扯淡。

纵然我很生气，但也晓得，有晋绾这般忠心耿耿的女官在，轩辕国要比银河深处安全。纵然老君有些慌张，可依然给我讲清了此劫的前因后果，甚至讲清了在我同素书身上一直纠缠着的、劈也劈不断的劫数。

我晓得这劫数要从聂宿和素书说起，可我没有料到，在聂宿和素书之前，这劫数便已经存在于两个魂魄中间了。

这话，还要从上古时候的两位神仙说起。

这两位神仙，一个叫离阙，另一个叫寻归。

离阙性别男，寻归性别女。

三十万年前，天上神仙的职位还不如现今这般分得细。就拿星宿来说，没有洞明星君、玉衡星君的职位。离阙是主北斗星宿运转的神仙，寻归是司银河枯盈明灭的神女。

总之都是管星星的，两个神仙互相喜欢，就在一起了。旁的神仙瞧着他们也是天造地设的一对。

以前的星辰啊，无论是星宿里的星辰，还是银河里的星辰，都如现今这般，动不动就要搞些大新闻，时不时就黯淡了，就陨落了。

只是在三十万年前，甚至在更早的时候，星辰出了问题，会有一个专门的神器来解决。

这神器叫作长明盏——辉光长明，不灭不隕。

若遇到星辰陨落或者黯淡，拿着长明盏飞到星辰之上点亮它，从弦月守到满月，守够十五天，黯淡的星辰便会重有辉光，隕落的星辰便可再升。

那时候的星辰陨灭是这般容易解决的事，甚至算不上劫数，只是星辰运转、银河枯盈的轮回罢了，就好像日中则昃，月盈则亏，天有孤虚，地阙东南一样，是万物运行之常理，见怪不怪。

可有一日，寻归出了事。这事情要归咎于离阙，离阙的眼睛受了伤，看不清色彩，辨不清晨昏。寻归喜欢他喜欢得深，把自己眼睛的清明给了离阙。

可如此一来，寻归便看不清了。大火星飞过，她撞入其中，魂魄被烧成碎片，纷纷扬扬散落在银河中。

离阙和寻归的这一段事，是不是听起来特别熟悉？

本君听到这儿的时候，心中剧烈地震了震。我手指控制不住地颤抖，狠狠攥住衣袖才勉强镇静下来。

没错，这就是我同素书遇到的事。时隔三十万年……三十万年后，我同她还是被困在这个地方，事到如今，都没能走出这轮回纠葛。

寻归魂魄破碎的时候，这两个魂魄还没有"两情相悦，便有一伤"的劫数。

这两个魂魄之间的劫数是何时系在一起的呢？是在离阙看到寻归灰飞烟灭、魂魄破碎，盗用了长明盏，在灯光的指引下，把那魂魄的碎片一一找回来的时候。

魂魄散落在银河的万千星辉之中，其无色透明，无具体形状，是很难被找到的。可长明盏水蓝色的灯光可以把魂魄照成赤红的颜色，甚至可以帮忙守住魂魄。

这场景，这灯盏，这颜色，是否很熟悉？

没错，长明盏、荷花灯、无欲海、赤红灯芯、一缕魂，还有灯染。

　　我以前从未想过，为何素书的魂魄系在水蓝的玉玦上会变成荷花灯盏，为何不会变成其他东西。我现在知道了。这终究还是在三十万年前设下的樊笼，一点一滴，皆有因果。

　　重回三十万年前的离阙和寻归之事。离阙擅自用长明盏在银河中寻找寻归散落的魂魄，其间，星宿又折腾了，如果长明盏在，任凭星宿怎么折腾，都不是大事。可长明盏不在，而且被离阙擅自用来寻找他心爱姑娘的魂魄。

　　待所有的魂魄碎片被找回，长明盏归位时，星宿逆转之势已成定局，无法补救，俯瞰脚下芸芸众生，他们因为星宿逆转引起的山海颠覆、朝夕不明、寒暑不分而遭了大劫。

　　主北斗星宿运转的上古之神离阙为情所困，监守自盗，按律当诛。

　　长明盏为了找寻归的魂魄穷尽其力，也失去了作用，再也不能如当初那般在星辰之上照半月便可发挥能力。

　　于是，从此以后，离阙与寻归虽死，他们的魂魄却遭受诅咒，这诅咒十分恶毒，它叫两个人只要一沾上"情"字便两败俱伤。而且这魂魄所依附的神仙，必定要为北斗星宿和银河众星之明灭鞠躬尽瘁、死而后已。

　　天命当真比想象之中的更残酷、更绝情：既然长明盏不能用了，那你们生生世世替长明盏，去发挥作用吧。你们罪有应得。

　　离阙身死，长明一盏，化成玉玦模样落在无欲海中。玉玦是水蓝色的，偶而有微弱的光泽如水一样流淌出来。

　　离阙的魂魄附在这长明盏变成的玉玦之中，久而久之，魂魄被无欲海溶解许多，再也不能化成一个完整的离阙。

　　直到有一天，无欲海海边出现一个玩耍的孩童。这孩童心智不全，因为他缺了一缕魂。

　　这孩童，叫聂宿。

　　这一桩事，是否也很熟悉？

本君曾经也缺一缕魂。

年幼的聂宿看到海中有一枚玉石，便跳进去捡了出来。

甚至连聂宿自己也不知道，当他见到水蓝色的玉玦，指尖触到莹润的玉石的时候，离阙未灭的几缕魂魄已潜入他的身体，将他的魂魄补完整了。

或许是报恩，或许是延续。

十几万年后，聂宿如我现今继承他的记忆这般，继承了离阙的记忆，所以他找到埋在银河之畔、无欲海尽头的一个盒子，盒子里，便是寻归的魂魄碎片。这是当年离阙手执长明盏，穷极长明盏所有光亮，将银河翻遍后找到的魂魄，这魂魄一片都不曾少。

聂宿翻阅古卷，想找到能将寻归复活的办法。他终于看到一段话："种魂成树，树落梨花。梨花寄魂，飘零散落。取来食之，可得魂魄。"

后来的事，大家都已经晓得。这魂魄，最终落在原身是银鱼的素书身上。她在得到这魂魄的时候，也同样得到这劫数，甚至，在她身上，这劫数展现得更细致、更具体，如卦书所示，鱼鳞和鱼鳍，都一一被这天命做了残忍的安排。

两情相悦，便有一伤。聂宿最后于银河畔仙逝，距离离阙被斩，恰好十五万年。

十五万年。十五天。灯盏长明，星辰不灭。

老君翻阅千万卷书，终于找到这所有的渊源与纠缠。

这劫数应着诅咒，以十五万年为一轮回。素书和我，从帝星到洞明星，从天玑星到天璇星，从摇光星到玉衡星，数次与这星辰扯上关系。

只是，可怕的是，现今，距离离阙仙逝整整有三十万年，距离聂宿仙逝正好有十五万年。又是一个轮回。

老君没有再往下说，可我已经清楚得不能再清楚——现今，我同素书，必有一死。

40．挽我姑娘，戴我凤冠

　　送走老君，我本打算动身去轩辕国，先把素书、孟鱼和孟荷接回玄魄宫，暂时护住他们。就算素书现在恨我、恼我、不愿意见我，我也要死皮赖脸地把他们带回来好生安置和保护。小鱼儿还好，他不曾牵扯到这些事情，我并不是很担心。可是素书啊，她现在也应着这十五万年的轮回劫数，如今九天银河星辉黯淡，天帝马上就要把挽救星辰的命令下达给素书，她将会面临前一须臾生、后一须臾死的困境。

　　所以，我做好了不顾她反抗将她先困住的准备，我也做好了她再也不原谅我的打算。

　　我只要她活着。

　　可是当我打开玄魄宫大门的时候，我看到了身着素衣玉冠、靠在宫门口石兽上的素书，看到了立在我面前的晋绾。

　　本君愣了愣，忽然有些欣喜——素书她亲自来找我了？

　　石兽旁公子打扮的人儿抱着胳膊，嚼着狗尾巴草，不看我。

　　她不看我没关系，我看她就够了。于是我脚下生风，下一刻就要冲上去，无奈被面前的晋绾拦住了。

　　晋绾言语之间有些冷酷：“我家尊上让我问问你，你半月前，说要在银河深处盖仓房、挖酒窖，这些话是不是骗人的？半个月过去了，她为何还没见到仓房上的砖瓦，为何还没看到挖酒窖时挖出来的土？”

晚风摇曳，这句话却比晚风还摇曳，摇得我整颗心、整个人都要飞起来了。

我痴痴地望着她家尊上——我的素书大人。她又薅了一根狗尾巴草嚼了嚼，抱着胳膊，不看我。

晋绾又传话："我家小爷问你，水池子扩建得怎么样了，什么时候能给他用？我家尊上最近有些闷，小爷孝顺，想带尊上来这里游泳，舒展一下筋骨。"

孟鱼啊孟鱼，你终于上道了一次，本君几乎要掩面而泣，暂不深究"小爷"这个称呼，只想感叹几声：自己的傻儿子终于不那么傻了！

孩子果真是爱情的结晶，是爱情的宝石，是爱情的火炬，是爱情的灯盏，他照着我同素书的感情熠熠生辉，前途明亮。

本君没等小鱼儿，先把他娘请进去。这水池子今夜刚建好，先孝敬孝敬孩儿他娘也极好。

晋绾这女官忒有眼力见，说要去轩辕国接孟鱼和孟荷回来团聚，暂时不进玄魄宫了。

团聚，团聚。她的这个词用得真好，叫我真喜欢，本君已经有好多年没有听到这么好听的词了。

夜里，月亮不圆，但是很亮，池水微凉，绕身而过，心生清爽。

她未解衣衫，踏入池中，池水没过她的腰，月光成纱，罩在她的头上。她在月光中回头看我，玉冠剔透，素衣清华。她轻轻挑起黛色的眉的时候，本君忽然觉得在这世间，我能想到的最美的景象，都敌不过面前我爱着的姑娘望着我的样子。

"你也晓得，本神尊有个天大的优点，就是不太记仇。"她道，"孟荷告诉我，不知者无罪。这句话多少提醒了我。本神尊其实也明白，如果你知道我原身是一条银鱼，就会宁肯割自己两刀，也绝不会来伤我。小鱼儿说，在没有我的一万多年里，你常常给他念书，告诉他，喜欢一个姑娘就去见，想娶这个姑娘便去表白。"

她挠了挠耳朵，对我招了招手："来，趁本神尊今夜有空，表白吧。"

我登时跳到她身旁，溅起的水浪弥漫成万千水滴，散成花。我不管不顾，抱着她，从眉心吻至嘴唇，从耳垂吻至鼻梁，忽然觉得在心中积攒了一万年、十几万年，甚至三十万年的情感都不能通过这种方式表达。我最后拥她入怀，在她脖颈上寻到一处冰凉的肌肤，辗转啮噬。

她轻声呼痛，周身气泽温柔如水。

我解开衣袍卷起她，从水池一路奔至厢房，面对身下的人儿，明明有那么多想说的话，明明攒了那么多的情感，可那些话、那些情意统统哽在喉中，说不出来，也表达不出来。

我开始发觉，有些事情，非宽衣解带，入鸳鸯罗帐，赴大荒洪流，至风云之巅不能表述。

最后，她被我裹在怀里，额头抵在我的胸膛上，我的手指从她的脸颊上抚过，在眼角处，忽然觉得指尖潮湿，捧着她的脸颊，叫她看着我，果然发现那眸子里有水雾。

她抬手攥紧我的手指，声音有些轻又有些喑哑："忽然觉得有些想哭，也不晓得是为什么……我们之间，再不会有其他的事了吧？"

我摇头。

她说："你好像还未表白。"

我搜肠刮肚也想不出好听的话，在我读的书里也找不出一句能表达我心情的话。我忽然想到半月前送小鱼儿到采星阁的时候，我有句话没有说出口。我脱口而出："素书大人，你不介意身边多一个孟荷，是不是……那你……那你介意身边多一个孟泽吗？"

她笑了。

她一笑，我便想亲她。

这一亲便再也没有收住，一直到卯时她才入了眠。

金光在此时刺破窗户飞进来，被我迅速接住，紧紧攥在手中，未惊扰到怀中的人儿。

天帝大人的诏令果然来了。

我并未犹豫，起身拿起纸笔，给天帝写了信。

……

有些事情，不是躲着就可以过去的，偶尔我也会害怕同这天命正面抗衡。

我不怕孤身一人的自己仙逝，可我怕被一个姑娘喜欢着的自己仙逝。

我死了，她要难过很久。我看不得她哭，可我又没有办法为她擦眼泪，没有办法将她抱进怀里亲一亲。

我能做的便是保住她的性命。

当我从她的腰带上解下那枚玉玦，寻着聂宿的记忆将其化成镜面的时候，她已经醒过来了。她撑着玉一样的手臂趴在床榻上，笑着问我："孟泽，你要做什么？"

"睡醒了吗？睡醒了，穿好衣衫，我便告诉你。"我道。

刚睡醒的她有些微微迷糊，很乖、很听话地穿好衣裳走到我面前。我为她绾好长发，帮她戴稳玉冠。她依旧下意识地抬手扶玉冠，手指触到我的手，想缩回去，却被我握住，放在唇边亲了亲。

她脸颊略红，轻咳几声，面对镜面，负手而立，身姿挺拔，倜傥潇洒。

"玉玦玉玦，谁是这神界中最帅的神尊？"

本君没忍住，笑了："这世上总共也就你一个神尊。"

她又问："玉玦玉玦，谁是这神界中最混账的玄君？"

本君应了一声："是我。"

她回头，眸光璀璨，可比银河星辰："你知道本神尊最喜欢你哪一点吗？"

"哪一点？"

"你有自知之明这一点。"她摆摆手，笑道，"不过，你也不是太混账，你尚未病入膏肓，还有救。"

我忽然抱住她，这动作吓她一跳。

"素书大人，对不起。"我的下巴抵着她的额头，叫她看不到我早已泪泽滚滚的双眼。

她身体一僵，问我："为何又说对不起？"

她尚未反应过来，下一刻，已被我抱起，送进玉玦化成的镜面之中。趁她还未过来，我引出封印设在镜面上。

我看到她猛然一惊，回过神来，拼命地捶着镜面，破口大骂，骂得泪珠纷纷落了下来："孟泽你果真是混账！你把本神尊放出去！"

我贴近镜面，对着她的眉心亲了亲。

素书大人，我喜欢你啊。

两情相悦，便有一伤。聂宿当年，心情应当如此。

你活着，便是最好的事情。

她在镜面之中看不到我，用离骨折扇狠狠劈着镜面。她眼眸赤红，水泽滚落，叫我有些分不清那淌出来的是血还是泪。

我转身的时候，她明明看不到我，却好似感觉到了一样，跪坐在那里，手指死死抠住镜面，哭出来："你要去哪儿？你告诉我，你要去做什么？你是不是不回来了，是不是不要我了？你说要娶我，都是骗人的吗？你昨夜刚刚跟我表白，我不介意身边多一个你……孟泽，你停下来啊，你能不能……别去死……"

素书大人，凤冠是彩色的，霞帔是赤红的。

我遗憾没能亲手给你戴上。

你永远是令我满心欢喜、叫我愿意舍弃所有来疼爱的姑娘。

【番外·素书】

　　这世上，有很多叫我不敢相信的事情。比如，穿过无欲海会是银河；比如，无欲海水能缠鬼噬魂、溶情解魄；比如，我这条银鱼会跟星星有纠葛；又比如，孟泽玄君仙逝了。

　　前三桩，我其实不是很在乎，可是最后一桩，本神尊到死也不愿意相信。

　　他们说，今年是孟泽大英雄成功挽救银河众星一百周年。不晓得为什么，我听到这句话，尤其听到有神仙说"仙逝"二字，手中的扇子就受不了，化成三尺扇剑，砍了来送挽联、祭品的百余位仙官。

　　老君听闻我又砍了仙官，便奔到玄魄宫问我："整整一百年过去了，素书，南荒山头上的歪脖子树都随着山头沉入海底了，这沧海都变换了一遭，你要到何时才能放过自己？"

　　我脸色不太好看，手中的折扇蠢蠢欲动："连你也相信孟泽死了？"

　　老君不敢点头，因为我终究没有控制住扇子，它早已干净利落地变成长剑，剑尖抵在他的脖颈上。他一点头，便会被剑刺中。

　　我不信孟泽死了。

　　他说他喜欢我，他怎么能死呢？

　　哪有跟一个姑娘表白完就去死的道理？

　　就算是殉情，也应当拉着本神尊啊。

所以我不信。

就算被万剑贯穿身体，就算被星辰砸死，我也不信。

当初我在那镜面中被困，不过三天，出来后，天上地下的神仙都告诉我，孟泽仙逝了，在银河畔灰飞烟灭。这对本神尊来说，简直是笑话——好端端的一个神仙，三天前还能亲我，三天后就灰飞烟灭了？

这叫我如何信，又叫我如何放过自己？

我攥紧玉玦，翻遍银河和无欲海，却连孟泽的一片衣角也没有找到。

偶尔我会觉得不公平，当年就算我撞入大火星，我还给他留了一片衣角做念想，如今，他却连一寸衣裳也没给我留下，更别说留下他的仙体、发肤了。

这关乎星辰的事情，本应该是本神尊要解决的，他将我封在玉玦之中，代我去了——如果他真的死了，那就是替我去死。

孟泽果然承袭了聂宿的记忆，他们二位神仙果然都会丢下我。当年的聂宿把我困在无欲海里，如今的孟泽把我封在玉玦中。我活了十几万年，在同一个地方栽了两次。有两个神仙，替我去死。

我不过是一条鱼，这神界、天意为何要和我过不去？

我双目赤红，白发丛生，可我如何也想不明白。

这一百年来，小鱼儿长高了一些，时常陪我坐在玄魄宫的大殿上。他说，他很小的时候，偶尔在夜间醒过来，透过池水，会见到他的父君也在这大殿顶上，或坐或躺，手中攥着一封信。

我晓得，那是我给他的、打算诓他来银河深处杀之而后快的一封信。

小鱼儿趴在我的背上，为我揪着白发。他问我："阿娘，你为何有这么多白发？"

我说："我有些愁。"

他问我："愁什么？"

我说："我愁四海八荒的神仙为何都说你父君不回来了。"

他想哭，却忍住了，抱着我的胳膊道："阿娘，父君想着给你建仓房、挖酒窖，他会回来的。"

小鱼儿不愧是我的儿子，我们的想法一模一样。

晋绾和孟荷并不如我和孟鱼这般坚定，晋绾不止一次地对我说："尊上，你可记得上次用膳是什么时候？你可曾照过镜子，可曾看过自己现今的模样？"

我低头问小鱼儿："你阿娘现在好不好看？"

小鱼儿点头："好看，阿娘真好看。"

这句话叫我蓦地想起孟泽的眼睛恢复清明的时候，他对我说："素书，你真的很好看。"

小鱼儿抬头："阿娘，你怎么哭了？"

我说："我想听你父君夸我好看。"

这一哭便有些收不住，我赶紧叫孟荷把小鱼儿抱走，仰面躺在大殿顶上，对着清风明月，哭得泪雨滂沱。

本神尊喜欢孟泽，是用了心的，是入了骨的。

在琉璃瓦上辗转反侧，总觉得孟泽的音容笑貌近在咫尺，可一睁眼，透过泪雾，看到的依然是这寂寥苍穹，依然是这朗月清风，不见故人眼眸明媚，不闻故人话音温暖。

灵台上又生出些魔障，引得神志混沌又癫狂，我慌慌张张地从大殿上跳下来，找到晋绾，扯住她的衣袖求她："晋绾啊，你今夜把玉玦给我用一用，本神尊发誓，你让我进去看一看孟泽，我就出来吃饭。"

她攥住我的手腕，没有同意。

我求她："晋绾你信我，我就在里面待一个时辰……半个时辰可以吗？"

她眸中的眼泪簌簌而落："尊上，里面全是幻影，是能困住你神志的幻影，你不能再进去了，你上次在里面待了一个月，若不是老君进去找到你，你就困死在里面，再也出不来了，你知道那是假的，为什么还要进去看？"

我知道啊。我知道那是假的。

"可是晋绾，我……想他啊。我出来吃两碗饭还不行吗？两碗不行，三碗行吗？"

她抱住我，哭得悲痛欲绝，到最后，还是把玉玦给了我。

玉玦是个好东西啊。

进去后能看到它记录下的孟泽的模样，能看到在外面真实的神界中看不到的孟泽玄君。

玉玦之中，我落脚的这一个场景，是沉睡十四万年的本神尊重回神界，醉酒的我和醉酒的他初次见面的场景。

我一手提着梨花酿，一手捏着离骨折扇，踱步在银河畔，远处无欲海成水幕落入银河，蔚蓝海水与银色光辉纠缠，剪也剪不断。

前方的公子，水色绸衫，如瀑墨发，云袖浮沉，脚步有些虚飘。

我知道他是谁。

我跑过去，想拍一拍他的肩膀，想问他："是你吗，你回来了吗？"

终究是幻境，即便那神仙已经回头，我也感觉不到明媚又张扬的气泽带着愉悦袭上指尖，没入我的血脉，涌入我的灵台。

风掠过眼前这位神仙的头发，发丝触上我的脸。

我笑了，看到他皱眉的模样。

我记得我要跟他说抱歉，说我认错人了。可是现在，我不太想说。

他是我孩儿的爹啊，我等他好久了，他为什么还不回来？

他继续皱眉："你是谁？"

我想笑又想哭，我是你孩儿他娘啊。

也许是进入这玉玦的次数过多，也许是我看到孟泽便控制不住自己，我进来掺和了许多过往的事情，搅乱了玉玦里收藏的一幅一幅场景。

最后，四周景象开始破碎，远处，无欲海海水化成的水幕变成冰碴儿，银河星光变成灰烬，铺天盖地卷过来。

我愣住了。

本神尊，果真要困死在这幻境之中了。

我看着眼前一脸震惊的孟泽，听到他沉声问我："这是怎么回事？"

我笑了笑，却不晓得说什么，便握紧他的手，凑上前，亲了亲他。

同他死在一处，我便觉得这仙途也没那么孤单了。

……

我看着万千碎片就要席卷我，我做好了死在这儿的准备，可就在这时，碎片之上，忽然映出一个墨袍神仙的身影。他广袖迎风，御风而来，眸子明亮如星辉，微笑的时候，真像三月春光最好的时节，万千桃花迎风而绽，最好看的那一朵却是他的眼。

有宽大的手掌伸进碎片中紧紧握住我的手，明媚的气泽穿过一百年的光阴跳跃出来，牢牢缠住我的指尖，将我带出碎片席卷的幻境。

我看了一眼身后依旧皱眉、水色绸衫的孟泽，又望了望眼前墨色绸袍、眼眸明媚的孟泽。

"你……你是真的？"

他点头，笑道："素书大人，我带你出去。"

【尾声】

　　银河一劫，百年过后，孟泽玄君重归神界。

　　孟泽在赴劫之前同天帝所立的约定都已成真。

　　有神仙好奇当年孟泽玄君回给天帝的信上写的是什么。

　　知情者捋须笑道："不过是一句话而已。此话便是——"

　　此话便是："老子若是能活着回来，这三十万年的凤缘就得一剑斩断。"

　　"所以玄君回来了，就意味着……"

　　"凤缘尽断，业果已除。老夫掐指一算，不日，你我可以去玄魄宫讨一杯喜酒。"

【全书·终】